Les Werner

Belva Plain

Les Werner

Roman

Traduit de l'américain
par Monique LEBAILLY

FRANCE LOISIRS
123, boulevard de Grenelle, Paris

Édition du Club France Loisirs, Paris.
avec l'autorisation des Presses de la Renaissance.
Titre original : *Tapesty,* publié par Delacorte Press, New York.

ISBN 2-7242-4030-8

I

En ce printemps de l'année 1920, Paul Werner attendait, dans une clinique des quartiers chic de Manhattan, la naissance de son premier enfant. Ayant survécu aux horreurs de la guerre des tranchées, il était rentré de France en bonne santé. C'était un homme de trente-deux ans, séduisant, mince mais vigoureux, au profil aquilin ; quand il s'animait, il faisait plus jeune que son âge. Mais son expression était le plus souvent pensive, courtoise et attentive ; il savait écouter. Lorsque ses yeux d'un bleu soutenu, qui tranchaient avec son teint olivâtre, se fixaient sur quelqu'un ou quelque chose, l'effet était saisissant.

Son avenir se profilait clairement devant lui. Second aux commandes d'une banque d'investissements fondée par son défunt grand-père, il savait qu'il n'avait qu'un pas à franchir pour se trouver à sa tête. Bientôt son père se retirerait et Paul s'installerait dans le bureau spacieux, mais pas très bien meublé, qui donnait sur Wall Street. Son père avait délibérément maintenu une atmosphère de prospérité calme et modeste. Le vieux Werner se plaisait à comparer leur petit immeuble, coincé maintenant entre les gratte-ciel, aux cabinets comptables des romans de Dickens. Il y régnait une ambiance agréable qui convenait tout à fait à Paul. Un bureau, c'était un endroit où l'on travaillait ; il n'était pas nécessaire d'y étaler son luxe, ce qu'il ne faut d'ailleurs jamais faire.

Il semblait que Paul avait tout pour être heureux. Il avait épousé une amie d'enfance, une douce jeune fille distinguée de quatre ans plus jeune que lui. Marian, surnommée affectueusement « Mimi », appartenait à l'une de ces familles qui, sans être nécessairement apparentées par le sang, faisaient partie du cercle fermé et immuable des Juifs allemands qui, depuis la guerre de Sécession, avaient prospéré dans cette ville. Leurs membres fréquentaient les mêmes écoles, appartenaient aux mêmes clubs et passaient l'été dans les mêmes stations des Adirondacks ou de la côte du New Jersey. La famille de Paul et celle de Mimi étaient particulièrement amies : tous deux s'étaient retrouvés assis à la même table aux anniversaires et pendant les vacances, dès qu'ils avaient été assez grands pour manger avec les adultes. Paul avait été le cavalier de Marian lors de son premier bal.

Après sept ans de mariage, de nombreux examens médicaux et des déceptions pendant plusieurs mois, elle était enfin là, en train d'accoucher. Paul avait mis tous ses espoirs dans cette maternité. Il se demanda — car il s'adonnait souvent, et peut-être trop, à l'introspection — pourquoi il avait une telle envie d'avoir des enfants. Était-ce parce qu'il avait été marqué par les massacres de la guerre, ce tel gaspillage de vies ? Quelle qu'en soit la raison, ce désir d'enfants existait, tout simplement.

Il essaya de se concentrer sur une revue et, n'y arrivant pas, laissa son regard se perdre dans le vide, au centre de la pièce. Les chevilles croisées, il n'avait pas bougé depuis une demi-heure. Sur la banquette, à côté de lui, il y avait son pardessus à col de velours, son porte-documents en cuir noir et son parapluie à manche d'argent. Son inquiétude ne transparaissait nullement. La maîtrise de soi qu'on lui avait inculquée faisait déjà partie de sa nature. On n'avait pas le droit de révéler au monde entier ses tourments intérieurs. Seul son regard, tour à tour doux et terriblement pénétrant, pouvait le trahir aux yeux de ceux qui le connaissaient bien. Ils n'étaient guère nombreux.

Lorsqu'il regarda par la fenêtre, il fut surpris de voir que les lampadaires étaient allumés. La lumière du jour déclinait ; cela faisait des heures qu'il était là, depuis qu'on l'avait appelé pour lui dire que Mimi était partie pour la clinique. La pluie s'était transformée en un fin brouillard et plus personne ne passait dans cette rue tranquille. Même à l'intérieur, il n'y avait presque pas de bruit ; dans une petite clinique comme celle-ci, on ne s'affairait guère. Le silence semblait maintenant inquiétant et Paul frissonna.

Un premier accouchement pouvait durer très, très longtemps. Tout le monde le savait. On l'avait prévenu et il s'était attendu à voir souffrir sa femme. C'était normal, naturel, que les femmes souffrent. Cependant, son visage était si terriblement altéré, méconnaissable, hagard ! Ses cheveux trempés collés sur son front, et ses cris, tandis qu'elle se tordait et ruait sur le lit... On l'avait mis à la porte.

Elle supportait pourtant bien la douleur, pensa-t-il en se remémorant la fois où elle s'était fait une vilaine fracture au bras. Mais on ne pouvait pas comparer un accouchement à un membre cassé, n'est-ce pas ? Pourtant, la douleur dont il avait été témoin à l'étage n'était peut-être pas normale ? Il n'en savait rien. Mais le médecin, lui, savait. C'était l'un des meilleurs obstétriciens de New York.

Un homme jeune revint prendre le manteau et le chapeau qu'il avait déposés sur une chaise, en face de Paul.

« C'est une fille, annonça-t-il, devançant sa question. Sept livres. Une jolie blonde. »

La joie semblait bouillonner dans la poitrine de l'homme. Il allait rentrer chez lui et s'installer au téléphone pour annoncer à tous la bonne nouvelle. Paul lui présenta ses félicitations. Il n'y avait pas deux heures qu'il avait amené sa femme ! Lorsqu'il fut sorti, le silence s'appesantit de nouveau.

Paul se leva et se mit à marcher de long en large. Il avait mal aux jambes à force d'être resté assis. C'était une pièce morne, meublée de faux Chippendale, d'assez bon goût mais aseptisée. Au mur, des paysages sans originalité. Des copies aussi, bien sûr. Qu'espérait-il donc trouver dans la salle d'attente d'une clinique ? Une exposition de peinture ?

Il essaya de concentrer ses pensées sur l'art. Il avait toujours été ouvert aux idées nouvelles, achetant des œuvres d'expressionnistes avant qu'ils soient aussi cotés que maintenant ; pourtant il ne pouvait supporter certaines des toiles les plus extravagantes d'aujourd'hui. Elles ne faisaient que refléter le mal d'une guerre qui avait tout bouleversé. C'était déconcertant ; on avait l'impression qu'il s'était écoulé un siècle, et non six ans seulement, depuis 1914. Il laissa son esprit vagabonder. Tout dans ce monde d'après-guerre semblait augmenter de taille. Même les dettes, se dit-il. Les dettes, c'était un fossé dans lequel il ne fallait pas tomber ; en cela, il était d'accord avec son père. Il y avait bien d'autres choses sur lesquelles il ne l'était pas.

Bon sang ! Qu'est-ce qu'ils faisaient, là-haut ?

Il repoussa cette pensée. Où en était-il ? Ah oui ! Aux dettes ! Non, pas de spéculation, ni pour lui ni pour ses clients. Pour la famille, des titres sûrs et des biens non hypothéqués. Se préparer pour les sept années de vaches maigres qui n'allaient pas tarder à survenir.

Pourquoi est-ce que personne ne descendait lui parler ?

Les gens installés à des bureaux, de l'autre côté du vestibule, ne savaient rien, ou du moins le prétendaient. Bon sang ! Il allait leur poser de nouveau la question, insister pour qu'ils se renseignent. Insister ! Il traversait le vestibule lorsque l'ascenseur ronronna ; la porte s'ouvrit et le médecin l'appela.

« Monsieur Werner ! Monsieur Werner ! C'est fini. Votre femme va bien. » Il posa la main sur le bras de Paul. « Nous avons eu de la chance. »

De la chance ? Pourquoi ? Ç'avait été une question de chance ? Quelque chose avait mal tourné ? Ou avait failli mal tourner ? Paul restait muet, affolé.

« Mon bureau est par là. Entrez. Asseyez-vous. »

Oui, quelque chose a mal tourné. Voilà ce qu'il veut me dire.

« Beaucoup de chance, répéta le médecin. Nous avons dû faire une césarienne. Nous avons tout tenté pour l'éviter. » Il soupira, remua la main de droite à gauche, comme un pendule. « Mais ça s'est bien passé.

— Une césarienne. » Paul sentit le froid l'envahir.

« Une présentation transversale, l'épaule la première. » Et de nouveau, le médecin remua la main ; il y avait une petite tache de sang sur sa manche blanche. « Il est impossible de délivrer une femme de cette manière, vous comprenez... »

Je voudrais bien qu'il cesse de dire *vous comprenez* et qu'il poursuive.

Paul se pencha en avant, comme pour lui tirer les paroles de la bouche.

« ... Et si dans ce cas la femme continue le travail, il y a rupture de l'utérus avec hémorragie interne. C'est une rude épreuve, monsieur Werner. Une véritable épreuve.

— Oui.

— Mais, Dieu merci, elle s'en est tirée. Nous avons effectué les sutures qui s'imposaient et elle se repose. Elle vient juste de se réveiller de l'anesthésie. Je suis resté à son chevet jusqu'à ce qu'elle ait repris conscience.

— Bon.

— Votre épouse est une jeune femme courageuse. »

Des certificats et des diplômes, sur le mur du fond, derrière la tête du médecin, attestaient ses connaissances et lui conféraient de l'autorité. Il n'est pas beaucoup plus âgé que moi, pensa Paul hors de propos, en remarquant les dates. *Arthur Bennet Lyons*, lut-il. L'un des diplômes était en latin ; cela aussi donne de l'autorité.

« La volonté, dit le médecin. Bien que nous n'en ayons aucune preuve, je suis convaincu qu'une parturiente qui a de la volonté et du courage peut faire pencher la balance du bon côté. Votre femme a tenu le coup. »

Il parlait pour combler un vide, pensa Paul. Il y a autre chose qu'il n'a pas envie de dire ; et que je n'ai pas envie de savoir. Pourtant, il doit se douter que je sais. Et, séparant avec difficulté ses lèvres sèches l'une de l'autre, il demanda :

« Et l'enfant ?

— Il est mort. Cela se produit toujours, dans ce cas-là. C'est inéluctable.

— Un enfant normal ?

— Tout à fait. Un beau petit garçon... je suis vraiment désolé. »

Une vieille image surgit dans l'esprit de Paul ; comme une ampoule qu'on allume, ou une allumette frottée dans l'obscurité, elle vacilla et s'éteignit.

Mon fils... mes fils... je vais au bord du lac, dans le parc, je porte les bateaux à voiles, les beaux jouets aux coques en bois de teck... Le vent frise l'eau, les bateaux s'éloignent, les voiles gonflées ; les cordes se tendent dans ma main... Je regarde mon garçon... mes garçons... rire. Leurs dents de lait sont comme des perles blanches, comme des cailloux. Nous rentrons à la maison, je les tiens par la main pour traverser la rue. Quand ils seront grands, nous nous embarquerons sur de vrais bateaux, à Nantucket ou au cap Cod. Mon fils. Mes fils.

Il revint à lui. Le médecin griffonnait des cercles sur une feuille de papier jaune.

« Voulez-vous que je m'explique plus clairement, que je vous fasse un croquis ?

— Non, je suis sûr que vous avez fait tout ce qui était en votre pouvoir. Puis-je la voir, maintenant ? »

Les yeux du médecin étaient pleins de compassion ; il semblait vieilli.

« C'est possible, durant quelques minutes. »

Paul monta à l'étage. Il avait l'impression d'être un intrus entre ces deux rangées de portes closes qui semblaient lui jeter des regards de reproche parce que ses pas et le craquement de ses souliers violaient le silence. Cela sentait le désinfectant et la peur.

La porte de la chambre de sa femme était entrouverte. Dans la pénombre, il aperçut un lit blanc, au centre de la pièce ; quelque chose de long et de rigide reposait dessus ; il crut voir un catafalque et un gisant.

Une infirmière, assise dans un coin, se leva et s'approcha de lui avec un bruissement de jupe. « Entrez. Votre femme vous attend. » Elle sortit et ferma la porte derrière elle.

Légèrement, avec douceur, il embrassa Mimi sur le front, comme s'il craignait de lui faire mal. Elle revenait de loin !

« Tu es terriblement triste à cause du bébé ? Cela te brise le cœur ? murmura-t-elle.

— Non. Euh... oui, bien sûr. Mais l'important, c'est que tu sois là.

— On ne me l'a pas laissé voir. »

Paul ne répondit pas.

« Si j'avais insisté, je suis certaine qu'on me l'aurait montré. Mais je me suis dit que... comme cela, je ne me souviendrai pas de son visage. Comme cela... »

Elle détourna la tête, sur l'oreiller. En la voyant lutter ainsi pour garder le contrôle d'elle-même, Paul fut envahi de pitié.

« Comme cela, reprit-elle, ce sera presque comme si nous ne l'avions pas eu, tu comprends ?

— Oui, oui, je comprends. »

Ils demeurèrent silencieux. Quelque part, dans la clinique, dans une pièce dallée, froide et nue, reposait l'enfant. Il était normal, avait dit le médecin. Un beau petit garçon. Dans huit jours, on l'aurait circoncis ; il aurait reçu son nom et la bénédiction du rabbin. Dans le salon où le soleil ruisselait par les larges fenêtres. Après cela, le vin et les gâteaux, dans la salle à manger. Toute la famille, en train de l'admirer. Un beau petit garçon. Je ne peux pas y croire, se dit Paul. C'est absurde. Pourquoi cela nous arrive-t-il alors que tout allait si bien ?

Mimi reprit la parole.

« Paul, nous en aurons un autre, tu sais.

— Tu affronteras cela de nouveau ?

— Ce ne sera pas pareil. La foudre ne frappe jamais deux fois au même endroit. »

Ce n'est pas vrai, pensa-t-il. Et pourtant, un flot d'espoir, presque d'allégresse, lui monta à la gorge. Oui, dès qu'elle serait suffisamment forte, ils essaieraient de nouveau. Ce genre d'accident arrivait à beaucoup de gens et ils avaient ensuite autant d'enfants qu'ils désiraient. Et une femme pouvait subir plus d'une césarienne. Regarde devant toi, pas derrière !

Elle lui caressa la main de ses doigts glacés.

« Tu as froid, dit-il. Je vais dire à l'infirmière de t'apporter une autre couverture.

— Non. Attends un peu. »

Il frotta sa main entre les siennes. Ils échangèrent un sourire. Elle avait l'air comme d'habitude. Qui aurait pu le croire, après ce qu'elle avait vécu quelques heures auparavant ? Un peu de rose colorait sa peau claire parsemée de taches de rousseur ; l'infirmière avait brossé ses longs cheveux blond ardent et les avait attachés sur sa nuque avec un ruban blanc.

« Tu m'as fait une peur terrible, dit-il.

— Pauvre Paul ! Je suis désolée, je te promets de ne jamais recommencer. Que vas-tu dire à mes parents et aux tiens ?

— La vérité, sans leur apprendre combien cela a été terrible. Je vais téléphoner en Floride demain matin.

— Il faut que tu rentres à la maison. Tu dois être épuisé. As-tu au moins mangé quelque chose ?

— Je n'ai pas faim.

— Mais il faut que tu manges ! Quelle heure est-il ?

— Je ne sais pas. » Il regarda sa montre. « Presque 10 heures.

— Je sais que tu ne réveilleras pas les domestiques, il le faudrait pourtant. Il y a un poulet rôti dans la glacière, et un gâteau. Ce matin, j'ai fait une tarte au citron. Mange quelque chose avant de te coucher. Je suis sûre que tu vas être incapable de te débrouiller tout seul. Tu n'as jamais su. »

Il rit et l'embrassa de nouveau sur le front. « Comment diable aurais-je pu survivre à cette guerre si je n'avais pas su me débrouiller tout seul ?

— Oh ! Que tu es stupide ! »

Il se leva. « Le médecin m'a dit quelques minutes seulement. Il faut que tu dormes. Je reviendrai tôt demain matin. » A la porte, il se souvint. « Est-ce que tu as besoin de quelque chose ?

— Rien que de toi. »

Il sortit sur la pointe des pieds. Il avait parcouru la moitié du vestibule lorsque l'idée que son bébé mort reposait quelque part dans ce bâtiment revint le hanter. Il pourrait demander. Il avait le droit de le voir. Il le désirait. Et, en même temps, il n'en avait pas envie...

Brusquement, une pression effroyable lui écrasa la poitrine Elle monta battre dans son cou, vint rugir dans sa tête. Il l'identifia, c'était le poids d'une chose qu'il voulait oublier. Durant quelques heures, cet après-midi, et là-haut avec Mimi, elle avait diminué, mais maintenant, elle revenait, se gonflait pour le remplir et lui couper le souffle. Il dut s'appuyer au mur pour ne pas tomber.

Dans quelques instants, il allait respirer de nouveau normalement. Mais il fallait qu'il parle à quelqu'un ! Il le fallait !

Personne, en voyant ce jeune homme plein de dignité, vêtu d'un élégant costume foncé, entrer dans la cabine téléphonique, n'aurait pu imaginer son angoisse.

Je vais appeler Hennie, se dit-il. Qui d'autre, au monde, à part Hennie ?

Hennie Roth n'était pas chez elle. Ayant appris des domestiques des Werner que Mimi était à la clinique, elle avait pris des nouvelles durant toute la journée. Hennie était la tante de Paul ; plus encore, elle était l'amie à laquelle il accordait toute sa confiance ; cette relation rare et privilégiée s'était établie depuis le temps où elle le prenait sur ses genoux pour lui lire les contes de Grimm. En ce moment, elle était assise avec sa belle-fille Leah dans le salon de Paul, et attendait son retour.

Elle avait la quarantaine, mais semblait plus jeune, non à cause de sa beauté car elle était grande, fortement charpentée et trop sobrement habillée — aujourd'hui, par exemple, d'un strict tailleur brun-roux —, mais à cause de l'énergie et de l'enthousiasme qui prêtaient un certain charme à son visage long couronné de cheveux bruns coiffés, d'une manière désuète, en diadème.

La famille disait que Hennie avait la beauté de l'âme. Elle

militait pour la justice sociale, comme son mari Dan, un enseignant et un savant, un idéaliste qui avait refusé la fortune que lui avait rapportée l'une de ses inventions électroniques parce qu'elle avait été achetée par le ministère de la Guerre. Tous deux avaient discouru et manifesté pour de nombreuses causes ; Hennie avait milité avec les suffragettes et les ouvrières du vêtement ; elle avait été arrêtée avec le piquet de grève d'une usine de chemisiers. Ils avaient œuvré pour la paix durant toute leur vie et, maintenant que la guerre était finie, ils écrivaient et parlaient encore pour la Société des Nations, le Conseil national pour la prévention des guerres et tous ceux qui voulaient bien les écouter.

Bref, c'étaient les non-conformistes de la famille.

Et ils avaient eu leur part de douleur. Leur fils, leur seul enfant, était revenu de la guerre sans jambes ; peu après il s'était tué, laissant un bébé, Henry — le petit Hank, quatre ans maintenant — et sa veuve, Leah. Née dans un taudis, orpheline à huit ans, Leah avait été adoptée par Hennie et Dan. Ils lui avaient appris tout ce qu'ils pouvaient lui enseigner et elle s'était mariée avec leur fils ; elle évoluait maintenant dans un monde où ils n'avaient aucune envie d'entrer. Car Leah était ambitieuse ; douée pour le dessin de mode, elle avait fondé sa propre maison de couture sur Madison Avenue. Remariée à un jeune avocat, conseiller fiscal, tout aussi ambitieux, elle vivait avec Hank et lui dans une belle maison, avec des cheminées de marbre et un escalier monumental, que Dan avait offert à son fils mutilé. L'argent dont il n'avait pas voulu pour lui, Dan l'avait accepté pour son fils.

Leah n'avait pas été marquée par les privations de son enfance. Ses cheveux, d'un noir brillant, étaient courts, à la nouvelle mode ; de fins bracelets d'or ornés de diamants scintillaient aux poignets plissés de sa robe en lainage bleu pâle ; en attendant Paul, elle parcourait d'un regard vif et inquisiteur la jolie pièce et l'évaluait en connaisseur.

Il était impossible d'être plus dissemblables que Leah et Hennie ; cependant elles s'aimaient comme une mère et sa fille, quand elles en ont la chance, peuvent s'aimer.

Agitée, Hennie se leva et vint se mettre à la fenêtre ; elle écarta les rideaux de soie afin d'essayer de percer le brouillard et l'obscurité, comme si cela pouvait faire rentrer Paul plus vite.

« Crois-tu que l'accouchement se passe bien ? demanda-t-elle. Elle y est depuis ce matin et pas un mot. Je ne sais pas pourquoi mais j'ai le pressentiment que ça va mal. » Hennie se tracassait toujours pour les autres.

« Ils ont attendu si longtemps, poursuivit-elle. Ce serait terrible pour Paul si les choses tournaient mal en ce qui concerne le bébé. Terrible pour Marian aussi, bien sûr. »

En entendant la clef dans la serrure, Leah sauta sur ses pieds et Hennie s'avança vers Paul les bras ouverts.

« C'est fini. Marian va bien. Ça a été très dur, mais elle va bien.

— Oh ! Le ciel soit béni !

— Le bébé est mort. C'était un garçon. »

Paul pensa qu'il se souvenait très bien de Freddy, le fils de Hennie. Il était âgé de six ans lorsqu'on l'avait emmené voir le bébé, à l'hôpital. Il agitait les bras et les jambes... Un bébé mort doit ressembler à l'un de ces poupons grandeur nature que l'on voit dans les boutiques de jouets de luxe. Un visage de cire. Ses yeux étaient-ils ouverts ou fermés ? Il fut pris d'une nausée.

Hennie s'était détournée. Elle faisait tourner son alliance autour de son doigt.

« Paul, c'est épouvantable, dit doucement Leah. Épouvantable. Mais vous en aurez un autre. Il faut que tu penses à cela. Et Mimi aussi. Pas tout de suite. Mais bientôt. Tu verras. »

Elles essayaient de le consoler.

« Oui, ajouta Hennie, une de nos voisines, quand nous habitions en bas de Manhattan, en a perdu deux de suite. Puis elle en a eu trois autres ! »

C'est drôle, il s'était dit la même chose, là-bas, dans la chambre de Mimi, et il en avait été réconforté... jusqu'à ce que cette autre pensée le bouleverse. Mais Leah était là et il ne pouvait pas en parler à Hennie.

« Au moins, je peux me dire que nous ne l'avons pas connu.

— Oui, c'est vrai », répondit Hennie.

Pauvre Hennie ! Tu n'as pas élevé un fils pour qu'il combatte dans une guerre que tu détestais à ce point que tu as passé des années de ta vie à lutter contre sa venue, pour le perdre ensuite à cause d'elle...

Puis il se dit : On ne peut pas faire de comparaison entre ce pauvre Freddy et ce qui m'arrive. Il n'était pas question de comparer, n'est-ce pas ?

« As-tu mangé ? J'ai demandé à la cuisinière de te préparer un plateau, au cas où tu voudrais quelque chose.

— Merci, mais je n'ai pas faim. »

Hennie n'insista pas et il lui en fut reconnaissant. Mimi l'obligeait toujours, par ses cajoleries, à manger, à porter ses caoutchoucs, à prendre un tricot, à s'allonger et à se reposer.

Hennie lui demanda s'il avait pu voir Marian.

« Oui. Elle a beaucoup de courage.

— Il faudra que tu l'emmènes quelque part dès qu'elle en sera capable, s'écria Leah. Un voyage à l'étranger, ce serait merveilleux pour elle. Faire du shopping à Paris, puis la Riviera — ou peut-être Biarritz, plus tard dans la saison. »

Paul sourit intérieurement. Elle en savait long, maintenant, la petite Leah, sur les plaisirs luxueux de l'existence !

« Et mettre en route un autre bébé », ajouta-t-elle hardiment.

Elle alla dans le vestibule et revint avec un paquet enveloppé d'un papier satiné bleu marine, orné d'une élégante rosette écarlate.

« Mon nouveau logo. » *Léa* — à la française — s'étalait en biais sur le couvercle de la boîte. « C'est une liseuse pour Mimi. N'oublie pas de la lui porter demain. J'ai fait exécuter la marque d'urgence.

— Elle est de toute beauté, fit remarquer Hennie. Je l'ai vue. Une folie. »

Paul murmura les remerciements d'usage.

« Pouvons-nous faire quelque chose pour toi, Paul ? Veux-tu que nous partions ? » demanda Hennie.

Il n'avait pas envie d'être seul pour le moment. « Non, restez. A moins que vous ne soyez fatiguées.

— Alors, nous restons encore un peu. N'importe comment, Dan ne rentrera pas avant minuit. »

Elles reprirent leurs places, de chaque côté de la cheminée. Entre elles, sur une table basse en marbre, une coupe pleine de gardénias exhalait le fort parfum sucré que Paul détestait. Il ne savait pas pourquoi, mais cette odeur évoquait pour lui un enterrement ; il aurait volontiers emporté les fleurs à l'office, mais Mimi adorait les gardénias et il n'aurait pas été correct de s'en débarrasser parce qu'elle n'était pas là.

« Dan fait une conférence sur la Société des Nations, dit Hennie, autrement, tu penses bien qu'il serait venu ici.

— Comment va-t-il ?

— Oh ! Son angine de poitrine a des hauts et des bas. Il se soigne quand il n'a pas été raisonnable, s'il s'est exposé au vent ou s'il a fait des choses qu'il ne devrait pas.

— Ne ferait-il pas mieux de laisser tomber l'enseignement ? Ça peut être épuisant, les lycéens.

— C'est sa vie. Ça et le labo. Surtout maintenant qu'il a ce nouveau petit local, sur Canal Street. Il travaille à deux ou trois inventions, une sorte de turbine à vapeur sans pales. Il ne pourrait pas renoncer à tout cela.

— Hennie... vous n'avez pas de soucis d'argent ?

— Nous n'en avons jamais eu. Tu nous connais. Il ne nous faut pas grand-chose.

— Écoute, si tu... c'est un jour à aborder franchement certains sujets. S'il arrivait quelque chose à Dan, je veux que tu saches que je m'occuperai de toi. Tu ne manqueras jamais de rien, m'entends-tu ? »

Leah intervint. « Tu ne crois tout de même pas que Ben et moi la laisserions manquer de quoi que ce soit ?

— Je peux me passer de presque tout, sauf de Dan. » Des larmes jaillirent des yeux de Hennie. « Excusez-moi. Il parle trop franchement pour notre époque ! Il y a ce ministre de la Justice qui fait la chasse aux bolcheviques à tous les meetings sur la paix et qui colle des gens en prison simplement parce qu'ils disent la vérité ! Avec ce Palmer, on se croirait revenus à Salem, au XVIIe siècle, en pleine chasse aux sorcières. Et j'ai très peur, je vous l'avoue. Dan parle beaucoup trop. »

Paul secoua la tête. « Vu l'état de son cœur, il ne devrait pas prendre de risques. Je vais lui parler.

— Cela ne changera rien. Tu sais comme il est entêté... Oh ! Je ne devrais pas t'ennuyer avec mes soucis après la journée que tu viens de passer !

— Tu ne m'ennuies jamais », dit-il.

Il avait tellement envie de lui parler de cette tension qui l'avait presque rendu malade, tout à l'heure. Il souhaitait pouvoir tout lui dire ; il ne lui avait jamais « tout dit » depuis ce jour, avant son mariage, où il était venu la trouver pour lui faire partager son angoisse.

« Alfie a téléphoné, dit Leah, dès qu'il a appris que Mimi était partie pour la clinique. »

Oncle Alfie était un être généreux. Maintenant qu'il avait fait fortune dans l'immobilier, son plaisir était de donner, que ce fût de l'argent, un conseil ou un séjour dans sa maison de campagne. Il avait le cœur tendre et pleurerait le bébé de Paul.

Hennie ajouta : « Maman aussi a appelé. Elle est terriblement désolée. »

Grand-mère Angelique, qui allait sur ses quatre-vingts ans, avait attendu cette naissance avec impatience. Elle aussi aurait vraiment du chagrin.

Au moins, j'ai la chance d'avoir une famille qui partage ma douleur, pensa Paul.

« Maintenant, il faut que j'y aille, dit Hennie. Bonne nuit, Paul chéri. Essaie de dormir un peu.

— Je vais demander au portier qu'il t'appelle un taxi.

— Non, je vais marcher. J'ai un parapluie et ce n'est qu'à quelques pâtés de maisons. »

Quelques pâtés de maisons... un monde sépare cet appartement, ou la maison de Leah, de l'East River et de l'immeuble sans ascenseur de Dan. Et pourtant Paul avait toujours considéré les lieux très simples où vivaient Hennie et Dan comme une sorte de foyer. Lui qui chérissait tant la beauté qui comble l'œil n'en trouvait sûrement pas dans ces pièces presque nues, mais c'était un autre genre de beauté qu'il y voyait, quelque chose qui parlait à une autre facette de sa personnalité. Il reconduisit les deux femmes jusqu'à l'ascenseur et embrassa Hennie sur la joue avec encore plus de tendresse que d'habitude.

Lorsqu'il revint dans l'appartement, le téléphone sonnait.

De retour dans la salle d'attente, il s'assit en face de l'interne que l'on avait envoyé lui parler.

« Elle a fait une hémorragie environ une heure après votre départ. Nous avons appelé le Dr Lyons mais nous n'avons pas pu le joindre tout de suite. Il était parti pour rentrer chez lui et avait dû s'arrêter quelque part en cours de route. Nous avons appelé à divers endroits et, chaque fois, nous l'avons manqué de peu, mais finalement...

— Oui, oui », interrompit Paul hors de lui. Pourquoi ce type tournait-il autour du pot ? « Vous l'avez eu. Et alors ? » Le jeune homme rougit et se mit à parler plus vite. « Le saignement interne a repris et...

— Une hémorragie, vous avez dit ?

— Oui. Je l'ai arrêtée du mieux que j'ai pu, en...

— Comment va-t-elle, maintenant ?

— Bien, le Dr Lyons l'a opérée. Il est encore là-haut. Je crois qu'on l'a ramenée dans sa chambre. »

Il parcourut de nouveau les couloirs silencieux. De nouveau, ses souliers craquèrent. Il avait l'impression qu'ils ne le faisaient qu'ici. Le Dr Lyons sortait de la chambre de Mimi lorsque Paul arriva.

« Ah ! Monsieur Werner. Venez un moment dans le solarium. Votre femme n'est pas encore bien réveillée. »

La faible lueur des lampes tremblotait au bout du couloir. Ils s'installèrent dans des fauteuils d'osier, comme on en trouve sur les vérandas. Etre ici, dans ces lieux, à minuit, cela paraissait totalement irréel à Paul.

« Vous l'avez opérée ? Qu'est-il arrivé ?

— Nous avons passé un sale moment. Il y avait eu beaucoup trop de tissus déchirés. Nous n'arrivions pas à arrêter le saignement. Nous n'avions pas le choix, nous avons dû faire une hystérectomie.

— Une hystérectomie ! Mon Dieu ! Vous étiez vraiment obligés ?

— Je ne l'aurais pas fait si je n'y avais pas été obligé », lui fit-il observer avec un léger reproche dans la voix ; ses yeux étaient cernés de brun, comme ceux d'un hibou.

Paul sortit son mouchoir et essuya ses paumes moites.

« Un fâcheux concours de circonstances, monsieur Werner. Vraiment. Nous avons eu tous les ennuis possibles et imaginables.

— Mais elle... il n'y a plus de danger, maintenant ?

— Elle est probablement hors de danger. Sauf si une infection se déclare. Le ciel nous en protège. Touchons du bois. »

Le bout de la route. Des kilomètres et des kilomètres à travers des terres en friche, par-delà des montagnes ; puis le ciel s'éclaircit, vous allez atteindre votre but, lorsque vous arrivez à un mur de pierre, aveugle, haut d'une dizaine de mètres, et la route s'arrête là.

« Quelles sont les conséquences, pour elle ? C'est irréversible, n'est-ce pas ?

— Eh bien, c'est vraiment triste de subir une hystérectomie si jeune, mais cela ne l'empêchera pas de mener une vie normale, d'être une femme comme les autres. »

Il veut parler de sa vie sexuelle. Cela ne l'affectera pas. Sauf... qu'elle ne pourra pas avoir d'enfants.

Les mots jaillirent de la bouche de Paul. « Vous avez des enfants, docteur ? Des garçons ?

— Trois... une fille et deux garçons.

— Excusez-moi. Je ne sais pas pourquoi je vous l'ai demandé.

— Cela ne fait rien, monsieur Werner. »

Ils se levèrent, hésitants, dans la pénombre.

« Voulez-vous plus de détails ? Nous pourrions descendre dans mon bureau. J'ai des livres et des croquis qui pourraient rendre les choses plus claires.

— Des croquis ?

— Eh bien, il y a des gens qui le souhaitent, et ils ont le droit de savoir.

— Pas moi. » La sueur coulait de nouveau sur ses paumes. Quelles questions poser ? Qu'est-ce que cela changerait ?

« Sachez que je suis à votre disposition si vous voulez plus d'explications. Appelez-moi n'importe quand ou venez ici. »

Paul remercia poliment. « Vous avez eu une dure journée, docteur. Rentrez vous reposer.

— Pas aussi dure que celle qu'a passée votre femme. Et vous aussi. »

Pauvre Mimi. Pauvre Mimi.

« Je crois que, maintenant, vous pouvez la voir. Elle doit être réveillée, mais encore groggy, aussi ne restez pas plus d'une minute. Et puis rentrez chez vous et buvez un verre de cognac. Ou deux. » Le Dr Lyons lui fit un clin d'œil. « Même si c'est interdit par la loi. »

De nouveau, elle avait l'air d'une statue de pierre sur un catafalque, et de nouveau l'infirmière s'éloigna discrètement dans un bruissement de jupe. Il resta debout. Elle était aussi blanche que le drap qui la recouvrait jusqu'au menton. Ses joues s'étaient creusées depuis qu'il l'avait vue, quelques heures seulement auparavant, faisant ressortir davantage encore son nez fier et busqué. Il caressa ses cheveux étalés sur l'oreiller.

« Mimi », chuchota-t-il.

Avoir été aussi heureuse qu'elle l'était encore hier, avoir savouré tant de joie à l'avance, avoir souffert d'une manière aussi horrible et se retrouver sans rien !

Pas d'enfant, ni maintenant ni jamais.

C'était injuste, c'était cruel. Qu'avaient-ils fait, lui ou elle, pour être punis ainsi ? Il enrageait.

Elle ouvrit les yeux. « Paul ?

— Je suis là, n'aie pas peur. »

Ses lèvres s'ouvraient à peine, aussi dut-il se pencher pour l'entendre.

« Non... j'ai seulement envie de dormir.

— Je sais. Tu as subi une petite opération. Tu vas bien, m'a dit le médecin. Tu m'entends ?

— Oui. J'ai envie de dormir. »

Il resta là, à lui caresser les cheveux. Il se sentait impuissant. Il n'en avait pas l'habitude. On planifiait les choses avec soin, on prenait toutes ses précautions, on était raisonnable, travailleur, prudent. Et puis survenait une tornade et l'on n'était plus qu'un débris emporté par le vent.

Elle s'agita. Il se pencha, pensant qu'elle avait quelque chose à dire, et il prononça son nom, mais elle ne fit que soupirer. Il se souvint alors qu'il ne devait rester qu'une minute, jeta un dernier regard sur elle, écouta si elle respirait bien et sortit.

Il revint à pied. Il n'y avait pas de taxi sur l'avenue et, de toute façon, il avait besoin de marcher pour se calmer les nerfs. Il commença de pleuvoir à verse et il avait oublié son parapluie, mais il s'en moquait. Il aurait pu parcourir Manhattan jusqu'à la pointe et revenir.

Le liftier de nuit le regarda avec curiosité. « Vous vous êtes fait tremper, monsieur Werner. » Puis, tandis que l'ascenseur s'élevait : « J'espère que tout va bien se passer pour Mme Werner.

— Merci, Tom. »

Il veut savoir ce qui est arrivé, pensa Paul. C'est une curiosité naturelle. Il s'agit d'une situation qui éveille l'intérêt et la sympathie. La possibilité d'une tragédie provoque toujours cette réaction. Les accidents. Les morts. Les crimes. Tous les chagrins simples.

Et si un chagrin n'est pas simple ? S'il y a d'autres facteurs cachés ? La culpabilité, par exemple ? La pression revint, accompagnée de ce rugissement dans ses oreilles.

Il alluma une lampe et s'assit dans le vestibule, la tête dans ses mains. Cette fois-ci, il n'éprouvait pas le besoin d'aller trouver Hennie. Il savait que cela n'aurait servi à rien. Peut-être qu'étant donné les terribles événements de ce jour, il serait trop pitoyablement honteux pour se confier, même à Hennie qui avait l'esprit si ouvert et ne portait pas de jugement. Oui, il aurait honte.

L'autre fois, il n'avait pas éprouvé de honte ; il avait été si désespéré, tellement déchiré entre Mimi et Anna, avant son mariage...

Elle était entrée comme domestique dans la maison de ses parents, une parmi bien d'autres dans le défilé de jeunes étrangères qui restaient un moment, se mariaient et partaient ; pourtant il était tombé amoureux d'elle, et elle de lui, avec une intensité qu'il n'avait jamais connue, ni avant ni après.

Mais il avait épousé Mimi. Ils étaient fiancés...

Il se leva. Toujours, toujours, ce visage devant ses yeux ! Quand disparaîtrait-il et le laisserait-il tranquille ?

Il avait cru, durant les mois de bonheur de la grossesse de Mimi, qu'il allait dire un adieu définitif à Anna. Il avait essayé — d'une façon ridicule — de se convaincre qu'elle avait peut-être représenté une espèce d'aberration, l'un de ces emballements sexuels qui peuvent assaillir et bouleverser un homme ou une femme, et finissent par s'évanouir ; que Mimi était le seul élément réel et durable de sa vie.

C'était absurde.

Et aujourd'hui, à la clinique, une épouvante nouvelle l'avait envahi. Et si c'était la vie d'Anna qui se jouait là-haut ? avait-il pensé. Cette idée l'avait anéanti. Aurait-il attaché autant d'importance à la perte du bébé, pensé aux enfants qu'ils n'auraient jamais ? Non, quel que soit son désir d'un enfant, d'un fils, il serait tombé à genoux et aurait supplié Dieu de sauver Anna. Comment un enfant, dix enfants, pouvaient-ils être comparés à elle ?

Et, aujourd'hui, pour qui s'était-il affligé, pour qui s'affligeait-il encore ? Pour l'épouse qu'il avait failli perdre et qui pouvait encore mourir ? Non, pas pour elle, mais seulement pour l'enfant, pour les enfants qu'il n'aurait jamais.

Que Dieu me vienne en aide, dit-il à voix haute en enfonçant son poing dans la paume de l'autre main.

Puis il commença à tourner en rond, allant d'une pièce à l'autre et revenant.

Quelques mois auparavant, ils avaient emménagé dans ce bel appartement, plus vaste, pour avoir la place d'élever une famille. Ils n'avaient même pas fini de le meubler; il venait de trébucher sur un tapis pas encore fixé. Il avait pris tant de plaisir à disposer les choses auxquelles il tenait tant : la lumière du soleil sur le paysage de Monet, au-dessus de la cheminée; la vieille table anglaise dans la salle à manger; le cheval en cristal de roche sur son piédestal, cadeau de mariage de son cousin allemand qui s'était souvenu de son amour des chevaux. Il s'était même habitué à l'ameublement Arts déco du boudoir de Mimi, à ses angles incongrus, à sa table incrustée d'ivoire et de galuchat sur laquelle elle écrivait sa correspondance pour les œuvres de charité. Mais à quoi bon tout cela, maintenant ?

Il arpenta le vestibule, ne sachant même pas ce qu'il cherchait ni s'il cherchait quelque chose. Dans la bibliothèque, il resta debout à regarder, sans les voir, ses plaques et ses distinctions honorifiques que Mimi, sottement fière de lui, avait suspendues au mur, derrière son bureau. Partout son nom, Paul Werner, était écrit à l'encre noire sur du papier blanc ou en lettres de cuivre sur du bois; ses œuvres de charité, sa participation à la gestion d'hôpitaux et d'orphelinats, étaient ses titres de gloire. Le Comité américain de répartition l'y honorait pour avoir travaillé à remplir le quota de sept millions de dollars de la Ville de New York, « en vue de soulager les souffrances des ghettos d'Europe centrale dévastés par la guerre ». Un bon citoyen, pensa-t-il avec ironie, se condamnant lui-même.

Il s'empara d'une photo encadrée de Hank à l'âge de trois ans, assis sur un banc du parc, un jour où Paul l'avait emmené en promenade. Un petit visage si joyeux ! Hardi comme celui de Dan. Et pourtant un peu semblable à celui de son père, avec cette douceur autour de la bouche. Freddy avait tout de même laissé quelque chose de lui après sa mort. Avoir un garçon comme celui-là...

Ne sois pas amer, Paul. Cela ne sert à rien et ce n'est pas bien.

Sur le mur opposé, il se trouva face à face avec sa femme, dans un cadre d'argent. La photographie était la même que celle qu'il avait dans son bureau, au travail. Elle avait l'air raffinée et raisonnable; son sourire, bien caractéristique, était à la fois posé et mélancolique. Un col élisabéthain, en dentelle empesée, encadrait son long cou ; elle portait de la dentelle parce qu'il aimait cela ; elle faisait tout en fonction de ses goûts à lui. Et il avait bien raison de pleurer sur elle, sur lui, sur tout.

Puis il traversa le vestibule. La porte de la chambre d'enfant était entrouverte, aussi la lumière tomba sur le moïse capitonné. Cette superstition de bonne femme qui consistait à ne rien acheter pour le bébé avant sa naissance, et dont Marian et lui s'étaient moqués, n'était donc pas si bête, après tout. Il referma bruyamment la porte. Demain, il téléphonerait à une œuvre de charité pour que l'on vienne chercher tout cela.

Puis il se rendit à la cuisine. Buvez un verre de cognac, avait dit le médecin. Il avait fait des provisions, juste avant que ne soit proclamée la Prohibition. Il avait mis le cognac de côté pour une fête, mais il ne voyait pas ce qu'il y aurait à fêter, maintenant. Aussi se servit-il généreusement. Cela l'aiderait peut-être à dormir. Et, buvant à petites gorgées, il revint se poster à la fenêtre du salon et regarda dehors. Ici et là, dans les maisons de sa rue, une lumière brillait encore : un étudiant qui travaillait tard pour préparer un examen ? Quelqu'un qui se sentait brusquement souffrant ? Ou un amant qui venait de rentrer chez lui après des étreintes amoureuses ?

Longtemps, Paul resta debout, attendant que l'envie de dormir vienne l'apaiser. Enfin, juste avant l'aube, il alla se coucher seul dans le grand lit et ferma les yeux.

II

On était en 1923 et la peur des Rouges sévissait toujours. Jamais, dans ce pays, il n'y avait eu une répression aussi sévère, pas même pendant les pires moments de la guerre de Sécession. Le bureau des services de renseignement de l'armée avait dressé un « who's who » du pacifisme et l'avait donné aux journaux ainsi qu'aux tribunaux ; Jane Addams et Lillian Wald, les fondatrices des premiers centres d'œuvres sociales, comptaient au nombre des personnalités éminentes de cette soit-disant liste des ennemis publics de la nation. Le révérend John Haynes Holmes fut arrêté pour avoir dit ce qu'il pensait au coin d'une rue. Le président de l'Institut de Dartmouth accusa Palmer, le ministre de la Justice, de forger des dangers imaginaires uniquement par ambition politique ; on disait dans les milieux bien informés qu'il visait la présidence. Partout, on faisait circuler des pétitions, on tenait des meetings, tandis que les arrestations se poursuivaient.

Dan Roth allait prendre la parole dans une petite salle, au cœur des quartiers populaires de l'East Side. Il estimait qu'il avait trop tardé, parce que Hennie avait peur pour sa santé. Quand il s'agissait d'elle-même, elle ne craignait rien ;

partout où on l'y invitait, elle prenait la parole, attaquant et donnant des noms; elle n'était prudente qu'en ce qui le concernait, lui. Mais cette fois, elle n'avait pas pu le retenir. De plus, malheureusement, elle était au lit avec une grippe et ne pouvait donc même pas l'accompagner.

Une foule composite s'était rassemblée dans la petite salle. C'était le mélange habituel d'intellectuels et d'universitaires, habillés avec soin mais sobrement, et de syndicalistes de plus en plus nombreux.

« Et quelques communistes, aussi », pensa Paul en inspectant la salle miteuse, pauvrement éclairée.

Ce n'était pas le genre de réunions auxquelles il assistait, bien qu'il fût contre la guerre et pour la liberté de parole. L'idée lui vint qu'il n'était peut-être pas assez courageux pour militer. D'autre part, il croyait que les harangues enflammées que l'on adressait à des gens qui partageaient déjà votre point de vue ne servaient peut-être pas à grand-chose. Il n'en savait rien. Il était venu parce que Hennie le lui avait demandé. Évidemment, elle avait envie de remplir la salle.

Il était venu, aussi, parce qu'il avait eu envie de fuir la maison; ce soir, c'était au tour de Mimi de recevoir les femmes de leur club de bridge. Une fois par semaine, les hommes se retrouvaient, entre amis, pour jouer aux cartes, et leurs épouses faisaient de même dans une autre maison. Paul était le seul à ne pas jouer et cela ennuyait beaucoup Mimi. Le bridge ne l'intéressait pas; il n'arrivait pas à se rappeler qui avait donné quelle carte, et il s'en moquait. Habituellement, les soirs où les femmes venaient chez eux, il allait simplement lire dans la bibliothèque. Mais, depuis quelques temps, les réunions féminines lui tapaient sur les nerfs. Elles avaient l'air si futiles, avec leurs papotages d'oisives... En même temps, il avait honte de condamner si sévèrement un amusement bien innocent. Après tout, qu'est-ce que Mimi aurait pu faire d'autre que de passer sa vie parmi ses amies, à des réunions d'œuvres de charité et des parties de bridge ? Les sentiments de Paul étaient ambigus.

Soudain, il aperçut Leah et Meg, la fille de l'oncle Alfie,

de l'autre côté de la salle. C'est vrai, se dit-il, ce sont les vacances scolaires et Meg était revenue de Wellesley. Quelle drôle d'amitié, pensa-t-il en regardant les deux têtes penchées l'une vers l'autre. Un élégant béret de chinchilla coiffait les cheveux brillants de Leah, alors que le visage de Meg était encadré par le large bord d'un feutre; c'était un chapeau d'étudiante, mais joli et seyant. Meg était une grande jeune fille au menton fort et aux pommettes saillantes; à l'aise en pull-over et jupe écossaise, elle avait un certain éclat lorsqu'il faisait froid et que sa jolie peau rosissait. Il y avait quelque chose, dans ce visage sain et confiant, qui éveillait toujours en Paul un peu de pitié. Récemment, elle avait cependant quelque peu changé; Leah lui apprenait à s'habiller. Sa mère, maniaque de la distinction, l'avait toujours mal vêtue.

Paul aussi aurait pu penser qu'il avait « secouru » Meg, puisque c'était grâce à ses exhortations qu'Alfie et Emily lui avaient permis de faire des études supérieures. Ils l'auraient bien gardée à la maison, dépendante et infantile, toute sa vie. Elle aura de gros problèmes avec eux quand elle voudra se marier, pensa-t-il.

Il vint s'asseoir à une place libre, près de ses cousines.

« Quelle surprise! C'est une réunion de famille! » s'exclama Leah. Elle avait souvent l'air de se moquer bien que ce ne fût pas son intention réelle.

« Qu'est-ce qui t'amène ici ? répliqua Paul en badinant. Je ne me serais pas douté que tu t'intéressais autant à ce genre de choses. »

Leah lui fit un grand sourire. « Tu sais bien que non. Mais je ne pouvais pas faire de peine à Hennie.

— Moi, je voulais venir, dit Meg avec conviction. Aux cours, nous parlons beaucoup de tout cela. Ils ont même accusé le collège Radcliffe d'être "rouge" parce qu'on y a organisé un débat sur les syndicats! Tu te rends compte ? Aussi quand papa a dit ce soir, au dîner, qu'oncle Dan allait parler, j'ai décidé de venir.

— Je ne vois pourtant pas ton père », répliqua Paul malicieusement.

Meg éclata de rire, « Oh ! Tu sais que papa pense que les gens ne devraient pas se mêler de la politique du gouvernement ! C'est bien assez de s'occuper de ses propres affaires. »

Elle a le visage régulier, anglais, de sa mère, se dit Paul, mais son sourire ressemble à celui d'Alfie. Elle devrait sourire plus fréquemment. Il se demanda si elle sortait souvent avec des garçons ; sans doute que non.

Puis Dan monta à la tribune en compagnie du président de séance qui allait le présenter. Aussitôt le bourdonnement des conversations cessa et tout le monde s'installa, prêt à écouter.

Le président de séance avait des cheveux embroussaillés et un accent étranger. Il commença sur un ton ampoulé : « Ce savant distingué, ce professeur dévoué, cet homme intègre qui est venu ce soir appeler votre attention sur... », tandis que Dan, visiblement gêné, était assis tout raide, les mains crispées sur les accoudoirs de son fauteuil en bois.

Les années l'avaient très peu marqué. Il n'y avait que quelques fils d'argent dans son épaisse chevelure ; son expression restait aussi alerte ; et son costume était toujours aussi froissé, remarqua Paul avec un sourire. Appuyé contre le dossier de son siège, il se prépara à laisser son esprit vagabonder. Il savait si bien ce que Dan allait dire qu'il aurait pu prendre la parole à sa place. Après tout, il n'y avait, pour tout citoyen sensé, qu'un seul point de vue possible.

« Si nous sommes ici ce soir, commença enfin Dan, c'est que nous savons qu'il faut empêcher qu'une autre guerre se déclare. Dans le prochain conflit, je vous le dis tout de suite, il n'y aura pas de front, ni d'arrière où les tire-au-flanc de l'impôt, les politiciens corrompus et les militaristes pourront continuer à vivre confortablement tandis que nos jeunes se font massacrer... Il faut que nous réduisions au silence ceux qui veulent nous faire taire... ceux que la guerre a enrichis. »

Paul tressaillit. Tous ceux qui avaient fait fortune pendant la guerre n'étaient pas militaristes. Pas son père, qui avait simplement prêté de l'argent aux Alliés quand ils en avaient eu besoin ; les guerres coûtent cher. Dieu sait que son père n'avait pas souhaité la guerre, ni que Paul y parte. Cependant, l'argent avait afflué. Devaient-ils y renoncer ? Ils en avaient toujours donné une bonne partie et continuaient à le faire.

En présence de Dan, il se croyait perpétuellement obligé de se justifier, non à cause de Dan, mais à cause de lui-même.

« Maintenant, ils s'en prennent aux centres d'œuvres sociales ! "Ce sont des foyers du communisme en Amérique", dit Palmer. Eh bien, j'aimerais lui expliquer que ces femmes si dangereuses viennent de ce qu'il appelle nos plus belles familles. Oui, ces femmes dangereuses, qui corrompent les immigrants avec leurs leçons de cuisine, d'anglais et de puériculture... »

Il y eut un rire dans l'assistance.

« Bien sûr, vous riez ! Vous voyez combien tout cela est absurde. Ils sont en train de condamner la Conférence internationale des femmes pour la paix. Vous vous souvenez qu'elles se sont réunies à Zurich pour tenter de convaincre ceux qui signaient le traité de Versailles ? Eh bien, je dis que c'est trop injuste que ces femmes n'aient pas eu plus d'influence sur eux, car le traité contient en germe la prochaine guerre, à moins que nous, ici, nous ne fassions quelque chose. »

Dan avait élevé la voix. La salle était totalement silencieuse. Il sait tenir les auditeurs en haleine, c'est un orateur, pensa Paul, et il se fit du souci car Dan dépensait trop d'énergie, beaucoup trop d'émotion. Il faudrait qu'il prenne ses médicaments avant la fin.

Dan leva les bras et cria : « Oui, je le sais, c'est Palmer qui nous met en danger ! Il ne profère que des mensonges. Aucune de ses prédictions ne s'est accomplie et, le pire, c'est qu'il ment volontairement. Depuis deux ans, on nous dit qu'il y aura des bombes et des assassinats lors du défilé du 1er Mai. Y en a-t-il eu ? »

Un murmure parcourut la salle : non, non.

« Il voudrait étendre, renouveler les pouvoirs exceptionnels des temps de guerre, et les lois contre l'espionnage. Il bafoue les garanties constitutionnelles de la liberté de parole, de la liberté de la presse. On arrête des innocents, on les juge hors de leur juridiction. C'est un scandale... »

Le souffle lui manqua. Cramponné à la tribune, il criait maintenant et Paul, effrayé, pensa : Nous n'aurions pas dû le laisser venir.

« Écoutez ce que Clarence Darrow dit au sujet de ce qui se passe ! »

Dan prit une feuille de papier, mit ses lunettes et... trois hommes en costume sombre sautèrent sur l'estrade. Au même instant, au fond de la salle, les portes s'ouvrirent à la volée et vinrent se rabattre bruyamment contre le mur. Un flot de lumière jaunâtre, en provenance du hall, se déversa à l'intérieur et une douzaine de policiers s'engagèrent au trot dans les allées.

« Que diantre... », commença Paul.

L'auditoire poussa un hoquet de surprise puis il y eut des cris étouffés et une bousculade, les gens cherchant à voir ce qui se passait.

« Les flics ! » cria quelqu'un.

Les policiers s'étaient installés, bras croisés, au pied de l'estrade et regardaient la foule d'un air mauvais. Une femme se mit à pleurer puis, aussi brusquement que la perturbation avait éclaté, la salle devint silencieuse.

L'un des hommes en costume sombre présenta sa carte. « Vous êtes Leo... » et un nom difficile à saisir, probablement mal prononcé.

« C'est moi-même. » Le président de séance, plus petit que son interlocuteur, tenait bon. « En personne », répéta-t-il d'un air de défi.

Meg avait saisi Paul par le bras. « Qu'est-ce qu'il y a ? Qu'est-ce qui se passe ?

— C'est le ministère de la Justice, la police fédérale », chuchota Paul. Il gardait les yeux fixés sur Dan qui s'était assis, recroquevillé sur sa chaise. Étaient-ce les signes avant-coureurs d'une crise cardiaque, ou était-il simplement terrorisé ? Le propre cœur de Paul battait la chamade.

« Leo... » De nouveau le nom déformé, « Je vous déclare en état d'arrestation. Vous êtes membre du parti communiste et vous constituez un danger pour la paix et l'ordre établi aux États-Unis. Je vous ordonne de me faire connaître l'identité des membres actifs de votre parti présents dans l'assemblée.

— Il n'en est pas question.

— Ce serait beaucoup plus simple que de vérifier l'identité de tous ceux qui sont dans cette salle. »

Des cris indignés jaillirent. « Nous sommes en Amérique ! Où vous croyez-vous donc ? Montrez vos mandats ! »

Un autre officier fédéral s'avança à la tribune. « Moins de bruit, je vous prie. » Résolu, correct, il se tenait comme il l'aurait fait devant une assemblée de conservateurs. On avait dû lui donner l'ordre de ne pas utiliser la violence. Il était chargé d'emmener les suspects, rapidement et dans le calme.

« Nous sommes en possession de mandats ordonnant la fouille des locaux et des personnes présentes. Il serait préférable que vous vous y soumettiez de bon gré. Ceux qui sont à gauche de l'allée centrale, veuillez vous aligner le long du mur correspondant, ceux de droite, faites de même. »

Paul regarda autour de lui. Leah et Meg étaient assises près d'une sortie. Hommes et femmes, certains se taisant par peur, d'autres jurant de colère, se bousculaient pour venir se mettre le long des murs de la salle. Paul poussa Leah qui résista. « Va-t'en. File. Vite. » Il poussa Meg dont le visage se crispait, au bord des larmes. « Sortez, toutes les deux ! Dépêchez-vous ! Bon Dieu ! » cria-t-il en leur frayant un chemin dans la foule de plus en plus agitée. Il leur fit franchir le seuil juste au moment où un policier, ayant brusquement aperçu la porte ouverte, se précipitait pour en barrer l'accès.

Les hommes, sur l'estrade, étaient maintenant en train d'interroger Dan.

Paul l'entendit répondre : « Je ne suis membre d'aucun parti. Je ne l'ai jamais été. »

Ils lui demandèrent de vider ses poches. Ils examinèrent son portefeuille. Il n'y avait rien de subversif dedans, c'était certain. Mais que venait-il de dire sur le ministre de la Justice ? Paul essaya de se remémorer ce qu'il avait entendu quelques minutes auparavant. Quoi que Dan ait pu dire, il avait le droit de le faire. On avait toujours eu le droit de parler librement, dans ce pays... Dan et Leo restaient maintenant seuls sur l'estrade, avec un policier ; est-ce que cela signifiait que Dan, aussi, était en état d'arrestation ?

Les hommes du ministère de la Justice se mirent à examiner les gens alignés le long des murs. Soigneusement, calmement, ils fouillaient les poches et les portefeuilles, les sacs et les carnets d'adresses. Méthodiquement, ils continuaient à trier la foule, sans s'occuper des faibles protestations d'innocence ou d'ignorance, des larmes de quelques femmes et de la fureur contenue de certains hommes.

Ils en laissèrent partir beaucoup, qu'ils envoyaient dans l'allée centrale et faisaient sortir de la salle. Il faudrait au moins deux ou trois heures pour fouiller tout le monde, pensa Paul résigné.

Puis, brusquement, on l'appela avant son tour et on lui demanda de montrer le contenu de ses poches. Il se demanda si on le suspectait particulièrement, ou s'ils estimaient qu'il n'avait pas l'air à sa place, ici. Ses vêtements, qui étaient simplement ceux avec lesquels il allait travailler, le classaient à part. Accédant à leur demande, il vida ses poches : une pipe Dunhill et une blague à tabac, un étui à cigarettes gravé à ses initiales, une paire de gants de daim gris et la clef de la maison attachée à une chaîne en or, que Marian lui avait offerte pour son anniversaire, l'année dernière.

« Votre portefeuille, monsieur, s'il vous plaît. »

Oui, ce doit être à cause de mes vêtements ; ils n'appelaient pas les ouvriers « monsieur ».

Le portefeuille noir, en peau de phoque, contenait deux cents dollars en billets neufs — il aimait les billets propres et pas encore froissés —, sa carte professionnelle et des papiers d'identité à son adresse, dans la Cinquième Avenue.

Le policier replaça tout avec soin. « Et qu'est-ce que vous faites ici, ce soir, monsieur ? » Il avait légèrement souligné le mot « vous », comme pour exprimer sa surprise.

Paul sentit son indignation monter. Il osait demander à un citoyen américain de rendre compte de ses actes ? Mais le simple bon sens exigeait de se comporter prudemment avec un interlocuteur qui avait le dessus. Au moins pour le bien de Dan.

« Je suis venu écouter mon oncle. Daniel Roth. C'est un militant pacifiste, pas un communiste, je m'en porte garant ! »

L'homme eut un petit sourire. « Garant ? » répéta-t-il. C'était un homme jeune, sûrement pas plus de vingt-cinq ans, et très poli.

« Oui. C'est un enseignant, un idéaliste... » Et, cherchant ce qu'il pouvait dire pour venir en aide à Dan, il expliqua : « Il a perdu son fils à la guerre et c'est pour cette raison qu'il s'est engagé dans le pacifisme. Mais cela ne va pas plus loin. De plus, il est cardiaque. Vous n'allez pas le garder ?

— Je ne peux rien vous dire, répondit le policier. Mais vous pouvez partir, monsieur. Vous devez même partir, maintenant. Sortez par la porte principale, je vous prie. » Et il passa au suivant.

Par la porte principale. Bien sûr ! Pour qu'il ne passe pas devant Dan, toujours prostré dans son fauteuil. Lorsque l'air froid le saisit, Paul s'aperçut que son corps était brûlant, comme s'il avait eu de la fièvre.

Il n'y avait pas grand-monde sur le trottoir. Ceux qui avaient été relâchés étaient partis aussi vite et aussi loin que possible. Sous un réverbère, dans un coin, il aperçut Leah et Meg.

« Mon Dieu, s'écria Leah, tu en as mis un temps ! Que se passe-t-il à l'intérieur ?

— Tu as lu assez d'articles là-dessus. Ils sont en train de chercher des communistes.

— Alors, pourquoi est-ce qu'ils retiennent Dan ? Ils vont le garder, hein ? Où est-il ?

— Assis sur l'estrade avec cet autre type, celui qui l'a présenté. Je pense qu'ils vont probablement l'emmener. Je n'en suis pas sûr.

— Ils ne vont tout de même pas le mettre en prison ? » Meg était atterrée.

« Je ne sais pas. Nous ne pouvons rien faire tant que nous ne savons pas ce qui se passe. Je voudrais que vous rentriez, toutes les deux, dit Paul d'un air impatienté. Cela peut durer la moitié de la nuit. Je vais vous trouver un taxi.

— Moi, je refuse de partir d'ici, dit Leah. Tu ne crois tout de même pas que je vais rentrer me coucher sans savoir ce qui va arriver à Dan ? »

Meg murmura : « Hennie va être dans tous ses états. »

Son cœur, pensa Paul, et il se demanda quelle tension nerveuse Dan pouvait supporter.

Leah et Meg pensaient à la même chose.

« J'espère qu'il a ses médicaments sur lui », dit Leah.

Quelques autres personnes sortirent de la salle, regardèrent avec suspicion les trois jeunes gens qui se tenaient sous le réverbère, puis elles baissèrent les yeux et descendirent rapidement la rue. Comme des lapins effrayés, pensa Paul, mais ne le sommes-nous pas tous ? Il sentit de nouveau la colère monter en lui. Il soufflait un vent froid. Ils marchèrent de long en large. Il n'y avait rien à dire, rien à faire, seulement marcher et attendre.

Trois fourgons noirs arrivèrent et se rangèrent dans la ruelle, devant la petite porte par laquelle Paul avait fait sortir Leah et Meg.

« Qu'est-ce que c'est ? demanda Meg.

— Des fourgons cellulaires. » Voyant leur expression, Paul se hâta d'ajouter : « S'ils l'emmènent, nous paierons la caution et nous le ramènerons chez lui. Il ne peut rien se passer d'autre. »

La rue était curieusement déserte. La nouvelle avait dû se propager dans le quartier et les gens restaient chez eux, invisibles.

La petite porte s'ouvrit. Des policiers sortirent les premiers et s'alignèrent sur deux rangs, du seuil au fourgon. Entre leurs têtes, on vit des hommes et des femmes que l'on entraînait vers le véhicule. Paul crut apercevoir Dan, mais il n'en était pas sûr. Il sentit la main de Leah sur son dos.

« Laisse-moi passer... Ils ne peuvent pas faire ça, bon sang, laisse-moi passer, Paul... »

Il la retint. « Arrête ! C'est grave ! Reste en dehors de cela, ne sois pas stupide... »

Il s'adressa au policier le plus proche. « Le poste de police est-il loin d'ici ? Pouvons-nous y aller à pied ?

— A dix pâtés de maisons, au coin de l'avenue et de la 1re Rue Ouest. »

Il n'y avait pas un taxi en vue. « Dépêchons-nous », dit Paul.

Ils se mirent en route. D'autres gens les suivirent, courant presque pour être les premiers à voir leurs prisonniers. Personne ne parlait, on n'entendait que le claquement précipité des pieds sur le trottoir.

Les fourgons étaient arrivés avant eux et la salle était pleine de policiers et de prévenus. On avait dû procéder à des arrestations dans toute la ville. La foule se pressait contre les murs encrassés, et les sièges éraflés avaient été empilés. Paul vit les trois mêmes jeunes gens flegmatiques, en costume sombre, présenter leurs mandats à l'homme assis derrière le bureau surélevé. Il chercha désespérément Dan des yeux et l'aperçut dans un coin, pressé contre un crachoir.

Il le rejoignit en repoussant brutalement les gens.

« Tu vas bien, Dan ?

— Ça va. Je viens de prendre mon médicament.

— Il faudrait que tu t'assoies. Je vais demander un siège, tu ne peux pas...

— Non. Je m'inquiète seulement pour Hennie.

— Nous allons te faire libérer sous caution dès qu'ils commenceront. C'est insensé. Qu'est-ce qu'ils ont contre toi ?

— Ils me mettent dans le même sac que Leo, répondit Dan d'un ton las. Il est membre du parti communiste, et Dieu sait que je ne le suis pas. Mais ils ne me croiront pas sur parole.

— Les salauds.

— Leah et Meg n'étaient pas avec toi ?

— Je ne les avais pas amenées. Je les ai rencontrées là-bas. »

Dan sourit. « Alfie en ferait un drame s'il le savait. » Le sourire se transforma en grimace et il porta la main à sa poitrine.

« Tu te sens mal ? » Paul était affolé. « Je vais hâter les choses, t'emmener chez un médecin, ils n'ont pas le droit de faire cela, de te garder debout ainsi... »

De l'autre main, Dan le retint. « Non, ça va passer. Ne laisse pas Hennie toute seule. »

Sans tenir compte de ce qu'il disait, Paul se fraya un chemin à coups de coude, jusqu'à un agent.

« Il y a un homme malade. Il est cardiaque. Pouvez-vous l'interroger vite afin que je puisse le faire libérer sous caution ? Pour moi, cela ne pose pas de problème. »

Le visage placide du policier d'âge mûr prit un air étonné. « Sous caution ? Il n'y a pas de libération sous caution dans ces cas-là. Ce sont des cas *fédéraux*, comprenez-vous ? Qui relèvent du ministère de la Justice.

— Pas de libération sous caution ? Je n'ai jamais entendu une chose pareille. » Paul avait élevé la voix.

« Eh bien, vous venez de l'entendre. » Et le policier lui tourna le dos.

Paul était stupéfait. Un observateur qui était là lui expliqua : « Ah oui ! Mon frère a été arrêté le mois dernier. Il est toujours au pénitencier fédéral.

— Je n'y comprends rien », répéta Paul. Il se sentait impuissant ; il n'en avait pas l'habitude et n'allait pas laisser les choses se passer comme ça. Il s'appelait Paul Werner ; il savait à qui s'adresser et comment obtenir ce qu'il voulait.

L'un des policiers fédéraux s'approchait d'eux. Paul le saisit par la manche.

« C'est vrai qu'il n'y aura pas de libération sous caution ?

— Oui.

— C'est un crime. Vous avez là un innocent, un homme qui est cardiaque. J'exige sa libération sous caution ! »

L'homme regarda Paul des pieds à la tête en s'arrêtant sur sa cravate. « Vous pouvez demander ce que vous voulez, c'est votre droit. Consultez votre avocat, demain matin.

— Demain matin ? cria Paul. C'est maintenant que je vais le faire venir ! Sur-le-champ !

— Cela ne servirait à rien. Les prisonniers vont être conduits aux Tombs cette nuit même et vous ne pourrez rien faire d'ici demain. Je suis désolé. Lâchez-moi, je vous prie. » Paul le tenait toujours par la manche.

« Bon Dieu ! » s'écria-t-il.

Il rejoignit Dan qui était en compagnie de Leah et de Meg.

« Dan, c'est un scandale. Tu ne pourras pas sortir ce soir. Les salauds.

— Je m'y attendais, se contenta-t-il de répondre.

— Je te jure que nous te ferons sortir demain dès l'aube ! Dan, tu tiendras le coup ? »

Ses joues avaient des reflets bleus et Paul en était malade de peur. Les deux jeunes femmes que la frayeur rendaient muettes tenaient chacune Dan par le bras, comme pour l'aider à s'appuyer sur elles. Personne ne dit plus rien. Le bruit des voix, le grouillement des corps, l'air fétide vous soulevaient le cœur. Une demi-heure plus tard, on appela le nom de Dan et ils le laissèrent partir. On l'amena au bureau, il y eut un bref échange de paroles et Dan Roth, condamné à la détention préventive aux Tombs, fut emmené.

Les deux femmes laissèrent alors couler leurs larmes.

« Je vais rejoindre Ben à la maison. C'est un avocat plein de ressources, dit Leah. Il trouvera un moyen de nous sortir de là.

— Je vais chez Hennie, dit Meg. Et je ne rentrerai pas à l'université avant que tout cela soit terminé », ajouta-t-elle avec un petit air de défi.

Paul ne put se retenir de sourire. La petite Meg prenait de la personnalité.

Assis à son bureau, Ben Marcus dominait Grand Central Station. Ses diplômes de lois et de comptabilité, dans de beaux cadres d'acajou, étaient accrochés derrière lui. Du dix-septième étage, il pouvait voir les bras est et ouest de la rivière ; au nord se déployait le tapis vert et oblong de Central Park. Ses lacs et ses mares ressemblaient à des diamants de chez Tiffany que l'on aurait laissés tomber sur un tapis, pensait-il tout en attendant que la famille arrive.

Cela faisait trois jours, ce matin, que Dan avait été arrêté et il était toujours détenu aux Tombs.

Cette prison méritait bien son nom, se dit Ben avec un frisson ; elle était aussi froide et aussi humide qu'un donjon du Moyen Age. La peur planait dans ses corridors. Des voleurs, des épaves, l'écume — et les tragédies — de la ville y souffraient, juraient, pleuraient, battaient les murs de leurs poings. Dieu leur vienne en aide, pensa-t-il, car, bien qu'il fût un homme ambitieux, à l'esprit éminemment pratique, il avait aussi du cœur et de l'imagination. Cela l'aurait hanté durant des jours s'il avait dû mettre les pieds dans une cellule, ce qui ne risquait guère de lui arriver ; étant donné sa clientèle, il avait plus affaire aux contrats et aux bilans des entreprises qu'aux délits des rues. Il frissonna de nouveau.

Pourquoi un homme comme Dan avait-il été se fourrer dans un tel pétrin ? Les temps étaient très dangereux pour ceux qui avaient ce qu'on pourrait appeler « le cœur à gauche » ; il aurait été plus diplomatique de se taire jusqu'à ce que la situation change, ce qui ne saurait tarder.

Dan était un drôle de type. Sympathique, mais bizarre. Entêté comme un âne rouge. Agaçant, parfois, avec ses airs de saint, surtout quand il donnait son opinion sur la manière d'élever l'enfant de Leah. Par exemple, pour lui, seul l'enseignement public importait. Hank avait sept ans et Leah aurait voulu le mettre dans une bonne école privée, ce qui était tout à fait normal. Ils avaient assez d'argent pour le faire ! L'argent de Dan, se dit Ben en secouant la tête.

Dans quelle drôle de tribu il était entré ! Il n'y en avait pas deux pareils et pourtant ils se tenaient tous comme les doigts de la main. Ayant grandi sans famille, cela ne lui déplaisait pas.

Prenez Hennie et Dan... ils étaient uniques, ces deux-là. Ben ne pouvait pas comprendre comment on pouvait se satisfaire d'une situation médiocre. Aussi loin qu'il se souvienne, quand il était encore un petit gamin du Bronx, il avait décidé de s'élever.

Alfie, le frère de Hennie, avait beaucoup plus de bon sens mais, en dépit de son indéniable réussite, on n'avait pas l'impression qu'il avait vraiment mûri. Étrange, de dire ça d'un homme corpulent de quarante-cinq ans ! C'étaient peut-être ses éclats de rire, toute cette nature expansive, qui faisaient de lui un éternel adolescent. On pouvait aussi se poser des questions sur son mariage, dont il semblait tout à fait satisfait, comme Emily ; et, pourtant, ils n'avaient pas grand-chose en commun. Pour commencer, il y avait eu le fait qu'Alfie était juif et Emily chrétienne ; des deux côtés les parents s'étaient opposés au mariage. Ensuite, elle était calme, et lui bon vivant. Emily était cultivée, et Alfie n'avait jamais ouvert un livre de sa vie. Bien sûr, il gagnait beaucoup d'argent, ce qui pouvait aplanir bien des difficultés. Cela avait sûrement facilité leur ascension sociale — et c'était vraiment absurde ! — mais, Alfie étant juif, cette ascension avait des limites. Même les grandes réceptions à Laurel Hill ne pouvaient pas y faire grand-chose, pensa Ben en évoquant la campagne verdoyante du New Jersey, la ferme luxueusement rénovée avec ses dépendances, la piscine et les courts de tennis, ainsi que le troupeau de belles vaches fauves dans l'étable.

J'aimerais bien avoir une propriété comme ça, un jour, se dit-il, si Leah en avait envie, bien sûr. Mais elle adorait la ville, elle ne voudrait probablement pas, et c'était très bien ainsi. Tout ce que Leah voulait lui convenait aussi. Il eut un petit rire. Il avait gagné la perle de la famille !

Il la compara à l'épouse de Paul, Marian, une femme très convenable. Raide comme un manche à balai et à peu près aussi sympathique. Il se demanda quels étaient les sentiments de Paul envers elle. Il n'aurait pas été surpris d'apprendre qu'il entretenait une mignonne petite quelque part ! Ce n'était pas lui qui lui jetterait la pierre. Mais pas moyen d'être assez intime avec Paul pour le connaître vraiment. Et, pourtant, on l'aimait. On le respectait. Il avait... quel était le mot exact ? De l'autorité. Elle n'était pas due à la situation dont il avait hérité, encore que cela lui fût d'une aide précieuse. Non, c'était une force en lui. C'est drôle, se dit Ben, mais je m'en suis souvent remis à lui, et cela ne me gêne pas, pourtant je ne m'incline pas facilement devant les autres.

Aujourd'hui, c'est moi qu'ils viennent trouver ; ni Alfie, ni Paul n'ont abouti dans leurs démarches.

Il se leva et s'approcha de la fenêtre. Il avait un visage étroit, des yeux vifs et pleins d'humour, des cheveux brun-roux qui faisaient penser à un renard. Ses yeux brillaient de plaisir tandis qu'il étudiait la rue, repérait le musée dans le parc, calculait le prix de location de sa maison, si bien située. Il s'était élevé ! Et il continuerait ; il ne faisait pas figure d'indigent, de parasite parmi les riches parents de sa femme ; il pouvait tenir son rang. Il écoutait toujours Leah ; elle avait un goût parfait.

Il les entendit arriver, reconnut les voix de Paul et d'Alfie.

Paul avait l'air abattu. « Rien. » Il leva les bras. « J'y étais encore hier après-midi. Il tient le coup, mais il a très mauvaise mine... Je ne sais pas combien de temps ça pourra durer.

— Il ne mange pas, il ne dort pas, confirma Alfie. Ça vous brise le cœur. Hennie y est allée hier. Elle peut à peine tenir debout. Dan dit qu'il ne faut plus qu'elle vienne. »

Il y eut un profond silence. Ben, qui griffonnait sur un bloc-notes, fronça les sourcils en réfléchissant à quelque chose.

« Oh ! dit Alfie. Tu as fait des travaux ! Une nouvelle moquette. C'est beau. Très beau. »

Paul lui lança un coup d'œil, puis se tourna vers Ben. « J'ai passé la soirée d'hier avec mon avocat. Bien sûr, il est spécialisé dans les testaments et les fidéicommis, mais il connaît beaucoup de monde. Il a essayé ici, à New York. Il a téléphoné toute la journée à Washington. Voilà où j'en suis, et ce n'est pas beau. »

Alfie, réprimandé, fit amende honorable. « Je me suis même adressé à mon agent de change. Un homme très riche, d'une grande famille, un Fils de la Révolution américaine, et tout ce qui s'ensuit. J'avoue qu'avec tout l'argent que je lui ai fait gagner, je croyais qu'il coopérerait un peu plus, mais il estime que les gens comme Dan n'ont que ce qu'ils méritent. Je ne sais pas... » Alfie avait l'air perplexe. Il termina sa phrase d'une voix étouffée.

Ben tambourinait sur son bloc-notes avec un crayon. « Alors, on dirait que nous sommes dans une impasse, non ?

— J'en ai peur, répondit Paul. Vous savez, dès le moment où ces hommes ont sauté sur l'estrade où Dan était en train de parler, j'ai eu l'impression de vivre un cauchemar. Je ne peux pas m'empêcher de penser à Alice au Pays des Merveilles. De plus en plus étrange. Le poste de police et la cellule. Dan Roth assis sur un lit de camp crasseux, dans une cellule. Et pourquoi ? Qu'a-t-il fait, bon sang ? Nom de Dieu ! J'ai presque envie d'y aller, de tout faire sauter et d'enlever Dan ! »

Ben n'avait jamais vu Paul dans cet état et il l'observa avec intérêt. Sa cravate était de travers ; il n'avait pas ôté son pardessus et son chapeau était tombé par terre.

Alfie, qui lui non plus n'avait probablement jamais vu Paul si inquiet, demanda presque timidement comment les choses allaient se dérouler.

« Dans quelques jours, il va passer devant les juges, répondit Paul. Le rôle des causes est surchargé, c'est pourquoi son cas a traîné si longtemps. Et puis ce sera la prison fédérale. Je ne sais pas pour combien de temps. Ça va le tuer, conclut-il. Le tuer. »

Il y eut un autre silence jusqu'à ce que Ben dise : « Pas d'autre solution. »

Paul soupira. « J'ai demandé partout. Au monde de la banque, au club du barreau, à mon député et à mon sénateur. A tous ceux auxquels j'ai pu penser. Et à mon père aussi. Je dois dire qu'il a fait le maximum, et pourtant, vous vous en doutez, il désapprouve le genre de choses dont se mêle Dan. » Il réussit à sourire d'un air piteux.

« J'imagine », dit Ben. Il n'avait rencontré le vieil homme que deux ou trois fois, mais n'avait eu aucun mal à le jauger : col raide, moustache prussienne, souliers montants.

« Alors, qu'est-ce que nous allons faire ? » L'exclamation d'Alfie était presque un gémissement.

« Je vais vous le dire, intervint Ben. J'ai pensé à quelque chose. Je ne sais pas si ça va marcher. Je n'en sais rien. »

A vrai dire, il y pensait depuis la veille et, pour des raisons connues de lui seul, il hésitait.

« J'ai un client qui ne s'est adressé à moi que récemment, je ne le connais pas bien... pas encore. Mais il a énormément de relations. C'est un homme qui a vraiment des relations exceptionnelles.

— Eh bien, pourquoi ne pas lui téléphoner tout de suite ? Qu'est-ce que tu attends, si c'est un homme si merveilleux ? demanda Paul presque en colère.

— Ça pourrait coûter gros. »

Paul et Alfie répliquèrent presque en même temps. « Bon Dieu, Ben, qu'est-ce que cela peut faire ?

— D'autre part, cela peut aussi ne rien coûter du tout.

— Qu'est-ce que c'est que tous ces mystères ? Contacte-le, ordonna Paul. Je dois avouer que j'ai exploité toutes les ressources à ma disposition. Peu m'importe l'identité de cet homme, je veux que Dan sorte de là avant de succomber à une crise cardiaque ou que Hennie fasse une dépression nerveuse ! »

Ben se leva. « Il est 9 h 30. Il doit être à son bureau, non loin d'ici. Je vais y faire un saut. C'est trop important pour que je règle ça par téléphone. Où allez-vous, tous les deux ?

— Nous passons voir Dan. Et, après, Hennie, dit Paul en rajustant sa cravate.

— Hennie est encore chez nous. Leah n'a pas voulu la laisser seule dans l'appartement. » Ben était déjà à mi-chemin de la porte. « Je vous appellerai chez moi dès que je saurai quelque chose. Si ça marche. »

Paul lut le *Times* et le *Wall Street Journal* de la première à la dernière page ; cette attente avait commencé à lui donner la migraine. Momentanément seul dans la bibliothèque, il entendait les bruits de la maison, les femmes qui étaient restées tout l'après-midi à prendre le café dans la salle à manger, Hank qui était rentré de l'école avec deux petits camarades. Leurs voix perçantes avaient résonné joyeusement dans la cage de l'escalier. Ses yeux firent le tour de la pièce, du Steinway aux rideaux de soie pâle, de la pendule en or sur la cheminée au rose éteint du tapis d'Orient... tout avait été acheté par Dan lorsqu'il avait fait cadeau de la maison à son fils.

Et, maintenant, il était aux Tombs. Une drôle d'histoire, parmi toutes les drôles de choses de ce drôle de monde.

Leah avait ajouté sa touche personnelle à ce luxe tranquille. Elle commençait à collectionner des œuvres d'art en consultant Paul sur ses achats. Elle gagnait beaucoup d'argent. Elle avait agrandi sa boutique dont on parlait souvent dans *Vogue* et dans *Harper's Bazaar*. Ben aussi gagnait de l'argent et s'élevait avec une étonnante rapidité pour un jeune avocat dépourvu de toute relation familiale. Le spacieux bureau de ce matin... et les nouveaux bijoux de Leah... Paul remarquait ce genre de choses et savait en reconnaître la valeur : une jolie bague avec une émeraude, de superbes perles au fermoir orné de diamants. Enfin, cela ne le regardait pas.

D'un pas nerveux, il traversa le vestibule pour se rendre à la salle à manger. Leah, Emily, Marian, Meg et la mère de Paul tournaient autour de Hennie qui était assise et ne disait rien. Elle serrait ses mains l'une contre l'autre, sur ses genoux, et son visage était gris.

« Nous voudrions qu'elle mange un peu, dit Marian. De toute la journée elle n'a pris que du thé. »

Elles parlaient toutes en même temps. « Elle a encore de la fièvre, elle a raison de ne pas manger. Elle devrait se coucher. Monte dormir un peu, Hennie. Nous t'appellerons s'il y a du neuf, tu le sais bien. »

Mais Hennie secoua la tête, but une gorgée de thé, soupira et croisa les mains de nouveau.

Je ne sais pas comment elle réagirait, pensa Paul tandis qu'une terrible éventualité se présentait à son esprit. Étant donné ce qui venait d'arriver, on pouvait même la considérer comme une probabilité. Dan pouvait se voir infliger une sentence sévère, et que faire pour Hennie, alors ? Comme toujours, il sentit la force des liens du sang qui unissaient les siens, que les gens extérieurs à la famille remarquaient toujours parce que c'était une chose qui se perdait en ce moment. Il se demanda pourquoi il en était si conscient, bien plus que son père et sa mère.

Alfie entra, l'air découragé. « Je viens encore de téléphoner au bureau de Ben. Il n'est pas rentré et n'a pas appelé. Est-ce que cela veut dire qu'il se passe quelque chose ? »

Personne ne répondit et Alfie suivit Paul qui retraversa le vestibule.

« Dan et sa politique socialiste, grommela Alfie. Mais je suis bien obligé de reconnaître qu'il est sincère et l'a toujours été.

— Non, ce n'est pas un véritable socialiste, répliqua Paul qui avait un penchant pour la précision. Il n'a jamais fait de politique.

— Le résultat est le même, répondit Alfie d'un air morne. Cette peur des Rouges... cela passera. A quoi bon s'en mêler ? Je vais te dire une chose : Margaretta n'a rien à voir làdedans. Elle devrait retourner à ses cours, mais impossible de la faire changer d'avis.

— Meg a grandi, Alfie. Elle pense par elle-même maintenant.

— Oh ! Je sais, je sais. Bien sûr, je comprends qu'elle soit très attachée à Hennie, elle l'a toujours été, même toute petite. Tu sais, j'ai l'impression que Meg ressemble beaucoup plus à tante Hennie qu'à sa mère. »

L'après-midi tirait à sa fin. Les femmes, qui avaient apparemment bu tout leur content de café et de thé, passèrent dans le salon. Elles se partagèrent les pages des journaux que Paul avait abandonnés et la conversation tomba ; elles n'avaient plus rien à dire. Quelqu'un alluma les lampes ; le jour était presque écoulé et toujours pas de nouvelles, c'était déprimant.

Hank et ses amis descendirent l'escalier en courant. Quand il les eut reconduits à la porte, il revint. Son entrée ramena un peu de vie.

Dépourvu d'inhibition et même un peu vantard, il exhiba ses exercices d'écriture, ses opérations d'arithmétique, ses dessins et toutes ses prouesses du cours moyen. Il le fit avec l'aisance d'un enfant habitué à l'attention des adultes et qui s'attend à ce qu'ils l'écoutent. Il a le charme de Dan, se dit Paul tandis que Hank, pelotonné sur le divan à côté de Hennie, étalait ses dessins sur les genoux de sa grand-mère et la sortait enfin de la terrible transe où elle était plongée depuis trois jours. En observant cette petite scène, Paul bénit le ciel. Tout aurait pu être si difficile pour l'enfant : soit un foyer sans père, soit, si le destin de Freddy avait été différent, une maison triste avec un père angoissé et une mère malheureuse luttant, comme il savait que Leah l'aurait fait, pour dissimuler son infortune. Oui, la fin tragique de ce pauvre Freddy n'avait pas été sans bénéfice pour l'enfant qui avait maintenant un foyer agréable et, en Ben, un père bon pour lui, c'était l'évidence même.

Ces pensées furent interrompues par le retour d'Alfie qui était allé téléphoner dans la bibliothèque.

« Je viens d'appeler le bureau de Ben. La secrétaire m'a dit qu'il était parti il y a une demi-heure. Pour rentrer chez lui. Elle n'en sait pas plus. »

Tout le monde poussa un soupir. C'est à ce moment que la sonnette de l'entrée résonna ; on entendit la domestique arriver en courant de l'office pour répondre ; puis des voix, plusieurs voix... Tous se levèrent.

Ben entra alors, un grand sourire triomphant aux lèvres. Suivi de Dan qui courut se jeter dans les bras de Hennie. Un troisième homme surgit et demeura sur le seuil, que dans leur émotion ceux qui étaient dans la pièce ne remarquèrent pas.

« Oh ! Mon Dieu ! » Pour la première fois depuis trois jours Hennie éclata en sanglots tandis que Dan l'étreignait et que Hank tirait son grand-père par la manche, et que tout le monde se pressait autour d'eux.

« Que s'est-il passé ?

— Comment vas-tu ?

— Tu te sens bien ?

— Oh ! Ben, c'est un miracle !

— Comment as-tu fait ?

— Dan, assieds-toi. As-tu faim ? Laisse-moi te servir un verre. »

De son bras libre, Dan leur fit signe de s'écarter. De l'autre, il tenait fermement Hennie par la taille.

« Je vais bien. Tout va bien. Je n'ai pas faim. Mais vous pourriez me donner un peu de cognac. »

Meg se précipita pour aller chercher la bouteille.

« Maintenant, laissez-le s'asseoir », dit Ben. Il était l'homme de la situation et en tirait une grande satisfaction. « Voici celui que nous devons tous remercier. C'est Donal Powers, qui a su quoi faire. » Et il montra du geste l'homme qui se tenait sur le seuil et avait regardé en silence l'émouvante scène de bonheur. Powers salua avec une élégance raffinée.

« C'est un plaisir pour moi de rendre service à la famille de Ben. Un plaisir. »

On fit les présentations ; on entoura Powers ; tout le monde voulut lui serrer la main et s'émerveiller qu'il ait pu faire ce que personne d'autre n'avait réussi à accomplir. On le remercia, encore et encore, et Hennie l'embrassa en pleurant.

En une seconde, l'atmosphère lugubre de l'après-midi s'était évaporée. La gaieté régnait maintenant dans la pièce ; tous les yeux brillaient. On fit apporter du champagne ; une domestique apparut avec des assiettes pleines de petits amuse-gueule, des saladiers de champignons farcis et de crabe épicé ; Ben invita tout le monde à dîner.

« C'est un buffet improvisé à la dernière minute. Mais vous ne repartirez pas le ventre vide », s'écria gaiement Leah. Elle aimait cela, recevoir, être le centre de la fête. C'était une excellente hôtesse.

Mais Paul se replia sur lui-même et ne participa pas à ce joyeux bavardage. C'était une attitude mentale qu'il n'utilisait que rarement, lorsqu'il était fatigué, comme aujourd'hui après cette épreuve... ou quand il était préoccupé.

Il savait que ses sentiments étaient mitigés... De la gratitude... bien sûr ! Mais il y avait aussi autre chose qui n'était pas... eh bien, pas très positif. Il se sentait un peu humilié. Si jeune soit-il, il avait toujours été, dans la famille, celui qui savait ce qu'il fallait faire. Il venait de connaître son premier échec.

Son nom aurait dû suffire pour obtenir la libération de Dan, même face au fanatisme délirant qui régnait actuellement ; ce nom respecté n'avait eu aucune influence. Mais celui de cet homme, le nom de cet homme, si. Pourquoi ?

Perplexe, Paul l'observa. Il n'avait guère plus de trente ans, était brun et bien bâti. Et impeccable, comme s'il venait tout droit de sa salle de bain. Sa veste en cachemire sortait certainement des mains d'un tailleur anglais. Il portait des chaussures faites sur mesure. Il se conduisait avec autant de dignité qu'un ordonnateur de pompes funèbres ; il bougeait et parlait avec retenue, et il y avait cette petite inclinaison courtoise de la tête. Cependant, malgré cette prétention à la distinction, Powers avait l'air indompté. Paul avait rencontré assez d'hommes puissants pour les reconnaître au premier coup d'œil. Powers ! Le bien-nommé, pensa-t-il.

Qui était-il ? Qui connaissait-il ? Le temps le dirait. Il finissait toujours par le faire.

Paul emplit son assiette, l'emporta dans la bibliothèque et se trouva un siège juste en face de celui où Powers s'était installé pour parler avec Ben. Il était incapable d'entendre ce qu'ils disaient, mais il vit que Ben était plein de déférence vis-à-vis de son client. Powers avait une bouche autoritaire ; on imaginait facilement l'expression qu'elle devait avoir lorsqu'il se mettait en colère. Ses yeux, aux longs cils, étaient féminins, mais il n'y avait rien d'efféminé chez cet homme. Les femmes devaient aimer ces yeux-là.

Brièvement, ils croisèrent le regard de Paul, puis se détournèrent. Il sait que j'essaie de comprendre qui il est, se dit Paul. Quelques minutes plus tard, lorsque Ben se leva, Powers vint à lui.

« J'ai cru comprendre que vous étiez dans la banque. *La* Werner.

— Oui, répondit Paul qui n'aimait pas la manière dont il avait souligné l'article.

— Ce doit être une terrible épreuve de voir son oncle arrêté. Un événement exceptionnel dans une famille comme la vôtre. » Il avait l'air de s'amuser.

« Dan est un homme exceptionnel, dit Paul un peu sèchement.

— C'est ce qu'on m'a dit. Ben m'en a parlé. C'est un inventeur, si je ne me trompe ? »

Paul n'avait pas envie de parler de Dan. Pourtant, c'était naturel qu'un homme s'intéresse à celui qu'il avait sauvé, aussi donna-t-il brièvement quelques explications.

« Il a dû se faire pas mal d'argent, dit Powers.

— Oui. Mais il n'a pas voulu garder un centime pour lui, parce que cette invention a été utilisée pour la guerre. La transmission radio en mer.

— Ben m'a expliqué, pour la maison. Quelle belle demeure ! Et sur la Cinquième Avenue.

— Oui. Dan l'a donnée à son petit-fils. A Hank.

— Alors que lui vit dans un vieil immeuble. » Il ne cacha pas son mépris.

« C'est propre et confortable, répliqua Paul en se contenant. Dan et Hennie y sont très heureux.

— Oui, il faut de tout pour faire un monde, n'est-ce pas ?

— Bien sûr. »

Et Powers, pas convaincu, mais voulant apparemment conclure sur une remarque accommodante, dit calmement : « C'est un vieux bonhomme très sympathique. Je suis heureux d'avoir pu lui rendre service.

— Et moi, je suis heureux que vous ayez pu le faire.

— Qui est la jeune fille à la robe rouge ?

— Ma cousine Meg. Meg DeRivera.

— On ne m'a pas présenté à elle. Je crois que je vais aller le faire tout seul. »

En quoi Meg l'intéresse-t-il ? se demanda Paul tandis que Powers s'éloignait. Ce n'est sûrement pas *son* type... et il se tourna vers Hank qui savait que son cousin Paul était toujours prêt à l'écouter.

Une heure au moins plus tard, après être monté dans la chambre de Hank pour voir tous ses jouets, Paul redescendit, toujours suivi par le petit garçon. Il entra dans le salon où quelqu'un chantait.

Meg était au piano. Elle n'était pas très douée, mais pouvait tout de même s'accompagner. Donal Powers se tenait debout près de la queue du piano et la regardait.

Sa robe, couleur cerise, d'une élégance toute française, venait sûrement de la boutique de Leah. Meg avait les joues rouges et semblait heureuse. Bien sûr, tout le monde ici ce soir était heureux. Mais son entrain n'avait-il pas quelque chose de spécial, de différent, d'inhabituel ?

« Tu ne m'écoutes pas, Paul, protesta Hank.

— Oh ! C'est toute cette nourriture et puis j'ai un peu sommeil. » Il pensait : Mais c'est qu'elle est jolie ! Et il vit pour la première fois que Meg pouvait rayonner.

Il s'était produit quelque chose depuis une heure. Elle avait cessé de jouer et laissait ses mains errer sur le clavier et en tirer quelques notes au hasard, tandis que son visage se tournait vers Donal Powers.

Paul était debout près d'Alfie lorsque Powers s'approcha, Meg à ses côtés.

« J'espère que vous me permettez d'inviter votre fille à dîner demain soir, monsieur DeRivera. »

Alfie s'empourpra. « Eh bien, si vous êtes sûr que vous... c'est très gentil, oui... Vous avez été tellement gentil, dit-il sans se rendre compte de la maladresse de sa réponse. Vous vous êtes donné tant de mal pour nous, ajouta-t-il, encore plus maladroitement.

— C'était tout naturel, répondit Powers en souriant. C'est une honte de garder en prison un homme aussi inoffensif. »

Paul fit la grimace intérieurement. Dan, le vaillant militant, n'aurait pas aimé que l'on dise de lui qu'il était « inoffensif ». Heureusement, Dan n'avait pas entendu.

Alfie songea soudain : « Meg doit retourner à l'université demain.

— C'est samedi, lui rappela Donal Powers. Elle pourra prendre un train dimanche matin de bonne heure. Je ne la garderai pas longtemps.

— Oui, papa. Je n'ai pas cours le samedi, cette année.

— Bon », conclut Ben.

Donal Powers lança un coup d'œil à Meg. C'était un regard triomphant, malicieux, intime. Paul vit ce qui était en train de se passer, ce qui était déjà arrivé. Il s'agissait certainement d'une attirance sexuelle, l'air même en était imprégné. Il y avait, entre ces deux êtres, quelque chose de palpable, une chaleur subite. Cela était arrivé presque aussi rapidement entre Anna et lui. Les signes étaient clairs : les joues rouges de la jeune fille, sa voix aiguë, ses yeux qui se détournaient ; les regards appuyés de l'homme, son brusque silence. Paul les reconnaissait tous.

« Je ne sais même pas qui est ce type, se plaignit Alfie, un peu plus tard. Mais, étant donné les circonstances, je ne pouvais pas refuser, n'est-ce pas ? »

Ben lui jura que Meg était dans de bonnes mains. « C'est un homme bien, tu n'as rien à craindre. » Il devint enthousiaste. « C'est une de ces remarquables histoires américaines. Il s'est vraiment élevé tout seul. Il est né pauvre comme Job. Et tu as vu quel homme raffiné il est devenu.

— Mais que fait-il ? insista Alfie.

— Oh ! Des tas de choses. C'est un entrepreneur, il fait travailler son argent. Il est surtout propriétaire de quelques restaurants. »

Sans savoir pourquoi, Paul en doutait.

« Il investit aussi pas mal dans l'immobilier, poursuivit Ben. Il connaît des gens partout. Il est très mêlé au monde de la politique. De l'un ou l'autre parti, peu importe. La politique produit parfois des associations singulières. » Comme Alfie, Ben avait tendance aux clichés. « Je crois, mais je n'en suis pas sûr et ne vais pas le lui demander, qu'il a fait sortir Dan grâce à quelqu'un du ministère de la Justice. L'essentiel, c'est que Dan soit ici. Et qu'il s'en soit bien tiré. »

Car Dan, toujours aux côtés de Hennie, était en train de rire.

Je ne dirais pas cela, pensa Paul ; c'est une expérience qui doit vous marquer, surtout lorsqu'on souffre d'une angine de poitrine. Dan avait très mauvaise mine et l'aspect bleuté de ses joues semblait de mauvais augure.

« Il vaudrait mieux qu'il rentre se reposer », dit Paul, et, se tournant vers son oncle : « J'ai gardé la voiture à ta disposition toute la journée. Elle est en bas. Marian et moi, nous pouvons t'emmener maintenant.

— Toujours optimiste », s'exclama Hennie, reconnaissante.

Dehors, dans le brouillard nocturne, le policier privé engagé par les propriétaires des maisons de la rue pour garder leurs objets de valeur et préserver leur bien-être marchait de long en large sur le trottoir. En se dirigeant vers l'est, vers l'humble rue où vivaient Dan et Hennie, Paul fut frappé comme toujours par le contraste. Il fallait être d'une autre trempe pour tourner le dos aux biens matériels et au confort, alors qu'on aurait pu en profiter.

Dan était épuisé ; il resta sans parler, la main de sa femme serrée dans la sienne. Dès qu'il les eut laissés devant chez eux, Paul soupira.

« Tout est bien qui finit bien.

— Cela se terminerait encore mieux s'il n'avait pas quatre étages à monter avec le cœur qu'il a, répliqua Marian. Ça devient absurde qu'ils se fassent passer pour pauvres.

— S'il y a une chose dont tu ne peux pas les accuser, ni l'un ni l'autre, c'est de poser.

— En tout cas, ces derniers jours, toute cette histoire est devenue ridicule. C'est allé trop loin. »

Une perversité qui ne lui était pas naturelle poussa Paul à prolonger la discussion en faisant semblant de ne pas comprendre. « Qu'est-ce qui est allé trop loin ? La police ? Ça oui.

— Je ne parle pas de la police, mais de Dan. » Mimi avait l'air exaspérée. « Il n'ouvre la bouche que pour s'attirer des ennuis. Il les cherche ! Il savait bien qu'il courait un risque et, même si le ministre de la Justice a tort, une personne sensée serait restée bouche cousue.

— C'est ce qu'a dit Alfie.

— Eh bien, pour une fois Alfie a raison. Toute cette campagne, ça fait tellement... tellement bolchevique.

— C'est absurde. Dan n'est pas pour les Russes.

— Il agit comme s'il l'était. Tu sais que je l'aime beaucoup, mais c'est pourtant la vérité. »

L'envie de discuter lui passa aussi vite qu'elle était venue. Il sentit soudain, maintenant que la crise était passée, tout le poids des événements, de l'horrible moment où la police s'était emparée de Dan, sur l'estrade, à celui où il était entré, cet après-midi, dans la maison de Leah.

Il avait commencé à pleuvoir ; une pellicule huileuse glissait sur la chaussée ; les essuie-glaces grinçaient. Il se pencha, se concentrant sur la conduite, tandis que Mimi continuait à se plaindre.

« J'ai toujours trouvé bizarre qu'il y ait des gens aussi différents parmi nous, les Juifs. Des gens comme... oh, ceux de notre synagogue ou de notre club, et d'autres comme Hennie et Dan. »

Il dut entrer de nouveau dans l'arène. « Sans t'en apercevoir, tu es tombée dans le piège de l'antisémitisme. Pourquoi ne serions-nous pas différents les uns des autres ? Personne ne trouve bizarre qu'un maître d'Oxford et un rustaud des Appalaches soient tous deux anglo-saxons ?

— D'accord, disons que ce n'est pas étrange. Mais disons que certains d'entre nous déconcertent les autres. Ne parlons pas de Dan, il nous est trop proche. Prenons l'autre homme qui a été arrêté avec lui. Il est probablement arrivé de son pays il y a une dizaine d'années, il a survécu grâce aux aumônes de familles comme les nôtres et, maintenant qu'il a réussi à s'intégrer, il se met à faire des discours et à attirer l'attention, au lieu de se contenter de gagner sa vie dans son métier. Probablement l'industrie du vêtement, d'ailleurs, conclut-elle d'un air dédaigneux. C'est toujours de là que sortent les fauteurs de troubles.

— Pourquoi méprises-tu les métiers du vêtement ? Tu penses du bien de Leah, pourtant ?

— Évidemment. Je l'aime beaucoup, bien que je t'avoue que je la préférais avant qu'elle devienne si prospère et si célèbre. Mais tu sais parfaitement qu'elle ne serait pas du tout à sa place à l'Harmony ou au Century.

— C'est vrai. »

Pour faire partie du Century Country Club, il fallait être d'origine allemande. Personne ne le disait ; ce n'était certainement pas dans le règlement, mais cela se passait ainsi et tout le monde le savait. Bien que Paul y fût inscrit, il s'y rendait rarement et n'allait pas se mettre à contester ses coutumes. Si les membres le voulaient, c'était leur affaire. Il y avait, dans le monde, de plus grandes injustices à combattre et Paul le faisait. Les affaires mondaines, il les laissait à Mimi. Ce n'était pas un homme de club. Il n'avait pas de temps à perdre.

Mimi descendit devant leur immeuble et il alla mettre la voiture au garage. En revenant, il s'aperçut qu'il fronçait les sourcils et détendit ses muscles faciaux. Mimi avait, comme lui, été élevée dans un certain milieu. On était formé par lui et l'on ne pouvait pas y échapper complètement ; Paul ne l'avait jamais tenté et n'éprouvait aucun désir de le faire. C'était un milieu bien, raffiné et rassurant. Mais Paul n'avait pas le même genre d'esprit que sa femme. Avait-elle toujours été comme maintenant ? Autant qu'il s'en souvienne, elle n'adoptait pas, autrefois, cette... il réfléchit... cette attitude intolérante, elle ne se plongeait pas comme aujourd'hui dans ce snobisme et ces histoires de classe. Il essaya de comprendre. Elle souffrait. Elle était encore si jeune, à peine trente ans, et avait perdu un organe vital, sa matrice. On le lui avait dérobé ; elle se sentait peut-être mutilée. Était-ce comme d'être émasculé, pour un homme ? Il n'en savait rien.

Il décida d'être patient avec elle, de ne plus se laisser entraîner dans des prises de bec inutiles et geignardes.

Cependant, il se produisait tout de même des choses qui mettaient sa patience à l'épreuve et qui le contrariaient. La manière dont elle parlait en public de ce qu'elle appelait son « épreuve ». Bien sûr, c'en était une ; le médecin lui-même l'avait dit au cours de cette effroyable nuit. Mais pourquoi se croyait-elle obligée de rappeler sans cesse l'histoire pathétique de cet enfant mort-né ? Parfois après dîner, lorsque les hommes se tenaient entre eux, à l'autre extrémité d'un grand salon, chez quelqu'un, il l'entendait répéter le récit des souffrances qu'elle avait endurées, avec une espèce de fierté, comme si elle s'attendait qu'on la complimente de son héroïsme. Il grimaçait intérieurement; elle ennuyait les gens, elle se conduisait comme une sotte. Une fois, il avait intercepté un échange de regards entre deux femmes qui, ayant mis au monde tout à fait normalement un ou deux enfants sains, regardaient Mimi avec pitié et mépris, et s'enorgueillissaient tout aussi sottement de la chance qu'elles avaient eue.

Il pénétra dans l'appartement et traversa le vestibule afin d'entrer dans leur chambre. Mimi était à sa coiffeuse; elle avait pris la brosse, mais sa main reposait sur ses genoux et sa tête était inclinée sur sa poitrine; il aperçut son visage morne dans la glace, et puis, quand elle l'entendit arriver, elle se redressa et commença à se brosser les cheveux.

Il dit soudain, sans l'avoir prémédité : « Mimi, je te le demande encore une fois, pourquoi n'adopterions-nous pas un enfant ? »

Elle le regarda dans la glace. « Et je te réponds de nouveau : non. Puisque je ne peux pas en avoir à moi, je ne veux pas de substitut. Je suppose que je suis l'un de ces êtres destinés à ne rien avoir dans la vie. Rien. Je n'ai rien. »

Il se dit qu'elle ne comprenait pas combien ces paroles étaient inexactes et dérisoires. La chambre était bien chauffée; le parfum dont elle se vaporisait avant de se coucher flottait encore dans l'air; le dessus-de-lit en satin blanc était rabattu et il y avait une pile de livres sur la table de nuit. Son tailleur bordé de zibeline, qu'elle n'avait pas encore suspendu à un cintre, était posé sur une méridienne.

Cependant, elle ne parlait pas des biens matériels; et, quand on y réfléchissait, c'était tout à son honneur qu'ils ne puissent pas apaiser son chagrin. Pas plus qu'ils ne pouvaient diminuer la douleur de Paul.

Pris soudain du besoin de dissimuler l'expression de son visage, il ouvrit la porte de la penderie et fit semblant d'y chercher quelque chose. Si Mimi apprenait son secret... cela l'angoissait depuis l'année dernière, depuis cet inoubliable après-midi de printemps, où le vent soufflait en rafales et où il avait enfin rencontré Anna et appris... ce qu'il avait appris !

Il avait un enfant ! Il avait une petite fille !

Cela semblait irréel et c'était pourtant vrai. Elle était née de leur seule et unique étreinte ; elle portait un nom irlandais ; elle avait d'immenses yeux bleus sur cette photo floue. C'était tout... c'était tout ce qu'elle serait jamais, ou pourrait jamais être pour lui. Sa fille. A lui. Élevée et éduquée par un autre homme, par l'époux naïf... parce qu'il devait en être ainsi... parce qu'il avait promis que jamais, jamais, il n'essaierait de voir ni Anna ni l'enfant.

Après ce qu'elle avait déjà souffert, briser son mariage était impensable. Et pourtant, parfois, le désir qu'il en avait devenait insupportable.

Il se reprit. « Tu te couches maintenant, Mimi ?

— Oui, je suis fatiguée. » Puis rapidement, l'expression angoissée qui lui était familière envahit son visage, comme si elle luttait pour ne pas pleurer. « Paul, je n'aurais pas dû dire que je n'avais rien. Je me suis mal exprimée. »

Il vit combien sa détresse était grande et lui répondit gentiment : « Je sais. Je l'ai compris quand tu le disais.

— Je sais que j'ai beaucoup de choses dont je devrais me montrer satisfaite. Je t'ai, et j'ai cette maison et... et tout le reste.

— Tu as une crise de cafard, c'est tout.

— Oui, le cafard. Et de l'amertume, ce dont je ne suis pas fière. Mais, parfois, je ne peux pas m'en empêcher. »

Il lui tapota l'épaule. « Oublie tout cela. On a le droit d'avoir des moments d'humeur. Va te coucher et, demain, ce sera passé.

— Tu ne te couches pas, toi aussi ?

— Je n'ai pas encore sommeil. Je pense que je vais écouter un peu la radio. »

La *Freed-Eiseman*, son dernier jouet, trônait dans la bibliothèque. Ayant ajusté les écouteurs, il attendit que le miracle se produise. Il vint : le son très lointain, légèrement métallique, d'un orchestre de jazz. Durant un moment, il écouta et s'émerveilla de nouveau, essayant de comprendre comment le son pouvait voler à travers l'espace jusque dans cette pièce. Dan s'était efforcé de le lui expliquer, un jour, mais ce n'était toujours pas clair ; Paul n'avait pas l'esprit scientifique.

Il se lassa vite d'écouter. Il se dit qu'il lui arrivait trop souvent de se lasser rapidement de ce qu'il faisait, sauf de son travail, au bureau. Ici, à la maison, lui qui autrefois pouvait lire pendant des heures, totalement absorbé par son livre, s'agitait au bout d'une demi-heure et devait se lever pour aller et venir ou regarder sans raison par la fenêtre. C'est Mimi, pensa-t-il. Marian et moi. Puis brusquement, l'idée lui vint que très souvent maintenant, lorsqu'il pensait à sa femme, il disait « Marian » et non « Mimi », un nom qui semblait venir d'une autre époque, du temps de son enfance, et représenter une autre personnalité. Marian-Mimi-Marian. Déroutant.

Et, se souvenant de « Mimi », il se dit : Elle était si confiante. Elle l'est toujours. Elle me fait confiance, elle compte sur moi. Ces pensées et son ressentiment le remplirent de culpabilité.

Des choses continuaient à se passer, de petites choses. Sa voix quand elle se plaignait, et elle se plaignait souvent du service. La cuisinière n'avait jamais appris à faire convenablement les toasts ; on lui avait promis de livrer à 2 heures et on ne l'avait fait qu'à la demie passée. Sa voix était devenue geignarde.

Sans doute, il avait lui-même certaines habitudes qui devaient l'irriter. Il savait, par exemple, qu'elle ne supportait pas le bruit qu'il faisait quand il mordait dans une pomme. Il l'avait vue lui jeter un coup d'œil et pincer les lèvres pour ne pas lui faire une remarque.

Pourtant, ce genre de désagrément, ce devait être normal, non ? La plupart des couples, peut-être tous, connaissaient probablement des problèmes d'incompatibilité.

Si seulement il n'y avait pas d'autres divergences entre Marian et lui ! Arrête, Paul, arrête. C'est une femme bien, une bonne épouse. Accommodante. Pleine de bonne volonté. Même au lit, pensa-t-il avec une ironie désabusée. Docile, bien qu'elle n'ait jamais aimé cela. Elle ne voulait pas l'avouer. Une fois, il lui avait posé la question, elle avait rougi et répondu : « Allons, bien sûr ! Bien sûr que j'aime cela, Paul. Quelle question ! »

Une question stupide, qu'il avait été stupide de poser alors qu'il connaissait déjà la réponse, que celle-ci était évidente.

En songeant combien elle était aux petits soins pour lui, le servait, satisfaisant tous ses désirs jusqu'à l'étouffer de sa sollicitude, il se dit qu'il souhaiterait qu'elle l'aime un peu moins, et aussitôt il eut honte de ce souhait. Cette dévotion ! Cela passait pour de l'amour, mais en était-ce ? L'amour sans la passion ? Peut-être en était-ce la forme la plus désintéressée ? Ou y avait-il contradiction entre les deux ? Percevait-elle inconsciemment ses vrais sentiments ? La rebutait-il, d'une manière ou d'une autre ? En tout cas, il n'en avait pas l'intention. Aurait-elle été... différente avec un autre homme, passionnée comme il l'aurait été s'il avait pu épouser Anna ?

Il pensait que non.

Des questions auxquelles il était impossible de répondre l'assaillaient et il s'assit avec lassitude. Fatigué. Il était tellement fatigué.

Ces derniers mois, il avait souvent pensé à l'Europe. Il n'y était pas vraiment retourné — le temps passé dans les tranchées ne comptait pas — depuis cet été de 1912 où il était parti avec le pauvre Freddy pour lui montrer tous ces merveilleux endroits et où ils avaient fait connaissance de leur cousin Joachim, cousin au troisième ou quatrième degré, et parlé de leurs ancêtres avec lui. Comme il était *allemand* ! Pourtant ils avaient éprouvé de la sympathie l'un pour l'autre et ce serait bon de le revoir. Il avait été blessé à la guerre, mais il allait bien maintenant, avait-il écrit, et il s'était marié ; il avait envoyé une photo de sa jolie femme avec leur petite fille.

Oui, ce serait intéressant, ce serait bien de le revoir.

Alors, il pensa à la traversée. Se trouver de nouveau à bord d'un bateau ! Entendre une fois de plus le long cri de sa sirène tandis qu'il descendait la rivière, longeait l'Ambrose

Channel, passait devant le phare et arrivait en pleine mer, la mer houleuse et libre...

Brusquement, il se dit qu'il fallait qu'il parte, qu'il s'en aille.

Marian lisait au lit.

« Est-ce que cela te ferait plaisir de venir avec moi en Europe ? » demanda-t-il, tout à fait sûr qu'elle dirait non.

Elle posa son livre. « Quoi ? Pourquoi maintenant ?

— Il faut que j'aille voir des gens qui faisaient pas mal de placements chez nous, avant la guerre. Sauver ce que je peux et recommencer.

— Cela ne peut pas attendre ? Je vais avoir le mal de mer à cette époque de l'année, en Atlantique Nord.

— J'y suis vraiment obligé. Avec l'inflation qu'il y a en Allemagne, rien n'est acquitté et nous avons des prêts en souffrance là-bas. A Londres aussi. Père pense que je dois y aller. »

Son père n'en avait pas parlé, mais il l'approuverait certainement avec enthousiasme. Plus le temps passait, plus Paul y pensait, plus il lui paraissait important de régler leurs affaires à l'étranger.

« Il faudra que tu y restes longtemps ?

— Eh bien, une semaine aller, une semaine retour, plus deux ou trois semaines là-bas.

— Oh ! Mon Dieu ! Nous reviendrions en novembre et il ferait horriblement froid. »

Paul attendit.

Le front plissé, Marian avait l'air dolente. Enfin elle dit : « Oh ! Paul, ce serait épouvantable si je te laissais y aller seul ? Tu dois vraiment partir maintenant ? répéta-t-elle.

— Les clients. Les affaires.

— Alors... je pourrais aller en Floride, dans la nouvelle propriété de tante Flora.

— Tu avais très envie de la voir, n'est-ce pas ?

— J'avais pensé que nous irions ensemble cet hiver. »

Il n'aimait pas la Floride, surtout Palm Beach où il ne se sentait pas le bienvenu dans la famille et chez les amis de Marian, qui avaient abandonné Miami parce que c'était

« trop juif ». Il admettait qu'il était agréable de se réveiller après une nuit de voyage et de découvrir que le train s'arrêtait sous des palmiers baignés de soleil. Mais la vie là-bas l'ennuyait, le golf et les cocktails et les dîners, encore et encore, avec des bridges pour changer, jour après jour.

« Nous irons ensemble une autre fois, promit-il.

— J'ai tellement mauvaise conscience, soupira-t-elle d'un air suppliant. Pauvre Paul, avec une femme qui a le mal de mer et ne supporte pas le froid, si bien qu'il est obligé de partir tout seul ! Oh ! J'ai mauvaise conscience.

— Mauvaise conscience ? Il ne faut pas ! dit-il d'un ton apaisant.

— Je suis désolée d'avoir dit cela tout à l'heure, d'avoir dit que je n'avais rien. Ce n'est pas vrai, bien sûr. J'ai tellement de choses... Je t'ai, toi. C'est seulement que je me sens parfois découragée, je me demande ce que tu dois penser d'une femme qui ne peut pas te donner d'enfant alors que tu en as tellement envie. »

Ce ton implorant appelait une réponse. « Tu ne dois pas parler comme cela. » Il lui tapota la joue. « Tu m'as, je t'ai et nous sommes ici ensemble. Nous ne devons pas nous apitoyer sur nous-mêmes. D'accord ? »

Elle lui fit un sourire docile.

« Là, voilà qui est mieux ! Je te retrouve, Mimi. Je vais te dire, tu vas aller chez tante Flora, tu vas paresser au soleil, et je reviendrai avant que tu aies eu le temps de t'apercevoir que j'étais parti. » Il se pencha pour l'embrasser.

Plus tard, une fois couché, lorsque Marian se fut endormie, il se dit que, d'une certaine façon, ce serait un voyage bien solitaire. Il vaut mieux avoir un compagnon, à bord d'un bateau, pour se promener sur le pont, respirer l'air pur et manger la merveilleuse cuisine ensemble. Hennie aurait pu être sa compagne de voyage. Elle avait toujours voulu aller en Europe pour assister à un meeting de la Conférence internationale des femmes pour la paix et la liberté, mais la santé trop précaire de Dan lui interdisait de le quitter. Aussi serait-il obligé de se promener seul sur le pont.

Cependant, au point où en étaient les choses, cette solitude lui serait peut-être salutaire.

III

« Enfin, je fais la connaissance du cousin américain », dit Elisabeth, la femme de Joachim.

Une jeune femme potelée, dont la masse de cheveux blonds était relevée sur la tête, le regardait franchement, le menton dans les mains, de l'autre côté de la table. Son visage rond, pétulant, éveilla le mot « adorable » dans l'esprit de Paul, bien qu'il n'utilisât que rarement ce mot.

Il était arrivé à Munich en milieu d'après-midi et déjà du café et tout un assortiment de gâteaux à la levure l'attendaient dans une alcôve de la sombre salle à manger gothique. Quelques heures plus tard, ils se retrouvèrent de nouveau dans la pièce, cette fois à l'extrémité d'une immense table, en train de manger un dîner copieux : une soupe de légumes avec des boulettes, des pommes de terre, du chou rouge, de la viande marinée dans du vinaigre avant cuisson, des navets, des pickles, des fruits en bocaux, du pain fait à la maison, du vin et un clafoutis aux cerises. De la nourriture consistante et lourde. Les Allemands sont toujours en train de manger. Paul se souvint d'y avoir déjà pensé.

« C'est dommage que votre femme ne soit pas venue avec vous, fit remarquer Elisabeth.

— Cette visite exceptée, il s'agit d'un voyage d'affaires, répondit-il d'un ton dégagé. De plus, Marian ne va pas bien, elle fait de la sinusite. Je ne pouvais pas remettre mon départ, il y a tellement de liens à renouer que la guerre a brisés. » Il donnait des explications qui n'étaient pas nécessaires, aussi il se tut.

Joachim soupira. « Oui, la guerre a brisé beaucoup de liens.

— Quand je pense que vous avez combattu l'un contre l'autre, s'exclama Elisabeth. C'est incroyable, toute cette histoire. Savez-vous que Joachim a eu la Croix de fer ? Il a fait dix prisonniers français. De pauvres diables comme lui. »

Joachim la reprit gentiment. « Ne parle pas de cela. Paul et moi, nous avons suffisamment évoqué la guerre durant nos dix premières minutes passées ensemble, de la gare à ici. Maintenant, parlons de choses agréables.

— Bien sûr », acquiesça Elisabeth.

Paul fit observer : « Quel bel appartement ! »

Il avait su à quoi s'attendre dès que la voiture avait franchi les grilles en fer forgé pour entrer dans la cour ; il avait visité des immeubles de ce type à Rome, à Paris et dans tout le continent. On entrait dans un hall public dallé de marbre et on gravissait un escalier central garni d'un tapis rouge ; les appartements ressemblaient à celui de son cousin qui ne comptait pas moins de quatorze pièces.

De la place où il était, Paul voyait par-delà les portières de velours une pièce meublée en style Empire français ; la cheminée était revêtue de carreaux de Delft ; par les portes-fenêtres, il aperçut les canapés et les petites tables d'une serre pleine de palmiers et de fougères moussues. Au-dessus de sa tête, une cascade de cabochons de cristal descendait du lustre qui éclairait une table assez grande pour recevoir plus de vingt convives.

« L'appartement appartient à mes beaux-parents, précisa Joachim. Ils se sont retirés à la campagne. A mon âge, on ne peut pas s'offrir cela.

— Mon père et mon oncle Cohen possèdent trois grands

magasins, mais ils ont aussi des immeubles, expliqua son épouse.

— Excusez-moi, Elisabeth, mais alors vous êtes juive ? » lui demanda Paul.

Joachim éclata de rire. « Qu'est-ce que vous vous imaginiez ? Je sais que vous trouvez qu'elle n'a pas l'air juive, si avoir l'air juif, cela veut dire quelque chose.

— Oui, si cela veut dire quelque chose », confirma Paul.

C'était exact. Combien de « vrais » Allemands étaient aussi blonds qu'ils se plaisaient à l'imaginer ? Si l'on connaissait un peu l'histoire de l'Europe, on savait que des peuples n'avaient cessé de la traverser pendant des siècles ; les Romains apportant en Angleterre leurs yeux noirs et leur nez busqué ; les Germains laissant en héritage à l'Italie leurs yeux bleus ; les Vikings essaimant leurs cheveux roux de France en Pologne. Quant aux Juifs, partis depuis deux mille ans de Jérusalem, combien de copulations, voulues ou non, avaient produit leurs différents types ?

Tout en mangeant le clafoutis, il avait laissé ses pensées vagabonder. Le voyage, plus le fait de parler allemand pendant des heures pour Elisabeth qui ne savait pas l'anglais, l'avaient fatigué. Il s'aperçut brusquement que Joachim s'adressait à lui.

« Si nous arrivons à garder nos biens, nous surmonterons l'inflation. Elle ne durera pas toujours, ce n'est pas possible. »

Paul comprit tout à coup. Ce dîner... il avait dû leur coûter horriblement cher ! Alors qu'il mangeait de bon appétit, ses hôtes avaient grignoté du bout des dents, prenant à peine une cuillerée à soupe de chaque plat. Il se sentit gêné, honteux de son étourderie, et se hâta de refuser lorsque la domestique lui offrit de se resservir. Il avait pourtant lu dans le journal, pendant son voyage en train, qu'un bon repas au restaurant coûtait presque deux millions de marks. Oui, il y avait une belle nappe de broderie ajourée sur la table, et les chaises étaient recouvertes d'un satin sur lequel étaient brodées les abeilles d'or de Napoléon, mais on ne se nourrissait pas de satin ou de broderie.

Joachim lui demanda s'il n'avait pas froid. « Nous sommes à court de charbon, dit-il avec une gaieté un peu forcée. Nous avons essayé de monter le chauffage pour vous. On dit que les Américains vivent dans des serres chaudes.

— Oh ! Il ne faut rien changer à vos habitudes, je vous en prie !

— Je peux vous passer un châle de laine. Le soir, la température baisse. Nous, les hommes, nous en portons un sans vergogne sur notre veste.

— Je suis très bien, je vous assure, insista Paul.

— Nous, les Allemands, nous avons connu pire que le froid. Nous en avons supporté de dures. Et nous survivons. Nous avons toujours survécu à tout. »

Paul devina que l'on attendait de lui qu'il réagisse à cet optimisme. « Oui, avec de la patience », dit-il. C'était une remarque banale. Aussi, ajouta-t-il : « Cette guerre aura autant d'importance dans les livres d'histoire que la chute de Rome. C'est de la folie ! Mais toutes les guerres, c'est de la folie.

— Et la folie de la paix, alors ? » Le ton de Joachim était curieusement cinglant. Ce qui altéra brusquement l'atmosphère amicale. L'Allemand se pencha vers Paul. « Votre président, avec ses "quatorze points", il avait promis que nous ne serions ni démembrés ni punis. Il nous avait promis la justice, et qu'est-il arrivé lorsque nous sommes venus à Versailles ? Il n'y a eu aucune justice. Nous avons perdu nos colonies, on nous a pris la Silésie, nous avons été démembrés. L'armistice a été une escroquerie ! » Il tapa l'assiette avec sa cuillère. « Mais vous le regretterez, vous les Alliés, lorsque l'ours russe sera puissant ! Lorsqu'il sera le pays le plus fort du monde. Des assassins ! Regardez ce qu'ils ont fait à leur famille royale ! Seul de tous vos dirigeants, Churchill a suffisamment de bon sens pour les voir tels qu'ils sont. Ce sont eux qui vous détruiront, et pas nous, les Allemands ! »

Elisabeth croisa le regard de Paul. Il vit qu'elle était gênée. « Il prend cela tellement à cœur, mon pauvre chéri. Je le lui dis, à quoi bon ? Ce qui est fait est fait. Épargne ta salive.

— Nous sommes une grande nation civilisée, poursuivit

Joachim comme s'il n'avait pas entendu. Et vous pouvez dire ce que vous voudrez, mais nous avons été floués par le traité que l'on nous a imposé. Ce n'est pas ce qu'on nous avait promis ! »

Il était vrai que même son ministre des Affaires étrangères disait que Wilson avait trahi ses grands principes, pensa Paul. Lui-même avait connu certains des doutes de Joachim ; les réparations exigées étaient ruineuses. Mais entendre cela dans la bouche de cet... *Allemand,* c'était autre chose.

« On étrangle notre économie », continua Joachim en respirant bruyamment et en regardant son assiette vide d'un air de reproche.

Calmement, Paul répliqua : « Avec un budget bien équilibré, on pourrait éviter toutes ces souffrances. Mais vos industriels de droite ne laisseraient pas le gouvernement lever des impôts ; ils sont en train de s'enrichir de la ruine du mark. »

Joachim leva la tête. Il avait l'air blessé. « Excusez-moi, mais ce que vous dites là me paraît absurde.

— Vous oubliez que je m'y connais en économie. Je suis banquier.

— Paul a raison. » Elisabeth s'interposa avec impatience. Ses yeux pâles brillaient. « La droite ne veut pas que la République réussisse. C'est pour cela qu'elle a assassiné Walter Rathenau — un homme si brillant, un ami de mon père —, parce qu'il faisait tout pour que la République de Weimar tienne le coup. Et aussi parce qu'il était juif.

— Tu exagères, dit Joachim. Tu as toujours eu une peur exagérée de l'antisémitisme. Tu le vois partout. C'est idiot et c'est mauvais pour ta santé, Elisabeth. » Sa colère avait explosé et était retombée. Il repoussa sa chaise. « Venez, allons prendre le café dans le salon. » Et, pour la seconde fois de la soirée, il ajouta : « Parlons de sujets plus agréables. Ce n'est pas le moment de s'occuper de choses sérieuses. Chérie, va dire à Jeanne que nous voulons dire bonsoir à Regina. »

Le service à café en argent était prêt sur une table, entre les deux fenêtres. Elisabeth remplit trois superbes tasses de Meissen. Paul vit qu'elles étaient très anciennes et d'une très grande valeur. Ces derniers temps, il avait appris beaucoup de choses sur la porcelaine. Il y avait encore des gâteaux, des petits fours recouverts de sucre glacé ; il aurait bien voulu les refuser mais n'en fit rien car on les avait sûrement faits en son honneur. Aussi les mangea-t-il en s'exclamant au sujet des tasses et des pâtisseries. C'était un terrain moins dangereux que la politique.

Puis l'enfant arriva. C'était une ravissante petite fille de deux ans, en robe de chambre rose à ruchés et chaussée de pantoufles, son visage joufflu empourpré par le bain. Elle tenait une poupée la tête en bas et insista pour que tout le monde lui souhaite bonne nuit en l'embrassant, y compris Paul. Ses yeux noirs, qui ne ressemblaient pas à ceux de ses parents, brillaient d'intelligence et de malice. Lorsqu'ils rappelèrent la gouvernante pour qu'elle la mette au lit, Paul comprit qu'ils étaient pris entre le désir de l'exhiber à ses yeux pour qu'il l'admire, et la crainte de l'agacer par l'adoration qu'ils lui portaient.

« Regina apprend le français avec sa gouvernante, dit Elisabeth. Nous voulons qu'elle sache plusieurs langues. Il faudra qu'elle devienne une citoyenne de l'Europe. »

Joachim sourit. « Mon Elisabeth est une visionnaire. Regina est allemande et cela suffit bien. Cependant, ce n'est pas une mauvaise idée d'apprendre des langues. »

Puis Joachim narra deux anecdotes sur sa petite fille, cita ses remarques comiques ; Paul se dit qu'il pouvait lui aussi raconter des histoires, aussi parla-t-il du jour où il avait emmené Hank à Central Park et où le gamin avait demandé à un chauve ce qui était arrivé à ses cheveux.

« C'est un fameux petit bonhomme, intelligent et vigoureux », conclut-il et il s'aperçut soudain qu'il en parlait comme s'il avait été son enfant. Se sentant plutôt ridicule, il dit : « Vous voyez, je m'intéresse particulièrement à lui à cause de Freddy.

— Vous m'avez dit que vous aviez des photos, lui rappela Joachim.

— Des instantanés. Elles ne sont pas très bonnes, mais

elles vous donneront une idée de votre famille américaine. »

Il sortit une enveloppe de sa poche de poitrine et disposa les photos en éventail, sur la table. « Là, ce sont mes parents. Voilà Hennie, c'est la sœur de ma mère, celle qui est très engagée politiquement. On dirait qu'elle siège à tous les comités pour la paix.

— C'est merveilleux ! s'exclama-t-elle. J'aimerais bien faire sa connaissance. Oui, elle a un visage sérieux. » Car Hennie, qui était toujours mal à l'aise devant un appareil photo, le fixait d'un air grave.

« Et voici mon oncle Alfred, Alfie comme nous l'appelons, sur la véranda de sa maison de campagne. C'est sa fille Meg qui est à côté de lui ; la photo a été prise il y a plusieurs années, elle a grandi depuis, elle est au collège, à l'université comme vous dites. » Une pensée traversa comme l'éclair l'esprit de Paul et, durant une seconde, il s'efforça de l'identifier, c'était quelque chose de désagréable... oh oui, Meg avec ce Powers, le jour où il avait ramené Dan à la maison... et il reprit : « Ça, c'est Hank. Il a sept ans maintenant. Il est avec son grand-père Dan. Vous ne trouvez pas qu'ils se ressemblent ? Et voilà Leah. Je l'ai photographiée le jour de l'inauguration de sa nouvelle boutique, il n'y avait pas beaucoup de lumière, mais... »

Leah était en train de rire et montrait toutes ses dents ; une collerette de pétales de soie encadrait sa tête bien coiffée.

« Oh ! Ce qu'elle est jolie ! s'écria Elisabeth.

— Pas vraiment. Elle est toujours habillée à la mode et elle est rayonnante, aussi est-elle agréable à regarder. Et, comme elle est amicale, on l'aime bien, se hâta-t-il d'ajouter. Tout le monde l'aime.

— Je suis vraiment contente, dit Elisabeth. Je commence à les connaître tous. Maintenant, voyons la personne la plus importante de toutes, votre femme. »

Paul passa en revue toutes les photos. Il regarda de nouveau dans l'enveloppe. « Je ne la vois pas. » Il regarda par terre. « Je l'ai peut-être fait tomber quelque part ? » Il se troubla. Était-il possible qu'il n'en ait pas emporté ? Il essaya de se remémorer le soir où il avait fait ses bagages et trié les photos. Il se souvenait bien d'avoir fouillé dans la boîte où elles étaient en vrac et choisi les meilleures. Pouvait-il avoir oublié Marian ? Il sentit le rouge lui monter au front.

« Vous avez dû la perdre, dit Elisabeth. Je suis sûre que vous l'avez montrée partout, à Londres et à Berlin.

— Évidemment. Je vous en enverrai une lorsque je serai rentré chez moi. Maintenant, parlez-moi de vous tous, se hâta-t-il d'ajouter. Votre sœur s'est mariée, Joachim ?

— Oui. Elle et son mari vivent à Berlin. »

Joachim se mit à parler de la famille distinguée à laquelle il appartenait maintenant, des descendants collatéraux de Moses Mendelssohn. Ils avaient occupé une position importante dans l'entourage du Kaiser, honneur accordé à peu de Juifs, comme Paul devait le savoir.

Au bout d'un certain temps, Elisabeth se leva et, s'excusant, dit : « Bonne nuit. Il est encore tôt, mais j'ai brusquement très envie de dormir. » Elle embrassa Joachim sur la bouche ; ce baiser dura plus longtemps qu'un simple bonsoir et les bras de son mari la retinrent aussi plus longtemps qu'une étreinte de pure forme.

« Elle est enceinte, expliqua-t-il quand elle eut quitté la pièce. Elle est fatiguée à la fin de la journée.

— Elle est charmante.

— Nous étions fiancés pendant la guerre. C'est grâce à elle si j'ai pu tenir. Et cela continue. » Les yeux de Joachim étaient pleins de larmes et brillaient. « Je ne peux pas imaginer la vie sans elle », conclut-il simplement.

Paul détourna les yeux. « Vous avez de la chance », marmonna-t-il et, avalant la boule qui s'était formée dans sa gorge, il s'entendit déclarer : « Ma femme a subi une opération. Nous ne pouvons plus avoir d'enfant.

— Pas d'enfant », répéta Joachim en secouant la tête.

Les yeux humides de cet homme et la façon dont il avait embrassé sa femme donnèrent à Paul l'ardent désir de se confier à lui. *Moi non plus, je ne peux pas imaginer la vie sans une certaine femme. Lors de ma nuit de noces, je pensais à elle pendant que je couchais avec mon épouse.*

Il refoula cette impulsion. Joachim le regardait avec une expression singulière.

« Vous aussi vous semblez fatigué. Le voyage en train a été long. Allez vous coucher. » Il se leva. « Je suis désolé de m'être énervé ainsi en parlant de la guerre et du reste. Pardonnez-moi. » Il mit les bras autour des épaules de Paul. « Il s'écoulera encore pas mal de temps avant que nous puissions nous calmer et l'oublier. »

C'était agréable d'avoir quelques jours à soi. Après avoir effectué les visites d'affaires qu'il avait prévues dans cette ville, Paul se retrouva libre. Le soir, il sortit avec ses hôtes et passa une soirée au Théâtre national et une autre à l'Hofbrauhaus, une immense salle mal éclairée où des centaines de gens chantaient et buvaient en se balançant. Une cathédrale de la bière, pensa Paul, troublé par une certaine vulgarité qu'il avait du mal à cerner.

Lorsqu'il était dans une ville étrangère, il aimait marcher seul pour satisfaire sa curiosité et prendre le pouls des lieux. En arrivant à Hambourg, la première chose qui l'avait frappé, c'était le silence des rues commerçantes, avec leurs boutiques et leurs fabriques vides. Dans les halls d'exposition, les automobiles n'avaient pas de pneus ; cinq ans après la guerre, il n'y avait toujours pas de caoutchouc en Allemagne. Et l'on voyait tellement d'amputés, tellement d'hommes pauvrement vêtus qui portaient leurs vestes d'uniforme parce qu'ils n'avaient rien d'autre à se mettre. Et partout le silence régnait.

Ici, à Munich, les magasins d'alimentation étaient presque vides ; avant de quitter l'Amérique, Paul avait lu qu'il y avait pénurie de savon en Allemagne, aussi en avait-il apporté une bonne quantité pour ses cousins. Dès qu'il serait rentré chez lui, il leur enverrait un colis de conserves.

Les gens, à bout de ressources, vendaient leurs objets de valeur. Joachim lui avait parlé d'une galerie d'art dans le Schwabing qui traitait ce genre d'affaires. Le matin du deuxième jour, Paul s'y rendit et reconnut la boutique dans laquelle, un jour d'été serein d'avant-guerre, il avait acheté des expressionnistes, deux Kirchner et un Beckmann. A sa grande surprise, le vieux marchand se souvint aussi de lui.

« Excusez-moi, mais il n'y a pas tant d'Américains qui s'intéressent comme vous à la peinture », dit-il.

Paul laissa passer la remarque injurieuse — si c'en était une — sans la relever. La veste de cet homme était râpée et ses yeux pleins de tristesse ; il avait peut-être faim.

« Nous avons quelques belles pièces qui proviennent des plus grandes familles », affirma-t-il plein d'espoir.

Paul fit le tour de la petite galerie. Il y avait quelques impressionnistes. L'une des toiles, un petit Cézanne, une route traversant des champs jaunis sous une lumière vespérale, ressemblait beaucoup à celle qu'Anna et lui avaient vue à l'exposition où il l'avait emmenée, lors de ce premier hiver, la seule fois où ils étaient sortis ensemble.

« Un beau tableau, dit le vieil homme en le voyant hésiter.

— Oui, très beau. »

Mais il en avait aperçu un autre. Une femme aux cheveux cuivrés, enceinte jusqu'aux yeux, couchée nue sur une pile de coussins persans rutilants, rouges et violets.

« Vous n'êtes pas intéressé par celui-là, n'est-ce pas, Herr... Werner ? Ce n'est qu'une imitation de Gustav Klimt. L'artiste a été blessé à la guerre et j'en suis désolé pour lui, mais ce n'est pas une peinture pour un connaisseur comme vous.

— Oui, je sais que c'est une copie. » La femme avait un petit sourire aux lèvres et aux coins des yeux ; ce qui prêtait à son visage une expression à la fois secrète et prometteuse.

Plus il la regardait, plus cette femme lui « disait » quelque chose. Elle ne ressemblait pas vraiment à Anna, sauf les cheveux. Et Marian serait sûrement choquée par sa nudité, cet énorme ventre, cet air si détendu et si satisfait. Eh bien, il l'accrocherait dans sa garde-robe et elle n'aurait pas besoin de le voir.

« J'en ai vraiment envie », dit-il, et, éprouvant la nécessité de s'expliquer, il ajouta : « J'achète toujours ce qui me plaît, que ce soit bon ou non. »

Ayant tout réglé pour l'expédition, il sortit dans l'air matinal, satisfait d'avoir acquis un objet qu'il désirait. Il s'arrêta pour acheter un journal et s'éloigna du centre de la ville. Le ciel était gris et le silence troublé uniquement par le pépiement des moineaux. Ici, l'Allemagne, bien que vaincue, était intacte et Paul, en voyant au travers des grandes grilles en fer forgé les belles villas et les plates-bandes soignées mais dénudées en ce mois de novembre, éprouva un mouvement de colère. En France, les villages étaient dévastés et les maisons brûlées ; il avait un souvenir très vif d'une rue, avec ses maisons enfilées comme des perles de chaque côté ; devant l'une d'elles à moitié détruite, il y avait une voiture d'enfant vide et un chien mort avec un ruban autour du cou.

Et cependant, un instant plus tard, lorsque deux jeunes femmes poussant des landaus le croisèrent, il se dit : « Ce n'est pas leur faute. Tous ces bruits qui courent sur les atrocités commises par les Allemands, c'est de la propagande ; les jeunes de ce pays ne sont pas différents de ceux de l'autre bord. »

Il regarda sa montre et, découvrant qu'il était tôt, s'assit pour contempler la vue. Les toits verts escaladaient la pente. En été, ils devaient disparaître dans un océan de frondaisons. La scène était paisible et lui plaisait. Il sentit qu'il se détendait. Il ouvrit alors le journal, le *Völkischer Beobachter*, et se mit à lire.

« Il faut abroger le traité de Versailles. » Joachim serait certainement d'accord ! « Il faut unifier tous les peuples qui parlent la même langue, les Allemands, les Sudètes et les Autrichiens, en une forte et grande Allemagne nationaliste. » Tout à fait possible que Joachim approuve aussi cela. « Cette république est un échec désastreux. Nous avons besoin d'un dictateur qui restaurera l'ordre. » Paul continua à lire : « Il n'y a plus de morale dans les villes... les étrangers, les Juifs nous ont abâtardis... ils ont souillé l'âme de notre peuple... c'est la sagesse universelle des paysans qui nous a faits et qui nous gardera sains. »

Paul posa le journal. Quel... quelle ordure ! Une pourriture ! Il le reprit et relut l'article. C'était peut-être une monstrueuse plaisanterie, une satire, une parodie ?

Non, c'était sérieux, avec acharnement, avec passion. « Les criminels de novembre, dont la plupart étaient des Juifs, et qui ont institué la république... »

Ce n'était même pas vrai. La plupart d'entre eux n'étaient pas juifs, bien que ce fût tout à l'honneur de ceux qui l'étaient. Il demeura immobile à contempler le paysage accueillant ; son pouls résonnait bruyamment dans ses oreilles. Au bout d'un moment il se leva et, le cœur toujours battant, la peur glaçant sa poitrine, il rentra lentement pour le déjeuner.

Il tendit le journal à Joachim. « Je n'arrive pas à croire ce que je viens de lire. »

Cela parut amuser son cousin. « Bon sang ! Pourquoi astu acheté un pareil torchon ?

— Je ne savais pas. Comment aurais-je pu le savoir ? Je voulais seulement lire un journal.

— Une stupide feuille de chou. Un ramassis de ragots.

— C'est ainsi que tu vois les choses ?

— Bien sûr. C'est une bande de crève-la-faim. Ils sont pleins d'amertume et s'en prennent forcément aux autres.

— Ce ne sont pas des crève-la-faim, intervint Elisabeth. J'ai entendu des clientes, chez mon coiffeur. Des femmes très riches. Elles sont abonnées et parlaient d'amies qui le sont aussi. Elles disaient que ce Hitler avait des partisans très influents, jusque dans l'armée.

— Quelle idiotie ! C'est un socialiste. Il parle de partager les bénéfices et de supprimer les fermages. Pourquoi est-ce que les riches iraient soutenir de telles idées ?

— Parce que, s'il parvient un jour au pouvoir, il ne leur arrivera rien de fâcheux. Il ne s'attaque pas à eux et ils le savent », dit Elisabeth.

Joachim beurra sa tartine. « Tout cela cessera dès qu'il y aura du travail, quand les usines rouvriront et que tout reprendra. En attendant, il est ridicule d'attacher de l'importance à des inepties pareilles. »

Ni Paul ni Elisabeth ne répondirent.

Des lettres arrivèrent, via l'American Express. Comme d'habitude, des instructions de dernière minute du père de Paul, les gens qu'il devrait voir à Hambourg avant de s'embarquer pour le retour. De Hennie, une lettre joyeuse lui disant combien il était difficile de garder Dan à la maison, car il faisait terriblement froid, qu'heureusement l'affaire Palmer était réglée et que le vrai savoir-vivre américain avait prévalu. Il y avait à l'intérieur un petit mot de Hank qui l'embrassait en lettres d'imprimerie : trois mots et son nom.

Meg lui avait écrit sous l'effet d'un véritable chagrin. Elle s'était mise à fréquenter Donal Powers, mais ses parents ne l'aimaient pas. Son père pensait que c'était un « noceur », ce que Meg ne comprenait pas parce que c'était un vrai gentleman. Son appel semblait jaillir de la page : Quand tu rentreras, tu voudras bien leur parler ?

Elle a misé sur lui, pensa Paul, et il plaignit les femmes qui devaient attendre passivement, en espérant qu'elles seraient choisies ; être encore célibataire à vingt-cinq ans, c'était une humiliation, à trente, un désastre. Aussi Meg, qui en était à sa dernière année d'études, commençait à se faire du souci. Pauvre fille ! Rien ne lui était facile. Powers avait-il vraiment des intentions sérieuses ? Et Meg en savait-elle assez pour juger si son propre attachement était sérieux ? Paul qui essayait de démêler d'indéfinissables appréhensions fronça les sourcils. Mais, en lisant son post-scriptum enfantin, il sourit de nouveau. « Si ce n'est pas trop te demander, pourrais-tu me rapporter un coucou de la Forêt-Noire ? Je te le rembourserai. »

« De bonnes nouvelles de chez vous ? C'est bien, dit Joachim qui attendait que Paul ait fini de lire son courrier. Comme vous allez partir dans deux jours, je n'irai pas travailler demain. Le matin, nous nous promènerons et nous déjeunerons avec un vieil ami qui veut faire votre connaissance. »

Ils se promenaient sur les rives de l'Isar. C'était une belle journée d'hiver. Un petit vent courait entre les arbres dénudés et le ciel était bleu comme un lac.

« Il faudrait que vous voyiez ça lorsque les châtaigniers sont en fleur, de grandes fleurs blanches. Et les tilleuls, et les cygnes en été. C'est une belle ville. » Joachim parlait comme en rêve. « Un beau pays.

— On trouve toujours que son pays est beau », dit Paul avec gentillesse.

Le visage de son cousin rayonnait d'innocence. Un homme bon, si simple en dépit de sa culture et de ses diplômes ! Un brin de scepticisme ne lui ferait pas de mal. Sa jeune femme était bien plus intelligente que lui, bien qu'il ne s'en doutât absolument pas. Aussi finirait-il, on pouvait le prévoir à coup sûr, dans une entreprise prospère appartenant à sa belle-famille, où il pourrait œuvrer en tout bien tout honneur.

Comme le font les Européens, Joachim prit Paul bras dessus, bras dessous. « Pensez que, si votre arrière-grand-mère n'était pas partie pour l'Amérique, vous auriez peut-être grandi dans l'une de ces rues. »

Une idée frappa alors Paul : Nous modifions l'avenir de ceux qui viendront après nous presque autant que le nôtre. Et puis : Mais personne ne viendra après moi.

« Aujourd'hui, c'est l'anniversaire de la proclamation de la République de Weimar, dit Joachim. Il y aura des défilés en ville. Je ne suis pas sûr de l'heure. N'importe comment, il vaut mieux retourner dans le centre pour notre déjeuner. »

En traversant le Hofgarten, entre des rangées de pelouses tondues ras, Paul fut sensible à sa grandiose atmosphère XIXe siècle. C'est alors qu'ils entendirent une musique martiale, claironnante.

« Le défilé, déjà ? s'exclama Joachim étonné. Venez, il va passer par ici. Nous le verrons mieux si nous continuons à avancer. »

Excité comme un gamin, il pressa le pas, exhortant Paul à le suivre ; c'est alors que, tournant au coin d'une rue, ils débouchèrent dans une avenue et tombèrent sur une foule qui avait dû se rassembler là depuis un certain temps. Les deux hommes furent entraînés avec elle vers les sons de plus en plus éclatants de la fanfare. Des gens convergeaient en masse de toutes les rues transversales.

Il y avait des hommes et des femmes, des jeunes et des vieux, des parents portant leurs petits enfants, tous couraient maintenant, très excités, avec la jubilation d'un jour de congé, vers une destination inconnue. Certains d'entre eux chantaient.

La fanfare survint. Par hasard, Joachim et Paul avaient été poussés le long du trottoir et ils virent donc parfaitement le défilé arriver. C'était une vision stupéfiante.

Une colonne d'hommes en chemise brune serpentait aussi loin qu'ils pouvaient voir. Ils portaient des fusils. La lumière se réfléchissait sur leurs baïonnettes. Ils marchaient au pas. Leurs drapeaux flottaient au vent ; une svastika se détachait sur les couleurs, blanc, rouge et noir, la même qui ornait les brassards de ceux qui défilaient. Paul, reconnaissant la croix gammée, motif ancien courant en Egypte, en Chine et dans l'Inde hindouiste, ne put que se demander ce que cela signifiait. Et pourquoi des armes ?

Ces hommes chantaient; le refrain, c'était « l'Allemagne se réveille » ou « se lève », quelque chose comme cela. Puis, tandis qu'ils passaient devant eux, segmentés en sections comme un grand insecte rampant, Paul perçut dans le rugissement de toutes ces voix, un refrain enjoué : « Quand le sang des Juifs ruissellera de nos couteaux. »

La bouche et les yeux grands ouverts, Joachim était pétrifié. Paul le prit par le bras.

« Fichons le camp d'ici. Par où pouvons-nous filer ? »

Maintenant, c'était lui qui tentait de faire avancer Joachim en le poussant. Mais la foule déferlait de nouveau derrière eux, suivant les manifestants.

Transportée de joie par le son triomphant des clairons et des tambours, jubilant et acclamant, elle se précipitait pour défiler avec les hommes en chemise brune. Joachim et Paul furent entraînés avec elle, incapables de résister à cette vague d'une force inouïe. Tomber leur aurait été fatal ;

ils auraient été piétinés par ces gens qui, dans leur frénésie, ne prêtaient aucune attention à un être humain solitaire, et agissaient comme un troupeau de bêtes en débandade.

Le défilé arriva sur une place. La foule en mouvement se mêla à celle qui était déjà présente, se frayant un chemin avec brutalité. Au centre de la place, sur une estrade, un homme en chemise brune parlait. Son ton et ses gestes menaçants imposèrent à la cohue un silence attentif.

« C'est Streicher, chuchota Joachim à l'oreille de Paul. Sa photo était dans le journal que vous avez acheté. »

Les yeux de Joachim brillaient d'excitation et de curiosité. Paul ne lut aucune peur sur son visage. Mais lui était terrifié et n'en avait aucune honte.

« Comment pourrions-nous sortir d'ici ? Pour l'amour de Dieu, vous connaissez ces rues. Moi pas ! » lui répondit-il en chuchotant aussi.

Il essaya de faire demi-tour pour s'extraire de la foule, mais c'était impossible ; personne ne fit mine de bouger pour le laisser passer. Aussi furent-ils obligés de rester et d'entendre l'orateur jusqu'à la fin.

Heureusement pour Paul qui savait maintenant ce que l'homme allait dire, il fut incapable de comprendre la plus grande partie de son discours. La voix rauque qui hurlait dans une langue étrangère était très lointaine ; et puis, en dépit de l'attention que lui prêtaient ses auditeurs, il y avait des bruits de foule, des toux, des raclements de pieds. Et même, parfois des cris d'approbation qu'il essaya de ne pas entendre pour se concentrer sur le moment où la foule, en se dispersant, les libérerait.

La péroraison prit fin sur un salut, bras levé. La foule s'ébranla, probablement sans même savoir où elle allait. Elle s'écoula hors de la place et les deux cousins, poussés en avant, se retrouvèrent mêlés à un groupe de manifestants en uniforme et armés, dans une vieille rue étroite.

Paul était assez grand pour voir par-dessus la plupart des têtes de ceux qui se trouvaient devant lui. Aussi comprit-il avant Joachim qu'ils donnaient tout droit dans un piège. Au bout de la rue les attendait une phalange de policiers dont les fusils étaient braqués sur eux.

« Mon Dieu ! » s'entendit-il crier, et il s'efforça de pousser son compagnon vers le mur d'un immeuble, juste au moment où le pandémonium se déchaîna.

Certains des manifestants, pris de panique en découvrant la situation, tentèrent de fuir. Par défi, un autre groupe battit du tambour et brandit les bannières ornées de la svastika tandis que d'autres, les fusils armés, s'avançaient vers les policiers.

Des coups de feu éclatèrent, qui semblaient lointains. On aurait pu s'attendre à un bruit terrible, mais, en réalité, ils n'en firent pas plus que des jouets d'enfants, des pétards ; toutes ces pensées traversèrent l'esprit de Paul tandis qu'il s'aplatissait contre le mur de pierre, souhaitant pouvoir le traverser pour aller s'abriter à l'intérieur. Durant une seconde, son cœur s'arrêta. Vais-je mourir là, dans les rues d'une ville étrangère, et pour rien ?

Il vit un homme tomber, et un autre ; puis un policier tomba aussi et les manifestants qui les avaient provoqués, devenus hystériques de terreur, tournèrent les talons et s'enfuirent. D'autres coups de feu claquèrent. D'autres hommes tombèrent. D'autres les piétinèrent. Personne ne s'arrêta pour tenter de relever les blessés.

Il y eut un sifflement et bing ! une balle ricocha ; Joachim tomba.

Sa chute fut étrange, il glissa et s'affaissa contre le mur. La panique, comme une main géante, se referma sur la poitrine de Paul. C'était arrivé en quelques secondes. La mort, un instant de folie, un doux matin de novembre.

Il s'agenouilla et examina son cousin. Il fouilla à la recherche d'un mouchoir. La pochette élégante de Joachim était ensanglantée, le mouchoir de Paul avait servi. Il ôta sa veste, puis sa chemise propre et déchira une manche pour confectionner maladroitement un pansement improvisé, tout en se disant : Il est mort, qu'est-ce que je vais faire...

Aussi vite qu'il avait commencé, le tir cessa. Alors on entendit les gémissements des blessés et le bruit des pas de ceux qui s'enfuyaient pour sauver leur peau. Personne ne s'arrêta pour regarder les deux hommes sur le trottoir.

Paul inspecta la rue dans les deux sens. Là-bas, on s'agitait ; les blessés étaient hâtivement soignés par leurs camarades et emportés hors de vue. Mais, là où était Joachim, un silence total, presque sinistre, avait succédé au vacarme. Les portes et les fenêtres restaient fermées. Il tenta de réfléchir d'une façon cohérente.

Relever Joachim et l'emmener ? Mais où ? Le laisser là et partir chercher de l'aide ? A ce moment, Joachim vomit. Ses paupières battirent, il ouvrit les yeux et fut pris d'un haut-le-cœur. Puis il retomba allongé. Au bout d'une minute ou deux, il adressa à Paul un faible sourire.

« Je ne suis pas mort ! Vous pensiez que je l'étais. »

Paul éprouva un immense soulagement ; il avait été sur le point d'éclater en sanglots.

« C'est une blessure superficielle. Rien de plus », chuchota-t-il. Pourtant, comment pouvait-il savoir ? Après tout, il s'agissait d'une blessure à la tête.

« Il y a une doctoresse... une amie... à deux rues d'ici... Je me sens terriblement faible, murmura Joachim.

— Je vais vous aider. Pouvez-vous marcher ? Appuyez-vous sur moi.

— Attendez. J'ai l'impression que je vais m'évanouir.

— Il vaudrait mieux ne pas attendre trop longtemps. Je vais vous relever. »

Et Paul fut submergé par un souvenir : une nuit, il avait rampé dans le no man's land avec un blessé sur le dos et, lorsqu'il avait enfin retrouvé la tranchée, il s'était aperçu que l'homme était mort. C'était arrivé il y a cinq ans, et ici, de nouveau, il se retrouvait plongé dans la même folie.

« Appuyez-vous sur moi. Nous ne ferons que quelques pas à la fois. »

Ainsi, sans aide, ils se traînèrent dans la ville irréelle, s'arrêtant souvent pour se reposer. Le Dr Ilse Hirschfeld, une petite femme de trente ans, se comporta comme s'il n'y avait rien d'étrange à voir apparaître soudain à la porte de son cabinet deux hommes échevelés, l'un titubant, la tête ensanglantée, l'autre essayant de le maintenir debout et racontant leur histoire en haletant. Bien que menue, elle s'appropria aussitôt la moitié du poids de Joachim et, ensemble, ils le portèrent jusqu'à la table d'examen.

Déchargé de toute responsabilité, Paul prit un siège, dans un coin, pendant que la doctoresse se mettait au travail. Rapidement et en silence; c'est ce silence qui apaisa Paul. Il regarda ses doigts minces — qui devaient être froids, s'imagina-t-il — sonder et nettoyer la blessure; il sentit les battements de son cœur se calmer et la force revenir dans ses membres tremblants.

Pour finir, elle pansa la blessure, prit le pouls et la tension de Joachim, lui versa un peu de cognac, ainsi qu'à Paul.

« Vous avez eu de la chance aujourd'hui, Joachim Nathansohn, s'exclama-t-elle. A quelques millimètres près, mon ami... » Une ride marqua, un instant, son grand front lisse. « Qu'est-ce que vous faisiez dans la rue avec tous ces sauvages ?

— Nous avons été pris par surprise, se hâta de dire Paul. Nous n'étions pas au courant.

— Oui. Nous nous ferons tous prendre par surprise si nous n'y prêtons pas garde. Mais une chose à la fois ! » Elle versa encore un peu de cognac dans un petit verre et le tendit à Joachim. « Vous avez besoin d'un remontant. Tout va bien. Je veux que vous vous reposiez un moment, et ensuite je crois que vous pourrez rentrer chez vous. Votre ami peut rester avec vous s'il le désire.

— Excusez-moi, dit Joachim, je ne vous l'ai pas présenté. Paul Werner, mon cousin d'Amérique. Le Dr Hirschfeld.

— Joachim, nous ne sommes pas dans un salon. Allongez-vous. Comment allez-vous, Herr Werner ? » Elle referma la porte et les laissa seuls.

Paul appuya la tête contre le dossier du fauteuil. Il commençait à se sentir à bout de nerfs. Décidément, on dirait que je fonce tête baissée dans les ennuis, non ? Dan, le mois dernier, là-bas, et après avoir traversé l'Océan pour me soustraire à tout cela, je tombe dans cette histoire ! Je suppose que c'est parce que le monde ne s'est pas encore remis de la guerre. L'océan reste longtemps agité après que la tempête s'est éloignée...

« Une femme remarquable, dit Joachim au bout d'un moment. La trouvez-vous jolie ? »

Dans ces circonstances, la question parut incongrue et Paul se mit à rire. « Vous devez vous sentir beaucoup mieux. Oui, quand on pense qu'elle est vêtue d'une simple blouse blanche...

— Elisabeth dit qu'elle a une beauté classique. Personnellement, je préfère plus de boucles et de fanfreluches. »

La curiosité de Paul s'éveilla. « Elle est mariée ?

— Veuve. Elle est arrivée de Pologne avec son petit garçon. Elle ne voulait pas vivre sous le régime communiste. Elle s'est fait une bonne clientèle ici, surtout des femmes, mais il y a aussi quelques hommes. On dit qu'elle est sensationnelle, mais moi, vous savez, je n'ai pas tellement confiance dans les femmes. Bien que devant une blessure superficielle, comme celle-ci, elle s'en tire très bien. »

Paul ne fit aucun commentaire.

La porte s'ouvrit et la doctoresse réapparut. Cette fois, elle souriait. « Voulez-vous apprendre comment cela s'est terminé ? On vient de le dire à la radio. Et des amis m'ont appelée. Goering, le gros, a été blessé. Hitler, le courageux, a sauvé sa peau en faisant le mort et les autres se sont enfuis. Ainsi finit la grande révolution, conclut-elle d'un air méprisant.

— Je ne comprends toujours pas ce qui s'est passé, dit Joachim.

— Vous n'avez pas compris ? Ils prétendaient sauver le pays des communistes, bien qu'ils soient aussi mauvais qu'eux. Je les ai fuis, moi aussi, et de peu. Mais je ne veux pas non plus vivre sous le règne des fous de l'autre bord. » Elle examina et réajusta le pansement de Joachim. « Vous pouvez rentrer chez vous. Je vais vous appeler un taxi. A votre place, je ne laisserais pas la petite voir ça avant que le sang ait cessé de couler et que vous ayez changé le pansement. Cela pourrait l'effrayer.

— Je déteste l'idée d'arriver ainsi à la maison. Et quand

Elisabeth va apprendre comment c'est arrivé... Elle est tellement alarmiste.

— Elisabeth est réaliste, répliqua sévèrement la doctoresse. Ce n'est pas la même chose. »

« J'ai peur de l'avenir », dit Elisabeth. Elle tricotait un chandail, assise sur le canapé, tout contre son époux.

Paul se dit que Marian serait gênée par une telle intimité.

« *Liebchen*, comme je te l'ai toujours dit, avec toi tous les rhumes deviennent des pneumonies.

— Mon Dieu, tu es parti te promener et on aurait pu ramener ton cadavre à la maison !

— Tu oublies que j'aurais pu mourir tous les jours pendant mes quatre années de guerre. Mais ce n'est pas arrivé. » Joachim se tourna vers Paul pour changer de sujet de conversation. « Je suis ennuyé que nous ayons manqué ce bon repas avec Franz, voilà ce qui me chagrine. » Il traitait l'horreur à la légère, non seulement pour le bien de sa femme, mais en partie pour le sien aussi ; Joachim ne voulait pas envisager que la douceur de vivre pouvait être gâchée.

Cependant, Elisabeth ne se déclara pas vaincue. « Est-ce que tu te rends compte qu'aux élections des étudiants, à Berlin, plus de la moitié des voix sont allées aux candidats nazis ? Et que, dans les universités, on lit encore cet horrible mensonge, *Le Protocole des Anciens de Sion* ?

— *Ach*, qui le lit, qui l'achète ?

— On en vend des milliers et des milliers d'exemplaires.

— *Ach*, ce n'est qu'une bande de gangsters qui essaient de nous terroriser. Paul, est-ce que vous n'avez pas la même chose en Amérique ? J'ai pas mal lu sur Chicago et la Prohibition.

— Ce n'est pas la même chose. » Paul savait que sa réponse était insuffisante, mais il n'était pas d'humeur à fournir des explications détaillées.

« Et si l'on s'imagine, poursuivit Elisabeth, que les Juifs seront les seuls à souffrir de cette violence, on se trompe. Nous serons les premiers et les plus nombreux, mais il y aura aussi beaucoup d'autres victimes. »

Joachim s'irrita. « Alors que proposes-tu de faire ?

— D'abord prendre cela au sérieux et tenter d'y mettre fin ; sinon, quitter le pays avant qu'une catastrophe ne se produise. Aller en Palestine ou ailleurs. Y a-t-il beaucoup de sionistes en Amérique ? demanda-t-elle à Paul.

— Je ne crois pas. Je n'en connais aucun. »

Joachim rit. « Pour l'amour de Dieu, est-ce que Paul a l'air d'un sioniste ? »

Elisabeth rougit. « A quoi ressemble un sioniste ? C'est une chose à débattre, dit-elle sérieusement à Paul en posant son tricot.

— Nos amis la taquinent toujours. Elisabeth, ma jolie blonde, brandissant un fusil d'une main et une binette de l'autre.

— Je n'ai pas vraiment envie d'aller en Palestine, mais je comprends ceux qui le font. Oui, j'ai de très bons amis qui sont sionistes. Des amis à moi, pas à Joachim. »

Celui-ci prit un air méprisant. « Des Polonais, naturellement. Des émigrés ! Pas des Allemands. *Ach*, ça suffit ! Nous continuerons comme nous l'avons toujours fait, toi avec tes bébés » — il se pencha pour l'embrasser sur le front —, « et ton pauvre héros blessé. » Il rit de nouveau. « Désolé, Paul, que votre visite se termine sur ce désagréable incident. Ecoutez, pourquoi n'organiserions-nous pas une petite fête pour détendre l'atmosphère ? Je vais monter changer mon pansement, acheter des billets pour un concert et réserver une table pour demain soir. Ça vous va ?

— Très bien, pourvu que vous me permettiez d'être votre hôte. Sinon, je refuse.

— Si vous le voulez vraiment, d'accord. J'ai appris qu'il était difficile de vous tenir tête.

— C'est merveilleux ! » dit Elisabeth qui suggéra qu'il serait aimable d'inviter Ilse Hirschfeld. « Elle est si gentille avec nous. Et puis, elle ne sort pas beaucoup, j'en ai bien peur. Vous n'y voyez pas d'inconvénient, Paul ?

— Absolument pas. »

Paul se surprit plusieurs fois en train d'examiner ses invités, surtout les femmes, comme s'il étudiait une peinture et cherchait à découvrir sa signification profonde. Plus la soirée passait, plus cette doctoresse l'intéressait ; son type, en dépit de sa grande expérience, lui paraissait nouveau. « Classique », avait dit Joachim. Son visage était très pâle, ses cheveux raides et brillants, séparés par une raie au milieu, très noirs. Sa robe bleu marine, toute simple, s'égayait seulement d'une lourde torsade de perles autour de son cou. Elle portait aussi des perles aux oreilles, mais aucune bague n'ornait ses mains effilées. Cette simplicité totale imprégnait aussi ses manières. Elle n'usait d'aucun artifice. Ses yeux noirs, légèrement bridés, établissaient un contact direct ; sa bouche charnue s'ouvrait sur un rire dépourvu d'affectation.

Durant le souper, après le concert, la conversation resta générale bien que partiale, car inévitablement c'était Joachim qui présidait. Paul apprit quelques faits concernant Ilse : son fils avait dix ans, elle jouait très bien au tennis et elle étudiait l'endocrinologie dans l'espoir de pouvoir se spécialiser.

Ils n'en étaient pas encore au café lorsque Ilse regarda sa montre. « Il est tard et vous avez l'air fatiguée, Elisabeth. Nous pourrions partir maintenant. » Et, comme Elisabeth protestait, elle la réprimanda. « Pas besoin d'être aussi polie. Après tout, je suis votre médecin. »

Joachim se leva aussitôt. « Oui, écoute ton médecin. Elle a fait une fausse couche la dernière fois, expliqua-t-il à Paul, il ne faut pas qu'elle se fatigue. Mais, vous deux, restez ; prenez du café et des pâtisseries — elles sont délicieuses ici. Vous trouverez bien un taxi en sortant. »

Lorsque le couple fut parti, Ilse dit d'Elisabeth : « C'est un amour. Une femme douce, intelligente. » Un silence. « Mais il l'adore. »

Paul, comblant le non-dit — *et bien plus intelligente que lui* — trahit involontairement ses pensées en souriant. Ilse, d'abord inconsciente de ce qu'elle avait révélé sans le faire exprès, sourit aussi. Tout se termina par un éclat de rire.

« J'aime bien Joachim quand même, dit Paul au bout d'une minute.

— Moi aussi. Il ne se démonte pas facilement, hein ? Je crois qu'il a déjà oublié qu'il a frôlé la mort, hier.

— Oublié ? Cela ne me surprendrait pas si, à quatre-vingts ans, je cauchemardais encore là-dessus. »

Brusquement, Ilse s'assombrit. « Je me demande où tout cela va aboutir. Ce genre de violence peut ne pas signifier grand-chose ou peut déboucher sur une ère de terreur, comme en Russie.

— Mes grands-parents étaient à Paris, en 1894, lorsque Dreyfus a été condamné. Ils parlaient souvent des foules qui le conspuaient. Mais, après tout, c'était en France, disaient-ils toujours, et pas dans leur Allemagne bien-aimée. Je me demande ce qu'ils auraient pensé de ce qui s'est passé hier. »

Ilse but son café en silence. Tenant la tasse à deux mains, elle le termina, pensivement, à petites gorgées, puis changea brusquement de sujet. « Vous avez envie d'un verre d'alcool ?

— Bien sûr. Ce sera quoi, pour vous ?

— Pas ici. Chez moi. Si vous en avez envie.

— Cela me ferait très, très plaisir. »

Il y avait bien longtemps que Paul n'avait pas eu envie de prendre un verre chez une étrangère et de terminer la soirée par une petite fête à deux. Il ne pensait vraiment à rien de plus.

Le salon d'Ilse était, comme elle, dépourvu de prétention. Cette pièce aurait été à sa place dans l'appartement de Dan et de Hennie. Les gens qui vivaient dans ce genre de lieu n'accordaient que peu d'importance à la possession des biens matériels.

Il y avait des livres, pas de belles éditions reliées, mais des textes destinés à être lus ainsi que des revues et des journaux. Un sac à ouvrage traînait près du canapé, et une paire de patins à glace sous la table. Des photos d'amateur étaient glissées dans le cadre d'un miroir. Il était en train de les regarder lorsque Ilse revint de la cuisine, portant un petit plateau avec une bouteille et des verres.

« C'est mon fils, lui dit-elle.
— Il a vos yeux, on dirait ?
— Oui, mais il ressemble à son père. Plein d'idéal. Il voudrait changer le monde.
— A dix ans ?
— Oh oui ! En ce moment, il entend beaucoup parler de la Palestine et voudrait y aller.
— Vous allez y partir ?
— Non. J'ai eu mon content de bouleversements. Mon mari a été tué sur le front russe. Je suis venue m'installer ici. Fini les changements, si c'est en mon pouvoir. »
Elle s'assit en face de lui, ramena ses jambes sous elle et chauffa le verre entre ses mains. Le liquide scintillant pencha sous la lampe. Puis elle soupira.
« Ça me fait très, très plaisir, Paul. Puis-je vous appeler par votre prénom ?
— Bien sûr. Mais vous me surprenez. Les Allemands sont tellement guindés.
— Vous oubliez que je ne suis pas allemande.
— Désolé, j'avais oublié. Moi aussi, cela me fait très plaisir, Ilse.
— Mais, pour vous, c'est différent. Vous êtes marié. Boire tranquillement un verre ensemble dans une pièce confortablement chauffée, par une nuit glacée, ce n'est pas nouveau pour vous, mais pour moi, si. »
Il pensa : Marian ne boit jamais et se couche bien avant moi. « Je ne pense pas que vous ayez du mal à trouver un compagnon.
— Oh ! C'est difficile ! Tant d'hommes sont morts à la guerre. Ils ne sont pas nombreux, ceux avec lesquels on peut sortir. Et puis j'ai trente-deux ans, je ne peux pas rivaliser avec les jeunes filles de vingt. Non que j'en aie envie », ajouta-t-elle.
Elle présentait un aspect contradictoire. Le regard de ses yeux exotiques était sensuel et prometteur, mais ses manières et sa pose naturelles, sa robe simple, avaient un côté... familial.
« Vous avez l'air perplexe, dit-elle en le faisant sursauter.

— Je le suis un peu. Vous n'êtes pas facile à comprendre.

— Pourquoi ? »

Il éprouvait une tendre compassion pour elle, pas de la pitié, cela aurait été superflu ; elle était bien trop forte pour que l'on ait pitié d'elle.

« Vous ne m'avez pas répondu.

— Il m'est impossible de vous répondre. Vous feriez mieux de me parler de vous, ainsi je ne serai plus perplexe.

— C'est rasoir de parler de soi.

— Pas si quelqu'un a envie de vous écouter, dit-il gentiment.

— D'accord, mais je serai brève. J'avais un mari, David. Nous étions très amoureux. Nous nous entendions merveilleusement bien, physiquement et moralement. Nous ne faisions qu'un. Personne d'autre n'existait pour moi... Quand je l'ai perdu, le monde a disparu. Vous comprenez ?

— Bien sûr.

— Non, pas bien sûr. » Ilse secoua la tête. « Tous les mariages — ou toutes les liaisons amoureuses — ne sont pas comme ça. Je reconnais toujours, ou du moins je me l'imagine, l'un de ces rares couples qui vivent vraiment en harmonie. Je pense qu'il faut avoir connu cela soi-même pour pouvoir le déceler chez les autres. »

Ces propos, énoncés avec calme, sondaient et blessaient. Ilse semblait attendre une réponse, mais il ne dit rien. Elle poursuivit : « Je continue à chercher ce que j'ai eu, ce qui est probablement stupide. Cependant, on a des besoins... J'ai fréquenté des hommes, de temps à autre, je n'ai pas honte de le dire. Sexuellement, cela peut être agréable, mais il n'y a pas de sentiment pour la *personne*. Je suis toujours désolée après car je sais qu'il devrait y en avoir. »

Bien qu'elle ne lui ait fait aucune avance, il était conscient de sa forte sexualité. Ou était-ce la sienne qui s'éveillait ? La confusion régnait dans son esprit.

Elle fronça les sourcils. « Pourquoi est-ce que je raconte cela à un étranger ? Je ne l'ai jamais fait.

— Je ne sais pas. Pourquoi ? demanda-t-il.

— Oh ! Peut-être parce que, parfois, on a besoin de parler franchement, juste une fois, et qu'il vaut mieux se confier à quelqu'un qu'on ne reverra jamais. Et aussi... » Elle s'arrêta.

« Aussi quoi ?

— Parce que... J'espère que vous n'allez pas vous mettre en colère... Parce que vous êtes gentil et triste. »

Il se sentit vexé. Il était sûr de donner une impression d'autorité et de vitalité.

« Triste ! s'écria-t-il.

— Elisabeth le dit aussi. Ou peut-être pas triste, mais solitaire.

— Je ne suis ni triste ni solitaire, peu importe ce qu'en pense Elisabeth ou n'importe qui d'autre. » Ah ! Les femmes qui bavardaient sur lui et se mêlaient de sa vie privée !

« Ça y est, vous êtes en colère... Je suis vraiment désolée. Je parle trop franchement. David me disait toujours de faire attention à ce trait de mon caractère. »

Elle se leva pour remplir son verre, mais il le recouvrit de la main et elle traversa la pièce pour aller ranger la bouteille. L'étoffe légère de la jupe étroite dessinait la courbe de ses hanches ; il vit qu'elle avait les jambes très longues et musclées d'une femme sportive. De nouveau, il se sentit excité et, d'une manière contradictoire, éprouva un mélange de surprise, de colère et de refus.

Elle était appuyée contre la bibliothèque. La lumière de la lampe tombait sur son visage et, laissant tout le reste dans l'ombre, transformait ses yeux en une photo d'art ; ces yeux extraordinaires, légèrement bridés, noirs comme du jais et brillants, c'était tout ce qu'il voyait, et ils fixaient les siens.

Pendant une minute, ce regard ne cilla pas comme si, ayant découvert quelque chose, il y réfléchissait. Puis elle brisa le silence et répéta : « Vous êtes en colère. »

Il se leva à moitié de son fauteuil puis se laissa retomber. « Non.

— Mon problème, c'est que je ne sais plus parler à un homme normal. La plupart de ceux que je vois sont soit infirmes, soit sans travail, et toujours amers. Ça change tout. On ne peut pas flirter, on ne peut pas danser avec un homme sans jambes. »

Elle bougea ; la lumière de la lampe éclaira d'abord une bouche brillante, puis descendit jusqu'au sillon blanc, entre les seins que dissimulait l'étoffe sombre. Il prit soudain conscience des battements de son cœur et comprit qu'il ferait mieux de s'en aller.

« Vous voulez partir ? Dites-le franchement.

— Non.

— Alors, que faisons-nous ? Voulez-vous danser ? »

Il était comme hypnotisé. Il se dit que, si elle lui avait demandé : Voulez-vous sauter par la fenêtre ?, il aurait dit oui.

« Oui, dansons. »

Elle mit un disque. La musique grinça tandis qu'une voix mâle chevrota en anglais, « Oh ! Rose-Marie, je t'aime, je t'ai toujours aimée. »

Paul se leva et la prit dans ses bras. Serrés l'un contre l'autre, ils tournèrent autour de la pièce. Le corps d'Ilse était brûlant contre le sien, comme si elle était fiévreuse. Il tremblait.

« Mon fils aime les disques américains. Tout son argent y passe. »

Il ne répondit pas. Les doigts d'Ilse se déplaçaient sur sa nuque. Ses jambes bougeaient contre les siennes.

Il l'entendit murmurer : « Cette musique atroce. C'est absurde. Je vais l'arrêter. »

Elle tendit le bras derrière elle, et la musique détonna avant de se taire. Pourtant, ils restèrent dans les bras l'un de l'autre. Il ne sut jamais si ce fut elle qui leva sa bouche vers la sienne ou lui qui se pencha pour l'embrasser, mais peu importait ; le long baiser les amena à la chambre à coucher.

Elle lui murmura que son fils était parti en week-end chez des amis. Sa voix le supplia, alors qu'il était aussi pressé qu'elle ; un cri monta en lui, tout son corps palpita et ce fut l'apogée parfait.

La tête d'Ilse reposait sur son épaule lorsqu'elle le réveilla en chuchotant :

« Il est minuit passé. Tes cousins vont se poser des questions à ton sujet.

— Je me les pose moi-même. » Il rit. « Crois-moi, je n'avais pas prévu cela.

— Moi non plus. Devons-nous en accuser le destin ?

— Pourquoi l'"accuser" ? Je le remercierais plutôt.

— Oui. » Elle l'embrassa sur la joue. « C'était absolument merveilleux. »

Il tremblait de nouveau. « Mais trop bref. »

Cette fois, elle le repoussa et se leva du lit. « C'est impossible. Il faut que tu rentres. Mais j'ai une idée. Demain c'est samedi et mon jour de congé. Je peux emprunter une voiture, nous irons à la campagne et rentrerons à temps pour le grand dîner d'Elisabeth dimanche soir. Si tu en as envie.

— Tu sais bien que oui.

— Peux-tu trouver un prétexte pour te libérer ?

— Oui. Les affaires. Un client m'a invité au dernier moment. Si on me le demande, je dirai que c'est Herr von Madler. Je m'occupe de ses investissements en Amérique.

— Alors, à demain. Viens dès que tu le pourras. Nous aurons toute la journée à nous. »

Que lui était-il arrivé ? se demanda-t-il, et il répondit : quelque chose de sexuel, purement et simplement. C'était incroyable, mais il avait oublié combien c'était bon. Les accouplements tièdes avec Marian étaient devenus la norme. Cette joie, cet émerveillement, il ne les avait pas connus depuis... depuis Anna.

Ils s'étaient promenés, ils avaient mangé et roulé toute la journée. Maintenant que le crépuscule approchait, ils traversaient un village entre deux rangées de maisons médiévales avec des fenêtres à meneaux et des pots qui, en été, seraient pleins de géraniums. Ils franchirent ensuite un ruisseau sur un pont de bois et gravirent une colline où, devant une grange, une bande de teckels aboyait aux pieds d'un vieux cheval patient.

« Ça alors, je suis déjà venu ici ! s'exclama Paul. C'est

l'endroit dont je t'ai parlé. J'ai acheté un chiot dans cette ferme. Et voilà l'auberge où j'ai séjourné avec Joachim, l'été qui a précédé la guerre. »

C'était peut-être la même chambre, pensa-t-il plus tard. Les fenêtres donnaient sur la colline sombre, derrière l'hôtel. Le lit à colonnes était garni de rideaux et un bon feu brûlait dans le poêle de faïence.

« Est-ce que nous dînons tôt et nous allons au lit après ? demanda Ilse, ou ce sera le lit d'abord et le dîner plus tard ?

— Le lit maintenant, le dîner plus tard, et le lit après », répondit Paul.

Aussi firent-ils l'amour dans le grand lit moelleux ; ils s'endormirent et furent réveillés par le roulement d'une charrette, le cliquetis d'un attelage, sur la route, et les voix de gens qui rentraient chez eux. Ils restèrent étendus un moment à discuter de tout ce qui leur passait par la tête : Beethoven ou Mozart, les impressionnistes ou la peinture abstraite, les chiens ou les chats, la cuisine française ou la cuisine italienne. Puis ils se levèrent et s'habillèrent pour aller dîner.

Ils étaient les seuls étrangers à l'auberge ; la salle était déserte et ils mangèrent tranquillement. Assis en face d'Ilse, à une petite table, Paul trouvait étrange de se sentir si détendu avec une femme qu'il ne connaissait que depuis trois jours. Ses autres passades, lors de voyages d'affaires, n'assouvissaient que ses besoins physiques et il n'éprouvait aucune satisfaction à rester ensuite avec sa compagne de plaisir.

La voix d'Ilse interrompit ses pensées. « Tu m'as apporté quelque chose de très important, Paul.

— Ah bon ?

— Oui. Tu te souviens de ce que je t'ai dit, au sujet du sentiment pour la personne ? Que je n'avais jamais éprouvé après David ? Eh bien, c'est arrivé avec toi.

— J'en suis très content », dit-il sincèrement. Et sachant que, naturellement, elle attendait une réponse de lui, il ajouta : « C'est pareil pour moi. »

Elle haussa les sourcils. « Paul ? Mais alors, quelqu'un te manque, à toi aussi ? »

Ce qui lui manquait ? La chaleur dont sa femme était dépourvue, ou quelque chose de plus, avant elle...

« Si l'on veut », répondit-il, sur ses gardes. Et, comprenant qu'il était tenu de s'expliquer, il ajouta : « Ma femme est une bonne épouse. Je ne pourrais jamais lui faire de mal. »

Ilse posa sa main sur la sienne. Ce fut une caresse douce, presque maternelle. « Tu ne feras jamais de mal à personne, si tu peux l'éviter. »

La bonté non déguisée de sa caresse éveilla quelque chose en lui. Qui éclata brusquement. C'était ce besoin de parler qu'il avait éprouvé un jour, lorsque Hennie était venue chez lui la nuit où Marian avait perdu leur bébé, le besoin qu'il avait refoulé alors, et souvent depuis. Maintenant, ici, dans ce pays étranger, avec cette étrangère, il s'épancha.

Il se mit à parler, rapidement et à voix basse. « J'ai aimé quelqu'un autrefois, elle était pour moi ce que David était pour toi. C'était la plus belle femme que j'aie jamais vue... Excuse-moi, je ne veux pas dire que... Tu es belle, toi aussi. »

Elle sourit. « Tu n'as pas besoin de me ménager. Je ne suis pas belle et je le sais. »

Il baissa les yeux sur son verre de vin et le caressa un moment, réfléchissant, laissant le passé émerger de ses ombres.

« C'était une Polonaise, mais pas aussi instruite que toi ; entre nous c'était, pour employer tes propres images, comme si nous n'avions eu qu'un seul esprit, comme si nous avions été les deux moitiés d'un seul corps. Je ne l'ai pas épousée, pourtant j'aurais dû le faire. » Il s'arrêta. Il allait dire : « Nous avons eu un enfant, une petite fille que je n'ai jamais vue et ne pourrai jamais voir. » Mais les mots, déchirants, étaient trop douloureux dans sa bouche et il ne put les prononcer. Il termina donc sa courte histoire. « Nous nous sommes séparés à jamais. Et, pourtant, elle sera avec moi pendant tout le reste de ma vie. »

Il releva les yeux pour croiser le regard intense d'Ilse.

« Ce doit être dur pour ta femme. »

Il ne s'attendait pas du tout à cette remarque et répliqua : « Je ne pense pas. Elle n'est pas au courant. Tu es la seule personne à laquelle j'en ai parlé depuis le jour où je l'ai épousée.

— Tu ne penses pas qu'elle doit le sentir, même si elle ne le sait pas ? »

Paul secoua la tête. « Je fais tout ce qu'il faut pour la rendre heureuse.

— Oui, je n'en doute pas. Mais tu la prives certainement de quelque chose.

— Elle ne manque de rien. Marian est... le sel de la terre. Mais, comme le sel, elle est froide. Elle n'est pas comme toi.

— Ou comme l'autre... Maintenant, je comprends la tristesse qu'il y a en toi, Paul. Tu vois, Elisabeth et moi, nous avions raison. Nous l'avions bien vu. »

Il renâcla. Quelque chose en lui, le besoin du mâle de se croire invulnérable, s'imposa de nouveau. Il en avait trop dit.

Un lourd silence s'ensuivit. Un morceau de charbon tomba bruyamment dans le poêle ; quelque part, à l'étage, on ferma une porte. Ni l'un ni l'autre ne parla. Dans un silence de cette intensité, les humeurs se succèdent et se mêlent : ravissement, enchantement ou mélancolie.

Mais aucune mélancolie ne devait gâcher les dernières heures qu'il passait avec cette femme extraordinaire... Il se leva si brusquement que sa chaise se renversa. « Viens ! Ça suffit ! Montons nous coucher. »

Le lendemain matin, il faisait froid; les nuages étaient chargés d'une neige qui n'allait pas tarder à tomber. Dans l'intimité chaude de la minuscule voiture où leurs épaules et leurs cuisses se touchaient, l'humeur du couple variait et refluait. Ils bavardaient, riaient, puis devenaient silencieux. Ils entonnèrent même une ballade idiote. Plus ils approchaient de la ville, plus Paul avait l'impression que les événements des derniers jours étaient irréels. Il jeta un coup d'œil sur la femme qui lui avait apporté tant de plaisir. Si seulement cette qualité, cette magie, pouvait être transférée à sa bonne et fidèle épouse ! Leurs nuits en seraient transformées ! Ce serait un homme nouveau qui se lèverait tous les matins ! Il contempla encore Ilse qui regardait droit devant elle avec une expression pensive. Il fallait qu'il garde soigneusement le souvenir de ce front serein, de ces yeux curieusement relevés vers les tempes, de la moue délicate de sa lèvre inférieure...

Elle se tourna vers lui. « Paul, il faut que je te parle avant que nous nous quittions. Tu m'as appris quelque chose. Tu n'en avais pas l'intention, mais tu l'as fait. Tu veux savoir quoi ?

— Oui, ma chérie. Dis-le-moi.

— Je sais maintenant que je pourrais connaître une autre vie sans David. Qu'un autre homme pourrait m'apporter ce qu'il me donnait. »

Il était trop ému pour répondre.

« Seulement, il faut que je le trouve... J'aurais bien aimé que ce soit toi. »

La bonne réponse aurait été : Je le souhaite, moi aussi. Mais ce n'était pas vrai. Si quelqu'un pouvait prendre une place permanente dans sa vie, ce serait Anna et elle seule... Et, puisqu'il en était ainsi, il ne souillerait pas la beauté et l'intégrité de ces heures passées avec Ilse en mentant. Il tendit donc la main, prit la sienne qui était posée sur ses genoux et la serra affectueusement.

« Nous ne nous reverrons jamais, dit Ilse, aussi je vais te dire quelque chose qui va te remettre en colère. »

Il sourit. « Vas-y.

— Bon. Je pense que tu devrais essayer d'oublier cette autre femme. Tu ne m'as pas dit son nom... Je crois que tu devrais faire comme si elle était morte, puisque tu ne pourras jamais vivre avec elle. » Elle leva le visage vers celui de Paul. « Tu n'es pas fâché contre moi ?

— Je ne veux pas me fâcher ce matin, Ilse chérie. Je n'ai jamais aimé me mettre en colère.

— Eh bien, alors, je vais tout te dire. Lorsque je me suis réveillée, ce matin, tu dormais encore et je t'ai regardé. Je pourrais t'aimer, Paul. Mais je ne le ferai pas, parce qu'il faut que tu rentres chez toi. Je sais que tu n'es pas amoureux de ta femme. Mais tu devrais aimer quelqu'un, pas un rêve, pas une femme qui aurait pu être à toi. Il faut que tu trouves quelqu'un, Paul. Il le faut vraiment. C'est tout ce que j'avais à te dire. »

Il vit que ses yeux étaient brillants de larmes. Tu es merveilleuse, pensa-t-il, merveilleuse. Pourtant, tu ne comprends pas. Si tu peux, grâce à moi, surmonter le blocage de la perte de ton David, j'en suis heureux pour toi... Mais en dépit de tout ce que tu m'as donné, tu ne comprends toujours pas, au sujet d'Anna.

Il se pencha et l'embrassa sur la joue. « Tu es ravissante, Ilse, et je ne t'oublierai jamais. "Une reine parmi les autres femmes." N'y a-t-il pas quelque chose comme cela dans la Bible, ou bien dans Shakespeare ? »

Elle sécha ses larmes et reprit d'une voix grave : « Je vais chercher ça en rentrant. Maintenant, fais attention aux croisements. La prochaine rue à gauche. Tu peux t'arrêter là et marcher jusqu'à la maison, après le tournant ; comme cela Joachim ne pourra pas se scandaliser de te voir avec moi. »

C'est ainsi qu'ils se séparèrent.

Joachim dit : « Je voudrais que vous restiez jusqu'à Noël. Vous verriez le bon temps que nous prenons. Nous allons à la campagne, nous nous promenons dans la neige. Des amis viennent. Nous chantons des cantiques de Noël assis au coin du feu... mais c'est vrai que vous ne seriez pas d'accord.

— Oui. Mes parents faisaient la même chose et je ne les approuvais pas. »

Joachim répondit tranquillement : « C'est typiquement allemand. Une tradition. Cela peut sembler ridicule, mais nous trouvons que les traditions, c'est rassurant. Tous les ans, la bonne nourriture et les cadeaux, la musique et les senteurs. »

Paul répondit tout aussi calmement : « Il s'agit d'une fête profondément religieuse. Vous ne pensez pas que c'est une insulte aux croyants que de la prendre à la légère, d'en faire une occasion de divertissement ?

— Mon cher ami, je suis le dernier à prendre cela à la

légère. Au contraire. Je respecte Noël. Mais chacun peut en tirer ce qu'il voudra. »

Paul n'insista pas. Il était inutile de discuter. « Je reviendrai en été, promit-il.

— Vous vous rappelez notre promenade dans l'Odenwald ? »

Oui, il s'en souvenait. Les villages avec leurs toits pointus et les pots de géraniums rouges. Les vergers de cerisiers et les collines couvertes de sapins. Cela avait été pour lui un temps d'innocence... Il chérissait ses derniers jours de liberté totale, mais attendait aussi avec impatience son mariage.

« Oui, je viendrai en été, répéta-t-il.

— Bien ! Amenez-nous votre femme, la prochaine fois, et n'attendez pas onze ans ! »

La dernière fois qu'il vit Joachim, tandis que le train l'emportait, son cousin agitait le bras pour lui dire adieu, et de l'autre, il tenait Elisabeth par la taille.

Ils étaient tellement différents l'un de l'autre ! Pourtant ils s'entendaient si bien. C'est ainsi que la vie devrait être...

Le temps s'était mis au froid et le ciel prenait un aspect hivernal tandis que le train accélérait vers le nord. Il traversa de sombres villes teutonnes ; dans la faible lumière, leur granite ressemblait à des os et leurs lourds édifices romans en brique avaient la couleur du sang séché ; un destin menaçant semblait planer lugubrement sur ces lieux. Il pesait aussi, comme une lourde main, sur la tête de Paul. Il ferma les yeux pour ne plus voir le morne paysage et essaya de dormir.

Le seul bon moment de ce lugubre voyage, ce fut lorsqu'il apprit, dans un journal acheté à une gare, qu'Adolf Hitler avait été retrouvé et arrêté.

A Hambourg, il passa plusieurs appels pour son travail, puis partit se promener. En passant devant les bureaux de l'American Express, il s'arrêta pour demander s'il avait du courrier, bien qu'il n'en attendît guère la veille de son embarquement. Il y avait une lettre de Marian. Elle était brève et il la parcourut rapidement.

« Paul chéri,

« Je suis restée à la maison tout l'après-midi à penser à nous. Je sais combien tu as souffert, ces dernières années, de ne pas avoir d'enfant... Je t'ai observé avec Hank... Tu ferais un père merveilleux... Je sais que beaucoup d'enfants ont besoin d'un foyer et je voudrais être comme toi, pouvoir me contenter d'adopter un enfant... Je le souhaite vraiment, mais je ne veux pas d'un bébé qui ne serait pas à moi ; je suppose que j'ai tort et je le regrette, mais c'est ainsi ; je me dis que je ne suis pas la seule à réagir comme cela... Ce n'est pas bien d'introduire un enfant dans sa vie si l'on n'en a pas vraiment envie... Je continue à espérer que tu finiras par t'habituer à l'idée de vivre sans enfant. Je t'en prie, je t'en supplie, essaie. Ne gâchons pas notre vie à cause de cela. Nous sommes encore jeunes et il y a tant de choses, dans la vie, que nous pouvons faire... »

Et cela continuait ainsi dans la même veine.

Il mit la lettre dans sa poche et continua à marcher. Il l'imaginait facilement, assise à son petit bureau Arts déco, dans son boudoir, en train de rédiger ce texte de son écriture qui penchait à gauche sur son papier à lettres gris pâle. Il avait fallu qu'elle soit profondément touchée, très, très douloureusement, pour qu'elle éprouve une telle émotion... pour qu'elle lance cet appel. Peut-être un livre, ou une pièce de théâtre ; peut-être simplement le silence de la maison, son absence.

Quelle pitié ! Il savait que lui-même était dans un état d'intense émotion ; les raisons de l'être ne lui avaient pas manqué, ces derniers jours. Cependant, il ne pouvait s'empêcher d'avoir pitié d'elle.

Il continua à marcher. Au bout d'une large avenue, il aperçut une statue équestre de l'ex-Kaiser guère regretté, corpulent et arrogant. Le cheval était une plus noble créature que son maître qui, par égoïsme, avait envoyé des millions d'êtres à la mort et semé le mal qui était en train de détruire son pays.

Il s'assit sur un banc de pierre pour relire la lettre de sa femme. Elle lui tendait les bras, réclamait la paix. Avait-il été égoïste, comme cet homme à cheval ? Uniquement occupé à désirer, désirer...

Il demeura ainsi tandis que le crépuscule tombait et qu'un brouillard glacé s'infiltrait sous son manteau. Il pensait à Joachim et à Elisabeth, avec leur petite fille, dans leur maison. Il pensa au corps brûlant d'Ilse et à sa voix amicale lui disant : *Il faut que tu trouves quelqu'un, il faut que tu trouves l'amour.*

Trouver l'amour ! C'était facile à dire ! Elle ne comprenait pas. Sa situation n'était pas du tout semblable à la sienne.

Il pensa de nouveau à Marian. La lettre, la sommation, l'appel pesaient comme une pierre dans sa poche. *Ne gâchons pas notre vie.* Pauvre femme de bonne volonté...

Qu'avait-il imaginé ? Comme tout adulte responsable, il allait rentrer et reprendre les choses où il les avait laissées. De toute façon, où pourrait-il aller ailleurs qu'à la maison ?

Ce lundi-là, le public en tenue de soirée circulait dans les allées, se saluait et se rassemblait en petits groupes dans le foyer, pendant l'entracte d'*All God's Chillun Got Wings* (« Tous les enfants du bon Dieu ont des ailes »). Les conversations étaient animées et les opinions tranchées ; on pouvait compter sur Eugene O'Neill pour fournir de quoi les alimenter.

C'était l'anniversaire de mariage de Ben et Leah, et Marian avait proposé de les inviter au théâtre. « Que pourrions-nous leur offrir d'autre ? » avait-elle dit, faisant remarquer qu'ils semblaient ne manquer de rien.

Paul n'avait pas compris si la remarque de Marian était désapprobatrice ou était destinée à simplement constater les faits. La petite coterie d'amis et de clientes de Leah, deux groupes qui se recoupaient souvent, s'étaient rassemblés autour d'elle. Elle attirait l'attention ; sa robe de soie noire, très simple, dévoilait ses épaules blanches et ses superbes seins ; sa sobriété faisait ressortir la splendeur de ses boucles d'oreilles de rubis et de diamants. Le plus récent et le plus somptueux des cadeaux de Ben. Elles flamboyaient lorsqu'elle remuait la tête. Leah ne portait aucun autre bijou. C'est intelligent de sa part, pensa Paul.

Les gens venaient parler à Marian pour d'autres raisons, parce qu'ils la connaissaient et l'avaient probablement toujours connue. C'étaient des personnes qui s'occupaient des mêmes œuvres de charité qu'elle ; le nom de Marian figurait sur la liste des comités les plus importants et de ce fait on la respectait. Elle se plaisait à dire, et l'avait encore répété ce soir d'un ton dédaigneux tandis qu'ils s'habillaient, que les gens qui étaient sûrs d'eux n'avaient pas besoin de ressembler à une gravure de mode et d'exhiber continuellement des vêtements neufs.

Les vieilles familles, les vieux vêtements, se dit Paul avec une brusque envie de rire. Tout à fait comme l'Emily d'Alfie. Non que Marian ne soit pas à son avantage dans une robe qu'elle portait depuis deux saisons.

Il croisa son regard et elle lui fit signe de la rejoindre à l'écart. « Regarde ! Regarde là-bas ! Est-ce que ce n'est pas... Je me trompe peut-être mais on dirait la domestique que vous aviez quand... Non, je pense que c'était juste avant notre mariage...

— Pardon ? dit-il, abasourdi.

— Là-bas ! La grande femme rousse, dans l'allée. Je jurerais que c'est elle. La domestique de tes parents.

— Je ne m'en souviens plus.

— Eh bien, moi, si. Elle était suffisamment remarquable pour cela. »

Une femme aux cheveux roux remontait vers le devant du théâtre. Paul tendit le cou pour la voir, mais elle était dans l'ombre et il ne put distinguer son visage. Pourquoi serait-elle là ? Pourquoi n'y serait-elle pas ? C'était le genre de pièce qu'elle aimait.

Le rideau se leva ; des silhouettes s'agitaient sur scène et prononçaient des paroles, mais il ne vit rien, n'entendit rien. Il se sentait profondément perturbé. Il s'était apaisé durant le mois dernier, depuis qu'il était revenu d'Europe avec la ferme résolution de repartir de zéro, de passer l'éponge, de laisser mourir le passé.

Il avait, avec un peu de ressentiment, arraché de son esprit la remarque d'Ilse sur son besoin d'amour. Un océan les séparait et sans doute ne la reverrait-il jamais ; leur brève idylle — car cela avait été une idylle — s'estomperait. Il ne se culpabilisait pas car personne n'en avait souffert. Il était revenu vivre auprès de sa femme et travailler.

Il avait sciemment redressé les épaules pour reprendre le contrôle de lui-même, comme s'il se retrouvait à l'armée, engagé dans l'action. Plus de rêves utopiques ! Plus de regards jetés en arrière sur ce qui aurait pu être... sur Anna. Terminé. Irrémédiablement. Accepter. Et c'est ce qu'il avait fait ; le mois s'était bien passé ; Marian était heureuse de l'avoir à la maison, il avait renoué avec ses amis, au bureau tout marchait comme sur des roulettes ; il avait tenu ses résolutions.

Et maintenant, il se retrouvait raidi sur son siège, tendu vers les lumières de la rampe dans l'espoir qu'un rayon égaré viendrait lui révéler l'identité de la femme aux cheveux roux ! Que ferait-il, que dirait-il, s'il s'avérait que c'était bien Anna ? Les battements précipités de son cœur ne tenaient apparemment aucun compte de toutes ses résolutions. Ils persistèrent tout au long de la pièce et la femme aux cheveux roux se perdit dans la foule.

« Ça t'a plu ? demanda Marian à la fin.

— Beaucoup. C'était très bien. »

Elle haussa les épaules. « Pas moi. J'ai trouvé ça trop sociologique. Tout ce pathos sur les opprimés. On en est fatigué.

— Je ne sais pas, répondit-il, puisqu'elle attendait une réponse.

— Enfin, c'était de cela qu'il s'agissait, n'est-ce pas ? On les emmène prendre un verre ? chuchota-t-elle. Après tout, c'est leur anniversaire. »

Il serait volontiers rentré à la maison, mais bien sûr Ben et Leah étaient ravis de continuer la fête, aussi se rendirent-ils tous au Saint-Regis où dansait une belle jeunesse. Paul tint son rôle d'hôte. Les nouvelles boucles d'oreilles en rubis de Leah étincelaient contre son épaule tandis qu'ils dansaient.

« Au fait, est-ce qu'Alfie t'a demandé de parler à Meg ?

— Non, à quel sujet ?

— Il ne va pas tarder à le faire. Au sujet de Donal. Emily et lui se font un sang d'encre.

— Mais enfin, qu'est-ce qu'ils attendent de moi ?

— Ils n'aiment pas du tout ce type, et comme Meg t'adore...

— Oh ! dit Paul gêné.

— Allons, elle t'adore et tu le sais. Ils pensent qu'elle t'écoutera. Ils vont te demander d'aller, comme par hasard, rendre visite à Meg, à Boston. Tu y vas souvent, n'est-ce pas ?

— Oui, mais je n'aime pas les machinations. Et je ne sais rien sur cet homme, en dehors de ce qu'il a fait pour Dan. »

La musique s'arrêta, ils rejoignirent Marian et Ben à leur table.

La curiosité de Marian était en éveil. « Vous avez l'air de conspirateurs. C'est un secret ?

— Non, pas vraiment. Ou plutôt si, nous parlions de Meg et de Donal Powers, répondit Leah.

— Nous ne devrions peut-être pas... », commença Ben, puis il se tut, l'air gêné.

« Pour l'amour du ciel, nous sommes en famille ! dit Leah. Nous pouvons parler. Et puis, je parierais que Paul se doute de quelque chose.

— De quoi ? demanda Marian. Au sujet de Powers ?

— Bon, d'accord, c'est un bootlegger, il importe de l'alcool en contrebande, avoua Ben. C'est tout.

— Ça, par exemple ! s'exclama Marian. Il a pourtant l'air d'un gentleman !

— C'est un gentleman, répliqua Ben. Un homme honorable. Il règle ses factures et tient sa parole ; on ne peut pas toujours en dire autant de certaines personnes haut placées. N'est-ce pas, Paul ?

— Oui, à certains égards. » Bien sûr, c'était beaucoup plus compliqué que cela. Il pensa à la lettre pathétique de Meg.

« Tu t'en doutais, Paul ? demanda Leah.

— Je me posais des questions à son sujet. Je me demandais d'où il tenait son pouvoir. Je reconnais que ce n'aurait pas été difficile à deviner si je m'étais donné la peine d'y réfléchir, ce que je n'ai pas fait. »

Brusquement, Ben s'agita. Il se pencha sur la table et se mit à chuchoter, bien que la musique ait repris et qu'il fût impossible à quiconque de surprendre leur conversation. « Surtout, je ne vous ai rien dit. J'ai votre parole, à tous ?

— Bien sûr que tu l'as, répliqua Leah. Ne sois pas ridicule.

— Je ne suis en rien responsable de ses actes, poursuivit Ben qui tentait de se justifier. Je tiens sa comptabilité, je lui recommande certains investissements. Je suis son comptable et son avocat, c'est tout.

— Je ne sais pas, après tout, intervint Leah. Tu l'aides à enfreindre la loi, non ?

— C'est une loi stupide et qui ne va pas durer. Tout le monde le sait. Et je ne l'aide pas, je viens de te le dire. Pas besoin de t'inquiéter. » Ben lui tapota la main. « N'en parlez pas, c'est tout. Je n'aurais pas dû vous le dire. J'ai eu tort. » Il avait besoin de se rassurer, semblait-il, tandis qu'il s'appuyait de nouveau contre le dossier de son siège et allumait une cigarette. « Je vous en prie, Donal n'est pas un criminel ! Meg ne craint rien avec lui. Elle ne s'est sans doute jamais autant amusée de sa vie. » Et, comme personne ne faisait de commentaire, il ajouta : « Et puis toute cette histoire est ridicule. Il ne lui a pas demandé sa main et je ne pense pas qu'il ait envie de se marier. Allons danser, Marian. »

Leah rapprocha sa chaise de celle de Paul. « Parlons. J'aime beaucoup cette petite Meg. Tiens, pourquoi est-ce que je l'appelle ainsi alors qu'elle est aussi grande que moi ?

— Pourquoi est-ce que nous pensons tous à toi comme à la "petite Leah" ? » Et il jeta un regard en coin sur sa splendide poitrine qui tendait la fine soie noire et exhalait un parfum tiède, un peu oriental.

« J'ai vraiment peur qu'elle soit tombée amoureuse de cet homme.

— Tu ne te trompes pas, elle me l'a écrit.

— Oh ! La barbe ! Amoureuse ! C'est sa première expérience et elle a probablement une peur bleue de ne pas trouver un autre homme. Ah ! dit-elle d'un air indigné, teinté de mépris, élever un enfant comme cela ! Loin du monde. L'avoir gardée là-bas dans ces bois comme une femme de pionnier, l'avoir rendue timide comme un lapin ou... comment on appelle ces petits animaux grassouillets qu'elle aime tant et qui viennent manger l'herbe ?

— Des marmottes d'Amérique, répondit Paul en riant.

— C'est ça, et celui avec un long nez et qui se pend la tête en bas ?

— Un opossum, dit-il toujours riant.

— C'est leur faute à eux. Ils sont bizarres, Alfie et Emily. Ils n'appartiennent à aucun milieu, ils ne s'intègrent nulle part. A la campagne, les goys les plus libéraux tolèrent Alfie à cause d'Emily ; ici, il travaille avec des Juifs mais se tient à l'écart de la communauté juive. Ils sont entre deux mondes et ils ont fait du tort à Meg. »

C'était une analyse intelligente. Leah, voyant les choses clairement, telles qu'elles étaient, hésitait rarement à dire exactement ce qu'elle avait compris.

« Nous ne connaissons pas vraiment Meg, fit observer Paul. Peut-être que derrière cette façade se cache une bohème. Bien que j'en doute », ajouta-t-il.

Les hommes et les femmes étaient vraiment fous de s'apparier bêtement comme ils le faisaient, alors qu'un observateur extérieur pouvait prévoir que le couple tournerait mal ! Ils trébuchaient aveuglément dans la vie. Mais, si on le lui demandait, il faudrait bien qu'il parle à Meg. Après tout, aurait-il accepté que sa fille ou sa sœur épouse un homme qui enfreignait une loi, même si cette loi était absurde ?

D'autre part, les gens voulaient toujours séparer les amants lorsqu'on trouvait qu'ils n'étaient « pas faits l'un pour l'autre ». Et il pensa de nouveau à la lettre désespérée de cette pauvre Meg. Ses parents disaient que Donal n'était pas fait pour elle. Mais Anna, se dit-il, n'était « pas faite » pour lui, elle non plus ! Qui pouvait savoir, juger, sonder le futur ou le cœur humain ?

IV

« C'est tellement romantique, dit la camarade de chambre de Meg. Je veux dire, que tes parents le détestent, et tout le reste. »

Les jeunes filles de l'étage étaient venues, ce dimanche après-midi, dans la chambre où Meg allait s'habiller pour sortir avec Donal Powers qui était arrivé de New York.

« Pourquoi ne l'aiment-ils pas ? » demanda l'une d'elles.

Sa compagne répondit avant Meg. « Parce que c'est un catholique.

— Les miens n'aimeraient pas ça non plus », dit la première jeune fille qui avait fait, au Copley Plaza, l'une des entrées dans le monde les plus remarquées de Boston ; elle vivait à Beacon Hill, dans une maison qui appartenait à ses grands-parents, dont les vitres cathédrale étaient couleur lavande et qui contenait plein de choses anciennes — des portraits et des fauteuils Sheraton et des vases de Paul Revere — si bien qu'on avait l'impression que personne n'avait rien acheté depuis plusieurs générations. C'était le genre de maison où la mère de Meg aurait aimé vivre et qu'elle aurait pu habiter si elle avait épousé un autre homme que le père de Meg.

« Il est terriblement beau », reconnut loyalement sa camarade de chambre, non parce que c'était dans ses habitudes d'être loyale et généreuse, mais parce qu'elle venait de se fiancer et se sentait bienveillante envers le monde entier.

Donal était déjà venu à Boston, au plus fort de l'hiver; il y était resté deux jours, ce qui lui avait permis de sortir un soir avec Meg. Ils étaient allés dîner chez Locke-Ober et il l'avait raccompagnée. Bien entendu, les autres jeunes filles l'avaient remarqué et, Meg ayant maintenant un amoureux, elles lui accordaient une attention et même un respect dont elle n'avait jamais joui. Durant ses trois années passées à Wellesley, on l'avait plutôt tenue à l'écart, situation à laquelle elle était habituée. Bonne étudiante, mais pas parmi les plus brillantes qui allaient devenir médecins ou avocates, bonne nageuse et joueuse de tennis, mais pas exceptionnelle, elle n'avait jamais attiré l'attention de ses compagnes jusqu'à ce que Donal apparaisse.

Une femme sans homme n'était qu'une ombre. C'était la vie de son compagnon qui l'éclairait : s'il s'agissait d'un homme mûr et non d'un étudiant, et si en plus il était riche et élégant, la lumière réfléchie devenait alors éblouissante.

Quand ses compagnes l'eurent quittée, il restait encore une heure à attendre. Meg s'habilla avec soin, s'attardant devant son miroir. Elle s'était enfin fait faire une permanente; c'était une véritable épreuve de rester ainsi reliée à l'appareil par des fils qui pendaient du plafond: elle avait vraiment eu peur; mais, comme le lui avait promis Leah, le résultat en valait la peine. Ses cheveux fins, au lieu d'être sévèrement tirés en arrière, encadraient son front de leurs ondulations et de petites boucles retombaient sur ses tempes. Ce négligé lui seyait bien et elle n'y toucha pas.

Elle choisit une robe rouge : ce rappel de celle qu'elle avait mise le jour où ils s'étaient rencontrés lui porterait chance. Elle la garderait toute sa vie, cette robe-là. Elle se souvenait du jour où elle l'avait achetée, où elle avait senti sur elle le drap léger, soyeux comme du satin. Leah avait remis le col en place.

« Tiens-toi droite, ne fais pas le dos rond. Tu es grande, eh bien, assume ta taille ! »

Emily avait émis des doutes. « Tu ne trouves pas que ce rouge est terriblement voyant ? »

Et Leah avait rétorqué : « Qu'est-ce qu'il y a de mal à cela ? »

Pour une fois, son père l'avait soutenue contre Emily qui, dès son retour à la maison, s'était répandue en plaintes contre Leah.

« Son goût n'est pas des meilleurs ! C'est trop nouveau style. Après tout, où aurait-elle pu acquérir un goût raffiné, quand on sait d'où elle sort ? »

Meg avait bien reconnu là l'antisémitisme inconscient de sa mère, que celle-ci aurait nié avec indignation.

Mais Alfie admirait Leah parce que, comme lui, elle était arrivée par elle-même. Elle n'avait pas demandé à s'inscrire à l'université. Elle s'était toujours débrouillée toute seule. Elle avait su écarter tous les obstacles qui se trouvaient sur sa route.

Pourtant, cette même indépendance, il la refusait à sa fille. Et il n'aurait certainement pas dit autant de bien de Leah s'il avait eu vent de ses conversations avec Meg.

Elle évoqua cet après-midi où elles étaient allées prendre le thé ensemble, après la fermeture de la boutique. Meg était en première année et Leah avait probablement estimé, à juste titre, qu'il fallait l'éclairer sur pas mal de sujets. Elles bavardèrent, ou plutôt Leah parla et Meg l'écouta.

« Quand tu seras mariée... » commença Leah, mais Meg l'interrompit : « Et si je ne me mariais jamais ? »

C'était la peur secrète de la plupart des jeunes filles, sauf les grandes beautés ou celles qui jouissaient d'une certaine « notoriété ». Ne jamais être choisie par un homme, ne jamais être aimée ! Meg avait parfois rêvé qu'elle était seule au centre d'une grande salle, tout le monde parlait, toutes les femmes avaient un cavalier et personne ne faisait attention à elle...

« Et si je ne me mariais pas ?

— Oh ! Tu te marieras ! » Leah semblait pleine de

confiance. « Il ne faut pas te dire cela. Quand tu le seras, n'oublie jamais qu'un homme veut que sa femme se montre passionnée. Même si tu meurs de sommeil, fais semblant. Il en est ainsi pour les femmes. Mais qui sait ? Tu peux aussi adorer cela et alors tu n'auras pas besoin de simuler. » Elle éclata de rire et Meg comprit que Leah adorait cela.

Une certaine peur s'empara d'elle, qui fit comme un creux dans sa poitrine. Leah lui jeta un regard pénétrant. « Je t'ai effrayée. Ce n'était pas dans mon intention. » Elle serra la main de Meg. « Tout se passera bien, tu sais ; tu te débrouilleras le moment venu. »

Les doigts de Meg s'arrêtèrent tandis qu'elle attachait les boutons de la robe sur sa nuque. S'en tirera-t-elle bien ? Elle n'en savait rien. C'était tellement étrange. On lisait des choses là-dessus, pas beaucoup, car les livres n'en parlaient guère ; ils y faisaient seulement allusion et l'on devait se contenter d'imaginer le reste. Est-ce que ce ne sera pas trop difficile ? Non, bien sûr que non ; le corps de l'homme et celui de la femme étaient faits pour cela. A cette idée, une chaleur l'envahit, un petit frisson la parcourut, qui n'était pas un frisson de froid.

Donal ne l'avait jamais embrassée, il lui prenait seulement la main quand ils étaient au théâtre, et parfois dans la voiture, en conduisant de l'autre. Lorsque leurs paumes s'unissaient ainsi, à plat l'une contre l'autre, elle éprouvait cet étrange petit frisson de chaleur et se demandait alors s'il ressentait la même chose qu'elle.

Il se tenait très bien avec elle, il se montrait respectueux. Peut-être n'aimait-il que son esprit. Peut-être fréquentait-il une autre femme pour... l'autre chose ? Elle avait entendu dire que cela arrivait parfois. Mais aurait-il fait tout ce chemin seulement pour lui parler et lui tenir la main ?

Elle ne l'avait pas vu depuis un mois, bien qu'il l'ait souvent appelée au téléphone. Ils avaient passé un merveilleux week-end à New York ; le premier soir, ils étaient allés voir Melba interpréter le rôle de Marguerite dans *Faust*, et le lendemain soir, Eleonora Duse dans *La Dame de la mer*, d'Ibsen, en italien qu'ils ne comprenaient ni l'un ni l'autre. Mais elle avait une si belle voix ! En la regardant, on avait envie d'être belle, aussi on se tenait plus droite et on surveillait ses gestes. Pendant l'entracte, en circulant dans l'allée au bras de Donal, Meg ne s'était pas sentie gênée qu'on la regarde, au contraire, elle en avait eu envie ; chose étrange, car toute sa vie, aussi loin qu'elle se souvienne, elle avait redouté et détesté que des regards se posent sur elle.

« Viens nous lire ton poème », lui disait son père après dîner, lorsqu'il y avait des invités à la maison. « Meg a écrit un ravissant poème », et, quand elle hésitait, sa mère, le visage sévère, l'y obligeait. Pourtant, ils croyaient bien faire, surtout son père. Il était si fier d'elle, de ses succès à l'université, alors qu'il n'avait pas souhaité qu'elle y aille. Ses parents n'avaient jamais compris cette peur qu'on la regarde ; elle ne pouvait pas le leur expliquer car elle n'en connaissait pas la raison.

Mais plus maintenant. Loin de la maison, ce n'était plus pareil. Avec Leah ou Paul, et maintenant avec Donal, elle réagissait différemment.

Oh ! S'il la demandait en mariage, rien ne l'arrêterait !

Rien de ce que pourraient dire ou faire ses parents. N'avaient-ils pas tenu tête aux leurs ? Ils n'en parlaient jamais, mais tante Hennie lui avait raconté qu'Emily pleurait le jour de son mariage, un sinistre mariage à la mairie, parce que ses parents refusaient de venir. Oui, ils avaient dû faire preuve de courage. Actuellement, il y avait beaucoup de mariages mixtes, et même de conversions, surtout parmi les gens chic que connaissait cousine Marian. Le conjoint juif, presque toujours l'homme, se convertissait, mais cela ne se faisait pas lorsque ses parents s'étaient mariés ; à l'époque, c'était rare et scandaleux.

Et dire que, maintenant, ils ne voulaient pas de Donal Powers parce qu'il sortait d'un bas quartier irlandais. Ils espéraient qu'elle ferait un mariage chic ; son père oubliait qui il était. Elle savait ce qu'ils voulaient pour elle : un mari aux yeux gris et aux cheveux roux, qui l'introduirait dans les clubs qui rejetaient Alfie.

Ils ne se doutaient pas que dès son très jeune âge elle avait compris beaucoup de choses.

« Le bruit court que le club veut acheter une parcelle qui est sur nos terres », avait dit sa mère, un jour.

Et oncle Dan avait répondu : « Est-ce que cela veut dire qu'Alfie va pouvoir s'inscrire ? »

Il n'avait pas trompé Meg avec son visage franc ; elle avait perçu le ton sarcastique de sa voix. Parce que, bien sûr, il savait que malgré les dons et l'hospitalité joviale d'Alfie, on ne l'accepterait jamais au club.

Comme c'était ridicule, et même triste, de s'attacher à de telles choses !

Donal ne s'occupait pas de cela. Il était ce qu'il était. On n'avait qu'à le regarder pour voir comme il était fier. C'était vraiment un homme. Avec lui, on se sentait forte...

Elle regarda sa montre. Dans une demi-heure, il serait là. La voiture allait prendre le tournant et s'arrêter devant la porte. Le temps se traînait, comme il l'avait fait tout cet hiver. Le soir, elle songeait qu'il téléphonerait peut-être et elle n'arrivait pas à se concentrer sur son travail ; le papier bruissait, la chaise craquait, le tic-tac du réveil scandait les secondes jusqu'à ce qu'on lui dise de descendre au téléphone, dans le hall; ou qu'il ne l'appelle pas. Du nouvel an aux vacances de mi-trimestre, et de celles-ci à Pâques, le temps se traînait comme les aiguilles autour de l'innocente face blanche de la pendule.

« C'est bien que vous ne fumiez pas, lui dit Donal. Cela ne me plaît pas que les jeunes femmes se soient mises à fumer depuis la guerre. J'aime les anciennes coutumes. Des endroits comme celui-ci. Je suis content que vous m'ayez amené ici.

— Vous ne trouverez pas, dans toute l'Amérique, d'endroit plus ancien. »

L'auberge où ils déjeunaient était une ferme du XVIIIe siècle. Un vieux mousquet était suspendu au manteau de la cheminée décorée de bougies de cire végétale dans des chandeliers d'étain. La table faisait face à l'âtre et le feu leur réchauffait les pieds. Le menu proposait une cuisine substantielle : une épaisse soupe de palourdes, du rosbif, du pain bis et des haricots de Boston. Sans conteste possible, ils se trouvaient bien au cœur de la Nouvelle-Angleterre !

Meg, pensant que Donal était un homme de la ville, avait craint qu'il ne considère d'un œil désapprobateur toute cette rusticité, mais c'était lui qui avait proposé de passer la journée à la campagne au lieu de rester à Boston. Aussi l'avait-elle guidé sur les routes de campagne qui traversaient Lexington et Concord jusqu'ici où, paraît-il, la cuisine était excellente ; il avait dit qu'il était affamé.

« Oui, ça me plaît, répéta-t-il. Ils ont aussi une clientèle sympathique. »

C'étaient des couples et des familles avec des enfants bien élevés ; tous portaient des costumes campagnards en beau lainage. Jusqu'à ce moment, Meg n'avait pas remarqué que Donal était aussi vêtu d'une veste en tweed et de knickerbockers ; elle le voyait habillé ainsi pour la première fois et elle se dit qu'il excellait en tout. Il avait prévu un cadre de ce type dans lequel un costume de ville aurait détonné.

« Vous savez, je ne pensais pas que vous aimeriez ce genre d'endroit, dit-elle.

— Vous ne me connaissez pas, Meg. »

Ses yeux l'étudièrent longtemps. Elle fut la première à détourner le regard ; elle sentait qu'il allait se produire quelque chose d'important.

« Je suppose que non.

— Eh bien, il est temps que je vous parle de moi. »

Il s'arrêta. A la table voisine, un homme âgé — pince-nez et moustache grise, très correct — tira un flacon d'argent de sa poche. Rapidement, il le glissa sous la nappe et de l'autre main y passa aussi un verre d'eau de Seltz. Puis ayant effectué le mélange, il remit le verre sur la table et le flacon dans sa poche.

Donal parut amusé. « C'est un acte illicite, dit-il en secouant la tête.

— Mon père le fait souvent. Je trouve toujours que c'est

idiot parce qu'en réalité il n'aime pas vraiment le whisky. Il n'en prenait pour ainsi dire jamais avant la Prohibition. C'est drôle, il ne dépasse jamais non plus les limites de vitesse, il est respectueux de la loi.

— Cela met un peu de piment dans l'existence, un petit geste audacieux de ce genre.

— Vous ne le faites jamais ?

— Quoi ? Emporter de l'alcool avec moi ? Non, j'ai tout ce que je veux à la maison. Et puis je ne bois presque pas. Je suis comme votre père. » Il s'arrêta de nouveau, retourna un morceau de bœuf dans son assiette et dit : « Votre père ne m'aime pas. Non, ne vous sentez pas gênée. Cela n'a rien à voir avec vous. Avec nous.

— C'est un homme très bon. Il a beaucoup de cœur.

— Je le sais, mais malgré cela il ne m'aime pas. » Il attendit une réponse.

« Je ne sais pas, bredouilla-t-elle.

— Bien sûr que si, dit-il gentiment. Il vous en a certainement parlé... Vous savez ce que je fais ?

— Ce que vous faites ?

— Oui, mon gagne-pain. Je vends de l'alcool. Je l'importe. Ce n'est pas légal. »

Elle ne savait pas comment elle était censée réagir. Probablement aurait-elle dû être choquée. Son père avait très souvent dit qu'il le soupçonnait de se livrer à ce type d'activités. Pourtant cela ne lui paraissait pas important. Elle était seulement consciente de la main de Donal posée sur la table tandis qu'il se penchait pour lui parler d'une voix basse mais véhémente.

« Je suis ce qu'on appelle un bootlegger. Est-ce que cela vous semble épouvantable ?

— Non. A vrai dire, non.

— Vous savez, cette loi ne durera pas toujours. Vous ne pouvez pas plus interdire aux gens de boire que vous ne pouvez les empêcher de faire l'amour. L'alcool a été un élément de toutes les civilisations connues.

— Je sais.

— Bon. Alors, ne vaut-il pas mieux fournir aux gens un

alcool qui ne les empoisonnera pas ou ne les rendra pas aveugles comme ce truc frelaté que l'on colore au caramel pour les tromper ? Aussi j'importe un produit pur qui vient tout droit d'une distillerie du Canada. Je l'introduis dans le New Jersey. C'est un commerce d'importation, c'est tout. »

Diverses pensées traversaient l'esprit de Meg. Si papa apprend que c'est un fait avéré...

« On dirait que cela vous bouleverse ?

— Non. » Elle mentait.

Ses parents allaient en faire tout un plat, assez pour le chasser de chez eux, peut-être.

« C'est de l'hypocrisie. Vous pouvez être sûre que les politiciens qui ont fait passer cette loi ont rempli leur cave avant, suffisamment pour tenir pendant des années. Vos classes supérieures... » — Donal montra d'un signe de tête la table voisine — « ... se procurent tout ce qu'elles veulent dans leurs clubs de luxe. Je possède d'ailleurs deux clubs. Fréquentés par des juges, des sénateurs. Je me confie à vous, Meg. Je vous fais confiance. »

Elle était profondément troublée. Remplie d'allégresse et effrayée, elle se sentait responsable ; elle était devenue une femme.

« Je sais que je suis propre, moralement. Je n'ai jamais acheté d'immeuble qui pourrait devenir une souricière en cas d'incendie, ni d'atelier où les ouvriers seraient exploités.

— Vous ressemblez à mon oncle Dan lorsque vous parlez ainsi. »

Donal sourit. « C'est un idéaliste, n'est-ce pas ? Je pense que je ne suis pas tout à fait comme lui.

— C'était merveilleux ce que vous avez fait pour lui.

— Cela m'a été facile. Je connaissais seulement les gens qu'il fallait. Rien de plus, Meg. Connaître les gens qu'il faut. J'ai appris cela quand j'étais jeune. Il le fallait bien.

— Ben nous a dit que vous aviez eu des débuts difficiles.

— C'est vrai. Mais pourquoi vous bourrer le crâne avec des histoires ennuyeuses ?

— Cela ne m'ennuie pas. Vous pouvez m'en parler.

— D'accord. Choisissons un dessert et reprenons la voiture. Nous pouvons peut-être aller faire une promenade quelque part et parler un peu plus. »

Il mit la voiture en marche, conduisit sur une courte distance, puis emprunta un chemin de terre, juste assez large pour qu'une voiture arrivant en sens inverse puisse les croiser.

Et, de nouveau, Meg sentit qu'il allait se passer quelque chose, qu'il fallait que cette tension soit brisée. « Vous avez une belle voiture, fit-elle remarquer, ne trouvant rien de mieux à dire.

— C'est de la bonne fabrication. J'ai toujours eu envie d'un modèle de ce type. J'aime posséder des *choses*. De belles choses. Des jouets pour adulte. »

Meg comprenait très bien cela, ayant vu toute sa vie la joie que son père tirait de la possession de ses biens.

« Vous devriez apprendre à conduire. Ce serait une bonne petite voiture pour une femme. En ville, j'ai un chauffeur, je gagne du temps. »

La campagne était gelée. Le vent rugissait dans les ormes dénudés qui bordaient la route. Le soleil apparaissait par intermittence entre les nuages qui couraient dans le ciel glacé. Dans les étables, les vaches couvertes de leur rude pelage d'hiver se serraient les unes contre les autres pour se tenir chaud.

« Trouvez-vous qu'il fait trop froid pour marcher ? demanda Donal.

— Non, j'aime le froid. Je suis une fille de la campagne. »

La rigole du chemin, du côté nord, sous les épicéas et les sapins, était recouverte d'une mince couche de glace. On ne voyait aucune maison alentour.

« Prenez mon bras », dit Donal. Il fit passer sa main pardessus son bras et l'introduisit, jointe à la sienne, dans sa poche. « Je peux commencer ?

— Je vous en prie.

— Bien. J'ai grandi dans un quartier qu'on appelle la Cuisine de l'Enfer, à quelques pas de la Onzième Avenue, au dernier étage d'un vieil immeuble, dans un logement sans eau courante. » Il parlait sévèrement, presque sur un ton accusateur.

« Après ma naissance, ma mère n'a pas pu avoir d'autre

enfant parce qu'elle est morte d'une tumeur. Peut-être qu'avec de l'argent pour payer un bon médecin, cela ne serait pas arrivé, je n'en sais rien. Alors je suis enfant unique, comme vous. C'était une chose rare dans notre voisinage. Je veux une grande famille, une maison pleine d'enfants.

« Mon père — un débardeur — fut tué sur les quais par une caisse qui lui est tombée dessus. Je dus donc quitter l'école trop tôt, à quatorze ans, et me mettre au travail. J'avais un cousin qui possédait un bar. C'était un vieil homme qui n'avait pas de fils, aussi me fit-il venir pour travailler avec lui. Il promit de me laisser le bar quand il mourrait et il a tenu sa promesse. Je m'en suis occupé jusqu'à la Prohibition. »

Donal regardait droit devant lui, avec la même expression sévère. Meg se dit que les autres hommes, excepté son cousin Paul, avaient l'air de gamins à côté de lui.

« On rencontre un tas de gens dans un bar et je me suis fait des relations de toutes sortes. Un jeune prêtre, arrivé tout droit d'Irlande, s'est intéressé à moi. Il en savait long sur la musique, et sur presque tout d'ailleurs. Il m'a emmené au concert. Je ne savais pas que de telles choses pouvaient exister. Carnegie Hall était à des années-lumière de la Onzième Avenue... mais j'ai adoré. Vous rendez-vous compte ? Je me souviens encore du programme de ce soir-là : *Ein Heldenleben*, de Richard Strauss. "La Vie d'un héros". Il s'appelait le père Mooney. Il est retourné en Irlande et nous échangeons toujours des lettres. Il m'a appris à lire. Je veux dire à lire réellement. L'histoire et la littérature. J'ai plus appris avec lui que je ne l'avais fait durant toutes mes années d'école. La grammaire, la diction et les bonnes manières. »

Il sortit leurs mains jointes de sa poche et s'arrêta de marcher. « Je n'ai jamais raconté cela à personne. Par orgueil, je suppose. » Il rit. « Ou parce que cela n'intéresse pas les autres. Je suis plutôt réservé de nature. Mais assez parlé de moi. Qu'est-ce que vous étudiez ?

— L'histoire et notre système gouvernemental.

— Vraiment ! Vous croyez qu'un professeur, sur un campus ou dans une ville comme ici, peut savoir ce qu'est réellement le gouvernement de notre pays ? Ou que les livres peuvent vous apprendre combien il est corrompu ?

— Euh..., j'ai lu *The Shame of the Cities* de Lincoln Steffens.

— D'accord, c'en est une partie. Je l'ai lu aussi. Mais je vais vous dire, tout le monde est impliqué. Je dis bien tout le monde. Les juges, les flics... ils sont tous pareils. Des deux côtés. Je donne de l'argent pour la campagne des républicains et pour celle des démocrates. Ils viennent me voir quand ils sont à court d'argent. Je paie des flics qui protègent mes camions afin qu'ils ne soient pas fouillés entre le bateau et l'entrepôt. Je paie des juges... Cela vous fait frémir ? Il ne faut pas. Le monde est comme ça, un point c'est tout. Il en a toujours été ainsi. »

Elle était fascinée.

« Maintenant, je vais vous dire le reste. Je suis un homme compatissant. Je donne de l'argent un peu partout, sans compter. Je gagne de l'argent et je le distribue. L'Armée du Salut me connaît bien, vous pouvez le lui demander. Et les clubs de jeunes, pour que les gamins aient un endroit où aller au lieu de traîner dans les rues. Et les orphelinats, et la Croix-Rouge pendant la guerre. Vous pouvez leur demander s'ils me connaissent. Je ne suis pas parti me battre parce que j'ai les pieds plats. C'est dingue ! Les pieds plats ! Je marche mieux et plus longtemps que bien des gens. Et les asiles de nuit : je fais distribuer de la soupe dans le Bowery, là où viennent échouer les pauvres poivrots. Les gens de la Ligue antialcoolique, qui se prennent pour des petits saints, accusent la boisson alors qu'ils devraient accuser la pauvreté. Parfois, un verre, c'est le seul réconfort que peut s'offrir un homme. J'espère, Meg, que vous ne pensez pas que je me glorifie. Je veux seulement que vous sachiez tout de moi, le bon comme le mauvais. Venez, marchons. Il fait trop froid pour rester immobile. »

Les arbres s'étaient refermés sur eux. Ils cheminaient dans une parcelle forestière en régénération, de sumacs, de bouleaux et de cèdres. Un lapin traversa le sentier à leurs pieds et s'arrêta pour les regarder de ses yeux noirs qui ne cillaient pas, puis il détala et disparut dans le chaud tapis de feuilles mortes et desséchées. Au-dessus de leur tête, dans un arbre, un oiseau poussa de petits cris.

Donal leva les yeux. « Qu'est-ce que c'est ? Des corbeaux ?

— Non. Des corneilles.

— J'ignore tout de la campagne. Il faudra m'apprendre. »

Elle ne sut quoi répondre. Ils demeurèrent silencieux.

« Nous aurons tout le temps nécessaire. »

Tout d'abord, la signification de cette phrase lui parut claire... elle avait tellement espéré cela et voilà que ça y était... et pourtant, est-ce qu'elle ne se faisait pas des illusions ? Voulait-il vraiment dire ce qu'elle croyait comprendre ? Après tout, il était tellement différent d'elle... Que pourrait-elle lui apporter ? Une femme comme Leah, brillante et sûre d'elle, lui conviendrait mieux.

« N'est-ce pas ? » demanda-t-il.

Il posa les mains sur ses épaules et la força à lui faire face ; mais Meg, perplexe, gênée, craignant d'avoir mal compris et de se rendre ridicule, détournait obstinément le regard. Il lui leva le menton, l'obligeant ainsi à lever les yeux.

« Meg, vous savez que je suis amoureux fou de vous. Vous le savez forcément. »

Elle ne put que murmurer : « Non... je ne...

— Mais si, je le sais. Pour vous le dire, j'ai attendu d'être certain que vous éprouviez la même chose que moi. »

Il prit sa tête entre ses mains ; en une fraction de seconde, elle vit son visage se pencher sur le sien ; les yeux de Donal se fermèrent, recourbant leurs cils noirs sur les paupières blanches et fragiles. Il l'embrassa ; les lèvres de Meg s'ouvrirent pour rencontrer les siennes tandis que ses bras se refermaient naturellement autour de son cou, l'attirant à elle en même temps qu'il l'attirait à lui. Ils restèrent ainsi, serrés l'un contre l'autre, dans un maigre fourré où soufflait le vent.

Une chaleur l'envahit, jaillissant de quelque puits secret, c'était merveilleux, cela montait, montait, et elle aurait voulu que ce moment dure à jamais. Elle fut prise de vertige, comme les rares fois où elle avait bu du vin ; il aurait fallu aller plus loin ; c'était insupportable de rester ainsi, minute après minute, à se fondre l'un dans l'autre.

Ils se séparèrent et se regardèrent.

« Alors, Meg. Ça y est, hein ? Pensais-tu, lorsque tu étais couchée et que tu rêvais d'un homme, que cela pouvait être aussi merveilleux ?

— Non ! » Et Meg pensa, étonnée : Il lit en moi, il a lu en moi, et je n'ai pas honte.

Il eut un petit sourire, « Oh ! Tu es un amour ! J'ai souvent pensé à une jeune fille comme toi. J'avais de vagues idées — comment cela n'aurait-il pas été vague ? Je ne l'avais jamais rencontrée. Où aurais-je pu le faire ? Pas parmi les femmes que *moi* je fréquentais. Et néanmoins quelque chose en moi croyait comprendre les jeunes filles douces et distinguées, chaleureuses et innocentes, bonnes et aimantes. Peut-être parce qu'on parlait d'elles dans les livres que le père Mooney m'avait fait lire, je ne sais pas. » Donal rit. « Quand je suis entré dans le salon, le jour où nous avons ramené ton oncle chez lui, et que je t'ai vue là, debout, si grande et si calme, avec ton doux visage serein, je t'ai reconnue, Meg. Je te connaissais déjà. Et j'en savais assez pour m'approcher de toi en douceur, pour ne pas t'effrayer. Je ne t'ai pas fait peur, n'est-ce pas, Meg ? »

Elle leva les mains vers son visage, toucha, caressa de ses doigts légers les trois sillons parallèles sur son front, les fines rides au coin de ses beaux yeux et le creux de ses joues.

Il lui prit les mains et les baisa. « Partons d'ici. Cet endroit est trop isolé. Je ne peux pas rester seul avec toi dans des lieux déserts tant que nous ne serons pas mariés. »

Ils rejoignirent la voiture. Il ne m'a pas demandé de l'épouser, pensa-t-elle. Il m'a dit *tant que nous ne serons pas mariés.* Il va droit au but.

Le vent était devenu plus fort, il cinglait et fouettait les arbres. Les maisons solitaires et les étables faisaient front contre la tempête. La voiture traversait le paysage désolé en bourdonnant ; elle se sentait en sécurité dans ce petit univers tiède qui n'avait rien à voir avec celui, périlleux, qui l'entourait. Et avec un petit frisson de délice, elle jeta un coup d'œil sur Donal en se disant : *C'est là ma place, être à ses côtés! Je lui appartiens! Suis-je la même personne qu'hier? Qu'il y a une heure?*

Il sentit son regard. « Qu'y a-t-il ? Tu ne dis rien... mais c'est ma faute. Je ne t'ai pas laissé la possibilité de parler, hein ?

— Je réfléchissais. Je ne sais pas quoi penser. C'est comme dans un rêve.

— Ce n'est pas un rêve. Tu n'as pas peur, Meg ? De ce que je suis ? De ce que je fais ?

— Cela n'a pas d'importance. »

Comme il l'avait dit, les vrais crimes c'était de loger les gens dans des immeubles crasseux, qui se transformaient en piège en cas d'incendie, ou de les exploiter dans des usines minables. Meg n'avait pas grandi dans l'entourage d'oncle Dan et de tante Hennie sans en apprendre là-dessus ! Ajoutez à cela ce qu'on lui avait enseigné dans ses cours; alors comment pourrait-elle être horrifiée par une simple contrebande de whisky ?

« Tu es si belle, Meg. C'est dommage que tu ne le croies pas.

— Qu'est-ce qui te le fait dire ?

— C'est Leah qui me l'a dit. Nous avons parlé de toi. Ne lui en veuille pas. C'est une véritable amie pour toi. Sors ton miroir et regarde-toi.

— Tout de suite ?

— Oui, tout de suite. »

Elle vit que ses yeux gris, immenses, avaient des reflets lavande. Sa bouche était gonflée et humide. Ce visage ne lui était pas familier. Se pouvait-il qu'il ait changé autant en un seul après-midi ?

« Margaretta. Cela te va bien. C'est un nom de dame.

— Il fait collet monté. C'était celui de la grand-mère de ma mère et je le déteste.

— Alors, je ne t'appellerai jamais comme cela, si tu le détestes. Je ferai tout pour te plaire. » Il mit la main sur la sienne. « Intérieurement, je suis vraiment très doux, Meg. »

Ces mots qui la remplirent de pitié (comme sa vie avait dû être dure, comme il avait dû lutter pour arriver !) et la pression de sa main qui lui rappela son embrasement, la chaleur corporelle de Donal au travers de leurs vêtements épais se combinèrent pour la remplir d'une émotion qui lui arracha un petit cri ressemblant à un sanglot.

Ce cri l'alarma : « Qu'est-ce qu'il y a ? Qu'est-ce qui ne va pas ? »

Elle dit la première chose qui lui vint à l'esprit. « Tu vas repartir pour New York...

— Seulement quelques jours. Je veux t'épouser la semaine prochaine. Ou, au plus tard, la suivante. »

Le monde réel resurgit. « Mais... et mes parents, mon père...

— Meg, je ne vais pas demander ta main à ton père. Tu sais aussi bien que moi quelle serait sa réponse, et je ne vais pas m'humilier, expliquer, discuter ou supplier alors que je sais que cela ne servirait à rien. Non, quand nous serons mariés, nous les mettrons devant le fait accompli. Ils seront alors bien obligés de l'accepter et de faire bonne figure. »

Il avait raison, bien sûr. Il valait mieux éviter une discussion désagréable et inutile, le sermon éploré de sa mère : *Tu le connais à peine... nous avions espéré... une bonne famille...* Tout cela aurait été sans espoir. Et puis c'était irrésistible. Une fugue amoureuse. Roméo et Juliette.

Elle pensa alors à quelque chose d'autre. « Et mon examen ? Il faut que j'aie mon diplôme. Si je ne l'avais pas, cela leur briserait le cœur. Je les ai tellement suppliés pour venir ici. Ils ne voulaient pas. En réalité, ils ont cédé à cause de mon cousin Paul, et maintenant si je ne terminais pas mes études...

— Tu les termineras ! Nous allons nous marier, mais personne ne le saura avant juin, c'est tout. Tu ne porteras pas ton alliance. Je vais t'acheter une petite bague que tu mettras entre-temps. Tu pourras dire aux filles de ton dortoir que c'est une bague de fiançailles. » Il sourit. « Cela te va comme ça ?

— Si vite, dit-elle en secouant la tête.

— Pourquoi pas ? Il ne faut jamais remettre au lendemain ce qu'on peut faire le jour même. J'ai toujours appliqué ce principe. » Il arrêta la voiture sur le bas-côté de la route. « Avant de te reconduire, disons samedi en huit ?

— Où... où cela va-t-il se passer ?

— Dans le coin. Un mariage civil.

— Mais tu n'es pas catholique ?

— Plus beaucoup, j'en ai peur. Et toi tu ne l'es pas, aussi un mariage civil fera l'affaire. Bien sûr, il faudra que les enfants aient une religion. Je t'en laisserai le soin. »

Les enfants. Ce mot les unit de nouveau, comme lorsqu'ils étaient dans les bras l'un de l'autre, dans le bois.

« Tu auras besoin d'une permission pour le week-end, dis que quelqu'un de ta famille t'a invitée.

— Je vais en parler à la responsable du pavillon. Je trouverai bien un prétexte. »

Il sourit de nouveau. « Pas besoin. Je l'ai déjà fait. »

Ils prirent une chambre au Ritz Carlton de Boston. En regardant par-dessus son épaule, elle le vit signer en grandes lettres assurées : « M. et Mme Donal Powers ». A sa main gauche, l'alliance, un large anneau de diamants, faisait une bosse sous son gant ; à la droite, elle portait un petit saphir entouré de diamants plus modestes. Elle frotta ses doigts l'un contre l'autre pour s'assurer qu'elle était bien éveillée.

Comme ils suivaient le garçon qui les conduisait à leur chambre, elle se vit dans le miroir du hall ; son tailleur de laine bleu gentiane faisait très jeune mariée.

« Mon Dieu ! s'était exclamée sa compagne de chambre, on dirait un costume de voyage de noces !

— Je n'ai pas pu résister à ce bleu », avait-elle répondu calmement. Cela leur ferait un sujet de conversation lorsqu'elles apprendraient la vérité !

Donal donna un pourboire au garçon d'étage et referma la porte. La chambre donnait sur le mail où les gens flânaient comme si c'était un jour ordinaire. Il releva tout grand le store et la pièce s'illumina de soleil, si bien que le lit fut éclairé comme un trône.

« Nous sommes trop haut pour qu'on puisse nous voir et je veux te regarder. Te voir tout entière. »

Il rejeta le dessus-de-lit. « Nous n'avons qu'un jour et demi, alors n'en perdons pas une minute. »

Elle allait de surprise en surprise à son propre sujet. Dans ses rêves éveillés, tout se passait différemment, elle était hésitante, étonnée et maladroite. Maintenant, pas du tout. Elle entra dans la salle de bain ; avec des mains qui ne tremblaient pas, elle se déshabilla et enfila sa chemise de nuit ; elle ôta ses épingles et laissa ses cheveux retomber sur ses épaules ; son cœur battait fort lorsqu'elle revint dans la chambre à coucher.

Vêtu d'une robe de chambre en soie noire, il l'attendait près du lit. Ses yeux s'agrandirent de plaisir.

« Tu n'as pas peur, dit-il.

— Non. Tu pensais que je serais effrayée ? Moi aussi, je l'ai toujours cru.

— Tu te connaissais mal. Tu as désiré le plaisir depuis le premier jour où tu as pensé qu'il existait. Viens. »

Il lui ôta sa chemise de nuit puis laissa glisser sa robe de chambre et tous deux tombèrent sur le lit.

A la même heure, mais à New York, Paul raccrochait le téléphone. « Alfie pense que c'est sérieux, dit-il à Marian. Il prétend que si Powers demande à Meg de l'épouser, elle acceptera. Ce sera probablement cet été, tout de suite après les examens.

— Que veut-il que tu fasses ?

— Eh bien, il a dans l'idée que Meg m'écoutera. Il veut que "je joue cartes sur table", que je lui dise "ses quatre vérités". Tu sais comment parle Alfie. Et il pense que toi et moi, nous connaissons peut-être un jeune homme convenable qui viendrait à la rescousse. » Il se souvint brusquement du regard amusé, sardonique, de Powers. « Je devais aller à Boston le mois prochain, mais je peux avancer mon voyage... Veux-tu réserver une table pour déjeuner ou prendre le thé avec Meg dans quinze jours ? Nous descendrons au Ritz. Je pense que tu devrais venir. Tu pourrais lui parler, apporter ton point de vue de femme. » Paul ronchonna. « Je ne sais pas pourquoi on m'a collé cette corvée, tu me vois en train de donner des conseils à une jeune fille qui se languit d'amour ?

— On te charge de toutes les corvées dans ta famille », dit Marian en soupirant. De petites rides sillonnaient son front. « Je m'inquiète à ton sujet, Paul. Tu devrais penser un peu plus à ta santé. Tu travailles trop et tu finiras par avoir de l'hypertension.

— Non, penses-tu. Je vais très bien. J'ai une santé de fer. »

Meg tournait le dos à la fenêtre et les fines mèches qui s'échappaient de sa coiffure semblaient blondes dans le contre-jour. Elle avait toujours paru plus mûre que son âge ; elle faisait « matrone », disait Paul, comme si ce qu'il y avait de spontané en elle avait été étouffé — ce qui était le cas. Mais, aujourd'hui, elle était radieuse. Il se souvint alors combien il avait été troublé par ce même rayonnement, le soir où Donal avait ramené Dan chez lui.

« Tu n'as pas beaucoup d'expérience en ce domaine, tu n'as pas connu beaucoup d'hommes..., dit-il en essayant de ne pas la vexer.

— Combien faut-il en connaître pour ne pas se tromper ? » répliqua Meg. Il y avait une lumière frémissante dans ses yeux.

Il reprit, sans espoir : « Tu es très jeune.

— La plupart des gens sont très jeunes lorsqu'ils tombent amoureux, non ?

— Oui, mais si c'est pour prendre le premier qui se présente... », commença Paul.

Elle l'interrompit. « Vous vous êtes arrêté au premier béguin, tous les deux. Je me souviens de votre mariage, j'étais parmi les petites filles qui tenaient les bouquets... »

Marian intervint. « Nous nous connaissions depuis longtemps. Et, plus important encore, nos familles se connaissaient. Nous savions où nous allions.

— Je pense que cette attitude est terriblement snob, dit Meg en se redressant encore plus. Je suis désolée, mais je ne vois pas ce que les familles ont à faire là-dedans. »

Oui, elle avait changé. La manière dont elle était assise... les gestes de mains qu'elle faisait... elle avait une bague à la main droite, un saphir d'un beau bleu que Paul ne lui avait jamais vu.

« Je ne peux pas vivre sans lui », dit-elle.

Paul soupira. Après plus d'une heure d'arguments soigneusement raisonnés, il était dans une impasse. Il savait qu'il était battu. Alfie était battu.

« Je ne vivrai pas sans lui », ajouta-t-elle hardiment.

Marian prit un air dégoûté. Ses lèvres se pincèrent, prêtant à son visage un air de patience forcée.

« Je sais qu'il vend de l'alcool. Il m'a tout dit. Pourquoi pas ? Les meilleurs d'entre nous enfreignent cette loi stupide. N'importe comment, elle ne durera pas. »

Les lèvres de Marian se décollèrent. « Pouvons-nous te demander s'il t'a nettement, ouvertement, proposé le mariage ?

— Tiens, bien sûr ! » Meg haussa les sourcils. « Pour quelle autre raison parlerais-je comme je le fais ? »

Rebutée de nouveau, Marian s'empourpra. Paul se dit qu'il aurait peut-être mieux fait de venir avec Hennie. Elle était douce et maternelle, et aurait su se faire écouter de Meg. Mais cela n'aurait probablement pas mieux marché. Cette fille délirait d'amour ; et c'était la première fois qu'elle tombait amoureuse. Ou bien elle commettait une épouvantable erreur, ou bien elle s'embarquait dans une histoire d'amour qui durerait toute sa vie. Qui pouvait le dire ?

Il demanda l'addition. Les deux femmes se rendirent aux toilettes. Sa solitude le fit frissonner tandis qu'il attendait, entouré de murmures discrets, du rituel raffiné du thé. Deux couples à la table voisine parlaient ensemble, ou plutôt les femmes bavardaient ; les hommes se contentaient de laisser leurs épouses entretenir la conversation. Un bavardage inepte. C'étaient des femmes d'âge mûr dont les cheveux gris étaient ondulés en vaguelettes calamistrées. Des femmes dépourvues de tout attrait sexuel, pas comme cette fille radieuse, peut-être stupide, qui « ne pouvait pas vivre sans lui ».

Il rejoignit Marian et Meg dans le hall.

« Cela m'a fait plaisir de te revoir, Meg. Tu ne nous en veux pas, hein ? Nos intentions étaient bonnes. »

Elle l'embrassa. « Ne t'inquiète pas, cousin Paul. Je t'aime bien. Et je t'aimerai toujours. »

Ils la regardèrent monter dans le taxi, puis retournèrent à leur chambre. Marian ôta son chapeau et s'affala dans un fauteuil.

« C'est un engouement ridicule, dit-elle. Je trouve que tu aurais dû te montrer plus énergique.

— Je n'ai pas voulu accabler cet homme quand je me suis aperçu qu'elle avait l'intention d'aller jusqu'au bout. On aurait pu en dire trop, atteindre un point de non-retour et elle ne nous aurait plus jamais revus.

— Qu'est-ce que tu sais exactement sur ce Powers ?

— Je vais en reparler à Ben. Je ne pense pas qu'il puisse m'en dire plus long, ni qu'il en ait envie. Mais j'ai mené ma petite enquête. Il est connu dans le milieu de la politique et dans celui des affaires. Il est extrêmement riche et le sera plus encore, bien que cela ne compte pas pour Meg, c'est certain. Je doute même qu'elle le sache.

— Elle avait une belle bague. Tu l'as remarquée ?

— Oui. Qui sait ? Malgré tout, il sera peut-être très bien pour elle. Puisque c'est ce qu'elle veut. »

Il se dit : Je sors des âneries. Mais elle était si radieuse, si confiante et si heureuse... Powers est un dur à cuire, il obtient toujours ce qu'il désire... et il veut notre Meg parce qu'elle représente quelque chose qu'il n'a jamais eu.

« Eh bien, cela marchera peut-être. Il se peut qu'il soit très bien pour elle.

— Je ne la vois pas du tout avec lui. Cette fille est simplement fascinée par lui. »

Oui, il savait ce que c'était...

« Elle le regrettera toute sa vie, si elle l'épouse, reprit Marian. C'est un béguin physique et rien de plus. C'est dégoûtant. Comme si cela comptait tellement dans la vie. »

Paul eut envie de dire : « Tu ne connais rien à l'amour », mais il ne répondit pas et se contenta de prendre un journal. Il y avait un article titré « Adolf Hitler est condamné à cinq ans de prison ». Il ne purgerait jamais sa peine jusqu'au bout. Ils étaient en train d'en faire un héros. Ils n'en avaient pas fini avec ce « drôle de petit homme », comme l'avait appelé Joachim.

Une vague de mélancolie l'envahit après cette entrevue stérile, dans cette pièce froide et impersonnelle, avec les sacs de voyage par terre et Marian qui regardait sombrement par la fenêtre.

« Je crois que je vais aller faire un tour, dit-il. Visiter quelques galeries dans Newbury Street. » Toujours des tableaux quand il était triste. « Tu veux venir ? » demanda-t-il. Il était mécontent d'elle, mais hésitait à la laisser assise là, toute seule.

« Non, il y a trop de vent. Il fait toujours froid à Boston. J'aurais bien aimé rentrer tout de suite à la maison.

— Il est trop tard. Nous prendrons le premier train demain matin.

— Je regrette que nous soyons venus. C'était une mauvaise idée.

— Pas vraiment, répliqua-t-il calmement. Au moins, nous avons essayé.

— Paul, tu ne vas pas sortir sans chapeau ! On perd la moitié de la chaleur de son corps quand on a froid à la tête. »

Il mit son chapeau et sortit. Les boutiques étaient pleines d'objets gais, de vêtements de printemps, de fleurs, de livres et de tableaux. Il s'arrêta à la vitrine d'une galerie pour regarder un dessin représentant un cheval appuyé contre une barrière; la tête était splendide, avec dans les grands yeux tristes une expression que seul un homme qui connaissait et aimait les chevaux pouvait reproduire sur le papier. Il se dit qu'Alfie l'aimerait bien, non parce qu'il appréciait les œuvres d'art, mais parce que c'était ce qu'il appellerait « une jolie toile », une scène rurale pour sa bibliothèque, à Laurel Hill où il jouait au gentilhomme campagnard. Ce bon vieil Alfie ! Il souffrirait lorsque Meg amènerait Donal Powers à la maison !

L'amour... Meg et cet homme. Et lui avec Marian, qui s'accrochait à lui et croyait l'aimer alors qu'elle ne savait pas ce que c'était que l'amour.

Mais était-ce sa faute si elle était ainsi faite ? Certains écoutent Beethoven et sont émus aux larmes ; d'autres n'apprécient que la qualité technique de l'interprétation et d'autres encore n'ont aucune envie d'écouter.

Il revint à l'hôtel. Je sais que je suis rentré d'Europe résolu à tout faire pour que ça marche, se dit-il. D'une certaine manière, on pourrait dire que ça marche ; c'est très probablement tout ce que la plupart des gens peuvent tirer du mariage.

Et pourtant, si absurde que cela paraisse, il avait envié Meg, cet après-midi, la petite Meg. Désirer ainsi quelqu'un et obtenir ce que l'on désirait !

V

Hank se reposait au bord de la piscine ; le soleil le chauffait délicieusement après un long bain dans l'eau froide. L'une de ses mains y plongeait encore tandis qu'il laissait errer ses pensées. On était bien, ici, chez cousine Meg. Depuis qu'elle s'était mariée, il venait tous les étés nager dans sa piscine. Ce n'était pas la ville, comme chez lui, ni la campagne comme chez oncle Alfie où tout était merveilleux, les chevaux, les randonnées dans les bois, la chute d'eau et les parties de pêche dans le lac. On était dans le New Jersey, à mi-chemin de la ville et de Laurel Hill, en bordure d'une avenue qui serpentait entre de grandes demeures en retrait, au milieu de pelouses aussi vertes que le billard que cousin Donal avait installé dans une pièce spéciale. Il y avait une véranda ombragée par des stores rayés, des plates-bandes et de petites tables sous des parasols où cousine Meg servait des gâteaux et de la limonade. La piscine était entourée d'une haie et son eau paraissait bleue parce qu'on avait peint le fond. Par un jour comme celui-ci, tout revêtait un éclat particulier, et Hank était heureux parce que l'été ne faisait que commencer.

Il parcourut des yeux la pelouse où la nourrice berçait

le petit Tommy endormi dans son landau. Timmy, qui avait un an de plus, jouait dans son parc. Plus loin, des voitures qui brillaient comme du verre noir étaient garées dans l'allée. Des hommes ne cessaient d'arriver et de repartir de cette maison, du moins lorsqu'il venait avec Ben le dimanche ou pendant les vacances scolaires. Des associés de cousin Donal. Il le savait parce que Ben parlait librement devant lui et ne le traitait pas comme un enfant à qui on ne peut pas faire confiance.

Il aimait beaucoup être avec Ben. Depuis un an ou deux, il avait cessé de l'appeler papa. Il ne savait pas pourquoi; c'était seulement plus viril de l'appeler Ben, et ce dernier n'avait pas réagi, mais sa mère avait dit que ce n'était pas correct. A quoi Ben avait répondu : Non, il a dix ans, c'est presque un homme, il peut m'appeler ainsi.

Grand-père Dan non plus ne le traitait pas en petit garçon, mais d'une manière différente. Cela faisait plus professeur; il l'entretenait de choses sérieuses et les lui expliquait en détail : « Tu es assez grand pour comprendre. » Il aimait beaucoup venir dans le laboratoire de Dan, le regarder manipuler ses tubes à essai, ses flacons, ses fils électriques, faire des montages et mesurer les résultats; il observait comment les fils connectés bourdonnaient, puis grésillaient en lançant des étincelles, et comment les roues tournaient. Il écoutait Dan lui parler des phénomènes magnétiques dans l'univers et lui raconter comment les sons voyageaient sous l'océan et à travers les airs. Il avait compris que lorsqu'on s'intéresse aux sciences, on veut en savoir toujours davantage.

Souvent, ils allaient tous deux déjeuner en ville et retrouver des amis de Dan qui lui serraient la main en disant : *Ça alors, Dan, c'est toi tout craché.* Hank voyait bien que, pour ces gens-là, son grand-père était un homme exceptionnel. C'étaient des gens pauvres, pas affamés — mais bien différents de ceux que fréquentait Ben — et qui habitaient les bas quartiers.

C'était drôle, Dan et Ben ne se ressemblaient pas du tout et, pourtant, il les aimait tous les deux.

Une fois, dans le parc, un garçon lui a volé ses patins à

roulettes. Ben s'est mis en colère : *Si je l'attrape, je lui tords le cou !* Mais Dan a dit : « Bien sûr, c'est mal de voler, mais tu devrais essayer de le comprendre. Là où j'enseigne, il y a des gamins qui n'ont jamais eu de patins à roulettes, aussi quand ils en trouvent et que personne ne les regarde, la tentation est trop forte pour eux. »

On se demandait qui avait raison.

Sa mère et sa grand-mère le traitaient en petit garçon, comme celui qu'il était deux ou trois ans auparavant. Elles pensaient probablement qu'aussi longtemps qu'un garçon était plus petit qu'elles, il restait un petit enfant. Mais sa tête était pleine de choses auxquelles elles ne le soupçonnaient pas de penser.

Il y avait les secrets... il savait que son père avait été blessé à la guerre et que plus tard il était mort en tombant dans les escaliers. Il avait toujours senti, sans pouvoir préciser pourquoi, qu'on ne lui disait pas tout.

Et ils faisaient tant d'histoires au sujet de l'argent ! Pourquoi les gens en parlaient-ils sans arrêt ? Était-ce si important ? Grand-père Dan disait que cela l'écœurait et que c'était à cause de l'argent si tout allait mal dans le monde. On voyait bien que grand-père n'y attachait pas d'importance. Pour lui rendre visite il fallait monter *quatre* étages, et dans les couloirs ça sentait le chou. Quand il faisait beau, des hommes en maillot de corps étaient assis devant l'immeuble, le dos voûté. Aussi avait-il été très étonné d'entendre la cuisinière dire à la femme de ménage : « Le gamin est riche, vous savez. La maison lui appartient et tout lui vient de son grand-père. »

Il avait questionné sa mère : « C'est vrai que grand-père Dan m'a tout donné ?

— Oui, c'est vrai.

— Pourquoi il a fait ça ?

— Parce qu'il t'aime beaucoup.

— Il ne voulait rien garder pour lui ?

— Non. »

Ben, qui était présent, était intervenu, « Dis-le-lui, Leah, il est assez grand. »

C'est comme cela qu'il avait appris l'existence de l'invention ; elle avait été achetée par le ministère de la Guerre et Dan n'avait pas voulu de cet argent puisque son travail avait servi à la guerre, et que c'était la chose qu'il détestait le plus au monde.

A l'école, les professeurs disaient tous qu'il n'y en aurait plus parce qu'à la dernière, on s'était battu pour mettre fin à toutes les guerres. De toute façon, cela s'était passé il y avait bien longtemps ; la guerre se confondait, dans son esprit, avec Washington et Valley Forge. Une fois, il l'avait dit à cousin Paul qui avait ri et répondu : « Tu sais, je l'ai faite, alors cela ne peut pas remonter si loin. »

Paul n'aimait pas en parler. Une fois, Hank lui avait demandé combien d'Allemands il avait tués et Paul s'était contenté de répondre gentiment : « Je ne sais pas. C'est une question qu'il ne faut jamais poser », ce qui n'était pas dans les habitudes de Paul qui prêtait toujours attention à ses questions.

Il se tourna pour se mettre sur le ventre. Devant, il commençait à avoir trop chaud. Et puis il voulait voir la maison. Il espérait que cousine Meg apporterait bientôt de la limonade et peut-être des gâteaux.

Grand-père et cousin Paul n'aimaient pas qu'il vienne ici. Il le voyait bien à leur expression et aussi parce qu'ils ne répondaient rien lorsqu'il leur en parlait. Il savait aussi pourquoi. Ils aimaient bien cousine Meg mais pas Donal et il en connaissait la raison. C'était à cause des affaires que traitait Donal ; on était censé ne pas en parler, mais Hank savait très bien en quoi elles consistaient. Ben ne le disait pas clairement, mais ne faisait non plus aucun effort pour le cacher. Très souvent, lorsqu'ils s'arrêtaient ici en revenant de la pêche, il laissait Hank venir dans la pièce où les hommes étaient en train de discuter. Il s'asseyait dans un coin, avec des illustrés amusants et il écoutait.

Aussi savait-il que le whisky arrivait du Canada par le lac Erié et traversait des régions si désertes que personne ne risquait de venir voir ce que transportaient les camions. Il savait qu'une partie de ce whisky provenait directement d'Écosse et d'Angleterre ; les navires partaient en direction de ces deux petites îles françaises, au large du Canada, mais n'y abordaient jamais. Ils se dirigeaient tout droit vers les côtes du New Jersey où des vedettes rapides les rejoignaient hors des eaux territoriales pour les décharger. La compagnie de Donal possédait trente bateaux.

Une fois seulement, Ben avait remarqué que Hank, ayant fini de lire son illustré, restait immobile et les écoutait attentivement. Plus tard, une fois seul avec Hank, Ben lui avait dit : « Il ne faut jamais répéter ce que tu as entendu... » et Hank l'avait interrompu pour l'assurer que, bien sûr, il ne dirait rien ; est-ce que Ben pensait qu'on ne pouvait pas lui faire confiance ? Ben avait répondu : « Je sais bien que si, mais c'est à ta mère que je pensais. Les femmes s'imaginent des choses, elles se montent la tête. Tu sais comment sont les femmes, mon garçon. » Hank avait apprécié le ton viril de cette remarque et l'intimité qu'elle créait entre eux.

Mais elle en savait déjà long. Son père et elle parlaient dans la voiture, et croyaient que Hank ne les entendait pas.

« Je suis seulement son comptable, Leah. Un supercomptable. Je ne suis mêlé à rien.

— Tu ferais mieux de ne pas dire de pareilles sornettes.

— Dans quelques années, on va abolir la Prohibition et l'entreprise de Donal sera légale. Il en aura dix, même, au train où vont les choses. Je serai son conseiller financier, et très à mon aise.

— Tu l'es suffisamment sans cela.

— Non. Qu'est-ce que je gagne ? En dehors des honoraires auxquels j'ai droit ?

— Je n'aime pas cela. Ça me tracasse.

— Allons ! Je ne fais rien d'illégal. Et puis, n'importe comment, je ne suis pas responsable des actes de Donal. »

Tout cela était fort intéressant. Et troublant, aussi.

Il se plaisait à observer les membres de la famille. Ils étaient tous si différents les uns des autres et pourtant ils semblaient se réconcilier en lui. Il se demandait, en les regardant, ce qu'il deviendrait quand il serait grand. Il savait qu'il ne voulait pas ressembler à Donal, bien que celui-ci fût toujours très gentil avec Hank, blaguant avec lui et lui faisant des cadeaux. Mais il en avait peur. Il faisait tout pour que Donal ne se fâche pas contre lui... Ce serait peut-être bien de devenir comme grand-père Dan, quelqu'un de *noble*. Ou de jovial, comme oncle Alfie. Ou de très chic, comme cousin Paul ; il avait remarqué que, lorsque quelqu'un avait un problème, ainsi trouver un chirurgien pour opérer le coude de Ben, ou un appartement où Dan n'aurait pas autant d'étages à monter, on demandait toujours l'avis de Paul. Il aimerait vraiment ressembler à Paul.

« Tu dois t'ennuyer à mourir, tout seul », dit cousine Meg. Elle portait un plateau avec la cruche de limonade et une assiette de gâteaux.

Il sauta à terre tandis qu'elle posait le plateau sur une table, à l'abri de l'un des parasols.

« Ah ! Aujourd'hui, c'est des biscuits au chocolat », dit-il.

Elle s'assit et le regarda manger. Elle était jolie en robe d'été rose.

« Tu auras peut-être encore le temps de nager avant de rentrer. Pourquoi tu ne reviendrais pas avec un ami, la prochaine fois ? Tu peux te servir de la piscine quand tu veux, tu le sais ?

— Maman dit que je dois pas embêter le monde.

— Tu ne m'embêtes jamais, Hank. Je n'aime pas nager toute seule. Mais, aujourd'hui, le bébé a mal aux dents et il pleure beaucoup. C'est uniquement pour cela que je ne suis pas venue avec toi. »

Il vit qu'elle regardait du côté de la pelouse où la nurse, qui avait déjà rentré le landau, était en train de sortir l'aîné de son parc. Il se dit : Elle a déjà un autre bébé dans le ventre. Elle commençait à grossir.

Il avait entendu quelqu'un dire — il ne savait plus qui — qu'il y avait des gens qui se multipliaient comme des lapins. Il croqua lentement un autre biscuit en évitant de regarder son ventre, sous la robe rose, où un autre bébé était en train de pousser, le troisième en quatre ans. Il se sentit rougir parce qu'il avait appris d'un de ses camarades, au printemps dernier, comment on fabriquait les enfants. C'était drôle de penser que Donal lui faisait cela. La dernière fois qu'il était venu, en montant à la nursery il avait vu leur chambre à coucher ; le lit recouvert d'un dessus-de-lit en dentelle se trouvait sur une estrade. Il avait pensé : c'est là qu'ils font ça.

Donal offrait un bijou à sa femme chaque fois qu'elle avait un bébé. La première fois, un bracelet dont sa mère dit qu'il était fastueux. *Fastueux,* c'était l'un des mots favoris de sa mère. *Généreux* en était un autre. Donal était généreux. Il faisait construire une aile supplémentaire à la maison, pour avoir d'autres chambres et une salle de jeux. Ils en auraient besoin pour tous ces bébés. La maison était soi-disant anglaise. Une *contrefaçon,* disait Paul ; aucune maison anglaise qui se respecte ne ressemblait à cela. C'est de l'*ostentation,* disait Paul. C'est comme quand on crâne, lui expliqua sa mère lorsqu'il la questionna sur ce mot, et elle voulut savoir où il l'avait entendu. Mais il ne lui dit pas que c'était Paul, car il avait *écouté aux portes,* comme disaient les parents. De toute façon, il n'était pas d'accord. Il aimait bien cette maison.

« Tu regardes ça ? » demanda Meg. En fait, il contemplait la maison derrière elle, mais elle crut qu'il était en train d'admirer le médaillon suspendu à une chaîne, autour de son cou. C'était un gros diamant en forme de cœur.

« Donal me l'a donné quand Tom est né.

— C'est joli. » Mais cela ne l'intéressait pas.

« Il est tellement bon avec moi. Tellement bon. »

Elle soupira. Il avait remarqué qu'elle soupirait souvent. S'établit alors un long silence qui devint gênant. Hank sentit qu'il faudrait dire quelque chose, ou faire autre chose que de manger des biscuits. C'était son cinquième et ils étaient grands, des mous avec de gros morceaux de chocolat dedans.

Enfin, il trouva un sujet de conversation. « Il y avait deux perruches hier matin dans notre cour. Elles étaient mortes.

— Oh ! Les pauvres petites bêtes ! Elles ont dû s'échapper de leur cage. »

Il les avait trouvées en faisant sortir le chien. Elles étaient beige et jaune, leur queue se déployait en éventail et leurs minuscules pattes étaient recroquevillées.

« Il y a plein de graines dans la nature, mais elles ne savaient pas où les trouver. Elles ne savaient pas se débrouiller toutes seules. C'est la chose la plus importante, Hank, de savoir se débrouiller tout seul. »

Il se demanda pourquoi elle disait ça.

« Je déteste aller au zoo, reprit-il. Les gens ont toujours envie de m'y emmener. Ils croient que les enfants aiment aller au zoo. »

Et il pensa aux lions parcourant leur enclos de long en large, la tête basse, l'air triste.

« Je sais, répondit Meg. J'ai toujours pensé que les animaux en cage doivent se demander pourquoi ils sont là. Leurs yeux sont tellement... » Elle s'arrêta. « Je me suis toujours dit que, s'ils pouvaient pleurer, ils le feraient. »

C'était une drôle de conversation. Tout à l'heure, il s'était senti gêné de n'avoir rien à dire ; et maintenant ils bavardaient tranquillement. Il eut alors une idée bizarre : elle était totalement différente de tous ceux qu'il y avait dans cette maison. Il n'aurait pas pu expliquer cette pensée car elle venait juste de traverser son esprit et, une seconde plus tard, elle avait disparu.

Ben sortit alors avec Donal et leurs amis. Ils étaient en costume de ville foncé ; ils se ressemblaient tous et montèrent dans leurs voitures noires pour s'en aller. Mais Ben traversa la pelouse.

« Hello ! Je vais aller chercher mon maillot dans la voiture et venir nager avec toi ; je vais te montrer comment on fait une demi-rotation.

— Je t'attends », répondit Hank, et il plongea dans la piscine, laissant l'eau froide emporter toutes ses pensées profondes et ses lourds secrets. Le bonheur l'envahit de nouveau car l'été ne faisait que commencer.

VI

Paul se fraya un chemin jusqu'au cœur trépidant du quartier financier et regagna son univers personnel. Le petit bâtiment discret, avec sa porte à deux battants et son marteau en cuivre poli, était maintenant sous sa seule responsabilité, son père s'étant définitivement retiré l'année précédente, après la mort de sa femme.

En traversant à grands pas le rez-de-chaussée pour gagner son ascenseur privé, il vit que tout était en ordre. Il en était toujours ainsi. De chaque côté de l'allée centrale étaient installés ses jeunes cadres brillants, frais émoulus de l'Ivy League, fringants dans leur chemise blanche et leur costume sombre. Ils s'occupaient déjà de quelques clients matinaux. Paul jeta un coup d'œil, par la porte ouverte, sur le salon dans lequel les clients privilégiés et les dames réglaient leurs transactions privées. Déjà, un petit feu dansait dans l'âtre et, au-dessus de la cheminée en marbre, le grand-père de Paul, avec ses favoris à la Lincoln et sa solennelle redingote de drap fin, tripotait sa chaîne de montre. A 5 heures, on écarterait le vase de chrysanthèmes posé sur la table à thé, devant le grand canapé Chesterfield en cuir, et on disposerait les tasses de chez Wedgewood sur un plateau d'argent.

C'était ainsi qu'il fallait administrer une banque. Paul considérait son travail comme un service, qui allait des conseils en placements pour des comptes individuels à la gérance d'une émission d'obligations de plusieurs millions. Dans l'un et l'autre cas, on stimulait la machine industrielle, on gardait la nation au travail. Ce métier comportait des responsabilités et exigeait une grande dignité.

Arrivé à l'étage, il s'assit à son bureau monumental pour lire le courrier du matin. Au sommet de la pile, deux lettres portant des timbres étrangers attirèrent son attention. Sur l'une, il reconnut l'écriture familière de Joachim. Loquace et exubérant sur le papier comme en personne, son cousin allemand lui expédiait une lettre toutes les cinq ou six semaines. La deuxième enveloppe contenait un petit mot de remerciements d'Elisabeth Nathansohn pour les cadeaux que Paul avait envoyés aux enfants à l'occasion de Hanoukkah, la fête des Lumières. Il allait ouvrir celle de Joachim lorsque sa secrétaire entra.

« J'ai un certain M. Donal Powers au téléphone. Il aimerait prendre un rendez-vous.

— A quel sujet ? Quand veut-il venir ?

— Il n'a pas dit de quoi il s'agissait. Le rendez-vous, ce sera quand vous voudrez. Vous n'avez rien, ce matin, jusqu'à 11 heures, vous pourriez donc le recevoir tout de suite.

— D'accord. Faites-le venir. » Il se hâta d'ajouter : « Si cela lui convient. »

Pourquoi Donal Powers voulait-il le voir ? Paul doutait que ce fût pour un conseil financier, car il devait disposer de sources qui lui étaient propres. Et puis, à en juger par les rares remarques qu'Alfie avait laissé échapper — très rares car il était certain que son gendre ne lui faisait pas confiance — Powers s'occupait lui-même de ses affaires. Il pourrait sûrement prendre ma place, se dit Paul, et s'en tirer aussi bien que moi. L'esprit de cet homme faisait penser à une machine en parfait état de marche, dont les engrenages et les pistons étaient merveilleusement synchronisés.

Donal et Paul se voyaient rarement, ce que Paul regrettait uniquement parce que, depuis son mariage, Meg et lui ne se rencontraient plus. Donal l'avait entraînée dans un univers totalement différent. Et on avait l'impression qu'elle ne pouvait plus disposer librement de son temps. Lorsqu'elle n'était pas chez elle en train de s'occuper de ses enfants, elle sortait dans le monde très particulier de Donal.

On ne rencontrait Meg et Donal que dans des circonstances typiquement familiales : à l'anniversaire d'Alfie, par exemple, ou chez Dan en convalescence après une crise cardiaque. Donal n'oubliait jamais de se présenter où il fallait quand il le fallait; il observait parfaitement les convenances. Il avait même fait un don très généreux à la synagogue lors des funérailles de la mère de Paul.

Et pourtant, l'entourant comme une présence sombre et floue, comme des ténèbres imminentes, se tenait ce que Paul appelait, en l'écrivant en capitales, LE GANG.

On avait du mal à concilier l'image de ce gentleman conservateur en costume anglais et cravate rayée avec ce qu'on lisait dans les journaux sur les agressions, les détournements et les extorsions. Bien sûr, Ben soutenait que les journaux exagéraient, que le trafic d'alcool était en grande partie un commerce respectable, bien qu'illicite, géré comme une affaire ordinaire; il n'y avait pas de quoi fouetter un chat.

Paul ne discutait jamais de cela et ne cherchait pas à en savoir plus. Il aurait seulement voulu s'assurer que Meg était heureuse. *Je ne vivrai pas sans lui...* Donal devait savoir satisfaire les femmes... ou, du moins, les rendre enceintes. Meg avait eu son troisième et son quatrième enfant cet été, deux jumelles, Lucy et Loretta. Ils portaient tous des noms de saints, ce qui était bizarre car Donal n'était sûrement pas un homme pieux.

Meg avait l'air en bonne santé, seulement un peu fatiguée : quatre enfants en quatre ans, et peut-être déjà un cinquième en route. Son visage avait toujours la même expression de douce droiture et ses manières n'avaient pas changé, en dépit des nouveaux bijoux et de l'Isotta-Fraschini conduite par un chauffeur. Peut-être les choses tournaient-elles comme elle l'avait prévu.

Paul se demandait ce qu'elle savait de la situation et ce

qu'elle en pensait. Il n'avait aucun moyen de le découvrir. S'il y avait eu la moindre faille dans ce paradis, ni les parents de Meg, par fierté, ni Ben et Leah, pour d'autres raisons, ne le lui auraient dit ; cela, il le savait. En supposant que Meg se fût confiée à eux ! Il en doutait fort.

Il revint à son courrier.

L'écriture anguleuse de Joachim couvrait trois pages.

« Nous avons emménagé à Berlin le mois dernier dans un bel appartement, mieux que celui que vous avez vu à Munich. Je suis en train d'étendre le service d'importation de notre entreprise et cela me donne beaucoup de travail. Vous ne reconnaîtriez pas l'Allemagne. En quatre ans, depuis 1923, nous sommes passés du désespoir à une prospérité florissante. L'inflation, terrible médecine à l'époque, s'est révélée la meilleure des cures. Elle a épongé nos dettes et maintenant nous reconstruisons. J'aimerais que vous voyiez nos théâtres, nos stades et tous les nouveaux logements. Le chômage a pratiquement disparu, les usines tournent ; c'est un miracle, Paul, le miracle allemand. Vous vous souvenez, quand vous étiez là, je vous affirmais que cela arriverait ! Un peu de patience, disais-je et vous verrez... »

Un peu de patience et beaucoup de dollars.

Il ouvrit la lettre d'Elisabeth.

« Nous espérons que Marian et vous viendrez bientôt nous rendre visite. Vous nous trouverez bien changés. Vous n'aurez pas besoin d'un châle pour avoir chaud chez nous. Je suis très heureuse de pouvoir vivre plus confortablement et donner aux enfants tout ce dont ils ont besoin. On avait tellement peur, pendant l'inflation, qu'ils n'aient pas assez de protéines. Mais Regina a fait sa deuxième dentition qui est parfaite, Dieu merci ! C'est une enfant tellement intelligente, et si ravissante. Mais je m'inquiète. Je ne peux pas en parler à la maison. Joachim pense que je suis névrosée si je dis que je me fais du souci. Je ne peux pas oublier ce jour épouvantable où il a été blessé dans la manifestation. Aussi je pense que vous comprendrez et que vous ne m'en voudrez pas si je vous livre mes pensées. Vous n'êtes pas obligé de me répondre si vous n'en avez pas envie. Savez-vous que ce Hitler, après avoir purgé sa courte peine, est sorti de prison en héros ? Des gens importants lui donnent d'énormes sommes d'argent. Petit à petit, en dépit de tout, le mal s'étend... »

« M. Powers est arrivé », dit Mlle Briggs.

Donal attendait sur le seuil. Paul se leva. Ils se serrèrent la main. Les cérémonies d'usage furent accomplies : Paul lui offrit un siège où il ne serait pas ébloui par la lumière venant de la fenêtre, puis une tasse de café qu'il refusa, et chacun posa les questions habituelles sur la famille.

« J'espère que Marian va mieux ? »

Durant une seconde, Paul resta perplexe. « Vous voulez parler de sa sinusite ?

— Je me trompe ? Je croyais que Meg avait dit quelque chose, ou c'était peut-être Ben... »

Bien sûr. Cela venait de Leah qui était restée très intime avec Meg. Marian, bien qu'elle se plût à critiquer le goût de celle-ci, passait parfois à sa boutique.

« Non, c'est une vieille histoire, rien de grave. Juste les hivers humides de New York. Heureusement, elle peut toujours y échapper en allant en Floride. »

Ces mots étaient à peine sortis de sa bouche qu'il s'aperçut qu'ils en révélaient beaucoup trop sur son agacement. Mécontent de lui-même, il changea de ton pour s'enquérir gaiement de la santé de Meg et des enfants.

« Oh ! Bien. Très bien. Ça va. Les enfants donnent beaucoup de travail à Meg.

— Ce doit être agréable d'avoir deux petites filles après les garçons. »

Paul se demanda pendant combien de temps ils allaient poursuivre ce genre de dialogue, qui ne les intéressait ni l'un ni l'autre.

« Ce sont de beaux bébés, mais j'espère avoir encore un garçon ou deux. »

D'autres pensées tourbillonnaient dans la tête de Paul. Des éclairs comme les lumières périlleuses d'une migraine : le visage blanc, cireux, d'un petit garçon mort qu'il n'avait jamais vu et qui était le sien ; d'immenses yeux noirs... —

étaient-ils inquiets ou seulement graves ? — ... dans le petit visage d'une fillette étrangère qu'il ne connaissait que par cette photo, et qui était la sienne.

Il se reprit en faisant une remarque stupide. « Eh bien, les garçons, c'est gentil aussi. »

Donal lui tendit son étui à cigarettes. En or, gravé à ses initiales, mais sobre. De bon goût.

« Non, merci. Je me suis mis à la pipe, ces derniers temps. »

Donal s'appuya de nouveau contre le dossier de son siège. « A propos de garçon, le petit Hank a beaucoup changé, vous ne trouvez pas ? Il est grand pour son âge. Ça lui fait combien, exactement ?

— Douze ans au printemps.

— Il ne jure que par vous. »

Cela se dessine, pensa Paul. « J'en suis très content, répondit-il avec simplicité.

— Il vient de temps en temps chez nous avec Ben. Surtout le dimanche. Aussi je le connais un peu, je sais ce qu'il pense de vous. Et vous de lui, bien sûr. »

Paul attendit sans lui tendre la perche.

« J'ai appris que vous vous occupiez de ses intérêts financiers. »

Ah ! Nous y voilà. Mais pourquoi ?

Paul répliqua d'un ton calme : « Je suis cocurateur, avec la banque qui a la garde de sa fortune, jusqu'à ce qu'il atteigne ses vingt et un ans. C'est tout.

— Je suppose que cela signifie que tout changement dans les investissements, tout achat ou vente de titres, doit être agréé par le service fiduciaire de la banque et par vous ?

— Tout à fait.

— C'est ce qu'on m'a dit. »

Paul se redressa. « Qui ?

— Les employés du service fiduciaire de la banque. Ben a mentionné son nom en passant et, comme récemment j'ai reçu une proposition intéressante, il m'est venu à l'idée que je pourrais rendre un grand service à Hank en le faisant participer à cette affaire. »

Ben n'a rien mentionné en passant. C'est toi qui le lui as demandé. Une brûlante étincelle de colère s'alluma dans la poitrine de Paul, mais il l'étouffa prudemment.

« Vous n'avez pas d'objection à cela, j'espère, poursuivit Donal.

— Vous ne m'avez pas expliqué de quoi il s'agissait.

— Bien sûr. Voici l'affaire. J'investis dans toutes sortes de choses, le pétrole, le caoutchouc, l'immobilier... Je diversifie au maximum. Je possède une bonne partie de la National Electronics. Qui a acheté des entreprises comme Richmont Dynamo, par exemple, et une ou deux autres que vous connaissez probablement. »

Paul hocha la tête. Ils approchaient maintenant du cœur du problème.

« Eh bien, Richmont a envie d'absorber une entreprise appelée Finn Weber. »

Voilà, ils y étaient presque.

« L'histoire de Finn Weber est intéressante. J'ai appris que ce qui a rapporté le plus, c'était l'invention de Dan Roth, il y a quelques années. C'est grâce à elle qu'ils ont obtenu leur premier contrat avec le ministère de la Guerre. Ce que je vous dis là, vous le savez déjà.

— Bien sûr.

— C'est une entreprise dynamique. Ils ont rajeuni leurs cadres depuis la guerre et se sont vraiment dépassés. Ils ont même établi d'importantes relations en Europe. Je crois tellement en leur avenir que je viens d'acheter une grande partie de leurs actions — c'est confidentiel, hein — dans l'idée d'écarter Richmont. »

Ils étaient au cœur du problème : le vote de Hank.

« Pourquoi ? demanda Paul.

— Parce que je vois que Richmont va les freiner. Ils se développeront mieux s'ils restent indépendants ; et vous verrez pourquoi dans une minute, quand je vous parlerai de leurs relations d'affaires à l'étranger. Non que je renonce à la National ; elle a beaucoup d'autres éléments en sa faveur, vous comprenez. »

Paul comprenait. Donal jouait sur les deux tableaux.

« Maintenant, passons à l'essentiel. Mais vous savez probablement où je veux en venir.

— Oui. La réunion des actionnaires aura lieu la semaine prochaine et vous voulez que Hank vote dans votre sens. Vous avez besoin de ses actions.

— Évidemment. Je pourrais envoyer mes gens courir à droite et à gauche pour acheter les titres des petits actionnaires, mais cela prendrait du temps et, avec le vote de Hank, nous pourrions simplifier les choses.

— Alors, vous êtes allé à la banque », dit Paul en ravalant son indignation. Quel culot ! « Pourquoi n'êtes-vous pas venu me voir puisque vous saviez que je suis également curateur de l'enfant ?

— Vous étiez absent la semaine dernière, n'est-ce pas ? Et gagner du temps, comme vous voyez, c'était très important. » Donal restait imperturbable. « Aussi je suis allé voir M. Walcott, du service fiduciaire.

— Et que vous a-t-il dit ?

— Oh ! Qu'ils avaient confiance dans la gestion actuelle de la Finn Weber. Que cette entreprise avait fait ses preuves. Ils avaient fractionné des actions et connu une extension étonnante. Mais, si la direction favorisait la manœuvre, ils n'avaient aucune raison d'y faire objection. Il fallait aussi que je vienne en discuter avec vous, bien entendu.

— Je n'aime pas chambouler les choses. Comme on vous l'a dit, la Finn Weber marche bien. Hank a plus d'actions qu'il ne lui en faut, et elles sont sûres. Pourquoi tout fausser ?

— Fausser ? Non. S'emparer d'une entreprise et en doubler — tripler — la valeur. Voilà comment ça se passera. Une firme allemande cherche du matériel qu'ils fabriquent, un certain appareil électronique breveté. J'ai envoyé deux ingénieurs se renseigner en douce : ils sont intéressés par un procédé de détection à longue distance, un prolongement, une amélioration du vieux brevet de Dan Roth. Intéressant, non ?

— Très.

— Eh bien, j'aimerais posséder — ou plutôt j'aimerais que Hank et moi possédions la Finn Weber avant que ces Allemands ne procèdent à cet achat qu'ils entendent réaliser à grande échelle. Jusqu'à maintenant, j'ai réussi à les freiner. »

Donal éteignit sa cigarette en l'écrasant longtemps dans le cendrier, comme s'il la tuait. Paul observa durant quelques secondes ses doigts vigoureux et manucurés avant de reprendre la parole.

« D'où ces Allemands tirent-ils leur argent ?

— Oh ! Ils en ont énormément ! Vous savez sûrement ce qui s'est passé en Allemagne depuis ces dernières années ? A partir de 1925, tout s'est brusquement développé. Au printemps dernier, lorsque nous y sommes allés, Meg et moi, j'ai été stupéfait par ce que j'ai vu. Savez-vous qu'ils sont revenus au point où ils en étaient avant-guerre, et même plus ? La production atteint 122 pour 100 de ce qu'elle représentait en 1923. Les gens sont contents, bien habillés, bien nourris. Ils ont les plus beaux restaurants que j'aie jamais vus. Nous sommes allés partout. Franchement, j'ai trouvé Berlin plus excitant que Paris. Les cafés... les parcs, la musique et le théâtre... »

La voix de Donal, au timbre riche, était doucement modulée. C'est l'un de ses atouts, se dit Paul, et il se reprit : l'un de ses nombreux atouts. Une femme pouvait se laisser hypnotiser par cette voix.

« Et les tableaux, poursuivit Donal. Je ne m'y connais guère en arts, je le regrette, mais on m'a dit que c'était en Allemagne qu'on trouvait certains des plus grands peintres contemporains. Les galeries regorgent de toiles. C'est l'endroit rêvé pour un collectionneur comme vous.

— Nous sommes d'accord, l'Allemagne est prospère. Mais savez-vous pourquoi ? »

Donal rit. « N'importe quel imbécile le sait, ou devrait le savoir. Les emprunts ! Ils doivent des milliards. En parlant d'imbéciles, leurs créanciers sont surtout des Américains. Naturellement. Je n'investirai pas un centime en Allemagne ! Ce que je leur vendrai, ils le paieront en liquide.

— Vous pensez qu'ils vont s'effondrer ? demanda Paul qui savait que c'était inévitable.

— La question ne se pose pas. » La réplique avait fusé,

prompte et assurée. « Et puis un nouveau gouvernement s'installera, qui refusera d'honorer les dettes et reconstruira la nation. Ils referont probablement la guerre. Ils détruiront l'Europe. » Il haussa les épaules. « Cela ne nous regarde pas. En tout cas, pas maintenant, où les choses se présentent bien. »

Ce cynisme était révoltant. Si Joachim pouvait l'entendre... « Je ne permettrai pas que l'on utilise le vote de Hank dans ce sens. »

Donal le regarda fixement. « Juste comme ça ? La réponse est "non", juste comme cela ?

— Je ne veux pas être mêlé à cette affaire. Comme je vous l'ai dit, la Finn Weber marche très bien ainsi. Je suis satisfait et, de toute manière, je n'ai aucun désir de travailler avec l'Allemagne.

— Je ne vois pas pourquoi.

— Ils veulent cet appareil pour le réarmement. Ce pays essaie de réarmer secrètement, en douce. Même maintenant, sous cette république. Oh ! Ils prétendront l'acheter pour un usage industriel, vous ne vous y trompez pas, n'est-ce pas ?

— Bien sûr que non. Mais qu'est-ce que cela peut faire qu'ils l'utilisent pour le réarmement ? Ils obtiendront ce qu'ils veulent, là ou ailleurs.

— Alors, que ce soit ailleurs. » Le regard de Paul tomba sur la pile de lettres. Il se revit debout dans cette rue étroite, pressé contre le mur de la maison chauffé par le soleil ; Joachim s'affaissait sur le trottoir, le sang coulait sur son visage. « Le mal. Voilà ce que vous allez vendre. Pas un appareil électrique, mais le mal.

— Vous exagérez. » Le sourire de Donal avait depuis longtemps disparu. « Je trouve cette attitude ridicule, excusez-moi de vous le dire. »

Paul haussa les épaules. « Ridicule ou non, c'est comme cela.

— Je ne crois pas que Leah et Ben seront très contents de l'apprendre. »

Cette fois, Paul laissa éclater sa colère. « Ben n'a rien à

dire. C'est moi le curateur de Hank, pas lui. Et Leah, même si elle n'est pas d'accord, du moins me comprendra-t-elle. Dan Roth n'a pas voulu un centime de son invention parce qu'elle avait été achetée par le ministère de la Guerre; on ne peut pas mettre cela sur le même plan que le fait de tirer de l'argent du réarmement de l'Allemagne.

— Dan Roth et ses scrupules ! Avec ça, on peut acheter une place sur un banc du parc. Ou une cellule aux Tombs ! » Et un sombre mépris enflamma ses beaux yeux aux cils féminins.

Comme s'il était nécessaire de lui rappeler que c'était Donal Powers, et non Paul Werner et sa banque chic, qui avait arraché le petit professeur, le savant, le rêveur naïf, à sa prison !

« Ne vous y trompez pas. La Finn Weber vendra tout de même cet appareil aux Allemands. N'importe comment, Hank va en profiter. Ce qui est dommage, c'est qu'il pourrait en tirer beaucoup plus si vous n'y faisiez pas obstacle. Si vous n'étiez pas si...

— Obstiné ? suggéra Paul.

— C'est vous qui le dites. Pas moi.

— Je n'ai jamais été partisan des acquisitions. Les "prises de possession à l'amiable". Elles ne se font guère à l'amiable, et celle-là sûrement pas. »

Donal se leva. « C'est votre dernier mot ?

— C'est mon dernier mot. Désolé.

— Très bien. Je m'en vais. J'ai du pain sur la planche, à ce que je vois, et le temps passe. »

Paul se leva aussi. « Je suppose que vous allez rafler la majorité des actions ?

— Qu'est-ce que vous voulez que je fasse d'autre ?

— Je le sais. Mais celles de Hank ne sont pas à vendre.

— Je m'en doutais », répondit Donal avec impatience, comme pour dire : *Pour qui me prenez-vous ?*

Pas pour un imbécile, mon Dieu non, se dit Paul. Mais pour un homme qui n'aime pas qu'on le contrecarre et qui n'oubliera pas qu'il l'a été.

« Pensez à la fragilité cardiaque de Dan Roth quand vous

vendrez aux Allemands. J'espère que vous ne laisserez pas la nouvelle parvenir à ses oreilles. »

De nouveau, ses yeux lancèrent un éclair de mépris. « Je garde toujours mes transactions secrètes.

— C'est bien. »

Donal prit tout son temps pour enfiler son manteau et ses gants. Puis il dit : « Désolé de m'être laissé emporter. Ce n'est pas mon habitude. »

Paul comprit l'allusion. Il fallait garder les apparences. C'était mieux comme cela.

« Ne vous excusez pas. Vous ne vous êtes pas vraiment emporté. Transmettez mon affection à Meg. Elle ne vient jamais en ville ?

— Elle y est aujourd'hui, elle fait des achats, dit Donal en s'inclinant légèrement. Mes respects à Marian. »

La porte se referma avec un léger bruit. Je n'aimerais pas être là lorsqu'il jette le masque, se dit Paul.

Par la fenêtre, il regarda Donal descendre la rue à grands pas sous les rafales de pluie. *Je me suis fait un ennemi*, pensa-t-il.

Les mêmes giboulées venaient fouetter la vitrine, sous le nom écrit en lettres de cuivre doré : *Léa*. De l'autre côté, deux mannequins, en robe de lin blanc et chapeau de paille orné de pâquerettes, annonçaient le début de la saison estivale.

Meg resta un moment à regarder les passants avancer avec peine, le dos voûté, contre ce vent qui retournait leurs parapluies. Puis elle revint vers le miroir mural.

Leah tournait autour d'elle, l'étudiant sous tous les angles, les yeux à demi fermés, et finit par dire : « Oui, c'est celle-là. Elle est faite pour toi. Elle a suffisamment de brio mais elle est douce. »

Une femme vêtue d'une robe du soir en velours noir rendit à Meg son regard. La jupe s'arrêtait aux genoux. Une large ceinture de perles de cristal roses était cousue sur la robe et formait, devant, un large nœud plat.

« Il te faut des souliers de velours noir, reprit Leah. Et un sac perlé rose. »

Meg soupira. « Où trouver le temps de courir à droite et à gauche pour trouver ça ? J'ai quatre enfants. Oh ! Je sais, les gens me disent : "Ne t'énerve pas, tu as une nurse", mais ce sont les miens et je ne peux pas me contenter de... » S'apercevant qu'elle était en train de se plaindre, elle se tut.

« Je peux te dénicher un sac. J'en ai vu un la semaine dernière, se hâta de dire Leah. Je te le ferai livrer ?

— Oh oui ! Je t'en prie. C'est fini ?

— Il faut encore un chapeau pour le costume tailleur vert. Reviens dans la cabine d'essayage. »

Des robes étaient suspendues le long des murs tapissés de brocart argent de la petite pièce, ou posées sur le dossier de chaises recouvertes de la même étoffe.

« On dirait que j'ai vidé ta boutique. » Meg lança cette remarque dans le vide car Leah avait disparu.

Lorsqu'elle revint, elle tenait plusieurs formes en velours, à partir desquelles on taillait et façonnait les chapeaux.

« Je t'ai apporté un modèle à essayer. Nous l'avons fait en bois de rose pour une cliente, mais il serait merveilleux en vert mousse pour ton costume. Mets-le. »

Les yeux de Meg se transformèrent en trous sombres sous le bord de la cloche qui descendait jusqu'aux sourçils. Ses joues avaient fondu. A chaque bébé, elles devenaient plus creuses.

« Je ne trouve pas que ce soit seyant, murmura-t-elle. Avec ces chapeaux-là, on a l'air de ne pas avoir de front.

— Tu es ravissante. Tu t'y habitueras, répliqua Leah d'un ton catégorique. Touche le tissu ; n'est-il pas somptueux ? Soyeux comme de la fourrure. Il vient de France, bien sûr. »

Leah aimait vraiment tous ces vêtements. Un tel enthousiasme ! Une telle énergie ! On se demandait d'où elle les tirait.

« Nous allons bâtir la forme et tu pourras l'essayer la semaine prochaine. Quand tu t'achèteras les souliers de velours, pourquoi ne pas prendre une paire en chevreau couleur bronze ? Tu sais, le modèle avec des boucles carrées ? Il ira très bien avec le vert. Et un collier d'ambre, très long, jusqu'à l'ourlet de la jupe. »

Meg ôta la forme, révélant une coiffure courte, et dit : « On se donne la peine de faire faire une permanente pour qu'un chapeau vienne ensuite l'aplatir.

— Que peux-tu y faire ? *C'est la vie**. »

Meg ne put s'empêcher de sourire. Leah aimait à émailler sa conversation de remarques en français, langue qu'elle avait apprise récemment.

« Maintenant, c'est vraiment terminé », dit Meg. Elle ôta la robe et la tendit à Leah. « Je me rhabille et je sors de là. »

Leah drapa les vêtements sur son bras. « Tu es sûre que tu ne vas pas te raviser, au sujet de la charmeuse ?

— Non, je prends celle en velours, cela suffit.

— Tu sors beaucoup. Tu vas au théâtre et dans les boîtes de nuit. Tu ne peux pas porter la même robe trop souvent. » Leah hésita. « Ces gens... les femmes avec lesquelles tu sors, elles ont des tonnes de vêtements. »

Les boîtes de nuit. Tu veux dire, les bars clandestins. Le jazz. Les blues. Harlem. Des hommes doucereux aux yeux durs ; des hommes laconiques. Leurs femmes, obséquieuses, habillées à grands frais. 3 heures du matin. S'endormir dans la voiture en rentrant.

Moi aussi, cela m'ennuie la plupart du temps, concédait Donal. Mais ce sont les affaires. Il faut que je fasse acte de présence. Que je sois l'un d'eux.

« Je ne suis pas comme ces femmes-là », dit Meg.

Leah la regarda gentiment. « Meg chérie, je n'essaie pas de faire pression sur toi.

— Mon Dieu, je le sais bien ! Je ne voulais pas...

— Donal a téléphoné hier et m'a dicté une liste de ce que tu devais acheter. Trois tailleurs, deux robes du soir, un manteau du soir et un autre, sport, pour les courses de chevaux et... voilà, j'ai tout noté. C'est lui, pas moi.

— Je ne vois vraiment pas pourquoi j'ai besoin de tous

* En français dans le texte.

ces vêtements alors que je vais me retrouver enceinte dans deux ou trois mois. »

Leah fit semblant de ne pas avoir entendu. Elle appela une vendeuse. « Lottie, voulez-vous envelopper tout cela et porter les boîtes jusqu'à la voiture de Mme Powers ? C'est une marron, garée à gauche de la porte. Oh ! Et aussi, avant que tout le monde s'en aille, assurez-vous que les retouches de la commande de Mme Lemmy sont bien terminées... elle part pour l'Europe et il faudra livrer chez elle demain avant 10 heures. Et dites à Annette de copier le bois de rose pour Mme Powers... prenez la forme verte — pas celle-là, la vert mousse. Merci. »

Meg remit ses vêtements. « Tu sais, je t'admire beaucoup, Leah. Tu as créé cette boutique, tu t'es fait un nom. Tout cela en faisant ce que tu aimes. Ce doit être merveilleux. J'ai vu qu'on parlait de toi dans *Vogue*, quand tu étais aux défilés de mode à Paris. »

Leah haussa les épaules en faisant semblant de prendre à la légère le plaisir qu'elle tirait de cette admiration. « J'ai toujours aimé le vêtement, même quand j'étais gamine. C'est vrai. J'ai travaillé dur, je le fais encore, et j'ai eu de la chance. L'argent de Ben m'a bien aidée, au moins jusqu'à ce que je commence à en gagner.

— Tout de même. Cette boutique... » Et Meg montra d'un geste, par la porte ouverte du salon d'essayage, la moquette beige, les chaises recouvertes de brocart argent et la gerbe de lis orange foncé dans un vase de porcelaine noire. « Tu as créé tout cela sans rien, que des études secondaires dans un lycée d'État, alors que moi j'ai fréquenté des collèges privés et l'université, où je me suis presque toujours classée parmi les meilleures élèves, et je n'ai rien fait.

— Rien fait ? Tu appelles rien fait quatre enfants ?

— Ce n'est pas ce que je veux dire. Bien sûr, ils sont merveilleux. Les garçons sont des amours. Ils touchent à tout, surtout Tommy. Tu sais comment c'est, les enfants de deux ans. Et les petites deviennent si jolies, elles ont déjà les cheveux noirs et ondulés de Donal...

— Alors, qu'est-ce que tu veux dire ? »

Meg s'assit. Elle ne pouvait pas décrire l'impuissance qui s'emparait d'elle. Comme si on l'avait vidée; c'était une espèce de... le mot « terreur » pouvait-il s'y appliquer ? Et elle soupira comme s'il y avait eu en elle quelque chose qui ne pouvait être maîtrisé.

« Je ne sais pas. Bien sûr, je n'aurais pas envie d'entrer dans les affaires et de me séparer toute la journée des enfants. N'importe comment, je ne te ressemble pas. Je ne pourrais pas diriger une affaire. Non que je critique ce que tu fais. Tu n'as qu'un enfant. » Elle craignait de s'être montrée blessante et se tut. Elle voulait pourtant poser une question et se risqua. « Est-ce parce que tu ne peux pas en avoir d'autre, Leah ? Cela ne t'ennuie pas que je te le demande ?

— Cela ne m'ennuie pas du tout, et la réponse c'est que je n'en veux pas d'autre. »

Aussi simplement que cela, une femme pouvait dire : Je n'en veux plus. Meg devait aller plus loin. « Tu n'as jamais pensé que c'était mal de ne pas en avoir envie ?

— C'est mon corps et ma vie qui sont en cause, non ? » Leah s'assit et regarda Meg fixement. Deux rides verticales apparurent sur son front. « Alors, ton problème, c'est ça ? Tu as envie de m'en parler ? »

Le sujet était trop intime. Cela se passait entre un mari et sa femme. Dès qu'on introduisait une tierce personne dans cette intimité, on détruisait la perfection du mariage. Son union avec Donal avait été sans défaut ; leur amour avait défié le monde. Il ne fallait pas qu'une personne étrangère vienne fouiner dans ce cercle parfait.

« Il n'y a pas grand-chose à raconter. Oublie ce que je viens de dire. C'est enfantin de ma part de me plaindre alors que je suis tellement comblée. Je suppose que ce n'est que de la fatigue. On dit des bêtises quand on est fatigué.

— Cela me paraît très clair : ce qui te fatigue, c'est l'idée d'être enceinte de nouveau. » Le regard franc de Leah était empreint de bonté.

Meg ne répondit pas.

« Eh bien, je me trompe ? Lève la tête. Lève la tête et regarde-moi.

— Je crois que oui, chuchota Meg.
— Alors, pourquoi le fais-tu ?
— Donal le veut. » Voilà, c'était dit. Sa première infidélité.
« Oh ! Merde pour Donal. Ce n'est pas lui qui est obligé de se balader avec un gros ventre pendant neuf mois !
— Leah... on va nous entendre. »
Leah ferma la porte d'un coup de pied. « Il n'y a pas de cliente, les filles sont à l'atelier et puis tu parles tellement bas que je dois tendre l'oreille pour te comprendre. Écoute, tu veux dire qu'il n'utilise rien ? »
Une onde de chaleur remonta le dos de Meg en la picotant.
« Oh non ! Une telle chose ne lui viendrait même pas à l'idée !
— Pourquoi ? Je comprendrais si c'était une question de religion. Mais il ne va jamais à l'église, n'est-ce pas ?
— Non. » La voix de Meg n'était guère qu'un murmure.
« Alors, à cause de quoi ? »
De nouveau, elle soupira. « Il s'accroche à certaines choses. Des habitudes, je suppose. Des coutumes.
— Des coutumes ! Des habitudes !
— Des convictions aussi, probablement. La régulation des naissances, c'est quelque chose dont il ne veut même pas parler, sauf pour dire que sa grand-mère a eu neuf enfants.
— Mon Dieu ! Il ne s'attend tout de même pas que tu en aies neuf ?
— Je ne sais pas. Je suppose que je pourrais. Je suis très féconde. » Et d'une petite voix morne, elle répéta : « Je suppose que je pourrais.
— Ce qu'il te faut, c'est un diaphragme.
— Oh non ! Je ne pourrais pas faire ça. Je ne saurais même pas où m'en procurer un.
— Meg, tu es innocente comme l'enfant qui vient de naître ! Écoute, il y a un adorable obstétricien qui vient ici de temps en temps avec sa femme. En fait, c'est celui qui s'est occupé de Marian, à l'époque. Je vais te donner son adresse ou, si tu préfères, je vais prendre un rendez-vous pour toi ; cela restera strictement confidentiel, n'aie pas peur. »

Mais la peur avait envahi le corps de Meg. « Et s'il le découvrait dans un tiroir ?

— Tu veux dire qu'il fouille dans tes affaires ?

— Non, mais cela pourrait arriver.

— Tu fais des histoires pour rien. Si tu le veux, tu le peux.

— Je n'ose pas. Franchement, Leah. Je n'ose pas.

— Pourquoi ? Tu as peur de lui ? »

Elle savait que Leah était en train de penser qu'elle était idiote... une poule mouillée. Mais il fallait être Leah pour agir comme elle. Dès la naissance, on était conditionné, capable de faire une chose ou pas.

Il y eut un silence. Puis Leah reprit : « Va t'acheter des souliers. Tu peux essayer chez Altman. » Elle embrassa Meg. « Tu finiras bien par y arriver. »

Meg descendit la Cinquième Avenue avec les luxueuses boîtes de Leah à côté d'elle, sur la banquette arrière. L'idée d'acheter des souliers de velours la déprima. Qu'est-ce que Leah lui avait recommandé d'autre ? Ah oui, du chevreau bronze. Elle s'en moquait complètement.

« Roy, laissons tomber Altman et rentrons à la maison. »

Elle posa la tête sur le dossier avant de se souvenir que le chauffeur pouvait la voir dans le rétroviseur. Elle se redressa ; c'était indigne d'une dame de se prélasser. Des réminiscences d'Emily, pensa-t-elle avec un peu d'amertume. Emily ne lui manquait guère...

Alfie parfois, oui. Souvent, même. Maintenant, par exemple. « Allons, ma petite, secoue-toi », dirait-il s'il était là et le plus drôle, c'est que probablement elle se « secouerait ». Il pouvait rire de presque tout, son père. Elle aurait bien voulu qu'il vienne lui rendre visite plus souvent ; il ne le disait pas, mais elle savait qu'il préférait qu'elle vienne chez eux. Il n'était pas à l'aise dans la maison de Donal, et pourtant il était sûrement impressionné par elle et devait en parler aux gens, ainsi que de l'Isotta-Fraschini.

La voiture arriva au bac et entra dans la cale en cahotant. Les moteurs se mirent en route et le bateau, dansant sur la houle, entama la traversée de l'Hudson.

« Vous pouvez aller vous détendre les jambes, Roy, si vous le désirez, dit Meg.

— Il fait trop froid, madame, merci. » Il se tourna vers elle. « Dans deux ou trois ans, le tunnel sous la rivière sera terminé. Je me demande comment ils vont faire pour empêcher l'eau d'entrer. Ça me dépasse. C'est stupéfiant, non ?

— Certainement. C'est stupéfiant. »

Dans deux ou trois ans, combien d'enfants aurai-je ?

La neige fondue scintillait dans les flèches de lumière qui se déversaient des fenêtres du rez-de-chaussée. Au premier, une chambre était éclairée; Donal était rentré tôt. Les enfants, en entendant la porte s'ouvrir, surgirent en courant. Lorsque Donal arrivait, ils s'attendaient à un cadeau; de leur mère, ils n'espéraient qu'une étreinte qui les retiendrait tous deux dans ses bras.

« Qu'est-ce que vous avez fait de beau ? » demanda Meg quand elle les eut relâchés; elle connaissait déjà la réponse. La bonne odeur du pain chaud embaumait le vestibule. Ils avaient « aidé » la cuisinière.

« Nous avons fait du pain, dit Tim. Et des petits gâteaux. J'ai fait le glaçage. Et j'ai laissé Tom le lécher. »

Ils avaient une peau d'un blanc lumineux. Leurs paupières et leurs délicates narines étaient presque translucides. Bien qu'agités et lestes comme des singes, ils avaient toujours les genoux couronnés. Si vous les quittiez des yeux une seule seconde, ils disparaissaient; il vous fallait les chercher, les appeler dans toute la maison jusqu'à ce que vous les retrouviez à la cave, ou au garage, ou dans une cour du voisinage au bout de la rue. Ils étaient éveillés, robustes et décidés. Comme leur père.

« Je l'ai léché », dit Tom. Il répétait tout ce que disait son frère.

Les garçons suivirent Meg à la cuisine. Comme on y était bien. De la soupe aux pois était sur la table, pour le souper des enfants; Kitty, leur nurse, coupait des tranches de pain. La cuisinière et elle avaient bavardé tout l'après-midi; on voyait à leurs yeux qu'elles avaient dû rire. Ces deux femmes énergiques qui travaillaient amicalement ensemble donnèrent du courage à Meg.

Elle demanda des nouvelles des jumelles. « Elles dorment, répondit Kitty. Comme des anges.

— J'aimerais bien ne pas être obligée de sortir ce soir », dit Meg en regardant la bonne soupe épaisse.

C'était un temps à rester chez soi, acquiesça la cuisinière.

Dans la chambre des petites filles, une veilleuse projetait un arc laiteux issu de la plinthe, à peine suffisant pour qu'elle les voie couchées, chacune dans son berceau orné de dentelle rose. Elle se pencha sur elles, dans la pénombre. La bouche de Lucy était entrouverte, la lèvre inférieure encore mouillée de lait. Meg était la seule, avec Kitty, à savoir que les deux petites filles ne se ressemblaient pas totalement. Durant quelques minutes, elle écouta leur douce respiration, puis elle entra dans sa chambre à coucher ; Donal était étendu sur le divan et lisait le journal.

Il avait pris une douche. Dans les ondulations mouillées de son épaisse chevelure, le peigne avait tracé des sillons. Sous la robe de chambre de soie rouge, il était nu.

« Je vois que tu as fait des achats. Tu n'as pas rapporté grand-chose, dit-il en comptant les cartons de chez Leah.

— Attends de voir la facture. Tu ne diras pas cela.

— Je ne me plains jamais de tes factures. Et pourtant les prix de Leah sont exorbitants. » Il rit. « C'est une manière d'acquérir du pouvoir. Elle s'en tire bien. »

Meg ôta son manteau, le suspendit dans la penderie et chercha la robe de soirée qu'elle allait mettre. Derrière elle, la voix de Donal lui parvint par-dessus le raclement des cintres.

« Je n'ai jamais compris pourquoi la femme de quelqu'un comme Ben avait besoin de travailler. Il gagne sûrement assez... avec les honoraires que je lui paie... Elle devrait rester à la maison et faire des enfants. Un fils unique ? Et qui n'est même pas celui de Ben ! »

Elle ôta sa robe en la passant par-dessus sa tête. Sa propre voix lui parvint étouffée par le tissu.

« Oh ! Que je suis lasse ! Je déteste faire des achats. Nous sommes vraiment obligés de sortir, ce soir ? Retourner en ville ?

— Il te suffira de sortir de la voiture et d'aller t'asseoir à une table. Est-ce si difficile que ça ?

— Les dîners en faveur des bonnes œuvres... Nous y allons tellement souvent ! »

Donal aimait ça. Il supportait patiemment les discours ennuyeux, attendant le moment où son nom serait cité parmi la liste des bienfaiteurs distingués du temps jadis, et où il se lèverait pour saluer avec un sourire de fausse modestie. Naturellement, il savait qu'on ne tolérait sa présence qu'à cause de sa générosité. Il s'en amusait.

« Mets tes boucles d'oreilles en diamants, dit-il. Les pendeloques, pas les cabochons.

— Elles font trop habillé. On ne porte pas cela dans ce genre de dîner.

— Je sais, mais ça m'est égal. Cette bégueule de Marian y sera et je veux qu'elle les voie. »

Surprise par cet enfantillage dont il n'était pas coutumier, Meg se mit à défendre Marian, non par amitié pour sa cousine — qui, c'était vrai, se montrait plutôt « bégueule » —, mais pour Paul.

« Elle n'est pas vraiment snob. Seulement laconique et malheureuse.

— Pourquoi serait-elle malheureuse ? Elle ne manque pourtant pas d'argent.

— Il n'y a pas que ça dans la vie.

— Ah non ? Eh bien, essaie de vivre dans la pauvreté et tu comprendras. »

Meg resta silencieuse. Elle ôta ses bas et examina le petit bouquet de veines bleues qui marquait l'une de ses jambes, au niveau du genou. C'étaient les jumelles qui avaient fait cela.

« D'un autre côté, reprit Donal, ce ne doit pas être drôle tous les jours de vivre avec Paul.

— Avec Paul ? Qu'est-ce qu'une femme ne donnerait pas pour vivre en sa compagnie !

— Tu crois ça ? J'ai eu maille à partir avec lui, ce matin.

Oh ! C'est un vrai gentleman, je suis d'accord là-dessus, mais pas plus que moi. Je sais aussi jouer à ce petit jeu-là. Je sais jouer tous les rôles. Il me déteste et je ne te cacherais pas que, moi aussi, je le déteste. »

Meg était atterrée. « Tu t'es disputé avec Paul ?

— Nous n'en sommes pas venus aux mains, mais j'avais une proposition à lui faire, une proposition tout à fait honnête, sur laquelle n'importe qui se serait jeté, l'acquisition de... c'est trop compliqué à expliquer... l'échange d'actions dans une compagnie contre d'autres. Le gamin de Leah en aurait tiré un beau paquet, et Paul a refusé. » Donal se leva et vint s'appuyer, le coude sur la cheminée. « Pur et dur ! Il n'a pas voulu y toucher parce que c'était du matériel de guerre, que cela pouvait servir dans un autre conflit. Bah ! N'importe comment, je l'aurai sans lui. Donal Powers peut se débrouiller sans Paul Werner. Pur et dur. Il se prend pour qui ?

— Je ne crois pas qu'il se prenne pour qui que ce soit.

— Cela montre que tu ne le connais pas. Cet homme est pétri de prétention.

— Absolument pas ! dit Meg avec feu. J'ai connu Paul tout au long de ma vie. Il faudrait chercher loin pour trouver un homme aussi... aussi respectable... aussi...

— Tu prends parti pour lui ? Je suis ton mari ! Ne l'oublie pas !

— Je ne prends parti pour personne. Je dis seulement que tout le monde respecte Paul.

— Et pas moi, n'est-ce pas ?

— Je n'ai pas dit cela.

— Tu le sous-entends. Tu crois que je ne sais pas ce que tu penses ? Je lis en toi comme dans un livre, Meg ; d'accord, je vends de l'alcool ! De la gnôle ! Je vends aux gens les plus riches de ce pays. Aux amies collet monté de ta mère...

— Laisse ma mère en dehors de cela, je t'en prie. » Elle était en colère, non à cause de sa mère ou même de Paul. Elle était purement et simplement en colère.

Donal gloussa. « Je ris. Ces bonnes femmes comme il faut, avec leur bootlegger ! Elles ne m'inviteraient pas à dîner chez elles — non que j'en aie envie, bon Dieu non —, mais je les ai vues picoler dans mes clubs, ces bonnes femmes comme il faut.

— Je ne vois pas ce qu'il y a de drôle là-dedans », dit sèchement Meg.

Il cessa de rire, pencha la tête sur le côté et plissa les yeux en la regardant. « L'ennui, avec toi, c'est que tu n'as pas le sens de l'humour.

— Je ne le nie pas. C'est un manque. On a oublié de m'en donner quand on m'a faite. Mais l'ennui avec toi, c'est... » Et elle tourna la tête vers lui ; il n'avait pas bougé, le coude appuyé sur la cheminée, tellement nonchalant, tellement sûr de lui. Il avait voulu faire des affaires avec Paul et était furieux parce que, pour une fois, ça n'avait pas marché. « L'ennui, avec toi, c'est que tu veux toujours imposer ta volonté. *Ta* volonté en tout. »

Donal cligna les yeux puis les ouvrit tout grands, pour marquer son étonnement. « Je n'en crois pas mes oreilles. *Ma* volonté ? Y a-t-il quelque chose que tu aurais désiré et que je ne t'ai pas donné ? Une maison ? Je l'achète. Une semaine aux Bermudes ? Nous partons. Tout ce que tu veux, tu l'as.

— Et ce que je ne veux pas, dit-elle très bas, je l'ai tout de même.

— Oh ! s'exclama-t-il.

— Oui, "oh !". Tu sais ce que je veux dire. Je t'en ai suffisamment parlé.

— Ah ! Limiter le nombre de nos enfants. Nous y revoilà. »

Elle leva le menton. « Oui, c'est de cela que je parle.

— Et moi, je t'ai déjà dit non. » Il fit un pas vers elle. « Quand je t'ai épousée, je t'ai dit que je voulais une grande famille. Tu ne peux pas dire que je ne t'ai pas prévenue.

— Grande comment ? Nous avons quatre enfants et je les adore, mais ça suffit. Combien en veux-tu d'autres ?

— Autant qu'il en viendra. »

Elle ricana. « Autant que le Seigneur nous en enverra ?

— Si tu veux.

— Tu n'y crois pas, Donal. Tu n'es pas croyant.

— Il y a plusieurs types de croyances. On peut avoir foi

en des principes. L'un des miens c'est pas de limitation des naissances. Sauf par la méthode du cycle.

—. Même celle-là, tu ne la pratiques pas. Tu me prends quand tu en as envie.

— Oui, et ça te plaît, à toi aussi.

— Tu veux que j'aie des enfants jusqu'à ce que j'en meure ?

— Tu n'en mourras pas. Tu es solide comme un bœuf. » Il la prit par les épaules. Ses paumes, sur sa chair ronde, étaient chaudes.

« Ce n'était pas ce genre de chemise qu'elles portaient, aux Folies-Bergère ? Sauf qu'elles étaient noires ? En dentelle noire, n'est-ce pas ? » Et comme elle refusait de répondre, il répéta, « N'est-ce pas ?

— Je ne m'en souviens pas. Laisse-moi tranquille.

— Oh si ! Tu t'en souviens. Tu te souviens de tout. Quand nous sommes rentrés à l'hôtel, dans notre chambre, nous...

— Laisse-moi tranquille. » Sa voix tremblait.

Elle recula ; pressée contre le pied du lit, elle perdait l'équilibre. D'une main elle se retint et de l'autre, elle porta à Donal un coup de poing dans la poitrine.

— Vas-y. Vas-y. Lutte contre moi. J'adore ça quand tu te défends. »

Elle était au bord des larmes. « Donal, non. Je suis en colère. Tu ne vois donc pas que je suis en colère ? »

Il fit glisser ses légères épaulettes de soie ; le vêtement flottant tomba par terre. D'une faible poussée, il la déséquilibra, et elle tomba sur la courtepointe repliée au pied du lit. Il riait au creux de son épaule.

« Allons, Meg, ne sois plus en colère. Tu ne peux jamais rester en colère contre moi. »

Elle se débattit. « Si, je le peux ! »

Il riait toujours. « Mais je sais quoi faire. Je sais m'y prendre, hein ? »

Lutter ne servirait à rien. Autant essayer de repousser un rocher.

« Je t'en prie, pas maintenant.

— Si, maintenant. » Il cessa de rire. « Surtout maintenant. Petite Meg, c'est cela. Oui, petite Meg. »

« Ça t'a plu... », lui murmura-t-il. Il la recouvrit de l'édredon et lui borda les pieds. « Fais un petit somme. Tu as le temps. Je vais aller voir les garçons. »

Elle était complètement réveillée. De nouveau, il avait apporté la preuve qu'il faisait d'elle ce qu'il voulait. Oh oui, il le pouvait. Et, fronçant les sourcils, elle essaya de remonter au début, au premier jour, dans la maison de Leah... Ils s'affairaient tous autour de Dan assis dans le grand fauteuil à oreilles et elle était restée à l'écart, près du piano. Donal était venu droit à elle. *Je n'ai pas bien entendu votre nom, avait-il dit. C'est une belle couleur pour un jour d'hiver. Vous ressemblez à une rose de Noël.* Elle était tellement ignorante, à l'époque... une survivante de l'ère victorienne. Trop ignorante pour savoir ce qu'elle désirait de lui. Mais lui le savait. Il savait tout d'elle. C'était peut-être comme cela que les choses devaient se passer. L'homme menait et la femme suivait, en sécurité, protégée par lui. Quand on regardait autour de soi, on voyait que cela se passait ainsi.

Cinq ans, pensa-t-elle, et elle se revit dans sa chambre, à l'université, rêvant à la fenêtre, regardant, par-delà les couleurs du campus, le ciel, les arbres ou les parapluies luisants de giboulée, un avenir qui par certains côtés s'était réalisé, mais par d'autres pas du tout. Aussi, comment pourrait-on le prévoir ?

Des voix montaient du rez-de-chaussée. Donal jouait avec les garçons.

Il menait une double vie. Il ne parlait jamais de son travail, mais certaines choses filtraient malgré tout. Il y avait eu des conversations téléphoniques, entendues par hasard d'une pièce voisine... Des propos tenus lorsque des collègues venaient avec des papiers ou des messages. Quand il y avait une crise, elle s'en doutait, comme le jour où un convoi de camions était tombé dans une embuscade. Elle savait, mais gardait cela pour elle, qu'il avait ouvert un compte chiffré en Suisse — comme tant d'hommes d'affaires soit-disant respectables. Les flots d'argent la confondaient, bien qu'elle ait connu dans la maison de son père un certain luxe. Mais ses parents, surtout sa mère, faisaient attention au prix des choses et remplissaient avec soin leurs souches de chéquier. Jamais elle n'avait vu autant d'argent liquide passer aussi librement par la poche d'un homme.

La culpabilité la rongeait. Ce lit où elle reposait, cette maison et le personnel qui s'en occupait, les vêtements qu'elle avait achetés cet après-midi, tout venait d'une source à laquelle elle préférait ne pas penser.

Puis elle se reprit. Donal ne faisait de tort à personne... C'était vrai qu'il ne travaillait pas pour une cause, comme le faisaient Dan et Hennie. Il disait qu'il méprisait les « bonnes âmes ». « Des paroles qui brassent de l'air et ne mènent nulle part. » Mais par ses bonnes œuvres, pas seulement celles, officielles, qui lui procuraient à leur corps défendant un peu de prestige, mais par les dons privés émanant directement de ses mains généreuses, n'était-il pas lui aussi, d'une certaine manière, une « bonne âme » ?

Brusquement, elle se souvint de Paul. Il fallait faire quelque chose. Elle ne voulait pas perdre Paul.

Elle entendit les pas de Donal dans le vestibule. Elle se leva rapidement et alluma la lumière de sa coiffeuse. La boîte de chez Cartier contenant les boucles d'oreilles était là ; il l'avait sortie du coffre. Elles étaient magnifiques et brillaient comme le soleil sur la rosée, pensa-t-elle en les contemplant dans sa paume. Elle se pencha vers le miroir et en fixa une. Son visage était tout rose et ne portait plus aucune trace de lassitude. Faire l'amour l'avait embellie. Elle attacha l'autre. Ces boucles ne convenaient absolument pas pour ce dîner. Mais il lui avait ordonné de les porter.

VII

Au début du printemps 1928, le père de Paul mourut. Depuis le décès de sa femme, le vieux Werner s'était affaibli et avait comme rapetissé. Paul se demandait si ses parents n'avaient pas été plus profondément attachés l'un à l'autre qu'il ne le croyait. Mais à quoi bon cette analyse ? On regrettait déjà assez de ne pas avoir fait plus, d'avoir tu certaines choses. Il en était toujours ainsi lorsqu'on perdait quelqu'un, si sereine qu'ait pu être sa relation au défunt. Voilà ce que Paul se disait, au soir de l'un de ces jours passés à trier les possessions de ses parents.

Deux étagères d'un placard du vestibule étaient pleines de photos. Sur celle-ci, il y avait toute la famille, réunie à la maison de campagne d'Alfie, quelques années avant la guerre. Les femmes étaient assises sur les marches du perron et les hommes se tenaient debout derrière elles. Alfie, un peu plus mince, rayonnant comme d'habitude. Son propre père, boutonné jusqu'au menton dans un costume de ville, et lui-même avec sa veste de Yale. Marian était assise juste devant lui ; apparemment sa mère l'avait invitée pour le week-end, préparant déjà ses batteries alors que la jeune fille avait à peine seize ans.

Levant le cliché vers la lumière, il étudia ce visage qu'il avait oublié, celui de Marian jeune. Il était fier et froid. Aurait-il pu prévoir qu'elle deviendrait cette femme sèche et asexuée qui faisait des histoires pour une tache sur ses gants de chevreau blanc ?

A ce moment, elle l'appela. « Paul, viens m'aider, c'est trop lourd. »

Sa voix provenait du cabinet de toilette de son père où elle était en train de vider un autre placard.

« Tous ces cartons ! Nous aurions dû nous contenter de faire venir quelqu'un... Paul ! »

Il s'était arrêté devant un portrait accroché sur le mur opposé.

Elle regarda par-dessus son épaule. « Un Duval. Il a de la valeur, non ?

— Oui, une grande valeur. »

C'était une aquarelle représentant une petite fille aux yeux immenses. Elle était assise, un cahier sur les genoux, le bout d'un crayon dans la bouche. *La Table de multiplication,* lut-il sur l'étiquette. Un titre sentimental. Un emplacement sentimental. Mais les yeux... c'étaient ceux qui hantaient sa mémoire.

Est-ce que tu es comme cela, maintenant, Iris ?

« Pourquoi diable le contemples-tu comme ça ?

— Je le regarde, c'est tout.

— Mais tu as l'air ému, comme si tu reconnaissais cette enfant.

— J'étais seulement en train de me dire que je n'avais jamais vu ce tableau et que c'était bizarre. Père avait dû le mettre là pour combler cet espace, entre les fenêtres. » Il réussit à rire. « C'était sûrement un cadeau. Mon père ne l'aurait pas acheté. Mes parents n'avaient aucun goût pour les arts.

— J'aimais bien tes parents », dit Marian. Elle se tut et, comme il ne répondait pas, elle ajouta avec mélancolie : « C'est drôle... ils m'aimaient bien, eux aussi.

— Pourquoi drôle ? répliqua-t-il en badinant. Tu es quelqu'un d'aimable.

— C'est drôle parce que tu ne m'aimes plus comme avant tandis qu'eux ont continué à m'aimer jusqu'au bout. »

Il sentit un pincement douloureux au cœur. Une conversation lamentable se profilait, et qui ne mènerait nulle part.

« Je ne comprends pas pourquoi tu dis cela, Marian.

— Tu le sais pourtant bien. Tu ne penses pas qu'il est temps d'en parler ?

— Parler de quoi ? répondit-il en gardant son calme.

— De nous. Je ne te plais plus. »

Son cou, tendu en avant, le fit brusquement penser à une oie : image pathétique. Il tressaillit de honte. La bouche de Marian se tordit. *Pourvu qu'elle ne pleure pas. La pauvre femme, pourvu qu'elle ne pleure pas.*

« C'est stupide », répliqua-t-il gentiment. Et il ajouta : « Je ne vois pas pourquoi tu dis ça.

— Parce que... tu ne fais plus l'amour avec moi. » Elle se détourna et il comprit combien cela l'humiliait.

Durant quelques secondes, il ne sut quoi répondre. Il fit un rapide calcul : la dernière fois remontait à deux mois, peut-être plus. Maintenant que sa banque avait une filiale à Chicago, il y allait presque tous les mois. Souvent, il y retrouvait une femme ou deux — qui n'avaient rien à voir avec Ilse, se dit-il à regret, mais qui, gentilles et ardentes, avaient besoin comme lui de quelque chose qui manquait dans leur vie. Il ne dépossédait Marian de rien, mais elle se sentait humiliée.

« Cela ne t'intéresse pourtant pas beaucoup, fit-il doucement remarquer.

— Mais toi, si. C'est différent pour les hommes, je le sais bien. »

Quelle ignorance ! C'était navrant et combien révélateur ! Et, pourtant, il devait y avoir des millions de femmes comme elle.

« Viens, assieds-toi, dit-il en la prenant par le bras. Nous avons fait assez de rangement pour aujourd'hui. » Il l'emmena dans le salon. « Tu vois, un homme n'a pas toujours besoin de ce à quoi tu penses. Cela n'a rien à voir avec toi. Je travaille beaucoup et je vieillis. »

Vieillir ! Il n'avait pas encore quarante ans ! Si elle comprenait les désirs qui l'habitaient, elle saurait combien cette remarque était absurde. Vieillir !

Elle eut un petit sourire. « Je suis peut-être trop susceptible. Je pense que c'est ça. J'ai lu des choses... on écrit tellement là-dessus. Je suis peut-être névrosée, je le pense parfois. Paul, tu crois que je suis névrosée ?

— A mon avis, tu ne devrais pas te poser autant de questions à ton sujet. » Il lui tapota la main. « Du moment que tu es heureuse. Tu as une vie active. » Il débitait des paroles dépourvues de signification comme s'il lui versait une potion calmante. « Toutes tes œuvres de bienfaisance... Et puis tu as tellement d'amis.

— Tu n'aimes pas mes amis. »

Cela lui rappela l'amère discussion qu'ils avaient eue quelque temps auparavant, l'une des très rares disputes qui les aient jamais opposés. Comme d'habitude, elle voulait qu'il aille passer un mois avec elle en Floride, cette fois-là avec un groupe d'amis ; il refusa. Ces amis étaient gentils mais ce n'était pas avec ce genre de personnes qu'il avait envie de passer un mois. Ils auraient joué aux cartes toute la journée, comme d'habitude, et en refusant de se joindre à eux il aurait passé pour un sauvage. Aussi s'étaient-ils disputés et il avait sorti des choses que, plus tard, il avait regrettées. Il avait dit que ses amis étaient assommants et qu'il ne pouvait pas supporter leurs visages froids et inexpressifs. Il s'en souvenait très bien.

« J'aime bien certains d'entre eux, la plupart, même, lui dit-il maintenant. Mais ce n'est pas de cela qu'il s'agit. Tu as le droit d'aimer qui tu veux, et moi aussi. Inutile d'en discuter.

— Il y a une petite maison, à Palm Beach, face à la mer, que je pourrais acheter. Je l'adore et je peux me l'offrir, dit Marian.

— Tu dis "je", et pas "nous" ?

— Puisque tu ne veux pas y aller.

— Peu importe. Je peux tout de même t'acheter cette maison.

— Tu le ferais vraiment ?
— J'achèterai tout ce que tu veux, Marian.
— Tu es bon pour moi, Paul. » Ses yeux étaient mouillés de larmes. « Alors, cela t'est égal que j'y aille seule ?
— Oui. Je pense que je pourrais m'arranger pour y venir un peu en hiver, aussi. »

Elle ne répondit rien. Le silence bourdonna dans la pièce morte, avec les draps jetés sur les meubles et la poussière qui se déposait déjà sur le dessus de la table. Puis elle le surprit en demandant : « Es-tu malheureux, Paul ? Je pense parfois, je ne sais pas pourquoi, que tu n'es pas un homme heureux.
— Bien sûr que non, je ne suis pas malheureux. J'ai même beaucoup de chance. Je pense que nous avons tous les deux beaucoup de chance.
— Mais on s'attend à autre chose, quand on a seize ou vingt ans.
— Oui, répondit-il en s'obstinant à rester joyeux, et parfois ça tourne mieux qu'on ne l'avait pensé. »

Elle fit un effort pour lui rendre son sourire. Durant un instant, en cette fin d'après-midi, il revit son visage sous le voile de mariée, puis encore son visage sur l'oreiller du lit d'hôpital après cette effroyable opération. Il pensa : Tu souffres et je veux être bon pour toi et je le serai, mais nous sommes des étrangers.

Il la prit par les épaules et l'embrassa sur la joue. « Viens, chérie. C'est assez pour aujourd'hui. Fermons à clef et rentrons à la maison. »

Plus tard, ce soir-là, il resta debout à fumer sa pipe, seul ; à regarder la fumée monter et se dissiper. Cette journée passée à trier les affaires de son père n'avait pas été drôle, et puis il y avait eu cette conversation pénible avec Marian, et la découverte de cette aquarelle.

Iris. C'était un nom qu'on entendait rarement, mais il était assez joli. Il se demanda pourquoi Anna l'avait choisi. Il évoquait pour lui une grande femme revêtue d'une robe lavande, mince et balançant les hanches, avec une chevelure noire et brillante.

Iris.

Il alla se coucher et vit le nom suspendu en l'air au-dessus de lui. Il ne savait rien d'elle, car il avait tenu sa promesse et était demeuré à l'écart. Mais c'était sa fille. La sienne. N'avait-il donc aucun droit ?

En se retournant dans le grand lit, sa jambe frôla celle de Marian. Paisiblement endormie, elle n'avait pas conscience de sa fièvre et de son agitation.

Je ne peux pas endurer cela un jour de plus. Il faut que je sache et tant pis pour les conséquences.

Le lendemain, il attendit jusqu'à 9 heures et demie ; sûrement qu'à cette heure-là tous les hommes avaient quitté leur domicile pour aller travailler. Il resta immobile un instant, le cœur bondissant dans sa poitrine, puis il finit par décrocher le combiné.

« Quel numéro, je vous prie ? » demanda l'opératrice.

Il entendit le téléphone sonner. Il imagina la pièce dans laquelle il résonnait. Un vestibule, probablement. Ces appartements du West Side avaient de grandes entrées carrées, aussi vastes qu'une chambre. La plupart des gens mettaient leur téléphone là, sur une table. Il devait y avoir une lampe à côté ; une lumière rosée brillait à travers un abat-jour froncé ; sous la table, une étagère avec l'annuaire ; des tapis d'Orient étaient éparpillés, mais ils ne se touchaient pas, si bien que les talons d'une femme qui se déplaçait ne faisaient aucun bruit dessus et cliquetaient entre eux sur le plancher nu. Elle devait être dans la bibliothèque ; car Anna, avec son amour des livres, avait dû en rassembler assez pour remplir des rayonnages.

Et si c'était l'enfant qui répondait ? Paul y songea durant les quelques secondes qu'il fallut à l'autre bout pour qu'on décroche.

« Allô ? » C'était sa voix.

Les lèvres de Paul bougèrent sans émettre un son.

« Allô ? Qui est à l'appareil ? » Interrogative, un peu impatientée.

« Anna, dit-il.

— Oh !

— Il fallait que je te parle.

— Ah! soupira-t-elle, tu m'avais promis. Et si... si quelqu'un d'autre avait répondu, ou s'il était maintenant dans la pièce ? Tu avais promis.

— Je sais. Je suis désolé. Je ne recommencerai plus. Mais cette fois, je n'ai pu faire autrement.

— Pourquoi ? demanda-t-elle inquiète. Il est arrivé quelque chose ? Tu n'es pas malade ?

— Non. Terriblement troublé. Anna, je veux voir mon enfant.

— Oh non ! Qu'est-ce que tu dis ?

— Je dis qu'elle a neuf ans et que je ne la connais pas. » Il se forçait à parler calmement, raisonnablement. « Je ne sais rien d'elle; ce n'est pas juste, Anna. C'est cruel. »

Elle soupira. « Cela me brise le cœur. Mais comment faire autrement ?

— Dans un monde différent, où l'on pourrait être franc les uns avec les autres, nous dirions la vérité. Je pourrais déclarer qu'elle est ma fille et assurer son avenir.

— Oh ! Chéri, un tel monde est impossible ! C'est une utopie. A quoi bon dire des choses pareilles ?

— Nous revoilà devant le même mot. On dirait qu'en ce qui nous concerne, toi et moi, tout a toujours été impossible, comme s'il y avait une conspiration contre nous.

— C'est insensé ce que tu dis là, répliqua-t-elle doucement.

— Au diable la raison ! Écoute, je veux voir Iris. Je veux lui parler. C'est mon droit et j'insiste.

— Oh ! Paul ! Tu es fou ! Veux-tu bouleverser l'enfant ? Que va-t-elle penser ?

— Quoi ! Tu crois vraiment que je veux vous faire du mal, à toutes les deux ? Je n'arrive pas à imaginer que tu puisses penser une chose pareille ! Tout ce que je demande, c'est que nous nous rencontrions par hasard. Elle ne saura pas qui je suis.

— Mais elle va en parler à son père. Elle lui dit tout, y compris ce qu'elle a mangé au déjeuner. Et tu sais bien qu'il a toujours eu de vagues soupçons à notre sujet. Je n'ai pas besoin de te le redire.

— Écoute, nous nous rencontrerons par hasard, tu pourras en parler tout à fait franchement. Qu'est-ce qu'on peut objecter à cela ? Emmène Iris goûter chez Schrafft ou dans un endroit du même genre samedi prochain. Tu ne le fais jamais ?

— Pas très souvent.

— Mais une fois, tu pourrais ? insista Paul.

— Je pense que oui, dit-elle craintivement.

— Bon, d'accord. Tu entreras et moi j'y serai déjà Je viendrai te saluer, en me montrant très surpris, et j'insisterai pour vous inviter à ma table. J'agirai avec naturel et ouvertement. »

Elle ne répondit pas.

« Ce sera parfaitement innocent ! insista-t-il avec acharnement. Et Iris pourra en parler tout aussi innocemment. Est-ce trop te demander que de passer une heure dans un salon de thé afin que ma fille soit pour moi plus qu'un nom et un visage sur une vieille photo ? Je t'en prie, Anna, je t'en supplie.

— Oh ! Mon Dieu, ce sera si dur d'être là avec vous deux. »
Il y eut un long silence.

« Allô ? Tu es toujours là ?

— Je suis là, Paul. Je suis là... D'accord, on va faire comme cela. Juste une fois. Je vois qu'il le faut. »

Son cœur battait la chamade. Sûrement que sous son élégant sang-froid il en était de même pour elle.

« C'est Iris », dit-elle et, à l'enfant : « M. Werner est un vieil ami. Je l'ai connu avant ta naissance. »

L'enfant leva les yeux et regarda Paul fixement. Elle avait un petit visage pointu, sérieux, trop mûr, pas joli sauf ces yeux noirs curieusement saillants. Paul lui sourit et obtint en retour un sourire timide. Quelque chose lui semblait familier dans ce visage : les larges pommettes et une fossette bien marquée au menton. Et aussi ces yeux énormes, saisissants comme ceux de l'aquarelle, l'autre jour... et comme ceux de sa mère. C'était le visage de sa mère qu'il regardait là !

Elle était habillée comme une écolière londonienne; un manteau de tweed avec un col de velours. Celui d'Anna était en épais lainage violet, doux comme du cachemire; elle portait un bonnet de fourrure et des boucles d'oreilles en or. Apparemment son mari avait su profiter de l'expansion de l'industrie du bâtiment.

Ils s'installèrent à une table et ôtèrent leurs manteaux. La robe d'Anna était d'un rose fané. Elle enleva son bonnet en disant qu'il était trop chaud et révéla alors ce qu'il attendait de voir, sa chevelure aux myriades de nuances acajou. Ces cheveux n'étaient pas aussi longs que dans son souvenir, mais toujours aussi abondants. Ils bouclaient jusqu'à son cou.

« Vous ne suivez pas la règle qui veut que les rousses ne portent jamais de rose », dit-il d'un ton badin. Il fallait bien entamer la conversation.

« Au contraire, elles devraient. Une femme m'a appris cela à Paris, où Joseph m'a acheté une robe du soir rose. »

Joseph de nouveau...

Il fallut entretenir le dialogue. Non, on ne construisait plus de maisons comme celles à l'ouest de Central Park, ces anciennes demeures en grès brun si belles. Oui, les élections allaient être orageuses, avec un candidat catholique à la présidence. Oui, cela avait l'air d'aller mal en Allemagne; le cousin de Paul lui avait écrit que le national-socialisme ne cessait de s'étendre.

Il avait l'impression que les minutes lui filaient entre les doigts. C'était une occasion qui ne se représenterait plus, il en était bien conscient. Il sentait, tout en tenant des propos à bâtons rompus, qu'Iris l'examinait. Elle se souviendrait de tout ce qu'il disait. Il fallait faire attention à ne rien laisser filtrer.

Brusquement, elle prit la parole. « Vous connaissez mon père, monsieur Werner ?

— Je ne l'ai rencontré qu'une fois. Il y a bien longtemps », répondit calmement Paul.

L'ouvrier en casquette sortant par la porte de service. Anna le présentant d'un air embarrassé. Le doigt qui soulève la casquette.

Paul but une longue gorgée tandis qu'Anna fouillait dans son sac. Ils avaient épuisé tous les sujets courants.

« Parlez-moi de l'école, se hasarda-t-il à demander à l'enfant. J'ai un jeune cousin un peu plus âgé que vous. Il aime bien me parler des difficultés qu'il rencontre, des cours qu'il suit et de tout cela. »

La petite fille haussa légèrement les épaules, d'un geste élégant. « Tout va bien, sauf en math. Papa est obligé de m'aider. Il n'a pas fait d'études supérieures, mais il peut calculer n'importe quoi de tête.

— Très peu de gens sont bons en tout, aussi à votre place je ne me ferais pas de souci au sujet des maths. » Encore une remarque idiote alors qu'il aurait voulu dire : « Laisse-moi te regarder, contempler chacun de tes traits un par un. Je voudrais te demander si tu as jamais été très malheureuse, et pourquoi. Dis-moi ce que tu rêves de faire quand tu seras grande. Si tu as envie très, très fort de quelque chose, laisse-moi te le donner. Laisse-moi te dire qui tu es. »

Anna s'était reprise. « Iris est une très bonne élève et une excellente pianiste. Elle travaille dur. Vous l'entendrez peut-être en concert, un jour. » Et elle regarda l'enfant avec affection.

« Non, maman. Tu ne comprends pas, répondit Iris avec impatience. Je ne serai jamais assez bonne pour cela. Je ne cesse de vous le dire, mais papa et toi, vous continuez à répéter la même chose, et c'est vraiment ridicule. »

Elle ne mâchait pas ses mots quand elle le voulait, pensa Paul. C'est bien. Défends-toi. Il lui demanda : « Comment savez-vous, Iris, que vous n'êtes pas assez bonne pour être concertiste ?

— Parce que je m'en aperçois bien. Je ne serai probablement qu'un professeur de piano.

— Est-ce que cela vous ennuie ? »

De nouveau elle eut cet élégant haussement d'épaules. « Tout le monde aimerait bien être célèbre, mais je sais que je ne le serai pas, alors je n'y pense pas. »

Quel discernement pour une enfant de neuf ans ! « Sages paroles. Ce n'est pas toujours facile de se juger soi-même.

A vrai dire, je ne suis pas certain d'y être encore arrivé. »

Iris éclata de rire, montrant ainsi son appareil orthodontique. Cette enfant aura une personnalité intéressante. A certains égards, elle lui rappelait Meg au même âge ; bien qu'il n'y ait aucune ressemblance physique entre la forte charpente gauche de Meg et la fragilité sombre de cette fillette, elles présentaient ce même mélange de timidité enfantine et de pénétration adulte.

Quand elle eut terminé sa glace, Iris se rendit aux toilettes.

« Elle est adorable, dit Paul dès qu'elle fut hors de portée de l'entendre.

— Et pourtant elle est convaincue qu'elle n'a pas de charme.

— Il faut que tu la fasses changer d'avis !

— Oh ! Nous nous y efforçons. Mais reconnais qu'elle n'est pas une beauté.

— Elle aura beaucoup d'allure quand elle sera plus grande.

— Elle est trop sérieuse.

— A-t-elle beaucoup d'amis ? Dis-moi tout, vite avant qu'elle revienne. Est-elle en bonne santé ? Je la trouve un peu pâle.

— Elle est en bonne santé. C'est une enfant nerveuse, mais qui se porte très bien. Quant à sa pâleur... eh bien, tu n'as pas les joues très roses, n'est-ce pas ? »

Il rit. « Oh ! Anna, c'est la chose la plus merveilleuse du monde, en dépit de tout. Notre enfant... Dis-moi, est-ce qu'elle t'aime bien ? Toutes les petites filles n'ont pas la chance d'avoir une mère comme toi !

— Nous nous entendons bien. Mais elle est plus proche de Joseph. Il l'adore. Il veille sur elle comme sur la prunelle de ses yeux, dit-il. »

Bien sûr. Les pères et leurs filles. C'est comme ça, Paul. Les pères et leurs filles.

« Je me demande parfois, s'écria Anna, si mes sentiments ne l'ont pas imprégnée. Parce que j'essaie, quand je la regarde... oh, j'essaie de chasser le passé et d'agir comme si elle était...

— A lui et à toi, dit Paul.
— Oui, j'essaie. Mais maintenant que je vous ai vus ensemble, ce sera plus dur.
— Il le fallait, Anna. Je pense constamment à toi, comprends-tu, ma chérie ? »
Il entendit à peine sa réponse. « C'était une erreur...
— Jour et nuit, tu es avec moi. Tu m'as ôté tout intérêt pour les autres femmes, des femmes charmantes... Il n'y a plus que toi. »
Elle penchait la tête et regardait par terre, si bien que ses cils reposaient sur ses joues. Il avait oublié combien ils étaient fournis et dorés. Mais il se rappelait la bosse infinitésimale sur l'arête de son nez, qui la choquait tant ; une fois elle lui avait pris la main et la lui avait fait tâter. Il se souvenait d'avoir marché avec elle un jour d'hiver et pensé que son manteau chic, mais en lainage gris bon marché, n'était pas assez chaud. Il avait eu envie de lui acheter des vêtements, mais n'avait pas osé ; en imagination, il l'avait habillée de robes de velours et avait orné ses doigts de diamants. Il vit qu'aujourd'hui elle avait un gros diamant, taillé comme une émeraude, cadeau d'un homme qui couchait avec elle et jouissait de son corps. De sa chair blanche comme le lait...
Il savait si peu de chose sur elle, maintenant !
« Cela fait des années, dit-il. Le temps file si vite. Tu ne trouves pas ?
— Cela dépend des jours.
— Je pense à toi comme à ma femme, ma véritable épouse, la mère de mon enfant. Tu devrais être avec moi, vraiment avec moi, tout le temps. Tu le sais, hein ?
— Non, Paul chéri. C'est trop tard. »
Le désespoir se referma sur lui comme une main pesante. Ses poings, posés sur la table, se crispèrent. « Est-ce qu'il en sera toujours ainsi, pour nous ? »
Alors elle leva la tête vers lui ; elle eut une inspiration et sa gorge se serra. « Oh ! Arrête, je vais me mettre à pleurer. Par pitié, ne me fais pas ça.
— D'accord, je me tais.
— Tu as promis. Ne rends pas les choses plus difficiles. »

Ils demeurèrent un moment silencieux, formant une île de tranquillité morne dans un océan de cliquetis et de bavardages.

« Te revoilà, Iris. Tu es prête ? M. Werner doit retourner au travail. » Anna parlait gaiement. « Il faudra raconter à papa le bon goûter que nous avons eu. »

Il s'émerveilla : comment faisait-elle ? Mentir, toujours mentir... Elle vit dans le mensonge et elle est joyeuse, ou bien elle fait semblant de l'être. D'où tire-t-elle son courage ?

Ils se serrèrent la main. Échangèrent des remerciements polis, banals. Et il les regarda s'éloigner, cette grande femme élégante et cette petite fille qui bientôt serait aussi grande que sa mère. Il ne les quitta pas des yeux jusqu'à ce que la foule les absorbe et les dissimule, ces deux êtres qu'il aimait, qui étaient à lui, qui faisaient partie de lui et le resteraient tant qu'ils seraient tous sur terre.

Il retourna à la banque, monta dans son bureau et ferma la porte. Bien que ce soit samedi, Mlle Briggs était venue travailler. Elle avait laissé sur son bureau une pile de papiers à signer. Il essaya de les lire, mais n'arrivant pas à fixer son attention il renonça et se contenta de rester assis là à réfléchir.

C'était donc fini et Dieu seul savait quand il les reverrait. Elles vivaient de l'autre côté du parc, en quelques coups d'aile, les oiseaux y étaient. C'était là qu'Anna s'adonnait à ses tâches quotidiennes, là qu'Iris allait à l'école. Il savait, avec une grande lucidité, qu'il devait accepter cette proximité si douloureuse, comme il aurait été obligé d'accepter le fait d'être né boiteux ou roi d'Angleterre.

Mais, d'autre part, ce n'était pas un fait, c'était une dette. Il ne l'avait pas épousée, et là résidait le mal. Telle était la dette que toute une vie ne pouvait acquitter. Il devait payer, au prix de sa mémoire, de son cœur et de son âme. C'était une taxe perçue sur sa vie et ce n'était pas la peine de lutter contre parce qu'il en serait toujours ainsi ; il lui faudrait payer, payer, payer.

Mlle Briggs frappa à la porte. « Je suis désolée de vous déranger, mais il y a un appel urgent de Londres.

— Passez-le-moi », répondit-il.

Les actions et les obligations, les prêts et le cours de l'or. Par rapport à tout le reste, cela ne valait pas plus à ses yeux qu'un tas de poussière.

Plus tard, bien plus tard, il rentra chez lui. Il n'était pas pressé car c'était le tour de Marian de recevoir son club de bridge et il n'avait aucune envie d'accueillir aujourd'hui toutes ces femmes. Aussi, il sortit du métro et traversa le parc. Il lui vint à l'esprit que, s'il n'y avait pas eu Central Park, New York aurait souvent été invivable. Combien de tensions n'avait-il pas allégées, ou essayé d'alléger, en marchant dans le parc !

Des enfants jouaient encore avec leurs bateaux ou faisaient le tour du Ramble sur leurs patins à roulettes. Une minuscule petite fille poussait un landau en chantant pour sa poupée. Il s'arrêta un moment et essaya d'évoquer la voix d'Iris, mais le souvenir s'en était dissipé. Pendant si longtemps, il avait désiré un fils ! Il avait même souvent fait semblant, en se promenant avec Hank, d'être son père. Maintenant, il avait l'impression que rien n'était plus merveilleux que d'avoir une fille, de lui acheter des robes et des livres, de l'emmener en Europe ou dans les montagnes Rocheuses.

On avait replié les tables de jeux, les femmes étaient parties depuis longtemps et Marian l'attendait, toute seule.

« Où diable as-tu passé tout l'après-midi ? demanda-t-elle.

— J'avais un client à voir au bureau.

— C'est une honte que les gens ne puissent pas te laisser tranquille un samedi après-midi. Vraiment. » La bouche de Marian avait cette expression familière de patience exaspérée.

« Tu travailles beaucoup trop. Entre la banque et tous tes comités de bienfaisance, tu n'es presque jamais à la maison.

— Mais cela ne me coûte pas. J'aime ce que je fais.

— J'espérais que tu viendrais saluer mes amies.

— Je suis sûr qu'elles s'en sont très bien passées, Marian.

— Eh bien, pas moi. Tu avais dit que tu rentrerais tôt. »

Elle était mal lunée. Il fallait reconnaître que cela lui arrivait rarement. Il se dit qu'elle souffrait peut-être d'une de ses crises de sinusite.

Il lui demanda avec douceur : « Tu as mal à la tête ?

— En fait, oui. C'est en partie parce que je n'ai pas assez dormi. Tu t'es levé tôt et je n'ai pas pu me rendormir.

— Je suis désolé. J'ai essayé de ne pas faire de bruit.

— Est-ce que cela t'ennuierait... et ne le prends pas en mauvaise part, Paul... mais je me suis dit que, si nous avions des lits jumeaux, ce serait mieux. Tu vois, ce n'est pas que tu fasses du bruit, c'est que je sens que tu te lèves et cela me réveille. Ça te serait égal ? »

Il aurait pu répondre : Qu'est-ce que tu veux que cela me fasse ? Mais il dit : « Bien sûr, si cela te permet de mieux dormir.

— Tu veux dire que tu t'en moques ? » Il y avait des larmes dans sa voix.

« Marian, je veux te faire plaisir. Si tu penses que tu dormiras mieux...

— Tout homme serait désappointé, pour ne pas dire plus, que sa femme veuille abandonner le lit conjugal.

— Et si j'étais désappointé, que ferais-tu ?

— Eh bien, je renoncerais à mon idée.

— Mais est-ce que cela ne serait pas stupide, alors que ton sommeil et ton repos sont en cause ? »

Elle ne répondit pas et il poursuivit : « Marian, si j'avais dit : Non, je ne te permets pas de changer le grand lit pour des lits jumeaux, tu aurais dit que je me moquais de ta santé. J'ai dit oui, et tu m'accuses aussi. »

Elle se leva pour aller à la fenêtre. Elle était profondément troublée. Peut-être aurait-elle voulu qu'il se montre possessif et jaloux, pour donner au moins l'apparence de cette intimité miraculeuse qu'on appelle l'amour. Autrefois il avait cru, brièvement, qu'ils s'aimaient. Il se remémora cet été, quand ils étaient jeunes, où il avait dû se rendre en Europe pour les affaires de son père ; il lui avait écrit de Londres et de Paris, lui disant combien elle lui manquait, et qu'il aurait bien voulu qu'elle soit là, avec lui. C'était avant leur mariage.

Avant Anna.

Brusquement, elle se tourna vers lui. « Si seulement tu m'aimais ! cria-t-elle.

— Je t'aime, Marian. Pourquoi dis-tu des choses pareilles ? Je t'aime. »

En un certain sens, c'était vrai. Il ferait tout pour elle, pour la protéger et subvenir à ses besoins, comme il l'aurait fait pour n'importe quelle femme de sa famille, pour Hennie ou Meg, ou encore sa mère.

Les sourcils de Marian se froncèrent en une expression de douleur. Elle fit tourner son alliance autour de son doigt.

« Parfois je sens, je pense, que je ne suis bonne à rien. Est-ce vrai, Paul, que je ne suis bonne à rien ? »

Cet humble appel au secours, venant de Marian, était particulièrement frappant car cela n'allait pas avec la hauteur patricienne de son visage. Ce nez était un accident de la nature.

« Oh ! dit-il, qu'est-ce qui a bien pu te mettre une idée pareille dans la tête ? Je suppose que c'est parce que nous n'avons pas d'enfant et que des idiotes t'ont fait croire qu'il n'y a pas d'autre but dans la vie. C'est cela, hein ? »

Elle baissa les yeux. « En un certain sens. Peut-être.

— Eh bien, c'est profondément stupide ! Une femme n'est-elle rien de plus qu'une matrice féconde ? »

Elle lui adressa un pâle sourire.

« Tu es une citoyenne très utile de cette ville. Quand je pense à tout ce que tu fais pour ses habitants ! Bonne à rien ! Je défie quiconque de venir me dire cela à ton sujet... toi comprise. Ne te risque pas, tu m'entends, dit-il sur un ton faussement menaçant, ne te risque plus à dire cela de toi. »

Le sourire se fit plus prononcé. Il la contempla : une femme irréprochable, pas déplaisante à regarder, l'air soigné même en sous-vêtements. Une femme si bien, pleine des meilleures intentions ! Il éprouva envers elle une profonde pitié parce qu'il ne pouvait pas lui donner plus que cela, à cause du mal qu'il avait fait en l'épousant. Pourtant, s'il ne l'avait pas épousée, cela lui aurait aussi fait du mal à elle. Un cercle vicieux.

« Tu sais, nous sommes vraiment stupides. Faire une telle histoire parce que tu as demandé des lits jumeaux et que j'ai accepté.

— Tu as peut-être raison, dit-elle d'un air hésitant. Je pense que je fais vraiment des montagnes de tout.

— Ne sommes-nous pas tous comme cela ? Allons, nous sortons bien dîner en ville, ce soir ?

— Chez les Fox. Ils reçoivent quelques amis.

— C'est très bien. J'ai toujours beaucoup de plaisir à les rencontrer. J'espère qu'on mangera tôt. Je n'ai pas pris grand-chose à midi.

— Je vais te faire un sandwich pour que tu tiennes jusque-là. » Elle lui fit un vrai sourire. « Je suis désolée. C'est sûrement à cause de ce vilain mal de tête. »

Ils s'étaient battus contre des moulins à vent car ni l'un ni l'autre n'avait de véritable grief. Tous deux étaient tellement bien élevés, tellement civilisés ! Ils allaient passer une agréable soirée avec des amis, ils en parleraient entre eux en rentrant puis ils iraient se coucher.

Demain, il ferait jour.

VIII

Aujourd'hui, c'était une bonne journée, passée à rouler avec Ben dans le nouveau coupé Packard, qui avait un spider; on déjeunerait et puis on prendrait une coupe glacée crème Chantilly, et le soir on assisterait à un match de baseball. Hank s'était senti claquemuré tout l'hiver à l'école; en cette merveilleuse première semaine des grandes vacances, il était prêt à faire la fête.

Il était presque midi lorsqu'ils traversèrent la rivière pour entrer dans le New Jersey.

« Tu as faim ? s'enquit Ben.

— Ouais ! »

Ben sourit largement. « Je n'aurais pas dû te le demander. Tu as tout le temps l'estomac dans les talons. »

C'était vrai. Plus il grandissait, plus il avait faim.

« Tu pousses comme une mauvaise herbe, dit Ben en le regardant d'un air approbateur. Tu as douze ans et tu es aussi grand que moi. Tu vas ressembler à ton grand-père Dan. »

Ça, pour le savoir Hank le savait. On le lui répétait au moins cinq fois par semaine.

« Où allons-nous déjeuner ? demanda-t-il.

— Chez Tony. Ça te va ?

— Et comment ! » Il salivait déjà en pensant aux boulettes de viande, aux palourdes à l'origan et aux spaghetti à la carbonara ; pour finir, un ou deux desserts.

Tony était en face du tribunal. La cuisine y était excellente. Les avocats et les juges, les politiciens et les chefs de syndicats tapageurs, avec des épingles de cravate en diamant, s'y rassemblaient pour régler leurs affaires.

Cet endroit n'appartenait pas vraiment au jovial et basané Tony, mais à Donal Powers. Hank le savait, mais il avait compris suffisamment de choses pour ne pas en parler.

Il était tôt. Les tables couvertes de nappes blanches, avec les corbeilles de pain et le ravier de parmesan râpé au centre, attendaient le coup de feu du déjeuner. Un parfum d'ail s'infiltrait dans la salle chaque fois que la porte de la cuisine s'ouvrait. Ben alla saluer Tony puis choisit une table au fond.

« Comme hors-d'œuvre, apportez-nous un plat d'antipasti. Qu'est-ce que tu vas prendre aujourd'hui, Hank ?

— Des spaghetti avec une sauce aux palourdes, et un Coca.

— Deux Cocas », dit Ben.

Le whisky et le vin, c'était pour les caïds le soir, dans l'arrière-salle ; pas maintenant en plein jour alors qu'on était visible de la rue, en face de la mairie.

La sauce aux palourdes était riche et onctueuse. Ils mangèrent presque sans parler, en sauçant leur assiette avec l'excellent pain. Ben fit un clin d'œil à Hank.

« Comme il n'y a pas de femme, on n'est pas obligés de faire la conversation. On se contente de manger. »

Hank rit. Ils taquinaient toujours sa mère en pariant qu'elle ne pourrait pas se taire pendant cinq minutes. Parfois elle gagnait, mais visiblement grâce à un pénible effort.

Tony fit signe à Ben de venir le rejoindre. « Vous voulez bien me consacrer quelques minutes ? Ne t'en fais pas, Hank ; c'est juste une petite conversation. Les affaires... »

Ben prit son assiette et alla s'asseoir un peu plus loin.

Les deux hommes se mirent à parler à voix basse, le dos

tourné ; néanmoins, Hank put saisir une phrase par-ci, par-là.

« ... fermé par la police la semaine dernière... non, on ne peut pas prouver qui, mais les gars ont leur petite idée... bien sûr, nous avons perdu deux jours... le plaignant. »

Ce n'était pas la première fois que cela arrivait. Hank avait déjà surpris des conversations là-dessus et il lisait ce genre de choses dans les journaux tous les jours. On savait que les restaurateurs avaient des démêlés avec la police. Quelqu'un oubliait d'en payer un autre et l'on fermait un bar ou un restaurant, le plus souvent pendant seulement deux ou trois jours.

Hank n'était pas choqué. La Prohibition était une farce. Même grand-père Dan, qui professait un respect presque religieux pour la loi, disait que cela ne durerait pas, que boire un verre d'alcool n'était pas un péché — et pourtant lui-même ne buvait pas — et que les autorités feraient mieux de fermer les usines où des hommes étaient sous-payés et traités en esclaves.

La conversation entre Tony et Ben se prolongeait. Le restaurant commença à se remplir, des hommes vinrent les rejoindre et Ben parlait toujours tandis que Hank restait seul à l'attendre. Contrarié, il commanda un second dessert. Le gâteau à la noix de coco garni de crème Chantilly de Tony était unique, pensa-t-il. Il en commanda une troisième part et, bien qu'il se sentît rassasié, il continua à manger plus lentement tout en contemplant songeusement une mouche qui s'était égarée dans le sucrier. Il surprit encore quelques bribes des propos tenus par Ben.

« Je suis un peu inquiet. Pas trop. »

Cela devait concerner l'impôt sur le revenu, pas le sien, mais celui de Donal. Durant les semaines dernières, il ne savait plus exactement quand, Hank avait entendu parler du fisc, et dire que Ben serait obligé de se présenter devant le tribunal, en tant que comptable.

Puis il fut pris de haut-le-cœur. La dernière cuillerée de gâteau était restée coincée quelque part dans sa gorge et ne voulait pas descendre ; son estomac se souleva ; une suée glacée mouilla son front et ses paumes; il se leva et se précipita vers les toilettes pour hommes en faisant tomber quelques chaises sur son passage.

Ben surgit derrière lui au moment où il vomissait dans la cuvette des toilettes. Il lui soutint la tête tandis que son estomac surchargé se débarrassait de tout le déjeuner, la sauce aux palourdes, les pâtes, la viande et le gâteau à la noix de coco. Il souffrait le martyre. Ses genoux fléchissaient. Lorsque la crise fut terminée, il dut s'appuyer tout tremblant contre la porte.

« Fichtre ! dit Ben. Qu'est-ce que tu as donc mangé ?

— Je ne sais pas. Trois parts de gâteau, murmura Hank. Ça m'a pris d'un coup.

— Ce n'est pas étonnant. Allons, rince-toi la bouche et viens t'allonger. Tu es vert. »

Tony passa la tête à la porte. « Le gamin est malade ?

— Il a trop mangé. Il faut que j'aille passer quelques minutes au tribunal. Il peut s'étendre dans ton bureau ? Le temps que je revienne, il ira mieux... maintenant qu'il n'a plus rien dans l'estomac.

— D'accord. Viens par ici, Hank. »

Hank n'était jamais entré dans le bureau. Il n'avait pu qu'y jeter un coup d'œil lorsque la lourde porte blindée s'ouvrait pour laisser entrer ou sortir quelqu'un. Dans l'état pitoyable où il était, il le trouva nu et glacé; en béton, avec un grand bureau délabré, un coffre-fort et des chaises de cuisine en bois. Au fond, un rideau était suspendu à une tringle. Tony le tira, révélant un lit de camp avec une couverture pliée au pied.

« Couche-toi là, mon garçon. » Tony étendit la couverture sur lui et referma le rideau.

Elle était épaisse et bientôt il cessa de frissonner. Il resta immobile, savourant la chaleur qui l'envahissait. Au-dessus de lui, presque au niveau du plafond, s'ouvraient deux petites fenêtres garnies d'épais barreaux. Sans le rideau qui séparait ce recoin obscur du reste de la pièce, on aurait pu se croire en prison. Il se demanda pourquoi il y avait des barreaux aux fenêtres. Maintenant qu'il allait mieux, il se sentait honteux des dégâts qu'il avait commis. Heureusement que ses vêtements en étaient sortis indemnes, sinon il aurait dû rentrer à la maison pour se changer; non, Ben se serait contenté de lui en acheter d'autres... Il avait sommeil. Il ferma les yeux.

Quand il les rouvrit, il entendit des voix de l'autre côté du rideau. L'une était celle de Tony.

« Non, le gamin s'est endormi. Il a vomi. De toute façon, il ne comprendrait pas de quoi nous parlons. Ce n'est qu'un enfant.

— Bon. Si tu en es sûr. »

Puis une troisième voix : « Comme je te le disais, le gros bonnet est inquiet.

— A ce point-là ? » Tony avait l'air surpris.

« Ouais. Pourquoi pas ?

— Je ne l'aurais pas cru. »

Il y eut un long silence. Une chaise racla sur le ciment, envoyant une vibration glacée tout le long du dos de Hank. Quelqu'un gratta une allumette.

« Il se tracasse à cause de Ben.

— Tu plaisantes ? De Ben ?

— Ouais. Il va être assigné à comparaître.

— Bon. » C'était Tony de nouveau. « Et après ?

— Fais pas le pignouf. » La voix était exaspérée. « Il ne saura pas comment s'y prendre.

— Ben peut se tirer de n'importe quelle situation. Pourquoi crois-tu que le gros bonnet le dorlote comme un bébé ?

— Parce qu'il est fortiche avec les chiffres, un point, c'est tout. Il les a tous dans la tête. Mais il est capable de crever de trouille à la barre. »

Hank aurait voulu laisser éclater son indignation. Ben crever de trouille ? Qu'est-ce que vous dites là ? Ben n'a peur de rien ! Mais il garda le silence. Ils seraient très en colère s'ils découvraient qu'il ne dormait pas.

L'un des hommes, mais pas Tony, demanda : « Qu'est-ce qu'il y a au programme aujourd'hui ?

— Le trajet habituel du mercredi.

— Il est au tribunal pour le moment. Il va revenir d'un

instant à l'autre, répondit Tony. Vous voyez le gros bonnet ce matin ? »

Le troisième répliqua vivement : « C'est pas tes oignons ! Qu'est-ce que tu veux savoir ?

— Oh ! Rien, rien. Je demandais cela comme ça.

— Alors, ne pose pas de question. Occupe-toi de tes spaghetti et ferme-la.

— Entendu, entendu. »

Il y eut des raclements de chaises. Ils s'en allaient.

« Ouvre la porte. A un de ces jours. »

La lourde porte se referma avec un bruit étouffé et la serrure cliqueta.

Hank ferma les yeux. Qu'est-ce que c'était que cette histoire ? se demanda-t-il. Toute cette conversation sur le gros bonnet. Quel gros bonnet ?

Tony tira le rideau, les anneaux grincèrent si bien qu'il put faire semblant d'avoir été réveillé par leur bruit. Il ouvrit les yeux, bâilla largement et s'étira.

« Je crois que j'ai dormi, dit-il en souriant.

— Je le pense aussi. Tu vas mieux ?

— Très bien maintenant, merci. Mais qu'est-ce que j'ai été malade !

— Eh bien, ne mange pas autant de gâteau la prochaine fois. Allons attendre ton père dans la salle. »

Juste à ce moment-là, Ben entra. « Hank ! Tu te sens bien, maintenant ? Ah oui ! Tu as retrouvé ta mine habituelle. Bien, je donne juste un coup de téléphone et nous partons. La tournée n'est pas finie. »

Ben s'assit au bureau pour téléphoner. Il avait gardé son chapeau, rabattu en arrière, et la sueur perlait à son front. Hank remarquait des détails de ce genre. Il observait les gens.

« Donal ? Bon, j'ai revu tous les comptes... Je ne sais pas encore... Bien sûr, je suis un peu inquiet. Pourquoi pas ? Naturellement... Le type des finances est drôlement futé, tu sais. »

Puis Ben se tut et écouta. Aux oreilles de Hank, la voix qui était à l'autre bout du fil ressemblait à des parasites.

Elle parla pendant longtemps et finit par se taire. Ben reprit la parole.

« Mais je te l'ai déjà dit, Donal. Je croyais m'être exprimé suffisamment clairement. Je ne veux plus continuer. C'est simple. Je n'ai rien contre toi... pour l'amour du ciel, tu le sais bien ! Tu as été chic avec moi et je t'en suis reconnaissant. Quoi ? Quoi ? Tu ne penses pas ce que tu dis, Donal ! »

Les bruits de parasites reprirent. Oui, bien que les mots soient inintelligibles, Hank savait que la voix trahissait la colère.

« Bien sûr que j'aime l'argent. » Les jointures de la main libre de Ben, agrippée au bureau, étaient blanches. « Je n'ai jamais dit le contraire. Mais je suis un professionnel. J'ai des diplômes et je veux les utiliser pour faire de grandes choses, tirer le maximum de mon intelligence. Il n'y a rien de mal à cela, non ? Ce n'est pas bien difficile à comprendre... Quoi ? Qu'est-ce que tu as dit ? »

Un croassement féroce jaillit du combiné. Ben se redressa et jeta son chapeau par terre.

« Ecoute, Donal. Je n'ai rien fait pour que tu me traites comme ça. J'ai mis à ton service toutes mes compétences, nous avons joué franc-jeu l'un avec l'autre, et tu le sais. Tu ne devrais pas me parler de cette manière. Est-ce que je n'ai pas le droit de partir, bon Dieu ? On se serre la main, on reste amis et on va chacun de son côté, non ? Pour l'amour du ciel, Donal, sois raisonnable... Oui... Oui, je te dis que je resterai avec toi jusqu'à ce que cette affaire soit réglée. Combien de fois devrai-je te le répéter ? Tu ne crois quand même pas que je vais te laisser tomber en plein pétrin ? Ecoute-moi, je vais te tirer de là et faire tout ce que je peux, comme je l'ai toujours fait. Après cela, terminé, je pars et rien ne me fera changer d'idée. »

La voix qui répondit était plus calme. Ben commença à hocher la tête.

« Oui », dit-il. Ses sourcils froncés commencèrent à se détendre. « Voilà qui est mieux. Cela n'a rien à voir avec notre amitié, j'ai seulement envie de faire des choses pour moi. Bien sûr, Donal. J'aime mieux t'entendre parler comme ça. Aujourd'hui ? Je vais d'abord m'arrêter à l'Acorn. Puis j'irai à la Rainbow Inn pour jeter un coup d'œil sur les livres. Oh ! J'aurai le temps. Il n'y a pas beaucoup de circulation dans ce coin-là. Je ne vais pas mettre plus d'une demi-heure pour y aller, il n'y a personne sur les routes en milieu d'après-midi. D'accord. Bon après-midi.

— Tu t'es disputé avec Donal ? demanda Hank.

— Oui, un peu. Mais il s'est calmé. Tout va bien. Ne t'inquiète pas, mon garçon. Tu as l'air soucieux.

— Je ne pensais pas que toi et lui, vous pourriez vous disputer. C'est vrai que tu ne vas plus travailler pour lui ?

— Oui, j'en ai assez. Il est temps de changer. Un bon changement. Cela nous fera du bien à tous. Viens, fils. »

La belle voiture bourdonnait sur l'autoroute. Hank regardait les mains de Ben imprimer au volant le léger mouvement qui la ferait négocier un tournant à soixante-cinq à l'heure. Il avait déjà mémorisé les manœuvres du changement de vitesse et savait, en voyant une côte se profiler, comment Ben allait passer en seconde tandis que son pied appuyait sur la pédale. Dans cinq ans exactement, il pourrait passer son permis. Il en mourait d'envie.

Ils suivirent la rue principale d'une petite ville bien tenue, passèrent devant la rangée habituelle de bâtiments : Woolworth's, A & P, un garage, une école et, au coin, le commissariat de police. Diamétralement opposé à ce dernier, l'Acorn. Hank y était déjà venu. C'était un endroit très simple avec de la sciure par terre ; la spécialité de la maison, c'étaient les steaks et les côtelettes. Au premier, il y avait une salle de jeu clandestine, le soir, lorsque les volets étaient fermés. Ben ne le lui avait pas caché.

« Les gens aiment jouer. Personnellement, je ne joue jamais, ce n'est pas dans ma nature et j'espère qu'il en sera de même pour toi. Non, se reprit-il, je n'espère pas, j'en suis sûr à cause de ton milieu et de ton éducation. Mais, puisqu'il y a des gens qui aiment jouer, juste comme ils aiment boire, autant qu'ils en tirent de l'argent. Du moins, c'est ce qu'ils imaginent. »

Il arrêta la voiture. « Je vais juste y faire un saut et prendre des papiers. Tu m'attends là. »

Une minute ou deux après, il reparut, un registre sous le bras. « Mes devoirs du soir. Parfois, je préfère vérifier cela confortablement, à la maison. Eh bien, allons-y ! En route pour la cambrousse. »

C'était vraiment beau, par ici. Il n'y avait presque pas de voitures et ils accélérèrent comme s'ils allaient s'envoler. Le silence régnait dans les champs. Les petites maisons blanches avaient l'air de dormir. Il y avait des balançoires devant les vérandas, mais personne dessus. Hank supposa qu'ils étaient tous très loin, hors de vue, en train de travailler dans les champs ; de planter surtout, à cette époque de l'année. Le peu qu'il savait sur l'agriculture, il l'avait appris chez oncle Alfie.

« Nous allons presque passer devant la maison d'oncle Alfie, hein ?

— Pas très loin. Si nous avions eu le temps, j'aurais fait le détour, mais nous ne pourrions pas rentrer à temps pour le match de ce soir.

— Mon père est mort dans cette maison, n'est-ce pas ? » Hank savait très bien que son père était mort là, mais quelque chose le poussait à en parler.

« C'est juste.

— Tu connaissais très bien mon père ?

— Un peu.

— Tu étais là quand il est mort ?

— Oui. » Ben ôta une main du volant et la posa sur le bras du garçon. « Pourquoi veux-tu parler de cela ? Les morts sont morts et c'est une journée merveilleuse. Pense de façon constructive.

— C'est ce que dit grand-père.

— Eh bien, il a raison. Dan a une bonne conception de la vie, même si je ne suis pas toujours d'accord avec lui.

— Je sais. Et pourquoi ?

— Eh bien, parce que je pense qu'il a tendance à être trop sérieux.

— Comme la fois où il m'a emmené voir *La Fin du voyage* ?

— Oui. J'estime qu'à douze ans on est trop jeune pour penser aux tranchées et aux tueries. »

Mais il n'était pas trop jeune. Il avait beaucoup réfléchi depuis à cette terrible cruauté — cette *stupide* cruauté — et décidé que non seulement il ne se battrait jamais, mais que, lorsqu'il serait grand, il ferait tout pour empêcher les hommes de se comporter de façon aussi terrible.

« Tu ne t'es pas mieux amusé à voir Douglas Fairbanks dans *Le Voleur de Bagdad* ?

— Ça m'a bien plu. On ne peut pas comparer ces deux films. »

Ben lui jeta un coup d'œil et sourit. « Tu es un garçon formidable, Hank ! Je suis très heureux que tu sois mon fils, même si tu ressembles à ton grand-père. Au moins, je ne me fais pas de souci à ton sujet. Pas du tout. »

Au moins, je ne me fais pas de souci à ton sujet. Alors il s'en faisait pour autre chose, même s'il le niait.

Ben fronça de nouveau les sourcils, comme si brusquement, au milieu de leur agréable conversation, il s'était souvenu de quelque chose.

Ils roulèrent en silence. Durant un instant, Hank garda ses pensées pour lui. Pour finir, il ne put s'empêcher de parler.

« Quand j'étais allongé, là-bas, ils ont cru que je dormais. Ils ont dit que tu t'inquiétais ou que tu avais peur, quelque chose comme ça. »

Ben sursauta : « Qui a dit cela ?

— Des hommes. Ils parlaient à Tony. Ils ont dit que tu comparaîtrais en justice et que tu crèverais de trouille. Ça m'a drôlement mis en colère d'entendre cela. »

Ben réfléchit. Puis il demanda à Hank s'il avait entendu autre chose. Hank secoua la tête.

« Non, mais ils n'avaient pas le droit de dire cela de toi.

— Tu sais, les gens parlent souvent pour ne rien dire. Tu sais qui c'est ?

— J'étais derrière le rideau.

— Bien sûr. Et puis, n'importe comment, tu n'étais pas obligé de les connaître. » Ben se mordit les lèvres et fronça de nouveau les sourcils. Au bout d'un moment, son visage se détendit et il jeta un coup d'œil à Hank. « Ecoute-moi. Je t'ai toujours fait confiance. Et tu es assez grand pour comprendre. Ou, si tu ne l'es pas encore, tu le seras un jour. Ce que je veux, c'est que tu me promettes de ne parler à personne — absolument personne — de ce que tu as entendu aujourd'hui.

— Ce qu'ont dit ces hommes ?

— Et aussi de ma conversation avec Donal. Cela ne regarde personne, sauf moi. Je peux te faire confiance, hein ? »

Hank fut touché et fier d'être traité en adulte. « Bien sûr que tu le peux, Ben.

— Formidable ! Alors n'en parlons plus. Tu as des livres à lire pendant l'été ?

— Oui, toute une liste.

— Tu fréquentes une bonne école privée ! Je suis content de t'y avoir mis. En sortant de là, et avec tes notes, tu pourras t'inscrire dans n'importe quelle université. Tu veux toujours étudier la médecine ?

— Ou une autre matière scientifique, la physique, par exemple, ou l'électricité.

— Ça y est ! De nouveau comme ton grand-père. Tiens, nous sommes presque arrivés. »

Dans cette région, il n'y avait que de belles propriétés. La route à deux voies serpentait entre des murs de pierre de taille, d'épaisses haies de troènes et des barrières peintes en blanc. De longues allées de gravier bleuté menaient à de grandes maisons perchées sur une éminence ou entourées de prairies et de paddocks. Des chevaux et des vaches laitières paissaient au soleil.

Ben siffla. « Pas mal ce coin, hein ? »

A un croisement avec la grande route se dressait une longue maison basse, avec des vérandas et des auvents rayés de jaune, entourée d'un gazon impeccable et de massifs de fleurs tout aussi impeccables. Sur une petite enseigne, au coin de l'allée qui y conduisait, on pouvait lire : Rainbow Inn. Rien n'indiquait qu'il ne s'agissait pas de la propriété d'un gentilhomme campagnard.

Cette fois, ils descendirent tous deux de voiture.

« Un bon Coca glacé va te remettre l'estomac en place.

— Je me sens bien maintenant. »

Il faisait sombre dans le grand vestibule après l'éclatant soleil du dehors. Ils eurent besoin de quelques secondes pour s'y accoutumer, puis tout devint net : le parquet ciré, les miroirs, l'escalier en noyer qui conduisait au cabaret et puis les salles à manger, de chaque côté de l'entrée, dont les portes à deux battants, grandes ouvertes, révélaient les tables ornées de bouquets, les tableaux et les chaises recouvertes de velours.

Un homme en smoking survint de l'arrière du bâtiment. Il n'y avait personne d'autre en ces lieux.

« Monsieur Marcus ! Bonjour ! Je suis heureux de vous voir ! Cela fait longtemps que vous n'étiez pas venu, jeune homme... Je suis désolé, je ne me souviens plus de votre nom.

— C'est Hank. Alors, André, comment vont les affaires ? »

André baisa le bout de ses doigts réunis. C'étaient les Français qui faisaient cela. Cet homme ne ressemblait guère à Tony, en manches de chemise.

« Parfaitement, monsieur Marcus, c'est le meilleur mois que nous ayons fait. Trois fois cette semaine, nous avons eu un gouverneur aux tables du premier, de trois États différents, je veux dire. Vous imaginez cela ? Et puis il y a notre ami qui vient régulièrement, on dit que ce sera notre prochain sénateur... qui sait ?

— C'est parce que vous faites un bon travail. Une excellente cuisine, des attractions de première qualité, que peut-on demander de plus ?

— Pas grand-chose, monsieur Marcus. Sauf de bons alcools. Vous avez oublié les alcools.

— Je pensais qu'ici cela allait de soi. Vous n'êtes pas à court, au moins ?

— Non, nous avons tout ce qu'il faut. Je suppose que vous voulez aller dans le bureau ?

— Oui, je vous en prie. Je ne resterai pas longtemps. »

Une voiture remonta l'allée en rugissant ; avec un terrible crissement de freins, elle fit jaillir les graviers et s'arrêta pile devant la porte ouverte. Ben se retourna pour regarder, ébloui par la lumière du soleil.

« Qu'est-ce que c'est que cette façon de... », commença-t-il.

Deux hommes jaillirent de la voiture, gravirent d'un bond les quelques marches qui menaient à l'endroit où se tenait Ben dont la silhouette se découpait entre les colonnes de la porte. Derrière lui, près de l'escalier intérieur, Hank regardait curieusement autour de lui. Il crut voir que des foulards dissimulaient le visage de ces hommes. Après, il ne put jamais dire s'ils étaient vraiment masqués ou s'il l'avait imaginé. Tout se passa très vite. Il n'oublierait jamais l'effroyable crépitement des armes, qu'il reconnut aussitôt bien qu'il n'en eût jamais entendu auparavant. Ben poussa un cri terrible et tomba en arrière sur le sol. Hank vit les hommes détaler, il entendit les portières claquer, le gravier gicler, les roues crisser, le moteur rugir... Terminé.

Le silence retomba. Il ne bougea pas, il ne pouvait pas bouger. Puis des gens descendirent l'escalier en courant, d'autres montèrent de la cuisine, un homme en bonnet de cuisinier se mit à crier, à crier. André s'agenouilla près de Ben, le visage entre ses mains. On aurait dit qu'une centaine de personnes parlaient en même temps.

Oh ! Mon Dieu ! Criblé de balles...

Littéralement arrosé... regardez les murs !

Bon sang !...

Quelqu'un a pris leur numéro ?

La police !

Ne le touchez pas...

Hank s'avança vers la porte. Il ne ressentait rien, car ce n'était pas vrai. Une chose pareille n'avait pas pu arriver. Ce n'était pas possible.

Quelqu'un tenta de l'écarter. « N'y va pas, fiston. Ne regarde pas.

— C'est son fils. »

Ses yeux étaient ouverts. Les yeux pétillants de Ben, sous les sourcils brun-roux. Sa bouche était ouverte, ses lèvres retroussées découvraient les dents et les gencives. La bouche d'une bête morte, du renard qui était mort de maladie, dans la propriété d'oncle Alfie. Il était mort. Ben était mort. Bien sûr. Avec tout ce sang sur sa veste de lin neuve et son nœud papillon à pois. Ses mains reposaient sur le sol, paumes tournées vers le ciel.

Mais, il y a une minute, il me disait de prendre un Coca, que cela me remettrait l'estomac en place.

Pourquoi ?

Comment ?

Et alors il s'entendit hurler, entendit son propre hurlement, atroce, et ne put s'arrêter, en dépit de tous les gens qui s'affairèrent autour de lui avec de l'eau froide, des gestes et des paroles gentilles. Il ne pouvait pas s'arrêter de hurler. Tout tournait ; des soleils tourbillonnaient devant ses yeux ; on le fit asseoir, on lui parla, parla, mais il ne comprenait pas ce qu'on lui disait.

Puis, au bout d'un moment, d'un long moment, il commença à distinguer les choses, autour de lui. Il vit un uniforme, pas la veste bleu marine d'un agent de New York, mais une grise, couleur de poussière. Une voix d'homme dit : « Nous appartenons à la police du New Jersey, mon garçon. Nous allons nous occuper de toi. Viens respirer un peu dehors. Passons par là. »

Les bras autour des épaules de Hank, l'homme le guida vers une sortie latérale. Ben devait toujours être couché près du seuil et ils auraient dû l'enjamber pour passer. L'homme installa Hank dans un fauteuil en fer forgé, à l'une des tables, sous un parasol. Deux autres habillés comme lui vinrent s'asseoir avec eux. Calmé maintenant, Hank se prit la tête entre les mains.

« Il faut que nous téléphonions chez toi, reprit le premier homme. A ta mère...

— Non, cria Hank. Pas à ma mère. On ne peut pas l'appeler et lui apprendre, comme ça, que...

— A qui d'autre alors ? Tu as une idée ?

— Mon oncle Alfie habite près d'ici. A environ vingt-cinq kilomètres, je pense. Il s'appelle Alfred DeRivera. Son numéro est dans l'annuaire, je ne m'en souviens pas...

— C'est parfait. Jo, tu l'appelles. Je vais rester ici avec... comment tu t'appelles, fiston ?

— Hank.

— Tu es un garçon courageux, Hank. Je vais rester avec toi en attendant que ton oncle arrive. Et, si tu veux pleurer, ne te retiens pas, vas-y. Cela te fera du bien. »

Mais il ne pleurait plus ; quelques larmes mouillaient encore ses yeux et lui troublaient la vue. Il resta assis, comme engourdi, à regarder deux petits oiseaux gris qui sautaient dans l'herbe. L'après-midi était devenu étouffant, sans un souffle de vent. Les branches horizontales des arbres demeuraient immobiles dans l'air lourd. Toute vie avait disparu de cette journée, du monde entier. Il resta engourdi un long moment, très long, jusqu'à ce qu'il entende enfin une voix familière et voie Alfie, rouge et suant, accourir vers lui pour le prendre dans ses bras.

Les obsèques avaient attiré du monde. Sur le trottoir, devant la chapelle ardente, une petite foule de gens se bousculaient et tendaient le cou pour voir le cercueil émerger, compter les larmes de la veuve et s'interroger sur cette mort. Les journaux n'avaient accordé que peu de publicité à ce fait divers sous le titre : « Des gangsters abattent un avocat dans le New Jersey. »

Paul se dit, avec un certain dégoût, qu'il y avait autant de fleurs que pour les funérailles d'un gangster. Cette profusion indécente de gerbes et de couronnes occupait une voiture à part, derrière le corbillard. Tenant Hank par la main, il demeura immobile un instant. Les flashes crépitèrent et il pensa que des hommes du gouvernement devaient être en train de surveiller la foule.

Donal pensait évidemment la même chose. « C'est une honte ! C'est des marchands de bobards, ronchonna-t-il en surgissant derrière Paul. C'est la faute des journaux qui font un mystère d'une affaire très claire. »

Quelques échotiers avaient avancé l'hypothèse que Ben Marcus avait été « éliminé » de peur qu'il ne parle trop lors d'un procès pour fraude fiscale.

Paul répéta : « Une affaire très claire ?

— Évidemment ! Une simple attaque à main armée. Ils ont dû croire qu'il transportait les salaires du personnel en liquide. Il le faisait souvent.

— Pourtant, ils ne l'ont pas dévalisé. Ils se sont enfuis, dit Paul.

— Ils ont eu peur en voyant qu'il n'était pas seul. C'est simple. »

Paul fut obligé de monter dans une voiture avant d'avoir pu répondre. On avait pensé qu'il valait mieux que Hank aille au cimetière avec Marian et lui, plutôt qu'avec Dan, Hennie et Leah, de peur que celle-ci n'éclate en sanglots en cours de route ; elle avait pleuré et crié tout le jour précédent et il en avait déjà beaucoup trop vu.

La courte procession de voitures noires se fraya un chemin dans la circulation intense en direction de l'East River. Elle traversa les étendues désolées de Long Island parsemées d'entrepôts, d'usines et de terrains de football, d'immeubles identiques et de cimetières ; il régnait une chaleur étouffante et le ciel était gris ; le vent brûlant soufflait de la poussière et de la suie par les fenêtres ouvertes de la voiture. Tous gardaient le silence, Paul surveillait prudemment Hank.

L'enfant l'émouvait profondément. Il était à mi-chemin entre l'âge adulte et l'enfance ; un homme du fait de son pantalon de serge grise, son blazer bleu marine et ses souliers bien cirés, et ce léger duvet qui ombrageait sa lèvre supérieure ; un enfant par son appareil orthodontique et la douceur candide de son sourire. Il aurait touché le cœur de toute personne sensible.

Il se tenait la tête inclinée, comme s'il priait. Pauvre gamin, c'était peut-être cela.

Ils étaient tous en état de choc, mais Paul ne pouvait partager avec eux l'horreur de sa propre réaction ; il n'osait même pas y penser. Il se demanda si un autre membre de la famille nourrissait les mêmes soupçons bizarres.

Se pouvait-il que Donal ait donné l'ordre d'abattre Ben pour se tirer d'une situation difficile ? La première question à se poser, c'était : en était-il *capable* ? Oui, bien sûr. Il fallait être naïf pour penser le contraire. Il avait beaucoup de suppôts, toute une hiérarchie allant des conducteurs de camion aux hommes de loi spécialisés. Un coup de téléphone, un mot et tout pouvait arriver, loin des yeux du chef. Il ne se souillait *jamais* les mains ! Pour lui, pas de violence. La seconde question, c'était : le *voudrait-il* ? On pouvait dire de Donal Powers qu'il était astucieux, agressif, résolu, dépourvu de scrupules et cynique. Mais meurtrier ? Paul l'imagina chez lui, découpant le rosbif au bout de la table, flanqué de sa femme douce et raffinée — qu'il avait choisie ainsi alors qu'il aurait certainement dû chercher une personne très différente — et entouré de sa progéniture bien-aimée et de plus en plus nombreuse. Était-ce le portrait d'un homme qui pouvait envoyer à la mort un fidèle compagnon ? Voilà quelles étaient les pensées secrètes qui accompagnaient Paul sur le chemin du cimetière.

Au bout du compte, c'était la fosse qui concrétisait les choses, se dit-il. Les prières, la musique, l'éloge funèbre, tout cela n'était que du spectacle, mais quand on descendait le cercueil dans la terre, le fait devenait d'une évidence incontournable. Le défunt ne reviendrait jamais plus.

« Oh ! Mon Dieu ! Mon Dieu ! » gémissait Leah.

On lui donna une fleur à jeter dans la tombe, mais elle ne pouvait que sangloter et enfouir son visage sur l'épaule de Dan. Ce fut Emily qui jeta la fleur tandis qu'Alfie, sur le point de pleurer, tapotait maladroitement le dos de Leah.

« Oh ! Mon Dieu ! Oh ! Pourquoi ? » ne cessa de crier Leah jusqu'à ce qu'on l'emmène doucement.

Pendant tout ce temps, Hank demeura pâle et silencieux, sans une larme. Lorsqu'ils revinrent à la voiture, Paul le tint affectueusement par la main.

Bientôt, la maison fut pleine d'amis arrivant avec des fleurs et des paniers de provisions. Ils se pressaient autour de Leah qui avait retrouvé le contrôle d'elle-même. Donal Powers fit signe à Paul et l'emmena à l'écart, dans le vestibule.

« Je voulais que vous sachiez que demain je vais envoyer un paquet à Leah. De l'argent qui leur appartient. Cent mille dollars. »

S'il s'attendait que Paul réagisse, il fut sûrement désappointé.

« Je vous dis cela parce que je sais que vous vous occupez de ses investissements et je voulais que vous sachiez qu'elle a reçu cette somme, au cas où elle serait trop bouleversée pour s'en occuper.

— Je doute que Leah soit jamais trop bouleversée pour ne pas savoir quoi faire d'une somme d'argent. »

Donal le regarda drôlement. « C'est en liquide. Moi-même, je suis en train de tout réaliser en liquide, sauf quelques actions triées sur le volet. Le marché va s'effondrer un de ces jours, vous le savez.

— J'en suis bien conscient.

— Alors, souvenez-vous que je vous l'ai dit. Mon beau-père est trop stupide pour m'écouter. La dernière fois que je lui ai parlé... nous ne nous voyons pas très souvent... je l'ai averti, mais il se croit infaillible. »

Paul n'était pas en humeur de discuter des affaires financières des autres. Il se doutait bien que Donal s'en fichait complètement et que toute cette conversation n'était qu'un prétexte, une tentative de réconciliation. Donal ne voulait pas d'inimitié déclarée. Les apparences comptaient énormément pour lui.

Je méprise cet homme, pensa-t-il, mais pour Meg il se força à rester poli.

« C'est une triste histoire, cette mort, conclut Donal. Il faudra que nous fassions tout ce que nous pouvons pour Hank.

— Oui, bien sûr. »

Là-dessus, ils se séparèrent. Donal et Meg partirent pour le New Jersey, les visiteurs s'en allèrent et on envoya Hank se coucher. Hennie voulut emmener Dan à la maison après cette journée éprouvante et Emily entraîna un Alfie peu disposé à partir, qui continuait à proclamer : « Tout ce qui est en mon pouvoir, je le ferai, Leah... tu sais où me joindre. Je t'appellerai dans la matinée.

— Paul, Marian, restez encore un peu, dit Leah.

— Tu dois être épuisée, objecta Marian. Je t'assure, tu devrais essayer de dormir. »

C'était Marian qui était émotionnellement épuisée et voulait aller se coucher, Paul le savait.

Mais il dit : « Nous resterons aussi longtemps que tu auras envie de parler. »

Elle s'assit sur le divan, le menton dans la main.

« C'était un homme bien. Dieu merci, ça s'est passé vite. Il n'a pas souffert... Vous savez, je me dis que je suis en partie responsable. J'aurais dû l'obliger à se séparer de Donal. »

Le cœur de Paul fit un bond. Est-ce qu'elle pensait vraiment que...

« Le fait qu'il transportait tant d'argent m'inquiétait toujours. »

Non, elle n'y a pas pensé. Le cœur de Paul se calma.

« Et puis ce trafic d'alcools, avec toutes ces bandes rivales... Peut-être quelqu'un a-t-il cru qu'il leur avait volé la clientèle du Rainbow. Qui sait ? »

Il était évident qu'elle ne savait rien. Subtile comme elle l'était dans d'autres domaines, elle n'avait pas compris la manière dont fonctionnaient les affaires de Ben.

« Je dois reconnaître que Donal se conduisait bien avec Ben. En fait, c'était son meilleur client. Ces derniers temps, dit-elle comme si elle l'avait regretté, c'était d'ailleurs le seul. Il lui donnait tellement de travail à faire. Oh ! Mais Ben était intelligent ! Donal disait souvent que Ben valait largement tout l'argent qu'il lui donnait. »

Pas assez. Au lieu de se créer une clientèle sérieuse et de travailler au grand jour, il avait été se fourrer dans cette affaire clandestine et illicite. Paul en voulait au disparu.

Le flot de paroles continuait à se déverser de la bouche de Leah. « Vous n'avez pas idée de l'étendue des affaires de Donal. Je parle des investissements légitimes. Des aciéries dans le Middle West, des immeubles de bureaux à Chicago et Buffalo; il a même acheté une distillerie qui sera mise en service lorsque la Prohibition sera abolie. C'est pour cela que Ben devait autant voyager. Et la plupart de ces idées étaient de lui, vous savez. »

Elle eut un pâle sourire. Bien, pensa Paul rempli de compassion. Il vaut mieux qu'elle se sente fière que honteuse. Au fait, c'était sûrement Ben qui avait arrangé le rachat par Donal de l'entreprise qui fournissait à Hank la majeure partie de ses revenus. La colère de Paul faillit l'étouffer.

Marian se hasarda de nouveau à dire : « Je crois vraiment, Leah, que tu aurais besoin de te reposer. »

Le petit sourire se teinta de mélancolie. « Je suppose que tu as raison. Il va falloir que je sois forte, n'est-ce pas ? Je m'inquiète au sujet de Hank. Il aimait tellement Ben, et Ben était un si bon père pour lui. Il aura besoin qu'un homme le guide, mais Dan est trop malade et trop âgé. Est-ce que tu voudrais bien t'en occuper, Paul ? Le prendre en main ? Pour surmonter quelque chose d'aussi terrible, il a besoin d'une personne en qui il ait confiance.

— Tu sais bien que oui. Je ferai comme s'il était mon propre fils. »

Marian se leva. Elle ouvrit son sac et le referma sans raison. La tragédie et les tensions de ces derniers jours l'accablaient. Elle s'identifiait à ceux qui souffraient ; lorsque dans un livre un deuil ou une scène d'horreur étaient décrits d'une manière trop réaliste, elle passait la page ; au cinéma, elle fermait les yeux.

Aussi Paul se hâta-t-il de conclure. « Tu devrais l'emmener quelque part. Un petit voyage de quelques jours, en prenant le temps de discuter tranquillement, ce serait bon pour lui.

— Tu as raison, Paul. Mais tu ne pourrais pas te libérer quelques jours pour partir avec lui ? Tu ferais cela tellement mieux que moi.

— Je pense pouvoir y arriver. »

Leah lui tendit la main. « Tu es toujours si chic avec nous, Paul. Si chic et si sage. »

Oui, pensa-t-il en descendant l'escalier, comme je suis sage ! Je n'arrive même pas à remettre mes idées en ordre.

Au moment où l'été allait faire place à l'automne, juste avant que les cours recommencent, Paul et Hank prirent la route de Boston, en direction de la Nouvelle-Angleterre.

« Où allons-nous ? demanda Hank.

— Je ne sais pas. Poussons toujours au nord et voyons ce qui arrivera. »

Paul semblait très grand, comparé à Ben. Hank essayait de ne pas regarder le volant, afin de ne pas voir les mains de Ben dans leurs gants de conduite en peau de porc ; il essayait de ne pas se rappeler Ben en train de nettoyer soigneusement avec une peau de chamois le capot luisant de sa voiture bien-aimée.

Durant les premiers jours qui avaient suivi la mort de Ben, il s'était demandé ce qui allait arriver. Il avait eu peur que tout soit bouleversé, qu'ils soient obligés de quitter la maison et peut-être même de se débarrasser du chien ; et que lui change d'école et perde ses amis. Il avait l'impression que tout devait s'écrouler.

Mais la première fois qu'ils se retrouvèrent seuls, sa mère et lui, elle lui dit ce qu'ils allaient faire.

« J'ai l'intention de travailler comme je l'ai toujours fait, et toi tu iras à ton école comme avant. Nous resterons dans cette maison. Oui, ton père si bon va te manquer, mais tu as toujours ton grand-père et Paul, surtout Paul. »

C'était bien, et Hank se sentait en sécurité, dans la voiture, avec Paul. Ils empruntèrent des petites routes, errant sans but dans le Connecticut vers les collines du Berkshire. En fin d'après-midi, ils arrivèrent aux frontières du Massachusetts où ils achetèrent des glaces et des mocassins indiens ornés de perles. Puis ils poussèrent plus loin et s'arrêtèrent dans une auberge pour la nuit.

Au dîner, Paul qui avait terminé longtemps avant Hank, se carra dans sa chaise et le regarda. « Tu as l'estomac dans les talons », dit-il comme si l'appétit du jeune garçon était une chose extraordinaire.

Ces paroles ramenèrent Hank chez Tony, avec Ben. Il se dit qu'il ne pourrait plus jamais les entendre, ni manger des spaghetti sans se souvenir.

Paul était très bavard, chose inhabituelle chez lui, parlant de tennis, de l'angine de poitrine de grand-père Dan et demandant à Hank s'il prendrait l'allemand ou le français comme langue vivante. Il croyait bien faire. Peut-être avait-il lu l'un de ces livres sur la psychologie des enfants qu'achetait maman. *L'adolescent est un être vulnérable. Tant de changements se produisent en lui.*

Hank ne pouvait que sourire des sottises contenues dans ces livres. Mais il se dit que peut-être ils avaient raison au sujet des changements ; il avait l'impression d'avoir mûri de plusieurs années durant cet été.

Soudain, Paul fit une déclaration stupéfiante. « Je suppose que parfois tu dois être terriblement en colère contre Ben. »

Hank fut bouleversé.

« La colère, c'est une réaction normale, Hank. Même lorsque les gens meurent de maladie ou de vieillesse, on leur en veut de nous avoir quittés. Dans le cas de Ben, c'est encore plus difficile car nous ne comprenons pas ce qui s'est passé. Tout ce que nous savons, c'est que cette mort est liée au travail qu'il faisait, aussi on ne peut pas s'empêcher de lui en vouloir un peu. Oui, moi aussi je lui en veux, parfois. »

Hank ne répondit pas. « Mais ne le juge pas. Souviens-toi de tout ce qu'il y avait de bien en lui. Et avec le temps, tu ne te rappelleras plus que ce bien et l'amour qu'il avait pour toi. »

Il y eut un silence, puis Paul changea de sujet. « Plus nous allons vers le nord, plus nous nous retrouvons en automne. Le New Hampshire va devenir rouge et or. »

Hank était bien content que son cousin change de sujet car une idée prenait peu à peu forme dans son esprit, une idée qu'il n'osait pas admettre.

Au matin du quatrième jour, ils se retrouvèrent près de la frontière du Canada. L'hôtel était une maison en bois avec des fauteuils à bascule sous un porche tout en longueur, mais il n'y avait personne, ni à cet endroit ni dans la salle à manger quand ils descendirent pour prendre le petit déjeuner. La saison était terminée.

« Tu es très silencieux, fit remarquer Paul. J'espère que ça t'amuse un peu d'être ici, avec moi. »

Il ne pouvait pas dire qu'il s'amusait, mais ce n'était pas déplaisant.

« C'est sympa, dit-il. Je suis content que nous soyons venus.
— Tu as beaucoup changé, Hank, depuis... » Paul s'arrêta.
Vas-y, se dit Hank. Plus longtemps tu le garderas pour toi, plus ça va t'obséder. Il prit une autre bouchée pour se donner le temps de choisir ses mots, mais ils jaillirent brusquement de sa bouche.
« Je pense que c'est Donal qui a fait assassiner Ben.
— Tu crois ? Qu'est-ce qui te le fait penser ? » La voix de Paul restait calme mais Hank vit bien qu'il était bouleversé.
« Je dormais dans le bureau de Tony. C'est-à-dire que j'étais à moitié réveillé lorsque des hommes sont entrés et ils parlaient de quelqu'un qui craignait ce que Ben pouvait dire devant le tribunal. Je ne les ai pas vus, mais je peux dire, à la manière dont ils parlaient, que c'étaient de vrais durs, comme au cinéma. L'un a dit que Ben était trop roublard, et les autres ont répondu : Oui, il est roublard, mais il peut tout de même crever de trouille.
— Cela ne prouve rien. L'affaire n'est pas allée en justice. Donal a payé une amende et tout s'est arrangé.
— Cela ne prouve pas non plus le contraire, Paul, répliqua Hank. Tu n'as pas tout entendu. » En disant cela, il se sentit intelligent et sagace.
Paul se pencha en avant, comme pour étudier le visage de Hank. « Dis-moi, alors. »
Brusquement, il aurait bien voulu ravaler ce qu'il avait dit. Après tout, il avait promis à Ben de ne jamais en parler. Et pourtant, il n'arrivait pas à garder cela pour lui. « Ben et Donal ont eu une terrible dispute, au téléphone. Ben a dit qu'il allait arrêter de travailler pour lui. »
Paul se servit un verre d'eau. « Ben a-t-il dit pourquoi ?
— Oui, il a dit qu'il voulait travailler à son compte. Il voulait changer. Mais il a dit qu'il ne laisserait pas Donal tant qu'il ne serait pas sorti d'affaire. Donal était fou de rage. Je l'entendais hurler.
— Et puis ?
— Eh bien, je crois que Ben l'a calmé, et à la fin il lui a dit à quelle heure il serait au Rainbow. »
Paul scrutait toujours le visage de Hank. « Et quoi d'autre ?

— Nous sommes montés en voiture. Ben était vraiment contrarié ; il faisait semblant de ne pas l'être mais je voyais qu'il l'était. Et il m'a fait promettre de ne jamais, jamais parler à personne de ce qui venait de se passer, ce qu'avaient dit les hommes et sa dispute avec Donal, aussi longtemps que je vivrai. Oh ! Je viens de manquer à ma parole ! C'est terrible, hein, Paul ?

— Non, répondit Paul en lui caressant la main. Parfois, dans la vie, on ne peut pas tout garder pour soi. » Il regarda par la fenêtre les érables scintillants puis il se tourna vers Hank en ajoutant solennellement : « Maintenant que tu me l'as dit, il ne faut plus jamais en parler à personne. Je dis bien, plus jamais.

— Oh ! Je n'en parlerai plus, Paul. Je me sens mieux maintenant que tu le sais. Je n'en parlerai plus.

— Cela pourrait être très...

— Dangereux ?

— Disons, désagréable. C'est une sacrée accusation, tu sais. »

Hank hocha la tête. « Je comprends. Et difficile à prouver. La preuve indirecte et tout ça.

— On dirait que tu lis des romans policiers, toi ? »

Hank ne répondit pas. Il regarda fixement Paul. « Je voudrais te demander quelque chose. Dis-moi la vérité : tu n'as jamais pensé, même pendant une minute seulement, que Donal était peut-être responsable de ce qui s'est passé ? »

Paul aspira une grande goulée d'air. Il essaie de gagner du temps, pensa Hank ; ma question lui déplaît. Paul finit par répondre.

« Pendant plus d'une minute, Hank. Pendant bien plus longtemps. J'y ai beaucoup trop pensé... Oui, je crois qu'il y a un rapport de cause à effet. Et la police le croit aussi.

— Alors, où est la justice ? s'écria Hank furieux. Pourquoi ne fait-on rien ? »

Paul soupira. « Tu dois être épouvanté de voir combien le monde des adultes est imparfait. Comment t'expliquer cela ? Il y a des rouages multiples, des pouvoirs derrière le pouvoir, et, comme tu le dis toi-même, il faut des preuves.

La preuve, c'est un peu plus que la connaissance. Tu peux *savoir* quelque chose sans être capable de le *prouver*. Tu comprends ce que je dis ? »

La douleur brûlait la gorge de Hank comme un charbon ardent. Il déglutit avec difficulté. « Je ne retournerai jamais dans cette maison ! Jamais.

— Oh ! Il le faudra, pourtant. On t'invitera à l'anniversaire des enfants et pour la fête nationale. Il faudra bien que tu y ailles.

— Je peux toujours refuser. Pourquoi pas ?

— Faire cela à Meg ? Et mettre dans la tête de ta mère une idée qui la rendra folle ? Écoute-moi. Ote-toi tout cela de la tête et va de l'avant. Tu ne peux rien y changer. Tu m'entends, Hank ? » Paul baissa la voix. « Et puis, pour ton propre bien, écoute-moi. La haine te fait du mal. Rappelle-toi seulement Ben, rappelle-toi qu'il t'aimait et oublie le reste.

— Je suppose que tu as raison.

— Alors, tu vas suivre mes conseils ?

— D'accord, tu peux me faire confiance. »

De nouveau, Paul lui caressa la main. « Je vois que oui. Tu as beaucoup mûri... Dis-moi, est-ce que cela te ferait plaisir de venir à la synagogue avec moi ? Tu entendrais peut-être des choses qui t'aideraient à comprendre les gens, à comprendre le bien et le mal ? »

Hank réfléchit. Maman n'y allait jamais car, le samedi, elle travaillait comme les autres jours à la boutique. Ben était indifférent à la religion. Grand-père Dan ne croyait pas en Dieu, il s'appelait lui-même un Juif laïc. Mais Ben était parti et grand-père faisait des sermons de plus en plus difficiles à supporter. Il restait Paul qui pouvait jouer au tennis et plaisanter ; il pouvait aussi être sérieux sans faire de sermon ennuyeux. Alors, si Paul lui conseillait d'aller à la synagogue, il irait.

« Entendu, dit-il. Maman dit que la guerre a changé le point de vue des gens sur le mal. Ils ne sont plus aussi choqués qu'avant lorsque... des gens tirent sur un homme. Tu crois que c'est vrai ?

— Je suis désolé de le dire, mais c'est vrai. » Paul avait l'air pensif. Puis il sourit. « Allons, ça suffit comme ça ! Tu veux que nous nous arrêtions chez l'antiquaire du village pour acheter quelque chose à ta mère ? Un vase ou un autre objet qui lui ferait plaisir ? »

Ils sortirent dans l'air vif d'une matinée ensoleillée. Les abeilles bourdonnaient autour des pommes tombées dans l'herbe. Le soleil était chaud, mais à l'ombre on sentait que l'hiver allait venir.

« Nous achèterons des pommes sur la route du retour », dit Paul. Il prit Hank par les épaules.

L'enfant se dit : Il faut que je me souvienne de cela. Paul mourra ; dans beaucoup, beaucoup d'années, il mourra et je me souviendrai encore de ce que nous avons dit au cours de cet été 1928, et je me rappellerai les érables jaunis, et les pommes dans l'herbe, et son bras autour de mes épaules.

IX

Meg se dirigeait vers la maison de couture de Leah, mais elle n'était pas encore sûre de vouloir y aller, pas certaine d'avoir envie de voir quelqu'un ou de parler. Elle était venue à New York ce matin avec des intentions très vagues, pensant rendre peut-être visite à Hennie, simplement pour retrouver un peu de l'affection qu'elle avait connue dans son enfance. Mais Hennie n'était pas chez elle. Meg arriva devant le musée, dans la Cinquième Avenue ; elle s'arrêta au pied des marches, hésita, puis continua son errance. Elle était venue sans la voiture ; ce matin, la présence du chauffeur lui aurait été particulièrement insupportable.

Elle obliqua vers le centre ville. Les tours brillantes flamboyaient dans la lumière de midi. Dans chacune d'elles, dans les hôtels, les bureaux et les boutiques, tout le monde s'affairait, achetant et vendant, exécutant des tâches importantes et parlant au téléphone. Elle se sentait coupée de tous ces gens qui s'activaient. Elle avait l'impression d'être dans un pays étranger, d'écouter des conversations qu'elle ne pouvait pas comprendre. Ces derniers temps, elle éprouvait trop souvent cette impression ; elle savait que ce n'était pas sain et qu'elle devrait réagir.

Une faiblesse s'empara d'elle. Elle s'assit sur un banc, le dos appuyé contre le mur qui séparait le parc de la Cinquième Avenue. Cette faiblesse avait pour origine son état mental, elle le savait parfaitement, car le dernier bébé avait six mois et son corps avait retrouvé toute sa vigueur.

C'était l'assassinat de Ben qui avait semé en elle cette idée et depuis elle avait germé et grandi. Meg l'avait arrachée, mais l'idée avait repoussé. L'idée que Donal était beaucoup trop impliqué dans la mort de Ben. Quelle horreur ! L'homme qui dormait à côté d'elle, qui engendrait et élevait ses enfants. Non, ce n'était pas possible...

Le vent se leva, éparpillant les feuilles rousses sur le trottoir. Il faisait trop froid pour rester immobile. Et puis elle allait attirer l'attention, assise seule sur ce banc à regarder passer les bus. Brusquement, elle se leva et heurta une femme qui marchait en sens opposé ; elle bégaya quelques excuses. La femme avait-elle eu l'air étonnée ? Y avait-il quelque chose d'étrange en elle que les gens pouvaient remarquer ?

La nouvelle nurse, engagée pour s'occuper de la petite Agnes, l'avait regardée comme cela ce matin même. Elle lui avait jeté un regard bizarre, empreint de reproches, quand elle s'était précipitée dans la pièce pour emmener le bébé. Pendant que Meg tenait la petite dans ses bras, les jumelles avaient tiré sur sa robe pour qu'elle leur accorde un peu d'attention, et une terrible colère s'était emparée d'elle ; elle les avait repoussées en criant... elle était sûre d'avoir crié... *Allez-vous-en! Allez-vous-en! Si vous n'arrêtez pas tout de suite, je ne sais pas ce que je vais faire!* Et elles avaient hurlé de peur. Elles n'avaient que dix-huit mois. Et puis le bébé s'était mis à pleurer ; Meg avait appuyé son visage contre sa joue et s'était mise à pleurer dans son cou ; la nurse était arrivée en courant... C'était une femme antipathique dont il fallait qu'elle se débarrasse.

Meg continua sa marche en réfléchissant. Je n'ai pas vraiment envie d'aller voir Leah, mais je ne veux pas non plus rentrer chez moi. Il faut peut-être que j'aille voir Leah. Peut-être que non.

Il y avait une robe en lamé doré dans la vitrine. La cape qui allait avec était garnie de zibeline. Si Donal la voyait, il l'obligerait à l'acheter. Avec cette robe-là, on faisait ce que l'on appelait une « entrée ». Une entrée, c'était ce que Donal aimait et qu'elle détestait.

Une vendeuse vint au-devant d'elle avec un sourire enjôleur. « Vous admirez notre robe en lamé ? C'est la nouvelle longueur, à mi-mollet. Patou vient de la lancer à Paris. »

Leah la tira d'affaire. « Meg ! Comme c'est gentil ! »

Puis : « Il y a quelque chose qui ne va pas ? »

L'inquiétude de Meg augmenta aussitôt. « Pourquoi ? J'ai l'air bizarre ?

— Non, non. J'ai cru... Tu as déjeuné ?

— Je n'ai pas eu le temps. J'ai marché.

— Rentre ici, dans la cabine d'essayage. Je vais t'apporter du thé et des biscuits. Ce n'est pas un vrai déjeuner, mais c'est mieux que rien. »

Meg s'assit tandis que Leah allait chercher le thé. Elle avait deviné que quelque chose ne tournait pas rond. La lumière réfléchie dans trois directions par le triple miroir lui montrait un visage pâle et tiré, un corps voûté comme celui d'une vieille femme. Elle se redressa.

« Comment va le bébé ? demanda Leah en revenant.

— Bien. Elle commence à s'asseoir.

— Généralement, ma mémoire est bonne mais j'ai oublié son prénom.

— Agnes.

— Bien sûr. Je savais que ça commençait par un A, mais je ne les vois pas souvent et tu en as tellement, on finit par s'y perdre. » Leah balançait les jambes. Ses souliers deux tons allaient parfaitement avec son tailleur Chanel beige et sa chaîne en or. « Je te promets que je n'oublierai plus les noms de tes enfants. Lucy, Loretta et Agnes. »

Je me suis fâchée contre Lucy et Loretta ce matin. Les pauvres petites étaient épouvantées ! Je leur ai crié dessus. Les yeux de Meg se remplirent de larmes.

Leah se détourna. Meg vit, brouillés par les larmes, le pied élégant, la belle jambe gainée de soie qui se balançait toujours.

Leah dit gentiment : « Une belle famille. Cinq enfants en cinq ans. Dieu les bénisse. »

Meg se sécha les yeux. « Je sais », murmura-t-elle.

Leah se mit à parler d'un ton plus ferme. « Meg, tu n'as pas envie d'en avoir d'autre. Tu te détruis. Tes nerfs sont en train de craquer. »

Meg posa sa tasse. « Mais je ne comprends pas pourquoi. Je suis tellement aidée. Je n'ai rien à faire. J'ai honte. De pauvres femmes dans des appartements sans eau courante, des femmes qui n'ont rien ni personne, élèvent des familles aussi nombreuses. Comment oserais-je me plaindre ?

— Qu'est-ce qui te fait croire que ces pauvres femmes ne se détruisent pas, elles aussi, et ne s'effondrent pas ? Certaines femmes peuvent le supporter, d'autres pas. Beaucoup ne le veulent pas. Toi, tu ne le veux pas et tu ne peux pas le supporter. Regarde-toi ! Pendant combien de temps vas-tu continuer ainsi ? En auras-tu cinq de plus dans les cinq années à venir ?

— Je ne sais pas. Je ne sais vraiment pas.

— Qu'est-ce qui ne tourne pas rond chez toi ? Pourquoi n'as-tu pas la force de lui résister ?

— J'essaie. Mais tu connais Donal. On ne peut pas lui résister. » Elle s'aperçut de la lassitude, du désespoir dont étaient empreintes ses paroles, mais aussi de leur stupidité.

« Tu es trop idiote. Je suis désolée, Meg, mais il fallait que je te le dise. Tu es une femme adulte et c'est de ton corps qu'il s'agit ! Et puis ce n'est pas comme s'il s'agissait pour Donal d'une question de religion. Tu me l'as dit toi-même une fois, ici ; c'est toi qui me l'as dit.

— Je sais.

— Alors, qu'est-ce que c'est ?

— Je suppose qu'on pourrait parler d'une bizarrerie de caractère.

— Une bizarrerie ! Non, ma chère, c'est le goût du pouvoir. Il *te* fait faire ce que *lui* veut, et il trouve cela d'autant plus délicieux qu'il sait que tu n'en as pas envie. Il te plie à ses désirs. Je ne dis pas qu'il ne prend pas plaisir à avoir des enfants. Il est assez riche pour les élever comme il faut et en faire étalage. On peut aimer avoir beaucoup d'enfants, surtout quand on n'a pas à les mettre au monde. »

Meg resta silencieuse. Elle pensait : Je voudrais bien être comme Leah. Aussi forte qu'elle, alors que son mari est mort depuis un an seulement ! Je suppose que je dois être née ainsi. Toutes les femmes intelligentes et dans le vent qui travaillent ici ont l'air de pouvoir tenir tête à n'importe quoi et à n'importe qui. Elles semblaient supérieures à elle. Elles l'étaient peut-être vraiment.

Leah lui demanda avec curiosité : « Dis-moi, Meg... tu dois lui en vouloir terriblement, non ? »

Cette question directe, une femme comme Leah pouvait la poser sans broncher ; et elle pouvait y répondre si on la lui posait.

« Parfois je pense que oui, dit-elle à voix basse.

— Mais alors, quand vous êtes au lit, je suppose que... »

Meg rougit, elle avait l'impression que cette femme voyait en elle, jusqu'aux recoins les plus secrets de son esprit.

« Bon, peu importe. Je vois que je t'embarrasse. N'importe comment, tu viens de me donner la réponse.

— Pas entièrement, répliqua Meg. Il y a d'autres choses. Ses affaires, par exemple. »

A ce moment, le visage de Leah se durcit, comme si une porte se fermait. Puis elle s'ouvrit en partie. « J'aimerais mieux ne pas en parler. C'est trop compliqué. Cela me dépasse. »

Qu'est-ce que Leah pensait de Donal et Ben ? Même avant la mort de Ben ? Elle n'en dirait rien. A cause de la nature de ces « affaires » entourées d'une aura de mystère.

« Je peux te conseiller quelque chose, Meg. Je t'en ai parlé l'année dernière. Va voir un médecin et procure-toi un diaphragme. Tu es stupide si tu ne le fais pas. Je ne peux pas t'en dire plus, conclut-elle sévèrement.

— Il ne s'en apercevra pas ? Tu en es sûre ?

— Il ne s'en apercevra pas. » Maintenant Leah se montrait de nouveau patiente. « Tu t'en souviens, je t'ai parlé de ce médecin qui venait ici avec sa femme. C'est tellement triste, elle est morte le mois dernier. Il est revenu avec ses deux filles pour annuler la commande qu'elle avait faite d'un manteau. Il va te donner rendez-vous cet après-midi. Il te prendra en urgence si je le lui demande. »

La peur s'empara de nouveau de Meg. « Les spécialistes ne donnent pas de rendez-vous pour le jour même.

— Lui, si. Il est terriblement gentil. Je ne lui ai pas fait payer le manteau, bien que nous l'ayons terminé. C'est amusant, mais finalement c'est Marian qui l'a acheté. » Leah se leva. « Laisse-moi l'appeler. Tu pourras peut-être y aller tout de suite. »

Leah réagissait tellement vite ! Meg chercha à gagner du temps. « N'est-ce pas bizarre ? Je suis tout le temps enceinte alors que je n'en veux pas et cette pauvre Marian... »

Leah s'arrêta sur le seuil. « Tu peux dire "pauvre Marian" et je te comprends, mais on peut aussi regarder les choses autrement. Elle a un mari en or et je crois qu'elle n'en est même pas consciente. » Ses yeux lançaient des éclairs. « Je te préviens que, s'il me faisait signe, je ferais tout pour l'avoir sur-le-champ. Je suis prête à le lui dire.

— Tu le lui dirais vraiment ?

— Bien sûr que non, idiote. Et je t'écorcherais vive si jamais tu en parlais à quelqu'un. Mais, s'il me faisait des avances, marié ou non, je sauterais sur l'occasion. Voilà ce que je voulais dire. Bon, je vais appeler le médecin pour toi. »

Je ne pense pas que Paul le ferait, se dit Meg. Elle savait aussi qu'elle était vraiment trop naïve et pas du tout à la page pour une jeune femme de cette année 1929 où l'adultère était à la mode ; il suffisait de lire les romans et les journaux pour s'en apercevoir.

« Il dit que tu peux venir à 3 heures. Je lui ai expliqué que tu étais à bout. Il est très gentil. Tu peux tout lui dire. N'aie pas peur, Meg. Voilà son adresse. » La voix de Leah l'accompagna jusqu'à la porte. « Tu as déjà l'air mieux, maintenant que tu as pris une décision. Ce costume te va bien, mais tu devrais le porter avec un autre sac. Un sac en crocodile, couleur miel, le pimenterait un peu. »

Il était tard lorsque Meg descendit du train omnibus; la ruée des banlieusards s'était écoulée. Les jours sont courts en automne et déjà la petite place de la gare était éclairée; quant aux taxis il n'y en avait plus. Comme elle attendait le prochain, elle prit conscience qu'un changement discret s'était produit en elle, une sorte d'apaisement. L'odeur d'un feu de feuilles, réconfortant parfum rustique, flottait dans l'air; elle se redressa de toute sa taille pour mieux le humer. L'aventure de cet après-midi avait plutôt bien tourné. Le médecin s'était montré extraordinairement gentil. En dépit de sa jeunesse, il avait eu, avec elle, des manières presque paternelles. A son grand soulagement, elle n'avait pas eu besoin de s'expliquer; éclater en sanglots aurait mis le comble à son humiliation. Elle avait pourtant failli pleurer lorsqu'il lui avait demandé si elle souhaitait qu'il s'entretienne avec son mari. D'un geste affolé, elle avait levé les mains et il l'avait aussitôt rassurée.

« Ne vous inquiétez pas, madame Powers, il n'y aura rien au courrier, pas même un rappel annuel. Ce sera à vous de revenir me voir. C'est ce que vous souhaitez, n'est-ce pas ? »

Elle essayait maintenant de se remémorer ce qu'il avait dit. Qu'une femme devait veiller sur sa santé, sinon elle ne vaudrait plus rien, ni pour elle ni pour les autres. Qu'on ne devait pas craindre d'admettre qu'on était à bout.

« Nous savons tous ce que c'est que d'être débordé, accablé. N'essayez pas de lutter seule. Demandez de l'aide. » Il lui avait lancé un regard compatissant et pénétrant.

Il avait compris qu'elle était en train de craquer. Elle avait tout de suite vu qu'il aimait les femmes; elle voulait dire qu'il se donnait la peine de les comprendre. Certains hommes n'aiment pas vraiment les femmes, sauf au lit...

Un taxi s'arrêta devant elle. Elle monta dedans. Les rues de cette belle banlieue étaient vides car les familles devaient être en train de dîner; s'apercevant brusquement combien il était tard, elle fut de nouveau envahie par la peur. Il allait la questionner sur cette absence inhabituelle. Vaillamment, elle lutta contre la panique en se réprimandant; agir ainsi à ton âge, tu n'es pas une enfant que l'on a surprise la main dans le sac de bonbons. Elle s'agrippa à son sac à main; à cause de la boîte qui était venue s'ajouter à tout ce qu'il contenait déjà, il avait du mal à rester fermé. Cette boîte qui incarnait la culpabilité, la peur et le soulagement. Drôle de mélange.

Donal arriva dans le vestibule avant même qu'elle ait fermé la porte derrière elle.

« Que diable t'est-il arrivé ? J'ai cru que tu avais eu un accident... Je ne savais pas que penser. Et le dîner t'attend depuis une heure. Toute la maison est bouleversée à cause de toi. »

Bon, c'était une réaction normale : l'inquiétude, la colère et le soulagement.

« Je suis désolée. J'ai eu beaucoup de mal à trouver un taxi, en ville, pour aller à la gare, et ici ç'a été pareil.

— Qu'est-ce qui te prend de voyager en train ! Qu'est-ce qu'elle a, la voiture ?

— Rien. Je n'avais simplement pas envie de la prendre aujourd'hui.

— Pas envie... Qu'est-ce que c'est que cette idée bizarre ?

— Laisse-moi déposer mes affaires. Et puis nous pourrons dîner et parler.

— J'ai dîné. J'en avais assez d'attendre. On ne peut pas traiter les domestiques comme cela. Ils ont envie de terminer leur journée de travail et non de rester à attendre dans la cuisine pendant des heures.

— Je n'ai demandé à personne de m'attendre. Je vais me faire un sandwich. De toute façon, je n'ai pas faim. »

Il la suivit à l'étage. Même sur la moquette, ses pas résonnaient lourdement derrière elle.

« Écoute, dit-il en fermant la porte de la chambre à coucher. Cela ne me suffit pas. Je veux savoir ce qui ne va pas dans cette maison. Tu as une voiture et un chauffeur à ta disposition et tu fiches le camp à New York comme une... je ne sais pas quoi ! Pourquoi ? Où as-tu été ? »

Meg respira un grand coup. « Je suis allée voir Hennie et

puis je me suis arrêtée à la boutique de Leah, j'ai fait quelques courses...

— Je te demande pourquoi tu n'as pas pris la voiture.

— J'avais envie d'être seule.

— C'est dingue. Qu'est-ce que tu me caches ? Tu pleurais ce matin.

— Pas du tout. Qui t'a dit une chose pareille ?

— Timmy.

— Certainement pas, répliqua-t-elle d'une voix ferme.

— D'accord, c'est Helga. »

Évidemment. Les domestiques étaient toujours pour le patron contre la maîtresse de maison, surtout lorsque l'homme ressemble à Donal ; lorsque c'est Donal.

« Quand elle s'est aperçue que tu étais en retard et m'a vu si inquiet, elle m'a raconté ce qui s'est passé ce matin. N'essaie pas de mentir pour t'en tirer. Meg, es-tu malade ? Qu'est-ce que tu me caches ? »

Ils étaient presque nez à nez. Elle n'avait pas ôté son manteau et serrait toujours son sac contre sa poitrine. Comme il n'était pas beaucoup plus grand qu'elle, leurs yeux étaient quasiment au même niveau. Comment ceux de Donal pouvaient-ils transmettre, par leur seul éclat sombre, une telle menace ? Néanmoins, elle s'obligea à ne pas baisser les siens.

« Je ne sais pas ce que tu veux dire exactement par "malade". Je me sens *acculée*. Je n'en peux plus.

— Tu n'en peux plus ? De quoi ? De la vie difficile que tu mènes ? »

Elle se mit à crier. « Pourquoi mets-tu un tel acharnement à avoir des enfants ? Pourquoi est-ce que cela compte tant pour toi ? Alors que, tu le reconnais, tu n'as plus la foi ? Pourquoi ? Dis-le-moi. J'essaie, j'ai essayé de comprendre.

— Tu n'as rien à comprendre. Je suis comme cela... Des femmes qui te sont supérieures, issues des familles les plus éminentes du pays, sont tout disposées à mettre des enfants au monde.

— Bien. Tant mieux pour elles, mais moi, je ne suis pas comme ça. »

Une fois de plus, ils se retrouvaient nez à nez. Du revers de la main, elle essuya ses larmes. *Si vous ne prenez pas soin de vous, personne d'autre ne le fera à votre place*, avait dit le médecin.

Donal alla à la porte et vérifia si elle était bien fermée. « Je ne veux pas que mes enfants entrent et voient leur mère dans cet état.

— Moi non plus, je n'en ai pas envie. Tu ne comprends pas que c'est justement de cela qu'il s'agit ? Si seulement je n'avais pas cette peur d'en avoir un autre tous les ans !

— Tu es hystérique. Regarde-toi. »

Elle se tourna vers le miroir. Son visage était marbré de rouge. Il voulait qu'elle soit docile, charmante et calme alors qu'elle aurait aimé être franche, mais c'était impossible. On se heurtait à un mur. La seule issue, c'était cette boîte dans son sac à main. Ce qu'il ignorait ne pouvait pas lui faire de mal. Et puis il y avait cette maudite idée dont il fallait qu'elle parle.

« Je suis désolée si j'ai eu l'air d'agir bizarrement, commença-t-elle. Des pensées m'ont troublée, comme un brouillard qui se lève pour retomber aussitôt. J'ai essayé de les chasser...

— Des pensées ! Du brouillard ! De quoi parles-tu ?

— Parfois je pense... je pense à la manière dont Ben a été tué et... »

Il la prit par les épaules. « Qu'est-ce que tu veux dire par là ?

— Tu sais tout ce qu'on a écrit dans les journaux sur le lien qu'il y avait peut-être entre sa mort et le fait qu'il allait comparaître en justice. Je sais qu'on n'en parle plus, mais cela donne tout de même à réfléchir.

— Alors ma femme a couché dans le lit de son mari en pensant, en cachette, que ce même mari avait tué un homme ? Bon Dieu, je n'ai jamais entendu une chose pareille ! » Ses doigts s'enfonçaient dans ses épaules.

« Donal, je ne dis pas que c'était toi ! Mais je n'ai pas pu m'empêcher de penser que certains des hommes qui viennent ici ont l'air tout à fait capables de commettre des actes terribles. Ce sont de vrais durs. Tu n'aurais pas pu prévoir que cela pouvait arriver ? Tu n'as peut-être pas fait assez attention ? Je ne peux pas m'empêcher d'y penser. Je n'ai pas dit que c'était "toi" ! » Et elle éclata en sanglots.

« Qui t'a mis cette idée dans la tête, hein ? Qui est-ce ? Cette petite futée de Leah, ce sac à malices ? Ou ton cousin, le pieux Paul, le grand prêtre de la morale ? Qui ?

— Personne, personne, je te le jure...

— C'est la chose la plus monstrueuse que j'aie jamais entendue. Une femme qui accuse son mari... Allons, Ben et moi, nous ne nous sommes jamais disputés. Nous faisions équipe, nous aurions continué comme cela pendant encore cinquante ans, et toi... tu as l'audace de suggérer que...

— Donal, ce n'est pas ce que j'ai voulu dire...

— Ou que quelqu'un qui travaille pour moi a...

— Donal, je n'ai pas voulu dire ça non plus... »

La force, comme une mare qui s'infiltre dans une terre sèche, s'écoulait de ses bras et de ses jambes et allait se perdre elle ne savait où. Elle s'assit au bord du lit.

La voix de Donal, basse maintenant, tremblait d'émotion. « Que ma propre femme n'ait pas plus de respect pour moi... » Il s'arrêta et regarda fixement, non Meg, mais quelque chose qui se serait interposé entre eux. « Eh bien, je ne suis pas près de l'oublier. »

Elle se demanda s'il éprouvait plutôt de la colère ou du chagrin. Puis il sortit en fermant bruyamment la porte.

Elle en avait trop dit. Peut-être avait-elle été injuste en l'accusant de ne pas avoir suffisamment protégé Ben... Elle restait perplexe. Du moins avait-elle résolu le problème le plus pressant. Un petit objet en caoutchouc l'avait libérée. Elle se leva pour le cacher.

Puis elle s'assit de nouveau, comme assommée, engourdie. Elle ne savait pas si elle avait gagné ou perdu.

Les semaines passèrent dans un climat de froide politesse. Les timides tentatives de réconciliation de Meg restèrent sans effet. Elle étudiait le visage de son mari et n'y lisait aucun signe de pardon.

Il était clair qu'il ne voulait plus d'affrontement et, pourtant, elle avait toujours l'impression qu'un conflit allait éclater. Elle allait et venait dans la maison comme une âme en peine, ne pensant qu'à se réconcilier avec lui.

Une fois, elle lui dit : « Donal, pendant combien de temps vas-tu continuer ainsi ?

— Pourquoi ? Qu'est-ce que je fais ?

— Donal, je t'en prie. Ton visage est froid comme la pierre. »

Il esquissa une caricature de sourire. « Comme ça, c'est mieux ? C'est ce que tu veux ? »

Elle pencha la tête en soupirant. « Laisse tomber. Je ne veux rien. »

Il était si compliqué ! Peut-être que quelqu'un de plus simple lui aurait mieux convenu, un homme tranquille, un enseignant peut-être...

Et pourtant, elle l'aimait...

La nuit, allongée à côté de lui, elle écoutait sa respiration paisible. Rien ne pouvait l'émouvoir. Non, ce n'était pas vrai. Ses soupçons l'avaient blessé. Mais la dernière chose qu'elle voulait, c'était lui faire du mal. Sa tendresse pour lui était en elle comme une douleur.

Une fois, elle essaya de s'approcher de lui et son bras effleura le dos de Donal qui s'écarta d'elle. Même dans son sommeil, il la repoussait. Pendant combien de temps allait-il rester ainsi, lointain et froid ? Et, s'il continuait longtemps, comment allait-elle faire pour le supporter ? Son châtiment était hors de proportions avec sa faute. Ce qu'elle avait dit était donc si épouvantable ? Il n'aurait pas dû se sentir vexé. C'était juste une idée qui l'avait tracassée, l'idée que, d'une manière ou d'une autre, il aurait pu protéger Ben. Il pouvait facilement se justifier. C'était peut-être une idée idiote. Sûrement idiote, oui, mais pas méchante. Il aurait pu lui pardonner. Il ne le ferait peut-être jamais. Elle savait qu'il pouvait être inflexible, oui, c'était possible. Et, pourtant, elle l'aimait...

Ses yeux restaient grands ouverts, fixés sur le plafond gris. L'horloge du palier sonnait la demie, puis l'heure, tandis qu'elle attendait que les nuits passent. Et un matin, au bout de nombreuses semaines, elle prit en s'éveillant une décision qui avait mûri durant son bref assoupissement. Elle allait partir. Elle allait lui montrer qu'elle ne resterait pas avec lui pour être traitée ainsi.

Elle entendit la voix de Leah. « Ne sois pas stupide. Tu ne peux pas vivre comme cela.

— Tu as raison, Leah. Que je l'aime ou non, et peu importe si cela me fait mal. »

Un plan s'élabora dans l'esprit déboussolé de Meg. Il y avait suffisamment de place dans la maison de ses parents, à Laurel Hill, du moins pour un séjour provisoire. Et puis les vêtements, le landau, le berceau, les tricycles, les jouets, une école, un nouveau dentiste et un nouveau médecin... Donal rentrerait et découvrirait simplement qu'ils étaient partis. Elle allait lui montrer... Il se repentirait de son attitude.

Il faudrait une semaine ou deux pour tout organiser. Elle étudia le calendrier, sur son bureau. Oui, milieu novembre, avant la fête nationale, ce serait sûrement fait.

Il se passait quelque chose en Amérique. Au cours de cet automne doré, pendant que les mères cousaient des costumes pour le défilé de Halloween, que les clientes se pressaient dans les boutiques pour examiner les nouvelles jupes longues qui venaient d'arriver de Paris et que les garçons jouaient au football sur les terrains des lycées, que l'on engraissait les dindes pour la fête nationale et que les tours s'élevaient au long des avenues de Manhattan, il se passait quelque chose.

Peu de gens en étaient conscients. Paul Werner faisait partie de cette minorité. Quelques économistes en avaient parlé dans leurs articles ou leurs ouvrages, mais on avait rejeté leur avertissement en le traitant de délire alarmiste. Lorsqu'en septembre l'indice des actions qui avaient monté en flèche chuta, on prétendit qu'il ne fallait pas s'affoler. C'était ce qu'affirmaient catégoriquement et joyeusement ceux qui avaient investi tous leurs biens en actions. Il y eut quelques fluctuations plus accentuées. Les courtiers qui avaient prêté leur argent commencèrent à le récupérer. Quand on n'avait pas d'argent, il ne restait plus qu'à vendre.

Un désastre à l'état pur se préparait.

La crise éclata le 29 octobre. Wall Street s'effondra et des hommes se jetèrent par la fenêtre du trentième étage. Certains rentrèrent chez eux, assommés par le désespoir et d'autres se hâtèrent de faire le tour des gens qu'ils connaissaient pour emprunter ou plaider leur cause.

Tels furent les jours dorés de cet automne 1929.

Un feu de bois brûlait dans le bureau de Paul Werner. C'était un anachronisme agréable et odorant dans cette rue aux tours d'acier. Il regardait, en face, une construction inachevée. Tant de courtiers avaient sombré qu'il se demandait quelle surface ils pourraient louer quand elle serait terminée. Durant les premières semaines qui avaient suivi le krach — qu'il comparait mentalement à une éruption volcanique —, les prix avaient dégringolé. Son propre appartement en copropriété, qu'il avait acheté cinquante mille dollars, n'aurait plus rapporté que la moitié de cette somme s'il l'avait mis en vente. Il n'avait heureusement pas besoin de le faire. Il l'avait payé comptant. « Pas d'emprunt logement », lui avait enseigné son père ; même maintenant, il entendait la voix revêche du vieil homme lui racontant comment il avait survécu à la panique boursière de 1893 alors que des hommes beaucoup plus riches que lui avaient sombré. Paul se louait de ses conseils et de la prudence qu'il lui avait apprise. Aussi avait-il échappé à la ruine et sauvé quelques autres du désastre, surtout Hank Roth dont il gérait les biens.

La misère s'étendit, les affaires stagnèrent et la cité grise offrit bientôt un spectacle lamentable. Un jour Paul aperçut un homme en manteau de tweed anglais qui vendait des pommes sur un plateau au coin de Broadway et de Wall Street, et qui avait appartenu à son club. Pour ne pas le gêner, il traversa la rue. Partout il y avait des pancartes :

« A louer », « Fermeture du magasin », « Soldes par suite de faillite ». Des centaines d'entrepreneurs en bâtiment avaient bu le bouillon, et bien d'autres suivraient le mouvement avant la fin de la crise. *Le mari d'Anna était-il du nombre ?*

Paul puisait de plus en plus souvent dans sa poche. Il donna de l'argent à Hennie pour les services sociaux des bas quartiers ; à sa femme pour son agence d'adoption et à la clinique pour aveugles qu'avait fondée son père. Et, plus il donnait, plus il se faisait de souci pour Anna et Iris. Mais il ne pouvait pas agir. Il avait donné sa parole.

Ces pensées occupaient son esprit tandis qu'il feignait d'étudier des papiers ; il dut enfin, à son grand dam, se tourner vers Alfie et affronter son visage douloureux.

« Tu vois, dit Alfie, j'avais tout calculé à un dollar près. Avec le marché en hausse, je comptais vendre à Noël et utiliser l'argent pour rembourser mon emprunt logement. Je m'en serais débarrassé, en grande partie du moins. Tu m'as toujours dit de ne pas emprunter, je le sais bien. »

Tous les traits de son visage retombaient maintenant ; les sourcils proéminents dessinaient des U à l'envers. Sa bouche formait un demi-cercle convexe ; des narines aux coins de ses lèvres couraient deux plis de chair tombante, assez profonds pour dissimuler l'extrémité d'un ongle.

« Les gens essaient de vous enlever votre argent dès que vous l'encaissez, marmonna-t-il. Ils ne vous accordent pas une demi-heure passé le délai prévu pour le paiement. Après tant d'années, avec la réputation que j'ai, on penserait que mon crédit tiendrait jusqu'à ce que j'aie mis de l'ordre dans mes affaires. Ce n'est pas comme si je n'avais pas de biens. Et des biens de première qualité, tous, tu le sais, Paul. Je n'ai jamais acheté de camelote. » Il essuya son front mouillé de sueur. « Mon Dieu ! C'est la jungle ! La jungle ! »

Oui, c'était vrai. Mais il en avait toujours été ainsi. Les gens voulaient leur argent, et le vôtre s'ils pouvaient l'obtenir. Paul voyait luire des yeux de loup dans les dernières lueurs du crépuscule, avant les ténèbres ; brillants, d'un jaune électrique, ils ne cillaient pas et attendaient en cercle autour de votre feu, sous les énormes arbres sombres, ils attendaient que vos dernières braises s'éteignent pour faire place à l'obscurité totale ; ils haletaient dans l'espoir de pouvoir se précipiter pour vous dévorer. Il voyait le tableau qu'Alfie évoquait.

Et il dit, très, très gentiment : « Je ne suis pas si riche que cela, Alfie. Je t'ai déjà avancé cent mille dollars. Je ne peux pas faire plus. Je ne peux vraiment pas. » Il hésita. « As-tu pensé à t'adresser à ton gendre ? »

Alfie gémit. « J'aimerais mieux mourir. Ce serait comme de mettre ma tête dans le four et d'allumer le gaz. »

Tous deux se turent. Paul pensait combien c'était douloureux de s'élever aussi haut qu'Alfie l'avait fait, par ses propres moyens, et de se retrouver à son point de départ ; bien sûr il n'avait écouté personne et pourtant on l'avait averti ; Paul lui-même l'avait prévenu que la valeur des actions était illusoire. Cependant, on ne pouvait guère lui en vouloir de ne pas en avoir tenu compte. Presque tout le monde avait agi ainsi.

Paul le regarda se lever. Toute la gaieté enjouée qu'on lui connaissait avait disparu. Il essuya son chapeau du revers de la main et s'avança vers la porte.

« Bon, c'est dur, mais je comprends ta position, Paul. Cependant, il fallait tout de même que j'essaie. »

Paul l'accompagna jusqu'à la porte. « Alfie, si je trouve le moyen de parler à quelqu'un, de t'obtenir un délai, je ferai tout mon possible. »

Des paroles creuses.

Alfie esquissa un drôle de petit salut en touchant le bord de son chapeau de ses deux doigts réunis.

« Merci, Paul. Je sais que tu feras de ton mieux. Mes amitiés chez toi. »

Il faisait assez doux pour qu'ils se soient assis sur les marches de la véranda. Ils l'avaient probablement attendue toute la matinée. Ils semblaient très patients, se dit Meg en arrêtant le moteur de sa petite Nash. Elle n'était pas venue dans la grosse voiture avec le chauffeur ; elle ne l'avait pas prise depuis la scène avec Donal. Et puis, étant donné les circonstances, elle aurait eu l'air d'étaler sa richesse.

« Entre. Le déjeuner est prêt », dit Emily.

Elle avait pensé que sa mère pleurerait ou que son visage montrerait qu'elle avait pleuré. Mais, en réfléchissant, elle aurait dû se douter qu'Emily, comme Marie-Antoinette, affronterait la ruine avec dignité. Son père avait une mine terrible.

Ils se servirent dans les saladiers posés sur le buffet. Emily versa le thé dans les tasses et tous trois se mirent à table. Il faisait gris et sombre. Emily alluma les bougies. L'expression du visage de son père exceptée, rien n'avait changé : les sets et les serviettes de lin bien repassés, les verres à pied de Waterford, les lourds chandeliers d'argent, tout était comme d'habitude.

Au milieu du repas, Alfie reposa sa fourchette. « Nous allons sans doute être obligés de vendre Laurel Hill, dit-il brusquement.

— Oh non, papa ! » s'exclama Meg. Puis, impulsivement : « J'ai tellement de bijoux qui ne me plaisent même pas. Je vais les vendre. » Elle avait prévu de ne pas emporter le collier de diamants, le bracelet d'émeraude et toutes les bagues, et de les laisser dans le tiroir de la table de toilette de Donal avec une lettre hautaine.

Son père fut très ému. « Merci, Meg chérie, mais cela ne suffirait pas. Tu n'as pas idée de l'étendue de ma ruine. » Il se recroquevilla sur sa chaise.

« Tu te rends malade en parlant comme cela, dit Emily. Il faut que tu manges. Ne te laisse pas aller. »

Il a envie de pleurer, pensa Meg, mais tu ne le lui permets pas. Je pense pourtant que tu le devrais.

Emily avait toujours été comme ça. Rester gaie, nier le chagrin, c'était sa manière d'apporter du réconfort à ceux qu'elle aimait. Meg se souvenait de sa mère soignant tendrement un genou couronné et murmurant : « Là, là, cela ne fait plus mal. » Elle croyait bien agir, mais cela faisait tout de même mal.

Meg vida son assiette. Le déjeuner était bon et, en dépit

de tout, ou plutôt, se reprit-elle, à cause de tout cela, elle avait faim. Aussi elle se resservit et écouta le bavardage d'Emily qui évitait soigneusement, et à tort, le sujet qui hantait les esprits.

Meg prit tout de même conscience du silence de son père assis à l'autre bout de la table. Autrefois il était toujours si joyeux et si loquace, maître de maison satisfait de lui et du reste du monde ! Elle le voyait remonter l'allée à son retour du travail, portant encore le bleuet qu'il avait mis le matin même à sa boutonnière. Tous les jours, avant de partir, il en cueillait un. Et, souvent, il tenait sous le bras un cadeau, des chocolats ou un livre pour son « petit rat de bibliothèque ». Oui, elle le voyait encore.

Le déjeuner terminé, ils passèrent dans le salon. Les chiens, qui étaient restés couchés dans un coin de la salle à manger, prirent leurs places habituelles de chaque côté du fauteuil d'Alfie, les yeux fixés sur lui comme s'ils sentaient qu'il était dans la peine. Emily sortit sa tapisserie. Tous ces coussins brodés, le travail de presque toute une vie, pensa Meg, ces innombrables poignées de sonnette et dessus de tabourets ! Elle prenait son ouvrage au sérieux, se tournant vers la lumière, le front plissé comme si ce travail était d'une extrême urgence. Meg éprouva un élan de sympathie envers cette femme honorable, méthodique, à l'esprit étroit, qui avait été protégée toute sa vie, en accord avec les seules normes qu'elle ait connues, les seules peut-être qu'elle ait pu concevoir. Elle n'avait jamais tenu elle-même sa maison... pas plus que moi, se dit Meg, et ce n'est pas à mon honneur ! Si la situation était aussi mauvaise qu'ils le pensaient et qu'Emily doive perdre tout cela, comment s'en tirerait-elle ? Elle était sûrement trop âgée pour apprendre. Ce n'était pas une tragédie quand on pensait à tous les êtres abandonnés et proscrits qu'il y avait dans le monde, mais tout est relatif et, pour ces deux-là, cela en paraissait une.

Justement, hier, Donal lui avait adressé la parole, chose rare.

« Je suppose que ton père tient le coup. »

Elle avait répondu, avec dignité espérait-elle, qu'elle n'en savait rien, qu'il ne lui en avait pas parlé. Mais elle s'était dit que le plan si soigneusement élaboré, depuis l'abandon de ses bijoux à la location d'une camionnette qui devait l'emmener, elle et ses enfants, devait être revu. Elle ne pouvait sûrement pas débarquer maintenant à Laurel Hill, en supposant que son père possède encore cette propriété. Où aller ? s'était-elle demandé dans le vestibule, face au sourire sardonique de Donal. Où ? pensait-elle maintenant.

Sa mère parlait, parlait. « Les Warriner vont passer l'hiver ici, cette année. Ils ont loué l'appartement de New York pour réduire les frais. Je trouve que c'est une très bonne idée. » Elle avait l'air contente, ce que démentaient ses doigts nerveux qui bougeaient, comme toujours, vite, vite, vite. Meg tressaillit intérieurement. Peut-être son père ne lui avait-il pas révélé toute l'étendue de ses pertes ? C'était parfaitement possible. Cela lui ressemblait bien de se dérober, face à une vérité aussi redoutable, et de tout remettre à plus tard.

« Regarde ces feuilles sur la terrasse, se plaignit Emily. Nous nous sommes séparés de Jim et personne apparemment n'a envie de balayer. Je pense qu'il va falloir que je m'y mette. Je déteste les feuilles mortes, cela fait lugubre. »

Meg regarda dehors, par les portes-fenêtres. Le vent chassait les feuilles desséchées. Après une bonne pluie, elles se transformeraient en un tapis d'humus marron. On n'avait pas encore rentré les tables et les sièges de jardin. Elle évoqua l'été sur la terrasse, le thé glacé dans un pichet sur la table, les femmes en robes à fleurs assises dans les fauteuils et les chiens dormant à l'ombre. Un monde où l'on se sentait en sécurité.

Comme Alfie aimait Laurel Hill ! A 5 heures du matin, en hiver, il pouvait quitter son appartement en ville pour aller « là-bas » voir si les arbres, les caroubiers et les bouleaux qu'il avait plantés lui-même résistaient bien au froid. Avec quelle candeur il se vantait de ses fraises, les plus grosses qu'on ait jamais vues, et de ses vaches dont le lait était le plus gras ! Mais tout ce qui lui appartenait était merveilleux, sa fille, ses petits-enfants. Et dire qu'il allait peut-être perdre tout cela ! Franchir ces grilles pour la dernière fois ! Cela allait le tuer, ou tuer son âme, ce qui revenait au même.

« Je pense que je vais monter faire une petite sieste, dit Emily en remettant sa tapisserie dans son sac. Vous n'y voyez pas d'inconvénient ? »

Ni l'un ni l'autre n'y firent obstacle : « Je vais sortir les chiens. Je reviens dans une minute. Il faut que je reste dehors avec la plus jeune. Ces derniers temps elle s'est mise à descendre jusqu'à la route. »

Il lui tournait le dos, les pieds enfoncés presque jusqu'aux chevilles dans les feuilles. Il laissait pendre sa tête sur sa poitrine.

« Ça va vraiment mal, Meg, lui avait dit Paul quand elle l'avait appelé pour se renseigner. Le mois prochain il a quatre traites à payer. Il a fait trop d'achats pyramidaux. Je vais essayer de mettre à contribution mes relations pour lui obtenir des extensions de crédit, mais, même si je réussis, ce dont je doute, à quoi cela servira-t-il ? Il n'a pas payé ses impôts et les prochaines traites trimestrielles tomberont bientôt... »

Oui, il avait trop acheté. Et ce n'était pas par avidité, pensa Meg. Il était seulement insouciant, il ne savait jamais combien il avait. L'argent filait aussi vite qu'il rentrait et c'était très bien en période de pleine expansion, pendant la guerre et tout de suite après. Son amour du luxe différait totalement de celui de Donal qui désirait de plus en plus de choses à cause du pouvoir que cela lui procurait. Alfie, le pauvre, comme un enfant dans un magasin de jouets, voulait seulement se procurer quelques plaisirs, surtout celui d'être ce qu'il appelait un « gentilhomme campagnard ». Ce qui n'était pas si excessif, comparé à ce que certains autres dépensaient.

Il revint s'asseoir dans le salon. L'un des chiens sauta sur ses genoux, le poussant presque hors du fauteuil.

« Il y a quelque chose que je voudrais te demander, Meg, dit-il presque timidement, sans la regarder, tout en caressant les oreilles de l'animal.

— Oui, papa ?

— Pour moi, c'est une démarche pénible. Ce n'est jamais

facile de demander un service à son enfant. Ce devrait toujours être l'inverse. »

Il voulait qu'elle parle d'un emprunt à Donal. Un frisson glacé la parcourut. Cet homme auquel elle avait voulu demander asile attendait d'elle le salut.

« Vas-y, papa.

— Eh bien, je me suis dit, Paul pensait que peut-être... je devrais demander à Donal s'il peut me dépanner. »

Le dépanner. C'est fichu, avait dit Paul. Il est endetté jusqu'au cou.

« J'ai une garantie, des propriétés qui valent gros. Ce domaine, l'appartement de Lexington Avenue et les deux maisons de West End Avenue, tout cela bien situé. »

Meg déglutit avec difficulté. « Pourquoi tu ne le lui demandes pas, papa ? Ce serait mieux si tu le faisais toi-même.

— Tu ne veux pas ? » Ses yeux la suppliaient.

Exiger cela de moi, c'est beaucoup trop. Elle sentit les muscles de ses tempes se durcir.

« Je crois vraiment que c'est toi qui devrais le faire, papa.

— Tu comprends, lui et moi... nous n'avons jamais été très intimes. Je n'ai pas besoin de te le dire. » Alfie eut un petit rire sec. « Et, après tout, tu es sa femme. »

Oh ! Mon Dieu, pensa Meg. Elle répliqua calmement : « Je ne peux pas décrire tes propriétés, n'est-ce pas ? Je ne les connais même pas. Tu seras bien obligé de finir par lui en parler, alors il vaudrait mieux que tu le fasses d'entrée de jeu. »

Il y eut un long silence, puis : « Je suppose que tu as raison, reconnut Alfie. Oui, bien sûr, tu as raison, mais si tu savais combien il m'en coûte de faire cette démarche. Cela me fait horreur.

— Je sais, papa. Crois-moi, je le sais. Je ne peux pas te dire combien j'en suis désolée. »

Je ne peux vraiment pas te le dire. Si seulement toi, tu savais ! J'espère que Donal ne sera pas trop froid lorsqu'il te refusera.

« Y a-t-il un moment particulier où je pourrais l'appeler ? Je ne veux pas le déranger. »

Il est terrifié, le pauvre homme, pauvre papa... Le pauvre Alfie si sûr de lui est terrifié.

« Tu ne le dérangeras pas. Téléphone à l'heure que tu veux. Cela lui est égal.

— Alors, si cela te convient, je vais me ressaisir et l'appeler. »

Le visage d'Alfie s'éclaira. Il avait retrouvé une partie de son ancien optimisme. M. Micawber. Il se voyait probablement déjà avec un gros chèque dans la poche ; il croyait que tout allait s'arranger, que le soleil allait briller de nouveau. Jusqu'à ce que Donal le déçoive.

Meg avait le cœur gros lorsqu'elle s'en alla. A cause de lui et à cause d'elle. Un petit sourire amer courait sur ses lèvres. Mme Micawber. La fille de mon père.

Elle était au premier, en train de faire manger le bébé, lorsqu'elle entendit Alfie l'appeler. Il montait l'escalier.

« Je suis ici, répondit-elle. Dans la chambre d'Agnes. »

Il était resté plus d'une heure avec Donal et elle appréhendait de le voir.

« Hello, Meg. » Il se pencha pour l'embrasser puis fit de même à la petite qui continua sans sourciller à engloutir bruyamment sa banane écrasée. « C'est un chic type, ton mari. Il a tout fait pour me faciliter les choses. Il s'est montré plein d'égards ; il n'a pas insisté pour que je lui fournisse des détails, il s'est contenté de ma parole, comme un gentleman d'autrefois. Nous venons de nous serrer la main pour conclure notre accord. »

Elle était stupéfaite et incrédule. « Tu veux dire qu'il te prête assez pour faire face à toutes tes échéances ?

— Pas prêter. Il achète tout. Mes sept propriétés. Pas Laurel Hill. Je garde Laurel Hill, qui va devenir notre résidence principale. Tu sais, Meg, cela m'aurait tué. Je te jure que je peux supporter la perte de beaucoup de choses, mais Laurel Hill, c'est ma chair et mon sang. Pour moi, c'est un être vivant. » Ses yeux se mouillèrent. « Mon Dieu, je ne sais pas comment j'aurais fait pour en partir. »

Donal avait acheté l'appartement et les maisons de New York au prix où Alfie les avait payés, si bien que cela rétablissait l'équilibre financier de son beau-père qui se retrouvait même avec une petite somme d'argent. De plus, Donal acceptait de lui verser un modeste salaire pour qu'il gère ces immeubles. Si bien qu'en réduisant leurs dépenses et en vivant à la campagne, Emily et lui se retrouveraient en sécurité, grâce à l'incroyable générosité de Donal.

« Je n'arrive pas à y croire ! J'avais très peu d'espoir... » Alfie s'arrêta pour reprendre son souffle. Il prit l'air penaud. « C'était le dernier homme que nous aurions voulu te voir épouser. Je le regrette, mais je dois avouer que je n'ai pas été chic avec lui, au début. Il fait preuve d'une grande largesse d'esprit en oubliant tout cela. » Il soupira. « Pourtant, c'était normal de notre part. J'en suis certain. Nous pensions tous que ses activités étaient immorales. Bien sûr, quand on y réfléchit, certaines des familles les plus huppées de ce pays ont édifié leur fortune, il y a un siècle, sur la traite des Noirs, ou même en important de l'opium de Chine. C'est vrai, n'est-ce pas ? »

Elle était en train de se dire que cette dette la liait à jamais à Donal...

« Oh ! Je sais que ce qu'il fait t'inquiète, Meg. Tu ne le dis pas, tu es fière et je suis content que tu le sois, mais je le sais tout de même. Laisse-moi te dire quelque chose. » Alfie se pencha en avant comme s'il allait lui confier un secret. « Ce Hoover est fichu. Les démocrates vont gagner les élections et mettre fin à la Prohibition. Le commerce de Donal deviendra tout à fait légal. Il pourra soit continuer à vendre de l'alcool, soit tout liquider et investir dans autre chose. C'est une situation enviable. » Alfie paraissait rêveur. « Aussi, tu n'as pas besoin de te faire de souci, Meg, cela ne va pas durer longtemps. »

Elle ne répondit pas, mais se contenta de remplacer la banane écrasée par des céréales.

« Donal m'a dit... je peux te parler à cœur ouvert, Meg ? Après tout, ton bonheur m'importe plus que celui de quiconque, Donal m'a dit que cela n'allait pas si bien entre vous deux. Il ne m'a pas expliqué pourquoi et je... »

Et tu voudrais que je te le dise, pensa farouchement Meg.

Voyant qu'elle ne répondait pas, Alfie poursuivit : « Je sais bien que cela ne me regarde pas, mais ce n'est sûrement pas grave. On se dispute, parfois. Ta mère et moi, nous n'avons pas vécu ensemble tant d'années sans avoir des mots de temps à autre, mais, nom d'un chien » — et là il montra d'un geste le berceau blanc, les rideaux de dentelle et les murs roses —, « quelle femme ne serait pas heureuse avec tout cela ? » Il tendit un doigt et le bébé le saisit à pleine menotte en regardant son grand-père. « Et une famille comme celle-là ! Cinq enfants, tous plus beaux les uns que les autres. Ta mère et moi, nous en aurions voulu d'autres, mais ce n'est jamais arrivé. Dis-moi, je peux me servir de ton téléphone ? Je voudrais appeler ta mère. La pauvre, elle a essayé de me le cacher, mais elle s'est fait un sang d'encre. Elle ne va pas en croire ses oreilles. » Il se leva. « Je peux à peine y croire moi-même ! Oh ! Meg, je suis comme un homme que l'on vient de tirer de l'eau. »

Il fallait, bien sûr, qu'elle aille dire quelque chose à Donal. Lorsque son père fut parti, elle entra dans son bureau, mais resta sur le seuil.

« Je suis venue te dire que c'est merveilleux ce que tu as fait pour mon père. Pour lui, c'est un vrai miracle. Je suis venue te remercier. »

Il pivota sur son fauteuil. Ses yeux brillaient. « J'ai fait une bonne affaire. J'étais content de pouvoir l'aider. Ce n'est pas un mauvais garçon, parfois un peu stupide, mais il est monté tout seul. Comme moi. Je n'aurais pas voulu le voir retomber d'où il était parti.

— Je sais, dit-elle sèchement, et j'apprécie ton geste. Vraiment. Plus que je ne peux le dire. »

Donal ne s'était pas montré aussi gentil depuis des semaines.

« Alors, Meg, on fait la paix ? demanda-t-il.

— Je suis une femme pacifique, tu devrais le savoir.

— Oui, je sais. Pourquoi ne viens-tu pas t'asseoir près de moi ? »

Il rapprocha un fauteuil. Quand elle vit que leurs genoux se touchaient presque, un petit tremblement s'empara d'elle. Elle pensa : Il n'y a pas si longtemps, il se serait penché pour m'embrasser ou m'aurait attirée à lui.

« Je ne suis plus en colère, dit-il. J'ai réfléchi. Quelqu'un... Leah ou Paul, probablement Paul... t'avait monté la tête.

— Non. Ni l'un ni l'autre.

— Peu importe qui ! Je n'aurais pas dû réagir comme cela. Tu n'étais pas toi-même, et puis tu es dépourvue de malice. C'est ce que j'ai aimé en toi, en premier lieu. Je t'aime très fort, tu sais. »

Elle fit la moue. Il avait l'air de lui faire la cour. « Tu ne me l'as guère prouvé, ces derniers temps.

— Tu m'avais blessé. Vraiment blessé. Profondément. »

Deux larmes mouillèrent les yeux de Meg. « Moi aussi, je l'étais, Donal.

— Alors, nous sommes à égalité. Viens m'embrasser. » Il se leva et l'étreignit. « Là. C'est mieux comme ça, n'est-ce pas, Meg ? »

C'était bon d'être de nouveau dans ses bras. Aussi bon que de se retrouver chez soi. Et elle se demanda, tandis que sa bouche se posait sur la sienne, si, le moment venu, elle aurait vraiment pu le quitter. Car il la tenait encore, il l'avait toujours tenue, même lorsqu'elle était harcelée et effrayée. Même à ce moment-là.

Il la lâcha et dit : « Si l'on n'était pas en milieu de journée, dans une maison pleine de gens, je t'emmènerais au premier. Tu es de nouveau prête à faire l'amour, hein ? »

Les deux larmes coulèrent. Elle les essuya et sourit. « Je crois que oui.

— Tu es toujours prête. C'est l'autre raison pour laquelle je t'aime. Dis, si nous emmenions les enfants dîner au restaurant chinois ce soir ? Cela fait longtemps que nous n'y sommes pas allés. »

La nouvelle de l'étonnant geste de Donal fit le tour de la famille.

« Il s'en tirera bien, Donal. Un jour cette panique, cette crise, prendra fin. » Tel fut le commentaire de Paul.

« Ça peut durer des années, en dépit des chansons », répliqua Leah. Et elle se mit à chanter d'un air sardonique : « M. Herbert Hoover dit que le temps est venu d'acheter ! »

« Précisément. C'est *maintenant* qu'il faut acheter si tu veux acquérir quelque chose.

— Ça peut durer des années, répéta Leah.

— Peu importe. Un jour la crise prendra fin et alors Donal sera à la tête d'une fortune en biens immobiliers. Il ne faut pas le sous-estimer. »

X

Depuis longtemps Paul avait pris l'habitude, héritée de son père, d'aller parler de temps à autre, en tant que philanthrope et chef de communauté, avec son rabbin.

Le vieil homme avait l'air fatigué. Il était déjà âgé quand nous nous sommes mariés, pensa Paul durant une pause.

« Et comment ça va, chez vous ? J'espère que Marian est heureuse et se porte bien ? »

Paul répondit avec le sourire que le rabbin attendait de lui : « Tout va bien, merci. »

Il se demanda si l'affable vieillard serait consterné d'apprendre la vérité ; probablement pas, car il avait suffisamment vécu pour savoir que la réalité ne correspondait guère aux apparences.

« Tant mieux. Dans les temps comme les nôtres, il faut préserver plus que jamais l'amour et la paix du foyer. C'est le seul endroit qui peut nous protéger de la tourmente. » Il alluma sa pipe, éteignit l'allumette et reprit le fil de leur entretien. « Cette crapule, en Allemagne, est en train de remplir les camps d'innocents. C'est de la démence.

— De la démence organisée. Hier, je suis allé au cinéma pour les actualités et j'ai vu une parade aux flambeaux. Des milliers d'hommes défilaient et des centaines de milliers d'autres les acclamaient comme si on les avait drogués avec une substance qui changerait les êtres humains rationnels en sauvages.

— Vous avez de la famille en Allemagne. Que disent-ils ?

— Mon cousin, Dieu le bénisse, est un imbécile instruit. Pendant des années, il m'a écrit que Hitler ne réussirait jamais. Maintenant que celui-ci a le pouvoir, il me dit que les bruits qui courent sont très exagérés, que l'on arrête surtout des communistes et des fauteurs de trouble qui méritent d'être mis à l'ombre.

— Peut-être ne pense-t-il pas ce qu'il écrit ? Ses remarques ne seraient-elles pas délibérément faussées ?

— Je ne comprends pas ce que vous voulez dire.

— Regardez cela. C'est un câblogramme d'une communauté juive de Berlin. Ils protestent, et demandent instamment aux associations juives d'Amérique de ne plus diffamer le gouvernement allemand par des propos calomnieux, et d'arrêter le boycott des produits allemands. Il semblerait que nous causions un préjudice immérité à l'Allemagne et aux citoyens allemands qui... qui se trouvent être des Juifs.

— Cela n'a aucun sens, vous ne trouvez pas ?

— Pour moi, il est évident qu'on leur a dit que, dans leur propre intérêt, ils feraient mieux de rompre avec nous.

— Alors on ne saurait plus que faire !

— Je me dis parfois que, n'importe comment, ce que nous faisons ne compte pas. L'avenir est sombre et plus tôt ils partiront de là-bas, mieux ce sera.

— Pour aller où ? Quel État voudrait d'eux ? »

La seule réponse fut un silence. Une camionnette équipée d'un haut-parleur passa dans la rue en beuglant les slogans enthousiastes habituels en période d'élections. Paul se dit que, quel que soit le candidat élu, personne ne viendrait défoncer des portes, la nuit, pour emmener les gens dans des camps.

« Si on allait là-bas, on obtiendrait plus de renseignements en une heure que dans toute cette correspondance », dit Paul au bout d'un moment.

Le rabbin le regarda fixement. « Est-ce que vous pensez ce que je crois ?

— Peut-être. Je ne suis pas sûr.

— Vous avez passé des moments très pénibles là-bas.

— Raison de plus.

— Je ne sais pas, Paul. Important comme vous l'êtes dans les associations juives, cela ne m'étonnerait pas qu'ils aient un dossier sur vous. Je crois qu'il ne serait pas raisonnable que vous alliez en Allemagne. »

Paul se revit dans la rue avec Joachim. La fanfare jouait, les gens couraient pour rester à sa hauteur ; c'étaient des hommes aux traits durs, et les femmes en délire étaient encore plus effrayantes qu'eux. Il se souvint qu'elles portaient des fleurs. Et puis il y avait les fusils, Joachim et lui entraînés de force dans la petite rue...

« Peut-être. Mais en ce moment, je suis trop occupé par la rénovation de l'hôpital. Les temps sont durs. Les gens ne peuvent plus honorer leurs engagements et le nouveau pavillon n'est pas terminé. Non, j'ai trop de travail pour partir maintenant. »

Mais, ce soir-là, il eut du mal à s'endormir. Longtemps il contempla les ombres au plafond tout en remontant dans ses souvenirs, du jour où il avait fait la connaissance d'Iris au matin où elle avait été conçue ; son esprit errait comme un vagabond qui ramasse des journaux tout au long du chemin. Il se revit dans la maison d'Alfie où il avait passé tant d'heures d'été ensoleillées avec Marian, qui dormait maintenant du sommeil du juste, dans l'autre lit. Il voyait les moindres recoins de la propriété, le court de tennis, et la piscine, et l'allée dans le bois de cèdres où il avait embrassé Marian pour la première fois et scellé ainsi son destin.

Puis il s'endormit et fit des rêves affreux. Il était chez le dentiste qui lui disait qu'il fallait lui arracher toutes les dents. Mais les dents étaient indestructibles. Comment était-ce possible ? criait-il dans son rêve. Il se retrouva chez Leah et Hank pleurait parce que le chien s'était fait écraser et agonisait au milieu de la rue. Il fut soulagé de se réveiller.

Il pouvait, sans lever la tête, voir la pendulette sur la table de nuit. Il n'était que 6 heures et, bien qu'il ait envie de se lever, il resta couché pour ne pas réveiller Marian. Tandis qu'il regardait le plafond virer du gris sombre au blanc en passant par le gris perle, une idée germa dans sa tête; d'abord elle le surprit, puis elle prit corps et se transforma au bout d'une heure en une décision. C'était clair et net : il allait acheter une maison de campagne.

Cette idée s'inspirait sans doute de ses réminiscences nocturnes. Mais cela ne changeait rien à l'affaire; il faut que j'aie quelque chose à moi, pensa-t-il, un jouet pour adulte. Une maison en bord de mer, à Long Island. Il aurait un bateau à voile et apprendrait la navigation à Hank. L'été, il arracherait enfin Dan et Hennie à leur appartement étouffant.

Oui, il fallait qu'il ait quelque chose à lui, si banal que cela paraisse. Gagner de l'argent, rendre service à sa communauté, avoir des amis... tout cela ne suffisait pas.

Il faut que j'aie quelque chose à moi, répéta-t-il.

Lorsque la ville s'éveilla, quand on entendit dans la rue les cris du rémouleur et du fripier, il avait fini d'élaborer son plan.

Bien loin, sur Long Island, il trouva un vieux cottage. C'était une petite maison de pêcheur qu'il faudrait restaurer, entourée d'à peine trois hectares de pinède broussailleuse fouettée par le vent, de laîche, de falaises et de dunes. Sur ce promontoire, le plus proche édifice voisin que l'on pouvait atteindre par la route sablonneuse longeant le rivage était un phare, construction victorienne dont les avant-toits, sous la tour, étaient ornés de sculptures tarabiscotées. Sa lumière serait la bienvenue par une nuit noire, lors des tempêtes estivales.

L'agent immobilier, enchanté par la décision rapide de Paul et désireux de ne pas le déranger, sortit pour le laisser parcourir seul les petites pièces et gravir l'escalier, aussi raide qu'une échelle, qui menait aux deux minuscules chambres sous le toit. Simplement passer les murs au blanc de chaux, pensa-t-il. Un vieux tapis pour ne pas avoir froid aux pieds en se levant du lit. Pas de rideaux aux fenêtres afin de voir la petite baie scintillante ou, de l'autre côté, le chêne solitaire actuellement d'un rouge vineux qui faisait penser à une bouteille de bordeaux. Rien sur les murs, sauf une ou deux reproductions comme celle qu'il avait vue la semaine précédente représentant un patriarche guindé des premiers âges de l'Amérique, la main sur le globe terrestre. Il dénicherait peut-être quelque part une petite fille brune avec un chat dans les bras.

Lorsqu'il rentra chez lui et parla de son projet, Marian fit remarquer : « D'après ce que tu dis, c'est effroyablement loin et terriblement isolé. » Et, comme il ne réfutait aucune de ses objections, elle dit : « C'est toi qui décides. Tu m'as généreusement acheté cette villa en Floride ; c'est à ton tour, cela me paraît juste. »

Hennie, toujours aussi économe, se montra circonspecte. « Est-ce que tu n'aurais pas mieux fait d'en parler à Alfie ? Il s'y connaît en biens immobiliers.

— Non. C'est peut-être un mauvais investissement, mais je m'en moque. J'en ai envie. »

Les transactions terminées, il décida de fêter cela par un pique-nique, un jour ensoleillé et venteux de novembre.

« On va geler sur la plage », protesta Marian.

Il s'était attendu qu'elle ne vienne pas. Mais il insista, sachant qu'elle espérait cela de lui. « Tu n'as même pas envie de venir voir ?

— Ce n'est pas comme si je ne la connaissais pas. »

Quelques semaines auparavant, ils y étaient allés et, bien qu'elle fût restée insensible au charme des lieux, elle avait fait l'effort de déclarer que la maison était « très mignonne ». Il était évident qu'elle n'avait pas l'intention d'y aller souvent.

« Bon, d'accord. Alors, je vais inviter Hennie et Dan, et peut-être Hank. Ils vont passer une bonne journée.

— A condition que tu rentres à l'heure pour dîner. »

Il partit de très bonne heure. Il avait une nouvelle voiture, une Renault qui, au dire de Hank, avait le nez aplati. C'était toujours un plaisir d'avoir une voiture neuve et Paul, regardant le ciel prometteur d'un bleu brillant et pur, se sentit plein d'entrain. Leah — il lui vint à l'esprit que, pour une raison bizarre, il n'avait pas mentionné sa présence — s'était chargée d'apporter le pique-nique. Elle était accompagnée de Strudel Deux, son teckel ; âgé de douze ans, il était en pleine forme et la suivait partout. Ils montèrent tous en voiture et partirent pour Long Island. Leah et Hank chantaient à deux voix. Hennie et Dan se contentaient de jouir de ce rare plaisir d'une promenade en voiture dans la campagne. Et personne ne se plaignit.

La seule remarque un peu négative sortit de la bouche de Dan lorsque Paul leur montra une grande demeure entourée de pelouses et de serres. « C'est à l'un de mes clients. Le château de Versailles en miniature.

— Des serres ? s'exclama Dan d'un air indigné. Pour quoi faire ? »

Paul, s'attendant à la réaction du vieil homme, lui expliqua qu'il fallait tous les jours des fleurs fraîches pour la maison. « Luxe révoltant ! Immoral ! »

Socialiste jusqu'au bout ! Paul rit intérieurement.

« Nous sommes presque arrivés, dit-il en s'engageant dans un chemin de terre. Je vous ai prévenus. Ce n'est pas très chic chez moi. Il n'y a pas de serre.

— Tant mieux », dit Hennie.

Il arrêta la voiture derrière la maison. Ils descendirent, le suivirent jusqu'à la plage et demeurèrent silencieux face à l'immense scintillement du bras de mer. Il n'y avait pas de vagues, les eaux étaient calmes, rien ne bougeait sauf une unique voile très loin, à l'horizon.

Paul brisa le silence. « Il n'y a pas grande distraction ici. Sauf pêcher et ramasser des coquillages. Rien n'a changé depuis deux siècles. Venez, que je vous montre la maison. Et après nous mangerons. »

Il s'attendait que seuls Dan et Hennie l'apprécient à cause de sa simplicité. Mais il fut surpris lorsque Leah dit : « Je ne sais pas quels sont tes projets, Paul. Mais, si c'était à moi, je me contenterais de la nettoyer. Je ne mettrais même pas de rideaux aux fenêtres. Personne ne peut voir à l'intérieur et je voudrais contempler constamment le paysage.

— J'ai envie de faire faire un petit ancrage et un hangar à bateaux, dit-il tandis qu'ils étendaient les couvertures sur l'herbe rude. J'aimerais t'apprendre la voile, Hank. C'est bien mieux qu'un bateau à moteur tout bête. Quand on navigue à la voile, on communie vraiment avec la mer. »

Leah ouvrit le panier luxueux du pique-nique qui contenait aussi une nappe, des serviettes, des verres, des assiettes et des couverts.

« Voilà le pâté — aujourd'hui, j'avais envie de cuisine française — et de la baguette. Tâtez, le pain est encore chaud. Il y a toutes sortes de fromages. A votre choix. Dans la thermos, c'est de la soupe. »

Adroitement, elle disposa avec soin le repas, le poulet rôti, les petites saucisses, les fruits et le gâteau. « Oh ! Si nous étions en France — j'ai vraiment adoré ce pays —, nous aurions du vin ; même toi, Hank, tu en mettrais dans ton eau. Mais, puisque nous sommes ici, ce sera du café pour nous et du jus de fruits pour toi. »

C'était un plaisir de la regarder, se dit Paul ; elle n'était pas fatiguée, elle n'avait pas mal à la tête et elle mangeait avec appétit, suçant les os du poulet et exprimant la dernière goutte du jus d'une orange.

Lorsqu'ils eurent terminé, Hennie voulut l'aider à tout nettoyer, mais Leah refusa.

« Non, non. Hank et Dan veulent aller jusqu'au phare. Va avec eux. Cela te fera du bien. »

Elle planta une cigarette dans son long fume-cigarette en laque noire et se laissa aller en arrière en poussant un soupir. « Oh ! C'était délicieux. » Elle portait un grand manteau bordeaux, simple et tout à fait adapté au temps et au lieu, sur une jupe de lainage marron. Elle donnait l'impression d'aller mieux, de se remettre de l'horrible drame encore récent.

« Je voulais te remercier pour ta gentillesse vis-à-vis de Hank. Pour le temps que tu passes avec lui. C'est très important, pour lui et pour moi.

— Cela ne m'est pas bien difficile.

— Tu te donnes la peine de l'emmener dans les musées scientifiques, et tu l'as aidé à constituer son petit laboratoire de chimie, choses auxquelles je ne connais rien.

— Je t'assure que je ne m'y connais guère non plus. Hank en sait plus long que moi ; il me parle du développement du cerveau préhistorique et je l'écoute. J'ai dans l'idée qu'il va devenir médecin. On dirait que les choses sont rentrées dans l'ordre pour vous deux, conclut Paul.

— Oui. C'était cela ou sombrer dans la folie. J'ai bien été obligée d'accepter la réalité. Ben était aussi coupable que Donal et tous les politiciens qui s'enrichissent de la même manière. Aussi était-il possible de prévoir comment cela se terminerait. Sa fin était écrite dès le début.

— Celle de Donal aussi, alors.

— Qui sait ? » Elle resta silencieuse un moment à contempler la fumée de sa cigarette. « Mais, en attendant, c'est à Meg que je m'intéresse.

— Je ne la vois pas beaucoup, je le regrette ; sauf pour des occasions comme l'anniversaire d'Alfie et d'Emily.

— Moi non plus, je ne la vois guère, bien qu'ils continuent à nous inviter à profiter de leur piscine ou à passer le dimanche chez eux. Mais Hank déteste littéralement y aller. Je ne comprends pas pourquoi il en fait une telle histoire. Et toi, tu sais pourquoi ?

— Non.

— Ecoute, Paul, ils se sont embarqués dans une affaire pourrie et dangereuse, mais je ne peux pas en vouloir à Donal parce que des gangsters ont essayé de dévaliser mon mari et l'ont tué. Tu ne crois pas ?

— Si.

— Personnellement, je me plais beaucoup chez Meg. C'est très animé. Elle va beaucoup mieux qu'à un moment donné et les enfants sont adorables. »

Paul, qui ne voulait pas continuer à parler de Donal, dit :

« Elle n'a pas eu d'autre enfant récemment. Il n'y en a pas un en route ? »

Leah fit une grimace. « Il n'y en aura pas d'autre. C'est pour cela qu'elle va mieux. Je l'ai poussée à se procurer un diaphragme.

— Toi ? Tu as fait cela ?

— Oui, moi. Elle était en train de craquer. Il voulait une dizaine d'enfants. Tu te rends compte, forcer une femme contre sa volonté ! Aussi, je l'ai envoyée chez un gynécologue et Donal est Gros-Jean comme devant. » Leah sourit d'un air satisfait.

Paul pensa : Imaginons Marian en train de parler de diaphragme à un homme ! Mais, aujourd'hui, énormément de femmes étaient aussi libres en paroles que les hommes avant la guerre. On parlait facilement de sexualité. Les femmes buvaient ; elles mettaient du rouge à lèvres et du vernis à ongles ; avant la guerre, seules les prostituées se maquillaient. Et il jeta un coup d'œil aux ongles de Leah qui étaient du même rose que ses lèvres ; cela lui allait bien.

Les promeneurs revinrent. « C'était un peu loin pour Dan, fit remarquer Hennie. Il n'aurait peut-être pas dû marcher dans le sable, bien que Hank l'ait aidé.

— Il est temps de rentrer, dit Leah.

— Qui fait la course avec moi ? demanda Hank. Jusqu'au bout du chemin et retour à la voiture. »

Leah releva le défi. Hennie et Dan montèrent dans l'auto, Paul fit demi-tour et tous regardèrent le garçon et sa mère courir, suivis de loin par le vieux chien. Le vent soulevait la jupe de Leah, exposant ses cuisses musclées. Sa chair est ferme, se dit Paul ; elle doit être ferme et douce aux bons endroits.

Qu'est-ce qui lui prenait ? On aurait pu penser qu'on était au printemps, saison où il est normal qu'un homme ait des idées aberrantes, quand la terre fertile se réveille, que la sève monte, que l'air caresse doucement la peau après un long et rude hiver. Alors qu'un hiver long et rude allait commencer, il avait des réactions printanières, et à cause de Leah, en plus !

Les coureurs avaient fait demi-tour et revenaient ; Hank ne dépassait que de peu sa mère dont le manteau et la somptueuse chevelure flottaient derrière elle. En arrivant près de la voiture, elle laissa tomber son sac et, lorsqu'elle se pencha pour le ramasser, Paul aperçut une chaînette en or entre ses seins, à laquelle pendait un gros médaillon. Ce spectacle l'émut et il y réfléchit tout en mettant la voiture en route.

Au bout d'un moment, il comprit sa réaction : Anna avait un médaillon semblable sous le jabot de dentelle de son corsage. Cette découverte l'ébranla, qu'un objet aussi répandu porté par une femme à laquelle il n'était pas particulièrement attaché puisse l'émouvoir ainsi et orienter de nouveau ses pensées vers Anna...

Comme d'habitude, une pile de lettres l'attendait lorsque Paul entra dans son bureau, quelques mois après le pique-nique. Mlle Briggs posait toujours le courrier personnel sur son buvard. Bien que les lettres de Joachim, avec leurs timbres étrangers, ne portent jamais la mention « personnel », elle savait qu'elles l'étaient.

Joachim se cachait toujours la tête dans le sable, comme une autruche. « Je dirais, du moins en ce qui me concerne, que tout va mieux qu'avant. C'est vrai, la propagande antisémite continue, mais il y a un véritable regain d'activités économiques. Les affaires marchent si bien que, j'en suis convaincu, l'antisémitisme mourra de sa belle mort. Quand l'argent sonne dans les poches, les gens sont heureux et n'ont pas envie de s'adonner à la haine. »

A la fin de la lettre, Elisabeth avait ajouté un petit mot, sûrement à l'insu de Joachim. « Je voudrais bien partir. J'ai terriblement peur, malgré ce que dit Joachim. »

Le post-scriptum était un faible murmure. Il entendit la voix d'Elisabeth, aussi clairement que si elle avait été là, devant lui, en train de le tirer par la manche.

Il se leva et vint à la fenêtre. Une petite pluie fine tombait ; les toits des voitures qui rampaient tout en bas brillaient comme des scarabées. Des fragments de cheveux d'ange tombés des arbres de Noël que l'on avait jetés, les débris des derniers cocktails professionnels de l'année couraient sur le trottoir, entraînés par le vent. C'était une journée à rester au bureau et à abattre une bonne quantité de travail. Paul n'avait pas cessé de s'activer depuis l'été sans prendre un seul moment de détente. Pourquoi ? Ce n'était pas afin d'amasser une fortune pour sa famille. Il ne pouvait même pas acheter une tablette de chocolat à son unique enfant.

Il revint à son bureau et feuilleta quelques papiers, une proposition de rachat d'une fabrique de machines-outils dans l'Illinois. C'était apparemment un investissement lucratif, chose rare en ces années de vaches maigres, en dépit du New Deal. Une affaire qui aurait plu à Alfie s'il avait eu de l'argent. Le capital de Hank s'arrondissait grâce à l'Allemagne de Hitler et aux tripotages de Donal, pensa-t-il amèrement.

Sa nervosité s'accrut. Elle se transforma en un désir fou qui le tirailla comme il l'avait fait à l'époque de la perte de son enfant et de ses terribles conséquences, quand il s'était embarqué pour partir au loin.

Il se souvint alors de sa conversation avec le rabbin, quelques mois auparavant. Il décrocha le téléphone.

« Rabbi, je vais aller en Europe, dit-il. En Allemagne. Que puis-je faire pour vous ? Qui voulez-vous que je voie ?

— Vous n'allez pas entrer en Allemagne ?

— Si, je ne crains pas grand-chose.

— Je n'en suis pas sûr. » La voix du vieil homme était empreinte de doute.

« Ma décision est prise.

— Bon, alors je vais vous donner des lettres et de l'argent. Quand partez-vous ? »

Il n'avait encore rien organisé. Tout se précisa au fur et à mesure qu'il parlait.

« Dès que j'aurai une cabine. Cela ne devrait pas être bien difficile, à cette époque de l'année. J'irai d'abord en Angleterre. Vous vous rappelez ce que vous m'avez dit sur la situation en Palestine ? J'ai aussi des clients en Grande-Bretagne. Des gens qui ont un certain poids politique. L'argent peut beaucoup, rabbi. Bien qu'ils n'aient pas du tout l'intention d'envoyer des réfugiés en Palestine, l'argent peut beaucoup.

— Malheureusement, oui. Eh bien, venez me voir, que nous parlions. Un matin de cette semaine, celui que vous voulez. Je suis à votre service.

— Je voudrais savoir ce que vous pensez de la déclaration Balfour. Je connais son idéologie, bien sûr, une patrie pour les Juifs, mais j'ai besoin de faits et de chiffres : quels arguments présenter et toutes les informations que vous détenez.

— Je ferai de mon mieux... Paul ?

— Oui, rabbi ?

— Que Dieu vous bénisse. »

Il convoqua Mlle Briggs. « Renseignez-vous tout de suite sur le prochain départ du *Normandie*. Je vais en Angleterre.

— Une cabine pour une personne ?

— Oui. Je dois voir les frères Morehouse, à Londres. » Et il ajouta, tout en sachant qu'il était ridicule de lui fournir des explications : « Mme Werner ira en Floride.

— Si un autre navire part avant, je fais une réservation ?

— Non. J'attendrai le *Normandie*. »

Ce bateau sensationnel, paraît-il, n'était en service que depuis un an. En haute mer, aucun autre ne pouvait lui être comparé. Puisqu'il partait, autant en tirer quelque plaisir.

Lorsqu'il appela chez lui, Marian se plaignit. « Pourquoi vas-tu toujours en Europe en plein hiver ?

— Pas toujours. C'est la seconde fois. »

Elle poussa un gros soupir. « Bon, puisqu'il le faut. Les affaires sont les affaires, je suppose.

— Évidemment, ma chérie. Et puis tu pars en Floride la semaine prochaine, alors qu'est-ce que cela change ?

— C'est vrai. Quand tu seras à Londres, tu pourras peut-être racheter un peu de porcelaine. Cette fille si maladroite vient encore de casser une tasse, la semaine dernière.

— D'accord.

— Et aussi, pendant que tu y seras, tu pourrais t'acheter

quelques pulls. Les tiens sont trop usés. Ils boulochent aux coudes. »

Ils boulochent aux coudes ? Durant une seconde, il ne comprit pas de quoi elle parlait. « Oui, oui. Et quoi d'autre ?

— Oh ! Il faut que j'y réfléchisse. Je te ferai une liste. »

Oui, longue d'un kilomètre. Mais cela lui était égal. Tout lui était égal du moment qu'il partait.

Il n'avait pas perdu le goût de l'aventure et se trouvait dans un état d'excitation joyeuse dont il se serait cru incapable quelques jours plus tôt. Il ne s'était pas rendu compte à quel point il était déprimé.

Lorsque le taxi le déposa avec ses bagages au quai d'embarquement, le navire se dressait comme une montagne au-dessus de sa tête. Il entra à grands pas dans le hall aussi sonore qu'une caverne et se mit à la queue, son billet et son passeport en main. C'était une journée de brouillard, froide et humide ; les voitures cornaient dans la rue, les porteurs de bagages criaient pour avertir leurs collègues de s'écarter de leur chemin ; une femme en toilette tapageuse, probablement une vedette de cinéma, portant sous le bras un caniche qui aboyait, joua des coudes pour passer avant Paul. Peu lui importait, il savourait chaque seconde de cet embarquement.

Il n'y avait pas cette foule, accompagnée d'une montagne de bagages, qui partait l'été. C'étaient surtout des hommes en voyage d'affaires pour lesquels le mauvais temps ne comptait pas. Mais les autres, ceux qui étaient obligés de souffrir une traversée houleuse pour se rendre dans une Europe où régnait l'hiver, excitaient son imagination. Peut-être couraient-ils vers de nouvelles amours, ou laissaient-ils derrière eux des amours perdues, ou bien fuyaient-ils à cause d'une escroquerie ou de quelque autre crime ? Chimères romantiques qui l'amusaient !

Il franchit la passerelle et monta à bord. S'il s'était agi d'un bateau de la Cunard, un officier serait venu l'accueillir, mais la nouveauté lui plaisait, il était content d'entrer en solitaire dans un endroit inconnu.

Il décida d'explorer le navire, sûrement différent de tous

ceux qu'il connaissait si bien. Il présentait de vastes espaces, des escaliers monumentaux : un palace. La salle à manger scintillait comme la galerie des Glaces ; le plafond était d'ailleurs un miroir et les colonnes transparentes étaient illuminées. Les chandeliers flamboyaient. Il reconnut le demi-cristal de Lalique.

Il n'y avait pas de table pour une personne, aussi en réserva-t-il une petite pour deux, car il n'avait pas envie de se risquer à partager celle de parfaits étrangers. Cette fois-ci, il se contenterait de se détendre et d'observer.

Continuant son inspection, il visita le gymnase, la piscine de mosaïque bleue et le jardin d'hiver exubérant de feuillage, enclave tropicale où des perruches jacassaient dans d'énormes cages entre des buissons en fleurs. Il secoua la tête, étonné par ce luxe superflu. Mais il était obligé de reconnaître qu'il y prenait plaisir !

Il partit à la recherche du steward afin de réserver une chaise longue sur le pont promenade, à tribord afin de profiter du soleil si par chance il y en avait. Quand il redescendit, les haut-parleurs demandèrent pour la dernière fois aux non-passagers de regagner le quai. La sirène lança son grand cri mélancolique. Ce son tellement excitant lui arracha un frisson. Je partirais cent fois, pensa-t-il, que cela me ferait toujours le même effet.

Il remonta sur le pont. Il faisait un froid mortel. Le vent transperçait son épais pardessus mais il voulait assister au départ et voir les petits remorqueurs tirer le grand bateau jusqu'au milieu de la rivière où il descendrait seul le courant, passerait devant la statue de la Liberté et quitterait la ville. Des lumières brillaient autour du socle et il lui adressa un salut. Le navire prit de la vitesse. Les machines battaient comme un cœur. Il voyait à peine les mouettes qui les suivaient et resteraient avec eux jusque dans le bras de mer. Le temps qu'ils arrivent au bateau-phare d'Ambrose, il ferait nuit noire. Le pilote descendrait l'échelle et ils seraient enfin en pleine mer.

Il n'avait pas envie de rentrer à l'intérieur du bateau. Il n'y avait personne à l'arrière, sauf un homme avec deux grands garçons auxquels il montrait le panorama. C'était probablement leur première traversée et Paul se remémora la sienne; il avait cru partir pour la lune.

Il fit enfin demi-tour. Avançant rapidement contre le vent, il faillit heurter une femme qui se dirigeait aussi vers la porte; s'effaçant pour la laisser passer, il s'excusa et reconnut Leah.

Elle éclata de rire. « Je n'ai rien dit quand tu m'as appris que tu partais. Je pensais que la surprise serait drôle. Oh ! Mais je t'en prie... » Elle lui toucha le bras... « Ne te sens pas obligé de me tenir compagnie. C'est une simple coïncidence et, si tu t'étais proposé de rester solitaire, ne t'inquiète pas pour moi. Je trouverai des compagnons de voyage.

— Ça, je n'en doute pas. »

Puis ils rirent tous deux. Il pensa : Elle sait que je sais qu'elle me raconte des blagues. Elle l'a fait exprès.

« Eh bien, tu es sensationnelle », dit-il.

Elle portait un manteau d'astrakan noir avec un col de renard argenté et un chapeau de velours bleu paon. C'était le petit bibi ridicule, appelé Princesse-Eugénie, dont toutes les femmes raffolaient.

« Oh non ! Je ne suis absolument pas habillée pour la circonstance. Mais des amis m'ont souhaité bon voyage en m'invitant à déjeuner au Waldorf et je n'ai pas eu le temps de rentrer chez moi me changer. J'ai un manteau qui convient mieux et tout ce qu'il faut dans ma cabine. »

Il était hors de doute qu'elle avait le nécessaire. « Fuyons ce vent et réchauffons-nous avec un verre », dit-il.

Il la suivit dans les profondeurs tièdes du navire; quelques minutes auparavant, il se réjouissait à l'idée d'un long voyage tranquille durant lequel il ne serait que l'observateur attentif de la sociabilité des autres; si on lui avait dit que le destin lui imposerait de la compagnie, cela l'aurait exaspéré. Et, pourtant, il éprouvait comme un surcroît de plaisir à inviter quelqu'un à dîner avec lui. Mais, d'abord, un verre.

« Imaginons que nous venons de faire connaissance, dit-il

lorsqu'ils se furent installés dans un recoin accueillant. Je viens de t'aborder et nous nous sommes présentés l'un à l'autre.

— Je dirais plutôt que c'était l'inverse, non ? »

Leah s'enfonça dans son fauteuil en soupirant d'aise. Elle portait, avec sa robe de lainage noire toute simple, un somptueux collier de turquoises taillées et une paire de bracelets assortis. Paul en estima la valeur et décida que Ben avait dû lui laisser plus encore qu'il ne l'avait supposé. Il se souvint brusquement de la petite fille que sa mère avait appelée, sans malveillance, la « petite épave de Hennie ». Elle n'avait jamais eu l'air d'une épave et ne s'était jamais comportée comme telle.

« Qu'est-ce que ce sera ? demanda-t-il lorsque le garçon se présenta. Un daiquiri de dame ? Ou bien veux-tu prendre un martini ?

— Ni l'un ni l'autre. Je veux un Campari soda. »

Paul haussa les sourcils. « Tu es devenue européenne ?

— Pourquoi pas ? Je suis en route vers l'Europe, sur un navire français.

— Qu'est-ce qui t'amène à traverser l'Océan à cette époque de l'année ?

— Des achats. Je n'assiste pas aux grands défilés de mode. J'ai de petites couturières qui font des choses sur commande pour certaines de mes clientes. Les femmes ne veulent pas de copies des grands couturiers de la Septième Avenue, aussi je garde mon style personnel, et ça paie. J'ai plus de commandes qu'il n'en faut.

— Malgré la crise ?

— Il y a toujours des gens tellement riches que les crises ne les touchent pas. Tu devrais le savoir. » Leah lui fit un grand sourire. « Et celles qui ne sont pas si riches achètent tout de même de beaux vêtements parce que c'est une publicité pour leur mari. Après tout, la meilleure manière de se mettre en position de gagner de l'argent, c'est de faire comme si on en avait. Hank dit que je suis d'une frivolité atroce quand je parle ainsi. Il estime que c'est horrible de se préoccuper de la longueur d'un ourlet ou de la place de la taille alors qu'il y a des gens qui n'ont même pas un manteau chaud.

— Il ressemble à Hennie et à Dan.

— Il a toujours été comme cela, hein ? Il vit en pleine contradiction, mon fils. Sa politique et ses amis sont de gauche, sa morale est très bourgeoise, presque puritaine.

— Il va bientôt mener sa propre vie, et c'est très bien. Mais je regrette les années où il avait besoin de moi.

— Il t'adore, Paul. »

Durant les premiers jours angoissants qui avaient suivi la mort de Ben, Hank avait été en proie à d'épouvantables conflits. Puis il les avait peu à peu résolus en condamnant tout ce qui touchait à la mort de Ben, et surtout l'argent. Cela troublait sa conscience de ne pas avoir besoin d'y penser, de rester dans son école privée alors que tant d'autres avaient dû la quitter, de s'inscrire à Yale sans demander une bourse ou travailler pour payer ses études. S'il le pouvait, se dit Paul, il prendrait à son compte les souffrances des autres.

« Il fera un bon médecin, dit-il. Tu pourras être fière de lui.

— Pour la première fois, je regrette de ne pas avoir eu un autre enfant. Ç'aurait peut-être été une fille. Elle aurait été un tel réconfort pour moi.

— Je suppose que oui. » Paul fit tourner son verre en regardant fixement le liquide rosé.

« Tu as l'air pensif. Cela doit te paraître joliment frivole d'aller ainsi à l'étranger acheter ce que Hennie appelle de "jolis chiffons". Es-tu comme eux ou comme moi ? » Elle se pencha vers lui, le menton dans la main, et le fixa de son regard brillant et impertinent.

« Je dirais que je me situe quelque part entre les deux. Je pense que je dois faire ce que je peux pour les autres, mais je trouve aussi qu'on ne doit pas bouder son plaisir. »

Les yeux de Leah devinrent graves. « Hennie m'a dit pourquoi tu partais. La raison de ce voyage. »

Automatiquement, il porta la main à sa poche de poitrine qui contenait la traite bancaire dont il pourrait user à discrétion en Angleterre et en Allemagne. Il n'osait même pas la laisser dans ses bagages fermés à clef.

« Je vais essayer. Dieu seul sait ce que je vais pouvoir faire.
— Est-ce vraiment aussi terrible qu'on le dit ?
— J'imagine que c'est pire encore. »

Ils se turent. Les voix des tables voisines envahirent leur silence. Un jeune couple parlait français et quatre Américains discutaient de leurs projets.

« Je peux faire tous mes achats à Paris en quelques jours. Nous sommes tellement pressés d'aller en Allemagne. Bruce dit que maintenant c'est merveilleux, tellement propre et discipliné ; de plus, ils sont vraiment accueillants. »

Paul et Leah se regardèrent. Quels commentaires pouvaient-ils faire ? Aussi terminèrent-ils leur apéritif en regardant fixement, derrière les vitres, la nuit noire.

Ils étaient maintenant en pleine mer. Le navire craquait et tanguait. « On dit que le *Normandie* vibre beaucoup, fit remarquer Paul. Ce n'est pas bon pour le mal de mer, j'en ai bien peur. Est-ce que tu en as déjà souffert ?

— Pas encore. Mais je n'en suis qu'à ma troisième traversée.

— J'ai le remède contre le mal de mer de Mothersill. Je n'ai pas encore eu l'occasion de l'utiliser, aussi j'ignore s'il est efficace. Peut-être pas plus que les remèdes habituels, les sandwichs au jambon et les huîtres. On recommande parfois le champagne.

— Tu me rappelles que je meurs de faim. » Et Leah demanda à un serveur qui passait : « *A quelle heure est le dîner, s'il vous plaît* * ? » Quand il eut répondu, elle se retourna vers Paul d'un air triomphant. « Qu'est-ce que tu en penses ? J'ai appris le français à l'école Berlitz.

— Tu as une bonne oreille. Ton accent est parfait. » Et il se souvint qu'elle avait pris à sa première patronne, une Irlandaise, une délicieuse façon de chanter en parlant, qu'elle avait gardée tant qu'elle y était restée. La petite rusée !

« Je prétends que je l'ai appris avec ma gouvernante française. Je suis un phénomène, non ?

* En français dans le texte.

— Oh oui ! Viens, allons nous habiller pour dîner. »

Le repas serait excellent. Il décida de s'enivrer agréablement au champagne.

« Oh ! Je n'en peux plus », dit Leah d'un air content.

Ils avaient englouti de l'ananas à la Pompadour — un mélange de caviar, de crème et de morceaux d'ananas —, de la salade et du rôti de veau. Maintenant, après le fromage et les fruits, c'étaient les friandises, une assiette de bonbons et de fruits confits.

« Je ne pourrais pas avaler une bouchée de plus », ajouta-t-elle en dégustant une fraise décorée de sucre filé. Elle pouffa de rire. « N'est-ce pas merveilleux ?

— Je pense que c'est merveilleux que tu gardes la ligne.

— Tu ne crois tout de même pas que je mange tout le temps ainsi ? Regarde autour de toi, Paul. C'est vraiment somptueux ! Tu n'aimes pas cela ? Et, encore, personne n'est vraiment habillé. Attends la deuxième soirée à bord, avec les hommes en habit et cravate blanche. Je parie que les robes vaudront le coup d'œil. »

Paul regarda les fleurs éclatantes, le scintillement des miroirs. De la main, il montra le grand escalier.

« Il n'y a que les Français pour concevoir ça. Une femme qui fait son entrée du haut de cet escalier doit se prendre pour une reine.

— J'espère qu'elle est habillée comme une reine, avec tous les yeux fixés sur elle... Oh ! C'est merveilleux ! J'adore m'habiller. »

Il sourit de la voir si heureuse. « Tu n'as pas changé. Tu gardes ton enthousiasme. Même physiquement, tu n'as pas changé.

— Si. J'ai trente-sept ans.

— Tu ne les fais pas.

— Il y a longtemps que nous nous connaissons, n'est-ce pas ? Je me souviens de la première fois où Hennie et Dan m'ont emmenée chez toi. C'était un dimanche, pour dîner, et tante Hennie m'avait acheté une robe neuve. Bon sang, elle avait été obligée de me fournir toute une garde-robe, je n'avais rien ! J'étais tellement impressionnée, épouvantée même, je ne savais pas me tenir et il y avait tant de couverts différents sur la table.

— Ma mère raffolait de l'argenterie. J'espère que j'ai été gentil avec toi.

— Tu as toujours été gentil avec moi. » Elle leva sa tasse à café et le regarda par-dessus le bord. « Oui... quand on pense à tout ce qui nous est arrivé depuis... L'amour et les mariages. »

Il n'avait pas envie de penser à cela maintenant.

« Parle-moi de ton travail. »

Elle s'empressa de répondre. « Les grossistes me disent que je devrais ouvrir un salon en Floride, mettre une gérante et y aller un mois en hiver, mais je ne suis pas certaine d'en avoir envie. Je ne saurais même pas où aller, à Palm Beach ou à Miami... » Elle rit. « Cela dépend si je veux une clientèle juive ou pas. C'est deux communautés totalement séparées, là-bas.

— Où ne le sont-elles pas ?

— Nulle part. New York est divisé : les Juifs habitent le West Side, sauf une poignée de fantaisistes comme nous. » Elle lui adressa un sourire sagace. « Et les Juifs eux-mêmes sont divisés. Les gens qui vivent dans le Grand Concourse sont à mille lieues de ceux qui habitent West End Avenue. Et les clubs ! Les épithètes : celui-là est "commun", cet autre est "nouveau riche" — mais j'ai remarqué que les gens qui condamnent le premier feraient des pieds et des mains pour y entrer. Tu connais tout cela, n'est-ce pas ?

— Oui.

— J'entends tout le temps ce genre de remarque. Les femmes bavardent en achetant leurs vêtements comme elles le font chez leur coiffeur. Ce sont de telles sottises, surtout quand on pense à la situation actuelle, comme dirait Hank. » Elle fronça les sourcils et demanda brusquement : « Dis-moi, où penses-tu que cela va nous mener ?

— Peut-être à la guerre.

— Mon Dieu, non ! Pas une deuxième. A cause de ces

fichus Allemands ! Ils sont les seuls à poser des problèmes.

— Non, pas seulement. Je m'inquiète pour la France, aussi. Je pense qu'ils ont de gros problèmes. Les gens n'ont plus confiance dans le gouvernement.

— Quand j'y suis allée, il y a deux ans, tout le monde se plaignait des impôts.

— Les riches n'en paient pas. Ils envoient leurs capitaux à l'étranger. J'ai actuellement de nombreux investisseurs français.

— Mais c'est du chantage vis-à-vis de leur gouvernement, n'est-ce pas ? C'est comme s'ils disaient : Augmentez encore les impôts et je vais envoyer mon argent à l'étranger.

— Tout à fait. Si jamais tu te lasses de ton salon de couture, tu trouveras peut-être du travail dans la banque, dit Paul pour la taquiner. Allons, cette conversation devient trop sérieuse. Tu n'as pas envie d'aller respirer un peu sur le pont ?

— Si. Je cours chercher un manteau.

— Au fait, où es-tu ?

— Au pont A.

— Moi aussi. Rendez-vous à l'ascenseur dans deux minutes. »

Elle revint, vêtue d'un énorme manteau écossais, les cheveux recouverts d'un foulard assorti.

« Je vais t'emmener sur le pont des embarcations. Tu te croiras à mi-chemin du ciel. »

La mer étant grosse, l'avant se relevait fortement. Un filet argenté, mince comme un cimeterre, apparaissait entre les nuages qui couraient dans le ciel ; durant un instant, il se refléta dans l'eau et fut de nouveau recouvert, on aurait dit que les vagues l'avaient englouti. Ils restèrent au bastingage à regarder la turbulence de l'océan.

« On a l'impression de vivre une aventure dangereuse, dit Leah. Ces kilomètres d'océan déchaîné en dessous de nous...

— Le navire est solide comme un roc, répondit Paul qui se souvint du *Lusitania* mais se garda d'en parler.

— Qu'y a-t-il là-haut ? demanda Leah.

— Le chenil. Nous pourrons y monter demain, si tu en as envie.

— Freddy m'a raconté comment vous avez ramené Strudel cet été, lorsque vous êtes allés ensemble en Europe. »

Elle ne parlait jamais de Freddy. Personne ne mentionnait jamais son nom. Surpris, Paul répondit calmement : « Oui, il se faisait beaucoup de souci pour le pauvre animal. Il lui rendait visite cinq ou six fois par jour.

— Freddy avait le cœur tendre.

— Oui. Je l'aimais beaucoup. Cela ne t'ennuie pas de parler de lui ?

— Bien sûr que non. Le passé est le passé. Il y a six ans que Ben a disparu et je ne pense plus beaucoup à lui. Freddy, cela remonte encore plus loin. C'est comme si je l'avais connu dans une autre vie. Tout ce qui me reste de lui, c'est Hank, et il est tellement différent de son père qu'il ne me le rappelle guère. » Un éclair de lumière qui surgit entre deux nuages illumina le visage de Leah. Ses yeux étaient pleins de tendresse. « Paul... Je me demande toujours si je t'ai assez remercié pour l'attitude paternelle que tu as eue avec lui.

— Tu me remercies tout le temps ; tu n'as pas besoin de le faire.

— Tu as été si bon pour lui et pour moi. Pardonne-moi si je deviens sentimentale, je crois que je suis un peu ivre.

— Ne t'inquiète pas, moi aussi. Si nous descendions prendre le coup de l'étrier, pendant que nous y sommes ?

— J'ai du champagne dans ma cabine. Pourquoi en acheter ?

— Quel esprit pratique ! D'accord, allons boire le tien. »

Dans la cabine de Leah qui, sauf pour la couleur, était la copie de celle de Paul, le lit était déjà rabattu. Une chemise de nuit, un peignoir et des mules l'attendaient. Sur une table, sous le hublot, il y avait un grand vase de roses American Beauty et une boîte de chocolats dans l'emballage bien connu de chez Saks, le grand magasin de la Cinquième Avenue. Leah suivit son regard.

« Cinq livres de chocolats et deux douzaines de roses. C'est drôlement gentil, hein ?

— En effet. Qui est cet admirateur ?

— Bill Sherman. Un avocat. Il est adorable. Le champagne vient de Meg.

— Elle est pleine d'attentions. Tu l'as vue récemment ?

— Oui, elle achète des tonnes de vêtements. Ce n'est pas elle qui est comme cela, mais Donal. Il me téléphone la liste de ce dont elle a besoin, surtout des tenues de soirée, et ce qu'il y a de plus cher. Cet homme est cousu d'or. Il collectionne les biens immobiliers ; il doit posséder maintenant un quartier de New York, un de Chicago et un autre de je ne sais quelle ville. »

Paul, se remémorant leur affrontement lors de l'affaire avec les Allemands, aurait bien voulu dire ce qu'il pensait, mais il eut peur qu'elle laisse échapper quelque chose devant Dan. Et puis, brusquement, le désir profond d'être honnête le poussa à dire : « Nous avons une formidable dette vis-à-vis de lui, n'est-ce pas, pour les fois où il a sauvé Dan, puis Alfie ? Et il ne s'agit pas de petits services.

— C'est vrai. » Leah réfléchit. « Je pense que Meg lui en est joliment reconnaissante. Ça, plus le diaphragme, surtout le diaphragme, font que les choses se passent plutôt bien entre eux. »

Et la passion. Tu l'as oubliée, pensa Paul. Une fois, elle avait parlé du « béguin » de Meg, mais un béguin ça passe, ce n'est pas pareil. Une passion peut durer toute une vie... Il ne croyait pas que Leah puisse comprendre ; elle ne pouvait lui apporter que des paroles de sympathie. Elle ne serait jamais follement emportée, comme Meg et lui l'avaient été, comme il l'était encore...

Leah alla prendre la boîte. « Mangeons les chocolats de mon admirateur. Ça va bien avec le champagne.

— Oui, c'est vrai. Parle-moi de lui.

— Je te l'ai dit. Il a de la personnalité, il est très intelligent et possède une excellente clientèle ; il aimerait bien m'épouser. Ou le ferait si je l'y encourageais.

— Alors, pourquoi ne l'encourages-tu pas ?

— Un troisième mariage ? J'aurais l'air d'une femme terriblement légère, et tu sais que je ne le suis pas... Veux-tu encore du champagne ? Moi pas, j'ai déjà la tête qui tourne et cette robe de lainage est trop chaude. Cela t'ennuierait si je l'ôtais ?

— Non. Je vais simplement me retourner.

— Pas la peine. Ma combinaison est tout à fait décente. Si elle était plus longue, elle pourrait servir de robe du soir. Elle est en vraie dentelle, et cousue à la main. Rien de tel que la lingerie française. Regarde. »

Elle était tout en courbes; ses seins dessinaient deux hémisphères blancs sous la dentelle; ses hanches arrondies contrastaient avec sa taille mince. Elle demeura immobile sous le regard de Paul qui la parcourut des pieds à la tête et s'arrêta sur ses yeux brillants et légèrement moqueurs.

Ce n'était pas une jolie femme, mais elle éclatait de santé, de vie, et elle devait aimer l'amour. Il se demanda comment elle faisait depuis la mort de Ben. Probablement rien. Les femmes ne se rendaient pas tous les mois dans une autre ville pour y retrouver un homme qui les attendait. Elle devait tout simplement attendre et brûler de désir.

Il franchit les quelques pas qui les séparaient et posa les mains sur ses épaules. Le navire tangua et ils se balancèrent avec lui. Leah rit et assura son équilibre en nouant les bras autour de son cou; ses mains étaient brûlantes sur la nuque de Paul.

Puis son rire mourut et elle attira son visage vers le sien, vers sa bouche prête au baiser; il l'étreignit tandis que tout le reste se mettait à tournoyer : la certitude de ce qui allait se passer et l'étonnement que ce soit avec Leah, ici et maintenant. Pourquoi Leah ? Et pourquoi Ilse ? pensa-t-il en un éclair; là aussi, il avait été emporté par une tempête imprévisible... Il n'avait pas pensé à Ilse depuis des mois, des années même.

Il répondit au désir de Leah, se plia à ses besoins tandis que l'étonnement le tenaillait, jusqu'à ce qu'ils se retrouvent au lit, lumière éteinte; le navire tanguait et un feu brûlait en lui, de plus en plus ardent, inextinguible.

La traversée fut mauvaise. Plusieurs fois, la salle à manger se retrouva à moitié vide. Mais Paul et Leah ne manquèrent pas un seul repas, ni le thé et les gâteaux à 5 heures dans le salon, ni le bouillon à 11 heures du matin. Côte à côte, ils s'installaient sur le pont promenade, enveloppés dans leurs couvertures, et lisaient ou contemplaient la mer agitée, grise et verte.

Du coin de l'œil, il l'observait. Il se reprochait de toujours faire de l'introspection, d'être incapable de prendre simplement du plaisir ou d'accepter un don des dieux sans en chercher les motifs ou réfléchir aux suites possibles, mais il continuait à analyser ses sentiments. D'abord la gratitude pour ces quelques nuits qui lui avaient apporté plus de plaisir qu'il n'en avait eu depuis bien longtemps. Il ne se serait jamais douté... Ils se connaissaient depuis... combien d'années ? Et maintenant cela lui tombait du ciel ! Il rit intérieurement et se sentit plein de tendresse.

C'était une femme vaillante, facile à vivre. Elle aurait donné sa chemise. Il se demanda ce qu'elle espérait de lui. Elle ne pouvait pas s'attendre que cela se transforme en quelque chose de définitif... On ne pouvait pas encore savoir.

« A quoi penses-tu ? » demanda-t-elle.

Il sursauta et mentit. « A rien de particulier. Je cherche seulement à distinguer le point où le ciel et la mer se rencontrent et, avec tous ces nuages, je n'arrive pas à le voir.

— Pas étonnant. C'est moi que tu regardais.

— Oui, un peu. Tu es très jolie. Est-ce que je t'ai dit que j'aimais beaucoup ce tailleur écossais ? En réalité, tous tes vêtements me plaisent.

— Est-ce que tu ne me préfères pas sans vêtements ?

— Tu as besoin de me le demander ? »

Elle repoussa la couverture et s'assit sur le bord du fauteuil. « Je pourrais facilement tomber amoureuse de toi, Paul. »

Il posa sa main sur la sienne, ne sachant que répondre.

Elle comprit son hésitation. « Tu n'as pas besoin de répondre. Je ne te demande rien. Seulement que tu me dises que c'est merveilleux d'être ici, ensemble.

— Je suis très heureux, ma chérie, tu ne t'en aperçois pas ? »

Elle hocha la tête. « Je ne t'avais jamais entendu rire autant.

— C'est vrai.

— Bien sûr, tu sais que j'ai manigancé notre rencontre. »

Il sourit. « Je m'en doutais. Mais es-tu... » Il ne voulait pas dire « amoureuse de moi », aussi se reprit-il : « ... Tu y songeais depuis combien de temps ?

— C'est difficile à dire. Cela couvait depuis un moment, je pense. Je t'ai côtoyé beaucoup ces dernières années, à cause de Hank, et j'ai découvert certaines choses... » Elle se tut.

« Quoi ?

— Eh bien, que Marian et toi, vous n'êtes pas le plus heureux des couples. Je suppose que... non, je suis sûre que si j'avais pensé que vous l'étiez, rien de tout cela ne me serait venu à l'idée. »

Il sentit sa bouche se crisper. Une inhibition profonde, due soit à l'orgueil, soit à sa loyauté vis-à-vis d'elle, probablement un mélange des deux, lui interdisait de parler de Marian.

Leah se hâta de dire : « Je t'ai blessé ? Je suis désolée. Je respecte Marian. Tout le monde la respecte. Vous offrez l'image d'un couple respectable, mais je ne peux m'empêcher de voir certaines choses, de petites choses. Je vous connais depuis trop longtemps pour ne pas les voir.

— Disons plutôt, remarqua-t-il sèchement, que tu es très perspicace. »

Elle chercha à déchiffrer son expression. « Oui, et assez pour savoir où m'arrêter. J'espère que tu n'es pas en colère contre moi. »

Elle avait l'air si pathétique qu'il se laissa toucher. Après tout, elle n'avait fait que voir la vérité et la dire. Il se leva et la mit sur ses pieds.

« Viens, cinq fois le tour du pont, cela ne fait qu'un kilomètre. Tu es prête à en faire deux ? »

C'était si agréable d'être avec une femme en bonne santé.

L'humidité ne troublait pas ses sinus, le vent — et il y en avait assez pour vous balayer du pont — ne lui coupait pas le souffle ou ne dérangeait pas sa coiffure ; elle n'avait pas le mal de mer et n'était jamais fatiguée. Ils jouaient aux palets sur le pont supérieur et nageaient dans la piscine turquoise. Ils fouinaient dans toutes les boutiques du bord. Au cinéma, ils s'émerveillaient encore des films parlants.

Paul était conscient de l'attention qu'on leur portait. Les gens regardaient Leah faire son entrée du haut de ces escaliers spectaculaires ; il aimait à surprendre leur double reflet dans les miroirs muraux ; lui en habit, grand et élégant, elle à vous couper le souffle en satin crème ou en velours noir garni d'hermine. Elle portait toujours une alliance ornée d'un gros diamant ainsi qu'un solitaire de huit carats à l'autre main. On devait sûrement les croire mariés. Comme ils préféraient visiblement rester seuls, on devait supposer qu'ils étaient en voyage de noces. Et, avec un peu de chance, personne à bord ne les reconnaîtrait, ni l'un ni l'autre.

Et dire qu'il avait compté passer en mer six journées solitaires et reposantes ! Jamais de sa vie il n'avait vécu aussi intensément. Elle lui faisait partager son émerveillement face au monde. Jamais il n'avait pris autant de plaisir à danser, à glisser avec le roulis du navire — l'odeur suave de Shalimar, le parfum de Leah, montant jusqu'à ses narines.

Mais parfois... parfois, quand ils dansaient, il pensait à Anna avec un brusque élancement dans le côté, une fulgurante douleur dans les tempes. Si Leah avait été à la place d'Anna, elle n'aurait pas laissé sa *conscience* la retenir ; elle serait venue à moi ; elle en aurait trouvé le moyen. Elle m'aurait permis de connaître mon enfant. La peur n'aurait jamais freiné Leah.

Alors il se réprimandait, se répétait : ce qui est passé est passé. Va de l'avant.

Le temps marchait trop vite. Bientôt les chapeaux en papier et les crackers apparurent au dîner du capitaine, l'avant-dernier soir, et l'atmosphère changea. On commença à faire ses bagages, on se prépara à être le premier au guichet du commissaire du bord, le lendemain matin, pour changer son argent. Paul devait débarquer à Southampton tandis que Leah allait traverser la Manche jusqu'au Havre.

Elle soupira. « J'aurais bien aimé que cela continue encore une semaine. Et toi ?

— Moi aussi. Mais en rajeunissant tous les jours comme je le faisais, je me serais probablement retrouvé à l'âge de l'école primaire au bout d'une autre semaine.

— Tu m'as rendue très heureuse, Paul. »

En entendant ce petit trémolo dans sa gorge, Paul persista à parler d'un ton badin. « Nous nous sommes rendus mutuellement heureux, et c'est dû en grande partie à la vie que l'on mène sur un paquebot. » Il n'avait pas le temps de mettre de l'ordre dans ses sentiments ; d'ailleurs, était-ce vraiment nécessaire ? « C'est un cadeau inespéré des dieux, contentons-nous de les remercier et de prendre ce qui vient, au jour le jour. Cela tient debout, ce que je dis là ?

— Tout à fait.

— Quand tu arriveras au Crillon, fais changer la chambre que j'avais réservée pour une autre au même étage que la tienne. J'y viendrai tout droit. Et amuse-toi bien en attendant mon arrivée.

— Je n'y manquerai pas. Comment pourrait-on ne pas prendre du bon temps à Paris ? Paul, fais attention en Allemagne. On a besoin de toi. Hank a besoin de toi. »

Quelle fille intelligente ! Pas : « J'ai besoin de toi », mais : « Hank a besoin de toi. »

« Je ferai attention », dit-il.

XI

Au sortir de l'univers féerique du paquebot, Paul plongea dans la réalité. Il se retrouva dans les beaux salons du Belgravia, puis un autre jour dans celui d'un magnifique manoir à colombages, en compagnie d'hommes au visage grave, les chefs de la communauté juive d'Angleterre. C'était un groupe diversifié, comme en Amérique, à ceci près qu'ici certains portaient des titres de noblesse. D'autres étaient fils d'émigrés. Tous montraient la même peur en lui annonçant de bien mauvaises nouvelles.

Environ un quart des Juifs allemands, privés de leurs moyens d'existence, en étaient réduits à manger dans les soupes populaires subventionnées en grande partie par les associations juives d'Amérique et d'Angleterre. En sortant le gros chèque qu'il avait été chargé d'apporter, Paul se rendit compte que c'était très insuffisant par rapport à l'étendue du désastre. Combien de zéros faudrait-il ? se demanda-t-il.

Le gouvernement britannique, déclaration Balfour ou pas, limitait sévèrement le nombre de Juifs auxquels il accordait la permission de s'installer en Palestine. De puissants groupes industriels, craignant d'offenser les Arabes, imposaient ce contrôle draconien. L'attitude de la classe aisée anglaise face aux persécutions nazies allait de l'indifférence à l'approbation — ce qui choqua douloureusement Paul qui avait tellement aimé ce pays. Lloyd George lui-même, revenant d'Allemagne, avait chanté les louanges de Hitler qui, par ses réalisations hardies, avait rétabli l'ordre et remis à flot une économie en train de sombrer.

On donna à Paul une liste de gens qu'il devrait voir quand il serait en Allemagne : les responsables d'une communauté religieuse, des rabbins et des chefs d'entreprise. Il se prépara à partir. Plus l'Allemagne se faisait dangereusement proche, plus ses rendez-vous d'affaires dans la Cité perdaient de l'importance. Il monta dans le train qui assurait la correspondance avec le ferry et, voyant le soleil hivernal briller sur les toits des faubourgs, il se dit que l'Angleterre l'avait peut-être déçu, mais qu'il quittait une prairie en fleurs pour pénétrer dans cette cave moisie qu'était devenue l'Allemagne.

Dans le train qui l'emmenait à Berlin, il aurait voulu se boucher les oreilles pour ne pas entendre les voix des touristes américains et anglais venus là pour s'amuser. Il avait l'impression de se rendre à l'enterrement de quelqu'un qu'il aurait connu toute sa vie. C'était le même serrement de gorge, le même creux à l'estomac. Il resta immobile, plongé dans ses pensées.

A la gare centrale, il prit un taxi et donna l'adresse de Joachim. L'après-midi touchait à sa fin. Les rues étaient embouteillées par les voitures des gens qui rentraient du travail et de ceux qui faisaient leurs achats. Le taxi se traînait, laissant à Paul le temps d'observer et de lire les panneaux. En dépit de tout ce qu'il avait entendu, la réalité semblait impossible; il y avait écrit, sur les vitrines et les palissades, « N'achetez pas aux Juifs ». Et partout des Chemises brunes, seuls ou en groupe, plastronnant et démesurément grands. Il se dit : C'est absurde, ils ne sont pas plus grands que moi. C'est seulement la peur.

Et il tâta dans sa poche intérieure le passeport américain avec les chèques et les listes. Il avait l'impression que c'était une arme qui le protégerait. Pourtant, on parlait d'étrangers qui mystérieusement en dépit des consignes censées les protéger, avaient été écrasés ou défenestrés.

Le taxi pénétra dans un quartier résidentiel. Les avenues, les grands arbres et même les façades des maisons proclamaient que des riches habitaient là. Il était donc vrai que les affaires de Joachim marchaient bien. La cour dans laquelle ils entrèrent ressemblait à celle de Munich, avec ses grandes grilles en fer forgé et ses arbustes florissants dans des urnes de pierre. Paul régla la course et monta au premier.

Dès qu'il eut sonné, la porte s'ouvrit et Joachim lui donna l'accolade.

« Douze ans ! s'écria-t-il. Douze ans ! » Ses yeux étaient mouillés de larmes. « Elisabeth, où es-tu ! Notre Américain est revenu. »

Elle arriva en courant. « Oh ! Que vous êtes méchant ! Vous aviez promis de venir avec Marian passer des vacances d'été avec nous. Vous attendez tout ce temps pour revenir sans elle. Allons, tant pis, ne gâchons pas nos retrouvailles. Entrez. Il s'est passé tant de choses, nous en avons tant à nous dire. »

Elle était toujours volubile, blonde et jolie, mais, comme la plupart des Allemandes, elle avait pris un peu trop de poids.

« Et voilà notre Gina. Vous vous souvenez de Regina ? »

C'était une jeune fille athlétique et nerveuse, d'environ quinze ans, aux longs cheveux bouclés et aux traits un peu forts. Sur son tricot gris, tout simple, une petite étoile de David était suspendue à une chaîne en or.

« Vous aviez deux ans lorsque j'ai fait votre connaissance, lui dit-il.

— Et voilà Klaus, Klaus Wilhelm. Lui, vous ne le connaissez pas.

— Comment ça va, Klaus ? Vous n'étiez pas encore né la dernière fois que je suis venu... Vous ressemblez à votre père. »

Le garçon sourit. Bon, pensa Paul. A cet âge, une remarque aussi stupide m'aurait agacé, mais on ne me l'a jamais faite car je ne ressemblais pas à mon père. Il fit un clin d'œil à Klaus qui le lui rendit.

« Nous dînerons d'abord, dit Elisabeth. Vous devez mourir de faim. Je l'espère du moins.

— Je suis désolé de ne pas arriver à l'heure prévue. Le train avait du retard et la circulation, en venant de la gare, était terriblement mauvaise.

— Oui, il y a beaucoup d'encombrements. Tout le monde s'affaire, achète et vend. » La voix de Joachim débordait d'enthousiasme. « Laissez-moi vous débarrasser de votre sac. Faites un brin de toilette et venez nous rejoindre. »

En se rendant à la chambre d'amis, Paul se livra à quelques observations sur l'appartement ; il reconnut le bureau Biedermeier, les chaises Empire, le piano Bechstein, la sombre bibliothèque, les fougères et les cheminées de marbre. Tout était comme avant, mais peut-être plus grand, plus altier et plus orné.

Joachim prit place au bout de la même grande table de réfectoire.

« Paul, venez vous asseoir à côté de moi. Elisabeth a préparé un festin. Ce n'est pas comme la dernière fois. Vous vous souvenez de l'inflation ? Quand on devait mesurer le sucre et le beurre ? Nous avions eu si peur de ne pas avoir assez pour vous. Non, ce n'est plus comme ça. » Il déplia sa serviette et attendit que sa femme et sa fille apportent les plats de la cuisine. « Comme vous voyez, nous n'avons plus de domestiques. Celles qui étaient avec nous depuis quinze ans ont dû nous quitter. Irma était déjà là avant la naissance de Gina. Vous vous rendez compte ! Mais les Aryennes n'ont plus le droit de travailler pour nous. Le gouvernement a peur que je les séduise. Vous vous imaginez Irma et moi, cette bonne fille costaude comme un bœuf ! Elle a pleuré, elle ne voulait pas partir, la pauvre. »

Un énorme rôti fut déposé devant Joachim. Il aiguisa le couteau à découper et tailla des tranches d'une main experte. « Ah ! Il sent délicieusement bon ! Paul, donnez-moi votre assiette. Gina, passe la sauce à ton cousin. Oui, elles s'en tirent bien, mes deux femmes. L'appartement est trop grand pour qu'elles s'en occupent seules, c'est ennuyeux. Mais le quartier est agréable et c'est chez nous, alors nous nous débrouillons. Pas la peine d'essayer de trouver ailleurs.

— Surtout que nous allons partir, déclara Gina.

— Oui, bien sûr, à moins qu'un coup d'État militaire ne renverse Hitler, répliqua son père. Et je pense que cela ne saurait tarder. Les vieux officiers prussiens sont tous contre lui. Ils le méprisent, vous comprenez. Quelques galettes de pommes de terre, Paul ? Tant que l'on peut manger, les choses ne vont pas si mal que ça.

— Nous avons appris qu'il y avait beaucoup de misère, ici, dit calmement Paul. Les communautés juives n'ont plus les mêmes revenus et ne peuvent plus faire face. C'est vrai, n'est-ce pas ?

— C'est vrai que beaucoup de Juifs ont fait faillite. Mais c'étaient les petites entreprises, les plus fragiles. Les gens qui ont un gros commerce d'import-export, ceux qui font entrer des devises étrangères en Allemagne et qui enrichissent le pays, ceux-là, personne ne les moleste. Il y a des milliers d'entreprises juives, peut-être cinquante mille, qui marchent toujours, comme la nôtre. Nous faisons d'excellentes affaires, tout cela passera comme un mauvais rêve. Cela passera et tout le monde oubliera. Je sais que ma famille pense que je suis stupide. Stupide mais aimé, n'est-ce pas ? » Il caressa la main de sa femme. « Croyez-moi, je sais ce que je fais. »

Personne ne répondit et Joachim poursuivit : « Bien sûr, je sais qu'il n'y a pas assez d'argent pour aider tous les nécessiteux. Mais quand y en a-t-il eu assez ? Nous faisons ce que nous pouvons. Je sais ce que moi je fais. Elisabeth en est témoin. Elle sait ce que je donne.

— Personne ne nie que tu es généreux, Joachim, dit Elisabeth. Mais ce n'est pas ce que Paul veut dire.

— J'ai apporté une somme considérable, recueillie dans l'État de New York. Et il en viendra encore d'autres régions des États-Unis, et aussi d'Angleterre. Je pense que je peux parler librement ici. C'est de l'argent liquide, destiné à faciliter clandestinement certaines formalités à ceux qui auraient besoin de partir précipitamment. Ce sont des pots-de-vin afin de pouvoir se rendre en Palestine, ou ailleurs. »

Un profond silence régna autour de la table. La flamme des bougies vacillait, dessinant des creux sinistres sur les visages silencieux et assombrissant, au contraire, les extrémités lointaines de la pièce qui devenait une caverne ; on sentait quelque chose de maléfique planer au-dessus des têtes.

Elisabeth fut la première à reprendre la parole. « Vous restez combien de temps ?

— Quelques jours seulement. Je ne suis venu que pour apporter la contribution de la communauté juive d'Amérique. Après, je dois me rendre à Paris pour des affaires bancaires personnelles. » Il se tourna vers son cousin. « J'ai des listes de noms, de personnes que je dois rencontrer. Voulez-vous y jeter un coup d'œil, je vous prie ? Y a-t-il des gens que vous connaissez ?

— Celui-là, c'est mon rabbin. Je peux vous emmener le voir quand vous voudrez. Il habite tout près d'ici.

— Je ne voudrais pas le déranger chez lui.

— Il en a l'habitude, en ce moment. Nous tenons nos assemblées dans des maisons privées. On ne sait jamais qui viendra lorsqu'on annonce une réunion dans un lieu public.

— On le sait très bien, intervint Elisabeth. La Gestapo sera là. Elle assiste aux services, dans toutes les synagogues. C'est pour cela que nous tremblons et vivons dans la peur. Le monde entier devrait savoir comment nous vivons. »

Joachim l'interrompit. « Le monde entier ne le sait que trop, voilà l'ennui. Et en parle beaucoup trop. Je vous en prie, Paul, ne vous vexez pas, mais si vous, en Amérique et dans le reste de l'Europe, vous arrêtiez votre publicité et votre agitation à notre sujet, ce serait meilleur pour nous. Vous ne faites qu'attiser les flammes. Si on nous laissait tranquilles, elles finiraient par s'éteindre peu à peu et nous pourrions vivre en paix. »

Elisabeth poussa un long soupir, Klaus roula des yeux vers le plafond. Seule la jeune fille répliqua.

« Papa, avec tout le respect que je te dois, comment peux-tu dire des choses pareilles ? Même à l'école, on nous prépare à partir.

— Gina apprend l'hébreu moderne afin d'être prête pour la Palestine, expliqua sa mère. Elle sait faire la lessive, la couture et apprend à s'occuper des enfants. Elle sera capable de subvenir à ses propres besoins, ce qui est loin d'être mon cas.

— La Palestine ! s'écria Joachim. Cela fait combien de siècles que nous sommes ici, en Allemagne ? Au minimum depuis notre expulsion d'Espagne, en 1492, et pour certains d'entre nous depuis bien plus longtemps, un millier d'années au moins, sous l'Empire romain. Comment être plus allemand ? Parler d'émigrer, de quitter tout cela, c'est inouï, dit-il avec émotion. Pour l'amour de Dieu, j'appartiens à l'Union fédérale des Juifs anciens combattants, j'ai la Croix de fer ! Partir d'Allemagne ! Déserter notre patrie juste parce qu'elle traverse des temps difficiles ? A quoi bon ? Mais vous n'êtes pas venu dîner ici pour entendre cette discussion pénible. *Liebchen*, apporte le dessert, je te prie. Qu'est-ce que tu nous as fait ?

— Une tarte aux prunes », répondit Elisabeth en se levant.

Gina l'imita et les deux femmes débarrassèrent la table. Le jeune Klaus resta assis avec ses aînés et attendit d'être servi. Une vraie atmosphère germanique, se dit Paul.

Joachim alluma une lampe sur le buffet. L'obscurité s'était épaissie à l'extérieur. « Il y a de gros nuages, dit-il. Il va neiger. » Il alluma une seconde lampe, accordant ainsi une note plus vive aux tentures et au mobilier. Lorsqu'il revint à table, il reprit la parole dans l'intention de détendre l'atmosphère.

« C'est un amour, ma femme, mais elle dit parfois des sottises. La Palestine ! Nous irions ramasser des olives et garder les chèvres ? Il n'y a que du rocher et du sable, d'après ce que j'ai entendu dire. Bien sûr, elles sont toutes bouleversées, et c'est normal. Mais il faut rester calme. Sinon, nous allons nous effondrer. Je vais vous emmener voir le rabbin demain. Ah ! La belle tarte ! Et, après dîner, nous ferons un peu de musique. Elisabeth va jouer du piano. C'est une soirée à entendre du Chopin. Il évoque le printemps,

Majorque et la mer bleue. Oui, après nous avoir servi le café, Elisabeth, tu nous joueras du Chopin », répéta Joachim, mettant ainsi fin à la discussion et montrant qui était le maître.

La maison du rabbin, bien qu'aussi somptueusement et sombrement meublée, était plus petite et bourrée de livres. Les quatre murs de la pièce en étaient couverts, du haut en bas ; de l'autre côté du bureau, la tête du vieil homme lui apparut par-dessus une pile de livres et de documents. Il a tout à fait l'air d'un rabbin, se dit Paul ; avec son profil en bec d'aigle et ses yeux lumineux, il ressemblait à l'un des anciens, Maïmonide.

« Votre générosité, Herr Werner, celle de la communauté américaine et votre don personnel, nous a tous beaucoup touchés. »

Sept hommes étaient présents en plus de Joachim et de lui. A leurs manières et à leur habillement, Paul qui « avait le nez » pour ce genre de choses les identifia : un professeur excepté, c'étaient des hommes de pouvoir, habitués à diriger, propriétaires d'usines et de grandes maisons de commerce.

« La communauté américaine ne fait pas assez, leur dit-il. Beaucoup trop d'entre nous ne se rendent pas vraiment compte de ce qui se passe. En fait, je pense que, même dans ce pays, il y en a qui n'ont pas conscience de la situation. »

Le rabbin hocha la tête. « Ce n'est que trop vrai, Herr Werner. C'est très compliqué. Certains d'entre nous se sont suicidés lorsque les nazis ont pris le pouvoir, d'autres se sont durcis. C'est ce qui s'est produit, tout au long de notre histoire, lorsque des persécutions ont éclaté. »

Les yeux de Paul se promenaient sur les objets afin d'éviter le cercle de visages inquiets et vinrent se fixer sur un petit paysage posé sur un chevalet, près d'une fenêtre. Le rabbin suivit son regard.

« Ravissant, n'est-ce pas ? Un cadeau de mes fidèles pour mes trente-cinq ans de sacerdoce. Il est interdit d'exposer les toiles de cet artiste dans une galerie. Il est aussi interdit de jouer la musique de Mendelssohn. Oui, on croit que seuls les Juifs vont souffrir, mais déjà des centaines de pasteurs protestants ont été arrêtés. Ces criminels n'ont pas plus de respect pour le christianisme. Est-ce que Nietzsche n'a pas dit que la religion était une malédiction et une perversion ? La seule vérité, c'est la guerre : les femmes sont là pour donner naissance à des soldats et les hommes pour combattre.

— J'ai soixante-cinq ans, dit le professeur, et, lorsque j'étais étudiant à l'université de Berlin, j'entendais enseigner le même genre d'idéologie.

— J'ai reçu une lettre la semaine dernière, reprit le rabbin. Joachim, vous qui avez vécu à Munich, vous connaissiez le Dr Ilse Hirschfeld. On a arrêté son fils.

— Vraiment ? Oui, c'était le médecin d'Elisabeth. Paul, vous vous souvenez d'elle ? » Et Joachim expliqua : « Nous avons eu des ennuis, un accident, un jour où Paul était là. »

Un accident ! pensa Paul. Il demanda : « Comment est-ce arrivé, rabbi ?

— Elle m'écrit qu'il distribuait des tracts antimilitaristes lorsqu'il a été arrêté. Un jeune homme particulièrement brillant, je m'en souviens. Elle ne sait pas ce qu'il est devenu. Elle est désespérée.

— Il s'était fourvoyé dans le socialisme, dit Joachim d'un ton plein de colère. Ma fille Gina aussi. J'espère qu'elle ne va pas s'attirer d'ennuis. »

Le rabbin continua comme s'il n'avait pas entendu. « Il s'appelle Mario. On lui avait donné le nom d'un parent du côté de son père qui est parti en Italie après la révolution russe et a pris un nom italien. En fait, Ilse se préparait à partir rejoindre cette branche de sa famille. Mais, avant, elle voulait économiser un peu plus d'argent et apprendre assez d'italien pour passer les examens qui lui permettraient d'exercer. Tout un bouleversement, une nouvelle langue, repartir de zéro, c'est terriblement difficile. Et, maintenant, ce drame... Ah ! Je suis désolé, mais j'ai un autre rendez-vous, dit-il en regardant sa montre. En ce moment, c'est dur de ne rien oublier, toutes ces listes et ces rendez-vous. Il ne faut rien mettre par écrit, expliqua-t-il à Paul, pas même les comptes rendus de nos assemblées. On doit tout garder en mémoire et, à mon âge, ce n'est pas très facile, ajouta-t-il avec un sourire piteux. Mais je veux de nouveau vous remercier de notre part à tous. Dieu vous ramène sain et sauf en Amérique et, surtout, priez pour nous. Priez pour que cette tempête s'éloigne. »

« Il ne croit pas qu'elle s'éloignera, dit Paul en repartant avec Joachim.

— Peut-être pas. »

Leurs pas crissaient dans la neige tombée durant la nuit. Des cristaux de glace scintillaient sur les poteaux et les garde-fous. L'air était pur et brûlait les narines ; le monde paraissait joyeux sous le soleil hivernal, rendant le fardeau intérieur plus léger.

« C'est terrible ce qui arrive au Dr Hirschfeld, dit Paul au bout d'un certain temps.

— Oui. Elle ne sait probablement pas vers qui se tourner. Elle n'a pas de relations, c'est une immigrée, et une femme, en plus. » Paul se rappelait à peine son visage, mais qu'ils s'étaient mutuellement réconfortés à un moment où ils en avaient tous deux besoin. Il se demanda si elle avait trouvé un homme convenable. Ce serait une chance pour un homme que de l'avoir : gentille, intelligente et merveilleuse au lit...

« Vous ne pouvez rien faire pour l'aider ?

— Non. J'avais des relations, mais en ce moment on ne sait plus qui se souvient de vous et qui aimerait mieux ne pas se rappeler qu'il a été ami avec vous. Je ne peux pas courir le risque. » Joachim semblait discuter avec lui-même. « Je ne peux pas risquer ma peau. » Il jeta un coup d'œil en coin à Paul qui regardait droit devant lui, puis il changea de sujet. « Je suis désolé de ne pas pouvoir vous offrir une soirée, un concert ou autre chose. Mais il vaut mieux ne pas se montrer en public, sinon... » Il déglutit comme si quelque chose lui restait en travers de la gorge.

Paul s'arrêta au milieu du trottoir. « Cher Joachim, dit-il gentiment, je n'ai pas envie de reprendre la discussion d'hier soir, mais dites-moi franchement : vous savez, au plus profond de vous-même, que vous serez finalement obligé de partir ? »

L'autre homme tourna la tête et cligna des yeux dans la lumière crue. « Peut-être. A moins que la situation ne s'améliore. Sinon, oui, nous partirons.

— N'attendez pas trop longtemps. »

A la fin de la semaine, Paul fut prêt à quitter ses cousins. Ayant fait tout ce qu'il pouvait, du moins pour le moment, il avait un désir fou de sortir d'Allemagne. Une fois à Paris, il respirerait de nouveau librement.

Pourtant, c'était douloureux de se séparer des Nathansohn.

Il n'osait pas penser à ce qu'ils deviendraient, arrachés de force à ce monde dans lequel ils étaient nés. Un monde de maisons confortables, de musées, de parcs et de boutiques pleines de jolies choses ; un monde de salles de concert, de bibliothèques et d'écoles. Mais qui s'écroulait... Un après-midi où il avait accompagné Elisabeth qui avait des courses à faire pour la maison, ils avaient dû s'arrêter au bord du trottoir pour laisser passer une petite manifestation, deux douzaines d'hommes mûrs portant chacun une pancarte avec ces mots : « Je suis un cochon de Juif. » Dans ce monde par ailleurs normal, banal même, cette vision devenait surréaliste. Paul avait frémi jusqu'au plus profond de son être. Mais le plus étrange, c'était que les passants prêtaient si peu d'attention à cette horreur à l'état pur.

Au bout de quelques minutes, Elisabeth avait dit, comme si elle lisait dans l'esprit de Paul : « Ce genre de choses arrive constamment. Nous y sommes habitués. »

Il lui avait demandé ce qui allait arriver à ces hommes.

« Cela dépend. On va les emmener au poste de police et les passer à tabac. Parfois on les torture. Tout dépend de leur chef et de leur humeur à tous. Mais, avant de les relâcher, s'ils le sont, on les obligera à signer une déposition déclarant qu'ils n'ont pas été molestés.

— Et s'ils refusent ?

— Ce serait de la folie ou de l'héroïsme, selon le point de vue où l'on se place. Car, alors, c'est le camp de concentration. Je suppose que c'est ce qui est arrivé à Mario Hirschfeld. Il n'aurait pas voulu signer une déclaration de ce genre. Il serait mort plutôt. C'est le genre de garçon capable de mourir pour ses idées. Vous comprenez, Paul ? »

Oh oui... Les meilleurs de nos jeunes sont toujours prêts à mourir pour leurs idées !

« Je comprends, avait-il répondu avec douceur.

— S'il y avait plus de gens comme Mario, peut-être qu'on pourrait... » Elle s'était arrêtée, puis avait repris : « Si seulement je connaissais un homme influent ! Il y a des gens, dans le parti nazi, parmi les autorités, qui peuvent faire sortir des prisonniers des camps. Pas toujours, mais, si on a de l'argent et si l'on sait à qui s'adresser, parfois. »

C'était l'un des épisodes les plus douloureux du séjour de Paul. Tout cela le hantait encore tandis qu'il payait la course du taxi qu'il avait pris puis entrait dans la gare pour faire la queue afin de prendre un billet à destination de Paris.

Il y avait beaucoup de monde. Il avançait pas à pas, déplaçant ses bagages posés à ses pieds. Entouré de l'habituelle agitation des gares, il voyait des images différentes, ou plutôt un collage d'images : les hommes avec leur pancarte, le sang ruisselant du front de Joachim, Ilse en blouse blanche et Elisabeth lui disant : « Mario n'aurait pas voulu signer... Mario serait mort plutôt que de... »

Une idée lui vint. Herr von Mädler. Client de la Werner depuis avant la guerre de 14. Sa femme étant américaine, leurs capitaux n'avaient pas été gelés en tant que biens appartenant à des étrangers ennemis et, comme la Werner les avait habilement gérés, leur fortune s'était arrondie et leur avait permis de tenir durant l'inflation allemande. Il me doit quelque chose, pensa Paul. En même temps, il se souvint avec répugnance de sa rencontre avec cet homme qui avait dit que les pacifistes étaient tous des dégénérés, des communistes, des femmes ou des Juifs. « Pas comme vous, bien sûr, Herr Werner. Un autre genre de Juifs. »

Mais cet homme-là devait connaître des gens dans le gouvernement. Il me doit quelque chose, se redit Paul tout en avançant lentement vers le guichet.

Quelle idée folle ! Prolonger son séjour pour une femme qu'il n'avait pas rencontrée depuis douze ans et pour son fils qu'il n'avait jamais vu.

Et pourtant... « Mario serait mort plutôt que... » Dan aussi, s'il avait été là. Le monde avançait pas à pas, comme cette queue, grâce à des hommes de cette trempe. Alors, s'il pouvait sauver une vie... c'était pour cela qu'il était venu...

Il arriva au guichet. Sortit son portefeuille.

« Un billet première classe pour Munich », dit-il.

Il y avait quelques fils blancs dans ses cheveux noirs qu'elle portait toujours attachés sur la nuque. Ses yeux étaient creux et cernés après cette suite de nuits sans sommeil. A part cela, Ilse Hirschfeld n'avait pas changé. Elle se tenait très droite dans sa blouse blanche de médecin, le front calme, parlant franchement.

« Mais pourquoi, Paul ? Parce que nous avons couché ensemble ? »

Il jeta un regard autour de lui, comme pour trouver une explication qui ne soit pas grandiloquente, qui la rende trop pitoyable. Mais la pièce, un simple cabinet de consultation, avec ses chaises droites, des diplômes et des étagères à livres, lui offrit peu d'aide.

« Pourquoi ? répéta-t-elle. Parce que j'ai soigné Joachim Nathansohn ce soir-là ? Il n'est pas venu, bien qu'il soit un homme important.

— Les gens ont peur, tu le sais bien. Ils doivent penser à leur famille d'abord. Mais je suis américain. Je peux me permettre d'essayer. Quant à dire pourquoi... » Il haussa les épaules. « Je ne sais pas, j'en ai envie, c'est tout. »

Des nuages couleur de boue roulaient dans le ciel, de l'autre côté de la fenêtre. Ilse alluma une lampe et, brusquement, un visage émergea de l'obscurité, celui d'un jeune homme, dans un cadre de cuir sur une table, dans un coin. Paul se pencha et vit de grands yeux mélancoliques, une bouche charnue et tendre, une beauté à la fois masculine et slave.

Elle suivit son regard. « Oui, c'est Mario.

— Revenons aux faits. Comment cela s'est-il passé ?

— Mario est un militant pacifiste. Je l'ai averti je ne sais combien de fois. Ce n'est pas le moment d'écrire et de distribuer des tracts, lui disais-je. Ce pays est devenu fou, cela ne peut pas changer grand-chose, tu cours des risques pour rien. Bien sûr, il ne m'écoutait pas. Aussi, une nuit, ils sont venus le chercher. Ils ont tambouriné à la porte. C'était terrifiant. Tu ne peux pas t'imaginer, ces hommes en colère qui envahissaient la maison à 2 heures du matin. Ils l'ont emmené. » Elle mit les doigts sur ses lèvres. Au bout d'un moment, elle reprit : « Je suis allée à la police le lendemain. Ils n'ont rien voulu me dire. J'ai continué à y aller jusqu'à ce qu'ils menacent de m'arrêter, moi aussi, alors j'ai cessé et je ne sais toujours rien. »

Un être humain disparaît, s'évanouit en fumée. Comment le peuple allemand peut-il accepter cela ? Chez lui, lorsque ce Palmer avait dépassé les bornes des convenances et de la loi, on l'avait dessaisi du poste important auquel il avait accédé ; les Américains n'en voulaient plus.

Paul reprit le contrôle de lui-même. « Je suis en relations d'affaires avec un homme influent. Je ne sais pas si je vais pouvoir faire quelque chose. En tout cas, je peux essayer.

— Cela va coûter de l'argent. »

Les mains d'Ilse se tordaient sur ses genoux. « Et je n'en ai pas. Ma clientèle m'a désertée. Les Aryens n'ont plus le droit de se faire soigner par moi. J'avais un beau collier et deux bracelets, mais je les ai vendus et maintenant je n'ai plus rien.

— Inutile de t'inquiéter. J'ai tout ce qu'il faut. »

Elle resta un moment silencieuse, regardant par la fenêtre le ciel qui s'obscurcissait. Puis elle dit en se tournant vers Paul : « Si j'essaie de te remercier en te disant tout ce que j'ai dans le cœur, je vais me mettre à pleurer, et je pense que cela t'embarrasserait.

— Tu as raison. Cela ne nous ferait du bien ni à l'un ni à l'autre. Est-ce du café qu'il y a dans cette thermos ? Une tasse bien chaude, voilà ce que je veux comme remerciement.

— Bien sûr. Je vais aller chercher un gâteau au café. »

Lorsqu'elle revint à la cuisine, elle paraissait encore plus inquiète.

« J'y pensais, peut-être que je ne devrais pas te laisser faire. On a arrêté des étrangers, accusés de faire cause commune avec la résistance communiste.

— S'ils étaient assez stupides pour agir ainsi, le consul américain me ferait libérer.

— On pourrait ne plus te reconnaître après les deux jours que cela prendrait pour te faire sortir.

— Je vais en prendre le risque.

— Je suis curieuse. Qu'est-ce qui t'amène en Allemagne en ce moment ? »

Il lui dit ce qu'il avait fait, en Angleterre et ici, et alors elle le mit de nouveau en garde.

« Ils doivent te connaître. Ils savent les noms des militants de tous les pays, de ceux qui appartiennent aux comités recueillant les fonds. Ils lisent la presse juive dans toutes les langues. Ils sont extrêmement minutieux. C'est une section particulière des services de sécurité qui réside ici même, à Munich. Non, c'est trop dangereux, je ne peux pas te laisser faire.

— Mais je le veux. Tu n'arriveras pas à me faire changer d'avis.

— Mon fils est peut-être déjà mort. Un jour, ils vont sonner et m'apporter un cercueil scellé, que je n'aurai pas le droit d'ouvrir, et ils diront qu'il est mort d'une crise cardiaque. C'est toujours ainsi qu'ils font. »

Jamais Paul n'avait vu une telle douleur dans des yeux humains.

« Raison de plus pour faire vite.

— Comme tu es bon, murmura-t-elle. C'est le seul espoir qui nous reste, se dire qu'il y a encore de la bonté dans le monde. Mon épicier m'a chuchoté — il est censé ne pas vendre aux Juifs, mais il me met de côté un peu de lait et des œufs —, m'a donc chuchoté : "Que puis-je faire ? J'aimerais bien faire quelque chose, mais j'ai peur." »

Paul se leva, pris, au-delà de cet épouvantable chagrin,

d'une envie d'agir. Ce désir de se mettre en péril était-il entaché de vanité ? Mais il y avait aussi cet ancien adage : « Sauver une vie, c'est sauver le monde entier. » Il débordait d'énergie.

« Nous perdons du temps. Je vais rentrer à l'hôtel, organiser ce rendez-vous et, si j'ai de la chance, me procurer une voiture. »

La villa de von Mädler était sur les bords de la rivière, là où Paul s'était promené des années auparavant.

Il n'avait eu aucune difficulté à obtenir le rendez-vous. Von Mädler croyait sans doute que le banquier américain avait quelque chose d'agréable à lui apprendre concernant ses investissements, ou plutôt ceux de sa femme. Cependant, une partie de la conviction de la veille s'était éteinte en Paul ; arrivé à la porte de von Mädler, il ne savait plus comment procéder.

Une femme, rouquine et boulotte, qui ressemblait terriblement à une petite poule rousse, répondit à son coup de sonnette. Elle ne portait pas d'uniforme et, bien qu'elle ne se présentât pas, il supposa qu'il s'agissait de la maîtresse de maison.

« Herr von Mädler vous attend, dit-elle. Par ici. »

Elle le laissa à la porte d'une pièce ensoleillée et fleurie dont l'immense baie donnait sur une pelouse. L'homme dont Paul se souvenait était assis dans un fauteuil, près de cette baie, et jouissait visiblement de la chaleur qui se déversait au travers de la vitre. Il ne se leva pas, ne lui tendit pas la main, mais se contenta de dire : « Bonjour, Herr Werner, il y a bien longtemps que nous ne nous sommes vus. Asseyez-vous. »

Paul chercha un siège des yeux. Comme personne n'avait pris son manteau et son chapeau, il les posa sur une chaise.

« Vous avez l'air en pleine forme, Herr von Mädler », commença-t-il.

Une exagération s'il en fut ! Cet homme avait encore grossi, mais semblait plus petit. Il était maintenant complètement chauve ; trois dents en or brillaient dans sa bouche, autant que la chaîne de montre qui festonnait sa bedaine.

« Merci, je me porte bien. Et vous... bien sûr, vous êtes encore un jeune homme. »

Paul sourit, cherchant toujours comment présenter au mieux sa requête.

« Et comment trouvez-vous notre Allemagne nouvelle ? »

Le regard de ces yeux glauques qui, comme ceux d'un poisson, ne cillaient pas, croisa celui de Paul. Ils se fixèrent durant plusieurs secondes, ce qui suffit à Paul pour résoudre son problème. Il fallait attaquer de front, franchement. Une entrée en matière indirecte, humble et subtile, comme « Au fait, *mein Herr*, j'ai appris par hasard que... », ne ferait qu'amuser cet homme qui se délecterait ouvertement de la gêne de Paul.

Aussi celui-ci répondit-il : « Comment pouvez-vous demander cela à un Juif, Herr von Mädler ? Vous savez bien que je ne peux que mépriser votre Allemagne nouvelle. »

Les lèvres humides et lippues de l'homme se tordirent.

« Dans ce cas, que venez-vous faire ici ?

— Beaucoup de choses. Entre autres, voir des parents.

— Ah ! Et l'un d'eux a des ennuis avec les autorités.

— Non, pas dans ma famille. Mais il y a bien quelqu'un, un jeune homme, le fils d'une amie. Je viens vous demander votre avis, votre aide.

— Vous savez, quand vous m'avez téléphoné, j'ai d'abord pensé que vous vouliez discuter avec moi du compte que j'ai chez vous. Ensuite, j'ai compris qu'il devait s'agir de quelque chose dans ce genre-là. » Herr von Mädler alluma un cigare. Ses doigts le tripotèrent, jouissant de sa texture. « Je reçois beaucoup de requêtes du même type.

— Ce qui en dit long sur ce qui se passe ici, alors.

— Oui, cela signifie qu'enfin nous nettoyons la maison, nous la récurons de la cave au grenier et nous jetons les ordures. »

Les muscles de Paul étaient tendus. Il avait le visage brûlant et se demanda s'il était aussi rouge qu'il le pensait. Mais il garda le même ton calme et hardi.

« Je suis américain. Votre gouvernement, c'est votre affaire. Vous vivrez avec ou vous mourrez avec. Je ne suis pas venu pour en parler. Me permettez-vous d'exposer la raison pour laquelle je voulais vous voir ? Ce ne sera pas long.

— Je suis un homme très occupé, Herr Werner. Et, comme je viens de vous le dire, je suis las des requêtes. Elles se ressemblent toutes. De plus, je ne suis pas un politicien.

— On n'a pas besoin d'être politicien pour avoir de l'influence. Les politiciens sont au service des puissants et vous êtes un homme puissant. »

L'Allemand tira une bouffée de son cigare, l'ôta de sa bouche et fit la grimace. « Vous me flattez.

— Pas du tout. Je dis la vérité. Voulez-vous oui ou non entendre mon histoire ?

— Bon, allez-y. »

L'exposé fut assez court, une douzaine de phrases en tout. Von Mädler avait fermé les yeux et appuyé la tête contre le dossier de son fauteuil. En tapisserie, observa Paul tout en parlant ; sur un fond d'un vert passé, deux chevaliers joutaient de chaque côté du fauteuil. Le style Lohengrin. Peut-être était-ce l'œuvre de la petite poule rousse qui lui avait ouvert la porte.

« Ce garçon est inoffensif, conclut-il. Stupide, peut-être, mais inoffensif. » Et il ajouta, au cas où il resterait une bribe de pitié derrière ce front sévère et rusé : « C'est le fils unique d'une veuve, comme je vous l'ai dit. Le Dr Ilse Hirschfeld. »

Von Mädler rouvrit les yeux. « Je suppose que, peut-être, la veuve est charmante, hein ? C'est une petite amie plutôt... particulière ? Oui ?

— Cela fait douze ans que je n'ai pas revu cette femme.

— Alors, vous vous donnez toute cette peine uniquement pour venir en aide à une Juive.

— Pour réparer une injustice criminelle. Il s'en commet des milliers d'autres dans votre pays, que j'aiderais si je le pouvais, et il ne s'agit pas toujours de Juifs.

— Mais si je ne considère pas cela comme une injustice, pourquoi vous aiderais-je ? Pouvez-vous répondre ? »

Cet homme commençait à s'amuser. Il prenait conscience de son pouvoir. La vie et la mort reposaient entre ses mains, il pouvait les donner et les retirer selon son caprice ; cette idée lui était agréable.

Paul se redressa. « Je vais vous le dire. Simplement parce que vous me devez un service. Mon père et moi, nous avons protégé vos capitaux en Amérique durant la dernière guerre et pendant la crise. Nous vous avons fidèlement servi.

— Maintenant, vous voulez un paiement.

— Non, pas un paiement. Nous avons touché notre commission. Il s'agit d'un service. Ce n'est pas la même chose. »

Von Mädler agita la main qui tenait le cigare, faisant tomber la cendre sur son ventre. « Balivernes ! Vous coupez les cheveux en quatre ! Il s'agit d'un paiement. Les Juifs exigent toujours qu'on les paie.

— Pas vous, Herr von Mädler ? »

Il y eut un silence, puis : « Je vais en effet vous faire payer. Et mes relations exigeront leur part. »

Le cœur de Paul se mit à battre plus vite. « Je suis prêt à le faire.

— Je vous préviens que cela ne sera pas bon marché. Mais vous vous en moquez, vous êtes riche.

— Je ne suis pas pauvre.

— Vous paierez en dollars. La mère patrie a besoin de devises étrangères. »

Les muscles de Paul se détendirent. « Cela peut s'arranger facilement.

— Ce sera entre — il ne s'agit que d'une estimation — entre dix et quinze mille dollars. Vous recevrez mes instructions à votre hôtel, demain. Ou après-demain au plus tard.

— Je les attendrai, Herr von Mädler. »

Le surlendemain, une voiture se présenta à l'hôtel. Le conducteur était un mélange de bourgeois et d'ouvrier, revêtu non d'une livrée de chauffeur, mais d'un costume bon marché, et coiffé d'une casquette.

Paul lui demanda où ils allaient.

« Hors de la ville.

— Où, hors de la ville ?

— Nous allons rouler pendant trois heures. »

Le visage de l'homme se reflétait dans le rétroviseur. Son expression fermée fit comprendre à Paul qu'il ferait mieux de cesser de poser des questions. Durant quelques secondes, il fut pris de panique : on allait le faire disparaître et le passer à tabac à cause des remarques qu'il avait faites à von Mädler. Il se souvint d'avoir dit qu'il méprisait l'Allemagne nouvelle. Mais non, il s'agissait d'une simple transaction commerciale. On allait lui livrer un produit et il le paierait, c'était tout ; les quinze mille dollars que Paul avait dans sa poche devaient passer dans les mains de quelqu'un qui, le moment venu, se présenterait comme étant « Dietrich O. ».

En tout cas, Mario devait être vivant. On ne demanderait pas quinze mille dollars en échange d'un cadavre. En était-il certain ?

La campagne restait pittoresque en dépit des couleurs mornes de l'hiver. Des mares, des fermes, des moutons en train de paître et des rues de village défilaient. Tard dans la matinée, la voiture s'arrêta devant un restaurant ; le chauffeur proposa d'aller lui chercher quelque chose à manger.

« Je n'ai pas faim, répondit Paul, mais vous pouvez aller déjeuner. Je vais marcher pour me dégourdir les jambes. »

Il s'engagea dans la rue principale. C'était une jolie petite ville dont les fenêtres étaient ornées de jardinières pleines de géraniums feuillus mais défleuris. Dans l'une des rues latérales, il y avait une auberge, l'un de ces lieux attrayants qui font penser à un feu dans la cheminée, à une soupe chaude et à un lit moelleux dans une chambre aux poutres apparentes.

A côté de la porte, sous l'enseigne en fer forgé qui se balançait, on avait accroché une pancarte sur laquelle était écrit à la main : « Entrée strictement interdite aux Juifs ». Il la relut et comprit alors l'offre du chauffeur d'aller lui chercher à déjeuner. Il se hâta de rejoindre la voiture.

Des gens passaient. Un peintre avec son seau et ses pinceaux. Des ménagères avec leurs paniers à provisions. Tous avaient l'air de gens normaux... Il ferma les yeux et fit semblant de dormir lorsque le conducteur revint.

Cela faisait environ une heure qu'ils roulaient lorsqu'il sentit le véhicule ralentir. Ils franchissaient le portail d'un haut mur de pierre surmonté de fil de fer barbelé. Identification, permission d'entrer et salut militaire furent échangés. Paul eut une brève impression de froid horrible, de baraquements, de béton nu et d'espace vide qui s'étendait sur une distance inconnue. La voiture s'arrêta devant un petit bâtiment gardé par des soldats qui se mirent au garde-à-vous.

Le conducteur dit seulement : « On vous attend à l'intérieur. »

Dans une grande salle, divisée à l'une de ses extrémités en petits boxes, des machines à écrire cliquetaient, des téléphones sonnaient et des papiers s'empilaient sur des tables. On aurait pu se croire dans les bureaux d'une compagnie d'assurances en pleine activité. Un svelte jeune homme en uniforme noir conduisit Paul jusqu'à un autre svelte jeune homme en uniforme noir. Ce dernier était assis derrière un bureau. Son visage était totalement dépourvu d'expression ; l'absence d'une attitude qu'il aurait pu identifier éveilla de nouveau en Paul une peur panique qui le saisit à la gorge ; une hostilité ouverte aurait été plus humaine.

« Dietrich O., dit l'homme.

— Paul Werner.

— Vous avez apporté ce qu'on vous demandait ?

— Je l'ai là », dit Paul en touchant sa poche de poitrine.

L'homme tendit la main. Paul hésita. « Mario Hirschfeld ?

— Il va bien. Il sera relâché quand vous m'aurez donné cela.

— Alors je vais pouvoir le remmener ?

— Absolument pas. Il y a des formalités à remplir. Il sera renvoyé chez lui demain. »

Paul se passa la langue sur les lèvres. C'était peut-être un stratagème, une supercherie. Il n'avait aucun moyen de le savoir.

« Puis-je vous demander comment il s'y rendra ?

— Vous n'avez pas à vous occuper de son moyen de transport. »

La main était restée tendue. A contrecœur, Paul sortit la liasse de billets de sa poche, la vit passer dans celle de l'uniforme et comprit qu'on le congédiait.

Il fit tout de même une autre tentative. « J'aimerais bien voir Mario.

— C'est impossible.

— Je ne demande pas un long entretien avec lui. Seulement cinq minutes, pour lui faire savoir que...

— Vous n'avez pas entendu ce que je viens de vous dire ? J'ai dit : "Impossible." »

Dietrich O. décrocha le téléphone. Paul comprit qu'il n'avait plus qu'à faire demi-tour et rejoindre la voiture.

Avant d'arriver au grand portail, l'automobile dut s'arrêter pour qu'une file de prisonniers puisse traverser la route. Paul les regarda, détourna les yeux, puis les ramena sur eux tandis qu'ils passaient en traînant les pieds. Ils portaient de minces vêtements de coton rayé et Paul sentit le froid arctique pénétrer son épais pardessus. Leurs cheveux étaient rasés si bien qu'au premier coup d'œil ils avaient tous le même âge, un âge avancé, avec leurs crânes nus et cadavériques. Silencieux, le dos voûté, ils avançaient entre les gardiens qui les précédaient et les suivaient, comme des soldats vaincus sur quelque monumentale frise antique. Lui, l'homme libre dans son manteau chaud, se recroquevilla sur la banquette.

Il dormit jusqu'à son hôtel comme s'il avait été drogué. Arrivé là, il téléphona à Ilse avec beaucoup de précautions oratoires afin de ne pas avoir l'air trop affirmatif, au cas où quelque chose tournerait mal. Puis, se souvenant qu'il n'avait pas mangé depuis le petit déjeuner, il commanda une omelette et retomba dans un profond sommeil, fuite miséricordieuse devant une réalité insupportable.

Lorsque Ilse l'appela, le lendemain, il se précipita chez elle. Elle ouvrit la porte et l'étreignit. Elle avait pleuré.

« J'espère que ce sont des larmes de joie ?

— Oui. Mais quand je pense à ce qu'ils lui ont fait... Tu veux le voir ? Il ne se réveillera pas avant plusieurs heures. J'ai voulu lui donner un peu d'oubli. »

Ils entrèrent sur la pointe des pieds dans une chambre de jeune homme, avec des photos, de nombreux livres, des raquettes de tennis et un électrophone. La faible lumière de la fenêtre tombait sur le lit où Mario était étendu. Paul, en le regardant, dut étouffer un cri.

La tête brune, qu'il avait vue sur la photo, avait été rasée. Une grande balafre, bordée de sang séché, courait sur le crâne nu. Ses lèvres étaient tuméfiées ; une joue enflée se marbrait de bleu, de pourpre et de vert. La main qui reposait à côté était bandée de la paume à l'extrémité des doigts ; ceux-ci avaient été broyés.

Tous deux demeurèrent silencieux. Lorsque, finalement, ils se regardèrent, ce fut au travers d'un brouillard de larmes.

« Ses dents aussi, chuchota Ilse. Il a perdu toutes ses dents de devant. Arriverai-je à le remettre sur pied ? »

Paul la prit dans ses bras. Ils restèrent ainsi, la tête d'Ilse sur son épaule.

Enfin elle s'écarta de lui et Paul trouva quelques mots à dire.

« Demain, vous serez sains et saufs en Italie. Emmène-le chez un bon chirurgien et un dentiste. Reposez-vous au soleil, paisiblement... » C'étaient les paroles attendues, faites pour encourager et apaiser ; il n'y croyait qu'à moitié.

« Nous aurions mieux fait de partir pour la Palestine. Quand il était enfant, il en parlait déjà. Tu te souviens ? Je te l'avais dit.

— Tu as fait ce que tu croyais être le mieux. Ne te culpabilise pas. Et puis la Grande-Bretagne a fait de la Palestine un pays illégal où l'on est en danger. Tu n'as pas idée des difficultés que nous rencontrons quand nous essayons de négocier à Londres. Ils ont signé la déclaration Balfour en 1917, mais maintenant, s'ils le pouvaient, ils reviendraient sur leur promesse de réserver un territoire destiné aux Juifs.

Comme cela ferait trop mauvais effet, ils se contentent de couler les vieux rafiots qui transportent les réfugiés et ils les internent à Chypre. »

Ilse soupira. « Je sais. Il ne faut pas provoquer les Arabes ; nous avons besoin de pétrole. Es-tu sioniste ?

— Veux-tu dire que je souhaite vivre dans un État juif ? Non. Je suis américain. Né en Amérique, je veux y résider. Mais il doit y avoir un endroit où les Juifs puissent se réfugier lorsqu'il se passe des choses comme en ce moment. Oui, de tout mon cœur, je souhaite qu'il y ait un État juif. » Puis il s'aperçut qu'elle était épuisée. « Je suis resté trop longtemps. Tu as besoin de dormir.

— Je n'y arriverai pas. J'aimerais bien que tu restes. Le peux-tu ?

— Bien sûr, si tu le souhaites. »

S'excusant de cette faiblesse, Ilse ajouta : « Avant, cela ne me gênait pas vraiment d'être seule.

— Ce soir, c'est différent. »

Ils allèrent s'asseoir dans le petit salon en face de la chambre de Mario. Il reconnut l'endroit, devant la bibliothèque, où leur danse s'était terminée en étreinte amoureuse et il se demanda si, durant toutes ces années, elle aussi s'en était souvenue. Comme elle l'avait laissé entendre, cela avait dû compter encore plus pour elle que pour lui.

« Ilse, tu as envie de parler ?

— J'en ai envie, mais dans ma tête tout est tellement confus que je ne sais pas par où commencer.

— Alors, dis-moi ce qui s'est passé pendant toutes ces années. Tu ne t'es pas remariée... »

Elle eut un petit sourire. « C'est la première chose qu'un homme demande à une femme, hein ? Et pas si j'ai réussi mes examens d'endocrinologie ?

— Alors, tu as réussi ?

— J'ai mon diplôme. Mais j'ai eu aussi deux occasions de me remarier. J'ai vécu un moment avec un homme très bien, et j'ai été très heureuse jusqu'à ce qu'il émigre en Australie.

— Pourquoi n'es-tu pas partie avec lui ?

— Je n'avais pas assez d'argent pour que l'on m'accepte.

Et lui, pas assez non plus pour nous trois. Voilà... Et toi, tu es toujours marié ?

— Oui. Il n'y a pas de raison pour que je ne le sois plus. »

Paul contempla ses ongles.

« Et l'autre femme ? Celle dont tu m'avais parlé ?

— C'est toujours pareil.

— Tu ne la vois jamais ?

— Non. J'ai promis. Son mari est gentil avec elle. »

Une expression de sympathie bienveillante illumina le visage d'Ilse. Paul la regarda, émerveillé : au plus profond de son propre chagrin, elle pouvait encore se préoccuper de lui.

« J'ai très, très souvent pensé à toi, Paul. »

Répondre la même chose serait une insulte à l'intégrité d'Ilse aussi bien qu'à la sienne, parce qu'il mentirait. Il ne s'était rappelé que rarement et brièvement cette belle rencontre ; de la même manière qu'il évoquait la semaine en mer avec Leah et pensait aux jours qu'il allait passer avec elle à Paris, considérant cela comme un bonheur éphémère ; aucune femme n'avait encore touché à cette profonde retraite intérieure où Anna demeurait et vivait.

« J'espérais que tu trouverais quelqu'un pour la remplacer », dit Ilse.

Brusquement, il se sentit nu. Ce qu'il avait vécu durant ces derniers jours l'avait dépouillé de sa carapace de conventions confortablement accumulées ; quelle importance accorder à sa dignité personnelle ou à son intimité lorsqu'on est confronté à la brutalité et au martyre ? Il ne se retint plus.

« Tu sais, il y a un enfant. Je ne te l'avais pas dit.

— Ah !

— Une fille, presque adulte. Seize ans. » Il s'arrêta pour calculer. « Oui, seize ans depuis décembre dernier.

— Tu ne la vois pas non plus ?

— Non. Une seule fois, il y a bien longtemps. »

Ilse fronça les sourcils et secoua la tête. « Ce doit être terriblement douloureux pour toi.

— Oui. » Un être inconnu vivait à New York en ce moment à cause de lui. Elle marchait, lisait un livre, riait — il espérait qu'elle riait — à cause de lui. Et il ne pouvait se faire connaître d'elle, il ne pouvait pas lui donner l'une de ces choses qu'il possédait en abondance. Mais, plus important encore, il ne pouvait pas lui donner ses pensées, ses idées en héritage... et tout ce qu'il y avait en lui.

« Je n'ai jamais parlé d'elle à personne. Tu es la première à le savoir.

— Et il n'y a rien à faire ?

— Non. Rien. »

Il n'aurait pas dû perdre la maîtrise de ses sentiments. La petite pièce en était pleine, maintenant.

« Je suis désolé, se hâta-t-il de dire. Ton fardeau est déjà beaucoup trop lourd à porter. Je n'ai pas le droit d'y ajouter le mien, qui est si petit.

— Pas petit. Juste différent. » Et, de nouveau, elle lui offrit ce regard empreint d'une telle bonté. Il en fut touché, et honteux de s'être apitoyé sur lui-même. Il se leva et lui posa la main sur l'épaule.

« Maintenant, je voudrais vraiment que tu te reposes. Je vais rentrer à l'hôtel. Tu peux m'appeler si quelque chose ne va pas ; j'espère bien que ce ne sera pas nécessaire. »

Elle lui prit le poignet. « Tu ne pourrais pas dormir ici ? Ce n'est pas possible ? »

Sûrement que, par une telle nuit, elle ne pensait pas à...

Elle lut dans ses pensées. « Non. Pas à cause de cela, Paul. Seulement le réconfort de ta présence. » Et elle sourit.

« Oui. Bien sûr que oui. »

Aussi s'allongea-t-il à côté d'elle. Pendant longtemps, elle lui tint la main. Dans l'obscurité menaçante de cette dernière nuit avant son évasion définitive, ils écoutèrent les bruits provenant de la chambre où le jeune homme dormait et ils comptèrent les heures qui se traînaient sur le cadran du réveil. Tard dans la nuit, juste avant l'aube, la main d'Ilse laissa échapper celle de Paul et ils s'endormirent.

Il la quitta avant que Mario ne s'éveille.

« Voilà des adresses sur ma carte. Mon bureau à New York

et l'hôtel Crillon, à Paris, où je vais passer dix jours. Tu m'écriras pour que je sache que tu es bien arrivée à Lugano ?

— Comment te remercier, quel est le prix d'une vie, que pourrais-je te dire, Paul ? »

Il interrompit ce flot de gratitude. « Tais-toi. Ne me rends pas les choses plus difficiles. » Il l'embrassa sur les deux joues. « Que Dieu vous bénisse, Mario et toi. » Et il partit en courant.

Dans sa chambre d'hôtel, il y avait un indicateur de chemins de fer sur la table de toilette. Son billet était pour le lendemain, mais l'idée de passer encore une nuit ici lui parut insupportable. Avec un peu de chance, il pourrait prendre un train le jour même ; il commença à entasser ses affaires dans les valises.

Et, brusquement, il craqua. Il fut accablé de douleur. Le corps brisé de ce garçon... Ilse... Dieu seul savait quel avenir leur était réservé... En arrière-fond, ces hommes à bout de forces traînant les pieds, gelant dans ce camp. Et, encore plus loin, le visage inquiet, sceptique, d'Elisabeth... Il laissa tomber par terre une paire de souliers et posa la tête sur le bureau. Ses oreilles étaient pleines de gémissements antiques, vieux comme la terre et la mer.

Oh ! Mon Dieu, murmura-t-il.

Au bout d'un moment, il se leva, termina ses bagages, régla la note et se rendit à la gare où il découvrit qu'il pouvait partir dans l'heure qui suivait. Trop impatient pour s'installer dans la salle d'attente, il alla sur le quai et y resta jusqu'à ce que, dans un grand sifflement de vapeur, les voitures bleu marine de la Compagnie internationale des wagons-lits s'arrêtent devant lui.

Une fois installé dans son compartiment, il commanda un double cognac. Cela le ferait peut-être dormir, au moins jusqu'à ce qu'il ait franchi la frontière et soit sorti de ce pays. Il lui vint à l'idée, en tâtant le passeport américain dans sa poche, qu'il y en avait sûrement d'autres dans ce train qui, pour une raison ou une autre, étaient encore plus pressés que lui de partir et pour lesquels le coup frappé par le douanier à la porte de leur compartiment serait une terrible épreuve. Il sortit son passeport et l'embrassa.

Le train prit de la vitesse. Maintenant, peut-être grâce à l'effet bénéfique du cognac, il put tourner ses pensées vers ce qui l'attendait. Paris et Leah. Voilà un remède dont il avait bien besoin ! Le rire de Leah, le vin, la bonne cuisine, les galeries de tableaux, les promenades au Bois, l'amour... et la liberté ! Plus que tout, la liberté !

Le train fonçait dans la nuit tombante.

XII

« Comment as-tu fait puisque nous ne sommes pas arrivés ensemble ? » demanda Paul. Sa chambre était contiguë à celle de Leah et la porte de communication n'était pas fermée à clef.

« Facile. J'ai donné un pourboire à la femme de chambre avant que nous descendions dîner. » En chemise de nuit noire, aussi transparente qu'un clair de lune, Leah assise à la coiffeuse se brossait les cheveux. Elle lui adressa, dans le miroir, un sourire de bonheur. « Franchement, tu m'as rudement surprise en arrivant aujourd'hui. Mais je n'avais rien prévu jusqu'à la semaine prochaine : des billets pour un concert, un ballet, et j'ai même loué une voiture pour une journée. J'ai pensé que nous pourrions déjeuner à la campagne. Le reste de la semaine est libre.

— Cela me convient tout à fait. Viens, ça suffit, tes cheveux sont beaux.

— C'est un désastre. J'ai besoin d'une coupe.

— C'est un chapeau de satin », dit-il en les caressant de sa joue. Il la fit pivoter sur la banquette. « Viens, éteignons la lumière.

— Juste un coup d'œil par la fenêtre. Tu te rends compte, nous sommes place de la Concorde !

— C'est extraordinaire, mais ne me tourmente pas. »

Brusquement, ses yeux s'assombrirent. « Je ne te tourmente pas, Paul. Ce n'est pas mon genre. C'est simplement que tout est si merveilleux que j'aimerais prolonger mes journées. Je n'arrive pas à y croire.

— Il faut y croire. Allons, tu veux que je te traîne jusqu'au lit ? »

Il la prit dans ses bras et l'allongea. Doucement, afin de ne pas le déchirer, il fit rouler le voile de soie sur ses chevilles, ses belles cuisses et sa taille étroite, sur ses seins dont l'épanouissement l'étonnait par rapport à la finesse de cette taille, sur ses épaules rondes et tombantes — des épaules romantiques, pensa-t-il — puis par-dessus sa tête.

Il resta un moment à la contempler.

« A quoi penses-tu, Paul ?

— Tu veux vraiment le savoir ?

— Absolument.

— Je me disais : Elle est appétissante, mûre et appétissante. Comme un fruit. »

Elle sourit. « Alors cueille-le. Cueille tout ce que tu veux. »

Son cœur ne commença réellement à s'alléger qu'au bout de trois jours. Et c'est alors qu'une carte d'Ilse arriva de Lugano.

« Sains et saufs, ici, avec des amis. Mario commence à revenir à lui. Je garderai le contact avec toi. Béni sois-tu. »

Au dîner, il montra la carte à Leah. Il lui avait raconté toute l'histoire, en omettant ce qui s'était passé entre eux douze ans plus tôt ; il avait l'impression que cela pourrait la contrarier ; mais, si la situation avait été inverse, il se disait qu'Ilse n'y aurait pas attaché d'importance. Il s'exclama : « Il faut célébrer ça ! Du Dom Pérignon, et en abondance... »

Les doigts de Leah aux ongles ovales, écarlates, encerclèrent le verre. Elle but à petites gorgées, pensive.

« C'était l'enfer, hein ?

— Quoi, l'Allemagne ? Oui. C'est terriblement douloureux de voir ce pays sombrer et de ne rien pouvoir faire pour le retenir.

— Paul, depuis que je te connais, tu as toujours porté sur tes épaules le poids des peines des autres. Cela a commencé à l'occasion de mon mariage avec Freddy. Puis Dan, qui a deux fois ton âge, et maintenant cette Ilse... et son fils. Nous avons tous fait appel à toi. Tu ne peux pas non plus te charger de l'Europe. Il ne te restera plus rien pour toi.

— Je ne vois pas les choses ainsi.

— Peut-être pas. Mais écoute. Je voudrais que, pendant notre séjour ici, tu ne penses à rien d'autre qu'à te faire plaisir. Je veux que tu te dégèles. »

Il rit. « Tu ne trouves pas que je me suis assez dégelé durant ces trois dernières nuits ?

— Je ne plaisante pas. Le sexe est un besoin, un assouvissement. Cela n'a rien à voir avec le fait d'être heureux ou libre de tout souci.

— Très bien, dit-il joyeusement. Je vais dès maintenant me libérer de tout souci. J'ai deux ou trois bons clients à voir, des Américains qui vivent à Paris, mais ce sera d'agréables rencontres, et le reste du temps, quand tu ne seras pas en train de chercher des robes, je serai à ta disposition. »

La Ville lumière ! Paris était tout sourire. Même les agents de police étaient polis, ici. Parfois, lorsqu'ils se réveillaient assez tôt, ils allaient prendre leur petit déjeuner dans un café. Les marchandes de fleurs, sous leurs auvents, disposaient avec goût leurs bouquets de roses et de muguet. Après les brioches et les croissants, ils marchaient jusqu'au Luxembourg, s'asseyaient sur les chaises en fer vertes, et regardaient les enfants trop jeunes pour aller à l'école jouer autour de la fontaine Médicis. Un après-midi où tombait une neige poudreuse, ils admirèrent les anciens hôtels particuliers de la place des Vosges et marchèrent jusqu'à l'île de la Cité pour revoir la grande rosace de Notre-Dame. Ils dînèrent à La Tour d'Argent, allèrent à l'Opéra voir un ballet, firent les cabarets de Montmartre et rentrèrent passé minuit.

Paul découvrit le monde de la mode. Il n'avait jamais compris que des gens prennent au sérieux le fait de draper du tissu sur le corps humain; mais la curiosité qui l'avait poussé, toute sa vie, à apprendre aussi bien le fonctionnement d'un carburateur que celui d'une flûte l'amena à suivre Leah et il fut forcé d'admettre qu'une partie de ce travail touchait réellement à l'art. Dans un salon enfumé, il s'assit sur une petite chaise dorée pour regarder, en même temps que Coco Chanel, jupe et tricot de jersey, chaîne en or et ruban dans les cheveux, ses mannequins défiler sur une petite estrade dorée.

« J'aimerais t'offrir un modèle de haute couture, dit-il à Leah au déjeuner suivant. Le costume Chanel jaune, peut-être ? »

Leah secoua la tête. « Non, non.

— Pourquoi pas ? Tu es presque tombée de ta chaise quand tu l'as vu.

— Vraiment non. Je ne veux rien », dit-elle, l'air plutôt grave.

Il réfléchit un moment et décida de parler franchement. « Tu penses que cela a quelque chose à voir avec nous ? L'homme qui paie le plaisir reçu, ou autre chose d'aussi déplaisant que ça ? »

Elle ne répondit pas.

« Sais-tu combien tu te trompes ? Si c'était le cas, s'il s'agissait de payer pour tout ce que tu m'as donné, il faudrait que je t'offre quelque chose de plus considérable qu'un costume tailleur.

— C'est vraiment non, Paul. Je veux des *choses* qui n'ont rien à voir avec *nous*, en dépit de ce que tu viens de dire. Tu comprends ? »

Il comprit que, probablement, il était allé plus loin qu'il n'aurait dû... Un ange passa et il concentra son attention sur le petit pain qu'il était en train de beurrer.

« Mais je te remercie tout de même de ta gentille intention. » Durant un instant, le front de Leah se plissa, puis les rides s'effacèrent comme si une main l'avait caressé. « Oh ! C'est un vrai spectacle, c'est du théâtre, ces défilés de mode, n'est-ce pas ? Lanvin sert du champagne, chez Maggy Rouff il y a un orchestre et les clientes viennent en robe du soir. » Avec intelligence et naturel, elle s'était écartée d'un sujet trop brûlant.

Plus la fin de leur seconde semaine à Paris approchait, plus la situation devenait embarrassante. Qu'arriverait-il lorsqu'ils seraient de retour à New York ? Ils faisaient partie de la même famille ; il y avait d'abord son fils et puis tous nos parents, pensait Paul ; notre relation ne pourrait demeurer secrète, sans parler de Marian...

Durant leur ultime après-midi à Paris, Leah avait l'intention de courir à droite, à gauche pour les achats de dernière minute. Elle avait beaucoup d'amis et se montrait généreuse.

« Je n'ai pas envie de t'accompagner et préférerais te retrouver pour le dîner, si tu veux bien, dit Paul. Je ne me suis pas encore promené au Bois et c'est ma dernière occasion de le faire. »

C'est un de ces après-midi de février où des lambeaux de brume flottent au faîte des arbres et dégouttent des plus basses branches, où l'air mouillé sent trompeusement le printemps. Le chemin qui ceinture le lac était désert. Les pas lents de Paul crissaient dans le silence. Il y avait un peu de mélancolie dans cette tranquillité, mais Paul y prit plaisir. Le même que l'on éprouve en écoutant un requiem, pensa-t-il ; quelque chose s'éveilla en lui, qui aiguillonnait sa mémoire, bouleversant un coin très reculé de son cerveau dans son désir de resurgir. Qu'est-ce que c'était ? Il s'arrêta, essayant de faire remonter cet obscur souvenir, et il regarda fixement la surface trouble et noire du lac où trois canards nageaient.

Brusquement, cela lui revint... L'Hudson, trouble et noir, par un jour d'hiver. De gros flocons de neige descendaient lentement sur l'eau et s'accrochaient aux cils d'Anna. Tous deux gravissaient la colline. Dans une maison, près du sommet, un quatuor à cordes offrait aux passants, au travers des fenêtres closes, une musique belle et grave. « Schubert », dit-il, et ils restèrent là à écouter jusqu'à la fin, puis ils repartirent, la main dans la main, plongés dans un silence paisible.

Il y avait bien longtemps de cela... Une voie s'offrait à lui mais il ne l'avait pas prise. Maintenant, il était ici, solitaire, sur un autre continent ; tandis que la flottille de canards faisait le tour du lac et revenait, il pensait : *Anna*, et il pensait : *Iris*.

Brusquement, une rafale de vent du nord rugit entre les pins contre son dos. C'était vraiment un hiver mélancolique et la lumière baissait. Il n'aurait pas dû venir seul. Il lui fallait rejoindre Leah, la joyeuse et rassurante Leah.

Il fit demi-tour en courant, pressé de trouver un taxi et de revenir à l'hôtel.

Le salon était un lieu chaleureux, bien fait pour dissiper cette humeur sombre. La lumière rose d'une lampe et un profond fauteuil accueillirent Paul dans un coin d'où il pouvait regarder les allées et venues des femmes de luxe, hideuses ou charmantes, des hommes d'affaires français ou étrangers, des caniches intelligents et patients portant des colliers de faux diamants. Il commanda un apéritif et, tenant le verre à deux mains, il le dégusta lentement, laissant le feu délicieux glisser et descendre jusque dans ses orteils.

Il consulta sa montre. Encore une heure à attendre avant le dîner. Il commanda un autre verre et était en train de contempler une blonde mince dont l'énorme pendentif en émeraude — au moins six carats, estima-t-il — avait attiré son attention, et il se demandait si elle savait combien la mauvaise humeur gâchait son visage, lorsqu'il vit Donal Powers se profiler derrière elle sur le seuil de la porte. Presque en même temps, le nouveau venu l'aperçut. La rencontre était inévitable. Donal, en compagnie d'un autre homme, traversa le salon.

« Ça alors ! Que le monde est petit ! A Paris pour le travail ou pour le plaisir ?

— Le travail. » Paul se leva et lui tendit la main.

« Monsieur Werner, monsieur Corot. Rien à voir avec le peintre. »

Le Français s'inclina. « Malheureusement. »

Paul hésita durant une fraction de seconde. Si l'autre homme n'avait pas été là, Paul aurait-il dit : Pas la peine de jouer la comédie, nous n'avons pas besoin de nous parler, nous nous méprisons trop ? Cela l'ennuya de ne pas savoir s'il l'aurait fait ou pas.

« Werner est le cousin de ma femme. »

Le Français haussa poliment les sourcils. « Une agréable coïncidence pour vous deux, alors. » Il attendait que Paul l'invite à s'asseoir dans l'un des sièges vacants.

« Asseyez-vous, dit Paul.

— Nous ne voyons pas beaucoup d'Américains en hiver.

— Pour moi, cette ville est belle en toute saison », répliqua Paul.

Donal, ayant commandé des boissons, s'adressa à lui. « Vous êtes à Paris depuis longtemps ?

— Deux semaines. Je reviens d'Allemagne.

— Ah bon ! Moi aussi. Qu'en pensez-vous ?

— Je ne m'en suis pas encore remis. J'ai comme un poids sur les épaules.

— Étant américain, vous avez forcément un point de vue différent. Les Européens, plus proches, analysent les choses avec lucidité », dit Corot.

La remarque en soi ressemblait à une critique, mais le ton était amical. Paul n'était pas certain d'avoir saisi et le dit. Corot s'expliqua.

« Je veux simplement dire qu'un gouvernement fort est efficace. Vous, les Américains, vous ne l'avez pas encore compris. Il suffit pourtant de voir l'Allemagne et l'Italie pour constater que la paix et la prospérité y règnent. En France, nous ne savons que discuter, ce qui ne mène à rien. Chaque fois que nous avons un nouveau gouvernement, nous ne pensons qu'à en changer. Cela commence à m'agacer.

— Alors, vous voulez renverser la Troisième République ?

— Moi ? » Corot haussa les épaules. « Je ne veux rien renverser du tout. Disons que, si elle tombe, je ne prendrai pas le deuil. »

Paul ne répondit pas. Ses yeux étaient fixés sur la chaise voisine où étaient posés un porte-documents et une paire de gants fourrés. D'une manière bizarrement détournée, ces objets l'exaspéraient, bien qu'il possédât à peu près les mêmes. Il leva les yeux, regardant tour à tour ses deux interlocuteurs.

« M. Corot parle en connaissance de cause, dit Donal. Il possède l'une des plus grandes usines de machines-outils du pays. Fondée par son grand-père », ajouta-t-il d'un ton plein de respect.

Corot s'adressa à Paul. « Je crois vous avoir entendu dire que vous étiez aussi dans les affaires ?

— Je n'ai rien dit. Je suis banquier.

— Ah ! Alors vous avez sûrement le sens pratique. C'est grâce à des hommes comme nous si tout continue à tourner. Il ne faut pas laisser Léon Blum jeter du sable dans les rouages. Si la république tombe, ce sera à cause d'hommes comme lui. » Un peu de rose monta à ses joues et il posa bruyamment son verre sur la table. « Ce sont pour la plupart des filous qui corrompent la jeunesse.

— Vous ne pouvez sûrement pas dire de Blum que c'est un filou », répliqua Paul.

Il crut voir Donal donner un petit coup de genou à son compagnon. Bien sûr, Léon Blum était juif. Qu'il soit un démocrate, un lettré, n'entrait pas en ligne de compte.

« Non, pas vraiment », concéda Corot. Il avait correctement interprété l'avertissement. « Mais les Français ne veulent pas de lui. »

Pourquoi est-ce que je discute avec cet étranger ? se demanda Paul. C'était absurde. Deux étrangers qui venaient de se rencontrer et ne se reverraient jamais nourrissaient une colère contrôlée et civilisée tandis qu'une gerbe de glaïeuls rouges et blancs se déployait derrière eux et qu'un piano jouait quelque part, dans une autre pièce. C'était surréaliste. Néanmoins, il reprit la discussion.

« Je me suis renseigné sur l'Action française en lisant vos journaux. Ce sont les mêmes petites brutes qu'en Allemagne et en Italie, et qui ont commencé de la même manière, en provoquant des émeutes et en battant des gens dans la rue. »

Corot prit une poignée d'amandes salées qu'il croqua. « Ce sont des gamins. Ils ne me font pas peur, pas plus que les jeunes Allemands, d'ailleurs. »

Paul insista. « Les jeunes Allemands vous feront peut-être peur lorsqu'ils envahiront la France.

— C'est absurde. Il n'y aura pas de guerre. Nous avons la ligne Maginot, le plus fort système de défense de la planète.

— Mal placée, mon cher. Les Allemands passeront par la Belgique, comme ils l'ont fait en 1914. »

Le dialogue était une balle que l'un et l'autre se renvoyaient tandis que Donal, comme un spectateur à un match de tennis, tournait la tête pour ne pas la perdre de vue.

« J'ai été en Allemagne de très nombreuses fois, monsieur Werner, et je peux vous dire que les Allemands ne souhaitent pas plus la guerre que nous. J'ai des relations haut placées dans le gouvernement et l'industrie. M. Powers le sait. Il est allé là-bas avec moi. Demandez-le-lui. » Corot termina son verre et se leva. « Je vais être en retard à mon rendez-vous. Donal, je vous vois dans la matinée ? Heureux d'avoir fait votre connaissance », dit-il à Paul en s'inclinant et, reprenant ses affaires, il partit.

« Guère sympathique, votre ami, dit Paul.

— Ce n'est pas un ami, mais une relation. Qui m'a aidé dans ma mission. » Donal s'arrêta, attendant que Paul lui demande en quoi cette mission consistait, mais comme celui-ci gardait le silence, il reprit : « Vous savez, mais peut-être pas, que je fais partie d'une commission semi-officielle, en partie gouvernementale, sur le logement ? A cause de mes investissements dans l'immobilier, je suis devenu un expert en logements sociaux. Aussi, je suis venu ici à mes propres frais pour voir ce qu'on fait en ce domaine en Europe, surtout en Allemagne. Savez-vous qu'ils sont en avance sur l'Angleterre et la France ? Très en avance.

— C'est ce que dit votre M. Corot, du moins. Vous l'avez prévenu que je suis juif, n'est-ce pas ?

— Sinon cela aurait pu devenir embarrassant.

— Il me fait penser à un vautour qui se nourrit de cadavres. Les Allemands et lui s'engraisseront sur celui de la France.

— Les Français et les Allemands s'entendent très bien

maintenant, et ils investissent de part et d'autre de la frontière. Les Français dans l'industrie germanique et les Allemands dans les maisons d'édition françaises. On ne peut pas dîner en ville, chez des gens importants, sans rencontrer des industriels, des écrivains ou des intellectuels allemands. Dont le nom est célèbre. »

Des intellectuels. Des gens importants. Une image passa brièvement devant les yeux de Paul : les funérailles de Ben, des hommes aux traits anguleux et le F.B.I. qui les observait. Donal avait parcouru un sacré chemin. Apparemment, il allait continuer à s'élever.

« Je serai content de rentrer chez moi, était-il en train de dire. Je m'ennuie de mes enfants. »

Il sortit une photo de son portefeuille. Cinq enfants et un labrador, sur une pelouse, devant un rhododendron en fleur.

« Vous ne les avez pas vus depuis longtemps. Savez-vous que Timmy, qui vient d'avoir douze ans, est aussi grand que moi ? Tom ne va pas tarder à le rattraper, il est bâti comme un joueur de football. » Donal reprit la photo et la contempla. « J'aurais aimé avoir encore plus de fils. Non que je sois déçu par mes filles. Regardez celle-là, Lucy. Ce sera une beauté avec cette chevelure bouclée. Je n'ai jamais compris d'où elle tenait ça. » Ce rire affectueux et ce doux regard, cela ne ressemblait pas à l'homme que Paul connaissait. « Je leur dis toujours, surtout à mes garçons : Vous pourrez être qui vous voudrez. Vous pourrez faire ce que vous voudrez. La vie est une lutte, du début à la fin, et ne laissez personne vous dépasser. Il faut être le meilleur. »

C'était là l'homme que Paul connaissait. Il pensa : Si j'avais des fils, que leur dirais-je ? Certainement pas ça. Donal parlait d'un air satisfait en rangeant la photo dans son portefeuille, puis il continua comme si Paul et lui étaient de bons amis. « J'ai réglé quelques affaires personnelles en venant ici, en particulier quelque chose qui concerne les placements de Hank. Vous avez vu les chiffres, récemment ?

— Bien sûr que je les ai vus.

— C'est une affaire en plein développement, non ? »

Paul hocha la tête d'un air mécontent.

« Ça marche vraiment très bien en Allemagne, je vous assure. » Donal jeta un regard autour de lui puis, baissant la voix : « C'est drôle que je sois tombé sur vous comme ça, par hasard, parce que j'avais l'intention de vous voir dès mon retour. »

Ces paroles mirent aussitôt Paul sur ses gardes. « Oui ? A quel sujet ?

— Vous vous doutez bien qu'il s'agit de la Finn Weber, ou plutôt de sa filiale, la H.W. Elektrische Gesellschaft. Une fusion est en train de s'effectuer — ce sera l'un des plus gros trusts électrochimiques de l'Allemagne — et de nouvelles actions vont être mises en vente. Ce sera une affaire fantastique, une chance de gagner des millions, je dis bien des millions, pour celui qui y participera dès le début. » Donal hésita. « Seulement, il y a un obstacle. L'option comporte un plancher. Il faut déjà posséder vingt-cinq mille actions. »

Il y eut un silence, qui était loin d'être vide. Paul avait prévu quelle serait la demande de Donal dès ses premiers mots et il était en train de lutter pour refouler sa colère. Sachant que Donal essayait de lire ses émotions sur son visage, il gardait délibérément les yeux tournés vers un point, pas très éloigné, où la lumière se reflétait sur une cafetière en argent.

« Le problème, c'est que je ne possède pas vingt-cinq mille actions. Non que je ne puisse pas les acheter, mais la chose est rétroactive. Il faut les avoir depuis le 1er janvier dernier. Vous comprenez ? »

Paul regarda enfin Donal. « Je comprends que cela vous met hors course.

— Non, pas vraiment. Il y a moyen de tourner l'obstacle. Nous pouvons joindre les actions de Hank aux miennes. Nous pouvons former une société anonyme, uniquement pour couvrir cet investissement... un holding. Pour les Allemands, elle existe déjà. Ils ne vont pas vérifier la date à New York. Je leur en ai déjà parlé et cela leur suffit. Tout ce qu'ils veulent, c'est un ou deux papiers. »

Le silence de Paul dura une minute et, pendant ce temps, le regard fixé sur la cafetière, il jouit de l'embarras de Donal.

Il finit par dire : « Vous savez, bien évidemment, que je vais refuser.

— Non, absolument pas.

— C'est pourtant la réponse que je vous ai faite la dernière fois que vous m'avez proposé une affaire du même genre, n'est-ce pas ?

— Écoutez, Paul. Soyez raisonnable, conduisez-vous en banquier. Je peux comprendre qu'à l'époque vous ayez eu des doutes, mais vous avez pu constater leurs bénéfices et vous devez avoir confiance dans mon sens des affaires.

— J'ai une confiance absolue dans votre sens des affaires.

— Alors, pourquoi refusez-vous ? »

Paul le regarda fixement. « Vous me le demandez vraiment ?

— Vous voulez dire que vous entonnez toujours la même vieille chanson de Dan ? »

Paul hocha la tête. « Oui. Et aussi fort que possible. »

Une rougeur monta aux joues de Donal. « Vous êtes un banquier de la troisième génération. Ne me dites pas que vous êtes arrivés là en vous conduisant comme des petits saints.

— Les Werner ont toujours été honnêtes.

— Je ne vous demande pas de faire quelque chose de malhonnête.

— Vous me demandez, et à Hank par mon intermédiaire, de traiter avec des criminels à l'échelle internationale. »

Donal rit. « Excusez-moi, mais vous avez l'air de prêcher quand vous parlez ainsi. »

Paul aurait pu lancer de terribles paroles à la face méprisante et amusée de cet homme ! Des images explosèrent dans son esprit : des hommes entassés dans une pièce fermée à clef en train de comploter, Ben tombant déchiqueté par vingt balles dans la poitrine. Mais il avait promis à Hank, et à lui-même, de ne jamais parler.

« Je suis désolé. En riant, je n'avais pas l'intention de vous insulter, dit Donal en se reprenant. J'ai simplement trouvé drôle, incroyable, qu'un homme puisse refuser deux millions de dollars. Je n'arrive pas à y croire.

— Vous devriez comprendre pourtant.

— Non. Attendez. Vous craignez la guerre, vous avez peur d'aider l'ennemi. D'accord, je le comprends. Mais l'appareil sur lequel ces gens-là travaillent sera utile aussi en temps de paix, pour l'industrie. Je ne suis pas un scientifique, mais je sais tout de même que l'Allemagne a donné naissance à des cerveaux, à certains des plus grands savants du monde... »

Paul l'interrompit. « Je n'aiderai pas les nazis, ni en temps de paix ni en temps de guerre. » Il s'entendit prononcer ces mots d'un ton tranchant et compassé. Pourquoi cet homme le faisait-il toujours réagir ainsi ?

Donal s'empourpra encore plus. « Comme ça, sur un coup de tête, vous refusez de faire faire des bénéfices à Hank ! Quel genre de curateur êtes-vous donc ?

— Un curateur honorable, j'espère. Je ne veux pas, pour Hank, une fortune qui provient du nazisme. Il est déjà assez regrettable qu'il tire de l'argent de la Finn Weber. »

Donal recula sa chaise, comme pour éviter un contact même accidentel avec les genoux de Paul. « Moi, je veux de l'argent pour mes enfants. Ils n'auront pas besoin de lutter comme j'ai dû le faire pour monter. »

D'autres images traversèrent l'esprit de Paul, comme des prises de vue pour un film : une maison monumentale, des voitures européennes dans le garage, des jardins aux teintes pastel, des lanternes dans les arbres et un orchestre sur la pelouse, des diamants autour du cou innocent de Meg... « Bon Dieu, combien d'argent voulez-vous donc ?

— Autant que possible. On n'en a jamais trop. Si votre femme et vous aviez eu un enfant, vous sauriez de quoi je parle. Peut-être pas. Il n'y a pas moyen de vous toucher. J'ai traité des affaires avec des centaines d'hommes, mais jamais je n'ai... » Il se tut.

Paul se retourna pour voir ce que Donal regardait fixement. Sur le seuil, les bras chargés de paquets, Leah parcourait la pièce des yeux.

« Oh ! Tu es là. Je viens d'appeler la chambre... » Apercevant Donal, elle se tut.

« Tiens, quelle bonne surprise ! » s'exclama ce dernier, et

les deux hommes se levèrent. Donal parlait haut, l'air excité. « Je ne savais pas que vous étiez venus tous les deux à Paris.

— Nous ne sommes pas venus ensemble. J'ai décidé de partir à la dernière minute. Paul ne savait pas que je serais ici. » Le ton froid de Leah contredisait sa surprise. « Je vous prie de m'excuser, ajouta-t-elle. Je monte déposer mes paquets.

— Elle n'est pas vraiment jolie, mais c'est une belle femme », déclara Donal.

Paul ne répondit pas.

« Bravo. Vous avez bon goût », ajouta Donal.

Paul répliqua calmement : « Savez-vous vraiment de quoi vous parlez ? Moi, je l'ignore.

— Allons donc ! Je ne suis pas né d'hier. Elle ne m'a pas berné, et vous non plus. Et puis, qu'est-ce que cela peut me faire ? Je n'ai rien à y voir. » Donal regarda sa montre. « Bon, je vais dîner. Je suis au George-V, si par hasard vous changiez d'avis.

— Je ne changerai pas d'avis et je pars demain.

— Ah ! Alors, bon voyage, à Leah et à vous », lança-t-il en quittant la pièce.

« Tu es inquiet à cause de ce type, lui dit Leah. Tu ne penses quand même pas qu'il va décrocher le téléphone pour appeler Marian dès qu'il sera rentré ?

— Non, non. C'est à cause de ce qu'ils ont dit, le Français et lui. » Paul, assis sur la méridienne, vit dans la glace le reflet de son découragement et se redressa. « Je commençais justement à revivre grâce à toi.

— Si Donal s'en mêle, il doit y avoir des fortunes à en tirer. On pourrait croire qu'il est suffisamment riche, non ? Entre lui et les autres, Bergman, Roselli et toute la bande, ils ont dû se partager une cinquantaine de millions avant l'abrogation de la Prohibition.

— Je ne pense pas que ce soit seulement l'argent qu'il désire. C'est plus encore le prestige et le pouvoir. J'ai dans l'idée qu'il va tenter un gros coup en politique.

— Bien qu'il puisse passer pour raffiné, il peut se montrer terriblement rustre... Meg a failli le quitter, tu le savais ?

— Non. Pourquoi ne l'a-t-elle pas fait ?

— A cause de la ruine d'Alfie. A l'époque, elle passait souvent me voir à la boutique pour parler. Mais plus maintenant. » Soigneusement, Leah dessina le pourtour de ses lèvres avec un pinceau. « Cela aurait rudement secoué Donal si elle était partie avec les enfants. Si je ne pouvais plus voir Hank je ne sais pas ce que je ferais. Ne pas voir son propre enfant... ce doit être terrible.

— Oui », dit Paul.

Leah le regarda fixement. « Tu as vraiment l'air claqué ! Oh ! Que Donal et les autres aillent au diable ! Dînons et, après, allons voir un film de Charlie Chaplin, doublé en français. Il nous faut quelque chose de drôle pour notre dernière soirée. Qu'est-ce que tu en dis ? D'accord ? »

La traversée vers l'ouest fut mauvaise. Le navire était battu par les vagues ; les embruns balayaient le pont et la corne de brume lança son lugubre avertissement tout le long du chemin.

Le dernier soir, ils trouvèrent un énorme buisson de roses au milieu de leur table et le serveur leur dit que quelqu'un avait commandé pour eux un soufflé au Grand Marnier. Pour dix personnes, car apparemment on s'était attendu que Mme Marcus soit à une grande table.

« Oh ! C'est très bien, répondit Leah. Nous mangerons ce que nous pourrons et vous ferez ce que vous voudrez du reste. » Elle ouvrit l'enveloppe et lut la carte tout haut. « "Bienvenue en Amérique. Affectueuses pensées. Bill." Il est terriblement gentil.

— Ça se voit.

— C'est seulement un ami, Paul. Je t'assure. Et j'ai besoin d'avoir des amis.

— Tu ne dis pas cela sérieusement, répliqua Paul avec un peu de ressentiment.

— Si, je parle sérieusement. » Leah posa sa fourchette et

se pencha pour répondre avec véhémence. « Mon fils va s'en aller. Il va sûrement s'inscrire à la faculté de médecine. Tu sais que, l'année dernière, cela l'a emballé de travailler dans les ambulances des services d'urgence. Il va mener sa propre vie et j'en suis heureuse parce que j'ai fait ce que je pouvais pour lui — avec ton aide, Paul — et que c'est un être merveilleux, bien meilleur que moi. Alors, d'accord, ça me fait plaisir, mais je suis déjà pas mal seule et le serai encore plus. J'ai besoin d'amis. Trouver quelqu'un pour faire l'amour, c'est relativement facile... » Les yeux de Leah étaient fixés sur ceux de Paul. « Mais, après, on peut se sentir encore plus seule qu'avant, et la solitude, c'est... j'aime mieux ne pas essayer de la décrire.

— C'est préférable. »

Le sommelier intervint alors pour déboucher la bouteille de vin. Paul le goûta et l'approuva. Ils burent mutuellement à leur santé, apprécièrent le soufflé, allèrent danser, firent l'amour et prirent garde d'éviter les sujets délicats.

Pourtant, le lendemain matin, en faisant la queue pour montrer son passeport à l'agent du service d'immigration, Paul réfléchit. Qu'est-ce que Leah attendait de lui ? Il était évident que son mariage avec Marian, qui passait tout l'hiver en Floride, était un échec. Mais, après tout, le reste du temps, ils vivaient ensemble et se rendaient toujours en couple aux invitations. Aussi Leah espérait-elle peut-être seulement qu'ils poursuivraient leur nouveau type de relations ? Il faudrait alors qu'ils se montrent vraiment discrets ; car pour rien au monde il ne voudrait humilier Marian. Mais après tout ce serait possible, se dit-il, et Leah était charmante...

« Reviens sur terre, lui dit-elle en le faisant sursauter. Regarde ! Le navire est presque à quai. On entendrait les taxis corner. New York ! C'est une ville dingue, mais je l'adore. »

Une pluie froide se déversait à flot sur l'embarcadère. Dans son élégant trench-coat, Leah était prête à l'affronter. Elle portait un Leica en bandoulière et un coffret à bijoux en peau de porc à la main.

« On dirait que tu ne fais que cela, traverser l'Atlantique, dit Paul avec un sourire.

— Pas moi, mais toi, oui. J'espère que tu vas rester un peu de ce côté-ci.

— Un peu. Je vais essayer..., répliqua-t-il en baissant la tête. Je vais essayer de rassembler encore plus d'argent afin de faire sortir les jeunes d'Allemagne et de les diriger vers tous les pays qui voudront bien d'eux. Si je réussis, je peux effectivement y retourner bientôt. Tu viendrais avec moi ? demanda-t-il franchement.

— Tu sais bien que oui. Où tu veux. Quand tu veux, Paul. »

XIII

« Il ne faut pas que nous nous mêlions des affaires de l'Europe, déclarait formellement Dan chaque fois qu'il rencontrait Paul, ou nous serons entraînés dans une autre guerre sanglante. Je l'ai dit avant la dernière et je le redis maintenant.

— Même après les choses dont Paul a été témoin ? demanda Hennie qui avait écouté avec un sentiment d'horreur l'histoire d'Ilse Hirschfeld.

— C'est épouvantable, répliqua Dan. Mais il y a d'autres moyens d'y mettre fin. La guerre est le pire de tous. »

Bien sûr, il avait raison ; mais ces autres moyens, personne ne les mettait en œuvre.

Durant l'année passée, Paul n'avait pas réussi à transmettre aux Américains ce qu'il avait vu et ce qu'il savait. Leur résistance l'impatientait et l'exaspérait. Cependant, ceux qui tenaient les rênes du gouvernement étaient tout aussi bornés. En Angleterre, Winston Churchill lançait ses avertissements dans le désert, la France était toujours en plein désarroi, tandis qu'en Italie résonnaient les menaces grandiloquentes d'un tyran de deuxième ordre bouffi et plastronnant. Ici, on entendait à la radio les très inquiétantes déclarations du père Coughlin, prêcheur réactionnaire et antisémite, puis la voix plus modérée de Lindbergh essayant de convaincre le peuple américain que Hitler ne voulait pas la guerre et que, de toute façon, il était invincible.

On croyait rêver quand on entendait la gauche libérale tirer les mêmes conclusions. La jeunesse estudiantine répétait le serment d'Oxford : « Cette maison ne mourra ni pour le roi ni pour le pays... » Dans aucune guerre, pour aucune raison, jamais.

A Hank qui avait fièrement prêté ce serment, Paul dit : « Ne va pas croire que je souhaite une autre guerre. J'ai assez vu les ruines de la première...

— On ne le dirait pas. Tu agis comme si tu pensais que la guerre est inévitable.

— Au train où vont les choses, je suis obligé à mon grand regret de reconnaître que je la crois inévitable. Et je pense que ton serment d'Oxford et tous les discours pacifistes font le jeu de l'ennemi.

— Ce qu'il nous faut, c'est un Gandhi. La résistance passive, déclara Hank. Que tous les jeunes remplissent les prisons jusqu'à ce qu'elles débordent. Il faut s'asseoir et refuser de bouger.

— Gandhi n'a pas Hitler pour adversaire. Quoi que tu puisses penser du Royaume-Uni, ce n'est pas l'Allemagne fasciste. » Et Paul ajouta : « Même Einstein, qui fut pacifiste toute sa vie, a changé d'avis à cause de ce qui se passe.

— Eh bien, laisse ton Einstein se battre ! »

Paul était las des discussions. Elles ne menaient à rien. Parfois, il surprenait Hank à le regarder comme s'il essayait de comprendre un étranger antipathique. Nous nous éloignons l'un de l'autre, pensait Paul avec un peu de tristesse. Le garçon qui autrefois révérait la moindre de ses opinions était devenu un homme convaincu d'avoir raison.

Mais, après tout, c'était normal...

Dans le bureau jouxtant le sien, le cliquetis de la machine à écrire s'était tu, annonçant la fin de la journée. Il tendit la main vers le téléphone pour appeler chez lui. Marian dormait encore lorsqu'il était parti le matin, aussi ne lui avait-il pas demandé s'ils dînaient ensemble. Parfois le mardi elle allait à Rye voir une cousine veuve. Marian s'était constitué un univers typiquement féminin, où les femmes se rendaient visite, s'habillaient et même tenaient bien leur foyer uniquement pour obtenir l'approbation des autres. Les plus âgées étaient souvent veuves ; certaines des plus jeunes faisaient comme si elles l'étaient déjà, pensa-t-il tandis que le téléphone sonnait chez lui, et il se demanda combien de couples vivaient comme eux, en frère et sœur, s'accordant quelques baisers froids sur la joue avant de se rendre chacun de leur côté.

« Allô ? dit Marian de sa jolie voix.

— Je suis au bureau. Comment s'est passée ta journée ?

— Merveilleusement bien. Nous avons fait deux mille dollars à la vente de charité. Je suis épuisée mais cela valait la peine.

— Je croyais que tu allais passer la soirée chez ta cousine Nelly.

— Je n'ai pas pu à cause de la vente. J'espère que cela ne t'ennuie pas si je saute le dîner. Il faut remballer les invendus et j'ai dit que je reviendrais aider.

— Bon. J'ai encore plein de travail sur mon bureau. Je vais manger en ville.

— Ce n'est pas nécessaire. Je dis à Emma de te faire griller un steak et de préparer un pudding de pommes de terre, comme tu les aimes. »

Ses devoirs d'épouse ne cessaient de la tracasser. Il répliqua gentiment : « Dis à Emma de ne rien faire. Ainsi, je ne serai pas obligé de prendre garde à l'heure. Tu rentreras tard ?

— Peut-être pas avant minuit.

— Il ne faut pas rentrer seule à cette heure-là. Tu auras du mal à trouver un taxi. J'irai te chercher.

— Pas besoin. Rena Marshall nous ramènera toutes en voiture. Ne t'inquiète pas.

— Bon. A plus tard, alors. »

Il raccrocha. En imagination, il vit sa femme prendre une tasse de thé et un biscuit, puis se repeigner, se poudrer les joues afin de dissimuler ses taches de rousseur qu'elle détestait — autrefois, il y a bien longtemps, il avait trouvé plutôt attirant ce trait au charme enfantin —, sortir des gants blancs tout propres d'un tiroir et se hâter d'aller faire son devoir. Une femme de bien. Moi aussi, je suis un homme de bien. C'est idiot de se donner des airs modestes quand on est en tête-à-tête avec soi-même ; mais, si l'on ajoutait Paul à Marian, qu'est-ce qu'on obtiendrait ? Rien, ou presque rien.

Il était un peu plus de 5 heures lorsqu'il sortit dans l'air humide et printanier. Il faisait encore jour. Le ciel se teintait à l'est, près de l'horizon, d'un rose tendre aux nuances lavande, puis passait brusquement, au-dessus de sa tête, à un bleu-vert qui commençait à s'assombrir. Quel ciel extraordinaire ! Oublieux du grouillement de la sortie des bureaux, il demeura un instant immobile à s'émerveiller de ces couleurs. Il aurait voulu les retenir, les garder telles quelles dans sa mémoire. Les grands peintres pouvaient le faire. Turner avec ses couchers de soleil vaporeux, ou le Greco avec ses nuages aux teintes violentes déchirés par l'orage. Mais je ne suis qu'un banquier, pensa-t-il en se moquant de lui-même.

Il se sentit soudain de bonne humeur, sans doute parce qu'il venait de décider ce qu'il allait faire de cette soirée inopinément libre. Il avait pris l'habitude, lorsque cela lui arrivait, d'aller chez Leah, sauf si elle était prise, ce qui était rare. Ils allaient dîner ensemble, et ce serait un bon repas car Leah, à l'inverse de Marian, aimait bien manger ; un peu plus tard, ils monteraient au premier, couperaient le téléphone et fermeraient la porte à clef.

Sa chambre était un boudoir. Il aurait souffert de claustrophobie s'il lui avait fallu y rentrer tous les soirs, mais c'était un cadre parfait pour les brefs moments qu'il y passait. Sous la lumière des lampes, les meubles rutilaient comme des bijoux contre les murs crème. Il y avait deux commodes Louis XVI en bois de rose marqueté de citronnier, avec des dessus en marbre ; et une méridienne dont la tapisserie s'accordait au bleu doux du tapis et qui était couverte de coussins de vieille dentelle. Entre les fenêtres était accrochée une scène de ballet de Degas que Paul avait poussé Ben à acheter pour un anniversaire de Leah, quelques années auparavant. Le lit avait un baldaquin et des rideaux ; c'était une chambre dans la chambre, avec ses murs et son plafond de soie aux mille fleurs. Ils resteraient couchés jusqu'à une heure plausible, habituellement 11 heures, puis il se lèverait, s'habillerait et rentrerait chez lui. Un arrangement qui leur convenait à tous deux, pensa-t-il. A lui, certainement, et il espérait qu'il en était de même pour elle. Leah n'avait jamais dit le contraire et, depuis ces quelques propos échangés sur le paquebot, elle ne s'était jamais plainte de la solitude.

Ni n'avait fait allusion à Bill Sherman, sauf pour parler de ses filles qui, arrivées maintenant à l'âge où l'on s'habille en femme, venaient à la boutique de Leah avec leur père. « Des jeunes filles vraiment adorables, disait-elle. Pas enfants gâtés du tout, bien qu'il soit si généreux avec elles.

— Il t'envoie toujours des roses ?

— La prochaine fois que je m'embarquerai, je suis sûre qu'il y en aura. Il est comme ça. Il dépense sans compter et peut se le permettre. »

Paul savait qu'elle restait volontairement vague, souhaitant lui faire savoir qu'un autre homme la trouvait désirable, mais voulant aussi lui faire comprendre que lui venait en premier. C'est le privilège de la femme, pensa-t-il, et il cessa de poser des questions.

La femme de chambre l'introduisit. En familier de la maison, il ne se fit pas annoncer et monta à la bibliothèque où Leah aimait à lire avant le dîner. Mais ce fut lui le plus surpris : Hank était assis à côté de sa mère. En voyant Paul, il se leva ; le mouvement vif, la posture bien droite et la main tendue rappelèrent aussitôt à Paul que c'était lui qui avait appris au petit garçon à se comporter en gentleman.

Hank lui donna une franche poignée de main. « Je suis content de te voir. Maman ne m'avait pas dit que tu viendrais.

— Je voulais t'en faire la surprise, dit Leah.

— Où est cousine Marian ?
— Elle avait quelque chose à faire à une vente de charité et Leah m'a gentiment invité à dîner pour que je ne mange pas seul. Et toi, pourquoi n'es-tu pas à Philadelphie en train de disséquer un cadavre ou quelque chose du même genre ?
— Je suis venu hier consulter mon dentiste.
— C'est la première carie de sa vie et cela le rend fou. Il veut être un modèle de perfection physique, dit tendrement Leah.
— Je dirais qu'il en est bien près, répliqua Paul.
— J'aurais voulu qu'au moins tu dînes avec nous. Tu arrives en coup de vent et tu repars en courant.
— La prochaine fois, maman. J'ai donné rendez-vous à un copain, près de la gare, pour que nous reprenions le train ensemble.
— D'accord, mon chéri, va. Appelle-moi pendant la semaine. N'oublie pas.
— Je n'oublie jamais de t'appeler.
— Je sais. Tu es très gentil. »
« Il est vraiment très gentil, dit Leah lorsque Hank eut disparu. J'ai beaucoup de chance. » Il y avait une bouteille de sherry et des verres en cristal sur un plateau, près de son fauteuil. Elle se leva et les servit. « Et ce soir aussi, j'ai de la chance. Les plaisirs imprévus sont les meilleurs.
— A ta santé, dit Paul en souriant.
— Tu sais, Dan aura soixante-neuf ans en novembre. Je me suis dit que j'aimerais bien fêter l'événement chez moi. Nous nous habillerons, il y aura de la musique, une vraie réception.
— Tu crois que cela lui ferait plaisir ?
— Pourquoi pas ? Il aime les bons repas.
— Mais la foule, et puis se mettre en smoking... Tu connais Dan.
— Il n'a jamais eu de fête pour son anniversaire. Je pense qu'il est temps, à soixante-neuf ans.
— Pourquoi ne pas attendre l'année prochaine ? Soixante-dix ans, cela se fête.
— Parce qu'il n'ira peut-être pas jusque-là.

— Oh ! Il y a quinze ans qu'il a le cœur malade.

— Je sens tout de même qu'il faut que je le fasse maintenant. Ce sera à la fin du mois, aux environs de la fête nationale. Je vais en parler à Hennie. »

Elle rayonnait d'enthousiasme. Elle aimait recevoir, déployer l'argenterie, les verres de Baccarat et le linge brodé achetés avec l'argent qu'elle avait gagné. Des lis tigrés s'enrouleraient autour des candélabres ; des pommes de pin, brûlant dans toutes les cheminées, embaumeraient l'air ; des violons chanteraient dans le hall du premier. Paul voyait cela très bien.

Attentive, comme toujours, au moindre changement d'expression de Paul, elle lui demanda : « A quoi penses-tu ?

— A rien d'extraordinaire. Juste une phrase qui m'est venue à l'esprit. "Le jardin des délices", ta maison », dit-il, sachant qu'il lui faisait plaisir.

En réalité, il songeait à autre chose. Novembre était encore loin, pourtant il pensait déjà qu'il lui faudrait s'asseoir à la même table que Donal Powers. Il ne l'avait pas revu depuis leur rencontre tumultueuse, à Paris ; la rage de Donal avait dû s'épanouir avec la croissance de la H.W. Elektrische Gesellschaft, qui rapportait les millions dont l'entêtement de Paul l'avait privé.

Il se demandait si Meg était au courant. Indubitablement, Donal avait dû en parler. De temps à autre, il rencontrait sa cousine le dimanche, pendant l'été, lorsqu'elle amenait ses enfants chez Hennie ; elle se montrait toujours aussi affectueuse, mais ne proposait jamais d'autre rencontre, ce qui était aussi bien.

Il posa son verre pour contempler un moment le salon de Leah où, tout à fait clairement, il revoyait Meg, jeune fille, debout près du piano. *Ses yeux effarouchés sont tournés vers le beau visage sceptique de Donal Powers. On sent un courant de désir sexuel passer entre eux, aussi palpable qu'une soudaine rafale de vent tropical.*

C'était absurde de se sentir coupable, ou du moins de regretter de ne pas avoir fait plus pour empêcher ce mariage à l'époque, lorsque Alfie lui avait demandé de parler à Meg.

Paul connaissait ses propres pouvoirs de persuasion. Il pouvait pousser quelqu'un à lui confier un compte d'un million de dollars, recueillir des fortunes pour les réfugiés et les œuvres de charité, convaincre un Allemand de faire sortir le fils d'Ilse d'un camp de concentration. Pourquoi n'avait-il pu dissuader une jeune fille de contracter une union malheureuse ?

Parce qu'il avait eu une réaction sentimentale : Meg avait paru euphorique et il avait fondu en la voyant.

Pourtant leur mariage avait bien tourné, semblait-il. Une mère blanche et rose entourée de beaux enfants... Pourquoi ne pas se réjouir avec elle ? Sauf qu'il savait trop de choses sur Donal. C'était bizarre de penser que Hank était le seul à partager cette connaissance et Paul se demanda si cela hantait autant le jeune homme que lui. Par un accord tacite, ils n'avaient plus jamais abordé ce sujet. A quoi cela leur aurait-il servi ?

Leah gratta une allumette qui fit un bruit aussi cinglant qu'une gifle. Ses ongles longs se regroupèrent autour du petit cylindre blanc de la cigarette. Ses yeux se fermaient à demi de plaisir sensuel tandis qu'elle inhalait la fumée. « Au fait, cela te serait égal si je demandais à Bill Sherman de venir ? C'est une fête de famille, mais Bill fait presque partie de la famille. Il m'a même invitée à célébrer la réussite scolaire de sa fille. Tu veux bien ?

— Évidemment. »

Elle poursuivit : « Sa fille aînée se spécialise en psychologie de l'enfant, aussi parlera-t-elle probablement avec les enfants de Meg. Ce serait bien d'avoir les Sherman, qu'en penses-tu ? insista-t-elle.

— Bien sûr, bien sûr », répondit-il, amusé et touché par l'effort inhabituel qu'elle faisait pour éveiller sa jalousie.

La nuit était tombée. Leah alluma les lampes. Bien choisies et bien placées, elles apprivoisaient l'obscurité aussi chaleureusement que la lumière d'un feu de cheminée et faisaient du vieux tapis d'Orient un champ doré. Paul se sentait bien dans cette bibliothèque.

« Cette pièce est épatante. Tu as une merveilleuse maison.

— Tu approuves tout ici, sauf la chambre. La mienne, dit malicieusement Leah.

— C'est... elle est très féminine », répondit-il en cherchant ses mots.

Leah éclata de rire. « Tu n'as pas besoin de montrer autant de tact. Je sais qu'elle a quelque chose d'outré. Elle ne va pas avec le reste de la maison.

— Eh bien, je reconnais que d'habitude tu montres plus de retenue. En général, j'admire ton goût.

— Je sais. J'ai violé mes propres règles en meublant cette chambre. J'ai obéi à une impulsion. Jeter son bonnet par-dessus les moulins, n'y a-t-il pas un dicton de ce genre ?

— Je ne m'en souviens plus. » Il la regarda avec plaisir. Elle voulait être « littéraire », surtout pour se perfectionner, ce qui était louable ; Leah était une admirable autodidacte. Ce faisant, elle essayait aussi de lui plaire, ce qui était superflu car elle n'avait pas besoin de s'améliorer pour cela. Elle s'assit, blottie dans le grand fauteuil de cuir à oreilles ; un col blanc plissé auréolait son cou et la jupe de sa moelleuse robe bleu marine coulait jusqu'à ses pieds. Paul aimait les vêtements de ces dernières années. La mode de la robe chemise, poitrine plate et genre déluré des années vingt, n'allait pas très bien à Leah. Elle avait toujours mieux convenu à Marian...

« Viens dîner, dit Leah, et puis nous monterons dans la pièce dont l'ameublement est d'un goût outrancier. »

Ils étaient couchés dans la chambre en miniature, de soie fleurie, et Paul se détendait, plein de ce contentement qui accompagne la satisfaction du désir. Il alluma une cigarette et inhala son arôme. L'odeur du tabac n'incommodait jamais Leah. Marian ne protestait pas bruyamment car ce n'était pas son genre, mais affichait un air pathétique qui le culpabilisait.

Leah sortit nue du lit, enfila une chemise de nuit du même bleu que la chambre et revint se glisser sous les couvertures. Elle tapota la joue de Paul d'un geste mutin.

« A quoi penses-tu ?

— A rien.

— Allons donc, tu fronçais les sourcils. » Elle caressa la double ride entre ses sourcils. « Voyons, Paul !

— Bon. J'étais en train de me dire que Marian ne me laissait jamais fumer au lit.

— Tu penses à elle tout le temps... du moins une bonne partie du temps... n'est-ce pas ?

— Oui, c'est vrai. »

Leah resta silencieuse si longtemps qu'il se tourna vers elle en se soulevant sur un coude pour la regarder. Ses yeux noirs, tout ronds, étaient préoccupés.

« Tu te sens donc tellement coupable ? » demanda-t-elle.

Il avait besoin de temps pour s'analyser. Quelle réponse pourrait-il donner ? « Coupable » était un bien grand mot, déprimant et sombre. Cette merveilleuse union de deux corps, cet embrasement qui coulait dans ses veines comme le vin ou la chaleur du soleil... à qui cela pouvait-il faire du tort ? A personne. Et pourtant...

« Je n'aime pas les mensonges, répondit-il enfin.

— Moi non plus. »

Il savait que c'était vrai. Leah ne ressemblait pas à ces femmes que leur propre pouvoir excite ou qui ont l'impression de triompher lorsqu'elles séduisent l'homme d'une autre.

« Parfois, Paul, je me sens... terriblement gênée quand je suis avec Marian. Chez toi, ou quand elle vient à la boutique. Elle croit que je suis son amie. »

Oui. Marian était l'archétype de l'amie. Pour lui aussi, elle était une amie loyale et sûre.

« Elle a l'air si pure que je me sens mauvaise. Oui, mauvaise, Paul. Cependant, je ne cesse pas pour autant de t'aimer et je n'ai aucune envie de le faire. »

Il aurait bien voulu qu'elle change de sujet. Cela gâchait l'ambiance qu'elle avait créée pour lui.

« Tu sais, je n'en ai jamais rien dit, mais j'ai vraiment peur que Donal parle de Paris. »

Paul secoua la tête. « Je n'y ai jamais accordé une seule

pensée. Il ne gagnerait rien à mettre le feu aux poudres. Rien du tout. Donal a de bien plus grands projets en tête.

— Hennie perdrait tout respect pour moi. Elle essaie d'avoir l'esprit large, moderne et tout ça, mais malgré tout, je sais ce qu'elle pense vraiment.

— C'est vrai, Hennie est puritaine.

— Les gens qui sont devenus adultes avant la guerre voient les choses différemment, tu ne penses pas ?

— Pas toujours. Comment crois-tu que Hank réagirait ?

— Je ne sais pas. Il est très collet monté, mais parfois je me dis qu'il ne serait pas choqué. Il appartient à la nouvelle génération, il a tellement de compassion pour les êtres. Je vais te raconter ce qui s'est passé hier soir. J'avais des ennuis avec la chaudière et l'homme qui s'occupe de toutes celles du pâté de maisons est venu avec son petit garçon. Après être descendus à la cave, ils sont remontés et nous avons parlé dans le vestibule. Je n'avais rien remarqué, mais Hank s'est rendu malade au sujet du petit garçon — après qu'ils ont été partis, bien sûr — et a voulu savoir pourquoi je ne m'étais pas aperçue que l'enfant frissonnait de froid dans une veste trop mince, et combien j'avais payé le père. Je lui ai dit que j'avais donné ce que l'homme m'avait demandé. Je ne peux pas prendre sur moi toute la misère du monde, et lui non plus, ai-je dit. Il m'a répondu qu'il le savait, mais que cela l'avait bouleversé de les voir partir avec la boîte à outils dans la nuit froide et pluvieuse et qu'il avait alors pensé à sa chambre là-haut dans cette maison qu'on lui avait donnée à l'âge qu'avait ce petit garçon. J'aurais voulu que tu voies son visage ! Il était profondément ému. Cela lui venait du fond du cœur.

— Il a de qui tenir, non ?

— Oui, oui. Hennie et Dan. Et ma propre mère. Eh bien, je ne suis pas comme eux. Dieu sait que je suis généreuse, très généreuse, mais je ne me ronge pas les sangs. Je ne vais pas m'épuiser à... Qu'est-ce que c'est que ça ? »

La porte extérieure venait de se refermer bruyamment. Quelqu'un sifflait en montant les escaliers.

« Oh non ! C'est Hank ! » Leah sauta du lit en enfilant son

peignoir. « Que diable... pourquoi n'est-il pas retourné à Philadelphie ? Mon Dieu, vite, habille-toi. Oh ! Qu'est-ce que je vais dire ? » Elle lança ses vêtements à Paul.

« Maman ? » Hank frappa à la porte. « Tu es réveillée ? Je vois ta lumière.

— Oh ! Je sors de la douche !

— Alors, j'attends. J'ai rejoint mon ami Marc et nous avons parlé jusqu'à une heure si tardive que je me suis dit qu'il vaudrait mieux que je rentre dormir ici et que je prenne le premier train demain matin. Je partirai avant que tu te lèves, aussi je voudrais te dire quelque chose de drôle que m'a raconté Marc. Sa mère t'a rencontrée une fois, et... »

Sa voix mourut tandis que Leah, traversant la pièce, poussait Paul dans la penderie.

« Reste là pendant que je vais lui parler, chuchota-t-elle.

— Leah, c'est ridicule. Je ne peux pas me cacher dans une penderie et partir comme un voleur.

— Je t'en prie. Je ne veux pas qu'il te trouve ici.

— J'avais cru t'entendre dire qu'il avait l'esprit large ?

— Je parlais en général. Sa mère, ce n'est pas pareil. »

La honte envahit Paul. Être pris dans une situation aussi embarrassante, pensa-t-il en mettant son pantalon, en boutonnant sa chemise et en nouant sa cravate. Il sortit de la penderie pour récupérer sa veste posée sur le dossier du fauteuil.

Leah le tira par le bras. « Retournes-y. J'en ai pour une minute. Tu pourras descendre l'escalier sur la pointe des pieds et sortir. Seulement, ne fais pas de bruit en fermant la porte. »

Il n'aurait jamais pu imaginer qu'un jour il serait confronté à un rôle aussi dégradant. Pourtant, brusquement, tout cela lui parut comique, vu sous un certain angle.

« Maman, ça va ? cria Hank.

— Oui, attends une minute... Reste dans la penderie et il n'en saura rien. Où vas-tu ?

— Sur le palier, comme un homme. »

Elle se mit à pleurer ; elle, la femme nouvelle, indépendante, pleine d'expérience, implorait et s'accrochait à lui.

« Ne me fais pas une chose pareille. Comment peux-tu me faire cela, à moi ? »

Gentiment, il se libéra. « Allons, Leah. Il nous respectera plus si nous savons être francs. Après tout, nous sommes adultes, toi et moi ; et lui aussi. »

En disant cela, Paul ouvrit la porte, révélant le visage étonné de Hank. Paul fut à la fois brutal et amical.

« Je partais, Hank. Je vous laisse tous les deux. »

Le jeune homme regarda, par-dessus l'épaule de Paul, la méridienne sur laquelle sa mère était recroquevillée dans son peignoir de soie bleue.

Durant quelques secondes, personne ne dit rien. Hank fut le premier à prendre la parole.

« Suis-je censé dire : Je ne comprends pas ? Est-ce comme cela que le dialogue se poursuit ?

— Je suis désolé, Hank.

— Tu as raison de l'être. »

Et voilà pour l'esprit large ! Paul poussa un long soupir.

« Ta mère est bouleversée. Je pense que tu devrais aller lui parler.

— J'aimerais mieux te parler à toi, d'abord.

— Comme tu veux. Descendons. »

Ils restèrent debout sous le lustre du vestibule. Les yeux de Hank, assombris par la colère, étaient cernés de noir tel un masque de hibou. Il avait l'air menaçant, presque comme s'il avait l'intention d'utiliser ses poings.

« Depuis combien de temps viens-tu ici ? demanda-t-il à Paul.

— Si ta mère a envie de te le dire, elle le fera, répliqua sévèrement Paul. Quant à ma vie et à mes habitudes... je n'ai pas à t'en rendre compte. »

Il se défendait avec rage. Etre jugé et interrogé par un gamin qui avait la moitié de son âge !

« Tous les deux, vous m'avez dépouillé de quelque chose que vous ne pourrez jamais me rendre ! s'écria Hank.

— Dépouillé de quoi ? » Le cœur de Paul battait à grands coups.

« Du respect que j'avais pour vous et de mes illusions.

— Je ne sais pas quelle sorte d'illusions tu te faisais. »

C'était un mensonge, car il le savait bien. Pas besoin d'être psychologue pour savoir qu'une mère est « intouchable ». Quant à l'image du père qu'il avait soigneusement élaborée, elle avait dû se briser en mille morceaux. Et en un instant.

« Tu es marié !

— Ne fais pas l'enfant, Hank. As-tu vécu les yeux bandés ?

— Tu trouves que je fais l'enfant ?

— Oui. Mais je pense que tu seras plus raisonnable lorsque tu auras un peu réfléchi.

— C'est facile de dire cela. Il s'agit de ma mère.

— Elle est veuve depuis dix ans. Devrait-elle se conduire comme une nonne ?

— Alors, elle n'avait qu'à se remarier, mais pas ça.

— Est-ce que par "ça", comme tu dis, tu entends "faire du tort à quelqu'un" ?

— Et si mes grands-parents l'apprenaient ?

— Ils n'ont pas besoin de le savoir.

— Et ta... et cousine Marian ? » Les yeux noirs étaient pleins de reproche. « Tu... tu as toujours tellement compté pour moi. »

Après tout, c'était encore un enfant, pensa Paul, en dépit de la faculté de médecine et de la sophistication superficielle de New York. Il posa la main sur son bras.

« Les gens, des gens bien, peuvent être amenés à faire des choses qui ne correspondent pas à l'idée qu'on en a. Des choses qu'ils n'auraient pas choisi de faire, s'ils l'avaient pu. Tu devrais le savoir. »

La bouche de Hank se tordit. « Tu te rappelles Ben ? Moi je me souviens bien de la double vie qu'il menait.

— C'est dur de voir son idole renversée. L'erreur, c'est de faire de quelqu'un une idole.

— Mais toi ! A mes yeux, tu représentais tout ce qu'il y a de bien dans la vie. Sauf depuis un an, depuis que tu as changé. Tout ce que tu dis sur la guerre, tes idées politiques. Depuis, nous ne pouvons plus parler ensemble.

— Pour revenir à ce qui vient de se passer... Dis-moi, est-ce mal d'être heureux de temps en temps, dis-moi, je t'en prie, est-ce mal ? »

Hank ne répondit pas tout de suite. « Je ne veux pas qu'on fasse souffrir ma mère, finit-il par dire.

— Je ne l'ai pas fait souffrir et ne le ferai jamais.

— Tu devrais l'épouser.

— C'est plus compliqué que ça, tu le sais.

— Alors, tu n'as qu'à arranger la situation.

— Nous verrons, fut tout ce que Paul put répondre.

— Vous n'en avez jamais discuté, tous les deux ? reprit Hank.

— Non, jamais.

— C'est incroyable. Pourquoi ?

— Tout le monde n'a pas forcément envie de se marier. Ce n'est pas toujours la meilleure solution.

— Comment savoir ce que l'autre désire si l'on n'en parle jamais ?

— Nous devrions peut-être en parler. Mais ce que je sais, c'est que tu devrais monter en vitesse voir ta mère et ne pas la laisser s'excuser. Elle n'a à se justifier de rien. »

Au moment de tendre la main, Paul vit l'expression du visage de Hank et la retira. Le garçon n'était pas prêt. « Je m'en vais. Pas la peine de me reconduire. »

Cette nuit de printemps, froide et humide, lui rappela que Manhattan était une île entre deux bras de rivière, et il se hâta dans les tourbillons de vent.

Il avait dit à Hank qu'ils ne faisaient de tort à personne. Ils s'étaient laissé entraîner dans une relation satisfaisante. Du moins pour lui, et Leah n'avait jamais dit le contraire. Bien sûr, si Marian l'apprenait... Il ne savait absolument pas si Marian soupçonnait quelque chose. Elle ne le questionnait jamais ; c'était la dernière chose qu'elle aurait voulu faire. Pour elle, cela aurait été une « scène » et elle détestait la vulgarité des scènes. Peut-être aussi craignait-elle la vérité qui pourrait en sortir ; tant qu'on ne disait pas les choses, elles n'existaient pas.

Il était possible que Leah, à sa manière, évite aussi la vérité. Et il se dit : C'est vrai que nous ne devrions pas continuer ainsi, cela ne mène nulle part. Et pourquoi devrait-on absolument aboutir quelque part ? Pourquoi ne pas se contenter de rester où l'on est et de jouir du moment qui passe ? D'un autre côté, on doit avoir un but dans la vie. Il avait toujours fait des plans : dans son travail, bien sûr, et dans ses comités de bienfaisance, où il fallait avoir un but ; et dans sa lutte pour la paix, il en avait aussi un, sûrement.

Il était indéniable qu'une femme désirait ardemment la sécurité ; elle voulait savoir si elle était aimée, et pour combien de temps. Le fils indigné était allé tout droit à l'essentiel : Tu devrais l'épouser.

La joyeuse Leah ! Elle avait le don de la joie. Il y aurait beaucoup de rire dans son foyer. L'amour ? Oui, mais... quand il y avait la paix et les rires, n'était-ce pas une forme d'amour, ou l'amour même ? Il essaya de se souvenir du temps où il avait su, sans le moindre doute, ce qu'était l'amour. Mais impossible, tant ce sentiment était noyé dans une colère amère, douloureuse.

J'ai résolu de te chasser de mon cœur, Anna. Toi et ton Iris. Dehors. Tu ne m'as pas accueilli, alors je t'expulse.

Peut-être que vivre avec Leah, cela donnerait un but à sa vie. Il lui devait le mariage. Et il fallait dire à son crédit qu'elle ne le lui avait pas demandé. C'était peut-être la meilleure chose qui pouvait lui arriver, et à Leah aussi. Il pourrait faire plus pour elle que ses deux maris, le pauvre Freddy et Ben l'imprudent.

Arrivant à son immeuble, il compta les fenêtres jusqu'au cinquième. La lumière était allumée dans la chambre. Marian devait lire dans son lit. Il savait d'avance ce qui allait se passer.

« C'est toi, Paul ? As-tu bien dîné ? » Et, sans attendre la réponse : « Je suis éreintée. La vente a remporté un grand succès, mais je pense que je vais faire la grasse matinée, demain matin. Bonne nuit. Dors bien. »

Il commença à chercher comment il pourrait lui présenter les choses. Ce ne serait peut-être pas aussi dur qu'il se l'était imaginé autrefois. Le divorce ne faisait plus scandale comme avant la guerre. Oh ! Marian allait pleurer, en faire toute une histoire, s'accrocher à lui ! Mais elle ne l'aimait pas assez pour renoncer à se rendre en Floride sans lui.

Tant qu'elle vivrait, il resterait son ami et son conseiller. Il ne l'abandonnerait jamais. Il lui achèterait une plus belle maison en Floride, il ferait tout pour la rendre heureuse. Et elle se remettrait de ce divorce. Ce serait dur, mais elle s'en remettrait.

Rien ne presse, pensa-t-il tandis que l'ascenseur montait. L'hiver prochain, quand elle serait en Floride en train de prendre du bon temps avec ses nombreux parents et amis, il irait la voir et saurait la convaincre qu'ils pouvaient rester des amis fidèles tout en rendant officielle une séparation qui existait de fait. Oui, c'était comme cela qu'il devrait faire. Pas la peine d'en parler à Leah avant que ce soit terminé. Une voix claire résonna, de l'autre extrémité de l'appartement.

« C'est toi, Paul ? As-tu bien dîné ? »

XIV

L'été s'écoula assez agréablement, de la manière habituelle. Paul et Marian allèrent avec trois autres couples dans la même auberge, au bord d'un lac, dans le Maine, où depuis dix ans ils passaient trois semaines à naviguer, pêcher et nager. Il eut quelques légers tiraillements de conscience, bizarres, lorsqu'il s'imagina en train d'informer le petit groupe fermé que c'était la dernière fois qu'il était avec eux. De retour à la maison, en septembre, il passa avec Leah deux samedis dorés et apaisants dans la petite maison de Long Island. Heureusement, Marian préférait jouer au golf dans leur club de Westchester. Il aurait bien voulu emmener Hank afin de reconquérir son ancienne affection et — oui, il l'admettait — son admiration respectueuse. Mais le jeune homme travailla tout l'été à l'hôpital de Philadelphie, veillant ouvertement à ne pas rencontrer Paul lorsqu'il venait voir sa mère.

« Hank le prend bien, maintenant. Nous avons eu quelques franches conversations, lui et moi », affirma Leah.

Elle avait l'air trop sûre d'elle. Paul aurait voulu en savoir plus sur ces « franches conversations », mais il était évident qu'elle ne voulait pas en parler, aussi ne lui posa-t-il pas de questions.

Elle avait sans doute exhorté son fils à la patience, disant qu'il fallait le prendre, lui, Paul, par la douceur ; que si lui, Paul, on ne l'asticotait pas, il céderait de lui-même. Comme elle avait raison ! D'ici à la fin de l'hiver, tout serait réglé. Il aspirait tellement à la tranquillité ! Il ne l'avait jamais connue. Peut-être enfin allait-il trouver la paix et la raison de vivre qui lui permettraient de tenir dans ce monde où régnait le chaos.

Ses pensées furent violemment ramenées à ce chaos par une seconde lettre d'Ilse. Après deux années de calme pendant lesquelles Mario était relativement redevenu lui-même, après deux années pendant lesquelles elle avait maîtrisé la langue et gagné sa vie dans l'équipe d'un petit hôpital, ils connaissaient de nouveau les persécutions. L'Italie, sous la pression de Hitler, s'était engagée dans la même voie que l'Allemagne : les médecins juifs n'avaient plus le droit de soigner que des Juifs. Où aller ? La Palestine était pratiquement fermée et l'attente sur la liste d'émigration des Polonais aux États-Unis durerait des années. Un instant, il la vit là, devant lui ; il croisa son regard franc, il entendit son rire clair, et il partagea son désespoir.

Le monde avançait en titubant vers d'insondables ténèbres.

Il lui arriva quelque chose d'étrange, un soir, à Madison Square Garden où Jabotinsky, le militant sioniste venu de Palestine, devait prendre la parole. Des amis qui étaient catégoriquement antisionistes les avaient invités, Marian et lui, à venir l'entendre « par curiosité ». Marian avait accepté à contrecœur et parce que Paul l'en avait priée.

« Je ne vois pas pourquoi tu veux y aller, protesta-t-elle. Tu n'es pas d'accord avec les extrémistes.

— Raison de plus pour entendre leurs arguments. »

Des milliers de personnes s'étaient déplacées. Paul parcourut discrètement la foule des yeux. Il y aurait peut-être une confrontation violente entre les sionistes conservateurs, comme Justice Brandeis qui pensait qu'il fallait utiliser la persuasion politique et des discussions appuyées sur la raison pour déterminer les Britanniques à jouer franc-jeu en Palestine, et ce groupe militant qui croyait qu'une armée juive dans ce pays était la seule solution. Paul restait silencieux et pensif tandis que Marian parlait avec l'autre couple.

Brusquement, son attention fut attirée par la jeune fille assise juste devant lui. Il la regarda attentivement. Était-ce possible ? Son cœur se mit à battre plus vite.

Non, c'était absurde qu'elle soit là, parmi des milliers de gens ! Cependant, pourquoi pas ? Et il tendit l'oreille. Elle parlait à sa compagne, une jeune fille du même âge. Sa voix était mélodieuse, séduisante.

« Je ne crois pas que la violence soit la solution. Sur le moment, elle peut se révéler efficace, mais à long terme, les choses ne feront qu'empirer. Avec de plus en plus de mauvaise volonté de part et d'autre », conclut-elle.

Puis, comme si elle avait senti les yeux de Paul fixés sur sa nuque, elle se retourna, l'air étonné, puis revint à son amie.

Oui, pensa Paul, ce long nez, ce menton pointu. Il avait pu voir son visage de trois quarts. Oui, peut-être. Trouver un prétexte pour le lui demander ? Non, ce serait ridicule.

« Tu as peut-être raison, Iris », répliqua l'autre jeune fille.

Sans prendre le temps de réfléchir, il se pencha et lui posa la main sur l'épaule.

« Mademoiselle, excusez-moi », dit-il.

Elle pivota sur son siège, avec de grands yeux étonnés. Ceux de la mère de Paul, comme le reste du visage.

« Je crois que nous nous sommes déjà vus. » Son cœur palpitait de plus en plus. « Il y a des années, quand vous étiez encore écolière. Je m'appelle Paul Werner. Je vous ai rencontrées par hasard, votre mère et vous, dans un salon de thé. Nous nous sommes installés à la même table. »

Il vit dans ses grands yeux qu'elle le reconnaissait. « Oh oui ! Je m'en souviens. Comme c'est drôle de se retrouver encore par hasard ! Je vous présente mon amie, Milly Kohn.

— Ma femme. M. et Mme Berg », dit Paul.

Ni les Berg ni Marian n'avaient envie d'aller plus loin que

cette présentation; ils revinrent à leur conversation, laissant Paul profiter de l'occasion.

Il se hâta de reprendre la parole avant qu'Iris ne se retourne vers sa compagne et l'abandonne. « Vous êtes d'accord avec Jabotinsky ?

— Moi, mon Dieu non. Il est bien trop extrémiste. Du moins je le pense. A la maison, nous admirons tous Weizmann. Je ne suis venue que par curiosité.

— Moi aussi. Ce serait trop triste pour lui si toute la salle n'était là que par curiosité. »

Milly pouffa tandis qu'Iris disait : « C'est un homme intéressant. Mon père a lu que Jabotinsky ayant grandi en Italie s'était largement inspiré de ceux qui ont lutté pour l'indépendance de ce pays. -

— Moi aussi, j'ai lu ça », répondit Paul.

Milly ayant quelque chose à dire, cela lui donna une minute ou deux pour regarder Iris tout en faisant semblant d'écouter. Oui, avec ce petit froncement de sourcils, elle avait une belle expression intelligente. En réalité, elle ne ressemblait pas tout à fait à sa mère. Celle-ci était une femme majestueuse, tandis qu'avec les mêmes yeux, aux paupières lourdes et aux cils abondants, Iris *plaisait*. Indubitablement. Et elle était si sérieuse, à vingt et un ans ! Il comprenait ce qu'Anna avait voulu dire. Sa robe, d'une couleur ni grise ni brune, faisait très collet monté. Elle n'avait pas hérité du goût de sa mère qui, même lorsqu'elle manquait d'argent, avait un certain style, une manière de nouer sa ceinture ou de mettre un foulard à fleurs autour de son cou.

Il était embarrassé par cette situation, tellement bizarre mais pas unique, car depuis le commencement des temps, d'autres hommes avaient dû être obligés de cacher leur paternité ! Bizarre pour moi, pensa-t-il en se moquant douloureusement de lui, pour le parangon de respectabilité que je suis censé être. Il s'imagina disant, là, tout de suite, à Marian : Tu vois cette jeune femme ? C'est ma fille.

Il fut pris de vertige. Les lumières, au plafond, insupportables de luminosité, lui faisaient mal aux yeux. Il avait envie de sortir, de rentrer chez lui et de s'allonger dans l'obscurité. Qu'est-ce que cela pouvait lui faire, Jabotinsky et la Palestine, l'Angleterre, l'Allemagne et le monde entier ! En même temps, il aurait voulu prolonger ce moment, faire parler la jeune fille, se remplir les yeux et les oreilles de sa vue et du son de sa voix.

« Bien sûr, il veut s'emparer de la Palestine pour le compte des Britanniques, disait Iris, et qui peut le lui reprocher ? C'est tellement cruel de ne pas laisser entrer ces gens désespérés, torturés. Ma mère a perdu un frère et toute la famille de son oncle, quand Hitler s'est emparé de l'Autriche.

— Moi aussi j'ai des parents en Allemagne qui ont disparu. Pas un frère, des cousins éloignés, mais je les aimais beaucoup.

— Comment expliquer ce monde à des enfants ? se lamenta Iris. J'enseigne en troisième. Certains de mes élèves lisent les journaux et tous écoutent la radio. C'est très difficile... Je fais de mon mieux. »

Ça, j'en suis sûr, je le lis dans tes yeux, pensa Paul.

Tout le monde se tut. Jabotinsky apparut sur le podium et la foule l'acclama jusqu'à ce qu'il commence à parler.

Paul n'écouta pas un mot de son discours. Il ne voyait que cette tête brune, devant lui. Elle portait une fine chaîne en or autour du cou. Elle était attentive. Lorsqu'elle se tournait sur le côté, il voyait sa poitrine se soulever. C'était sa chair à lui qui respirait.

Lorsque la conférence fut terminée et que les bravos éclatèrent, Marian se leva, disant : « Sortons avant la cohue. »

Iris se retourna. « Au revoir », dit-elle poliment.

Paul prit tout son temps pour mettre son pardessus. « Qu'en pensez-vous ? » demanda-t-il.

Elle ne semblait pas convaincue. « La plupart des gens ont l'air transportés par ce qu'il a dit. Bien sûr, c'est excitant n'est-ce pas ? Une brigade juive ! Et pourtant, Weizmann et Brandeis sont contre, aussi je me range à leur avis. Ils en savent plus long que moi sur la question.

— Je pense que vous avez raison. »

Marian et les Berg se frayaient déjà un chemin vers l'allée

centrale. « Tu viens, Paul ? Nous allons être pris dans la foule.

— J'ai été très contente de parler avec vous », dit Iris. Elle avait l'air un peu déconcertée par l'attention qu'il lui avait accordée. Il se l'imaginait peut-être. En tout cas, elle parlerait sûrement de leur rencontre à la maison. Il la vit en train de dire à Anna...

« Et moi, je suis très heureux de vous avoir revue », dit-il. Et il suivit Marian, avançant lentement dans la foule, pensant qu'ils n'atteindraient jamais l'air frais de la rue et que sous l'effet de la migraine sa tête allait éclater.

Lorsqu'ils quittèrent les Berg qui habitaient près de Washington Square, Marian dit d'un air grave :

« Tu n'as fait que parler avec cette jeune fille. Qui est-ce ? »

Écœuré de ses mensonges, il répondit : « Je l'ai rencontrée, il y a deux ou trois ans, avec ses parents.

— Et qui sont-ils, ses parents ?

— Des clients. » Puis il ne put s'empêcher de poser une question, bien inutile : « Qu'en penses-tu ?

— Oh ! Je ne sais pas. Elle n'a rien de remarquable. Je m'étonne que tu t'en sois si bien souvenu.

— Tu sais que je n'oublie jamais les visages. C'est une de mes qualités. »

Le jour suivant, le téléphone sonna sur la ligne privée de Paul, au bureau.

« Il est arrivé quelque chose cet après-midi », commença Leah.

Comme il n'était déjà pas très paisible, il s'alarma. « Des ennuis ?

— Non. J'ai seulement besoin de te parler. Vraiment besoin. »

Soulagé, il se força à paraître jovial. « C'est dans les choses possibles.

— Peux-tu venir ce soir ?

— Oh ! Flûte, Marian et moi sommes invités à dîner. A 8 heures chez des gens que je connais à peine. Demain, ça ira ?

— Peux-tu passer en rentrant ? Ce ne sera pas long. »

En sortant du travail, il essaya de deviner ce qu'elle avait à lui dire. Manifestement, ce n'était pas une catastrophe, alors pourquoi une telle hâte ?

Elle était assise dans la bibliothèque, près de la cheminée. Le cendrier était plein à ras bord ; il y avait donc longtemps qu'elle était là, sans lire ni écouter de musique, ses occupations préférées en fin de journée. Une jambe repliée sous elle, une main agrippée au bras du fauteuil ; même la fumée qui s'élevait de sa cigarette paraissait agitée.

« Bill Sherman veut m'épouser, dit-elle sans préambule. Il dit qu'il a attendu assez longtemps, trop longtemps. »

Une crise affective se préparait. Crise sur crise.

« Il veut une réponse.

— Euh, je le comprends », dit Paul et il pensa : Je suis en train de m'esquiver ; je ne suis pas capable d'affronter la situation.

« Il veut une réponse ce soir même.

— Ce soir ? » répéta Paul.

Leah écrasa sa cigarette et leva les yeux vers lui. Il se retrouva en train de la regarder et ne put détourner les yeux sans se couvrir de honte.

« Je le comprends, d'accord, mais tout de même, ce soir, bredouilla-t-il.

— Écoute, Paul, ce n'est pas un ultimatum que je te pose, du moins pas comme tu pourrais le penser. » Sa voix tendue devenait rauque et elle parlait si rapidement, sans s'arrêter une seconde pour chercher ses mots, qu'il se dit qu'elle avait dû se préparer. « Et pourtant, en un sens c'en est peut-être un. Tu prends ta décision tout de suite et moi je saurai alors ce que je dois faire. Je ne vais pas pleurer sur ton épaule. Je ne l'ai jamais fait, tu le sais. Tu me connais depuis suffisamment longtemps.

— C'est vrai. » Il ne savait pas quoi ajouter.

« J'ai eu deux gros trous dans la poitrine, là... » Et elle posa la main à laquelle scintillait le diamant de Ben sur son cœur... « Il y a d'abord eu Freddy, et puis Ben, un trou plus grand encore, un boulet de canon. Un de plus et je serai transformée en passoire. » Elle eut un drôle de petit rire.

« Je n'ai pas eu de chance, n'est-ce pas ? Tu l'as toujours dit. Tu m'as toujours admirée parce que je n'ai jamais gémi ; ça aussi, tu me l'as dit. Oh ! Freddy ne pouvait pas se forcer à aimer les femmes, le pauvre. Mais comment aurais-je pu le savoir ? Il était si gentil, si agréable à vivre, un vrai gentleman. J'étais très impressionnée par ça, à l'époque. Je le suis toujours, je pense. »

Blessée, elle aussi, elle était assise là où Freddy s'installait avec la couverture écossaise qui cachait sa terrible mutilation, recouvrait l'endroit où ses jambes auraient dû être.

« Puis il y a eu Ben, qui était viril et qui m'aimait ; mais lui aussi était un faible, à sa manière ; il avait de mauvaises fréquentations et n'a pas su résister au désir de gagner beaucoup d'argent. Mais tu sais déjà tout cela...

— Oui, tu n'as pas besoin de me le dire, répondit-il d'un air morne.

— Je n'ai pas non plus besoin de te parler des sentiments que j'ai pour toi. »

Pendant qu'elle parlait, il s'était tourné pour contempler le feu ; de petites flammes dorées sautaient et dansaient, si bien que, même si l'on voulait détourner d'elles son attention, on continuait à les fixer, en ne pensant à rien qu'à la lumière et à la chaleur. Mais il dut la regarder, car la voix de Leah exigeait qu'il se retourne vers elle. Que répondre ? Comment répondre à cette vaillante probité ?

Il trouva quelques mots. « Tu es l'une des personnes les plus merveilleuses que je connaisse. » C'était vrai, mais totalement insuffisant. Il en était bien conscient.

Elle n'en tint pas compte, c'était tout ce que sa réponse méritait. « J'ai besoin de quelqu'un de solide, de bon, simplement. Un homme vraiment bon, libre de tout fardeau, sur lequel je pourrai compter quand je serai vieille ou malade ; quand mes charmes auront disparu. »

Leah malade ? Leah vieille ? Elle serait merveilleuse à quatre-vingts ans, une femme mince avec de splendides cheveux blancs et un collier de chien orné de diamants autour du cou.

« ... Quelqu'un qui me donnerait, jusqu'au bout, ce que je

suis prête, moi aussi, à donner. Qui se donnerait à moi corps et âme. C'est bien comme cela qu'on dit ? »

Sa détresse grandissait. « Oui, répondit-il.

— T'es-tu donné à moi corps et âme, Paul ? »

Il ne put répondre.

« Ce furent de bons moments, du moins pour moi.

— Pour moi aussi, se hâta-t-il d'ajouter.

— Bon, alors, Paul ? » De nouveau ses yeux ronds et brillants le retinrent fermement. Ma petite frimousse, lui disait toujours Hennie, et il ressentit une douleur physique dans la poitrine.

« Tu vois, Leah, tu viens de dire "libre de tout fardeau", mais ce n'est pas mon cas.

— Pas vraiment, Paul. Tu pourrais divorcer.

— Ce n'est pas si simple... »

Et Leah poursuivit, très calme maintenant : « As-tu peur de faire très mal à Marian ? Je ne crois pas que ce serait le cas. Pas d'après ce que tu m'as dit et ce que j'ai vu par moi-même. Vraiment, je ne le pense pas. »

Il cria en silence : C'est impossible ! Pourquoi suis-je muet, pourquoi ne puis-je parler ?

« Écoute-moi, Paul. Cela fait longtemps que je soupçonne quelque chose. Je ne t'en ai jamais parlé. Je pense que c'était là dès la première fois, sur le *Normandie*, alors que tout était si merveilleux. Cependant, j'ai senti qu'il manquait quelque chose. Presque comme si tu n'étais pas là tout entier. Comme si ce n'était pas de moi que tu avais besoin.

— Tu étais, tu es, la plus désirable..., commença-t-il.

— Non, non, je n'ai pas terminé. J'ai une question à te poser. S'il s'agissait d'une personne que tu aimes terriblement, quelqu'un avec qui *il faut* que tu vives, comprends-tu... ferais-tu tout ce qui est en ton pouvoir pour ne pas la perdre ? Régler les choses avec Marian, par exemple ? »

Il réfléchit en la regardant lutter, en remarquant les lignes bleues qui se dessinaient sur son cou, en écoutant les larmes dans sa voix. J'avais l'intention de le faire cet hiver, Leah chérie. Mais hier j'ai vu Iris... Il souhaitait pouvoir le lui dire, il voulait le lui dire, mais il ne savait pas par où commencer.

Elle attendait sa réponse. Elle répéta alors : « Dans ce cas-là, demanderais-tu à Marian de divorcer ? »

Il rassembla ses forces. La simple décence exigeait qu'il dise la vérité. « Oui, avoua-t-il si bas qu'elle dut tendre l'oreille pour l'entendre. Oui.

— Ah ! Soit tu n'as pas besoin de quelqu'un à ce point, soit... » — Les yeux brillants le fouillaient. — « ... il y a une autre femme, mais c'est sans espoir et tu ne peux pas l'avoir. Quelle est la bonne hypothèse, Paul ? »

Ses propres yeux se mouillaient de larmes. Absurde, pour un homme de son âge !

Leah se hâta d'ajouter : « Ton silence est significatif. Il y a une autre femme. Je t'en prie, Paul, je veux la vérité. Il le faut. Tu me la dois. »

Il leva les yeux sans essayer de dissimuler ses larmes. « Oui, Leah. »

Elle se leva et tira les rideaux, laissant la nuit pénétrer dans la pièce. Elle tenait les épaules voûtées. Ses doigts se cramponnaient à la soie. Lorsqu'elle se retourna, elle dit calmement : « J'ai souvent pensé que ce pouvait être cela. Cette femme a bien de la chance.

— Non, je ne porte chance à aucune femme.

— Ne dis pas cela, Paul. C'est notre faute. Tu ne t'es pas imposé à moi. Et à elle non plus, je suppose.

— Non. Jamais », dit-il amèrement, pensant : J'aurais dû le faire.

Leah demeura immobile, se découpant sur les ténèbres extérieures. Avec un effort visible, comme si un axe terrible tournait quelque part à l'intérieur, elle se redressa. Ils se regardèrent, elle pleine de questions inexprimées, lui partagé entre la pitié pour elle et l'envie de plaider sa cause.

Il savait qu'il lui devait une explication, totale et vraie. Alors, il se mit à parler.

« Cette femme... elle... nous sommes tombés amoureux l'un de l'autre lorsque j'étais déjà fiancé à Marian. C'est une longue histoire. Comme toutes les histoires d'amour, je suppose, une fois que l'on commence à évoquer tous ses besoins intérieurs et ses scrupules. Mais je serai bref. Nous avons tous les deux épousé quelqu'un d'autre. Juste après la guerre, quand je suis revenu, nous nous sommes aimés, une seule fois, et nous avons eu un enfant. Elle a dix-neuf ans maintenant. Elle s'appelle Iris. Iris Friedman, dit-il en s'arrachant les mots de la bouche. Et pas Iris Werner. Non, ça, jamais. Hier je l'ai vue, pour la seconde fois de ma vie. » Il passa la main sur son front moite. « J'ai pensé, j'ai vraiment cru que toi et moi... que j'étais prêt et que ce serait bien pour nous. Mais brusquement, hier soir, j'ai compris que ce n'était pas vrai. Je suis désorienté. Comme paralysé... »

Et, comme Leah ne disait rien, il conclut : « Voilà toute l'histoire.

— Ce n'est sûrement pas tout ?

— Si. Sauf que personne ne sait que j'ai une fille qui s'appelle Iris. Et personne ne doit le savoir, jamais.

— Merci de me faire confiance.

— Si je ne pouvais pas te faire confiance, Leah, ce serait la fin du monde.

— Dis-moi, est-ce que... sa mère...

— Anna.

— Est-ce que... Anna... t'aime toujours ?

— Oui », répondit-il sans hésiter. Cela faisait des années qu'il ne l'avait pas revue ; cependant il savait qu'elle n'avait pas changé et ne changerait jamais, pas plus que lui.

« Et tu n'as jamais pensé à quitter Marian pour elle ?

— Elle ne voudrait pas... ne pourrait pas quitter... son mari. Un scrupule, comme je te l'ai dit tout à l'heure. »

Leah appuya la tête contre le dossier de son fauteuil et ferma les yeux. Sa vue était presque insupportable à Paul. Sur le bureau, la pendule sonna l'heure ; sa petite musique laissa un faible écho lui revenir avant que reprenne le tic-tac régulier. Un siècle auparavant, quelque part en France, elle avait commencé à sonner ; les oreilles qui l'avaient entendue étaient sourdes depuis longtemps ; les chagrins qui avaient sûrement imprégné l'air des pièces où elle avait trôné étaient depuis longtemps enterrés avec ceux qui avaient souffert. Pourquoi, alors, leur accorder tant d'importance ? Il ne le savait pas, mais pour lui ils comptaient énormément.

Brusquement, Leah s'écria : « C'est tellement triste, tout ça ! Affreusement triste ! Tu ne mérites pas ça, Paul. »

Durant une seconde, il se demanda s'il avait bien compris ce qu'elle venait de dire, mais le regard de Leah montrait bien qu'elle pensait à lui et non à elle-même. Blessée comme elle l'était, elle compatissait néanmoins à sa peine et cela le toucha au-delà des mots.

« Oh ! Mon Dieu ! Je suis désolé, Leah ! Suis-je donc si cruel ? »

Elle se leva et vint à lui. « Il n'y a pas une once de cruauté en toi. J'ai été suffisamment heureuse avec toi pour le savoir. » Elle lui sourit faiblement.

« Comme je voudrais que ce bonheur n'ait pas cessé ! » répondit-il.

Il se dit : Hier matin je savais ce que je voulais faire. Aujourd'hui, tout est trop compliqué. Je ne vois plus où je vais. Je sais seulement que j'ai envie d'être seul.

Leah soupira. « Je suppose que cela passera avec le temps. Comme toujours. Au moins, Bill Sherman aura sa réponse. Ce soir même. »

Paul gémit. « Leah, est-ce que tu l'aimes ? »

Elle réfléchit un moment. « Pas comme tu dois aimer Anna. Pas assez pour abandonner ce qui est à portée de main. Non. Mais j'ai beaucoup, beaucoup d'affection pour lui. C'est un homme bon auquel j'ai dit ce dont j'avais besoin et il m'aime très fort, assez pour avoir attendu aussi longtemps, et peut-être aussi bêtement.

— Il ne le regrettera pas.

— Oh ! Je suis d'accord là-dessus. Je ferai tout pour qu'il n'ait jamais de regret. Je serai une très bonne épouse et une bonne mère pour ses filles. Je me suis déjà montrée un peu maternelle et elles ne jurent que par moi.

— Je suppose que Hank sera satisfait.

— Oui, je serai de nouveau respectable, n'est-ce pas ? De plus, il aime bien Bill. Tout le monde aime bien Bill. »

Paul se ressaisit. Il valait mieux revenir aux choses pratiques avant que son cœur se brise. « Quand aura lieu le mariage et où vous installerez-vous ?

— Bill voudrait qu'il ait lieu le plus rapidement possible. Nous vivrons ici. Bill a un bel appartement, mais il aime aussi cette maison et je veux rester ici.

— Je suis content. Je pourrai continuer à penser à toi dans cette maison que j'ai aimée, moi aussi. » Il lui prit la main et la porta à ses lèvres.

Elle jeta un coup d'œil à sa montre. « Il est 7 heures. Tu as juste le temps de rentrer chez toi, de te changer et de te rendre à ce dîner.

— Dieu sait que je n'en ai pas envie. Je ne sais pas de quoi j'ai envie. Je me sens vidé.

— Cela n'a été facile ni pour toi ni pour moi, n'est-ce pas ? Mais moi, du moins, je vais être un peu heureuse. Je vais l'être vraiment. Parce que je sais où je vais et je m'en réjouis. J'aimerais bien pouvoir dire la même chose à ton sujet.

— Merci, Leah chérie, merci », dit-il simplement.

Il se leva, prêt à partir et cependant peu disposé à sortir ainsi de sa vie.

« Tu n'as pas envie de m'en dire plus ? »

Se confier ! Parler d'Anna et d'Iris, de toutes ces années et de tout ce désir ! Il lut la pitié et la gentillesse sur le visage de Leah, mais aussi la curiosité, et ce dernier sentiment lui inspira de la répugnance. C'est cette curiosité qui le ramena à la raison.

« Non, se hâta-t-il de répondre, cela ne servirait à rien. »

Elle hocha la tête. « Autre chose avant que tu partes : ne te fais aucun souci à mon sujet. Surtout, ne te culpabilise pas, je t'en prie. Je veux que tu aies le sourire à mon mariage. Tu viendras, bien sûr ? C'est promis ? »

Il l'embrassa légèrement sur le front. « Promis. Je serai là et j'aurai le sourire. »

Un autre chapitre se terminait, pensa-t-il en rentrant à pied. La pleine lune flottait, majestueuse, dans le ciel d'un gris soyeux. La ronde éternelle : la demi-lune, le croissant, la lunule argentée, puis de nouveau la lune ronde et brillante, réglant les marées et, paraît-il, les humeurs des hommes. C'était peut-être vrai.

Leah se maria, un après-midi, dans cette même bibliothèque. Le manteau de la cheminée était recouvert de roses cramoisies et de jacinthes. Les rideaux étaient ouverts et la pluie qui tombait en oblique, puis glissait le long des vitres rendait la pièce encore plus chaude et plus intime. Une houppa rose, dais matrimonial tendu entre les fenêtres, était une concession au marié dont la famille appartenait à une synagogue orthodoxe. Les invités, dont la pratique était moins stricte, trouvaient cela plutôt touchant.

Leah portait une jupe et une veste de satin cramoisi; la veste était brodée de fils d'argent. « Ce modèle s'appelle Chinoiserie, murmura une femme qui était près de Paul. Toujours la note juste, n'est-ce pas ? » Le diamant de Ben brillait à sa main droite. Des perles noires et des diamants miroitaient à sa main gauche et à ses oreilles. Le marié s'était montré très généreux. Lorsque Hank conduisit sa mère jusqu'au dais où l'attendait Bill, Paul se dit : J'aimerais bien savoir ce que tu penses; nous sommes les seuls ici, en dehors de ta mère, à connaître la vérité. Hank ne lui adressait toujours pas la parole et, en pensée, Paul lui dit : Tu finiras par mûrir. Tu découvriras, à tes dépens, que les choses ne sont jamais totalement blanches ni totalement noires.

Et il pensa aussi : Nous sommes les seuls, ici, à partager un autre secret...

Le marié brisa le verre d'un coup de talon. Il embrassa la mariée et il y eut une petite salve d'applaudissements. Paul vit que Bill était un homme calme, silencieux, sérieux et gentil. Une femme devait se sentir en sécurité avec lui. Il saurait affronter n'importe quelle situation. C'était un bel homme aussi, un très bel homme aux traits réguliers et soigné de sa personne. Paul ressentit un petit, très petit mouvement de jalousie.

On apporta les coupes de champagne sur un plateau. Les conversations se mirent à bourdonner, des baisers claquèrent, les verres tintèrent. Hank paraissait vraiment content. Ainsi que les filles de Sherman qui embrassèrent leur père, puis Leah. Facile à vivre, douée d'un esprit pratique, elle ne pouvait que leur faire du bien et les guider dans le monde grâce à ses bons conseils.

« Une belle famille, hein ? dit Dan qui, avec Hennie, vint se mettre à côté de Paul. Elle aurait dû faire ça plus tôt.

— Oui, c'est vrai, acquiesça Paul.

— Il est dommage que Marian ne soit pas là, fit observer Hennie. C'est un si joli mariage, intime, pas prétentieux.

— Eh bien, ça s'est fait si vite. Marian avait déjà tout organisé pour aller voir une tante en Californie. Avec les chemins de fer, si l'on annule sa réservation, on n'est jamais sûr d'avoir une autre place », expliqua Paul sans ajouter combien il était soulagé qu'elle ne soit pas là.

Alfie se joignit à eux. « Hourra ! Hourra ! Ça, c'est notre Leah ! » Il était tout jovial, on retrouvait l'Alfie d'autrefois. Il est merveilleux de constater combien un peu de prospérité peut remonter le moral d'un homme, se dit Paul.

« Comment va Meg ? lui demanda-t-il.

— Bien, bien. Elle était désolée de ne pouvoir venir, mais Leah n'ayant prévenu personne, ils avaient prévu un voyage en bateau jusqu'à la Nouvelle-Écosse, avec les enfants.

— Ils vont bien s'amuser », dit Paul. L'absence de Donal était pour lui un autre soulagement ; et pourtant il aurait bien aimé voir Meg.

Le son de la musique s'éleva dans l'escalier et les invités se rassemblèrent dans le salon où un petit orchestre entourait le piano ; on avait roulé les tapis et il y avait des roses partout. Paul vit qu'entre les grandes baies donnant sur la rue, on avait décroché un tableau pour mettre son cadeau de mariage à la place.

C'était une toile de toute beauté. Il l'avait achetée dans une galerie de la 57e Rue. C'était un message de séparation, le souvenir d'un épisode heureux et éphémère. Une rue de Paris sous une chute de neige argentée.

Leah arriva derrière lui et lui tapa sur l'épaule. « Tu admires ton cadeau ? Ce n'était pas raisonnable, Paul, mais il est merveilleux et... nous l'adorons. Bill s'y connaît aussi un peu en art. »

Le marié survint et entendit la remarque de Leah. « Bill n'y connaît rien en art, à son grand regret, mais il est facile de voir combien ce tableau est beau et nous vous remercions, Paul.

— J'espère que vous en profiterez pendant cent ans. »

Bill prit sa femme par la taille. « Cent ans, ça ne serait pas de trop. » Et il ajouta : « J'ai beaucoup entendu parler de vous, Paul, non seulement par Leah, mais par Hennie et Dan. J'espère faire plus ample connaissance avec vous.

— Moi aussi. » Tout en lui serrant la main, Paul se sentit en proie à des émotions contradictoires. Trouvant cet homme sympathique, il aurait bien voulu ne rien avoir à lui cacher.

« Votre oncle Dan aussi, j'aimerais bien le connaître mieux. J'ai déjà passé une ou deux soirées en sa compagnie et je l'admire énormément, bien que... » — il sourit — « ... je ne sois pas d'accord avec tout ce qu'il dit.

— Moi non plus, pas toujours, dit Paul, mais malgré tout j'ai beaucoup d'affection pour lui.

— Leah m'a dit que nous allons organiser une fête pour son anniversaire. Ce sera une bonne façon d'inaugurer notre foyer. Vous viendrez, j'espère, et votre femme sera rentrée, à ce moment-là ?

— Oui, nous viendrons tous les deux.

— Merveilleux ! Il faut que je circule un peu... j'aperçois des parents que j'ai négligés. »

Leah suivit Bill des yeux. Elle rayonnait littéralement. Puis, soudain, elle pensa à quelque chose.

« Paul, je voudrais que tu parles à mon fils. Hank, viens voir. Maintenant, écoutez-moi, tous les deux, j'ai quelque chose d'important à vous dire. Aujourd'hui, je suis très heureuse. »

Elle attendit tandis que tous les deux la regardaient. Oui, elle paraissait aussi heureuse de se donner à cet homme que si elle était restée avec Paul.

« Je veux que vous vous aimiez de nouveau, tous les deux. Vous me devez bien ça.

— Je n'ai jamais cessé de le faire », dit Paul.

Hank accepta sa main tendue. Mais il détourna les yeux et ne sourit pas.

« Là, voilà qui est mieux ! s'écria Leah. Maintenant, venez danser. » Et elle s'éloigna en hâte pour danser avec son troisième mari.

Paul resta un moment immobile à regarder les couples tournoyer. L'orchestre jouait un air plaintif et familier, une mélodie dont la douceur titilla un souvenir. *On m'a demandé comment je savais que mon amour était vrai... J'ai répondu qu'il y avait là, à l'intérieur, quelque chose d'impossible à renier.*

Une impression d'extrême solitude l'engloutit. « Je ne m'en tirerai pas, dit-il, là, au bord de ce vivant tourbillon. Je ne m'en tirerai jamais. »

Et, prenant la main d'une femme qui se tenait près de lui, une sympathique dame aux boucles grises, il l'entraîna, surprise et charmée, dans la danse.

XV

Le 10 novembre, Paul monta après dîner dans sa bibliothèque et ouvrit la radio pour écouter les nouvelles. Ce qu'il entendit était à peine croyable.

La bête allemande, après avoir menacé, grondé et ébranlé sa cage, avait fini par se libérer. Les griffes ensanglantées, elle avait traversé les villes et les cités et parcouru les rues obscures, détruisant, déchirant à belles dents et remplissant la nuit — cette nuit du 9 novembre où nous dormions dans nos lits, pensa Paul —, remplissant la nuit de terreur et de désespoir. « Des émeutes ont éclaté spontanément dans toute l'Allemagne », dit le journaliste.

« Spontanément ! » s'exclama Paul. Il cria si fort que Marian se précipita dans la pièce.

« Qu'est-ce qu'il y a ? Qu'est-il arrivé ?

— Écoute. »

« Des milliers de boutiques et de demeures appartenant à des Juifs ont été détruites. Les maisons et les synagogues en feu éclairaient le ciel. Et cela dans tout le pays, des grandes cités aux petits villages de Bavière. Des pillards, les bras chargés de butin, couraient comme des fous dans les rues qui sont encore aujourd'hui jonchées de verre brisé. Des milliers de Juifs ont été arrêtés. On ignore le nombre de victimes. »

Les voir déferler, vague après vague, comme tu les avais vus avant même qu'ils soient au pouvoir.

« Rien qu'à Berlin, au Kurfürstendamm... »

Le son s'évanouit et les parasites crépitèrent ; ces derniers évoquèrent le bruit des fenêtres brisées ; au lieu de cette pièce éclairée par les lampes, à proximité de Central Park, il vit la cour pavée de la maison de Joachim ; des bottes résonnaient dans l'escalier, des poings tambourinaient à la porte...

« Je me demande ce qui est arrivé à tes cousins, dit Marian.

— Je n'en sais rien. Je vais télégraphier demain matin.

— Comme tu me l'as dit, ce sont des gens importants. Ils doivent avoir de l'influence.

— Je ne sais pas.

— Il a un commerce florissant, tu le dis toi-même. Il connaît sûrement des gens qui peuvent les protéger.

— Peut-être.

— Un homme ne serait pas assez stupide pour rester s'il court un véritable danger. »

La radio se fit entendre de nouveau par-dessus les parasites. « Certains des industriels juifs les plus éminents auraient été emprisonnés. Le bruit, non encore confirmé, court qu'ordre a été donné de rechercher et d'arrêter tous les Juifs fortunés. »

Paul frappa du poing la paume de sa main. « Dieu du ciel ! Je l'ai averti ! Je l'ai supplié de partir. »

Il se leva. Les rideaux étaient ouverts ; il voyait le scintillement nocturne de la cité et les lumières des voitures qui descendaient vers les restaurants et les théâtres du centre ville. En Allemagne aussi, il y avait des restaurants et des théâtres, sans doute pleins, ce soir même, de gens qui riaient et buvaient, qui ne se souciaient pas de la sauvagerie déchaînée dans les rues ou qui l'approuvaient.

« Je suppose que tu ne dormiras pas cette nuit, dit Marian.

— Je vais faire sonner le réveil à 5 heures et aller télégraphier le plus tôt possible. Ce sera l'après-midi là-bas.

— Ce n'est peut-être pas si grave que cela en a l'air. »

Elle voulait le réconforter. Il pensa, non, c'est encore bien pire. Quand la vérité sera connue, peut-être pas avant plusieurs années, ce sera pire, bien pire.

Il envoya deux télégrammes, l'un chez Joachim, l'autre à sa maison de commerce, et ne reçut aucune réponse. Le jour suivant, il télégraphia de nouveau, toujours en vain. Et puis il appela l'un de ses sénateurs, à Washington, pour savoir si les télégrammes passaient. Oui, les communications fonctionnaient. Alors le sénateur aurait-il l'amabilité d'appeler l'ambassade à Berlin afin d'obtenir quelques renseignements ?

Deux autres jours s'écoulèrent. Dans l'après-midi du troisième, Paul apprit que l'ambassade avait reçu tellement de demandes de familles affolées qu'elle était incapable d'y faire face. De toute façon, les autorités allemandes refusaient de répondre aux questions.

Il raccrocha et resta un moment à regarder dans le vide. Brusquement, flottant vers le plafond, apparut le visage de Mario Hirschfeld, ce visage abîmé sorti d'un cauchemar. Puis l'image se transforma et devint celle de Gina, la fille de Joachim, le visage têtu sous sa couronne de cheveux bouclés ; ses yeux le suppliaient. Elle a dix-sept ans maintenant, calcula-t-il.

Que lui ont-ils fait, ces sauvages ?

Au bout d'un moment, une idée lui vint : il allait téléphoner à von Mädler. C'était assez grave pour extorquer de lui un autre service. Lorsqu'il eut fait la demande de son appel transatlantique, il resta là à attendre jusqu'à ce que son poste sonne.

« J'ai votre correspondant d'Allemagne », dit l'opératrice.

Von Mädler aboya plus qu'il ne parla. « Herr Werner ! Vous m'appelez de New York ?

— Oui. Je vais tout de suite à l'essentiel car vous êtes un homme très occupé, je le sais. Peut-être puis-je vous demander un autre service.

— Vous le pouvez, mais je ne pense pas être en mesure de vous le rendre.

— Je ne vous ai pas encore dit de quoi il s'agissait.

— Si c'est ce que je pense, je suis sûr de ne pas pouvoir vous rendre ce service. »

Le désappointement vida Paul, comme épuisé après un effort. « Vous vous êtes montré très secourable, l'autre fois, dit-il avec prudence.

— C'était il y a deux ans. Les choses ont changé. Énormément changé.

— Vous êtes tout à fait certain de ne pas pouvoir ? Cette fois, il s'agit de quelqu'un qui m'est très proche.

— Je regrette, Herr Werner.

— Vous ne pourriez même pas vous renseigner ? Je suis très dérouté. Je n'ai obtenu aucune réponse à mes appels.

— Alors, c'est clair.

— Mais si vous pouviez seulement vous renseigner... rien que cela. »

L'aboiement s'adoucit. « Herr Werner, je ne peux pas me faire remarquer. Vous comprenez ? »

Lui aussi avait peur ? Même lui, le noble, l'homme influent ? C'est du moins ce qu'il était autrefois.

« Je regrette, Herr Werner, répéta von Mädler.

— Moi aussi. Alors vous n'avez rien à me suggérer ? Ni personne ?

— Rien ni personne. »

Joachim, l'homme distingué, la Croix de fer à la boutonnière, à genoux, vaincu...

« *Auf wiedersehen*, Herr Werner. »

Auf wiedersehen ? Au revoir ? Nous ne nous verrons plus jamais, Herr von Mädler.

« Adieu », dit Paul.

Son cœur tambourinait toujours lorsqu'il raccrocha. Joachim, espèce d'imbécile, tu n'as pas voulu voir la vérité, même quand elle te criait à la figure ! Joachim, s'ils vous ont tués, toi, la pauvre Elisabeth et tes pauvres enfants, j'espère que votre mort a été rapide. J'espère que vous n'avez pas souffert trop longtemps.

Les papiers s'empilaient sur son bureau. Il lut quelques pages d'une lettre qui lançait une émission d'actions et n'en compris pas un mot bien que ce fût lui qui l'eût dictée. Il finit par tout remettre dans les paniers et appela Mlle Briggs.

« Je pense que je vais partir; ça suffit pour aujourd'hui. De toute manière, il est presque l'heure. »

On était jeudi et le bridge de Marian venait de se terminer. En ce gris et sombre après-midi d'automne, les lampes étaient allumées, éclairant la pièce d'une lueur légèrement rose. L'air sentait les fleurs et le chocolat ; ainsi que les fourrures parfumées lorsque les femmes remirent leur manteau.

L'apparition de Paul à cette heure alarma Marian.

« Déjà ? Tu ne te sens pas bien ?

— Je n'avais plus envie de travailler. »

Marian se sentit obligée d'expliquer une telle aberration. *Les hommes devaient travailler*. « Paul est bouleversé par les terribles nouvelles d'Allemagne. Tu prends tout trop à cœur, Paul.

— Non, pas tout », dit-il en maîtrisant son irritation devant une telle banalisation des faits.

L'une des femmes prit la parole. « Bien sûr, c'est terrible qu'un gouvernement permette des choses pareilles et laisse des voyous se conduire comme ça.

— Le gouvernement allemand ne les a pas *laissés* faire, il le leur a *ordonné*, répliqua Paul.

— Mais en sommes-nous vraiment sûrs ? » La seconde femme, cousine de Marian au troisième ou quatrième degré, avait un ton très autoritaire. « George dit que nous devons considérer cela avec beaucoup de recul. Les journalistes exagèrent. Ils veulent simplement vendre leurs journaux. »

Paul se contenta de répondre : « Les photos n'exagèrent pas. Les rabbins qui nous écrivent n'exagèrent pas !

— Mais... » — elle hésita un peu — « George dit que nous, les Juifs américains, nous ne devons pas faire trop de bruit autour de ces événements. Si c'est vrai, on ne peut pas l'empêcher, et nous ne ferons qu'attirer l'attention sur nous et exciter l'opinion de l'Amérique contre les Juifs. C'est ce que dit George et je suis d'accord avec lui. »

Paul leur tourna le dos. Il suspendit son manteau dans la

penderie maintenant vide et sortit du vestibule. Il n'allait pas perdre son temps à discuter avec des idiotes.

« Quelle idiote ! » répéta-t-il au moment où Marian entrait dans la bibliothèque.

« Ce n'est pas très poli de partir ainsi, dit-elle.

— Je le sais.

— Cela ne te ressemble pas, Paul.

— Je ne suis plus moi-même.

— Tu t'inquiètes tant que cela pour Joachim ? demanda-t-elle plutôt gentiment.

— Pas seulement pour Joachim. » Et pas seulement pour Ilse.

Comment lui expliquer ? Il y avait une énorme mappemonde entre les deux fenêtres. L'Europe était verte, d'un vert doux et estompé. L'Europe, cette jolie avancée du continent asiatique, était en train de sombrer. Comme un vaisseau, comme le *Titanic*, il allait par le fond. De la main, Paul fit pivoter le globe terrestre. Ses parents avaient eu des amis disparus avec le *Titanic*, comme les Strauss dont l'histoire était devenue une légende : *J'ai vécu toute ma vie avec mon mari et je mourrai avec lui*, avait dit cette femme en refusant de monter dans l'une des premières chaloupes réservées aux femmes.

Ses parents avaient aussi connu une survivante. Il se souvenait d'avoir écouté, terrifié, sa description du bateau de sauvetage, du grand vaisseau en train de sombrer avec ses lumières et le son de la musique flottant sur les eaux noires. Elle racontait bien et ce récit l'avait littéralement glacé d'horreur. Maintenant, les eaux noires se soulevaient de nouveau... Les petits villages, les jardinières pleines de géraniums, l'Opéra de Paris, les coteaux couverts de vignobles, la dentelle de pierre des cathédrales et les vieilles synagogues si précieuses, les enfants qui jouaient dans les parcs fleuris, tout cela allait sombrer...

XVI

La petite fête était une bonne idée et Dan fut touché de cette attention. Leah avait été bien avisée de ne pas la reporter à l'année suivante, pensa Paul, car Dan, en dépit de son animation joyeuse, avait les lèvres bleues. Son teint était celui d'un cardiaque. Tous s'en aperçurent et se félicitèrent d'être venus, sauf peut-être Donal Powers, sans doute agacé par ces démonstrations d'affection pour un homme qui ne l'intéressait pas.

Leah s'était surpassée. Elle avait retapissé les murs de la salle à manger d'un papier à motifs chinois pêche et argent ; des tiges de fleurs rampantes montaient jusqu'au plafond. De petits bols en argent pleins de roses corail ornaient la table en son milieu, d'un bout à l'autre. Au centre, dans un grand surtout, les mêmes roses alternaient avec de petites orchidées d'un brun pâle.

Les demeures anciennes, comme celle-ci, conviennent tout à fait aux grandes occasions. Et sont faites pour les grandes familles à l'ancienne mode ; il y avait de la place pour une grand-mère veuve ou une cousine célibataire qui était soi-disant là pour aider à tenir la maison, mais en fait parce qu'elle n'avait pas d'autre endroit où vivre. Ce genre d'hospitalité allait de soi autrefois, mais avait disparu depuis la guerre, comme bien d'autres choses. Un dîner comme celui-ci, dans un tel cadre, c'était une survivance des temps révolus. Et Paul était ravi que ce soit Leah, pourtant dépourvue de traditions de ce type, qui la perpétue avec tant de charme. Cela lui réchauffait le cœur de la voir présider, soutenue par l'affection et la fierté bien visibles de son époux.

Paul avait connu tant de dîners rituels au cours de sa vie ! Tant d'événements essentiels s'étaient déroulés dans la salle à manger victorienne de ses parents ! Oublierait-il jamais le souvenir de ce soir où son père avait annoncé ses fiançailles ? Anna servait à table ; il voyait encore le plat d'argent trembler dans ses mains, la fierté tranquille et modeste de Marian et il sentait l'odeur suffocante des fleurs. Elle portait une robe d'été bleue et des perles aux oreilles. L'image était aussi nette que si cela s'était passé hier...

C'était pendant un dîner que l'on pouvait le mieux observer les gens. Personne ne devait quitter sa place, aussi était-on obligé de se regarder. Paul étudia sa femme que Leah, pleine de tact, avait installée à la place d'honneur, en bout de table, à côté de Dan ; le plus loin possible d'elle. Marian qui ne se doutait de rien bavardait avec Alfie et Emily. Il avait du mal à les entendre. Alfie parlait régime ; il essayait toujours de perdre du poids, mais on n'en constatait guère les résultats. Marian aussi suivait un régime, des germes de céréales ou du jus de canneberge ou autre chose du même genre, pour guérir ceci ou prévenir cela. Mais elle avait bonne mine ; elle était restée mince, ce qu'accentuait encore la coupe classique d'une tunique de soie rouge.

« Elle est assez jolie, c'est vrai, répondit-elle lorsque son cousin la complimenta. Il fallait que je porte l'une de ses robes pour venir à une réception organisée par Leah, mais ses prix sont vraiment exorbitants. Je me dis toujours que ce n'est pas raisonnable. »

Paul ne pouvait que sourire de cette remarque de Marian ; sa tendance à l'économie l'amusait. Il devait pourtant reconnaître qu'elle donnait sans compter.

Meg aussi avait une superbe toilette de chez Leah, mais

ses bijoux qui venaient de Donal n'avaient rien de modeste. Un pendentif d'émeraudes taillées en cabochons et entourées de diamants brillait au creux de son décolleté ; elle avait deux bracelets assortis. C'était une parure royale, qu'elle portait d'ailleurs très bien, mais Paul se dit qu'il y avait quelque chose d'étrange, d'incongru, entre ce qu'il voyait et l'image dont il se souvenait, celle d'une jeune fille sérieuse en pull et jupe.

Ses enfants étaient alignés entre elle et son mari, ce qui le mettait loin, très loin de Paul. Donal était visiblement très fier de ses fils. C'étaient de beaux blonds vigoureux, américains des pieds à la tête, qui méritaient bien cette fierté. Ils parlaient football et Hank s'était joint à la conversation. Paul, qui en son temps avait été attaquant et suivait toujours les matchs avec intérêt, aurait bien voulu faire de même, mais Hank l'avait évité toute la soirée, aussi se tourna-t-il vers Meg qui parlait de ses filles avec Leah.

« La discipline est meilleure dans une bonne école privée, disait Bill Sherman.

— Lucy et Loretta ne sont pas dans la même classe, précisa Meg. Actuellement, les psychologues pensent qu'il vaut mieux séparer les jumeaux. »

Les jolies brunettes gloussèrent. Elles ressemblaient à leur père. Curieux que des filles de onze ans aient déjà cette expression sardonique. Meg aurait fort à faire avec elles lorsqu'elles seraient plus grandes.

Cinq enfants. Machinalement, Paul les compta. Il avait failli oublier la cinquième qui était assise juste en face de lui. Agnes, elle s'appelait. C'était la dernière, une enfant silencieuse, différente des autres, semblait-il.

« Bonjour, Agnes », dit-il.

Poliment, elle leva les yeux, puis regarda ailleurs. Il était évident qu'elle n'avait pas envie de parler. Il s'aperçut alors que, comme lui, elle prêtait attention à ce qui se disait autour d'elle. Tandis que les autres s'écoutaient parler, Agnes tendait l'oreille. On aurait pu croire que, lorsqu'elle ne parlait pas, elle était indifférente à ce qui se disait ; mais ses yeux toujours en mouvement et le petit sourire qui se dessinait parfois sur ses lèvres montraient bien que non. Elle a un côté poétique, pensa Paul qui, cherchant un mot approprié, ne trouva rien de mieux. Elle l'intéressait. Cet air solitaire, cette manière de rester à l'écart pour mieux observer lui rappelaient Iris; il se dit que lui aussi aimait à regarder de l'extérieur.

Il était encore plongé dans ces réflexions lorsque la voix de Leah l'atteignit, par-dessus le brouhaha général.

« On m'a tellement raconté cette histoire quand j'étais enfant que j'ai l'impression de l'avoir vécue, bien que je sois née à New York. Après le pogrom où fut tué mon grand-père, mes parents sont venus ici. La traversée coûtait trente-cinq dollars, et ils n'avaient guère plus. »

Qu'est-ce qui avait pu l'amener à parler de cela ?

« Bien sûr, ils ont eu le mal de mer pendant tout le voyage. Oh ! C'est l'histoire bien connue d'une traversée dans l'entrepont. Vous l'avez tous entendue.

— Moi, pas vraiment, dit Emily, à moins que cela ne t'ennuie d'en parler.

— La suite ne t'intéresserait pas.

— Pourtant, cela doit être plus réjouissant ! Je veux dire, après qu'ils ont débarqué en Amérique. »

Chère et insouciante Emily, pensa Paul. Elle avait déjà oublié les logements vétustes, la tuberculose et la mort des parents de Leah, sinon elle n'aurait pas parlé ainsi.

Leah fit comme si elle n'avait pas entendu et haussa légèrement les épaules. « Il n'y a pas besoin d'en dire plus, n'est-ce pas ? Sauf que nous allons sans doute voir la même chose, mais sur une plus grande échelle. »

Encore l'Allemagne; sujet qui, en ce moment, semblait inévitable. Paul aurait pourtant bien voulu qu'il n'en soit pas question ce soir.

« Oh ! Ma chérie, s'exclama Emily, tu ne penses pas que... ils ne vont tout de même pas assassiner tout un peuple ? »

Bill Sherman répondit : « Mon rabbin pense que si. »

Et il a raison, pensa Paul.

« Mais, poursuivit Emily, vous vous rappelez... non, bien sûr, vous êtes trop jeune... toute la propagande que nous avons entendue pendant la guerre sur les atrocités commises par les soldats allemands en Belgique ; il s'est trouvé que c'était faux. Rien que des mensonges. »

Où ai-je entendu cela ? pensa Paul.

« Ce n'est pas vrai, Alfie ? reprit-elle. Et toi, Dan, je me souviens que tu as dit la même chose au sujet des articles de Hearst pendant la guerre hispano-américaine.

— C'est différent, murmura son mari.

— Pas vraiment. » Le ton assuré de Donal attira l'attention de tous. « Les journalistes dénaturent les faits. Ce sont des types de gauche, des communistes pour la plupart. Regardez la France ! Ils ont mis Blum au pouvoir et presque ruiné leur pays.

— Quoi ? s'écria Dan. Communiste ? Blum ? Parce qu'il a donné la semaine de quarante heures et quinze jours de congés payés ? Et rendu l'école obligatoire jusqu'à quatorze ans ? Vous appelez ça du communisme ?

— Vous ne pouvez pas nier que la gauche, en France, est surtout constituée de communistes », ajouta Donal.

A contrecœur, Paul se sentit obligé d'intervenir. « Il n'y aurait pas tant de travailleurs aigris si on leur avait accordé une certaine sécurité sociale et si les riches avaient bien voulu payer des impôts.

— Ça vous plaît, à vous, de payer des impôts ? » répliqua Donal en regardant froidement Paul.

Il ne réagit pas au sarcasme. Comment diable en étaient-ils venus à s'embarquer dans cette discussion ? Il coupa une tranche de son avocat. Il voulait manger et qu'on le laisse tranquille.

Mais Donal continua à l'aiguillonner. « Vous ne me ferez jamais croire que Blum n'est pas aussi un belliciste. »

Les têtes se tournèrent vers Paul qui n'eut d'autre choix que de répondre. « Il a entrevu le danger. Il est fort dommage qu'il ait été le seul, et que personne n'ait réagi lorsque Hitler a récupéré la Rhénanie et lancé un défi au monde.

— Ils n'ont pas pu faire autrement. Savez-vous que la France a moitié moins d'hommes en âge d'être mobilisés que l'Allemagne ? La situation est sans espoir. »

Hank fit alors une remarque qui pouvait sembler hostile à Paul. « La guerre est sans espoir, même si les gens les mieux placés pour le savoir ne sont pas d'accord.

— C'est ton opinion et je ne t'en blâme pas, répliqua Donal. Tu seras bien obligé de te battre, si elle éclate.

— Je suis trop vieux pour y aller, dit Dan, mais je suis à cent pour cent contre les préparatifs dont parlent certaines factions de ce pays. »

Dont moi, pensa Paul.

« Pendant toute notre vie, Hennie et moi, nous avons été des militants pacifistes.

— Alors vous feriez mieux de continuer, insista Donal. Il faut laisser l'Allemagne tranquille. Hitler va nous débarrasser des Russes. Après tout, nous pouvons apprendre à faire bon ménage avec lui. »

Dan posa sa fourchette. Au diable la maîtrise de soi du gentleman. Allons-y sans prendre de gants.

« Faire bon ménage avec lui ? Et ce qui s'est passé dans les rues, là-bas, la semaine dernière ?

— On a beaucoup exagéré les choses, comme le dit Emily. J'ai séjourné pas mal de temps en Allemagne et je peux vous dire que l'ordre règne dans les rues. Il s'y passe moins de crimes que dans les nôtres.

— Moi aussi j'y suis allé et j'y ai vu autre chose. »

Toutes les conversations s'étaient tues. Meg avait l'air inquiète ; elle essaya en vain, d'attirer l'attention de son mari. Leah et Bill avaient échangé un regard, et sans doute un message, car d'une voix forte, l'hôtesse prit la parole.

« Vous êtes tous prêts ! Le gâteau arrive. Bill, tu veux bien éteindre les lumières ? »

Pauvre Dan, pensa Paul. Te mettre ainsi en colère le jour de ton anniversaire.

On apporta le gâteau dans la pièce uniquement éclairée par ses bougies. Comme s'il ne s'était rien passé, tout le monde se leva et entonna « Happy birthday ». Dan fit un souhait. Que peut-on souhaiter quand on a presque soixante-dix ans ? Probablement quelques années de plus.

On ralluma les lumières pour admirer le merveilleux

gâteau recouvert de sucre filé et l'on servit le champagne. Leah fut la première à lever son verre.

« A la santé de Dan qui a été un père pour nous. »

Puis Dan se leva. « A vous tous, ma gratitude et mon affection. Au monde qui nous entoure, le plus beau des cadeaux, le seul et unique : la paix. »

Paul ne put s'empêcher d'y apporter un amendement. « Je bois à une paix juste et à l'extermination du tyran.

— Alors, nous allons tous partir pour la guerre ? demanda Donal.

— Certainement pas, répliqua Dan en se rasseyant.

— Alors, reprit Donal avec véhémence, prenez garde à ce qui se passe à Washington. C'est encore officieux, mais je peux vous dire qu'on se prépare pour rien. Hitler écrasera l'Angleterre du jour au lendemain, s'il le veut.

— Je crois que vous avez raison », dit Hank.

Paul secoua la tête. « Je suis là à vous écouter, Dan et toi, Hank... — et il tourna la tête vers Donal sans prononcer son nom — « ... tous si assoiffés de paix et pour des raisons entièrement différentes. Vous ne voyez pas quels étranges alliés vous faites ? Vous, Dan, et toi, Hank, du moins vous êtes des hommes de bonne volonté. Vous ne comprenez donc pas que, parfois, si terrible que ce soit, on se bat, ou se prépare à la guerre, afin de survivre ?

— Je suis très étonné de vous entendre dire cela, répliqua Donal en appuyant légèrement sur le *vous*.

— Pourquoi moi ?

— J'aurais cru que vous refuseriez de bouger, comme Dan et Hank. On sait que les Juifs n'aiment pas se battre. » Il fit des yeux le tour de la table. « Croyez bien que je ne dis pas cela dans l'intention de vous insulter. C'est un fait avéré qui peut même passer pour un compliment. »

Dans le silence surpris qui s'ensuivit, la petite voix d'Agnes s'éleva : « Papa, tu parles comme le père Coughlin. Tu devrais cesser de l'écouter. »

La stupéfaction se peignit sur tous les visages, sauf celui de Donal qu'une vive rougeur envahit.

La voix de Meg chevrota, à mi-chemin entre la réprimande

et la justification : « Agnes ! Ton père n'écoute jamais Coughlin !

— Oh si ! répliqua calmement l'enfant. Il l'écoute régulièrement. Seulement il se débrouille pour que tu ne le saches pas. »

En un éclair, Paul comprit. Cette drôle de petite fille n'avait jamais répondu aux espérances de son père et, le sachant, elle relevait maintenant le gant. La sympathie succéda à la compréhension et Paul lui jeta un regard affectueux avant de revenir à son agresseur.

« Il est certain que *je n'aime pas* me battre, dit Paul en pesant ses mots. Je ne pense pas qu'il y ait beaucoup d'hommes à qui ça plaise, mais, quand il le faut, nous nous battons comme tout le monde. » Il roula sa serviette en boule et la posa à côté de son assiette. « En 1917, j'ai fait mon devoir dans les tranchées, et Bill aussi. Hennie et Dan ont perdu leur fils, et vous le savez. Oh ! Je comprends ce que vous avez dans l'idée, Donal Powers ! Vous pensez que cette guerre qui va éclater en Europe ne concerne que les Juifs. Eh bien, réfléchissez ! C'est vrai, nous sommes les premières victimes et nous allons souffrir terriblement, mais croyez-vous que la paix régnerait si les Juifs n'existaient pas ? Non, les valeurs chrétiennes aussi, votre morale, vos familles et vos foyers seront détruits. Des millions d'êtres humains vont mourir à cause de ces maniaques et le monde en sera changé... »

La colère l'étouffait, mais il devait finir. « Vous pensez : au diable tout le monde. Au diable l'Angleterre qui tente de nous venir en aide. Continuons à faire des affaires avec l'Allemagne. C'est tellement rentable, hein ?

— Je ne suis pas du tout d'accord avec les idées politiques de Paul, dit subitement Hank, mais là, il a raison. Il faut décréter un embargo vis-à-vis de l'Allemagne. L'amener à se soumettre et à réfléchir. En réalité, c'est ça ou la guerre.

— Un embargo ? Sur l'Allemagne ? » Donal prit un air narquois. « C'est une drôle de remarque venant de quelqu'un qui a fait fortune avec l'Allemagne.

— Je ne comprends pas.

— Une fortune. Ton capital a quadruplé. Tu ne le savais pas ? Paul ne te l'a jamais dit ?

— De quoi parlez-vous ? demanda Hank dont le regard passa de Donal à Paul.

— Je parle de tes actions.

— Quelles actions ?

— Eh bien, celles de la société qui a exploité le brevet de l'invention de ton grand-père ! Tu ne savais pas qu'elle avait été rachetée par un conglomérat allemand ? Cela fait des années ! C'est moi qui ai effectué la transaction. Je suis très étonné qu'on ne te l'ait pas dit. » Et Donal jeta sur Paul un regard triomphant.

« Qu'est-ce que vous dites là ! s'écria Dan. Mon brevet, mon invention ? Qu'est-ce que c'est que ça ? Paul, tu étais au courant ? »

Paul ouvrit la bouche, la referma et l'ouvrit de nouveau. « Oui, je le savais. Mais je ne pouvais rien faire. Souviens-toi que je ne suis que le curateur. Je peux investir les intérêts mais pas le capital. » Il se tourna vers Hank. « C'est le legs que te destinait le testament de ton père.

— Tu aurais pu nous le dire. » Dan était furieux.

« Je ne voulais pas que tu aies une crise cardiaque, Dan. Personne ne pouvait rien y faire, sauf Hank, et il fallait qu'il soit majeur.

— Pourquoi ne me l'as-tu pas dit ? J'ai vingt et un ans depuis près d'un an. » Hank aussi était en colère.

« J'aurais peut-être dû, reconnut Paul. Franchement, je n'y ai pas pensé. Nous ne nous sommes pas beaucoup vus, ces derniers temps. » Il tremblait. « Ce n'est pas le moment de parler de cela. C'est horriblement mal poli pour Leah et Bill. J'ai un bureau. Vous pouvez tous venir me voir quand vous voudrez. »

Il savait qu'il aurait dû s'arrêter, mais il ne pouvait plus se contrôler. « Quant à vous, Donal, faire cela ici, aujourd'hui, alors que vous savez que cela bouleverserait Dan, un homme si bon... » Il en bégayait. « Mais que peut-on attendre d'un homme qui accepte de voir des innocents massacrés, une telle injustice...

— Malheureusement, l'injustice règne dans ce monde, répliqua Donal. C'est la vie. Parfois les bons doivent partager l'infortune des mauvais. Je regrette d'avoir bouleversé Dan. Ce n'était pas dans mes intentions. »

Son visage était toujours cramoisi. Meg tripotait nerveusement son collier, sa fourchette, son verre. Marian, l'air éperdu, se tourna vers Paul. Son cœur battait si fort qu'il en suffoquait presque. Il se leva. C'était la première fois de sa vie, une vie réglée par les bonnes manières, qu'il faisait cela. Mais il y avait toujours une première fois.

Il s'inclina devant Leah, puis devant Bill. « Veuillez m'excuser, mais il faut mettre un terme à cette discussion. Il vaut mieux que je quitte la table. »

« Il cherchait vraiment la bagarre, dit Bill.

— Moi aussi », avoua Paul. Il s'était calmé au cours de l'heure qui venait de s'écouler et se sentait tout contrit de s'être abandonné à cet accès de colère.

« Il s'agit d'une animosité de longue date, je crois.

— Leah vous l'a dit ?

— Non. Mais ce n'est pas bien difficile à deviner. »

Paul sourit. Sherman n'aurait pas pu s'élever aussi haut dans sa profession s'il n'avait pas été un bon observateur.

« J'aurais mieux fait de tenir ma langue... Cela me rend malade de penser que Dan a appris cela ainsi. J'avais vraiment l'intention d'arranger les choses avec Hank et de ne jamais lui en parler. » Il soupira profondément. « Maintenant le mal est fait.

— Non, Dan est un homme sensé. Émotif, oui, mais disposé à entendre raison. Laissez-lui quelques jours pour se remettre du choc et parlez-lui. Il comprendra, j'en suis sûr, Paul. »

Heureusement, la maison comptait tant de pièces et de couloirs que Donal et Paul avaient pu rester à distance après le repas. Les femmes s'étaient entendues pour détendre l'atmosphère; par la porte dont les deux battants étaient ouverts, Paul pouvait voir et entendre Meg qui s'était mise au piano; Hennie et les jumelles chantaient tandis que Marian bavardait avec Emily. Ce n'était peut-être pas aussi grave qu'il se l'était imaginé. Tout est bien qui finit bien.

Dans l'agitation du départ, des remerciements, des adieux et des manteaux que l'on récupérait, Paul et Marian se trouvèrent avec Donal, Meg et leurs enfants devant la penderie du vestibule. Tandis que son mari l'aidait à enfiler son manteau de zibeline, Meg jetait à Paul des regards suppliants. Dans sa détresse, elle dit à la cantonade :

« Je me demande comment une chose pareille a pu arriver. Nous sommes venus pour fêter un anniversaire... Tout aurait dû se passer agréablement... »

Ni l'un ni l'autre ne répondit.

« L'un de vous ne dira donc pas quelque chose ? » supplia-t-elle.

Ce fut Paul qui réagit. « Je suis désolé, Meg. Le contrôle de la situation nous a échappé.

— Vous avez forcé la note, dit sèchement Donal. Vous avez pris cette discussion politique trop au sérieux. Comme toujours. »

Cette insolence réveilla la colère de Paul. Mais il se força à rester calme.

« Il n'était pas nécessaire de mettre Dan au courant. C'est ce que je n'arrive pas à vous pardonner.

— Alors, maintenant, il s'agit de pardon ! » Donal avait l'air furieux.

Pas de ta part, pensa Paul. Tu continueras à me haïr jusqu'à ta mort, à cause des millions que tu n'as pas gagnés parce que j'ai refusé mon accord, à Paris. Mais il ne répondit pas.

Donal semblait maintenant incapable de se retenir sur la pente savonneuse. « La sainteté va de pair avec votre image de bonne âme, bien sûr. »

Meg le tira par la manche. « Donal, je t'en prie... Timmy, Tom, les filles, allez vous installer dans la voiture. »

Donal se dégagea avec brutalité. « Vous vous croyez meilleur que tout le monde, dit-il à Paul. C'est écrit sur votre figure. »

Il cherche la bagarre, pensa Paul avec étonnement. Il riposta.

« Meilleur que vous, ce n'est pas difficile.

— Oh ! Pour l'amour de Dieu », chuchota Marian. Selon son habitude, lorsqu'elle était mal à l'aise, elle ouvrait et fermait son sac, l'ouvrait et le refermait. « Paul, je voudrais rentrer à la maison.

— Bien sûr », dit Paul en s'apercevant qu'elle avait peur. Il s'avança vers la porte que les enfants avaient laissée ouverte.

Donal l'arrêta. « Juste une minute. Que voulez-vous dire par là ?

— Que croyez-vous que je veuille dire ?

— Vous feriez mieux d'être plus clair, monsieur le petit saint.

— Très bien. Je pense que vous êtes un fasciste... et cela se voit à votre manière de vivre.

— Ma manière de vivre ? Est-ce que je m'assois entre ma femme et ma maîtresse... ou plutôt mon ex-maîtresse ? Et vous osez parler de ma manière de vivre ? »

Malgré le rugissement du sang dans ses oreilles, Paul entendit sa femme gémir.

« Vous êtes l'homme le plus méprisable que... », commença-t-il.

Donal l'interrompit. « C'est ça la grande bourgeoisie ! Filer en douce pour aller mener la grande vie à Paris avec sa maîtresse, en laissant son épouse à la maison ; puis, quand on est fatigué de la première, on la marie et on emmène sa femme, qui ne se doute de rien, dîner chez les nouveaux mariés. Bravo, la grande bourgeoisie ! »

Marian se mit à pleurer. Paul l'entendait, mais n'osait pas la regarder. Meg s'assit, le visage dans ses mains. Les deux hommes, debout sous le lustre en cristal, se faisaient face. Paul se dit que, s'ils avaient été armés, un meurtre aurait peut-être eu lieu ; c'est ainsi que cela se passait, même entre hommes qui se croyaient civilisés. La rage s'empara de lui et il parla sans se soucier des conséquences.

« C'est peut-être aussi bien de déballer tout cela au grand

jour. Je ne me suis peut-être pas toujours conduit comme il fallait, mais au moins je n'ai pas la mort d'un homme sur la conscience.

— Oh ! » s'écria Meg.

Sa colère montait de plus en plus. « On a gardé dans l'ombre beaucoup de vilains soupçons. » Paul agita le doigt devant la figure de Donal. « Vous vous êtes violemment querellé avec Ben le jour où il a été tué.

— Vous êtes complètement dingue.

— Oh non ! Je ne suis pas dingue ! Ben vous a dit qu'il allait vous quitter, reprendre sa liberté. Je ne vous révélerai pas ma source, mais je le sais. On n'a jamais mentionné cette dispute au cours de l'enquête, n'est-ce pas ? »

Meg sauta sur ses pieds. « Je t'en prie, Paul. Je n'en peux plus. Regarde Marian. Arrêtez, vous deux. »

Donal répéta : « Complètement dingue !

— Je suis assez sain d'esprit pour voir que vous en savez plus long sur la mort de Ben que vous n'avez bien voulu le reconnaître. »

Meg porta les mains à ses tempes. « Oh ! Mon Dieu, je ne veux plus rien entendre ! » Elle se retourna brusquement vers Paul. « Je t'ai dit de regarder Marian. Ne vois-tu pas qu'il faut que tu la ramènes à la maison ? Regarde-la ! » cria-t-elle.

Marian était debout sous la lumière aveuglante du lustre, immobile, comme paralysée, tandis que des larmes ruisselaient de ses yeux fixes et grands ouverts. Terrifié, Paul la prit par le bras.

« Ça va ? Attends-moi, je vais aller chercher un taxi, te ramener à la maison... »

L'écartant de son chemin avec violence, elle franchit la porte en courant et sortit dans la rue. Paul courut après elle.

« Attends-moi ! Marian ! » La rejoignant, il essaya de lui prendre la main, mais elle le repoussa.

« Va-t'en ! Ne me touche pas ! »

Sa voix résonna dans la rue déserte. C'était un cri d'angoisse, témoin d'une mort terrible et inattendue, qui épouvanta Paul. Qu'allait-elle faire ? Se jeter sous une voiture ? Il resta à son niveau tandis qu'elle courait et que les talons de ses fins escarpins claquaient comme des coups de marteau sur le trottoir.

Au dernier carrefour avant leur rue, elle s'arrêta. Paul retint son souffle car elle semblait se demander où aller ; durant un instant, il crut qu'elle plongerait dans la jungle nocturne du parc, pour faire... quoi ? Et lui, que ferait-il ? Paniqué, il imagina les voitures de police et l'ambulance, les questions et les réponses : *Oui, monsieur le commissaire, elle a eu une crise cardiaque parce que j'ai...*

Mais elle s'engagea dans leur rue. Ils entrèrent dans l'immeuble et prirent ensemble l'ascenseur. Soulagé de se retrouver chez lui, Paul put enfin réfléchir à ce qu'il allait faire. Il n'avait guère de temps pour réfléchir.

« Viens là ! Il faut que je te parle. » Le visage de Marian, jamais très coloré, était d'une pâleur de mort, mais ses yeux restaient secs.

Il la suivit dans la bibliothèque. Elle ferma la porte — afin que les domestiques ne puissent pas les entendre, se dit-il —, puis le gifla si fort que les larmes lui montèrent aux yeux.

« Salaud ! Tu es un beau salaud ! »

C'était la première fois qu'il l'entendait dire ce mot-là. Il demeura parfaitement immobile, lui laissant la possibilité de le frapper sur l'autre joue. Elle avait des raisons d'être en colère.

« Tu n'as rien à répondre ?

— Si. Je tiens à te dire que, si c'était possible, je ferais tout pour effacer le mal que je t'ai fait ce soir.

— Ce qu'il a dit est vrai, bien entendu.

— Les faits sont vrais, mais pas l'interprétation qu'il en a donnée.

— L'interprétation ? Donner un autre nom à la boue ne la change pas en chocolat. Une putain est une putain, même quand elle s'appelle Leah. »

Il ne répondit pas. Il fallait la laisser cracher son venin. Après il pourrait s'expliquer. Cependant, comment formuler l'inexprimable ? Les rires, la solitude, le plaisir sexuel, l'atmosphère, le désir mutuel...

Elle exigeait une réponse. « Tu m'as humiliée, tu as bradé notre mariage en permettant que moi, dans mon ignorance, je vienne m'asseoir à la table de cette femme tandis qu'elle, cette ordure, se moquait de moi ! Vous vous êtes bien moqués de moi, tous les deux, hein ?

— Non, non. Elle... nous... Personne ne s'est moqué de toi, Marian. Écoute-moi, écoute. C'est arrivé par hasard. Tu n'es pas ignorante au point de ne pas savoir que ce genre de chose arrive, et qu'ensuite c'est fini et oublié. Je ne dis pas que c'est bien, mais beaucoup de choses ne sont pas bien, dans ce monde.

— Je ne remettrai jamais les pieds dans cette maison, tu m'entends ?

— Je ne t'y obligerai pas, répondit calmement Paul.

— Comment est-ce arrivé ? Vous avez voyagé sur le même bateau ?

— Ce n'est pas vrai, Marian, tu n'as pas envie d'apprendre comment ça s'est passé. C'est fini, Marian. Elle est mariée, comme toi et moi nous le sommes...

— Ne compte pas que je reste longtemps mariée avec toi, Paul. Je répète ma question : étiez-vous sur le même bateau ? »

Il soupira. « Oui. Le *Normandie*. Je ne savais pas qu'elle était parmi les passagers.

— Qu'est-ce que cela change ! Alors, votre liaison a commencé sur le bateau ? Dans ta cabine ou dans la sienne ?

— Marian... Cela ne rime à rien. Tu ne fais que te torturer. C'est fini, je te l'ai dit.

— Dans ta cabine ou dans la sienne, je veux savoir.

— Bon. Dans la sienne.

— Et vous avez couché ensemble à Paris ? Oui, bien entendu, pourquoi est-ce que je pose une question aussi stupide ? Et puis après, ici... ça a duré combien de temps ? »

L'épouse trompée veut tout savoir dans les moindres détails et, en même temps, elle a peur de les apprendre. Paul comprenait cela.

« Pas longtemps. Elle est mariée maintenant. Et heureuse, comme tu as pu le constater.

— Qui a rompu ? Elle ou toi ?
— Je... ça a été mutuel. Mutuel.
— Tu mens.
— Non.
— Elle était meilleure que moi au lit. Il n'y a qu'à la regarder pour le voir. Je suppose qu'elle fait certaines choses...
— Marian, je t'en prie. Tu te fais du mal.
— Je veux savoir. Si tu ne me le dis pas, je prends le téléphone et je l'appelle. Je vais parler à son mari. »

Elle fit un pas vers le téléphone. Paul l'empoigna.

« Tu te ridiculiserais. Tu n'aboutirais à rien », dit-il et, désespéré, il fit appel à sa fierté. « Tu ne ferais que t'abaisser.
— Oh ! Comme je te déteste ! hurla-t-elle. Je te déteste ! »

Des larmes tombaient jusque sur sa robe de soie rouge et formaient de petites taches. Elle arracha la manche. « Cette robe... elle vient d'elle. Elle l'a touchée. Je veux jeter tout ce qu'elle a touché. » La soie crissa tandis qu'elle la déchirait du cou au poignet. « Je vais me débarrasser de toi aussi. Oh ! Comme je te déteste ! » cria-t-elle de nouveau. Et, rassemblant les lambeaux flottants de sa robe, elle sortit en titubant pour aller dans sa chambre.

Paul entendit la porte claquer. Il y avait quelque chose de poignant dans ce bruit, quelque chose d'effrayant et de définitif. Comme dans une pièce d'Ibsen. La porte claque et le bruit se répercute dans toute la maison. Et après ? se dit-il. Il s'approcha de la fenêtre. Quand on est tendu, on va à la fenêtre et on regarde dehors. Que regarder d'autre et où aller ? Sûrement pas dormir.

Il contempla fixement les ténèbres esseulées. Il n'y avait pas plus de deux ou trois fenêtres allumées dans le voisinage. Le froid lui donna la chair de poule. Il avait mal à la tête. Il n'aurait jamais dû parler de Ben ; il avait promis à Hank de se taire et avait tenu sa parole pendant tant d'années. En s'abandonnant à sa colère — cet homme l'avait tellement harcelé ce soir ! —, il avait tout gâché. Il avait provoqué un désastre. Un vrai désastre. Qu'allait-il faire maintenant ?

Brusquement, il fut pris de panique en prenant conscience

du silence qui régnait dans la maison. Il pensa à l'armoire à pharmacie. Et si elle avait... Il traversa le palier d'un bond.

Elle était étendue sur le lit, encore revêtue de sa robe en lambeaux. Par terre, près de la corbeille à papiers, il y avait un tas de vêtements ; un tailleur de lainage garni de vison, une robe de velours noir, un manteau d'été blanc et bien d'autres qui provenaient tous de la boutique de Leah. Paul trouva qu'il y avait quelque chose de pathétique dans la manière dont ces beaux habits gisaient là, innocents et froissés, comme s'ils avaient conscience d'être rejetés. Il les ramassa et les posa doucement sur une chaise.

Puis il s'approcha du lit et regarda sa femme. Elle aussi était comme chiffonnée ; les genoux remontés sur la poitrine, les cheveux sur la figure, un mouchoir trempé roulé en boule dans sa main, elle sanglotait ; de gros sanglots qui la suffoquaient et secouaient ses faibles épaules.

Il la contempla un long moment. Il savait qu'il aurait dû éprouver des remords, mais il lui était impossible de transformer en remords la joie normale qu'il avait connue avec Leah. C'était bien plus facile de regretter la manière dont il l'avait repoussée. Ce qu'il éprouvait, c'était de la pitié ; plus pour Marian que pour Leah qui se débrouillait toujours pour survivre. Il tendit la main et lui caressa la tête.

Elle se redressa sur son séant. « Pourquoi as-tu fait cela ? Pourquoi, Paul ? Tu dois me détester, c'est pour cela. »

La détester ! Elle n'avait rien compris.

« Ma chérie, cela n'a rien à voir avec toi, ou plutôt avec ce que j'éprouve pour toi. C'était l'occasion, l'herbe tendre. La chair, si tu préfères appeler cela ainsi. Pas le cœur. »

Et, se dit-il, c'était plus vrai que faux ; car son cœur et son esprit appartenaient à Anna pour l'éternité.

« Je ne suis plus en colère, chuchota Marian. Je vous aurais bien tués, tous les deux... Et puis ma colère s'est calmée. Je suis seulement accablée. Je ne suis plus rien.

— Je sais », dit-il. Il comprit que, sous cette façade fière et convenable, l'estime qu'elle avait d'elle-même était bien fragile. Cette femme frigide, stérile, neurasthénique, menait une vie superficielle et peut-être inconsciemment le savait.

Ce n'est pas sa faute, pensa-t-il, tout en continuant à lui caresser la tête.

« Je ne suis rien, répéta-t-elle, rien du tout. »

Il avait une boule dans la gorge, une espèce de douleur impuissante. Un être humain ne devrait jamais penser une chose pareille.

« Comment peux-tu dire cela de toi ? Tu es une femme bonne et de grande valeur. Pense à toutes les amies que tu as. Les gens t'admirent. » Et il ajouta : « Et, en plus, tu es jolie... »

Elle s'essuya les yeux. « Je ne sais pas. Tu le penses vraiment ?

— Bien sûr que oui. » Il essaya de plaisanter. « Tu connais mon faible pour l'art. Crois-tu que je t'aurais épousée si tu n'avais pas correspondu à mes goûts ? »

Un petit sourire flotta sur ses lèvres. « Mais alors, je ne comprends pas. Pourquoi Leah ? Ce n'est pas une beauté. » Et, pendant qu'il préparait sa réponse, elle la trouva toute seule. « C'était sexuel, je suppose. Le côté animal de l'homme.

— C'est ça, oui.

— Il m'est parfois difficile, en tant que femme, de me souvenir que tu es différent de moi. Cela compte tellement plus pour toi que pour une femme. »

Elle le croyait vraiment.

« Je suis content que tu puisses envisager les choses sous cet angle, dit-il gentiment. Crois-tu pouvoir ne pas l'oublier afin qu'un jour, nous puissions faire une croix dessus ?

— Je vais essayer. » Elle vit son reflet dans le miroir. « Je suis dans un bel état. J'ai gâché cette robe qui était neuve.

— Cela n'a pas d'importance. Tu en achèteras une autre demain.

— Pas chez Leah. Je ne la reverrai jamais.

— Je comprends. C'est mieux pour nous trois.

— Et toi ?

— C'est terminé, je te l'ai dit. »

Elle lui prit la main. « Paul. Si une telle chose se reproduisait... tu me quitterais ?

— Non, bien sûr que non. Cela n'arrivera plus.

— Mais si. Tu es un homme. Oh ! Si jamais tu me quittais, je ne pourrais pas le supporter, Paul. Nous avons vécu si longtemps ensemble... Toute ma vie, depuis que je ne suis plus une enfant. »

Tu es encore une enfant, pensa-t-il. Et sa gorge lui fit mal de nouveau.

« Même quand je suis en Floride, je sais que tu es ici. Je ne serais pas partie, je ne partirais pas si tu n'étais pas d'accord.

— C'est très bien, ne t'inquiète pas. Je veux que tu t'amuses.

— Que ferais-je sans toi ? Ne me quitte pas, Paul. Promets-moi que tu ne me quitteras jamais. Dis-le. » Ses yeux gonflés, ses joues marbrées lui faisaient pitié.

« Je ne te quitterai pas.

— Jamais ? Quoi qu'il arrive ?

— Quoi qu'il arrive. Mais rien n'arrivera, je te l'ai dit. Maintenant, rafraîchis-toi le visage, mets-toi en chemise de nuit et viens dormir. Nous en avons bien besoin. »

Au moment d'entrer dans la salle de bain, Marian se souvint de quelque chose. « Est-ce vrai ce que tu as dit sur Donal et Ben ? Ils se sont terriblement disputés, ce jour-là ?

— C'est vrai.

— Tu peux me dire comment tu l'as appris ?

— Non. Je n'aurais pas dû en parler. Cela ne sert à rien, et puis j'avais promis de me taire.

— Alors, tu penses que Donal... »

Paul riposta d'un air mécontent : « Qu'en penses-tu ?

— Je crois que la réponse est oui. Cela se produit souvent si l'on en croit les journaux.

— Tu ferais mieux de ne plus y penser, Marian, de faire comme si tu n'avais rien entendu.

— Oui. Mais c'est horrible pour Meg. Qu'est-ce qu'elle va faire ?

— Je n'en sais rien. »

Des pensées tumultueuses empêchèrent longtemps Paul de dormir. Ben, Donal, Leah, Marian et Meg tourbillonnaient dans sa tête. Puis, comme il revivait la semaine écoulée et les événements douloureux du soir, un rêve bizarre prit corps : le mari d'Anna mourait, elle était libre et venait à lui. Que ferait-il dans ce cas ? C'était un fantasme, bien sûr, une complication imaginaire qui venait s'ajouter à celles qui existaient vraiment. Néanmoins, cela lui brisa le cœur.

Meg était restée silencieuse pendant le retour à la maison, sachant que, si Donal ne desserrait pas les dents, c'était parce que les enfants étaient dans la voiture. Son désarroi était si grand qu'une douleur lui perçait la poitrine. Quelle catastrophe ! Inlassablement, elle revivait tout depuis cet instant atroce où Paul avait quitté la salle à manger.

Après un silence affligé, tous ces gens bien élevés s'étaient remis à parler. On avait bavardé, sur un ton un peu énervé, de Fred Astaire et de *La Carioca*, ou de la rétrospective Picasso au musée d'Art moderne. Mais Meg, le visage brûlant, avait gardé le silence, veillant à ne croiser le regard de personne de peur que l'on puisse lire dans ses yeux.

Puis il y avait eu cette querelle, devant la penderie. Jamais elle n'avait vu une telle haine chez Donal ! La haine à l'état pur, dévoilée, terrifiante ! Pourquoi une telle haine de Paul ? A cause de ce qu'il savait...

A la lumière crue du tunnel sous la rivière, elle vit ses mains désespérément nouées sur ses genoux. A côté d'elle, sur la banquette avant de la limousine, Donal regardait droit devant lui. Sa bouche avait un pli amer, il était en colère, probablement contre Agnes aussi, qui avait révélé ce que Meg était censée ignorer. Ainsi donc, dans l'union totale du mariage, les étreintes douces comme le miel de chaque soir, il lui cachait des choses... Ne faisait-elle pas de même ?

Brusquement, elle se revit assise sur un banc, près du musée, sur la Cinquième Avenue, pleine de peur et de désespoir ; puis se dirigeant vers la boutique de Leah. C'était elle qui l'avait envoyée chez le gynécologue, préservant ainsi son équilibre mental, lui permettant d'être de nouveau heureuse avec Donal. Et si c'était vrai qu'elle avait eu une liaison avec

Paul, elle s'en moquait car elle aimait profondément ces deux êtres si bons.

Une fois dans leur chambre, Donal parla. « Quelle scène ridicule a provoquée ton gigolo de cousin. »

Sans répondre, Meg commença machinalement à se déshabiller ; elle suspendit ses vêtements et rangea ses bijoux dans leur coffret.

« Tu l'as toujours pris pour un petit saint, n'est-ce pas ? J'aurais pu t'éclairer avant si je n'avais pas été un homme d'honneur.

— Je ne t'aurais pas écouté, pas plus que maintenant.

— Et Leah, cela ne te choque pas non plus ?

— Non. C'est mon amie.

— De mauvaise humeur ce soir, on dirait ?

— Je n'ai pas envie de parler de gens que j'aime beaucoup, comme Paul.

— Eh bien, que tu l'aimes ou non, c'est ton droit, mais il s'est conduit comme un imbécile ce soir. Ce cours de morale qu'il a fait pendant le dîner...

— Il fallait bien que quelqu'un te réponde ! Tu défendais Hitler ! Tu n'as pas compris combien tu étais monstrueux ! » Elle parlait avec véhémence. « C'est scandaleux, quand on pense que des gens sont torturés ! Et tes remarques au sujet des bons qui doivent partager l'infortune des méchants ! Qui sont les bons ? Les Juifs millionnaires ou les Juifs socialistes ? Les marchands de poisson ou les sopranos d'opéra ? Les prix Nobel juifs qui remplissent les universités ? Oh ! Il aurait fallu que tu t'entendes ! Et puis, ce qu'Agnes a dit... que tu écoutes le père Coughlin...

— Et toi, l'as-tu jamais écouté ? Tu ne sais même pas ce qu'il dit. Tu te contentes de débiter les sottises qu'on te met dans la tête. Il dit des choses très sensées, je te prie de le croire. »

Meg regarda fixement son mari. C'était le même Donal qui, tous les soirs, se mettait au lit avec elle. Comment était-ce possible ?

Son indignation monta, brûlante, l'étouffant presque. « Il ferait mieux de se rappeler, et les autres avec lui, que cela ne s'arrêtera pas aux Juifs. Ils sont les premiers, mais les autres y passeront aussi.

— Qu'est-ce qui te rend si juive, brusquement ?

— Je ne le suis pas, je ne suis rien, mais c'est une question de respect, du respect qu'on doit aux êtres humains.

— Après tous les efforts que ton père a faits pour essayer de faire oublier qu'il était juif ? »

Ça, elle ne pouvait pas le nier. Pauvre père. Elle pensa au club qui ne voulait toujours pas l'accepter bien qu'il leur ait permis de monter à cheval sur ses terres. D'autres souvenirs affluèrent : le cours de danse où on l'avait refusée, l'enfant qui avait laissé échapper la vraie raison, et la manière dont Alfie avait insisté, disant que c'était parce qu'il n'y avait plus de place.

« Et ta mère, continua Donal. Crois-moi, elle en a souffert, de ce handicap. »

Cela aussi, c'était vrai. Tout enfant, elle avait compris qu'en dépit des efforts qu'elle faisait pour paraître tolérante, sa mère avait toujours regretté que ce mari qu'elle aimait tant soit malheureusement un Juif. Oui, oui, Donal avait raison. Il voyait tout. Mais il ne serait pas monté si haut s'il avait été stupide.

Elle ne put que répliquer sèchement : « Je n'ai pas envie de parler de mes parents.

— Alors, tu ne veux parler de rien ?

— Non, de rien. »

Ce n'était pas tout à fait vrai. Elle avait envie de parler de Ben, mais cela lui faisait trop peur. Il était là dans la chambre, entre eux, comme un spectre sorti de son tombeau, réveillé par ce que Paul avait dit ce soir. Elle savait qu'il lui faudrait s'attaquer de front à ce problème. Mais pour le moment chacun d'eux attendait que l'autre commence.

Donal sortit une cigarette de la poche de sa robe de chambre, l'alluma et, rejetant la tête en arrière, inhala la fumée.

« Mais ce n'est pas moi qui blâmerais tes parents de ne pas vouloir se mêler des histoires des Juifs. Pourquoi s'attirer des ennuis ? C'est drôle, je les aime bien, pourtant ils ne m'ont pas bien accueilli, au début. Mais ils ne sont pas méchants et m'ont bien traité, depuis quelques années. Dieu sait que, moi, je les ai traités plus que bien. »

Que voulait-il ? Elle ne pouvait détourner les yeux de lui. Brun, nonchalant et élégant, il attendait. Elle était hypnotisée par lui, comme la jeune fille qui s'était mariée un jour de printemps, il y avait si longtemps, cette jeune fille en tailleur bleu gentiane qui était partie si volontiers avec lui.

« N'est-ce pas ? » demanda-t-il.

Elle sursauta. « De quoi parles-tu ?

— Je les ai bien traités. Tes parents.

— Oui, bien sûr. Tu as été très, très généreux. Je t'en ai souvent remercié.

— Toi aussi, je t'ai joliment bien traitée. » Il regarda autour de lui. Devant la fenêtre, il y avait des plantes sur une étagère, un fouillis de verdure qui débordait jusque sur la moquette. Il y avait des lampes de porcelaine sur les tables de nuit où s'empilaient des livres, et les photos des enfants, dans des cadres en argent, sur la commode.

Meg avait décoré cette chambre à son goût, lui prêtant le cachet distingué d'une pièce en Virginie au XVIIIe siècle.

« Oui, il fait bon vivre dans cette maison. Il n'y a plus de raison de s'inquiéter. »

L'expression de son visage alarma Meg. Un air trop décidé. « Que veux-tu dire ? demanda-t-elle. Je ne comprends pas.

— Maintenant, je suis un homme respectable. Plus de contrebande d'alcool. Si les gens te demandent ce que fait ton mari, tu n'as plus besoin de répondre évasivement, comme autrefois. Tu peux leur dire qu'il gère sa fortune. »

Elle avait l'impression qu'il se moquait d'elle... comme si la respectabilité, ce n'était pas ce qu'il avait désiré dès le début !

« Et c'est agréable, je le reconnais, de ne plus avoir les agents fédéraux sur le dos.

— Pourquoi dis-tu cela, Donal ? »

Il s'était tellement rapproché d'elle qu'elle sentait le parfum de son eau de Cologne. Il lui prit les deux bras. « Je dis cela pour que tu t'enlèves ces idées idiotes de la tête et que tu ne les laisses plus jamais revenir. » Ses ongles s'enfonçaient dans sa chair.

« Je n'ai jamais eu d'idées idiotes.

— Ne joue pas au chat et à la souris avec moi, Meg. Je te connais trop bien. Tu t'es encore monté la tête sur l'histoire de Ben.

— Oui, répliqua-t-elle calmement. J'aimerais bien savoir la vérité.

— Nous en avons déjà parlé, il y a plusieurs années. Et nous avons failli nous séparer à cause de cela, si tu t'en souviens encore, Meg. Ne recommence pas, je te préviens.

— A ce moment-là, je ne savais pas ce que je viens d'apprendre ce soir.

— De Paul Werner ?

— Il ne mentirait pas.

— Mais moi, si ?

— Tu as dissimulé des faits. Tu le fais encore. Tu joues au chat et à la souris, comme tu viens de le dire.

— Bon sang, Meg, tu penses que ton mari est un tueur, c'est ça ?

— Je comprends que tu en sais plus long que tu n'as voulu le dire. » Paradoxalement, plus elle avait peur, plus elle se montrait téméraire. « Tu as fermé les yeux sur la mort de Ben, comme tu les fermes maintenant sur les souffrances des Européens. Tu ne penses qu'à t'enrichir... »

Il l'écarta si violemment de son chemin que, si elle n'avait pas pu se rattraper à la colonne du lit, elle serait tombée. Le coffret était resté ouvert sur la coiffeuse. Il fouilla dedans et revint près du lit, les mains pleines.

« Regarde ce que je t'ai donné, moi qui ne me soucie de personne ! Regarde. Des boucles d'oreilles en diamant, des bracelets de rubis, de l'or grec, des perles de Birmanie... »

Un petit objet en caoutchouc tomba avec les bijoux sur le lit. Meg tendit la main pour le dissimuler, mais Donal fut plus rapide.

« Qu'est-ce que c'est que ça ? »

Elle leva les yeux et vit combien il était étonné. Il n'y avait rien à répondre.

« Alors, tu te sers de ça ? C'est pour cela que nous n'avons plus eu d'enfant depuis Agnes ? Tu as fait cela ? »

Elle hocha la tête. Les battements de son cœur ralentirent au lieu de s'accélérer. C'est bizarre, pensa-t-elle.

« Sois maudite... Qui te l'a procuré ? Je parie que c'est Leah. Alors tu m'as caché quelque chose ? Déshabille-toi. Enlève ça.

— Non, chuchota-t-elle en nouant la ceinture de son peignoir.

— Enlève ça, je te dis. »

Brusquement, elle eut peur, comme si elle s'était trouvée dans une chambre avec un étranger. « Que vas-tu faire ? »

Il rit. Un rire sortit de ses lèvres qui gardèrent pourtant leur pli amer. « Te battre, penses-tu ? Non, mais je vais te donner une leçon. Je vais t'apprendre qui est le maître ici, et qui le sera. A partir de maintenant, nous ferons comme je veux. Tu comprends, Meg ? »

Écartant ses mains de force, il fit glisser le peignoir à ses pieds.

« Donal, arrête. Tu joues un rôle. Tu ne penses pas ce que tu dis. Tu veux seulement...

— Vas-tu me dire ce que je veux ? »

Il la rejeta en arrière sur le lit. Son visage tordu de rage, sa force déchaînée et la douleur qui irradia dans son dos la terrifièrent. « Non, Donal. Ne fais pas ça. Non.

— Allons. Laisse-toi faire ou je te prends de force. Ce sera comme je veux, je te l'ai dit. »

Elle se défendit, le bourra de coups de poing. Il lui prit les poignets, l'immobilisa et déchira sa chemise de nuit. Elle entendit la soie crisser, et ses propres cris étouffés. La lutte se déroulait presque en silence. Il le fallait bien : les chambres où dormaient les enfants étaient de l'autre côté du palier. Aussi était-elle vaincue d'avance. Des larmes froides coulaient sur ses tempes. Elle appuya le dos de sa main sur sa bouche.

Quelle honte ! C'était affreux ! Un acte de mépris. Et pour la première fois de ces multiples étreintes qu'elle avait connues avec cet homme, elle n'éprouva rien, que du dégoût.

Lorsque enfin il se releva, elle enfouit son visage dans l'oreiller et sanglota.

« Je ne dormirai pas avec toi ce soir. Je pars tôt demain, pour Washington où je resterai deux ou trois jours et, lorsque je rentrerai, je veux que tu aies jeté cette chose et que nous fassions comme avant. Tu apprendras à l'apprécier. » Il lui tapota l'épaule. « Pleure un bon coup. Cela te fera du bien. » Puis il referma doucement la porte derrière lui.

Ce n'était pas supportable, un tel dégoût de soi. Lorsqu'elle cessa de sangloter, Meg se retourna sur le dos et resta ainsi à contempler le plafond. De temps à autre, une auto passait dans la rue ; elle entendait le glissement des pneus et le bruissement des feuilles mortes que repoussait le souffle de la voiture. De la lumière défilait au plafond puis l'obscurité déferlait de nouveau. Elle s'endormit, se réveilla en tremblant et revécut son déshonneur. La colère s'empara d'elle et la suffoqua ; colère contre lui ; colère contre elle pour n'avoir pu se défendre, pour avoir été une femme. Non, ce n'était pas tenable.

La chambre s'éclaira peu à peu. Elle demeura étendue sans bouger de peur qu'il ne l'entende et revienne. Puis, se souvenant qu'il avait dit qu'il partirait tôt pour Washington, elle éprouva un immense soulagement. Elle se souleva sur un coude et regarda la pendulette. Il était presque 8 heures ; habituellement, elle se levait plus tôt pour prendre le petit déjeuner avec les enfants. Elle s'assit à sa coiffeuse et fut consternée de ce qu'elle vit : des joues bouffies, des yeux rouges et gonflés. Si elle allait chercher de la glace... mais les domestiques la verraient. Elle entendit la porte extérieure se refermer et les voix des enfants partant pour l'école. On avait dû leur dire que leur mère dormait encore. On frappa doucement à sa porte.

« Madame ? Vous n'êtes pas souffrante ?

— Je vais bien, Kitty, merci. J'ai dû attraper un rhume, un microbe ou je ne sais quoi. J'ai le nez enflé et les yeux rouges.

— Puis-je vous apporter quelque chose ? Du café ?
— Non, merci. Je vais me lever. Et prendre l'air, cela me fera peut-être du bien. »

Elle se baigna le visage à l'eau froide, ce qui améliora un peu les choses. Une fois maquillée, le visage ombragé par un chapeau, elle serait présentable. Il fallait qu'elle sorte. Les murs se refermaient sur elle. Elle écarta les bras, comme pour les repousser.

Une fois dehors, elle respira plus librement. Un vent glacé soufflait du nord, qui vous transperçait jusqu'aux os. Des moineaux et un cardinal s'étaient blottis, plumes gonflées, sur la pelouse. Au seuil des portes, le gel avait noirci les pétales des chrysanthèmes. Tout en marchant, elle levait les yeux vers le premier étage des maisons, se demandant ce qui se passait derrière les fenêtres des autres chambres.

Elle fit les trois kilomètres qui la séparaient du centre du village, qui ne comprenait qu'un bureau de poste, une papeterie et un salon de thé en face de la gare. Elle entra chez le papetier et, après avoir acheté des cartes de Noël, resta devant la boutique, ne sachant quoi faire d'autre. Un train passa sans s'arrêter. Elle pensa combien ce serait merveilleux de s'installer dans un compartiment avec un ou deux livres, et de rester seule à regarder défiler le paysage. Partir, sans penser à rien ni à personne. Quel luxe, quelle paix ! Et puis elle irait manger au wagon-restaurant... On y servait toujours une cuisine délicieuse... une bonne soupe épaisse, un petit pâté chaud...

Découvrant qu'elle avait faim, elle se dirigea vers le salon de thé. Il était 11 heures et demie, une heure raisonnable pour manger. La salle était vide, sauf une femme assise à une table, une valise à côté d'elle ; c'était probablement une personne de passage qui attendait le prochain train. Elle s'installa et commanda une salade composée et un thé. Donal lui avait appris à aimer le thé. Que ne lui avait-il pas apporté ? Cinq enfants et un coffret plein de bijoux qu'elle portait rarement.

Elle mangea lentement en pensant à ses enfants. Les garçons avaient besoin de leur père. Virils et actifs comme ils l'étaient, elle n'avait plus aucune autorité sur eux. Les jumelles, vives et dégourdies, étaient bien les filles de Donal. D'une certaine manière, elles lui rappelaient Leah; elles se débrouilleraient toujours. Elles savaient déjà ce qu'il fallait porter et dire, et ce qu'elles voulaient dans la vie. Elles non plus n'avaient pour ainsi dire plus besoin d'elle. Agnes, c'était différent. Petite et faible, elle s'accrochait à sa mère, peut-être plus par besoin que par affection. Manquant de coordination dans une famille d'athlètes, pâle et dépourvue d'esprit de compétition, elle serait méprisée par ceux qui étaient rapides, robustes et joyeux. Meg connaissait cela. Ces enfants-là fuyaient la réalité en écrivant des poèmes pleins d'étoiles et de pauvres malheureux.

Elle poussa un soupir. Elle avait terminé la salade, mais n'avait pas envie de rentrer chez elle, aussi elle commanda un dessert et le dégusta le plus lentement possible. Chaque fois qu'elle levait les yeux de son assiette, elle voyait le visage de la femme à la valise. Ayant pour une raison quelconque changé de place, celle-ci était maintenant installée en face d'elle. Elle parlait, la bouche pleine, avec la serveuse et mangeait comme les écureuils, en mâchant avec les dents de devant. C'était agaçant de voir cela. Meg ne pouvait s'empêcher de la regarder et d'éprouver du dégoût.

Elle sentit un cri monter dans sa gorge. « C'est répugnant de manger comme ça ! » avait-elle envie de lui dire, mais elle sentit qu'elle était en train de perdre le contrôle d'elle-même. Elle se leva, régla l'addition et rentra presque en courant chez elle. Contournant la haie, elle vit une auto garée dans l'allée, la jolie petite voiture de Paul.

Il était assis dans la bibliothèque et lisait le *Times*.

« Mais qu'est-ce que tu fais là ? » lui demanda-t-elle.

Il comprit ce qu'elle sous-entendait. « Pourquoi est-ce que je cours le risque de rencontrer ton mari ? Parce qu'il ne me fait pas peur. Cependant, ajouta-t-il avec un sourire, je n'ai pas été mécontent d'apprendre qu'il était absent. »

Elle s'assit et passa la main sur ses cheveux que le vent avait décoiffés. « Je suis dans un bel état. Je n'arrive pas à croire que tu sois venu uniquement parce que j'avais besoin de toi. Comment as-tu fait pour le savoir ?

— Je ne le savais pas vraiment, mais j'ai pensé que tu pouvais avoir besoin de moi. La soirée d'hier a été dure pour nous tous. »

La lumière tombant sur le visage de Meg était impitoyable mais, dépourvue d'orgueil, elle regarda Paul en face et lui demanda franchement : « Comment ça s'est passé, chez toi ? »

Avec la même simplicité, Paul répondit : « Douloureusement. Il faudra que je m'occupe beaucoup de Marian. »

Sa voix était si gentille. Douce et pourtant assurée. En le regardant, on voyait comment un homme pouvait être à la fois gentil et sûr de lui. Sentant les larmes monter, Meg se leva et fit quelques pas dans la pièce. Quand la crise fut passée, elle s'excusa.

« Je n'aurais pas dû être si faible.

— C'est ainsi que tu te vois ? Faible ?

— En fait, je ne sais pas. Parfois, je me dis que le courage, c'est être capable de se mettre en route, de lutter et de changer les choses. Parfois, je pense que c'est la force d'âme qui consiste à tenir bon et à supporter tout pour une raison qui vous dépasse. Qu'en penses-tu ?

— C'est drôle, parce que je me suis posé la question à ton sujet. Je me suis souvent dit que tu devais être déchirée. Te poser des questions sans trouver les réponses. Telle que tu es, c'était inévitable.

— Pourtant j'ai aussi été très heureuse, s'étonna Meg.

— Rien n'est jamais totalement blanc ou totalement noir. » Il soupira. « Mais je continue à penser que j'aurais dû être plus ferme avec toi, quand je suis venu à Boston.

— Cela n'aurait rien changé, tu sais.

— C'est ce que m'a dit Leah. Je devrais peut-être rattraper cela maintenant.

— Comment ?

— En t'apportant toute l'aide dont tu peux avoir besoin. A moins que je ne me trompe et que tu n'aies besoin d'aucune aide. »

Elle pensa à la scène avilissante de la veille au soir. *Nous ferons comme je veux.* Encore des grossesses. Et elle n'avait que trente-quatre ans.

« J'ai besoin d'aide, chuchota-t-elle.

— Tu veux m'en parler ?

— Pas maintenant. Je ne peux pas. » Elle éleva la voix. « Ce n'est pas supportable.

— Pas supportable, d'en parler ?

— Et de le vivre.

— Alors il est temps de changer de vie.

— Tu crois vraiment qu'il faut que je parte ?

— Ma chère Meg, je pense que tu dois faire ce qui est le mieux pour toi. Il est temps, car tu as toujours vécu pour faire plaisir à quelqu'un d'autre. L'unique exception, ce fut ton mariage, et cette fois-là, justement, tu aurais dû écouter tes parents. Mais on se doit aussi à soi-même.

— Il y a tant de choses en cause. L'école des enfants...

— Les enfants changeront d'école. Ils n'en mourront pas.

— Et ils aiment beaucoup leur père. Vraiment. Tous sauf Agnes.

— Ils pourront continuer à le voir. Hank a perdu son père, le seul qu'il ait connu, et il a survécu. »

L'indicible plana, menaçant : la mort de Ben. Meg frissonna et croisa le regard de Paul.

« Je pense que tu veux vraiment mettre un terme à tout cela, dit-il.

— Oui... Oui, je le veux. Mais où aller ? »

Paul réfléchit. « Provisoirement à la ferme, à Laurel Hill. Il y a assez de place pour vous.

— N'est-ce pas infantile de se réfugier chez ses parents ?

— Meg, écoute-moi. Il n'y a rien de mal à chercher auprès d'eux un soutien moral. Tous, tant que nous sommes, et même les plus forts d'entre nous sur lesquels les autres comptent, nous avons des moments où nous aimerions nous reposer sur quelqu'un d'autre. »

Et, de nouveau il regarda par la fenêtre. Elle suivit son regard.

« Le monde a l'air si grand, si effrayant », dit-elle.

Il se retourna vivement vers elle. « Il est grand et effrayant. Mais tu dois y plonger et t'y tailler une place. Écoute, Meg, tu peux le faire. Reste un moment à Laurel Hill, provisoirement bien sûr, jusqu'à ce que tu trouves ta voie. Je pense que tu devrais travailler ou suivre une formation.

— Avec cinq enfants ?

— Pourquoi pas ? Tu seras encore jeune quand ils partiront. Et alors ? Oui, il faut que tu fasses quelque chose de ta vie.

— Donal serait stupéfait. Je suis sûre qu'il ne m'en croit pas capable.

— Mais tu l'es, n'est-ce pas ? »

Elle parcourut la pièce des yeux. Dans un coin, il y avait la radio qui introduisait la violence du père Coughlin dans la maison. Sur le bureau, c'était le téléphone, l'instrument qui avait peut-être envoyé, ou reçu — peu importe — le verdict de la mort d'un homme.

« Oui, dit-elle doucement, je pense qu'après tout je dois en être capable. »

Paul se réjouissait d'être venu trouver Meg, de l'instinct qui l'avait poussé jusqu'ici. Il avait dû y avoir une scène épouvantable. Il espérait de tout son cœur, sans en être certain, qu'elle s'en remettrait.

Tandis qu'il se frayait un chemin au sein de la circulation, pour emmener Marian dîner au restaurant, puis au théâtre voir une comédie, il réfléchissait aux conséquences contradictoires de cette crise : une révélation avait supprimé toute possibilité de mettre fin à son mariage tandis qu'une autre avait eu l'effet contraire pour Meg.

Quelques jours plus tard, Hank arriva de Philadelphie par le train du matin.

« Je ne peux plus dormir depuis ce qu'a dit Donal Powers l'autre soir, commença-t-il. Il faut que je me sépare de cette sale firme, et tout de suite. »

Paul appela Mlle Briggs. « Apportez-moi le dossier de M. Henry Roth, je vous prie. »

Il était aussi guindé que Hank qui, pour la seconde fois, refusa de s'asseoir.

« Ce n'est pas la peine, je ne vais pas rester longtemps. »

Comme il était jeune ! pensa Paul qui répondit calmement : « Ce sera plus long que tu ne penses. J'ai des choses à t'expliquer.

— Il n'y a rien à expliquer. Je veux vendre, un point c'est tout.

— Non, ce n'est pas tout. Il y a l'investissement du produit de la vente.

— Le produit de la vente ? Donne-le aux œuvres. Au mouvement pacifiste, par exemple. »

Paul haussa les sourcils. « Tu veux donner tout ce que tu possèdes ?

— Exactement.

— Tu es un jeune homme riche, Hank. Tu veux savoir combien tu vaux ?

— Je ne vaudrai rien tant que je ne me serai pas débarrassé de ça. L'argent des canons. Je n'en veux pas. »

Derrière le jeune homme en colère, Paul vit l'adolescent abattu, désillusionné, aux funérailles de Ben ; puis l'enfant aux taches de rousseur portant sa première casquette de base-ball.

« Tu ferais mieux de parler avec Dan. Il ne serait peut-être pas d'accord.

— Comment peux-tu savoir ce que pense mon grand-père ? Vous vivez dans deux univers différents.

— Il se trouve justement que je lui ai parlé hier. Nous ne sommes pas aussi éloignés l'un de l'autre que tu le penses. »

Hank leva vers lui son visage renfrogné et Paul poursuivit :

« J'ai été pris dans le même genre de conflit moral lorsque Dan a appris que l'on avait vendu son premier brevet d'invention au ministère de la Guerre. C'est vrai qu'il n'a rien gardé pour lui, mais il a tout donné à son fils, à ton père, et c'est sur cette mise de fonds initiale que tu vis depuis.

— D'accord. Mais je n'ai pas de fils ou quelqu'un à qui

donner cela, sauf les pauvres. Je peux faire la même chose que lui et vivre comme il a vécu.

— Tu n'as jamais habité un immeuble sans ascenseur. Tu achètes des livres, tu fais de l'équitation. Cela coûte de l'argent. Même celui que tu donnes, c'est une forme de plaisir, que tu le reconnaisses ou pas. Être pauvre, c'est plus dur que tu ne le crois.

— Hennie et Dan ont vécu dans un immeuble sans confort et ils s'en sont toujours contentés.

— Ce ne sont pas des gens ordinaires.

— Et moi, je le suis.

— Je ne sais pas si tu seras aussi marginal qu'eux. Il est encore trop tôt pour le dire.

— Moi, je peux le dire. Si je ne le sais pas, qui le pourra ?

— Se connaître soi-même, c'est la chose la plus difficile. »

Hank ne répondit pas.

« Tu auras besoin d'argent pour tes études de médecine. Où le prendras-tu ?

— Il y a des garçons pauvres à mon école. Ils gagnent leur vie.

— C'est terriblement dur. Tu dois t'en douter. Permets-moi de te dire que tu parles comme un enfant. » Paul perdait de plus en plus patience. « Tu n'en as pas, non plus, discuté avec ta mère ? »

Hank rougit. « Ma mère et moi, nous ne sommes pas d'accord en tout, comme tu dois le savoir », ajouta-t-il.

Paul ignora la pique. « Ta mère a le sens pratique. Elle a fait son chemin dans le monde comme peu de femmes savent le faire.

— Si c'est le genre de vie qu'elle aime.

— Seras-tu toujours en colère contre elle, Hank ?

— J'aime ma mère, cependant nous ne nous ressemblons pas. Les choses ont beaucoup d'importance pour elle, mais pas pour moi.

— Tu auras peut-être un enfant, un jour, pour lequel elles en auront aussi.

— Je ne peux pas, actuellement, prendre des décisions en fonction d'un enfant que je pourrais, ou non, avoir un jour. »

Étais-je aussi déterminé, aussi sûr de moi lorsque j'avais vingt et un ans ? se demanda Paul. Sachant que non, il ne put s'empêcher d'admirer, malgré son agacement, le jeune homme qui se tenait debout devant lui.

« C'est curieux, la manière dont on se repasse cette fortune comme une patate chaude, reprit-il. Ton grand-père l'a donnée à ton père, ton père l'a léguée à ta mère, ta mère te l'a passée...

— Cela ne lui a jamais posé de problème. Comme tu l'as dit, elle peut se débrouiller toute seule.

— Elle est encore jeune. Suppose que Bill tombe malade ou ait un accident ? Et qu'elle aussi se retrouve incapable de travailler ? Une veuve avec un fils unique... ne serait-ce pas normal qu'elle ait recours à toi ? »

Hank pinça les lèvres. Son ressentiment était palpable. Il me méprise, pensa Paul. Néanmoins, il poursuivit :

« Je trouve parfois que les gens les plus dévoués à l'humanité négligent aussi le plus les besoins des leurs.

— Qu'est-ce que tu sous-entends ? J'aime qu'on soit franc.

— Moi aussi. Je te propose de diviser la valeur boursière du dépôt. Verse 10 pour 100 à tes bonnes causes et coupe le reste en deux. Donne une moitié à ta mère et garde l'autre pour tes études et pour constituer un petit pécule. Tu pourras toujours t'en séparer plus tard si tu ne changes pas d'opinion. »

Hank ne répondit rien. Tête de mule ! Tête brûlée ! Prêt à sauter dans la première mare venue sans regarder s'il y a de l'eau. Paul attendit.

« Elle aime beaucoup la maison, dit enfin le jeune homme.

— Et toi, non.

— Ce n'est pas mon genre d'habitation. »

De nouveau Paul attendit.

« Elle proposera même peut-être de me la racheter.

— Ce qui te conviendrait, hein ? »

Et, comme Hank ne répondait pas mais regardait, silencieux, par la fenêtre, Paul répéta : « Tu pourras donner tout ce que tu voudras plus tard. On en aura toujours besoin, tu peux en être certain. »

Hank leva les yeux. « J'en suis sûr. Surtout avec la guerre qui se prépare. Je peux compter sur toi et les tiens pour détruire ce qui reste de ce monde. »

S'il osait, pensa Paul, il me frapperait à coups de poing.

« D'accord. Prépare les papiers, dit Hank. Ma mère peut prendre la maison et tout ce que tu voudras.

— Je ne peux pas préparer les papiers. Ce sont les notaires qui font ça. Je vais prendre rendez-vous avec Me Pierce.

— Alors, c'est tout pour aujourd'hui ?

— Oui, c'est tout. »

C'est bon de sortir de ce bureau où l'argent est roi, pensa Hank tout en parcourant la rue en direction du métro.

Paul est intelligent ! On ne saurait dire le contraire. Je voyais ce qu'il pensait. Tête brûlée, tête de mule. Il a cru me rouler, comme on trompe un enfant pour lui faire prendre un médicament.

Mais je dois reconnaître qu'il avait raison au sujet de la maison. Il faut la voir, le dimanche matin, arroser les plantes et s'affairer sur le bric-à-brac qui encombre les étagères.

Il doit l'aimer pour défendre ainsi ses intérêts. Mais pourquoi diable ne l'a-t-il pas épousée au lieu de laisser un autre homme la prendre ? Il n'a pourtant pas l'air de tenir tant que ça à sa femme. Alors, quoi, ma mère n'est pas assez bonne pour lui ?

Le métro fonçait en ferraillant vers le centre ville. Il devait cesser de penser à Paul. Les choses qu'on ne peut modifier, il vaut mieux ne pas les ressasser. Occupe-toi de ta propre vie. Pense à devenir médecin.

Tu vois cette jeune fille assise dans un coin, les yeux fermés ? Elle a environ dix-neuf ans, elle est beaucoup trop mince, ses yeux sont cernés. Elle aura de la tension et des maux de tête lorsqu'elle sera plus âgée. Elle s'imaginera avoir une maladie de cœur.

Hank continua d'étudier l'étrangère inconsciente, comme si elle était un cas d'école. Elle travaille probablement dans un grand magasin, vendeuse d'un rayon d'objets bon marché, au sous-sol. Elle n'a pas assez d'allure pour occuper un emploi plus gratifiant. Ma mère ne l'engagerait pas.

Je voudrais bien ne pas m'attrister aussi facilement sur des gens comme elle ou sur les quartiers que je suis obligé de traverser. Je pense à ma rue, si calme, avec ses impostes au-dessus des portes et ses arbustes en pot. Et ensuite aux artères misérables, surpeuplées, que je vois l'été, quand j'y vais en ambulance. Je me souviens d'un logement au-dessus d'un bar, sur la Dixième Avenue... c'est dans ce quartier qu'est né Donal Powers... Ben me l'avait dit, et cet homme était fier de proclamer d'où il était sorti, cette incarnation du mal... Mais depuis plusieurs années, il n'en parle plus.

Lorsqu'il descendit à Lexington Avenue, la jeune fille dormait toujours. Un cul-de-jatte mendiait à la sortie du métro. Les gens passaient devant lui d'un pas pressé ; ils avaient l'habitude de le voir, lui et tous les autres. Hank fouilla dans sa poche et lui donna une pièce, en évitant d'entrer en contact avec sa main crasseuse. Puis, honteux, il eut envie de revenir sur ses pas et de lui parler en se forçant à le considérer comme un être humain. Mais il ne savait pas quoi lui dire et, en plus, il avait à peine le temps de sauter dans le train en partance pour Philadelphie.

Je me sens parfois navré pour les gens, pensa-t-il, et alors je sais, vraiment, ce que la fraternité veut dire. Mais, d'autres fois, je me conduis comme un sale égoïste et je ne pense qu'à moi et à mon avenir. Devenir un très grand praticien. Un prix Nobel de médecine. Et tout le bazar.

XVII

« Tu es une sacrée idiote ! dit Donal. Quelle chance crois-tu avoir devant un tribunal ? Tu as abandonné le domicile conjugal. Tu as emmené les enfants et tu as abandonné le domicile conjugal. »

Ils étaient dans le bureau d'Alfie. C'était une petite pièce, à l'arrière de la maison, qui avec son plafond bas et son unique fenêtre aux vitres en losange faisait partie de l'ancienne ferme. Donal, bien qu'immobile dans son fauteuil et parlant d'une voix douce, semblait remplir tout l'espace. Meg dut se détourner de lui, vers la fenêtre et le verger où tombait une neige poudreuse, pour retrouver son souffle.

« J'ai un motif..., dit-elle sans le regarder. Ce que tu m'as fait... » Le souvenir de cette nuit, l'humiliation, l'impression d'être impuissante, de ne rien valoir, d'être dépouillée de sa liberté, de son propre corps... cette évocation la suffoqua.

« Un motif ! Qui voudrait t'écouter ? Tu es ma femme. J'ai tous les droits. Un motif ! C'est risible !

— Un jour viendra où cela ne sera pas risible. Un certificat de mariage n'autorise pas un homme à violer sa femme.

— Violer ! Un jour viendra ! Oui, et je pense qu'un jour, aussi, on marchera sur la lune ! Non, renonce, Meg, tu n'as pas une chance devant un tribunal. Tu n'as pas une seule plainte valable à formuler contre moi. Tout ce que tu voulais, tu l'avais.

— 90 pour 100 de ce que tu m'as donné, je n'en avais pas envie.

— Cela n'a aucun rapport. Tu as quitté mon lit et ma table et c'est ça qui compte.

— Je ne reviendrai pas. » Cela faisait bien trois heures qu'ils discutaient et elle était fatiguée. Ce fut peut-être la prise de conscience de sa propre fragilité face à la vigueur de Donal qui lui donna de la force. « Je ne reviendrai pas. Rien ni personne au monde ne pourrait me faire revenir. »

Donal se leva et la regarda avec une curiosité nouvelle, comme si elle était devenue une créature inexplicable. Qu'il n'avait jamais vue. « Tu me détestes à ce point...

— Je ne te déteste pas, Donal. »

Elle pensa : Détester quelqu'un, c'est souhaiter sa mort. Elle voulait simplement ne plus vivre avec lui. Qu'il prospère comme il l'avait fait et le ferait. C'était un étranger, maintenant. Tout en lui était soudain devenu étranger ; les crimes qu'on lui prêtait, ses idées politiques et son appétit pour l'argent.

« Tu as toujours été bizarre... différente, songea-t-il.

— C'est pour cela qu'en premier lieu tu m'as choisie. Parce que je ne ressemblais pas aux femmes que tu connaissais. »

Il alla se poster à la fenêtre. Une bande de petits garçons se livrait bataille à coups de boules de neige, dans le verger. Il les regarda un moment.

« Qui sont ces gamins qui jouent avec nos fils ?

— Des camarades d'école.

— J'aurais pu trouver cela tout seul. Qui sont-ils ? De quelle sorte de garçons s'agit-il ? »

Elle comprit ce qu'il désirait savoir. « L'un d'eux est le fils du pasteur, les autres viennent du village. Le père de Jimmy tond les pelouses l'été et fait des petits travaux l'hiver. La famille d'Angelo arrive tout droit d'Italie. Son père est coiffeur. »

Elle vit, au tic qui tordit sa joue, que Donal était en colère. « Tu les enlèves d'une école privée très chic pour les larguer dans un trou avec des fils de coiffeur !

— Tu as bien fréquenté l'école d'un quartier misérable. Alors, de quoi veux-tu parler ? »

Donal frappa du poing la paume de sa main. « Et tu crois que je veux qu'ils retournent d'où je suis parti ? Non. Je veux qu'ils démarrent au niveau où moi je m'arrêterai ! Non que je sois prêt à m'arrêter. Je veux que mes fils rivalisent avec les meilleurs et qu'ils sortent dans les premiers. Ce qui compte, c'est la caste et la classe, tu ne sais même pas ça ? Les meilleures écoles, les meilleures relations... c'est comme ça, du monde des affaires à celui du gouvernement. Non, ils ne resteront pas ici. Un point, c'est tout ! »

Ce snobisme l'écœurait. Pourtant, il y avait du vrai dans ce qu'il disait. Elle-même avait reçu une excellente éducation.

« Écoute, Meg, repartons du début. Nous pouvons résoudre cette situation de deux manières. Nous divorçons calmement, décemment. Je n'en ai pas envie, mais toi si, alors nous y passerons malgré moi. Je le sais. Mais si tu demandes trop de choses, je me battrai. Et, dans ce cas, nous aurons un sale procès et je le gagnerai. Alors, que décides-tu ? La lutte ou un compromis paisible ?

— Quelle sorte de compromis veux-tu ?

— Je veux garder l'autorité paternelle. Timmy et Tom entreront dans un bon lycée. Ils ont douze et treize ans, aussi il est temps. Les filles sont assez jeunes pour rester comme ça pour le moment. Je te donnerai suffisamment d'argent. » La bouche de Donal se tordit en un semblant de sourire. « Il n'y aura plus d'étole d'hermine et de chauffeur, comme tu en avais l'habitude.

— Je n'ai jamais demandé ni l'une ni l'autre. Tu t'en souviens ? L'étole, c'était contre mes principes. Je n'aime pas que l'on torture une pauvre bête en la piégeant pour que je m'enveloppe dans sa fourrure.

— C'est une bonne chose que j'aie conservé cette ferme pour ton père, dit Donal en faisant semblant de ne pas avoir entendu sa riposte. C'est assez grand pour vous tous. A moins que tu ne préfères revenir à la maison avec les filles... J'irai m'installer ailleurs, bien entendu. Je suis déjà en train de chercher un appartement à New York. Sur la Cinquième Avenue.

— Nous resterons ici, dit-elle. C'est là que j'ai passé mon enfance. » Il y avait quelque chose d'élégiaque dans ces mots : *C'est là que j'ai passé mon enfance*. Quelque chose de lointain, de triste et de paisible.

« Tu es sûre que tu ne veux pas de la maison ? »

Meg secoua la tête. Cette demeure prétentieuse, *sa maison, celle qu'il avait choisie...* Non. Et puis, il se sentirait libre d'y venir quand il le voudrait, de monter l'escalier et d'entrer dans sa chambre. Elle ne connaissait aucune loi qui puisse la défendre contre cela. Il ferait ce qu'il voudrait, comme toujours.

« L'appartement sera assez grand pour loger les enfants. Nous les aurons à tour de rôle. Je serai équitable. »

Elle pensa : Plus ils grandiront, plus ils seront avec toi. C'était prévisible. Même des étrangers s'en étaient aperçus. Tous, sauf Agnes. Il sait cela aussi. Agnes l'a déçu, elle me ressemble trop.

On frappa à la porte. « Oh ! Excusez-moi, dit Emily en plongeant dans leur silence. Excusez-moi, je croyais que vous aviez terminé et que vous étiez prêts à manger un morceau. Un petit dîner tôt, Donal, avant de reprendre la route ?

— Merci, mère, c'est très gentil, mais je n'ai pas faim. »

« Mère », disait-il avec plein de sous-entendus, et Emily était si humblement cordiale. Bien sûr, sa seule source de revenu, c'est le salaire que papa gagne en gérant les biens immobiliers de Donal ! La crise est loin d'être terminée. Combien de millions de chômeurs ? Et cela ne se terminera pas avant que la guerre éclate, disait Paul.

Donal remit son pardessus qu'il avait jeté sur une chaise. « Nous sommes bien d'accord, Meg ? Si oui, je vais partir.

— Oui, tu le peux. »

Emily les regarda l'un et l'autre d'un air interrogateur.

« Nous allons divorcer, mère. Un divorce à l'amiable,

comme on dit. Mais ne vous inquiétez pas, et père non plus. Il gardera son emploi.

— Merci, Donal. Vous avez toujours été très gentil.

— Je vais voir les enfants avant de partir.

— Ils sont en train de jouer dehors. Je suis tellement désolée, Donal, que les choses aient tourné ainsi.

— On ne peut pas toujours gagner, dans la vie. A bientôt, Meg. Je reste en contact avec toi. »

Les deux femmes regardèrent les jumelles, qui faisaient de la luge dans l'allée, courir vers leur père. En criant de joie, elles sautèrent dans ses bras.

« Regarde, elles n'ont pas envie qu'il s'en aille », dit Emily. Cette remarque était un reproche à peine voilé : une femme appartient à son mari, elle doit garder la famille unie. Je ne veux rien savoir de vos problèmes intimes, cela doit rester entre vous. Une femme intelligente sait supporter certaines choses. Personne ne pourrait être plus généreux que lui.

« Bien sûr, tu es la bienvenue, ma chérie, avait-elle dit à Meg. Nous allons nous arranger. » Elle avait pleuré de pitié et de sympathie, et serré Meg dans ses bras. Mais elle était restée peu convaincue et embarrassée. « C'est plutôt gênant, non ? Je veux dire, tu es partie si brusquement. Les gens vont se poser des questions. »

Moi aussi je m'en pose, pensait Meg maintenant. J'ai parcouru un si long chemin depuis le jour où je l'ai vu, accoudé à la cheminée, dans la maison de Leah, et où je l'ai désiré plus que tout au monde... un si long chemin jusqu'à aujourd'hui. Est-ce qu'il voit, lui aussi, combien c'est triste ?

« Regarde-les ! » s'écria de nouveau Emily.

Elles essayaient de le pousser sur le traîneau. Meg se retourna en disant : « Je vais à la cuisine aider Elsie. »

Elsie était âgée, c'était leur seule domestique ; pouvait-on arriver à six dans la maison et s'attendre qu'elle fasse tout le travail ?

Après le dîner et la vaisselle, après que les enfants furent montés faire leurs devoirs puis se coucher, vint le moment le plus dur. Des questions semblaient hanter la pièce, des questions inexprimées mais perceptibles dans le pli des lèvres d'Emily penchée sur son ouvrage et dans le regard préoccupé qu'Alfie croyait dissimuler derrière son journal.

L'horloge du vestibule, l'une des trouvailles d'Emily chez les antiquaires, émit un raclement, puis sonna neuf coups. A ce signal, sa mère plia et rangea son ouvrage. Quelques minutes après, on entendit l'eau glouglouter dans les vieilles canalisations; Emily faisait couler son bain.

Alfie abaissa son journal. « Ta mère est drôlement contrariée. Elle se fait du souci pour toi. Elle se demande ce que tu vas devenir.

— Elle pense que je devrais retourner avec Donal. »

Alfie ne pouvait le nier. « Tu ne t'es pas beaucoup expliquée, Meg. Et puis, entre un mari et une femme... » Il cherchait ses mots. « Je ne pense pas que cette vilaine histoire, à l'anniversaire de Dan, soit le seul motif ?

— Bien sûr que non. Mais cela en dit long sur le personnage, tu ne crois pas ? »

Les chiens, qui dormaient aux pieds d'Alfie, se relevèrent brusquement et partirent en courant. Il les prit par le collier et les calma.

« Les ratons laveurs. Il y a toute une famille dans le verger. Je mets des restes dehors tous les soirs. » Il regarda sa montre. « Ils sont sortis tôt ce soir. D'habitude, ils n'arrivent pas avant 10 heures. »

Au-dessus de lui, là où il était en train de retenir les chiens, il y avait une tête de daim suspendue au mur. Il l'avait sans doute achetée; lui qui nourrissait les ratons laveurs ne pouvait pas plus manier un fusil qu'un Stradivarius. Mais il voulait ressembler à un gentilhomme campagnard. C'était aussi faux que sa présence à l'église aux côtés d'Emily.

Les chiens avaient rompu le fil de son discours. Il s'approcha de sa fille et lui caressa la tête.

« Je suis content que tu sois là, Meg. Je veux dire, je suis désolé que tu aies des ennuis, mais je suis content que tu viennes habiter ici. La maison était vide. C'est bon d'y voir mes cinq petits-enfants et ma grande fille de retour. »

Quand il la quitta, elle parcourut la pièce en cherchant

quelque chose à faire. Un énorme album de photos était ouvert sur une table. Elle devina que c'était son père qui avait dû le regarder, car Emily ne se laissait pas aller à la nostalgie ni aux tendres sentiments. Mais moi, oui, pensa Meg, et elle posa l'album sur ses genoux.

C'étaient de très vieilles photos, datant de plus de vingt-cinq ans. Sur celle-ci, ils étaient assis dans des fauteuils d'osier, sous les volutes et les fioritures du toit de la véranda : une charpente néogothique. Les femmes semblaient toutes vêtues de blanc ; les couleurs étaient très pâles et l'étoffe, du linon ou de la batiste ; les boutons étaient de minuscules boules au crochet qui se dérobaient aux boutonnières. Les hommes portaient des knickerbockers, des chaussettes tricotées aux revers écossais et, malgré la chaleur, des vestons croisés en lainage. Mais c'était dimanche et Alfie respectait les traditions dominicales.

Ils avaient déjeuné. On sentait peser sur eux la torpeur de l'après-midi. Le repas avait été lourd, riche en amidons et en sucres ; les épis de maïs dégoulinaient de beurre et la sauce noyait les patates douces ; la glace, que l'on avait fait à la sorbetière le matin même, sur les marches de la cuisine, s'élevait comme un dôme ou un chapeau melon sur chaque tranche de gâteau.

Meg feuilleta l'album. Voilà son premier poney. Et Dottie, la vache qui avait remporté le deuxième prix à la foire du comté. Là, c'était Paul et Marian avant leur mariage ; lui était le même qu'aujourd'hui, mais elle, comme elle avait changé ! Ça, c'était la chatte qui avait eu douze petits. Meg avait dû en nourrir certains au compte-gouttes ; ils avaient tous survécu.

Les photos étaient pâlies, pourtant il en émanait la chaleur miroitante d'août, d'un été bien-aimé.

L'horloge sonna 10 heures et Meg referma l'album. Elle enfila son manteau et sortit. Le clair de lune luisait faiblement sur le sol blanchi. La neige durcie crissait sous ses pas tandis que, mettant les pieds dans les traces laissées par ceux de son père, elle se dirigeait vers les étables.

Cet après-midi, après avoir accueilli Donal, Alfie était sorti, par discrétion. Tous les jours, il allait vérifier l'état des dépendances, comme si le toit pouvait soudain se fendiller ou le sol commencer à pourrir. Elle savait pourquoi il faisait cela. C'était pour évoquer le souvenir du beau troupeau de vaches en train de ruminer et des chevaux de monte, depuis longtemps disparus, dans leurs stalles. Cette faiblesse attendrissait Meg.

Elle gravit la pente entre les champs en friche où repoussaient les broussailles et entra dans le bois. Sous les arbres dénudés, l'étang à peine visible formait un ovale de verre noir ; sous ces mêmes arbres, dans l'ignorance de ses quinze ans, elle avait découvert le désir sexuel en tombant par hasard sur Leah et Ben qui s'étreignaient avec passion.

Tout cela était passé et fini. Ben était mort, Leah mariée à un homme aussi différent de lui que la nuit l'est du jour. Qui aurait pu le prévoir, alors ?

Tout change, tout passe. Une rivière qui s'écoule, un fleuve rapide que l'on ne peut pas retenir.

Alfie, lui, voudrait le retenir. Il aimerait bien revivre tout cela. Il veut que je reste ici, comme une enfant, l'aînée de mes propres enfants ; il veut que je lui appartienne comme je suis censée appartenir, d'une manière horrible et totalement différente, à Donal. Mon père serait un aimable maître et je me sentirais en sécurité, ici ; comme la petite fille sur les marches de la véranda, par ce lointain dimanche. Ce serait la seule différence.

Meg, appuyée contre le tronc d'un bouleau, resta longtemps à réfléchir, à chercher une solution. Comme les nuages s'accumulaient, assombrissant la lune, elle redescendit la colline, toujours sans avoir trouvé de réponse, et revint à la maison.

XVIII

1939 filait à toute allure. Aux actualités, Paul vit Chamberlain — cigogne noire au parapluie en berne — revenir d'Allemagne aux accents de « La paix pour notre époque ». Le matin même, le *New York Times* citait Winston Churchill parlant à la Chambre des communes : « Nous avons essuyé une défaite totale, absolue... Tous les pays d'Europe centrale seront, l'un après l'autre, aspirés dans le vaste système de la politique nazie, et ne croyez pas que cela s'arrêtera là. Tout ne fait que commencer. »

Paul sentit que la situation était grave. C'étaient les derniers jours, les dernières chances d'échapper au chaudron bouillonnant que l'Europe allait bientôt devenir. Il était trop tard pour ses cousins et il ne pouvait rien faire pour les seuls autres qu'ils connaissaient personnellement. Une lettre d'Ilse avait porté un coup de plus à son humanisme blessé ; Mario et elle étaient devenus citoyens italiens l'année précédente, mais leur nationalité venait d'être annulée et on leur avait intimé l'ordre de quitter le pays. Ils allaient se cacher jusqu'à ce qu'ils puissent trouver un pays d'accueil. C'était donc sa dernière lettre jusqu'à... jusqu'à quand ?

Cette femme forte et fière dans sa blouse de médecin...

drôle et riante, dans la voiture qui les emportait sur les routes de montagne... en train de se cacher, de chuchoter, de courir de danger en danger... si seulement on pouvait faire quelque chose pour elle !

Mais on ne pouvait rien. « Le quota des Polonais est atteint pour les années à venir », lui dit Hennie. Elle travaillait bénévolement dans les comités d'aide aux réfugiés, comme tant de femmes inquiètes et charitables, dont Marian.

Au printemps, les nazis ravagèrent la brave république de Tchécoslovaquie ; Chamberlain fut obligé de reconnaître que Hitler avait menti et que les accords de Munich étaient une imposture. Au printemps aussi, les Russes destituèrent leur premier ministre Litvinov parce qu'il défendait la paix, et qu'en plus il était juif. En août, au grand étonnement du monde entier, Staline et Hitler, les deux grands ennemis, conclurent une alliance.

Hitler envahit la Pologne le 1er septembre. C'est le premier pas, pensa Paul, avant de doubler la Russie et de franchir, par petits bonds, la frontière la séparant de cette dernière. Deux jours plus tard, la France et la Grande-Bretagne lui déclaraient la guerre ; l'*Athenia* fut coulé au large des côtes d'Irlande, non loin de l'endroit où le *Lusitania* avait sombré tant d'années auparavant. Bien que Paul eût prévu cela depuis longtemps, il avait du mal à croire que c'était vrai.

Ces événements, à commencer par le pacte germano-soviétique, tuèrent littéralement Dan Roth. Du moins, c'est ce que Hennie déclara ensuite. Dan n'avait jamais été communiste mais, comme beaucoup de libéraux malavisés de cette époque, il soutenait qu'il fallait laisser sa chance à l'expérience soviétique. Quand la nouvelle de ce pacte fut confirmée, il en resta sidéré. Et, lorsque la guerre éclata, cette guerre dont il avait nié l'éventualité, il se replia sur lui-même.

Depuis plusieurs années, il travaillait dans son laboratoire à un appareil électronique qui, espérait-il, faciliterait le diagnostic de certaines maladies difficilement décelables. Il avait eu l'impression grisante d'atteindre bientôt le but.

Maintenant, il restait immobile devant son établi, parfois la tête entre les mains. Comment avaient-ils pu faire une chose pareille ? Toutes leurs paroles ne voulaient donc rien dire ; toutes ces belles phrases sur l'humilité et l'égalité ne signifiaient rien...

Plus tard, Paul se demanda quelle mystérieuse configuration d'étoiles l'avait conduit au laboratoire de Dan, en cette fin d'après-midi de l'automne 1939. Longeant l'Hudson en voiture, il aperçut les grands paquebots surpris par la guerre en plein milieu de l'Océan, maintenant à quai, attendant les instructions de leurs propriétaires. Il y avait là un navire de la Cunard, son préféré, le *Queen Mary*, à côté du *Normandie.*

Il se souvint de son départ, du long cri lugubre et excitant de la sirène, par un noir après-midi d'hiver, et du visage malicieux de Leah encadré par son col de renard argenté et coiffé de ce ridicule chapeau bleu paon.

Peu d'années s'étaient écoulées depuis lors, mais étant donné les événements, on aurait dit qu'un siècle le séparait de cette scène. La guerre mettait en péril tout ce qui rendait la vie agréable. L'attente de l'été, les jouissances artistiques et, plus que tout, la bonté de l'homme pour l'homme. Dans son univers personnel, les tensions s'étaient apaisées ; un graphique aurait montré un tracé plat. Sauf, de temps à autre, un regard mélancolique et inquiet de Marian auquel Paul répondait par un sourire, un mot ou un geste rassurants, tout semblait extérieurement comme avant. Intérieurement, il ressentait la tension de son besoin apeuré : *Ne me quitte pas, Paul...*

Ce soir, il souffrait profondément de la solitude. Il avait terriblement besoin de quelqu'un qui lui soit proche. Leah, il n'en était pas question, Hank l'évitait toujours et Meg se terrait à la campagne pour essayer de recoller les morceaux de sa vie. Alors il pensa à Hennie et Dan ; ce serait bon de dîner avec eux. Dan travaillait sans doute dans son laboratoire.

La pièce était mal aérée. En dépit de la fenêtre ouverte, l'air qui y pénétrait était trop chaud pour la saison.

« Cette chaleur n'est pas bonne pour toi, gronda Paul. Écoute, je vais te donner la clef de ma petite maison, au bord de la mer, et me débrouiller pour vous y faire conduire en voiture. Pourquoi ne pas y passer une ou deux semaines avec Hennie ?

— Je viens d'avoir une idée, je ne peux pas m'interrompre maintenant.

— Ton idée sera aussi nouvelle dans deux semaines. Tu peux emmener tes pensées avec toi.

— A mon âge, Paul, je ne peux pas soustraire deux semaines à mes travaux.

— Alors, pars au moins un week-end. J'ai appris qu'Alfie vous avait invités.

— Nous parlerons de cela plus tard. Nous allons manger ensemble, cela je peux le faire.

— Tu ne cherches qu'à temporiser, mais d'accord. »

Dan dut faire effort pour se lever. Il ôta sa blouse et ferma la porte. Il était en train de tourner la clef dans la serrure lorsqu'il tomba.

Il demeura trois jours dans le coma. Paul et Hennie les passèrent à l'hôpital, ainsi qu'une partie des nuits, à attendre. Ils parlaient peu, plongés dans leurs pensées qui, Paul en était sûr, devaient se ressembler beaucoup.

« Simple, bon, aimable », se murmura Hennie.

Du jour au lendemain, deux profondes rides avaient creusé ses joues, mais ses yeux sans larmes restaient fixés sur Dan.

« Oui, il était tout ça », aurait pu répondre Paul, en ajoutant d'autres qualificatifs : fier, brave, désintéressé, utopiste, emporté... tout cela composait la somme de cet homme qui reposait inerte sur le lit.

Comme si Hennie avait lu dans ses pensées, elle dit : « Nous ne saurons jamais ce qui était en train de germer dans ce cerveau. Maintenant, cela ne verra jamais le jour. »

Car ils savaient tous deux que la fin était proche.

Elle caressait les mains de Dan. Elle pensait au travail de ses mains, et sans doute, se dit Paul, aux caresses qu'elles lui avaient prodiguées. Une fois, elle posa doucement la tête sur l'épaule de son mari. Combien de nuits ils avaient dû passer ainsi !

On leur apporta deux plateaux, mais elle était incapable de manger. Elle demeurait là, sans pleurer, à guetter le faible souffle de Dan.

Elle leva les yeux sur Paul lorsqu'il lui dit d'aller se reposer.

« Tu ne comprends donc pas que je suis en train de tout enregistrer dans ma mémoire ? dit-elle d'un air farouche. Je ne le reverrai sans doute jamais. Tu ne comprends donc pas ? »

Hank vint voir son grand-père. Durant quelques minutes, il resta debout à contempler la silhouette sur le lit ; Dan avait subitement rapetissé, il était replié sur lui-même, comme un fœtus.

« Les salauds ! s'écria Hank. Ils se sont emparés de ton œuvre pour faire la guerre que tu haïssais ! »

Encore Dan tout craché ! pensa Paul. Il savait quels souvenirs hantaient le jeune homme. Il voyait le petit garçon assis au piano et Dan guidant ses doigts sur les touches. Il voyait tous les anniversaires de l'enfant dans la maison que Dan lui avait donnée. Paul aurait aimé serrer Hank dans ses bras, mais la faille n'était pas encore comblée ; le regard du jeune homme restait de glace.

Ses propres souvenirs remontaient : la cuisine du logement inconfortable où, lycéen, il parlait avec Dan de la situation mondiale, sujet que l'on évoquait rarement chez lui, et son oncle l'écoutait alors comme si ses opinions avaient compté. Il m'a aidé à mûrir, pensa Paul.

Ils veillaient et attendaient. Au soir du troisième jour, le médecin insista pour que Hennie rentre se reposer, aussi Paul était-il seul lorsque Dan mourut.

La mort ne ressemble pas aux descriptions qu'on en fait dans les livres, où le mourant couché avec dignité prononce quelques paroles, un adieu déchirant et, conscient, rend le dernier soupir. En réalité, ce fut un glissement si imperceptible que, ne voyant aucun changement, ce n'est qu'en tâtant le pouls qu'il put discerner la différence entre la vie et la mort. Il est parti sans un mot, sans un sourire, parti sans rien. On se dit : Comme on est peu de chose ! Il y a seulement quelques jours, il était si grand ! Où sont toutes ses connaissances ? Disparues. Et Paul se dit : Je voudrais bien être sûr qu'il y a une vie après la mort, que rien de ce qui nous est cher ne périt et que tous survivront dans quelque immense éternité bleue.

Des gens vinrent en foule dans le petit logement de Hennie : des Juifs orthodoxes en manteau noir, aux boucles dépassant de leurs chapeaux ; des non-croyants ; des syndicalistes ; des travailleurs ; des enseignants et d'anciens élèves devenus des hommes mûrs.

Même Donal Powers vint. Heureusement pour moi, pensa Paul, c'était à une heure où j'étais absent. Cela lui rappela de nouveau le temps où Dan avait été libéré de prison, et par Donal Powers lui-même. Tout en sachant que c'était un sentiment mesquin, il se dit qu'il ne s'en consolerait jamais.

Ce fut durant cette semaine de deuil que Meg prit une décision. Une idée qui lui était venue à l'esprit fort longtemps auparavant, mais qu'elle n'avait jamais prise au sérieux, s'était manifestée de nouveau. Meg l'avait rejetée, pensant que c'était impossible. Mais elle était revenue à la charge. Les mois passant, cette idée s'était vraiment imposée à elle.

Pourquoi ne pas refaire des études pour devenir vétérinaire ?

Elle se dit : C'est risible.

Ne ris pas. Il n'y a rien de drôle là-dedans.

C'est ridicule. Tu as trente-cinq ans, deux fils et trois filles.

Cela n'a rien à voir. Tu sais que c'est une bonne idée.

C'est vrai, je le sais.

Elle se souvenait des animaux malades ou blessés, des lapins, des chats perdus et des oiseaux aux ailes brisées qu'elle avait soignés durant son enfance solitaire. Elle se dit : C'est de la sentimentalité ! Comment savoir si j'ai les aptitudes ou la persévérance nécessaires ?

Pourtant, elle se voyait le faire. Elle n'allait pas toute sa vie, alors que ses enfants devenus grands seraient partis, attendre le chèque mensuel de Donal !

Elle vint le voir. C'était la première fois qu'elle se trouvait dans son bureau — autrefois, il n'en avait même pas — et elle se sentait très gênée. Derrière ses trois téléphones, il fronça les sourcils.

« Je croyais que nous avions conclu un accord financier.

— Oui. Mais je voudrais quelque chose en plus. J'ai beaucoup réfléchi et je...

— J'espère que tu n'en as pas pour trop longtemps. Je reviens d'une visite de condoléances à ta tante et je suis en retard à un rendez-vous.

— Je serai brève. J'aimerais que tu me donnes — que tu me prêtes — un peu d'argent en plus pendant deux ou trois ans. Je te le rembourserai.

— De l'argent en plus ! Pour quoi faire ?

— Je veux reprendre des études et les frais de scolarité sont élevés. »

Donal haussa les sourcils. « Tu es allée à l'université. Tu es diplômée.

— Je sais. C'est différent. Une formation professionnelle. »

Elle hésita. Il se préparait à se moquer d'elle ; elle le voyait à ses sourcils levés et à sa bouche tordue d'un côté. Néanmoins, elle poursuivit :

« J'aimerais devenir vétérinaire. Il y a quatre ans d'études.

— Quoi ! » Un hurlement d'étonnement suivi d'un éclat de rire. « C'est complètement insensé... Qu'est-ce qui t'a mis ça dans la tête ? »

Elle brava son rire. « J'y ai toujours pensé car j'aime les animaux. C'était une idée vague, quelque chose que j'aurais aimé faire mais qui me semblait impossible, aussi j'ai cessé d'y penser. Maintenant, je me dis que c'est possible.

— C'est absurde. Qu'est-ce que tes parents en pensent ?

— Naturellement, ma mère dit que c'est un drôle de métier pour une femme et papa veut que je reste à la maison, répondit-elle franchement.

— Ils ont raison. Je suis totalement d'accord avec eux.

— Tu n'as jamais accordé beaucoup de valeur à l'opinion de mes parents.

— Il y a une première fois à tout.

— J'ai obtenu un entretien à l'école vétérinaire de l'université de Philadelphie. On m'a beaucoup encouragée et je crois qu'on m'accepterait.

— Tu n'as pas perdu de temps, on dirait.

— Non. J'ai écrit à Wellesley pour qu'on m'envoie mon dossier. J'ai toujours eu des mentions très bien.

— Tu ferais mieux de ne plus penser à des choses aussi stupides. Tu as assez à faire avec tes enfants.

— Je peux mener les deux de front. Les garçons sont pensionnaires et les filles à l'école toute la journée. Je peux le faire. Regarde Leah ! Elle a très bien élevé Hank.

— Cette femme-là ! Tu ne pouvais pas trouver un meilleur exemple ? Non, je ne la ferais pas entrer en ligne de compte, ni elle ni personne d'autre. »

Meg le regarda fixement. Rien ne pouvait le faire changer d'avis quand il avait pris une décision. Sortant un bloc-notes d'un tiroir, il se mit à écrire. Quand il eut fini, il leva les yeux.

« J'ai une douzaine de choses à faire ce matin. Pouvons-nous considérer la question comme réglée ?

— Alors, tu ne veux pas me prêter d'argent ? Disons que mon idée est stupide, d'accord, tant pis pour moi. Mais, une fois que je m'y mettrai, j'irai jusqu'au bout et je te rembourserai avec des intérêts. C'est une affaire que je te propose, Donal, rien de plus. C'est tout ce que je te demande.

— La réponse est non, Meg, et maintenant, je t'en prie, laisse-moi et ne m'ennuie plus avec ça. Si tu veux parler de quelque chose de raisonnable, je t'écouterai volontiers. »

Ce n'était rien pour lui, moins que le prix d'un des bracelets qu'il lui avait offerts autrefois. Il se leva pour la raccompagner, mais elle sortit avant lui toute frissonnante de colère.

« Merci quand même. Je vais m'adresser à Paul.

— Vas-y », répondit Donal.

Cet après-midi-là, Meg s'assit un moment avec Paul devant l'immeuble de Hennie. Ils s'attardaient ainsi peut-être parce que le soleil avait chauffé la pierre et apporté un peu d'animation à cette modeste rue : des femmes bavardaient, des enfants faisaient du patin à roulettes et un marchand agitait sa clochette au carrefour. C'était un monde différent de celui que tous deux connaissaient, le monde de Dan, et c'était peut-être pour cela qu'ils s'étaient installés sur ce banc.

Après quelques moments d'un silence paisible, Paul dit : « Ma chère Meg, ne te fais pas de souci pour l'argent. Dis-moi de combien tu as besoin pour tes frais de scolarité et un petit appartement à Philadelphie. Hank est là-bas. Je suis sûr qu'il peut t'aider à en trouver un.

— Cette fois, Paul, je vais repartir du bon pied.

— C'est sûr. Tu as déjà commencé. Et tôt ou tard, tu rencontreras aussi un autre homme, et cette fois ce sera le bon.

— Un homme ? Qui voudrait d'une femme avec cinq enfants ?

— Pourquoi pas ? Tu es encore une très jolie femme, Meg. »

Elle se dit que, s'il n'avait pas été son cousin, elle aurait pu en être amoureuse... Elle pensa à Leah. D'une certaine manière, elle n'arrivait pas à les voir ensemble. Mais elle n'avait jamais pensé non plus qu'il allait avec Marian. C'était mystérieux, cette histoire d'accouplement ! Personne n'avait cru que Donal et elle étaient faits l'un pour l'autre, et pourtant ils avaient été heureux longtemps et le seraient probablement encore sans la double scène du fameux soir. Tout cela était très étrange.

Poursuivant cette ligne de pensée, elle fit remarquer : « C'était un couple étonnant, Dan et Hennie. On aurait presque pu croire qu'ils formaient un seul être tant ils se ressemblaient.

— Ils ne faisaient vraiment qu'un.

— L'amour de toute une vie, je pense.

— De toute une vie », répéta Paul.

Quelque chose dans sa voix, une vibration, fit qu'elle se

tourna pour le regarder. Il contemplait la rue, mais elle devina qu'il ne la voyait pas.

Je me demande... pensa-t-elle, et elle s'arrêta. Inutile de se lancer dans des spéculations. Et puis il se faisait tard.

« Paul, comment pourrais-je jamais te remercier ?

— En réussissant. C'est tout ce que je souhaite, répliqua-t-il.

— Je te rembourserai dès que je commencerai à gagner de l'argent.

— Oh ! Bien sûr. Au taux d'escompte préférentiel plus 1 pour 100 », dit-il, et il l'embrassa.

La candidature de Meg à l'école vétérinaire fut acceptée. Avec ses trois filles, elle emménagea dans un gentil petit appartement près de l'université ; elle acheta des meubles simples auxquels vinrent s'ajouter ses livres et quelques bricoles que lui donnèrent Alfie et Emily, atterrés par cette histoire. Le résultat était charmant, mais si modeste que Lucy et Loretta en furent consternées. Agnes, à qui fut attribuée une petite pièce donnant au nord, l'ancienne chambre de bonne, mit son chevalet près de la fenêtre et ne se plaignit pas.

Timmy et Tom partirent pour Choate où ils furent aussitôt intégrés à l'équipe de football ; ils écrivaient des lettres pleines d'enthousiasme, ce qui n'étonna personne car l'enthousiasme était le trait de caractère le plus marquant des deux frères.

Donal acquit l'appartement dont il avait parlé, sur la Cinquième Avenue, non loin du Plaza Hotel. Meg ne le vit jamais, mais ses enfants lui en firent une description détaillée, plus détaillée qu'elle ne l'aurait souhaité. Il fit grande impression sur Loretta et Lucy. A douze ans, elles étaient plus au courant des modes, des styles et des prix que leur mère ne l'avait jamais été et cela les intéressait sûrement bien plus qu'elle.

« Je voudrais que tu voies ma chambre, déclara Loretta. Elle donne directement sur le parc. Le décorateur de papa a fait venir un artiste qui a peint une fresque sur l'un des murs, représentant un jardin avec une allée qui descend vers un lac où nagent deux cygnes. C'est splendide. »

Après la semaine passée à New York, les jumelles revinrent à Philadelphie avec des manteaux de fourrure. Donal les avait emmenées voir deux spectacles à Broadway et souper au Waldorf. Elles ne pensaient qu'à y retourner.

Meg entendit Agnes, qui n'y était pas allée à cause d'un rhume, leur dire : « J'irai avec vous la prochaine fois, mais je ne veux pas de manteau de fourrure. Je trouve que c'est trop cruel. Maman pense la même chose, et Hank aussi.

– Hank est un imbécile », répliqua Loretta.

Celui-ci, qui faisait sa troisième année de médecine, s'était chargé de veiller sur Meg. A sa demande, il se plaignit auprès du portier et finit par obtenir qu'il effectue quelques menues réparations. Il l'aida à préparer ses contrôles et la félicita ensuite quand elle obtint un bon résultat. Apparemment, Hank avait beaucoup de temps à lui consacrer ; à la différence de la plupart de ses camarades, il n'était pas encore tombé amoureux et sortait rarement avec une jeune fille.

Sa mère, ayant décidé de le faire, s'éprit de son nouveau mari qui était très amoureux d'elle. Leur vie débordait d'activité. Sherman avait l'une des plus belles clientèles d'avocat de la ville et Leah agrandit sa maison de couture, l'une des plus chic de New York, occupant maintenant trois étages.

Hennie parlait avec admiration et respect des dons personnels de Leah au comité d'aide aux réfugiés. Elle le faisait non sans ironie, en pensant aux précédentes générations de Juifs, descendants d'immigrés allemands, qui avaient aidé, grâce à leurs grosses fortunes, les Russes pauvres. C'étaient maintenant ces derniers, si méprisés autrefois et devenus aussi prospères que Leah, qui ouvraient leur bourse à la nouvelle vague d'Allemands fuyant à leur tour les persécutions.

Paul était content de la vie que menait Leah car c'était celle qu'elle désirait. Elle avait travaillé dur et le méritait bien. Souvent il se demandait ce qui se serait passé si sa rencontre avec Iris ne l'avait pas plongé dans ce profond trouble émotionnel. Aurait-il résisté aux supplications de Marian et entamé une procédure de divorce ? Ayant depuis découvert la pitoyable fragilité de sa femme, il en doutait.

Leah ne s'interrogeait pas sur le silence de Marian. Elle était sans doute trop occupée pour le remarquer et s'en inquiéter. D'ailleurs, elle voyait rarement Paul. Lorsqu'il vint seul aux fiançailles de la fille de Bill, elle accepta sans commentaire les excuses banales qu'il présenta de la part de sa femme. Elle fut même probablement soulagée que Marian ne soit pas venue. Elle l'aurait été davantage en apprenant que sa cousine était maintenant au courant de ce qui s'était passé.

Quant à Paul, il se demandait si c'était la présence de Leah ou celle de son mari qui le mettait le plus mal à l'aise. Il savait que beaucoup d'hommes étaient imperméables à ce genre de scrupule et auraient même pu trouver la situation amusante, mais il ne pouvait s'empêcher d'être tel qu'il était.

XIX

L'hiver s'écoula, paisible. On parla de la « drôle de guerre » car aucun coup de feu ne fut tiré et il ne se passa rien. Les Français et les Allemands se faisaient face de chaque côté du Rhin, si proches que les armées ennemies se voyaient mutuellement exécuter les corvées quotidiennes ordinaires.

De ce côté de l'Océan, on se préparait activement et c'était bon pour les affaires. Enfin la crise prit fin et, comme durant toutes les guerres, la Bourse prospéra. « Les répugnants profiteurs de guerre », se serait écrié Dan. Il aurait eu beaucoup à dire. A la fin de l'année, Paul réalisa ses bénéfices, donna le tout et se sentit comme lavé. L'idée lui vint que Donal Powers devait se constituer une deuxième fortune, et il se sentit doublement lavé.

Puis brusquement, à l'époque où les marronniers fleurissent dans les rues de Paris, les Allemands passèrent à l'attaque. Leurs tanks et leurs bombardiers franchirent les frontières qu'ils avaient promis de ne pas violer. La Belgique et la Hollande furent envahies en quelques heures, les Britanniques s'embarquèrent à Dunkerque et les hordes de réfugiés apparurent de nouveau sur les écrans des cinémas new-yorkais.

Paul lisait le *New York Times* dans son bureau. « Tous les marchés freinent leurs transactions dans l'éventualité d'une fin prochaine de la guerre, titrait le journal. ... Une vague de ventes spéculatives... si l'actuelle *Blitzkrieg* redevient une guerre de positions... les marchés à terme pourront facilement repartir. »

Il reposa le journal, en colère. Au bout d'un moment, il se reprit et poursuivit sa lecture. « En outre, il n'est pas du tout certain que, même dans l'éventualité d'une révision totale des idées antérieures concernant l'évolution future de cette guerre, les perspectives d'avenir du marché américain soient sérieusement affectées... »

La colère fit place à une profonde tristesse tandis qu'il reposait de nouveau le journal. Les perspectives d'avenir du marché ! Et tous les morts ? Les perspectives d'avenir du marché !

L'été passa. Ce fut un bel été, à condition de ne pas écouter les nouvelles désespérantes données tous les soirs à la radio. En un jour, six cents Londoniens périrent dans leur foyer, victimes des bombes. Même le palais de Westminster fut touché. Les sous-marins allemands, telles des orques, menaçaient les voies maritimes. L'Allemagne envahit la Russie. Le président Roosevelt proclama l'état d'urgence.

A Washington, tout le monde savait que bientôt le pays allait entrer en guerre. Les entreprises et le gouvernement travaillèrent à l'unisson pour la production des tanks, des avions, de l'acier, du charbon, des camions et des wagons de chemin de fer. Paul avait déjà vécu tout cela ; deux douzaines d'années de paix s'étaient écoulées et elles ne comptaient déjà plus. Aussi n'hésita-t-il pas quand on lui demanda de se rendre bénévolement à Washington deux fois par semaine, pour participer à la mise au point des moyens de financement d'un énorme effort.

Un dimanche après-midi de décembre, en revenant de la capitale, Paul s'arrêta à Philadelphie pour rendre visite à Meg. Le petit appartement semblait plus encombré qu'au début. Les biens s'étaient accumulés; des livres, des bicyclettes et des skis pour les vacances d'hiver que les enfants passaient avec Donal dans le Colorado. Et la famille comptait un membre de plus, une vieille chienne. Un énorme animal affectueux couché avec ses sept chiots nouveau-nés entre le fourneau et le réfrigérateur. Si l'on avait voulu être charitable, on aurait dit que l'appartement était en désordre; pour être honnête, il fallait parler de pagaille.

Cependant, se dit Paul en passant les lieux en revue avec un amusement teinté de tendresse, c'était indiscutablement la pagaille du bonheur. Les jumelles étaient sorties, comme d'habitude, mais Agnes peignait dans sa chambre et Meg lavait le carrelage de la cuisine.

Elle leva les yeux et sourit. « Tu penses que je suis une mauvaise ménagère. Eh bien, comme Donal n'est plus là pour inspecter, je peux enfin être moi-même.

— Comment t'en tires-tu ? Je n'ai pas besoin de le demander, tu as l'air en forme.

— Ça va bien, oui. J'ai d'excellentes notes et j'aime ce que je fais. Je ne me suis pas trompée, Paul, au cas où tu te poserais la question.

— Je suis content. Tu ne te sens pas trop seule ? » demanda-t-il, sous-entendant : Une femme aussi jeune que toi, sans homme...

Elle le comprit. « Peut-être, oui... je le serais... si je n'avais pas autant de choses à faire. Franchement, je n'ai pas une seconde pour penser à moi.

— Tu vas atteindre ton but sans même avoir eu le temps de t'en apercevoir.

— Oui. J'ai hâte que ce soit fini, hâte de retourner quelque part à la campagne et de gagner de l'argent. » Elle rit. « J'espère que tu n'es pas trop pressé que je te rembourse.

— Pour le moment, la seule chose que je veux, c'est quelque chose à manger. Donne-moi ce que tu as, je ne suis pas difficile.

— Un sandwich au poulet. Tire cette table à jouer près de la fenêtre. C'est là que nous mangeons. »

En disposant les assiettes de faïence et les couverts d'aluminium, Paul se rappela avec amusement l'argenterie danoise guillochée de Donal. Un gros matou, sautant d'une étagère, rata son épaule et atterrit sur la table au milieu des plats. Agnes survint avec un tablier maculé et une tache de peinture verte sur le menton. « Oh ! C'est toi, cousin Paul ! Je ne t'avais pas entendu arriver. Il faut que j'aide maman à préparer les sandwichs. »

Tout a changé, pensa-t-il. Meg sûrement, mais aussi Agnes.

Il alluma une petite radio portative posée sur l'étagère. De l'autre main, il tenait une tasse à café qu'il faillit lâcher. Les Japonais avaient bombardé Pearl Harbor. Les pertes étaient presque totales, le désastre complet. Le journaliste parlait d'une voix quasiment hystérique et Meg arriva en courant de la cuisine, suivie d'Agnes.

Dans la petite pièce, tous trois restèrent silencieux un moment, à se regarder. Meg parla la première.

« Dieu merci, Tim n'a que seize ans.

— Alors, ça y est. » Voilà tout ce que Paul trouva à dire. Les circonstances, sa réaction, tout fut différent de ce qu'il avait pu imaginer sur la déclaration de guerre. Il s'imagina des années plus tard, avec des gens qui racontaient comment ils avaient appris la nouvelle qui devait changer la vie de tous d'une manière si imprévisible.

« Je mettais la table, dirait-il, et ma cousine est arrivée en courant, un chiot dans une main et un cœur de laitue dans l'autre. »

Plus tard, ce même hiver, Hank Roth fut mobilisé comme lieutenant. La soirée d'adieux eut lieu chez Leah. Avec sa force d'âme habituelle, elle affecta l'attitude « les affaires sont les affaires » ; celles du pays exigeaient qu'on en finisse le plus vite possible, il fallait donc l'accepter. Mais Paul comprenait ses sentiments ; ceux qu'elle avait éprouvés jadis pour son premier mari partant se battre si héroïquement, et maintenant pour Hank qui s'en allait si posément.

La seule personne quelque peu joyeuse, c'était Alfie. Il

avait commencé à travailler sur un projet de logement pour une usine d'aviation et était de fort bonne humeur.

« Mon associé ne connaît rien au bâtiment, mais il a de l'argent. Alors il fournit les fonds, moi je travaille et nous partageons également les bénéfices. C'est pas mal, hein ? Il faut que je dise à Donal que je démissionne. »

Il était agréable d'entendre Alfie se vanter comme autrefois.

Hennie s'inquiétait. « Tu crois qu'il va bientôt partir pour l'Europe ? On dit tellement de choses sur la guerre sous-marine.

— C'est drôle, répondit Paul, de penser que c'est l'invention de Dan, son premier appareil, qui rendra son voyage moins dangereux. Ils sont équipés de radars. Tous les instruments de détection sont issus de son travail. »

Il aurait bien voulu être aussi rassuré qu'il tentait de le paraître. C'était avec un pincement au cœur qu'il regardait Hank, plus mûr et plus grand dans son uniforme, faire le tour de la pièce pour dire au revoir à chacun.

« Eh bien, Paul, tu as toujours dit que l'Amérique devait entrer dans la danse. » Le garçon... Paul se disait qu'il penserait toujours à Hank en ces termes... l'accusait presque.

Il ne put que répondre : « Fais bien attention à toi. »

Ils se serrèrent la main et Hank s'en alla. Ils l'entendirent descendre l'escalier en courant, puis le bruit sourd que fit la porte dans le silence.

La vie changea beaucoup plus vite qu'on aurait pu le prévoir. On rationna sévèrement la viande, l'essence, les souliers et le sucre. Les femmes apprirent à porter des bas de fil d'Écosse. Marian enroulait des pansements pour la Croix-Rouge. Leah présidait des présentations de mode où des vedettes de cinéma faisaient office de mannequins, au profit des titres de l'emprunt de guerre. Hank traversa l'Océan et arriva sain et sauf en Angleterre. Paul commençait à s'impatienter. Plus les mois passaient, plus il se lassait de faire simplement la navette entre New York et Washington afin de siéger à un comite et de jongler avec des chiffres. C'était important pour l'effort de guerre, mais trop loin du théâtre de la réalité, et ce n'était pas ce qu'il souhaitait.

Le président créa alors une commission de civils chargés d'accompagner les troupes lorsque aurait lieu le débarquement. Ils étaient chargés d'étudier l'efficacité du soutien aérien et de rédiger des rapports. Ce projet l'intéressa. On serait au centre de la guerre. Paul n'eut guère de difficultés pour se faire nommer au sein de cette commission.

Marian en fut atterrée. Il s'ensuivit une semaine de lamentations. « Je trouve que tu avais suffisamment risqué ta vie lors de la première guerre.

— Je ne serai pas dans les tranchées. Il ne m'arrivera rien.

— Tu n'en sais rien. Tout peut arriver. » Ses lèvres tremblaient.

« Je dois partir, dit-il gentiment.

— Pourquoi ? A cause de tes cousins, je pense. »

Oui, pensa-t-il, et aussi à cause d'Ilse et de Mario...

« Tu te sens toujours lié à eux, bien qu'ils soient sûrement morts.

— Raison de plus.

— Tu en fais toujours trop.

— Je suis comme ça, c'est tout. Tu aurais dû t'y habituer depuis le temps.

— Oh ! La seule chose à laquelle je me suis habituée, c'est de savoir que je ne peux pas te faire changer d'avis.

— Parfois si, Marian. Plus que tu ne le penses. Mais pas cette fois-ci. »

Il ne pouvait pas expliquer les raisons de son départ. Cela aurait l'air enfantin, pourrait passer pour une conception dévoyée de l'héroïsme, ou un désir né de l'ennui. La vérité était beaucoup plus enracinée en lui : le désir de faire quelque chose de concret, de ne surtout pas demeurer simple spectateur de ce cataclysme.

Tout excité, il rassembla son équipement : des vêtements chauds, un appareil photo flambant neuf, des jumelles et de quoi écrire.

En descendant Madison Avenue, il se dit qu'il n'était pas

loin de la maison de couture de Leah. Il avait eu l'intention de téléphoner, mais décida qu'il ferait mieux de passer. Elle le reçut dans son bureau et lui montra une lettre de Hank dont le ton joyeux avait visiblement l'intention de remonter le moral de sa mère. Ils parlèrent un peu de Hennie qui s'occupait toujours des réfugiés, puis l'entretien prit un tour plus personnel.

« Je suppose que tout le monde te demande pourquoi tu fais cela. Moi, je vais m'en abstenir.

— Merci. » Paul sourit. « Je t'en suis reconnaissant.

— Non, je ne te le demande pas. Je vais te le dire. » Elle pointa sur lui un crayon. « Tu fuis, Paul Werner. Non, ne me regarde pas comme si je venais de tirer sur toi. Je sais que tu as un motif véritablement noble. Et que tu te lances *vers* quelque chose. Mais tu t'éloignes aussi de quelque chose, ou plutôt de quelqu'un. As-tu envie d'en parler ? »

Elle avait mis le doigt sur la plaie à laquelle il ne voulait pas penser. Elle devint soudain plus douloureuse.

« Non. Tu ne veux pas. Tu penses que cela ne me regarde pas, et c'est probablement vrai, sauf que je te connais joliment bien, Paul, et cela me permet peut-être de prendre quelques libertés avec toi. » Elle se leva et posa la main sur son épaule.

« Tu veux préserver le secret de ta vie privée. D'accord, je n'en dirai pas plus. Sauf une chose, et ce sera la dernière. Je sais que tu penses à ta fille et à... elle. Pendant combien de temps vas-tu continuer ainsi ? »

Il ne répondit pas.

« Regarde-toi ! Tu pourrais avoir toutes les femmes à tes pieds. Quand vas-tu trouver quelqu'un d'autre ?

— Trouver quelqu'un d'autre ? répliqua-t-il d'un ton ironique. Aimer comme on ouvre un robinet ?

— Tu m'as bien trouvée, moi ! C'est simplement que tu ne m'as pas gardée. »

Il se leva et la prit dans ses bras. Elle dit d'une voix étouffée par son étreinte : « Ne te méprends pas sur mes paroles. Je suis la femme de Bill et c'est Bill que j'aime. Ne te méprends pas.

— Non, je ne me méprends pas. » Il l'embrassa sur la tête. C'est étrange, pensa-t-il, en évoquant le lit à colonnes et la chambre à Paris, où la simple vue de Leah enflammait ses désirs ; tout cela avait disparu et il ne restait plus que la tendresse.

« Je suis désolée, Paul. Je n'aurais pas dû parler ainsi. Je suppose que c'est parce que j'ai peur que tu ne reviennes pas.

— Je reviendrai, répondit-il. Tu ne te débarrasseras pas si facilement de moi. Je reviendrai. »

Le *Queen Elizabeth*, les hublots aveuglés par le black-out, l'attendait, plongé dans une obscurité totale. Il traversa l'appontement sombre comme une caverne et dut s'arrêter pour laisser passer une longue colonne d'infanterie, des jeunes gens, des gamins quittant leur pays, qui traînaient les pieds sous le poids de leur sac. Puis il emprunta à leur suite le couloir d'embarquement.

Les machines ronflèrent et, sans un seul coup de sifflet, en silence, le paquebot descendit lentement la rivière avec sa cargaison d'êtres humains. Comme une grande ombre sur les eaux, il prit de la vitesse et glissa vers la mer.

XX

2 juin 1944

Pourquoi est-ce que je tiens un journal ? J'y consigne des choses que je ne voudrais probablement pas qu'on lise quand je serai rentré à la maison. Aussi peut-être finirai-je par le jeter. Je sais que Paul disait qu'il ne voulait pas se souvenir de la guerre, et je ne voudrai sûrement pas me souvenir de celle-ci, moi non plus. J'écris peut-être pour m'occuper pendant cette longue attente. Nous passons nos journées à attendre, en ce moment par exemple. Le débarquement en Europe ne va pas tarder. Nous le sentons.

Je me demande comment ce sera de l'autre côté de la Manche. La situation est déjà assez terrible ici, surtout à Londres. Je me sens incapable de décrire la nuit que j'ai passée là-bas avec cette jeune fille, durant laquelle la ville a subi un terrible bombardement. Nous avons couru nous abriter dans son jardin et nous sommes restés là des heures, les mains sur les oreilles à cause du vacarme. On aurait dit qu'un train de marchandises traversait votre living. Nous nous sommes tenus par la main, sans parler, trop terrifiés pour parler. C'était une gentille fille. Je venais de faire sa connaissance. Quand tout s'est arrêté, nous sommes sortis en rampant. Ils avaient loupé sa maison, mais celles d'à côté étaient réduites en miettes et l'on était en train d'en retirer des corps pour les allonger sur le trottoir.

Est-ce que ce sera pire en France ?

10 juin 1944

Nous y sommes. Ça s'est passé le 6, un jour qui comptera autant dans l'histoire qu'Appomattox, comme disait toujours ma grand-mère.

Beaucoup ont été tellement malades pendant la traversée qu'ils n'ont pas pu éviter le tir d'artillerie qui, du haut des falaises, balayait la plage. Ils n'ont même pas atteint la plage, ils sont morts dans l'eau où ils tentaient d'avancer.

Mais je m'en suis sorti. Je bivouaque dans un petit village où nous avons dressé nos tentes. La chance à l'état pur. Jusqu'ici.

16 juin 1944

Nous nous dirigeons vers Cherbourg. Paris est encore loin. J'ai rencontré mon premier Allemand, très jeune, quinze ans seulement et mort de peur. Pitoyable. Pauvre gosse.

Il faudrait que le public voie ça. Qu'il voie les tanks qui explosent et les corps en bouillie. Qu'il sente la puanteur et voie les arbres et les maisons détruits par les bombes et les chevaux de ferme morts sur les routes.

Dieu merci, je suis médecin et pas obligé de tuer ! Paul m'a dit un jour : Tu penses que tu ne pourras jamais tuer et tu t'aperçois avec étonnement que, quand il le faut, tu le peux. C'est peut-être vrai. Je suis content de ne pas avoir à le découvrir.

2 juillet 1944

Je n'ai pas eu le temps d'écrire un seul mot durant les deux dernières semaines. Nous avançons pied à pied, chaque jour. Nous installons un hôpital de trois à quatre cents lits et, comme la troupe gagne du terrain, nous en aménageons un autre derrière elle, et nous construisons ainsi une série d'hôpitaux tout en avançant. Dieu sait que nous en avons besoin.

Si on envoie un homme à l'arrière pour l'amputer, j'imagine quelles pensées passent par cette pauvre jeune tête tandis qu'il repose sur la civière, car il sait ce qui l'attend. Il sait sûrement. Et je songe à mon père.

Nous sommes censés travailler par tranche de douze heures, ce qui est drôlement long quand on pense à ce que nous faisons pendant ce temps-là. Ce n'est pas comme une garde de douze heures dans un hôpital civil. En réalité, il y a eu tellement de blessés que je suis souvent resté pendant vingt-quatre heures sans dormir. C'est incroyable, mais on tient encore sur ses pieds et on pense clairement. Comme disait Paul quand il parlait de tuer, lorsqu'il le faut, on le peut.

Nous avons beaucoup de prisonniers maintenant, dont des officiers nazis, des SS et d'autres encore. Ils sont très différents des pauvres gamins, des simples soldats. Ils restent incroyablement arrogants et continuent à dire qu'ils vont gagner, même en voyant notre percée. Je dois avouer que je les déteste. Je ne me croyais pas capable de haïr à ce point. Naturellement, nous les soignons bien; ils ont des antibiotiques et des transfusions, comme les autres, mais nous nous occupons des Américains d'abord, comme il se doit.

10 juillet 1944

J'ai l'impression que je pense souvent à Paul. J'ai rêvé de lui la nuit dernière. Nous étions dans sa voiture, en route pour le New Hampshire, après la mort de Ben; et il était si bon avec moi, il savait dire les mots qu'il fallait et garder le silence aussi. Quand je me suis réveillé, j'ai pensé pendant longtemps à ce qui nous avait éloignés l'un de l'autre, après toutes ces années où nous avons nagé ensemble et joué au tennis; c'était lui qui m'avait acheté mon premier costume.

J'étais tellement en colère contre lui, à cause de ma mère. Peut-être que je me suis mêlé de ce qui ne me regardait pas. C'est ce qu'il a dit. Et c'est vrai que ni lui ni elle ne m'ont jamais questionné pour savoir ce que je faisais. Être si loin et voir tant de choses, cela m'a fait réfléchir. Peut-être avais-je commencé à voir les choses un peu différemment, même avant de partir. Nous avions discuté sur la guerre et Paul méprisait le serment d'Oxford. Je suppose qu'au bout d'un moment j'ai compris qu'il avait raison.

Je regrette de ne pas lui en avoir parlé quand il est venu me dire au revoir. Mais quand on a été en froid pendant si longtemps, c'est dur de tendre la main. C'est comme une lettre à laquelle on ne répond pas. On ajourne la réponse et puis après il est vraiment trop tard pour le faire et on jette la lettre.

29 juillet 1944

Nous avançons avec obstination. Nous voyons très peu d'avions allemands maintenant. Le bruit court qu'ils manquent de carburant. Je me demande si c'est vrai. De toute façon, nous nous rapprochons de plus en plus de Paris.

Le *Queen Elizabeth*, voyageant trop vite pour un convoi, zigzaguait à travers l'Atlantique. La traversée était bien différente de celles que Paul avait connues; il y avait quinze mille hommes à bord, cette fois. Il avait cru qu'il serait tendu tout le long du voyage dans l'attente incessante de l'attaque d'une torpille; au lieu de cela, il se sentait remarquablement calme, lisait, se promenait sur le pont et jouait parfois aux échecs.

Londres était presque méconnaissable, avec ses trous de bombes, ses sacs de sable et tous ces uniformes étrangers. En dînant avec des amis anglais, dans une salle à manger dont les fenêtres étaient sévèrement voilées, il apprit pour la première fois l'existence d'une nouvelle menace venue des airs : des avions sans pilote remplis d'explosifs. C'étaient les précurseurs de l'avenir, comme le biplan solitaire de la première guerre mondiale avait été le précurseur des escadrons volants de celle-ci. Ce point de vue n'était pas drôle et il préféra ne pas en parler.

Il fit plusieurs tentatives pour rejoindre Hank dont le bataillon était quelque part dans le Sud, sans doute prêt à monter à l'assaut du continent. Incapable d'établir le contact, il se trouva un soir à Shakespeare Cliff, près de Douvres, et vit les bombardiers anglais partir, vague après vague, en direction de l'Allemagne. Il comprit que le grand jour allait arriver, plus tôt que prévu.

Il n'eut pas longtemps à attendre. Une semaine après le débarquement des Alliés en Normandie sous le commandement d'Eisenhower, Paul et son équipe d'observateurs traversèrent la Manche. Il ne le savait pas, mais il suivait les traces de Hank de Saint-Lô à Cherbourg.

L'efficacité de la puissance aérienne était indéniable. Il prit des pages et des pages de notes, posa des questions et se prépara aux observations détaillées qu'il aurait à faire lorsqu'il suivrait l'armée d'invasion à travers le continent. A ses rapports précis et techniquement détaillés, rédigés d'une petite écriture rapide, il ajouta souvent des observations personnelles, chargées d'émotion, qu'il supprimerait au moment de les remettre officiellement.

Il nota des choses dont il aimerait se souvenir plus tard, des humeurs, des atmosphères et des incidents. Il écrivit sur la deuxième division blindée française se frayant un chemin dans son propre pays, accueillie par les foules qui pleuraient et criaient de joie dans les villages et au bord des routes. Il décrivit les champs vallonnés de la Normandie, le grain qui mûrissait et les pommes qui rougissaient. Il exprima ses craintes pour Paris, en se rappelant Rotterdam et Varsovie en cendres.

Un matin de la deuxième quinzaine d'août, dans un verger où ils avaient campé pour la nuit, il fut réveillé par un brouhaha. Un résistant porteur d'un message à Eisenhower avait réussi à franchir les lignes allemandes. Il était venu plaider pour Paris. Patton avait persuadé les Alliés qu'il fallait foncer vers l'Allemagne sans passer par la capitale. Ce messager, prêt à tout, annonça qu'une insurrection avait déjà éclaté ; la police française tirait sur les Allemands et des barricades s'élevaient dans les rues. La cité tout entière, ce chef-d'œuvre de l'architecture, était vouée à la destruction.

La journée passa sans qu'une nouvelle décision soit prise. Patton voulait économiser le carburant de ses tanks, mais Paul pensait à Paris et priait en silence. L'après-midi du jour suivant, l'ordre arriva finalement des quartiers d'Eisenhower qui avait décidé en faveur de la plus belle ville du monde. Aussi les troupes se tournèrent-elles vers le nord et le lendemain, après avoir renversé les dernières défenses allemandes, elles franchirent les portes de la capitale.

Paul marchait. Il aurait pu sauter dans n'importe quel véhicule militaire, mais il avait envie de marcher. Ayant appris où se trouvait le bataillon de Hank, il essayait de le rejoindre.

La ville s'étendait sous un ciel bleu satiné. Un vent léger faisait bruire les épaisses frondaisons au long des boulevards et déjà on voyait des signes du retour à la normale : des enfants lançaient leurs bateaux sur le bassin des Tuileries. On avait arraché les panneaux en allemand et démantelé les barricades.

Il n'était pas encore remis du miracle de la veille et n'oublierait sans doute jamais le délire des Parisiens à la vue des troupes américaines. Des fleurs, des drapeaux, des applaudissements, des larmes et les cloches qui sonnaient... de merveilleuses et délirantes festivités.

Il s'était trouvé devant l'hôtel Crillon au moment où l'on arrêtait le général von Scholtitz, commandant de la place de Paris, alors en train de déjeuner. Paul l'avait regardé sortir les mains en l'air, ainsi que les files d'officiers allemands que l'on emmenait. Il se souvint des jeunes gens en chemise brune marchant au pas de l'oie qu'il avait vus pour la première fois il y avait si longtemps, de von Mädler parlant de la grandeur de la guerre, du sourire et du haussement d'épaules de Donal et du silence des invités de Leah. Il serra les poings dans ses poches en évoquant tout cela, debout sur le pavé de Paris.

Tout n'était pas rose pour autant. Il y avait encore beaucoup d'engagements meurtriers et des Allemands se terraient un peu partout dans la ville. Ils avaient encore des grenades et des armes antichars. Il vit un Allemand mort couché dans la rue, un simple soldat très jeune. Il s'arrêta un moment et contempla son visage, qui ne lui apprit rien. Peut-être ce garçon avait-il détesté le régime pour lequel il était obligé de combattre, mais même sans cela, ne pouvait-on éprouver de la pitié pour lui ? Si jeune et tellement dévoyé ! C'est facile de duper des jeunes si l'on s'y prend assez tôt ! Paul frissonna et reprit sa marche.

Il était un peu plus de midi lorsque arrivé au poste de commandement, il faillit heurter Hank qui en sortait. Le jeune homme n'en croyait pas ses yeux.

« J'ai beaucoup pensé à toi, Paul, surtout depuis qu'on m'a écrit de chez nous que tu étais ici. Quel miracle que nous nous soyons rencontrés !

— Pas vraiment un miracle. J'ai appris où tu étais. Je t'ai suivi à deux jours d'intervalle. En sécurité, ajouta-t-il d'un air piteux. Je n'ai rien d'un héros.

— Tu l'as été la dernière fois », répliqua Hank. Ils attendirent, hésitants, baignés de soleil. Puis il reprit : « Je crois que j'ai été très désagréable avec toi. Je le regrette. »

De le voir là en uniforme, dans cette rue d'une ville étrangère, après si longtemps, Paul se sentit envahi par une émotion beaucoup trop forte. Il répondit d'un ton dégagé :

« Oh non ! Pas trop. Tu as toujours été poli.

— Je n'en suis même pas sûr. Et en pensée, je te jugeais très sévèrement.

— Allons, allons.

— Non, écoute-moi jusqu'au bout. Je me dois, et je te dois, de dire que tu avais raison sur beaucoup de choses... y compris ma mère. »

Paul détourna les yeux du jeune visage empourpré et embarrassé. Soudain, l'émotion déborda et il prit Hank dans ses bras. « N'en parlons plus ! » Ils éclatèrent de rire. « Bon sang ! s'exclama Hank. Tu as l'air en pleine forme ! Comment ça va à la maison ?

— Aux dernières nouvelles, tout le monde va bien. Ils passent leur temps à attendre tes lettres. Ta mère est très occupée, Meg a obtenu son diplôme et Hennie est toujours égale à elle-même.

— Quels sont tes projets ?

— Je suis censé vous suivre jusqu'en Allemagne. J'aimerais bien que tu aies un petit moment de libre, afin que nous puissions aller bavarder une heure quelque part.

— Justement, mon commandant m'a donné quartier libre jusqu'à ce soir.

— C'est formidable ! Nous pouvons dîner ensemble. Voilà où je suis. Je vais t'écrire l'adresse. C'est un hôtel pas loin d'ici.

— Oh là là ! Un quatre étoiles.

— Pourquoi pas ? C'est moi qui paie. J'ai un rapport à déposer, sinon je serais resté avec toi. Mais tu peux venir à 6 heures ?

— Bien sûr. Ça va être bon de manger un vrai repas. A tout à l'heure. »

Les gens insistaient pour offrir quelque chose à tout homme portant l'uniforme américain et une femme donna un petit sac de pêches à Hank. Il en mangea une debout sur le trottoir, en se penchant pour que le jus coule par terre. De l'autre main, il tenait une lettre de sa mère qu'il avait trouvée dans le courrier après avoir vu Paul. Il la relut pour la troisième fois, prit une autre pêche et resta au soleil, à savourer son bonheur.

Une jeune fille passa à bicyclette. « Hello ! Vos pêches, on dirait de l'or, dit-elle avec un mauvais accent anglais. Vous allez toutes les manger ?

— Non, bien sûr que non. Prenez-en une. Prenez tout le reste.

— Oh ! Vous parlez français ? Vous êtes le premier Américain que je rencontre qui parle français.

— Je l'ai appris au lycée. » A l'école privée si coûteuse qui avait soulevé les récriminations de Dan. « Où allez-vous ? demanda-t-il, ne sachant pas quoi dire d'autre.

— Je rentre chez moi. Vous voulez venir ? »

Elle portait une petite robe de coton à fleurs et avait d'abondants et longs cheveux frisés châtain clair.

« D'accord. Je viens avec vous.

— Alors, installez-vous derrière. Je n'arrive pas à croire que la guerre est presque finie.

— Pas pour moi. Je vais partir pour Berlin et c'est loin.

— Que je suis idiote ! Excusez-moi. Comment vous appelez-vous ?

— Henry. Henri. On m'appelle Hank.

— Hank. C'est drôle. Moi, c'est Antoinette. On m'appelle Toinette.

— Vous n'êtes pas fatiguée ? Vous voulez que je pédale ?

— Non, j'ai l'habitude. J'imagine que vous vous demandez pourquoi je vous ai mendié une pêche. C'est parce que nous n'en avons pas ici ; il faut pédaler des kilomètres dans la campagne pour en trouver. Quand je vous ai vu en manger, une envie folle m'a prise d'en avoir une. »

Ils étaient maintenant dans un quartier tranquille avec de larges avenues, des arbres et de belles maisons anciennes qui avaient de hautes fenêtres et des jardinières pleines de fleurs.

« C'est Neuilly. On est près du Bois. C'est agréable de s'y promener. Nous voilà arrivés. »

Il suivit Toinette qui entra dans un vestibule glacé donnant sur un grand escalier recouvert d'un tapis. Ils traversèrent des pièces ornées de miroirs, avec des cheminées de marbre et des murs damasquinés ; ils grimpèrent jusqu'au cinquième étage où elle ouvrit la porte d'une petite pièce mansardée. Propre et simple. Il y avait un lit bien net, une table, quelques sièges, un placard et un réchaud électrique.

« Nous voilà chez moi, dit-elle. Vous avez l'air étonné.

— Non, je..., commença-t-il.

— Vous pensiez que la maison était à moi.

— Je ne savais pas, je... »

Elle rit. « Neuilly est l'un des quartiers les plus riches de Paris et, croyez-moi, c'est plein d'Allemands et de collabos. Si je suis ici, c'est parce que le mari de ma propriétaire est parti à Londres rejoindre de Gaulle et elle a besoin d'argent ; aussi elle loue une partie de sa maison. Moi, j'ai une chambre de bonne.

— C'est une très jolie pièce.

— Et vous, vous êtes un garçon très gentil. Du vin, ça vous ferait plaisir ?

— Oui, merci.

— J'ai aussi du pain et du fromage. »

Il se souvint qu'il avait une orange dans sa poche et la lui donna.

Elle en huma l'odeur. « Que ça sent bon ! Je n'en ai pas vu depuis quatre ans. »

Il la regarda l'éplucher. Elle avait de jolis doigts et pas d'alliance ; elle n'était donc pas mariée.

« Vous voyez cette photo ? C'est mon fiancé. Il est prisonnier en Allemagne. »

Il ne trouva rien à dire.

« Oh ! Comme je les déteste ! s'écria-t-elle. Allez savoir ce qu'ils lui ont fait ? Quand on voit comme c'est déjà ici ! Si on est pris dehors après minuit, dans notre propre ville, ils peuvent nous fusiller. Nous n'avons presque plus de gaz ni d'électricité. Nous avons brûlé des journaux pour nous chauffer. Et nous avons tellement faim... On élève des poules sur les toits pour avoir des œufs, mais les collabos mangent dans les meilleurs restaurants. Je les déteste, eux aussi. »

Elle avait une voix un peu voilée. Il l'écoutait, n'entendant qu'à moitié ce qu'elle disait, tenu sous le charme par sa voix, la chaleur de l'après-midi et le fait étrange d'être ici, dans ce pays, dans cette ville, dans cette chambre.

« On entendait des cris sortir des locaux de la Gestapo. 74, avenue Foch. Je passe devant en allant au travail. C'est épouvantable. Épouvantable. Ces pauvres gens... Ils les déportaient en Allemagne, à partir de la gare de marchandises de Pantin, près des parcs à bestiaux. On entendait les gens crier à l'intérieur des wagons. Au commencement, c'étaient des Juifs, et après n'importe qui, pour n'importe quoi.

— Je suis juif, dit Hank.

— Et moi catholique. Nous prions le même Dieu. » Elle montra la photo d'un petit geste du menton. « Je prie pour lui tous les jours. Si je n'avais pas cette photo, je ne saurais même plus à quoi il ressemblait. Je ne l'ai pas vu depuis cinq ans.

— Cinq ans, répéta Hank.

— Oui, et je lui suis restée fidèle. C'est vraiment long, très long. »

Elle était jeune, peut-être vingt-trois ans, estima-t-il. Assise sur le lit, elle s'appuyait en arrière sur l'oreiller blanc. Dans ses yeux, il lut un mélange de pureté et de désir. Lui aussi cela faisait longtemps, depuis Londres. Et il y avait toutes ces semaines de mort sanglante...

Il sourit et s'avança vers le lit. Sa robe était boutonnée devant ; quatre mains s'acharnèrent sur les boutons ; deux chaussures à semelles de bois tombèrent bruyamment sur le sol, bientôt rejointes par deux petites pièces de lingerie. En se couchant sur elle, il crut sentir une odeur de pêche, d'herbe fraîche et d'été... Tout se fit aussi simplement et aussi vite que cela.

Plus tard, lorsqu'il se leva, il la regarda rattacher ses cheveux avec un ruban.

« Une jeune fille t'attend, là-bas ?

— Non.

— Si tu en avais une, cela t'ennuierait si elle avait fait la même chose que moi ? »

Quelle drôle de question ! Il pensa à sa mère et à Paul.

« Non. C'est tellement normal.

— Tu as raison... parce que j'aime vraiment André et que

cela n'a rien à voir avec lui... Tu regardes ta montre. Il faut que tu partes.

— Oui, j'ai rendez-vous avec quelqu'un à 6 heures.

— Tu te souviens du chemin que nous avons pris ?

— Oui, j'ai le sens de l'orientation.

— Bon. Alors vas-y. »

Le silence régnait presque dans la ville. Vers l'ouest, à l'horizon, le ciel était d'un rose nacré, tandis qu'au-dessus de sa tête, une brume légère adoucissait un bleu presque sombre. Ici et là, il croisait un tank noirci par le feu ou une voiture d'officiers allemands retournée dont le capot était ironiquement recouvert d'un drapeau orné d'une svastika et tout déchiré.

Hank se sentait bien dans sa peau, mais comme dans un rêve parmi ces gens normaux, sans arme, dans une rue normale ; il était rempli de la joie que cette jeune fille lui avait donnée et de celle de revoir Paul. Il se mit à siffloter doucement. Aussi, lorsqu'il entendit un coup de feu, il leva des yeux étonnés.

Le second coup l'atteignit à la poitrine avec une telle violence qu'en y portant les mains il s'agrippa à son blouson, comme pour s'empêcher de tomber.

Oh non ! pensa-t-il. *Pas maintenant... juste au moment où... où tout était si beau... moi... Henry.* Les lettres de son nom dansèrent en rouge devant ses yeux. *Pas moi... je... j'ai tant de choses à...* Et il tomba.

Paul, qui l'attendait devant l'entrée de l'hôtel protégé par des sacs de sable, leva les yeux et vit le tireur isolé sur le toit. Il aperçut Hank qui arrivait, inconscient du danger, il cria et sans penser à lui-même courut pour l'avertir. Il sentit une vive brûlure dans une épaule et continua à courir, courir vers Hank maintenant couché sur le pavé ; et, voyant ce qui s'était passé, voyant la mort, il ne put que tomber à genoux et sangloter.

Le 29 août, les Forces françaises libres ayant effectué leur grand défilé, le général de Gaulle en tête, ce fut au tour des

Américains de descendre les Champs-Élysées. Sans prendre garde aux tireurs isolés qui se cachaient toujours dans la ville, la 29e division d'infanterie défila fièrement parmi les drapeaux et les fleurs, sous un soleil éblouissant.

Entouré d'une foule qui les acclamait, Paul les regarda passer, au bord du trottoir. La douleur de son épaule bandée n'était rien à côté de celle qui lui brisait le cœur. Ils allaient partir pour l'Allemagne et Hank Roth n'était pas parmi eux.

« Moi, je reste avec eux », se dit-il à voix haute.

Le médecin avait parlé de le renvoyer chez lui, mais il n'était pas prêt à le faire. Il ne savait pas quand il le serait. Il allait rester ici et assister à tout jusqu'à la fin, et au-delà.

Quand la nouvelle arriva, les Sherman étaient à table. Ils avaient invité Hennie qui était souvent seule maintenant, et tous trois venaient de s'asseoir lorsqu'on sonna à la porte. La domestique revint l'air inquiet.

« C'est un télégramme. Il faut que quelqu'un signe. »

Bill Sherman se leva aussitôt. Après, les deux femmes déclarèrent qu'elles avaient tout de suite su de quoi il s'agissait ; elles n'eurent pas besoin d'entendre le pas lent, hésitant, de Bill remontant l'escalier, ou de voir son visage gris.

Plusieurs fois, il ouvrit la bouche pour parler et s'arrêta tandis que Leah, Hennie et la jeune bonne le regardaient fixement. « Il vaudrait mieux que nous retournions nous asseoir », finit-il par dire.

Leah bondit et lui arracha le télégramme. Son mari la rattrapa lorsque ses jambes faiblirent sous elle. Elle se débattit, hurla.

« Ce n'est pas vrai, je n'y crois pas ! Oh ! Mon Dieu, Dieu ne permettrait pas ça, ce n'est pas vrai...

— Hank ? murmura Hennie.

— Non ! cria Leah. Je n'y crois pas, Hennie, c'est un mensonge, un mensonge, un mensonge...

— C'est vrai, répliqua Hennie. Oui, c'est vrai. Je m'y attendais. Comme son père. Les guerres nous prennent nos fils. Oui. Oui. » Elle se cacha le visage dans ses mains.

Kitty, la petite bonne, était terrifiée ; elle se mit à pleurer. « Oh ! Monsieur Sherman, qu'allons-nous devenir ? »

Les cris de Leah ameutèrent la cuisinière qui arriva et se mit, elle aussi, à sangloter. « Monsieur Hank... C'était moi qui lui donnais son goûter. Monsieur Hank.

— Il faut appeler le médecin, dit Bill. Ma femme a besoin d'aide. Et Hennie aussi. » Car Hennie restait assise, la tête dans ses mains, sans émettre un son. « L'une de vous pourrait-elle téléphoner, je vous en prie ? »

On devait entendre de la rue les terribles cris de Leah. « Je veux mourir ! Laisse-moi mourir, tu m'entends ? Laisse-moi tranquille ! » hurlait-elle tandis que Bill la prenait dans ses bras et l'emportait dans leur chambre, malgré ses coups de pied et de poing. Quand le médecin lui eut fait une piqûre sédative, Bill et lui redescendirent dans la salle à manger où Hennie était assise en silence avec Kitty. Bill vint lui prendre les mains.

« J'aurais bien voulu ne pas vous laisser, mais il fallait que je m'occupe de Leah d'abord. Chère Hennie, la vie ne vous a pas été facile, ces derniers temps.

— Il y en a des millions d'autres dans mon cas.

— Vous ne pleurez jamais ? lui demanda-t-il avec bonté.

— On dirait que non. Je ne sais pas pourquoi, mais je ne peux pas.

— Je vais vous donner quelque chose qui vous aidera à dormir, dit le médecin.

— Vous restez coucher ici. Il n'y a que le palier à traverser si vous avez besoin de moi. »

En repartant, le médecin dit : « C'est curieux comme les gens réagissent différemment. Si incroyable que cela puisse paraître, Leah s'en sortira mieux que Hennie.

— Elle est beaucoup plus jeune.

— Ce n'est pas cela. Elle exprime sa douleur. Elle ne la refoule pas. »

Les deux hommes restèrent un moment sur le seuil, à regarder la rue où un couple âgé promenait un énorme caniche blanc et où deux petites filles en robe écossaise sautaient à la corde. Il était absolument absurde de penser que des êtres humains étaient en train de s'entre-tuer, de l'autre côté de l'Océan.

« Pas même le réconfort d'un enterrement, si c'en est un », murmura Bill. Ses yeux brillaient dans la lumière du soir.

« C'en est un, répondit le médecin. Les prières, la musique, les amis... Bien sûr, nous prierons avec elle au service de vendredi soir ou samedi matin.

— Bien entendu.

— Elle devrait pouvoir y aller. Elle aura retrouvé le contrôle d'elle-même quand elle se réveillera demain matin. »

Bill lui serra la main. « Merci pour tout. Je vais bien veiller sur elle. Et sur la vieille dame aussi, ajouta-t-il. Pauvre femme.

— Vous connaissant comme je le fais, je n'en doute pas Bonne nuit, Bill. »

XXI

La guerre était finie depuis plus d'un an lorsque Paul rentra chez lui après avoir passé les mois précédents comme volontaire dans l'aide sociale aux zones sinistrées du Nord de la France. Sa dernière vision de l'Europe fut les décombres du Havre dont les Allemands, enragés d'être vaincus, avaient fait sauter les voies ferrées et les bassins. Cependant, au milieu de ces ruines, il se sentait plein d'espoir et aussi de fierté; oui, il était fier de son pays qui avait apporté son aide en temps de guerre et continuait maintenant, dans la paix.

Il retrouva une Amérique en pleine croissance. Les gens avaient besoin de tout, de voitures, de maisons et de chaussures; l'argent commençait à circuler aussi vite que le sang dans les artères d'un coureur de fond.

Marian avait échangé sa maison de Palm Beach pour une plus grande, véritablement somptueuse avec ses fontaines, son carrelage espagnol et ses palmiers. Un plus grand nombre de ses amies avait pris l'habitude de passer l'hiver en Floride, durant ces années où la Riviera leur avait été interdite.

Bien qu'elle eût préparé sa venue en s'achetant de nouveaux vêtements et simulât la gaieté par des menus de fête et des fleurs dans toutes les pièces, il sentit combien elle était inquiète. Elle avait vieilli. Il n'y avait que peu de rides sur son visage, mais de la souffrance dans ses yeux qui le questionnaient. *Vas-tu me laisser de nouveau ? Puis-je compter sur toi ?*

Il répondit indirectement à ses questions non formulées. « C'est bon d'être de retour. » Et, regardant autour de lui, il sentit que même les objets lui souhaitaient la bienvenue : le cheval en cristal de roche de Joachim, les livres, les photos de ses parents dans des cadres de noyer guillochés.

« Tu les as refait encadrer ?

— Oh ! Cela ne te plaît pas ?

— C'est très beau, Marian. Tu as tout gardé en bon état. Comme toujours.

— Alors, tu es vraiment content d'être rentré.

— Bien sûr. Content d'être ici et d'y rester. »

Un petit sourire de bonheur fit frémir ses lèvres et, au bout d'un moment, elle dit doucement : « Cela a dû être épouvantable pour toi. Hank, je veux dire.

— Oui.

— J'ai écrit un mot à Leah quand j'ai appris la nouvelle.

— C'était gentil à toi.

— Non que j'aie changé d'avis, je ne veux toujours pas la voir. Mais j'ai eu du chagrin. C'était un si gentil garçon.

— Oui, il était très gentil.

— C'était presque un fils pour toi. »

La mélancolie suintait des fleurs rouges, sur la table.

« Je vais commencer le tour de la famille demain, dit-il brusquement. Pour leur faire savoir que je suis de retour. »

Il y avait quelqu'un qu'il redoutait de voir, c'était Leah. La lettre dans laquelle il lui parlait de la mort de Hank avait été un véritable supplice pour lui. Il se disait qu'elle voudrait en entendre de nouveau le récit, ce qui raviverait sa propre angoisse. Cette scène avait assombri ses nuits d'insomnie et hanté ses rêves pendant trop longtemps ; il n'en était toujours pas délivré. Aussi préféra-t-il ajourner cette rencontre et rendre d'abord visite à Alfie.

Il se crut revenu au bon vieux temps. Le nouveau bureau d'Alfie, bien que beaucoup plus petit que celui qu'il occupait à l'apogée des années vingt, était bien situé, au dix-neuvième étage, avec vue sur l'Hudson et l'East River.

Ses vêtements et son allure témoignaient aussi du retour de la prospérité, et Paul le lui dit.

« Je me sens en pleine forme, répondit-il. Rester actif, c'est ce qu'il me faut. Ça vous garde jeune... C'est terrible, ce qui est arrivé à ce pauvre Hank !

— Oui.

— Cela a été épouvantable, ici, quand on a appris la nouvelle. Je ne sais pas laquelle était la pire, de Leah ou de Hennie. Elles revivaient l'épisode de Freddy et de 1917. » Alfie regarda Paul et dit avec précaution : « C'est pour cela que tu es resté si longtemps là-bas ?

— C'était peut-être l'une des raisons. Il faut que je rende visite à Leah aujourd'hui, et je n'y vais pas de bon cœur.

— Ne t'inquiète pas. Cela se passera très bien. Il lui a fallu dix mois pour s'en sortir, mais elle est de nouveau elle-même et se porte comme un charme. Sa maison de couture occupe un étage de plus ; elle a acheté tout l'immeuble. Elle vient de sortir sa propre marque de parfum avec une grosse campagne de pub. Rien n'abattra jamais Leah. »

Paul le savait mieux que personne.

« Et tu es au courant pour Meg ? Elle se remarie.

— Non ! Elle ne m'en a jamais parlé dans ses lettres.

— Ça s'est décidé brusquement. La semaine dernière, pendant que tu étais sur le bateau. Si tu attends une minute, tu vas la voir ainsi que Larry. Lawrence Bates. Ils sont en ville aujourd'hui pour acheter une bague. » Alfie rayonnait. « Un très gentil garçon. Tout le monde l'aime, même les enfants de Meg. C'est un vétérinaire. Je leur ai donné un morceau de terrain, à Laurel Hill, pour installer leur cabinet. »

Dès qu'ils entrèrent dans la pièce, Paul éprouva un vif sentiment de plaisir. Au bout d'une heure, il eut la satisfaction de voir cette intuition confirmée.

Larry Bates avait une poignée de main vigoureuse, un visage coloré, ouvert, très anglais, et des manières simples.

En un mot, c'était la contrepartie masculine de Meg qui, en jupe et en pull, avec ses jolis cheveux décoiffés par le vent, semblait redevenue la jeune fille dont Paul gardait le souvenir. C'était comme si, après tant d'années, elle avait abandonné un déguisement pour être enfin *elle-même*.

Il y avait aussi là quelque chose de comique, se dit Paul; voilà le mari qui pourrait faire entrer Meg dans le club auquel Alfie avait si longtemps aspiré; mais Larry Bates ne devait pas s'intéresser aux clubs. Il venait d'une ferme du Middle West et, bien que devenu vétérinaire, c'était toujours un fermier.

« Vous allez être très heureux, dit Paul lorsque vint pour lui le moment de partir. Je peux vous le prédire.

— Cela ne serait pas arrivé, nous ne nous serions jamais rencontrés, sans toi », répondit Meg.

Ses mots réchauffaient le cœur de Paul dans l'ascenseur. Mais, après quelques pas dans la rue, cette douce chaleur se glaça, remplacée non par une véritable douleur, mais par une pointe de chagrin qui s'était manifestée ce matin, dans le boudoir de Marian, et qu'avait renouvelée le bonheur de Meg. Il marchait rapidement, encouragé par la fraîcheur de ce mois d'avril et par le rythme de la cité dans laquelle tout le monde semblait se rendre quelque part en toute hâte. Il lui vint à l'esprit que, une fois qu'il aurait vu Leah, il ne lui resterait plus rien à faire jusqu'au soir. Il ne reprendrait le travail que le lundi suivant. S'il décidait de ne plus retourner au bureau, cela ne changerait pas grand-chose. Ses associés s'étaient très bien débrouillés sans lui ces dernières années. Qui avait besoin de lui ? Quel but donner à sa vie ? Il n'était pas comme Meg qui pouvait regarder l'avenir en face, un avenir de bonheur, espérait-il, croyait-il; il n'avait personne...

C'est de l'envie, se dit-il en s'arrêtant devant la vitrine d'une librairie; la vérité, c'est que je suis envieux et vide.

Aussi retournerait-il au bureau, à ses œuvres de charité et rencontrerait-il une femme de temps en temps. C'était une perspective lugubre.

Il reprit sa marche vers la boutique de Leah. Il valait mieux en finir, n'importe comment. Peut-être ne serait-ce pas si terrible, comme l'avait dit Alfie.

Lorsqu'il se présenta, on le conduisit tout droit à son bureau. Il traversa une série de salons silencieux, gris tourterelle et vieux rose, où des mannequins habilement disposés présentaient du taffetas, du brocart et du tweed irlandais. Il trouva Leah en train de travailler à un bureau chinois laqué dans une jolie petite pièce au papier à fleurs.

Avec un cri de joie, elle sauta sur ses pieds et l'étreignit. « Je n'arrive pas à y croire ! Cela fait un siècle que je ne t'ai vu ! Comment va ton épaule ? Tu ne nous en avais pas parlé ! Nous l'avons appris par tes amis.

— Ce n'est rien. » Pour mieux la voir, il la tint à bout de bras. Sauf quelques petites rides au coin des yeux, elle n'avait pas changé. « Mais toi... je me suis fait beaucoup de souci pour toi. »

Ses yeux se remplirent de larmes. « Je vais aussi bien que possible... Bill m'a tirée d'affaire. Il a été merveilleux avec Hennie aussi. C'est un chic type, tu sais, Paul. » Elle retourna s'asseoir à son bureau, les mains nouées sous le menton. « Tu sais, dit-elle d'une voix douce, épouser Bill, c'est la meilleure chose que j'ai faite de ma vie. »

De nouveau, il éprouva un petit pincement au cœur dont il eut honte, aussi s'obligea-t-il à répondre avec élégance.

« J'en suis très, très heureux. Et je suis content pour Meg, aussi. Je viens juste de la voir.

— Oui, c'est merveilleux, hein ? Quel changement, après Donal !

— Comment va-t-il, lui ? Tu le sais ?

— Il continue à s'enrichir, bien sûr. Il a retiré son argent d'Allemagne juste à temps.

— Si mes souvenirs sont bons, il a toujours dit que Hitler était invincible.

— C'est Donal qui est invincible. Il va peut-être devenir ambassadeur. Mais, comme dit Hennie, il ne faut pas oublier ce qu'il a fait pour Dan.

— Elle est bonne, Hennie, meilleure que moi. J'en veux toujours à Donal d'avoir réussi où moi j'avais échoué.

— Personne ne pourrait être meilleur que toi. Tu ne te rends donc pas compte de ce que tu fais pour les autres ? »

Ces louanges l'embarrassèrent. « Oh ! Je fais ce que je peux. Comme tout le monde.

— Nous avons reçu une lettre... » Leah avait presque chuchoté ces mots. Elle reprit : « Nous avons reçu une lettre d'un capitaine, quelqu'un qui a vu ce que tu as fait pour Hank... lorsque Hank a été tué. Il dit que tu t'es précipité, que tu as essayé de le couvrir de ton corps, de te mettre entre les balles et lui. »

Elle semblait attendre une réponse. Il ne trouva qu'une seule chose à dire. « Je l'aimais.

— Marian m'a écrit un mot, mais je ne l'ai pas vue. Elle a appris la vérité, je pense.

— Peut-être.

— Meg y a fait allusion, une fois. Mais elle n'a pas voulu en dire plus... Toi non plus, tu ne veux pas, je m'en aperçois.

— Cela n'apporterait rien à personne », répliqua Paul.

Il y eut un silence. Nous avons été séparés trop longtemps, songea-t-il. Nous ne voulons pas revenir sur le passé. Du moins, c'est mon cas.

Aussi dit-il : « Je vois que tu as plein de papiers sur ton bureau. Je ne veux pas te retarder dans ton travail.

— Ne te presse pas de partir. De toute façon, je t'attendais, j'ai quelque chose à te dire. » Elle plissait le front d'un air soucieux. « Quelque chose qu'il faut que je te dise.

— Ce n'est pas une mauvaise nouvelle, j'espère ?

— A mon avis, non. Mais cela va peut-être te rendre triste. Je ne sais pas.

— Alors ?

— Bon, voilà. On m'a commandé une robe de mariée, tout le trousseau même. Cette jeune fille épouse un réfugié, un médecin de Vienne. Et un jour, pendant l'essayage, nous en sommes venus à parler de ce qui s'était passé en Europe et j'ai mentionné ton nom, un cousin à moi, Paul Werner, qui avait sauvé des Juifs allemands. Ton nom m'a échappé et il semble que la jeune fille te connaisse. »

Paul tressaillit, mais réprima son émotion et attendit.

« Tu ne me demandes pas qui c'est ?

— Bon, d'accord. Qui est-ce ?

— Iris Friedman. »

Il sentit son visage s'empourprer et il bégaya : « C'est une... coïncidence.

— Pas vraiment. J'ai ici les robes de mariées les plus chic de New York. Toute jeune fille qui peut se le permettre vient me voir. »

Son pouls battait follement. Elle a vingt-sept ans. Elle y a mis le temps. Elle ne devait pas plaire à la plupart des hommes. Discrète et timide... Il se souvint de ses yeux, de beaux yeux doux et intelligents.

« Est-elle... a-t-elle l'air heureuse ?

— Transportée de joie. Très, très amoureuse, je pense. Et son père lui offre ce que j'ai de plus beau. » Le regard curieux et franc de Leah restait fixé sur Paul. « J'ai aussi vu sa mère. Une femme remarquable. Très distinguée.

— Tu lui as parlé de moi ?

— Pas à elle. Cette conversation, c'était avec Iris.

— Que t'a-t-elle dit ?

— Pas grand-chose. Seulement qu'elle t'avait rencontré deux fois, que tu connaissais sa famille ou l'avais connue. » Leah posa la main sur celle de Paul. « Je ne voulais pas te faire de chagrin, te rappeler le passé. J'ai seulement pensé que tu aimerais le savoir. Elle est charmante, Paul, pas jolie mais très fine, très différente des jeunes filles que je vois habituellement ici.

— Oui, elle n'est pas comme les autres. Je m'en souviens. » Il regarda fixement les ongles rouge cerise qui reposaient sur sa main.

« Paul... C'est la mauvaise habitude que j'ai de ne pas tenir ma langue. Est-ce que tu nourris toujours les mêmes rêves ? Un fantasme qui ne se réalisera jamais ?

— Je ne comprends pas ce que tu veux dire. » Il mentait.

« Je suis la dernière personne au monde qui voudrait te faire du mal, après ce que tu as été pour moi, mais je t'ai déjà dit, une fois, que tu gâchais ta vie et je te le redis. Tu m'entends ?

— Je t'écoute.

— Bon. Oh ! Mon chéri, je t'ai vraiment désiré ! Mais tu n'as pas voulu me garder, alors j'ai épousé Bill et c'est merveilleux. Meg est restée trop longtemps avec ce salaud, mais maintenant elle a trouvé quelqu'un de parfait pour elle. Alors je te demande : Quand vas-tu commencer à vivre ?

— Je vis.

— Non. Marian et toi... »

Paul s'écria brusquement : « Je ne peux pas la laisser, Leah.

— Qui te parle de la laisser ? Il y a d'autres moyens... Je t'agace ? »

Paul déglutit avec difficulté. « Non. Tu ne m'agaces pas.

— Pardonne-moi.

— Mais non, ça va très bien.

— Veux-tu que je t'en dise plus long sur Iris ? »

Il voulait et ne voulait pas.

« Le mariage aura lieu le 12 juin à 4 heures et demie, au temple d'Israël.

— Bon. J'espère seulement que le destin lui sera plus favorable qu'à... » Il ne termina pas sa phrase.

« Qu'à sa mère ou à toi.

— Et toi ? Tu ne te plains pas, et tu as pourtant des raisons de le faire.

— Qu'est-ce que cela changerait ? Écoute, tu étais en route pour aller voir Hennie. Elle m'a téléphoné. Elle t'attend. »

Paul se leva. « J'y vais. Il faut que nous nous voyions de temps en temps, Leah.

— Bien entendu. Transmets toute mon affection à Hennie. »

Hennie était devenue plus mince et ses cheveux plus gris, mais elle travaillait toujours avec le même enthousiasme pour les réfugiés dont le nombre s'était multiplié par cent depuis la guerre.

« Ces salauds qui déclarent les guerres ! » s'écria-t-elle. Son regard alla se poser, de l'autre côté de la pièce, sur le visage ardent de Hank. La photo avait un cadre en argent massif, cadeau de Leah sans doute et l'objet le plus luxueux du salon de Hennie.

Le souvenir du jeune homme attrista, en silence, les minutes qui suivirent jusqu'à ce qu'elle brise le silence d'une voix délibérément joyeuse.

« Cela n'arrivera plus. Cette fois, le monde a reçu une leçon terrible, mais définitive. Il y a les Nations unies, et la Russie veut la paix tout autant que nous. Entre les deux, nous arriverons à la maintenir. »

Les Russes ont signé un pacte avec Hitler quand cela les arrangeait, pensa Paul, mais il ne le dit pas.

Hennie ajouta d'un air songeur : « Nous en avons vu des événements, toi et moi, depuis le temps où je te lisais les contes de Grimm. »

Quelque chose dans le ton de sa voix, un écho, une impression de déjà vu, le bouleversa, car elle était assise sur le même vieux divan, avec le même tapis râpé sous les pieds, et il revécut son désespoir lorsque avant son mariage, il était venu la supplier de le conseiller... Elle ne lui avait pas refusé ce conseil, c'est lui qui ne l'avait pas suivi. La pièce lui parut soudain trop petite et les murs se refermèrent sur lui. Il eut envie de sortir, envie d'espace et de mouvement.

« Ce qu'il faut, c'est s'occuper activement, reprit Hennie. Les survivants affluent maintenant et je rentre fatiguée tous les soirs, mais c'est la meilleure chose qui puisse m'arriver. »

Les survivants... Mais pas Joachim et Elisabeth, ni Ilse et Mario.

« D'où viennent-ils ? demanda-t-il.

— D'un peu partout. De Pologne, des camps des quatre coins de l'Europe, d'Allemagne, d'Italie, de Grèce. De partout.

— Lesquels ont survécu ?

— Ceux qui ont eu de la chance, si tu veux appeler les choses ainsi. Quelques jeunes gens qui travaillaient comme des esclaves dans les mines de fer, pour la machine de guerre allemande, et qui ont réussi à rester vivants. Quelques ouvriers, ou des médecins, dont ils se servaient d'une manière ou d'une autre. Ils ne sont pas nombreux.

— Tu te souviens de la doctoresse dont j'ai parlé... la femme qui était partie en Italie avec son fils ?

— Celui que tu as sauvé.

— Je me demande si elle a survécu.

— Tout est possible, Paul, mais pas toujours probable. Donne-moi son nom et lundi je vais voir si je peux trouver quelque chose. »

Lundi, en fin d'après-midi, après une longue journée de remise en route dans le monde de la banque, il reçut un coup de téléphone de Hennie. Elle semblait excitée.

« Paul ! J'ai feuilleté toutes les fiches et pour finir je suis passée aux listes de réinsertions — en dehors de New York — et je l'ai trouvée ! Même nom, une doctoresse, envoyée d'Italie à Auschwitz. Ce doit être ton Ilse ! »

Il était stupéfait. « Elle est ici ? Aux États-Unis ?

— Oui. Depuis un an. On l'a envoyée effectuer un recyclage à Minneapolis et maintenant elle est à New York.

— Et Mario ?

— Rien le concernant.

— As-tu son adresse ?

— Et un numéro de téléphone. Elle travaille dans une clinique, au sud de Manhattan. »

Il raccrocha en oubliant de dire merci. Repoussant les papiers qui étaient sur son bureau, il pensa combien tout était l'effet du hasard. Des millions de morts, six millions, et Ilse vivait toujours. Et il se dit en évoquant ces deux journées, le vent dans les montagnes boisées et le poêle de faïence dans un coin, qu'en d'autres circonstances, s'ils n'étaient pas nés sur des continents différents, Ilse aurait peut-être été la compagne de sa vie. Qui pouvait le dire ? Tout était fortuit, accidentel...

Et il décrocha le récepteur. La même peur qu'il avait éprouvée avant sa rencontre avec Leah, quelques jours auparavant, le glaça de nouveau. Remonter de nouveau le temps...

Il y eut un silence quand il donna son nom.

« Oh ! Je croyais que tu étais mort, dit-elle.

— Qu'est-ce qui t'a fait croire...

— Parce que, quand je suis arrivée ici, l'année dernière, j'ai appelé ta banque et l'on m'a dit que tu étais parti à la guerre et que tu n'étais pas revenu, alors j'ai cru que...

— Non. Je suis resté là-bas parce que... eh bien, parce que je pensais que je pouvais être utile, et parce que je n'avais pas encore envie de rentrer. Mais assez parlé de moi. Raconte-moi ce qui t'est arrivé.

— Par où commencer ? Quand je suis sortie du camp, on nous a lavées, épouillées et vêtues. Puis on nous a aidées pour les papiers et mon numéro faisait partie du quota. Après toutes ces années, ces effroyables années, on était arrivé à mon numéro. »

Il avait envie de poser la question, et peur aussi de la réponse, mais il réussit à dire : « Mario ?

— Mort. Nous avons été séparés dans le train. Je ne l'ai jamais revu. »

La simplicité morne de ces paroles était bien plus terrible qu'un torrent de larmes. Elles résonnèrent comme un écho dans les oreilles de Paul. Mario est mort. Mort. Mort.

« Oh ! dit-il. Je voudrais te voir, Ilse. Quand pourrai-je ? Où ?

— Je sors tôt demain après-midi. Viens prendre le café chez moi. J'ai un petit logement dans Washington Heights. »

Quelque chose de triste, mais de passionné, frémit en lui.

« J'y serai. A 4 heures. »

Il y avait une rangée de boutiques, une blanchisserie, une boucherie, un salon de coiffure et un tailleur, avec des appartements au-dessus. Paul gravit une sombre volée de marches et sonna. Elle devait l'attendre car la porte s'ouvrit aussitôt.

« C'est toi. C'est vraiment toi », dit-elle et elle tomba dans ses bras.

Il l'étreignit une minute ou deux en lui caressant les cheveux. Lorsqu'elle se dégagea, ses yeux brillaient de larmes.

« Tu es le seul être humain qui me reste du monde que j'ai connu ! Le seul.

— Personne d'autre venant d'Europe ? Il y en a tant dans ce quartier !

— Non, personne que je connaisse. Tu vois, il me faut repartir de zéro... » Elle s'essuya les yeux. « Mais n'en parlons plus. Il y a du café et, hier soir, j'ai fait un gâteau. Assieds-toi. J'en ai pour une minute. »

Tandis qu'elle s'affairait dans la kitchenette, il regarda autour de lui. La pièce ne comptait que peu de meubles, visiblement achetés d'occasion, mais il y avait de belles plantes vertes devant la fenêtre et des étagères pleines de livres. En si peu de temps, elle en avait déjà rassemblé beaucoup.

« En versant le café, dit-elle de retour avec un plateau, je me suis souvenue que la seconde fois que nous nous sommes rencontrés, tu es venu chez moi et je t'ai donné du café. Tu as regardé autour de toi, comme tu le fais aujourd'hui, et tu as fait des commentaires sur la photo de Mario. Sais-tu que je n'en ai même pas une de lui ? La seule image qui me reste, elle est là. » Elle se toucha le front.

Que pouvait-il répondre ?

Les jeunes. Tous ces jeunes. On pourrait écrire des volumes et des volumes sur ce qui s'était passé, mais ils seraient incapables de rendre en quoi que ce soit la vérité.

« Je ne sais pas quoi te dire, avoua Paul.

— Parfois j'essaie de me convaincre qu'il vaut mieux pour lui qu'il n'ait pas survécu car il aurait mené une triste vie. Ils l'ont complètement détruit, la première fois, dans ce camp. Je pense qu'il avait souffert d'un traumatisme crânien. Il ne s'en est jamais remis, il ne pouvait plus se débrouiller tout seul. »

Elle a vécu mille ans en quelques décennies. Une voiture de pompiers passa dans la rue et des enfants grimpèrent bruyamment l'escalier, le rappelant au temps présent.

« En dépit de tout, tu n'as pas vieilli. »

Pourtant Paul avait l'impression que son visage avait

changé ; elle était plus douce, moins tranchante, moins sûre d'elle-même. La souffrance, pensa-t-il. Cela épure un être.

« Et toi, où en es-tu, Paul ?

— Toujours pareil.

— Et ta femme ?

— Pareil. » Et soudain, il laissa échapper : « Je ne peux pas y mettre un terme, tu vois. Elle a besoin de moi. Elle m'aime, à sa manière.

— Oui, nous pouvons aimer quelqu'un qui ne nous convient pas et pour qui nous ne sommes pas le conjoint idéal. »

Il avait besoin de parler, de dire des choses qu'il n'avait jamais partagées avec personne. « Elle est fragile... elle est si souvent malade... ses sinus, des migraines et cette nervosité...

— Elle ne peut pas faire autrement. Crois-moi, les gens comme elle ne sont pas heureux d'être comme ils sont.

— Tu parles comme un médecin.

— J'en suis un. Non, il ne faut pas que tu la détruises. Tu lui as fait assez de mal quand tu l'as épousée sans l'aimer.

— J'en suis bien conscient.

— Il y a eu assez de souffrances dans ce monde sans en infliger encore plus.

— Dieu sait que c'est vrai.

— Oh ! Paul, j'ai très souvent pensé à toi ! J'ai tant de questions à te poser. Et l'autre femme, Anna ? Cela ne t'ennuie pas que je te questionne ?

— Non. Mais je n'ai rien à te dire. Il ne s'est rien passé.

— Je regrette. »

Cette courte réplique était énigmatique, mais il la laissa passer.

« Nous allons nous revoir ? demanda-t-elle.

— Bien entendu !

— Quand tu seras disponible. Je vois qu'il y a des complications.

— Pas du tout. Nous allons et venons tous deux librement. Aussi je t'appellerai dans un jour ou deux. »

Quelques semaines plus tard, vint un éclatant mais frais après-midi de juin. Un orgue de Barbarie jouait une chanson napolitaine, les gens achetaient des géraniums en pot et les marchands de glaces faisaient tinter leur clochette. C'était un beau jour pour se marier, pensa Paul en tournant le dernier coin avant la synagogue.

Néanmoins, il était un peu anxieux. « Tu es sûre que tu veux venir avec moi ? lui demanda-t-il pour la troisième fois.

— Tout à fait sûre. »

Il la regarda d'un œil approbateur. Elle était belle en soie gris perle et chapeau à fleurs. Ses cheveux, toujours coiffés de la même manière, dégageaient un front qui avait retrouvé sa sérénité. Et ses yeux noirs, légèrement bridés, un peu orientaux, étaient joyeux.

Il se souvint du jour où il l'avait emmenée chez Leah. « Je n'ai besoin de rien, avait-elle protesté. Je porte une blouse blanche cinq jours et demi sur sept. » Son premier coup d'œil sur la boutique l'avait effrayée. « Ce n'est pas un endroit pour moi. Ces choses-là coûtent une fortune.

— Ne t'occupe pas de cela, avait-il répondu pour l'apaiser. La propriétaire est une cousine à moi. »

Il n'avait pas eu besoin d'en dire long à Leah qui, connaissant l'histoire d'Ilse, avait voulu, avec sa générosité habituelle, lui fournir une splendide garde-robe.

« C'est quelqu'un de bien, avait-elle dit plus tard à Paul au téléphone. Bien pour toi. Oh ! Je l'aime beaucoup, Paul, vraiment. »

Paul avait acquiescé, amusé. Leah savait toujours reconnaître les gens qui appartenaient aux classes supérieures, surtout s'ils avaient reçu une éducation européenne.

Il dit alors : « Je me demande combien de temps ils vont rester à l'intérieur ? »

Les doigts d'Ilse glissèrent jusqu'à son poignet. « Ton cœur bat trop vite. Mais quoi d'étonnant à cela ? »

Il n'avait pas l'intention d'entrer et de participer à la cérémonie, bien qu'il ait pu se glisser sans qu'on l'aperçoive dans le fond de la synagogue. Il ne voulait pas courir le moindre risque de troubler Anna ou Iris en ce jour. Il comptait simplement rester sur le trottoir jusqu'à ce que les mariés aient pris place dans la limousine qui les attendait déjà.

Les portes du petit bâtiment de pierre étaient toujours fermées. Il imaginait la scène, les deux époux devant l'arche ouverte, les mots anciens si beaux, le pied du marié écrasant le verre, le voile levé et le baiser.

Il était exclu. Il savait clairement que, quoi qu'il arrive, sa fille ne saurait jamais la vérité. L'homme qui avait élevé Iris et l'avait conduite à l'autel aujourd'hui était son père.

Il baissa les yeux lorsque Ilse retira la main ; il vit la manche glisser et apparaître les chiffres tatoués sur son bras blanc. Il se souvint... C'était elle qui avait réellement perdu son enfant. En présence d'une telle perte, il se sentit un peu honteux.

Un instant plus tard, les portes s'ouvrirent, laissant sortir un flot de musique d'orgue. La mariée apparut au bras d'un homme mince en habit — Paul le vit à peine —, elle riait, sa voix résonnait clairement, le voile volait au-dessus de sa tête ; elle rassembla les plis de sa longue jupe ; ils montèrent dans la grande voiture noire et s'en allèrent.

Dieu te bénisse, Iris. Puisses-tu connaître la paix et l'amour aussi longtemps que tu vivras, dit-il en silence.

La petite foule des curieux qui se rassemblent toujours pour voir une mariée se mêla à celle qui sortait de la synagogue. Paul se dissimula parmi elle, attendant de voir Anna.

Elle suivait des yeux la voiture qui emportait Iris. Une fois de plus, elle était vêtue de rose, avec une guirlande de fleurs dans ses cheveux éclatants. Elle ressemblait à une jeune fille, elle avait l'air d'être la sœur de sa fille.

Puis il vit l'homme qui était à côté d'elle. Il avait mis la main autour de sa taille. Anna leva les yeux vers lui : même de l'endroit éloigné où Paul se tenait, il comprit qu'ils se souriaient. C'est la première fois que je les vois ensemble, pensa-t-il, mais brusquement un lointain souvenir lui revint ; ce n'était pas la première, mais la seconde fois. Avant que Marian soit enceinte et alors qu'Anna l'était, ce qu'il n'avait pas su à l'époque, oui, oui, assis dans sa voiture, il avait regardé cet homme et cette femme marcher vers la maison qu'ils habitaient quand ils étaient pauvres... Comme il avait tremblé, le cœur bondissant dans sa poitrine, en découvrant qu'il ne pourrait pas — parce qu'il n'était pas homme à faire quelque chose d'aussi cruel —, qu'il ne pourrait pas détruire le foyer de cet homme... même si Anna l'avait voulu... ce qui n'était pas le cas !

Il l'avait laissée tranquille depuis lors. Dieu sait qu'il l'avait fait...

Maintenant, ils se disaient quelque chose. La tête de l'homme était penchée vers elle, son geste montrait qu'elle était à lui, pleinement à lui. Ils partageaient la même vie, ces deux-là, ils avaient une histoire personnelle ! De quel droit serait-il intervenu, sauf dans ses pensées les plus extravagantes et les plus vaines ?

Dans la tête, dans le cœur de Paul, quelque chose darda comme une douleur, puis s'estompa, le laissant délicieusement soulagé. Oui, oui. Elle avait été son premier amour, et peut-être son unique amour. Mais il y avait d'autres façons de vivre, d'être heureux. Il ne devait pas attendre plus longtemps.

« C'est Anna, n'est-ce pas ? » chuchota Ilse ; et, répondant à son hochement de tête : « Elle est charmante, Paul. Tout à fait charmante ! »

Il regarda Anna et son mari monter en voiture. « Bon, allons maintenant », dit-il à haute voix.

Surprise, Ilse demanda : « Quoi faire ?

— Marcher, et peut-être déjeuner ensemble, si tu n'as rien d'autre à faire, personne d'autre à voir.

— Je n'ai rien d'autre, et personne que toi. »

Quand vas-tu commencer à vivre ? avait dit Leah.

Maintenant, se répéta-t-il. Il est temps, grand temps.

Et ils marchèrent le long de l'avenue, par cet après-midi finissant d'été. C'était la plus ordinaire des rues, encombrée de voitures, bruyante, pleine d'une foule animée, et soudain très, très belle.

Ernährung bei Reizdarm

Beschwerdefrei und mehr Wohlbefinden durch die Reizdarm Ernährung

inkl. Foodmap Diät und Lebensmittellisten

65 Rezepte

1 Auflage
Autor: Food Balance

Inhaltsverzeichnis

Kapitel 1: Einleitung: Was versteht man unter einem „Reizdarmsyndrom“?

Wer Probleme mit seinem Magen-Darm-Trakt hat, wird früher oder später den Weg zu einem Spezialisten, einem so genannten Gastroenterologen aufsuchen. Die Hälfte aller Besuche bei diesem Spezialisten werden durch das Reizdarmsyndrom veranlasst. Das Problem ist allerdings, dass ein solches Reizdarmsyndrom leicht mit anderen ähnlichen Erkrankungen des Darms verwechselt werden kann. Dabei gibt es auch für das besagte Reizdarmsyndrom verschiedene Namen und Bezeichnungen, beispielsweise irritables Darmsyndrom, Reizkolon oder umgangssprachlich auch „nervöser Darm“.

Dieses Symptom verursacht Schmerzen und allgemein ein schlechtes Gefühl in der Bauchgegend, verändert das Stuhlverhalten, kann jedoch auch noch in spezifischere Untergruppen eingeteilt werden. Das Syndrom kann ebenfalls mit Blähungen, Verstopfung, Beckenschmerzen und in der Folge auch mit psychischen Erkrankungen einhergehen.

Frauen sind von diesem Syndrom doppelt so häufig betroffen wie Männer. Das Charakteristische und Schwierige an diesem Syndrom ist, dass sich trotz Schmerzen keine körperlichen Ursachen finden lassen. Daher vermutete man psychische Ursachen für die Entstehung der Krankheit. Heutzutage weiß man allerdings, dass viele Faktoren die Entstehung eines Reizdarmsyndroms bedingen können.

Ein Arzt muss sämtliche mögliche Darmerkrankungen ausschließen, bevor ein Reizdarmsyndrom mit Sicherheit diagnostiziert werden kann. Es gibt keine wirkliche pauschale Behandlung gegen ein Reizdarmsyndrom, doch können einige Symptome durch bestimmte

Medikamente bekämpft werden. Über Maßnahmen, die ein Reizdarmsyndrom bekämpfen können, wird einiges zu einem späteren Zeitpunkt gesagt werden. Immerhin ist festzustellen, dass ein Reizdarmsyndrom nicht lebensgefährlich ist und es damit auch die entsprechenden Symptome nicht sind. Dennoch haben Betroffene natürlich unter einem Syndrom zu leiden, dass die Lebensqualität unter Umständen erheblich einschränken kann. Daher lohnt es sich, etwas über dieses Syndrom in Erfahrung zu bringen.

Nach dieser kurzen Einleitung werden Sie zunächst einige einführende Informationen erhalten. Zunächst wird eine These argumentativ unterstützt, die besagt, dass es sich bei einem Reizdarmsyndrom nicht nur mitunter um eine Erkrankung handelt, die organische und körperliche Ursachen hat, sondern dass das Psychosomatische an der Krankheit durchaus auch durch unsere Bedingungen in der heutigen Gesellschaft bedingt wird. Zahlen und Fakten zum Thema „Darm" werden Ihnen anschließend aufzeigen, welche Relevanz das Thema insgesamt besitzt und Ihnen zusätzlich einige Informationen liefern, die Sie sicherlich noch nicht wussten. In den Kapiteln 2 und 3 gehen Sie auf Exkursion. Denn um zu verstehen, warum es sich bei einem Reizdarmsyndrom um solch eine Einschränkung handelt, sollten Sie zuerst verstehen, warum der Magen-Darm-Trakt so wichtig für den menschlichen Körper ist. Daher werden Sie zuerst erfahren, welche unterschiedlichen Funktionen der Darm übernimmt und welche Rolle Dickdarm, Dünndarm, Zwölffingerdarm, Blinddarm und Enddarm genau spielen. Danach geht es darum, wie die Verdauung des menschlichen Körpers überhaupt funktioniert. Im Kapitel „Diagnose: Reizdarmsyndrom" erfahren Sie, welche anderen Krankheiten noch vorliegen könnten, wenn der Verdacht Reizdarm besteht. Überdies sind offizielle Kriterien zusammen getragen worden, die für das Reizdarmsyndrom gelten. Daraufhin werden Sie verschiedenste Maßnahmen kennen lernen, mit denen Sie ein Reizdarmsyndrom in

den Griff kriegen können. Da es sich um eine facettenreiche und unübersichtliche Krankheit handelt, gibt es auch diverse Ansätze und Möglichkeiten, um das Problem zu beheben. Im Anschluss daran werden Sie das **FODMAP-Konzept** kennen lernen. Dieses Konzept ist speziell dafür da, damit Sie nicht mehr allzu sehr am Reizdarmsyndrom leiden. Dafür müssen Sie Ihre Ernährung in einer bestimmten Art und Weise verändern, um Ihren Körper besser kennen zu lernen. Warum diese „FODMAPs“ so schädlich für den Körper sein können, wird ebenfalls Gegenstand der Ausführungen sein. Welche weiteren Maßnahmen noch unternommen werden können, welche Rolle unter anderem Medikamente spielen, werden Sie ebenfalls in Erfahrung bringen. Schlussendlich geht es noch darum, welche Prognose ausgegeben werden kann, wenn man am Reizdarmsyndrom erkrankt ist, ehe im letzten Kapitel ein finales Fazit gezogen wird. Außerdem werden 65 darmschonende Rezepte gezeigt. Ich wünsche Ihnen in jedem Fall informative Momente bei Ihrer Reise durch den menschlichen Körper!

Kapitel 1.1: Das Reizdarmsyndrom – eine Gesellschaftskrankheit?

7 % aller Deutschen leiden unter dem Reizdarmsyndrom. Viele Betroffene gehen erst gar nicht zum Arzt, denn manchmal handelt es sich **„nur“** um Blähungen, manchmal treten die Symptome nicht regelmäßig auf und oft scheint einem selbst klar zu sein, dass sich der „nervöse Darm“ nur dann bemerkbar macht, wenn der Alltag besonders stressig ist. Oft gibt es organische Ursachen für ein Reizdarmsyndrom, beispielsweise durch schlechte Ernährung, Nahrungsmittelunverträglichkeiten oder Entzündungen, die dem Syndrom vorausgehen. Doch bekanntlich handelt es sich dabei um eine psychosomatische Erkrankung. Die Psyche ist also ein Faktor, der bei dieser Krankheit immer mitberücksichtigt werden sollte. In diesem Zusammenhang ist es kein Wunder, dass es sich bei diesem Syndrom schon um eine Art Volkskrankheit handelt. Schließlich leiden sechs Millionen Deutsche darunter und die Entwicklung unserer Gesellschaft trägt mit Sicherheit dazu bei, dass sich die Krankheit noch weiter „durchsetzen“ wird. Maßgeblich dafür sind folgende Schlagwörter: Fast-Food-Trend, Optimierungswahn, Schnelllebigkeit, Reizüberflutung, Umwelteinflüsse. Teilweise gibt es aktuell einen Trend hinsichtlich gesunder und bewusster Ernährung. Vegetarismus und Veganismus sind in und Menschen setzen sich teilweise mehr mit dem auseinander, was sie zu sich nehmen. Auf der anderen Seite ist Fast Food in unserer Gesellschaft aber auch mehr als angekommen. Der Alltag gestaltet sich immer schnelllebiger und so haben immer weniger Menschen Zeit, Essen selbst zuzubereiten.

Die Folge: es wird mehr auf „industrielles“ Essen zurückgegriffen, Fertigprodukte werden gekauft und so bleibt auf der Strecke, was man da eigentlich zu sich nimmt. Das Bewusstsein für die eigene Ernährung nimmt ab und so haben ungesunde Nahrungsmittel die

Möglichkeit, einen gesunden Darm langsam krank zu machen. Der Optimierungswahn unserer Gesellschaft führt teilweise auch dazu, dass man sich für das Essen keine Zeit mehr lässt. Rituale, wie das gemeinsame Essen an einem bestimmten Platz, werden teilweise nicht mehr gelebt und so wird das Essen ein fast schon lästiger Bestandteil des Tages, der eben zehn Minuten Zeit einnimmt. Teilweise handelt es sich aber auch um ein Ventil für den Alltag, mit dem man Probleme vergessen machen kann. So wird auch manchmal vor dem Fernseher gegessen und vor allem auch dann, wenn man gar keinen Hunger mehr hat. Diese Gewohnheiten gefährden ein gesundes Innenleben innerhalb unseres Körpers. Zwar hat sich die Kommunikation unserer modernen Gesellschaft verändert, doch Beziehungen auf zwischenmenschlicher Basis haben sich dennoch nicht wirklich intensiviert. Karriere und Ausbildung stehen mehr im Vordergrund, während Familie und zwischenmenschliche Beziehungen teilweise darunter leiden. Die Folge: die Menschen kommunizieren durch Smart Phones mehr und doch gleichzeitig weniger. Dieser Trend wirkt sich auch auf die Ernährung aus, und kann sie vor allem in Richtung Süßigkeiten negativ beeinflussen. Vor allem aber wirkt es sich auf die Psyche aus. Man weiß, dass es teilweise keine Zeit gibt, um zu essen. Die Nahrung kann also teilweise nicht mehr genossen werden. Der Stress in einer „Just-in-time"-Gesellschaft nimmt zu und das wirkt sich auf das Gemüt aus. Es ist kein Zufall, dass Burn-out-Syndrome schon lange keine Seltenheit mehr sind. Der Darm funktioniert in gewisser Weise wie das Gehirn, denn auch hier gibt es Neurotransmitter. In gewisser Weise ist die Gesundheit des Darms also auch Ab- und Ausdruck des gesamten psychischen Innenlebens. Nicht zuletzt durch diverse Umweltgifte stellt das Reizdarmsyndrom damit nicht nur eine Krankheit dar, die ernsthafte organische Ursachen haben kann, sondern auch Symptome hervorbringt, die unsere schnelllebige und oberflächliche Gesellschaft spiegeln, in der Ernährung teilweise immer unterbewusster geschieht.

Reizdarm Typen	**Beschreibung**
Durchfall-Typ	• Mehr als 3 Stuhlgänge am Tag • Schafskotartiger Stuhlgang • Explosionsartige Entleerung • Gefühl der unvollständigen Entleerung • Mögliche Blut und Schleimbeimengung (Arzt) • Bauchschmerzen und Bauchkrämpfe **nach** Nahrungsaufnahme
Verstopfungs-Typ	• Fester bis hin zum harten Stuhlgang • Weniger als 3Stuhlgänge pro Woche • Gefühl der unvollständigen Entleerung • Starkes Pressen nötig
Misch-Typ	• Durchfälle und Verstopfung im Wechsel

Symptome auf einen Blick

- Symptomtrias: 1) Bauchschmerzen, 2) Stuhlunregelmäßigkeit (=Durchfall und Verstopfungen wechseln sich ab), 3) Blähungen
- Kann bis zu 10-15 Stuhlgänge pro Tag haben. **Wichtig:** Nicht in der Nacht! *Nächtliche Durchfälle schließen einen Reizdarm meistens aus.*
- Stuhl: häufig schafskotartig mit Schleimbeimengen
- Übelkeit
- Völle- und Druckgefühl
- Anfallartige Bauchschmerzen bzw. Krämpfe **nach** dem Stuhlgang

Kapitel 1.2: Zahlen und Fakten

50 % → Selbst Ärzte sind oft ratlos: Bei etwa der Hälfte aller Leidenden und Betroffenen des Reizdarmsyndroms lieferten Routineuntersuchungen beim Doktor zunächst keine Aufklärung. Es herrschte letzten Endes keine Klarheit darüber, warum und wieso die auftretenden Symptome vorherrschen. Dann kann es sich um ein Reizdarmsyndrom handeln, auch wenn dies nicht der Fall sein muss, schließlich ist die Liste der Darmerkrankungen lang.

5 – 7m → So lang ist der gesamte Darm. Damit dürfte auch klar sein, warum es manchmal so schwer sein kann, Beschwerden in diesem Organ zu definieren bzw. genau zuzuordnen. Es handelt sich um ein äußerst großes Organ, das gleichzeitig aber sehr sensibel ist. Und so dürfte auch klar sein, dass der Darm einiges aushalten muss, vor allem wenn die Ernährung auf Dauer nicht ausgewogen ist.

400 & 1,5 kg → Im Dickdarm sollen sich über 400 Bakterienarten tummeln, die in einer unglaublichen Vielzahl vorhanden sind. 10 Billionen Bakterien an der Zahl sollen den menschlichen Körper besiedeln. Dadurch dürfte auch klar werden, weshalb eine gesunde Darmflora so wichtig ist und welchen Einfluss Darmbakterien für ein gesundes Leben spielen. Sollten diese durch ungesunde Ernährung zerstört werden oder sich mit anderen ungesunden Bakterien vermengen, kann das sehr negative Auswirkungen auf das Leben haben. Die Bakterien des Dickdarms wiegen zusammen gerechnet im Übrigen stolze 1,5 kg.

8-15x → Sollten Sie eine Entzündung des Darms erlitten haben, steigt das Risiko, an einem Reizdarmsyndrom zu erkranken, um das 8-15-fache. Auch das kann es mitunter schwierig gestalten, das Auftreten eines Reizdarms zu erklären. Schließlich ist es im Nachhinein nicht immer nachvollziehbar, warum und wann sich ein Darm entzündet hat. Auch kann es sich dabei um einen schleichenden Prozess handeln. Manchmal unterstützt der Reizdarm eine vorhandene Krankheit. Manchmal geht er ihr voraus oder ist die Folge einer Krankheit bzw. Entzündung.

20-30 Jahre → Im Alter zwischen 20 und 30 sind Frauen doppelt so häufig vom Auftreten eines Reizdarmsyndroms betroffen, wie Männer. Allgemein kommt das Syndrom bei Frauen häufiger vor, zumal Therapie-Maßnahmen bei Frauen auch besser anschlagen.

7 % → 7 % aller Deutschen leiden unter einem Reizdarmsyndrom. Das macht darauf aufmerksam, welch große Relevanz diese Erkrankung für Menschen in Deutschland spielt und welche Rolle sie auch in der medizinischen Forschung spielen sollte. Schließlich sind manche Ursachen immer noch unerforscht und auch die Forschung diesbezüglich ist noch nicht ausgereift. Dabei geht es hier um das Leben von fast sechs Millionen Menschen.

Kapitel 2: Exkurs: Funktion des Magen-Darm-Trakts

Im Wesentlichen übernimmt der Magen-Darm-Trakt des menschlichen Körpers vier grundlegende Aufgaben. Der Darm verantwortet:

1. **die Verdauung und Resorption von Nährstoffen**

2. **die Regulation des menschlichen Wasserhaushalts**

3. **die Produktion von Hormonen und wichtigen Botenstoffen**

4. **die Bildung von Abwehrzellen für das Immunsystem**

Dabei können natürlich Funktionen und Aufgaben unterschieden werden, die vom Dickdarm und die vom Dünndarm verantwortet werden.

Der Dünndarm beinhaltet unter anderem auch den Zwölffingerdarm und hier münden weitere Organe, die für die Verdauung elementar sind: Leber, Galle, Bauchspeicheldrüse. Hier sind wichtige Enzyme enthalten, die für die Spaltung von Kohlenhydraten, Fetten und Eiweißen zuständig sind. Aus der Darmwand strömen weitere Enzyme heraus, die bei der Verdauung weiterhin hilfreich sind. Sobald die Nahrung gekaut und geschluckt wurde, ist der Dünndarm schließlich dafür verantwortlich, die Nahrung in ihre Bestandteile zu verkleinern und zu resorbieren, sprich in das Blut aufzunehmen. Kohlenhydrate werden zu Einfachzucker verarbeitet, Eiweiße in Aminosäuren, Fette zu Glyzerin. Nachdem die Nährstoffe erst einmal ins Blut transportiert wurden, wandern sie zur Leber und sind nun am Stoffwechsel beteiligt. Auch Vitamine und Mineralstoffe gelangen so in den Körper.

Der Dickdarm ist hingegen für die Nährstoffe verantwortlich, die vom Körper nicht benötigt werden. Durch peristaltische Bewegungen der Muskelwand wird der Speisebrei zum Ausgang des Körpers bewegt. Dem Stuhl wird schließlich noch das Wasser entzogen, abgesonderter Schleim sorgt schließlich noch dafür, dass der Kot gleitfähig wird und ausgeschieden werden kann. Der Darm ist außerdem der Ort für diverse Bakterien, die in großer Artenvielfalt vorhanden sind. All diese Bakterien im Dickdarm wiegen 1,5 kg. Diese etwa vier Billionen Bakterien verarbeiten den „Ausschuss", sorgen aber auch für die Herstellung von Vitaminen, wie Vitamin B und Vitamin K. Durch die Arbeit dieser Bakterien entstehen Farb- und Geruchsstoffe. Letztlich wird der Kot ausgeschieden. 33 bis 43 Stunden, nachdem die Nahrung aufgenommen wurde, kommt es letzten Endes zur Ausscheidung.

Magen, Dünndarm, Blinddarm, Dickdarm und Enddarm haben also ganz verschiedene Rollen und Funktionen, die im Folgenden noch etwas genauer erläutert werden:

Magen: Der Magen stellt den sauersten Teil des gesamten Körpers dar. Das ist auch wichtig, denn die Säure im Magen hat die Aufgabe, die Nahrung nach dem Kauen zu zerkleinern. Proteine und Ballaststoffe sind nicht gerade einfach zu verdauen, daher ist dieser saure Magen auch notwendig, um für eine gelungene Verdauung zu sorgen.

Man kann es sich so vorstellen, als würde die Säure im Magen die aufgenommene Nahrung aufspalten, damit sie optimal weiter verarbeitet werden kann. Dazu zählt auch der Arbeitsprozess, bei dem der Magen die Nahrung „desinfiziert". Schließlich werden mit der Nahrung auch Schimmelpilze, Viren, Bakterien etc. aufgenommen, die in der Magensäure absterben. Schließlich soll der Darm nicht mit solchen Inhalten belastet werden. Der Nahrungsbrei wird hier

durchmischt und die Schleimschicht des Magens wird geschützt. Schon wenn die Säure des Magens zu sauer bzw. nicht sauer genug ist, kann das zu gesundheitlichen Problemen führen. Ist die Säure aber angemessen, wurde die Nahrung genug durchmischt und angesäuert, so ist der Pförtner dafür verantwortlich, dass der Nahrungsbrei weiter zum Dünndarm gelangt.

Dünndarm: Im Zwölffingerdarm wird der Nahrungsbrei erst einmal entsäuert und mit Verdauungssäften vermischt. Enzyme und Gallensalze werden freigegeben, denn sie werden die spätere Verdauung von Proteinen, Kohlenhydraten und Fett erleichtern. Es handelt sich beim Dünndarm um den längsten Teil des Magen-Darm-Traktes, schließlich sollen und müssen hier besonders viele und wertvolle Nährstoffe aus der Nahrung aufgenommen werden. Mikroorganismen sind hier daher nur in geringer Anzahl vorhanden, damit dem Körper wertvolle Bestandteile der Nahrung erhalten bleiben. Das Immunsystem sorgt unter anderem dafür, dass dies auch so bleibt. Die große Oberfläche des Dünndarmes entsteht im Übrigen aus den Darmzellen, die eine mehrdimensionale Anatomie haben und sich daher im Körper „ausstülpen“. Die Darmschicht ist nur tausendstel Millimeter dick und muss doch dem Angriff von diversen Giftstoffen standhalten. Eine Darmzelle überlebt im Körper auch nur fünf Tage, ehe sie von einer neuen Zelle abgelöst wird. Die Oberfläche des Dünndarms sieht es auch vor, dass dieses Organ natürlich eine große Angriffsfläche für Schädlinge bietet. Durch diese dünne Zellschicht gelangen die Nährstoffe dann in den Blutkreislauf. Nur noch Ballaststoffe und Wasser sind jetzt übrig, während Kohlenhydrate, Proteine, Fette, Vitamine und Salz schon verarbeitet wurden. Die restlichen Aufgaben der Verdauung kommen nun noch auf den Dickdarm zu.

Blinddarm: Zwischen Dünndarm und Dickdarm befindet sich im menschlichen Körper der Blinddarm, der bei Menschen vor allem populär ist, weil er bei vielen Menschen bereits entfernt wurde. Tatsächlich wusste man lange nicht, welche Aufgaben der Blinddarm überhaupt übernimmt. Heute nimmt man an, dass der Blinddarm als Reservoir für Darmbakterien dient, sollte der Dickdarm seine Aufgaben aufgrund einer Erkrankung nicht übernehmen können. Im Laufe der Evolution war der Blinddarm wichtig, da er als Ersatz diente, wenn es zu Darminfektionen kam. Da dies heute weniger der Fall ist, ist der Blinddarm heutzutage nicht mehr lebensnotwendig. Vor 200 Jahren war eine Blinddarmentzündung beispielsweise auch noch Ursache für den Tod. Heute handelt es sich um eine Routine-Operation.

Dickdarm: Im Dickdarm befinden sich eine Million mal mehr Bakterien wie im Dünndarm. Zudem misst der Dickdarm 1-2 Meter, ist allerdings nur so dick wie eine Faust. Salze und Wasser werden aus dem verbliebenen Nahrungsbrei aufgenommen, schließlich ist Wasser lebensnotwendig. Einerseits wird also der Stuhl vorbereitet, doch andererseits ist die Darmflora dafür verantwortlich, dass das Wertvolle im Nahrungsbrei noch zum Stoffwechsel beitragen kann. Die 1-2 kg Bakterien, die sich im Dickdarm tummeln, haben wichtige Aufgaben:

- Sie bauen Ballaststoffe ab und verwandeln sie in kurzkettige gesunde Fette, die für den Körper wertvoll sind.
- Sie produzieren Vitamine und Hormone für den Körper.
- Sie befinden sich auch dort, damit keine anderen Krankheitserreger dort die Chance haben, sich auszubreiten

- Sie „kommunizieren“ mit dem Immunsystem und mit dem Gehirn über die Darm-Hirn-Achse, wodurch die Psyche auch Einfluss auf den Darm und umgekehrt nehmen kann

Enddarm: Der Nahrungsbrei ist hier bereits zum Stuhl geworden. Der Stuhlgang besteht zur Hälfte aus Ballaststoffen und Abfällen, die nicht verwertet werden konnten. Andererseits tummeln sich dort auch lebendige und tote Bakterien. Im Enddarm wird der Stuhlgang „überprüft“ und die Kommunikation mit dem Hirn findet statt, damit die Ausscheidung „geplant“ werden kann. Der letzte Teil des Verdauungsprozesses findet letzten Endes bekanntlich im Anus statt. Die unverdaulichen Nahrungsreste werden von Bakterien zersetzt und bestehen aus:

1. Abbauprodukte und Giftstoffe
2. Sterkobilin (=Abbaustoff aus den Gallenbestandteil Bilirubin, welches die bräunliche Färbung des Kotes ausmacht)
3. Bakterien
4. Schleim und abgestoßene Resorptionepithel

Übersicht der Organe

Organ	**Funktion**
Magen	• Auffangen der Nahrung und Durchmischen mit Magensaft zum Speisebrei • Beginn der Eiweißverdauung • Bildung von zähen Schleim • Instrinsic Factor für Vitamine B12 *(=Aufnahme von Vitamine B12 wird gewährleistet)*

Dünndarm	• Resorption von Vitamine B12 und Gallensäure • Resorptionsvorgänge für Eiweiße und Kohlenhydrate • *(Eiweiße werden zu Aminosäuren / Kohlenhydrate zu Glukose, Fructose, Galaktose)*
Bauchspeicheldrüse	• Bildung von Insulin und Glukagon • Enzymbildung für die Nährstoffaufspaltung *(Trypsin→Eiweiß in Aminosäuren, Amylase→Kohlenhydrate in Glukose, Lipasen→Fette in Glyzerin)*
Dickdarm	• Resorption von Wasser und Elektrolyten • Vergärung von nicht aufgenommenen Substanzen durch Bakterien
Enddarm	• Speicherung vom Dickdarminhalt (=Kot) • Ausscheidung über den After

Kapitel 2.1: Anatomie und Pathophysiologie des Magens

Der Magen ist im Verdauungssystem die zweite Station. Erste Station ist der Mund, in dem die durch den Kauvorgang zerkleinerte Nahrung mit Speichel und einer Unmenge an Bakterien aus dem Mund versetzt wird. Der Speichel sorgt dafür, dass der Speisebrei über die Speiseröhre *(lat. Oesophagus)* ungehindert in den Magen *(gr. gaster, lat. ventriculus)* gelangen kann. Die Übergangsstelle zwischen Speiseröhre und Magen bildet die Cardia, die auch einen fließenden Übergang des zweischichtigen Plattenepithels der Speiseröhre zum dreischichtigen Zylinderepithel des Magens darstellt. Die Cardia öffnet sich während des Schluckvorgangs kurzfristig für die Beförderung des Speisebreis aus der Speiseröhre in den Magen. Ansonsten ist beim Gesunden dieser Abschnitt des Verdauungstraktes verschlossen.

Abbildung 1: Der Magen

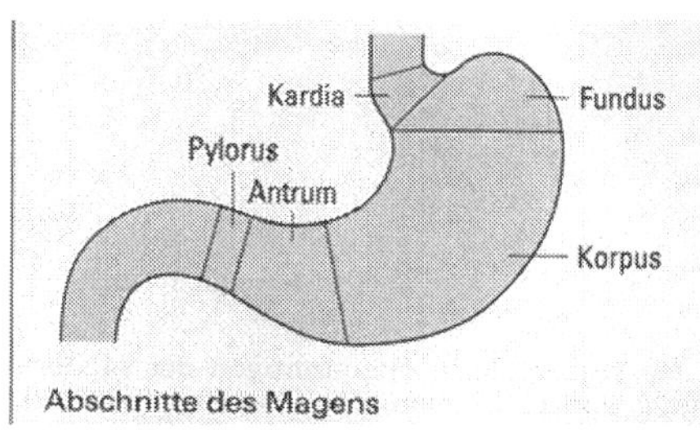

Quelle: Pschyrembel S. 1006

Im Magen findet keine Resorption aus der Nahrung statt. Vielmehr ist es Aufgabe des Magens, der streng genommen ein Muskelschlauch ist, die geschluckte Nahrung weiter zu zerkleinern und mit verschiedenen

Sekreten zu durchmischen. Der so entstandene Nahrungsbrei – Chymus genannt - wird an das Duodenum *(Zwölffingerdarm)* weitergegeben. Magen und Duodenum sind durch einen Ringmuskel, den Pylorus, voneinander getrennt.

Die Durchmischung des Nahrungsbreis wird durch die Peristaltik bewerkstelligt, die sich zuerst im oberen Bereich des Magens in der Nähe der Cardia bemerkbar macht. Die Peristaltik sorgt zusätzlich für den Transport des Speisebreis von der Cardia zum Pylorus. Im Cardia-Bereich ist keine Peristaltik vorhanden. Vielmehr wird hier der Tonus aufrechterhalten, der dafür sorgt, dass die Cardia verschlossen bleibt, solange keine Nahrungsaufnahme stattfindet. Die Aufrechterhaltung des Tonus wird durch die Art der aufgenommenen Nahrung beeinflusst sowie durch das Gewicht des Menschen. Die Peristaltik wird unter anderem durch den Nervus Vagus *(11 Hirnnerv, parasympathischer Hauptnerv)* gesteuert. Wird dieser Nerv durchtrennt, ist die Magenfunktion erheblich gestört.

Bei Übergewichtigkeit herrscht in der Bauchhöhle ein erhöhter Druck, der dazu führt, dass der Spannungszustand der Cardia nicht mehr aufrechterhalten bleibt. Die ***Cardiainsuffizienz*** ist die Folge. Das führt zu einem Zurückfließen des Mageninhaltes in die Speiseröhre beziehungsweise bei leerem Magen zu einem Rückfluss von Magensäure in die Speiseröhre. Eine vorübergehende Cardiainsuffizienz kann übrigens auch bei Schwangeren entstehen. Für eine Cardiainsuffizienz gibt es weitere Gründe, die der Vollständigkeit halber aufgeführt werden. Zum einen kann es einen genetischen Grund für einen unvollständigen Verschluss haben. Andererseits ist es auch möglich, dass die Speiseröhre sich verkrampft oder zu eng ist. In beiden Fällen dauert der Transport der Speise in den Magen zu lange, die Cardia ist zu lange geöffnet, so dass saurer Mageninhalt in die Speiseröhre fließen kann.

Wenn dieser Vorgang zu häufig geschieht, entzündet sich die ösophageale Schleimhaut. In diesem Fall wird fachspezifisch von einer „***Refluxösophagitis***“ gesprochen. Deutlich wahrnehmbare Symptome sind das Sodbrennen bzw. das saure Aufstoßen. Die Refluxösophagitis birgt auch eine weitere Gefahr für den betroffenen Menschen: Es kann sich infolge des ständigen Refluxes ein ***Barrett-Syndrom*** oder Barrett-Ösophagus entwickeln. Durch den ständigen Reflux entzündet sich die Schleimhaut, die aus Plattenepithelzellen gebildet wird und verändert sich in ein Zylinderepithel. Der Barrett-Ösophagus wird mittlerweile als *Präkanzerose* eingestuft. Unbehandelt entwickelt sich ein ***Plattenepithel-Karzinom***. Die Diagnostik eines Barrett-Syndroms kann nur endoskopisch erfolgen. Dabei werden auch Gewebeproben für die pathohistologische Untersuchung entnommen. Die Endoskopie allein ist für die Diagnose nicht ausreichend. Es ist auch bekannt und nachgewiesen, dass diese Erkrankung auch genetische Ursachen haben kann. Einige der krankheitsverursachenden Gene konnten nachgewiesen werden. Jedoch handelt es sich letztlich um ein multifaktorielles Geschehen, da nicht allein genetische Ursachen für die Entstehung des ösophagealen Plattenepithelkarzinoms infrage kommen. Weitere Ursachen sind verhaltensbedingt, d.h. sie liegen in der Verantwortung der Patienten. Dazu zählen die Ernährung und Genussmittelkonsum. Es ist bereits lange bekannt und vielfach dokumentiert, dass der gleichzeitige Nikotin- und Alkoholabusus die Entstehung von Plattenepithelkarzinomen im oberen Verdauungstrakt (Mundhöhle, Rachen, Speiseröhre) begünstigt. Hinzu kommen noch iatrogene Faktoren: Eine Strahlentherapie im Kopf- und Halsbereich wird als späteres Risiko für die Entstehung eines Plattenepithelkarzinoms im mittleren und unteren Bereich des Ösophagus angesehen. Sehr fettreiche Mahlzeiten und Genussgifte wie Alkohol und Nikotin haben ebenfalls negative Wirkungen auf die Cardiafunktion. Der Tonus wird herabgesetzt und die Cardia schließt nicht mehr korrekt. Das Zylinderepithel produziert einen Schleim, die

den gesamten Magen auskleidet. Dieser Schleim bildet eine Schutzschicht gegenüber der Magensäure. Der pH-Wert des Magensaftes schwankt beträchtlich, er kann zwischen pH1 bis pH7 liegen. Der pH-Wert ist abhängig von der Tageszeit, der Nahrungsaufnahme und dem Körpergewicht. Allein der Gedanke an Essen führt zu einer verstärkten Produktion der Magensäure und einem Absinken des pH-Wertes auf pH1.

Der sehr niedrige pH-Wert der Magensäure ist deshalb von wesentlicher Bedeutung, da im Magen Bakterien und andere Mikroorganismen, die der Mensch mit der Nahrung aufnimmt, abgetötet werden. Pro Tag wird eine Menge von *1 bis 3 Liter Magensaft* produziert. Nicht alle Zellen im Magen produzieren Magensäure. Diese wird von den Belegzellen gebildet, die sich hauptsächlich im Korpus- und Fundusbereich des Magens befinden. Die normale Anzahl säurebildender Zellen beträgt ungefähr 10^9.

Beim ***Zollinger-Ellison-Syndrom*** ist die Zahl säureproduzierender Zellen deutlich erhöht. Bei diesem Syndrom handelt es sich um eine endokrine Erkrankung des Magen-Darm-Trakts. Gastrinbildende Tumore, die benigne oder maligne sein können und überwiegend im Pankreas angesiedelt sind, führen zu einer Dauerstimulation der Belegzellen der Magenschleimhaut. Die Folge ist eine Überproduktion der Magensäure. Diese Hypersekretion von bis zu *10 Liter/Tag* führt zwangsläufig zu einer ***Hyperazidität***. Die Folge sind multiple Ulzera, gefolgt von Blutungen und Perforationen. Das Zollinger-Ellisson-Syndrom (ZES) bezeichnet ein komplexes krankhaftes Geschehen, das für betroffene Patienten sehr belastend ist. Auslöser der Erkrankung ist ein neuroendokriner Tumor mit Sitz im Pankreas *(Bauchspeisedrüse)*, dem Duodenum oder den Lymphknoten in der Umgebung. Der Tumor produziert Gastrin. Der hohe Gastrinspiegel führt zu einer vermehrten Produktion und Ausschüttung an Magensäure. Die geschätzte

Neuerkrankung pro Jahr liegt bei 1 bis 2 Personen pro 1.000.000 Einwohner.

Die ***Gastrinome*** nehmen neben anderen neuroendokrinen Tumoren eine Sonderstellung ein. Sie können sowohl gutartig als auch bösartig sein bzw. sich von einem gutartigen Tumor zu einem bösartigen Tumor wandeln. Sie werden auch als ***Karzinoide*** bezeichnet. Dieser Begriff weist zum einen auf die Seltenheit der Tumore hin, andererseits ist es ein Sammelbegriff für alle hormonbildenden Tumore. Der Begriff Karzinoid deutet auch darauf hin, dass die Prognose bezüglich einer Heilung günstiger einzustufen ist als bei den echten Karzinomen. Die Bezeichnung Karzinoid geht auf den deutschen Pathologen Siegfried Oberndorfer zurück, der 1907 diesen Begriff erstmals verwendete.

Wenn auch die Gastrinome relativ selten sind, so haben insgesamt gesehen alle Karzinoid-Formen in den letzten fünfzig Jahren zugenommen. Eine mögliche Erklärung dafür könnte sein, dass eine Veranlagung für neuroendokrine Tumore vererbt wird. Die genetische Grunderkrankung ist di***e Multiple Endokrine Neoplasie*** Typ1 (MEN1). Ein genetischer Test kann Aufschluss darüber geben, ob das für die Erkrankung verantwortliche Gen vererbt worden ist oder nicht.

Symptomatisch für die Gastrinome sind Sodbrennen, häufige Durchfälle sowie Magen- und Darmulzera. Werden im Frühstadium der Erkrankung PPI verabreicht, kann das dazu führen, dass die eigentliche Diagnose nicht mehr gestellt wird bzw. gestellt werden kann.

Eine sichere Diagnostik des ZES ist die endoskopische Untersuchung mit Entnahme einer Gewebeprobe, die pathohistologisch untersucht werden muss. Denn erst die pathohistologische Untersuchung gibt Aufschluss über das Ausmaß der Erkrankung und das Stadium der

Erkrankung. Eine Untersuchung des Pankreas erfolgt endosonographisch.

Die endoskopische Untersuchung des gesamten Verdauungstraktes findet mithilfe eines Kapselendoskops statt. In der kleinen Kapsel befindet sich eine Kamera einschließlich Beleuchtung sowie ein Sender und eine Antenne. Die kleine Kapsel wird vom Patienten geschluckt, durchfährt den gesamten Magen-Darm-Trakt und wird über den natürlichen Ausgang ausgeschieden.

Weitere Untersuchungsmethoden sind die Computertomographie, die Positronen-Emissions-Tomographie und die Szintigraphie.

Die Therapie des ZES besteht in erster Linie in der Verabreichung von PPI. Eine operative Behandlung steht erst an zweiter Stelle, wenn gesicherte Metastasen vorhanden sind.

Ein ***Ulcus*** beschreibt einen Substanzdefekt der Haut oder Schleimhaut. Das Magengeschwür – ***Ulcus ventriculi*** – wie auch das Zwölffingerdarmgeschwür – ***Ulcus duodeni*** – beschreibt demzufolge einen umschriebenen Substanzverlust der Schleimhaut. Das Ulcus ventriculi ist überwiegend im Bereich des Antrums an der kleinen Kurvatur des Magens lokalisiert. Der Wegfall der die Magenschleimhaut vor der aggressiven Magensäure schützenden basischen Schleimschicht, die von den Nebenzellen und den Antrumdrüsen gebildet wird, gibt der Magensäure Gelegenheit, zunächst die Schleimhaut zu verätzen. Anschließend kommt es zu einem Gewebedefekt, infolgedessen die Lamina muscularis mucosae durchdrungen wird. Das Vordringen und die gleichzeitige Zerstörung der einzelnen Magenwandschichten in tiefere Schichten ist möglich. Der oberflächliche Schleimhautdefekt ist noch kein Ulcus, sondern wird als Erosion bezeichnet. In diesem Stadium ist bei entsprechender Therapie und Vermeidung Ulcus auslösender Faktoren eine folgenlose

Ausheilung möglich. Ulcus begünstigende Faktoren sind u.a. Alkohol, Nikotin, Medikamente wie die Nichtsteroidalen Antirheumatika (NSAR), aber auch Stress und Übergewicht. Vor allem die durch ***NSAR*** verursachten Ulcera verlaufen in sehr vielen Fällen zunächst ohne klinische Symptomatik. Erst im Fall einer Blutung oder sogar Perforation der Magenwand sind klinische Anzeichen deutlich vorhanden. Die regelmäßige Einnahme von NSAR erhöht das Ulcusrisiko um den Faktor 5. Im Fall einer Blutung oder Perforation ist eine chirurgische Intervention erforderlich. Differentialdiagnostisch ist bei einem Ulcus immer auch an ein tumoröses Geschehen zu denken.

Auslöser für ein Ulcus ist in den meisten Fällen eine durch Helicobacter pylori (HP) induzierte Infektion. Helicobacter pylori ist ein Bakterium aus der Gruppe der gramnegativen Stäbchen und zählt zu den Enterobateraceae. Es gelangt über den Mund in den Magen und besiedelt hier die Schleimhaut. Das Vorkommen von Helicobacter pylori ist ubiquitär, d.h. es kommt überall auf der Welt vor. Insbesondere in den Entwicklungsländern ist eine fast hundertprozentige Durchseuchung der Bevölkerung mit Helicobacter pylori. In den hochentwickelten Industrieländern ist die Durchseuchung aufgrund der besseren Hygienebedingungen nur gering. Dennoch trägt fast jeder Zweite der über Fünfzigjährigen dieses Bakterium in sich. Durch Absonderung von Ammoniak, das einen basischen pH-Wert hat, schützt sich das Bakterium vor der aggressiven Magensäure. Das basische Milieu um das Bakterium herum hat zwei Auswirkungen: Die schützende Schleimschicht wird für Helicobacter pylori durchlässiger. Dadurch kann es bis zur Magenwand vordringen und sich dort festsetzen. Die zweite Auswirkung ist eine vorübergehende Absenkung der Magensäureproduktion. Die Dauer der Absenkung ist sehr unterschiedlich, sie kann einige Wochen andauern, aber auch einige

Monate. Nach der vorübergehenden Absenkung kommt es zu einer vermehrten Magensäureproduktion.

Die Diagnostik eines durch HP induziertes Ulcus besteht u.a. aus der Ösophago-Gastro-Duodenoskopie mit Biopsieentnahme. Die Biopsie wird histologisch und mikrobiologisch untersucht. Zusätzlich kann ein HP-Antigennachweis im Stuhl erfolgen.

Die Therapie einer HP-Infektion mit konsekutiver chronischer Magenschleimhautentzündung besteht in der Eradikation, d.h. vollständige Eliminierung der Bakterien sowie der Herabsetzung der Magensäureproduktion. Die Eradikation ist deshalb wichtig, weil HP auch an der Entstehung von Magenkarzinomen beteiligt ist. Die Therapie besteht aus einer Kombination von Protonenpumpeninhibitoren (PPI) und 2 verschiedenen Antibiotika. Die Therapiedauer beträgt zwischen zehn und vierzehn Tagen. *Nach vier bis sechs* Wochen erfolgt eine Kontrolle hinsichtlich des therapeutischen Erfolgs der Eradikation von HP. Eine Dauertherapie mit PPI ist nicht erforderlich.

Die nichtsteroidalen Antirheumatika *(NSAR)* sind eine der am häufigsten verordneten Medikamente. Eine der vielen Nebenwirkungen ist bei einer längerdauernden Einnahme die nachhaltige Schädigung der Magenschleimhaut. Die Prostaglandinsynthese, die für die Bildung der Magenschutzschicht gegenüber der Magensäure verantwortlich ist, wird nachhaltig geschädigt. Dadurch kann die Magensäure die Schleimhaut angreifen und schädigen. Weil die NSAR u.a. schmerzlindernd wirken, bemerken die Patienten anfangs nichts von den durch das Medikament ausgelösten Ulcus-Bildung.

Die Magensäure besteht aus Salzsäure. Die Produktion ist ein sehr komplexer Vorgang, der durch verschiedene Hormone, unter anderem

Gastrin, Histamin und Acetylcholin, und den Nervus Vagus gesteuert wird. Das Zusammenspiel und die Rückkopplung führen zur Stimulation der Ausschüttung von Salzsäure. Dies geschieht über die Aktivierung der Protonenpumpe, der sogenannten H^+/K^+-ATPase. Hemmende Wirkung hat das Somatostatin.

Protonenpumpeninhibitoren, kurz PPI genannt, sind Medikamente, die in den Magensäurehaushalt eingreifen. Sie hemmen die Bildung der Magensäure. Die Wirkstoffe der PPI wirken nicht direkt im Magen, sondern gelangen über den Blutkreislauf in die sekretorischen Kanäle der Belegzellen des Magens. Erst am Wirkort werden sie durch die Säure (Protonen) in ihre aktive Form umgewandelt, welche dann an die H^+/K^+-ATPase bindet und diese irreversibel in ihrer Funktion als Protonenpumpe blockiert.

Die PPI werden meistens in Tablettenform verabreicht. Damit sie nicht von der Magensäure angegriffen und unwirksam gemacht werden, sind die Tabletten mit einem magensäureresistenten Überzug versehen. Mit dem Chymus werden die Tabletten in das Duodenum und Jejunum (Dünndarm) befördert. Erst hier werden die Tabletten aufgeschlossen und der Wirkstoff gelangt durch Resorption in den Blutkreislauf.

Soweit der kleine Exkurs zu Anatomie und Physiologie des Magens.

Kapitel 3: Exkurs: Verarbeitung der Nahrung im Körper

Die Verdauung des menschlichen Körpers beginnt natürlich bereits im Mund, denn dort wird die Nahrung zerkleinert. Durch den Speichel wird die Nahrung verflüssigt. Bereits hier wird die Nahrung in Kohlenhydrate aufgespalten. Durch die Muskulatur der Wand wird die Nahrung schließlich von der Speiseröhre in den Magen befördert. Die Nahrung bleibt im Anschluss so lange im Magen, bis die Nahrungsteile höchstens 3 mm groß sind. Die verschiedenen Proteine, die in der Nahrung enthalten waren, werden von den Enzymen nun verdaut. Außerdem wird der Mageninhalt noch „gesalzen", dafür ist die Magenschleimhaut verantwortlich. So können Nahrungsteile einerseits besser zersetzt werden, andererseits haben es Bakterien, die mit der Nahrung aufgenommen werden, schwerer, zu überleben, da sie in der Säure absterben. Durch den Magenpförtner gelangt die Nahrung nun in den ersten Abschnitt des Darms, den Dünndarm. Welche Funktionen der Dünndarm, das wichtigste Organ des Verdauungssystems übernimmt, war ja bereits in Kapitel 2 das Thema. Die Gallensäure verdaut das Fett, der Bauchspeichel spaltet sowohl Kohlenhydrate, als auch Eiweiße und Fette auf. Der Dünndarm selbst, bzw. dessen Wand sorgt auch dafür, dass aus Kohlenhydrat Zucker, aus Eiweißen Aminosäuren und dass aus Fetten Fettsäuren werden. Der Dünndarm ist nun, wie bereits oben beschrieben, hauptsächlich für die Resorption verantwortlich. Der Dickdarm hingegen ist dafür entscheidend, dass dem nicht gebrauchten Nahrungsbrei Wasser entzogen wird. Dickdarm und Mastdarm sind für den Menschen allerdings nicht lebensnotwendig. Bei Krebserkrankungen beispielsweise können diese Teile des Körpers entfernt oder zum Beispiel auch ausgetauscht werden und der noch vorhandene Teil des Dickdarmes übernimmt die anfallenden Aufgaben.

Kapitel 3.1: Physiologische Vorgänge der Verdauung

1) **Mund →** Der Speichel enthält bereits das Enzym Amylase, welches zu einer chemischen Zerkleinerung der Kohlenhydrate führt. *(Aus Polysaccharide = Mehrfachzucker wird Disaccharide = Zweifachzucker)*. Außerdem kommt es im Mund zu einer Befeuchtung der Speise.

2) **Speiseröhre →** Hier entsteht keine Verdauung. Es kommt zu einem aktiven Transport vom Mund zum Magen.

3) **Magen →** Der Magen produziert in den Belegzellen ca. 2 Liter Magensaft pro Tag. Dieser besitzt einen sehr hohen Salzsäuregehalt, welches einmal ermöglicht Bakterien und Viren abzutöten und es ermöglicht zusätzlich, dass das Enzym Pepsinogen zu Pepsin aktiviert wird. Pepsin spaltet Eiweiß in Aminosäurenketten *(=Eiweißbruchstücke)*. Somit beginnt die Eiweißverdauung bereits im Magen. Im Magen wird in den sogenannten Nebenzellen noch ein Schleim produziert, welcher den Innenraum des Magens auskleidet und ihn vor Angriffen von dem eigenen Magensaft schützt.

4) **Dünndarm →** In den 3 Abschnitten des Dünndarms, kommt es zu den wichtigen Resorptionsvorgängen. Die in der Bauchspeisedrüse produzierten Enzyme *(Trypsin, Amylase, Lipase)* werden in den Zwölffingerdarm *(=Duodenum)* transportiert und führen zu einer Spaltung der Kohlenhydrate zu Glucose, Aminosäureketten zu Aminosäuren, sowie mit Hilfe von der Gallensäure Fette in Glyzerin/Fettsäuren. Die gewonnenen Nährstoffe werden in den Darmzotten aufgenommen und über die Blutgefäße und Lymphbahnen abtransportiert. Wichtige indirekte Verdauungsorgane, die die Prozesse unterstützen sind die

Bauchspeicheldrüse *(=Bildung von Enzymen und Neutralisierung des Speisebreis)* und die Gallenblase *(=Bildung von Gallensäure, die das Fett in feinste Fetttröpfchen emulgiert und somit kann das Enzym Lipase die Fettmoleküle besser spalten).*

5) **Dickdarm** → Der Dickdarm ist ca. 2 m lang und es verantwortlich für die Rückresorption von Wasser und Mineralstoffen, sowie dem Eindicken des Darminhaltes. Im Enddarm kommt es zu weiteren Eindickung des halbfesten Stuhles und im After zur Ausscheidung des Kotes.

Kohlenhydratstoffwechsel

1) Mund: Amylase zerkleinert Polysacharide in Disaccharide
2) Transport durch die Speiseröhre
3) Dünndarm: Aufspaltung von Disaccharide in Monosaccharide (=Glukose)
4) Über die Dünndarmzotten gelangt die Glukose in das Pfortadersystem.
5) Leber kommt es zu Speicherung der Glukose in Form von Glykogen.

Eiweißstoffwechsel

1) Im Magen wird durch die Salzsäure Pepsinogen in das Enzym Pepsin umgewandelt und führt zu Aufspaltung von Eiweiß in Aminosäurenketten.
2) Im Dünndarm kommt es, mit Hilfe vom Enzym Trypsin, zur weiteren Aufspaltung der Aminosäurenketten zu Aminosäuren
3) Über die Dünndarmzotten gelangen die Aminosäuren in das Pfortadersystem.
4) In der Leber werden die Aminosäuren in körpereigene Proteine umgewandelt (Albumine, Globuline, Prothombin, Fibrinogen)

Fettstoffwechsel

1) Im Dünndarm kommt es durch das Enzym Lipase zur Aufspaltung der Fette in Glyzerin. Wichtig zu erwähnen ist, dass das Enzym Lipase optimal die Fette spalten kann, wenn die Gallenflüssigkeit vorher die Fette in kleinen Fetttröpfchen emulgiert.
2) Über die Dünndarmzotten gelangt das Glyzerin in das Pfortadersystem und in das Lymphsystem. Langkettige Fettsäuren werden über das Lymphsystem in die Leber transportier und kurzkettige Fettsäuren über das Pfortadersystem.
3) In der Leber kommt es dann zur weiteren Verarbeitung der Fettsäuren (LDL,HDL,VLDL)

Kapitel 4: Differenzialdiagnose (DD): Reizdarmsyndrom

Pankreas statt Reizdarm?

Ein Arzt muss sämtliche Optionen und möglichen Erkrankungen ausschließen, bevor er ein Reizdarmsyndrom diagnostizieren kann. Es gibt diverse Möglichkeiten von Erkrankungen mit Symptomen, die dem des Reizdarmsyndroms ähneln. Die üblichen Verdauungsbeschwerden treten zum Beispiel auch bei einer Erkrankung der Bauchspeicheldrüse auf. Auch eine Gallenfunktionsstörung kann vorliegen. Um Klarheit zu schaffen hilft eine Stuhluntersuchung weiter. Besonders nach dem Verzehr von fettigen Speisen können Beschwerden auftreten, wenn es sich um eine geschwächte Bauchspeicheldrüse handelt.

Die **Pankreatitis** (=Bauchspeicheldrüsenentzündung) im Überblick

Bei der Pankreatitis gibt es 2 verschiedene Formen. Einmal die akute Form und einmal die chronische Form.

1) Akute Pankreatitis

Bei dieser Form handelt es sich um eine akute Entzündung des Pankreasgewebes, die meistens durch eine sogenannte Autolyse (=Selbstverdauung) entsteht. Die Autolyse entsteht in den meisten Fällen (ca. 50%) durch Gallenwegserkrankungen. Andere Ursachen wären ein Alkoholmissbrauch oder idiopathisch. In den seltensten Fällen entsteht die akute Pankreatitis durch Medikamente oder durch Infektionserkrankungen wie z.B. Mumps.

Die Zeichen einer akuten Pankreatitis:

- Heftige Oberbauchschmerzen, die meistens nach Alkoholexzesse und großen Mahlzeiten entstehen.
- Häufig entsteht eine Schmerzausstrahlung, die sich **gürtelförmig** ausbreitet.
- Übelkeit und Erbrechen

2) Chronische Pankreatitis

Bei der chronischen Form entsteht eine Entzündung des Pankreasgewebes, die über Jahre oder Jahrzehnte entsteht. In 75 % der Fälle entsteht die chronische Pankreatitis durch chronischen Alkoholmissbrauch. Es kommt bei dieser Form zu beschwerdefreien Perioden, die sich mit einer akuten schubweisen Entzündung des Gewebes abwechseln. Es kommt zu einer Zerstörung des Gewebes und kann erhebliche Folgen bewirken. Es kann zu einer Pankreasinsuffizienz führen, die zu einem sekundären Diabetes oder zu einer Maldigestionssyndrom *(Störung der Nahrungsspaltung)* führen. Folgen eines Maldigestionssyndroms sind die Kachexie (pathologischer Gewichtsverlust) und Mangel an Vitaminen.

Zeichen einer chronischen Pankreatitis:

- Fettstühle und Blähungen
- Übelkeit und Erbrechen vor allem nach Kaffee, Alkohol und fettigen Speisen.
- Immer wiederkehrende Oberbauchschmerzen

Nahrungsmittelintoleranz?

Statt eines Reizdarmsyndroms kann auch eine Nahrungsmittelintoleranz vorliegen. Hier kommt es zu spezifischen Symptomen, wie Blähungen, Bauchschmerzen und Durchfall, wenn

bestimmte Nahrungsmittel verzehrt werden. Stellen sich Beschwerden beispielsweise nach dem Verzehr von Früchten oder nach dem Verzehr von zuckerhaltigen Mahlzeiten ein, so könnte eine **Fructoseintoleranz** vorliegen. Sollten Sie über Beschwerden klagen, nachdem Sie beispielsweise Rotwein getrunken bzw. überreifen Käse oder Sauerkraut gegessen haben, so könnte es sich um eine **Histaminintoleranz** handeln. Spannend ist hier zu erwähnen, dass eine Studie aus dem Jahr 2016 herausgefunden hat, das Histamin häufig bei einem Reizdarmsyndrom erhöht ist. Bei Leuten, die eine FODMAP-Diät ausgeführt haben, kam es zu einer Reduzierung des Histamin Spiegels im Blut und im Urin. Erhöht war der Histaminspiegel bei der Gruppe, die vermehrt FODMAPS aufgenommen haben.

Eine milchhaltige Mahlzeit kann dann zu Beschwerden führen, wenn Sie unter einer **Laktoseintoleranz** leiden. Ähnlich verhält es sich bei einer **Sorbitintoleranz** und dem Verzehr von sorbithaltigen Kaugummis. Back- und Teigwaren bergen das Risiko einer **Glutenintoleranz**, die meistens jedoch früh ausgeschlossen werden kann. Nahrungsmittelintoleranzen kommen gerade erst „in Mode“, sprich viele Ärzte sind keine Experten auf diesem Gebiet. Daher kann es sein, dass sie entsprechende Tests nicht anordnen. Achten Sie daher selbst bewusst auf Ihre Ernährung. Sollten Sie feststellen, dass Ihre Beschwerden stets nach dem Verzehr von bestimmten Nahrungsmitteln auftauchen, machen Sie Ihren Arzt darauf aufmerksam.

Allergie?

Ähnlich verhält es sich mit möglichen Allergien, die mit dem Reizdarmsyndrom verwechselt werden können. Ein Tagebuch kann Aufschluss über Zusammenhänge geben und somit offenbaren, dass

Darmbeschwerden beispielsweise mit einem bestimmten Nahrungsmittel korrelieren. Genauso ist es möglich, dass eingenommene Medikamente Einfluss auf die Gesundheit nehmen. Selbst wenn das Medikament schon länger eingenommen wurde, ist es möglich, dass sich erst nach einer gewissen Zeit Symptome zeigen. Dann nämlich, wenn ein Medikament allmählich zu einer Entzündung des Darms führt. Selbst der Wirkstoff von Aspirin kann eine solche Entzündung unter Umständen verursachen.

Mastzellaktivierungssyndrom?

In manchen Fällen treten Symptome auf, die perfekt zu einem Reizdarmsyndrom passen würden. Auch eine Fibromyalgie wäre aufgrund der vorliegenden Symptome möglich. Doch in Wirklichkeit liegt oft das MCAS, das Mastzellaktivierungssyndrom vor. Dieses Syndrom wird aber nur in den seltensten Fällen richtig diagnostiziert und so müssen die Patienten oft leiden, obwohl eine angemessene Therapie und Behandlung möglich wäre.

Morbus Chron und Colitis Ulcerosa

Diese beiden Erkrankungen möchte ich noch weiter veranschaulichen.

1) **Colitis Ulcerosa** ist eine chronische, ununterbrochene Entzündung der Dickdarm-Schleimhaut. Die Ursache der Erkrankung ist bis jetzt noch unbekannt. Die Folgen einer Colitis Ulcerosa ist ein toxischer Megacolon und eine maligne Entartung.

   Zeichen einer Colitis Ulcerosa:

   - 20-30 Stuhlgänge pro Tag, die häufig schleimig-blutig sind
   - Gewichtsverlust
   - Schmerzhafte Stuhlgänge
   - Kolikartige Bauchschmerzen

2) **Morbus Chron** auch bekannt als Enteritis regionales Chron ist eine chronische Erkrankung, die im gesamten Verdauungskanal entstehen kann. Vor allem das terminale Ileum *(Abschnitt vor dem Dickdarm, der verantwortlich ist für die Resorption von **Vitamine B12**)* ist dabei betroffen. Die Ursache ist unbekannt. Man geht von einer Autoimmunerkrankung aus. Interessant ist, dass bei **75 %** der Betroffenen das HLA-B27 (körpereigenes Antigene) positiv ist. Außerdem ist in **50 %** der Fälle eine Mutation des Chromosomen 16 vorhanden. Folgen eines Morbus Chron sind vor allem die Entstehung von Analfisteln ***(häufiges Frühsymptom!)*** und ein Vitamine B12 Mangel.

Zeichen eines Morbus Chron:

- Schleimige Durchfälle (ca. 15x am Tag)
- Schmerzen im rechten Unterbauch
- Blähungen
- Gewichtsverlust, Müdigkeit, Abgeschlagen
- Zusätzliche Symptome, außerhalb des Verdauungstraktes (Entzündung der Augen/ schmerzhafte, rote Knoten am Unterschenkel (=Erythema nodosum)/ Morbus Bechterew)

Differenzialdiagnose (Tabelle)

	Reizdarm	**Morbus Chron**	**Colitis Ulcerosa**
Ursache	Psyche?	Unbekannt Autoimmun?	Unbekannt
Frequenz	10x/Tag Nicht in der Nacht!	10-15x/24 Stunden	30x/24 Stunden
Stuhl	Schafskotartig	schleimig	blutig
Narbe	Keine	„Kopfsteinpflaster“	Fahrradschlauchphänomen
Schichten	Keine	Alle oder einzelne	Mukosa
Ort	??	Gesamte Verdauungssystem	Dickdarm
Folgen	Karzinophobie (=erhöhte Suizidgefahr) Depressionen	Analfisteln Mechanischer Ileum Malabsorptionssyndrom	Toxischer Megacolon Karzinomgefahr

Offizielle Kriterien

Laut den offiziellen medizinischen Kriterien kann ein Reizdarmsyndrom dann diagnostiziert werden, wenn wiederkehrende Magenschmerzen auftreten, nämlich mindestens einmal pro Woche innerhalb der letzten drei Monate. Dies muss außerdem im Zusammenhang mit einer Stuhlentleerung, mit einer Veränderung der Stuhlhäufigkeit und/oder einer Veränderung der Stuhlkonsistenz einhergehen. Zwei dieser drei Faktoren müssen eintreten. Nebenkriterien sind dabei: eine abnorme Stuhlhäufigkeit, Stuhlkonsistenz, Absetzen von Stuhl, schleimiger Stuhl und Aufblähung. Die Diagnose Reizdarmsyndrom setzt außerdem voraus, dass diverse andere Untersuchungen keine anderen Symptome hervorgebracht haben, die auf eine strukturelle oder biochemische Veränderung hingewiesen haben.

- Durch eine Darmspiegelung werden Tumoren und chronische Darmentzündungen ausgeschlossen.
- Durch eine Magenspiegelung werden Magengeschwüre und Tumoren im Magenbereich ausgeschlossen.
- Eine Ultraschalluntersuchung gibt Aufschluss darüber, ob Lebererkrankungen vorliegen oder ob es zu Neubildungen außerhalb des Darms kam.
- Diverse Blutuntersuchungen (Blutbild, Elektrolyte, Nierenwerte etc.) sollen zuvor klären, ob Lebererkrankungen, hormonelle Störungen oder Allergien vorliegen.
- Eine Dünndarmbiopsie wird aufklären, ob der entsprechende Patient an Zöliakie erkrankt ist.
- Wasserstoffatemtests werden eingesetzt, um mögliche Laktoseintoleranz, Fruktosemalabsorption und Dünndarmfehlbesiedlung auszuschließen bzw. abzuklären.

- Letzten Endes kann auch noch eine Sorbitunverträglichkeit untersucht werden.

Kapitel 4.1: Neue Formen der Diagnose

Neue Formen der Diagnose sind noch in der Forschung. Der Darmprovokationstest ist beispielsweise eine Methode, die von Darm-Spezialisten in manchen Kliniken erprobt wird. Dabei werden die Patienten narkotisiert. Bei einer Endomikroskopie werden entsprechende Lebensmittel eingespritzt, wodurch sich der Darm bei manchen Patienten verändert. Eine Sonde wird bis zum Zwölffingerdarm geschoben. So können die Ärzte nachvollziehen, welche Änderungen sich ergeben. Es werden nacheinander fünf typische Nahrungsbestandteile gespritzt, die häufig für das Reizdarmsyndrom verantwortlich sind: Hefe, Milch, Soja, Eiweiß und Weizen. Sollte sich der Darm innerhalb kürzester Zeit, manchmal Sekunden bis Minuten, entzünden und die Schleimhaut Schaden nehmen, kann so nachvollzogen werden, woran die Darmerkrankung festgemacht werden kann. Die Spezialuntersuchung ist allerdings sehr teuer und wird daher nur für Reizdarmpatienten verwendet, bei denen andere Tests keinen Erfolg hatten. Allerdings schlägt diese Therapie nur bei drei von zehn Patienten an. Bei anderen Patienten kann es auch sein, dass komplexere Krankheiten mit der modernen Medizin von heute nicht gefunden werden können.

Kapitel 5: Maßnahmen gegen das Reizdarmsyndrom

Die Behandlung des Reizdarmsyndroms fokussiert sich auf mehrere Punkte, die allesamt helfen sollen und können, das besagte Syndrom einzudämmen. Die Ansätze und potenziellen Maßnahmen sind:

- Ernährung bzw. Umstellung der Ernährung
- Psychotherapie bzw. Selbsthilfegruppen
- Medikamente
- Symptom- bzw. Ernährungstagebuch
- Bewegungstherapie
- Entspannungsübungen

Ernährung bzw. Umstellung der Ernährung

Es gibt viele Tests, Studien und Untersuchungen, die es zum Ziel hatten, herauszufinden, was das Reizdarmsyndrom auslösen bzw. bedingen kann und welche „Risikofaktoren" es für das Auftreten des besagten Systems gibt. Aktuelle Tests legen allerdings den Verdacht nahe, dass nicht Gluten für deinen Reizdarm verantwortlich ist, sondern so genannte fermentierbare Kohlenhydrate, genannt **FODMAPs**. Allerdings ähneln sich glutenfreie Ernährung und FODMAP-arme Ernährung, sodass beide Ernährungsweisen auf diese Art zum Erfolg führen können. Schon nach einigen Wochen können die Symptome durch solche Ernährungsweisen abgeschwächt werden. Dann geht es durch eine individuelle Gestaltung der Ernährung darum, herauszufinden, welche Nahrungsmittel einem genau schaden und welche ohne Bedenken in den Ernährungsplan aufgenommen werden können.

Sonst kann es helfen, für eine regelmäßige Form der Ernährung zu sorgen. Heißt im Klartext: für den Körper bzw. für die eigene Verdauung ist es verträglicher, fünf kleine Mahlzeiten zu sich zu nehmen, als eine reichhaltige üppige Mahlzeit am Tag. Weiterhin ist vom Verzehr von Alkohol, jedenfalls in größeren Mengen, abzuraten. Auch wenn der Körper schlecht auf Alkohol reagiert bzw. ihn schlecht verträgt, sollte hier verzichtet werden, denn Alkohol verkompliziert die Verdauung ebenfalls.

Gestalten Sie ihre Ernährung **ballaststoffarm**. Damit haben Sie ebenfalls die Chance, Ihre Verdauung zu unterstützen und zudem die Möglichkeit, für eine Linderung des Reizdarmsyndromes zu sorgen. Grundsätzlich können größere Mengen von Ballaststoffen Blähungen verursachen, indem sie große Mengen an Obst konsumieren. Wer daher am Reizdarmsyndrom leidet, kann versuchen, die Ballaststoffe zu reduzieren, die man täglich zu sich nimmt.

Kennen Sie das Sprichwort „gut gekaut ist halb verdaut"? Da ist definitiv etwas Wahres dran. Daher sollten Sie versuchen, langsamer zu essen, speziell langsamer zu kauen. Wenn Sie am Reizdarmsyndrom leiden kann es Ihr Leiden lindern. Auch generell lohnt es sich an, langsamer und gründlicher zu kauen. Sie unterstützen Ihre Verdauung, wenn die Nährstoffe schon zerteilt in den Magen gelangen.

Die Aufnahme von Flüssigkeit kann ebenfalls dazu beitragen, dass Sie das Reizdarmsyndrom lindern können. 1,5 bis 2 Liter Wasser pro Tag sollten Sie regelmäßig und mindestens trinken, um Ihren Körper optimal zu unterstützen.

Natürlich gibt es auch eine Reihe von Nahrungsmitteln, die den Körper unnötig aufblähen und schon aufgrund ihrer Natur vermieden werden sollten, wenn man am Reizdarmsyndrom leidet. Zwiebeln, Lauch und

Hülsenfrüchte, beispielsweise Bohnen, zählen dazu. Verzichten Sie auf ein bestimmtes Nahrungsmittel, um Ihre Verdauung zu schonen, sollten Sie einen Arzt konsultieren, denn unter Umständen handelt es sich um ein Nahrungsmittel, das Ihr Körper dringend benötigt. In diesem Fall würde eine medikamentöse Umstellung mehr Sinn machen.

Sollten Sie unter Verstopfung leiden, so hilft es ernährungstechnisch auf jeden Fall, ausreichend viel zu trinken. Schließlich bleibt trockener Stuhl länger im Darm. Zusätzlich dazu hilft es, Lein- bzw. Flohsamenschalen in Kombination mit Wasser einzunehmen. Auch Sonnenblumenöl gilt als probates Hausmittel.

Beim Durchfall-Typ, der unter dem Reizdarmsyndrom leidet, ist es ebenso wichtig, ausreichend viel zu trinken. Durch Alkohol oder schwarzen Tee wird der Körper entwässert und die Darmbewegung angeregt. Daher sollte man darauf in diesem Fall verzichten. Ebenfalls sollte man auf den Verzehr von Gemüse Acht geben, denn manche Gemüse, wie Bananen, Zucchini oder Karotten sind gut verträglich. Allgemein sollte man wissen, dass gekochtes Gemüse besser verträglich ist, als es bei rohem Gemüse der Fall ist. Gegen Durchfall sind Tees aus Erdbeer-, Himbeer- und Brombeerblättern zu empfehlen. Heidelbeeren, Heidelbeersaft bzw. Heidelbeertee erreichen einen ähnlich positiven Effekt.

Bei Krämpfen und Blähungen sollten Sie nicht auf kohlensäurehaltige Getränke zurückgreifen. Kohl, Kraut, Knoblauch, rohe Zwiebeln, Bohnen, Hülsenfrüchte werden die Symptome bzw. Beschwerden außerdem nur noch weiter verstärken. Mit Bohnenkraut und Kümmel werden Gerichte hingegen verträglicher. Wirksam sind außerdem auch Tees mit Fenchel, Anis, Koriander oder beispielsweise auch Pfefferminz.

Psychotherapie bzw. Selbsthilfegruppen

Haben Sie gerade privat an etwas zu knabbern, geht es Ihnen psychisch bzw. mental nicht sehr gut, so schlägt Ihnen sprichwörtlich und wortwörtlich etwas „auf den Magen“. Dieses Sprichwort hat durchaus auch wieder etwas Wahres und das liegt unter anderem an der so genannten „Darm-Hirn-Achse“ des menschlichen Körpers. Durch diese Verbindung sorgen Probleme, die im Kopf entstehen dafür, dass sie im Darm für Unruhe und Symptome sorgen können. Das ist auch der Grund, warum das Reizdarmsyndrom zu den psychosomatischen Erkrankungen gezählt wird. Sprich: es besteht häufig ein enger Zusammenhang zwischen dem psychischen und dem körperlichen Zustand des Betroffenen. Mit einer Psychotherapie, genauer mit einer so genannten kognitiven Verhaltenstherapie können mit einem Therapeuten als Betroffener Störfaktoren besprochen und womöglich abgestellt werden. Denn oft sind es ungünstige Verhaltensmuster und Denkweisen, die vielleicht zum Reizdarmsyndrom führen, es unterstützen bzw. es begleiten. Dabei kann es um alltägliche Dinge gehen, oder aber um das Verhalten speziell hinsichtlich der eigenen Ernährung. Sollte einem diese Form der Therapie nicht zusagen, kann man sich ebenfalls für eine Hypnotherapie entscheiden, die sich auf den Bauch fixiert. Beim Bio-Feedback ist es möglich, biologische Vorgänge im Körper elektrisch messbar zu machen. Auch auf diese Art und Weise und durch neue Erkenntnisse über den eigenen Körper ist es möglich, das Syndrom in den Griff zu kriegen.
Selbsthilfegruppen hingegen sind ebenfalls in einer Vielzahl vorhanden und gibt es auch zum Thema Reizdarmsyndrom. Es wurde bewiesen, dass solche Gruppen auch positive Effekte bei dieser Erkrankung haben können. Schließlich handelt es sich wie bereits erwähnt um eine psychosomatische Angelegenheit. Daher kann der Austausch mit anderen sinnvoll sein, helfen und beispielsweise auch motivieren.

Medikamente

Es gibt keine Medikamente gegen das Reizdarmsyndrom an sich. Medikamente einzunehmen ist daher nur sinnvoll, wenn man die Symptome des Syndroms bekämpfen möchte. Dabei ist es häufig ratsam, die Medikamente kurzfristig einzunehmen. Gegen Bauchkrämpfe können beispielsweise Krampflöser und Schmerzmittel hilfreich sein. Abführmittel schaffen bei Verstopfung oder Durchfall Abhilfe. Über den Zeitraum und die Dosis der Medikamentation sollte man auf jeden Fall aber mit einem Arzt sprechen. Eine häufige oder zu lange Einnahme der Medikamente kann nämlich ebenfalls Schaden anrichten. Sonst sind auch Antidepressiva in niedriger Dosierung in der Lage, Darmleiden zu mindern. Auch hier können allerdings Nebeneffekte auftreten, weshalb es ebenfalls vonnöten ist, einen Fachmann zu konsultieren. Gegen Verstopfung helfen beispielsweise auch osmotische Abführmittel, Pro- und Präbiotika und lösliche Ballaststoffe. Das, plus Colestyramin und Loperamid helfen bei Durchfall. Gegen Schmerzen helfen ebenfalls lösliche Ballaststoffe, Pro- und Präbiotika, Spasmolytika oder die bereits erwähnten Antidepressiva in niedriger Dosis oder in höherer Dosis, wenn Angstzustände und Depressionen das Syndrom begleiten. Probiotika und Präbiotika, sowie Entschäumer werden bei Blähungen gerne herangezogen.

Symptom- bzw. Ernährungstagebuch

Gerade wenn Sie sich für eine Verhaltenstherapie mit einem Psychotherapeuten entschieden haben, kann es hilfreich sein, ein Symptom- bzw. Ernährungstagebuch zu führen. Denn als Betroffener eines Reizdarmsyndroms können bestimmte Verhaltensweisen, Muster oder Trigger, also bestimmte stressige Ereignisse zu Symptomen führen und das Syndrom verursachen oder verstärken. Um diese

Verhaltensweisen bzw. Muster und Trigger herauszufinden, ist ein solches Tagebuch nützlich. So kann man mit dem Therapeut herausfinden, welche Zusammenhänge zwischen Ereignissen, Verhaltensmustern etc. und der Ernährung bestehen. In einem solchen Tagebuch können das Stuhlverhalten, Stress, Stimmungen, allgemein der Krankheitsverlauf und die besagten „Trigger“ festgehalten werden. Solche Trigger können beispielsweise bestimmte Nahrungsmittel oder Termine sein.

Bewegungstherapie

Viele Betroffene vom Reizdarmsyndrom vermeiden es häufig, Sport zu treiben. Das kann an den psychischen Symptomen liegen, die mit dem Reizdarmsyndrom einhergehen, oder beispielsweise auch mit dem unguten Gefühl mit dem Körper bzw. im Magen. Dabei zeigen aktuelle Studien einen positiven Zusammenhang zwischen moderatem Sport und dem Reizdarmsyndrom. Sprich: körperliche Betätigung kann dabei helfen, die Symptome zu bekämpfen bzw. das Reizdarmsyndrom zu lindern. Dabei eignen sich vor allem Fahrradfahren, Schwimmen, Yoga oder Pilates.

Entspannungsübungen

Neben Bewegung können Entspannungsübungen zusätzlich dabei helfen, das Syndrom und die zugehörigen Symptome zu mäßigen. Dafür kommen beispielsweise progressive Muskelentspannung, Hypnotherapie, autogenes Training oder auch eine psychodynamische Therapie in Frage. Allgemein kann es helfen, die eigene Achtsamkeit zu erhöhen, was durch solche Entspannungsübungen und Sportarten, die ohnehin im Trend liegen, erreicht werden kann.

Kapitel 5.1: Das FODMAP-Konzept

FODMAP steht für „fermentierbare **O**ligo-, **D**i-, **M**onosaccharide **a**nd **P**olyole“.

Damit sind kurzkettige Kohlenhydrate und Zuckeralkohole gemeint. Beispiele für solche kurzkettigen Kohlenhydrate sind Fruktose, Fruktane, Galaktane, Zuckeralkohole (z.B. Sorbit) und auch Laktose. Diese kurzkettigen Kohlenhydrate kommen in natürlicher Weise in unserer Nahrung vor und wirken im Darm osmotisch.

Sprich: Sie ziehen Wasser in den Darm. Außerdem vergären sie im Dickdarm schnell, sind stark fermentiert. Bei empfindlichen Magen führt dies zu den Symptomen, die auch beim Reizdarmsyndrom auftreten: Blähungen, Bauchschmerzen, Durchfall, Verstopfung. Eine **„FODMAP“-Diät**, bei der die Aufnahme solcher Nahrungsmittel reduziert wird, kann dabei helfen, das Reizdarmsyndrom zu bekämpfen, um die Lebensqualität so zu verbessern.

Man muss wissen das die FODMAPS nicht gefährlich sind, da Sie in der Regel normal verstoffwechselt werden. Bei Reizdarmpatienten geht man jedoch davon aus, dass Sie eine Überempfindlichkeit auf die FODMAPS haben und daraufhin reagieren. Inzwischen geht man davon aus das der Dünndarm die FODMAPs nicht aufnehmen kann und sie daher nicht verstoffwechselt werden.

Ob die FODMAP-Lebensmittel für Ihr Reizdarmsyndrom überhaupt eine Rolle spielen, können Sie natürlich nur über einen Test herausfinden. Einen medizinischen Test gibt es dafür allerdings nicht. Vielmehr müssen Sie etwas mit ihrer Ernährung experimentieren.

In der 1. Phase des Konzepts geht es nämlich darum, FODMAPs vom Ernährungsplan zu verbannen. Die sonstige Ernährungsweise sollte

ebenso erhalten bleiben, wie die Medikamentation. Indem Sie FODMAPs eliminieren, finden Sie heraus, welche Rolle sie für Ihr Wohlbefinden spielen.

In der 2. Phase des Konzeptes, nachdem Sie bereits etwas über Ihre FODMAP-Sensitivität herausgefunden haben, geht es nun darum, Ihre Kenntnisse bezüglich Ihrer FODMAP-Sensitivität zu verbessern, indem Sie herausfinden, welche Lebensmittel wie genau in Ihrem Körper wirken.

Das sind die drei Phasen des FODMAP-Konzepts nochmals in der Übersicht:

1. **Phase der Diagnostischen Elimination:** Für **2-6 Wochen** verschreiben Sie sich einer LFD = Low-FODMAP-Diet. Heißt: alle Lebensmittel, die reich an den besagten FODMAPs sind, werden komplett gemieden. Diese Phase ist besonders Gegenstand der Forschung, doch es ist wichtig, dass es sich wirklich nur um eine Phase handelt, die auch nicht zu lange andauern sollte. Zur Langzeiternährung ist diese Diät nicht gedacht. Sie ist lediglich dazu da, um herauszufinden, welche Rolle die FODMAPs für Ihre Gesundheit spielen.

2. **Phase der FODMAP-Re-Exposition/ Wiedereinführung der FODMAPs:** In dieser Phase personalisieren Sie Ihre Ernährung und verbessern Ihre FODMAP-Kenntnisse in Bezug auf Ihren Körper. Denn nun werden Sie wieder beginnen, FODMAP-Nahrungsmittel zu sich zu nehmen und mit der Dosierung zu spielen. Denn es gilt herauszufinden, welche FODMAP-Nahrungsmittel in welchen Mengen vertragen bzw. nicht vertragen werden. Ein dauerhafter Verzicht auf die FODMAPs, wäre keine

Lösung, da es dann zu einen Nährstoff-und Vitaminmangel frühen kann. Außerdem kann es zu Problemen der Darmflora kommen.

3. **Phase der individuellen Langzeit-Ernährung:** Nun geht es darum, eine langfristige Art und Weise der Ernährung zu finden, mit der Sie auf möglichst wenige Nahrungsmittel verzichten müssen, ohne gleichzeitig unter dem Reizdarmsyndrom zu leiden. Die Ernährung soll gesund und ausgewogen werden und wenn sie ein paar FODMAP-Lebensmittel ausgemacht haben, die Ihr Reizdarmsyndrom noch verstärken, so können Sie Ihren Ernährungsplan entsprechend verändern. Ob Sie gegen Fruktose oder Laktose unverträglich sind, werden Sie merken, wenn Sie die Phasen dieses FODMAP-Konzeptes einhalten. Ansonsten sollten Sie vorher mit einem Arzt via Bluttest abklären, ob Sie an **Zöliakie** leiden. Da dieses Konzept individuell angewandt werden sollte und in der Planung komplex ist, sollten Sie ab **Phase 2** einen Fachmann bzw. eine Fachfrau in Sachen Ernährung heranziehen.

Die Zöliakie oder auch Sprue genannt ist eine entzündliche Reaktion im Bereich der Dünndarmschleimhaut auf Gluten (=Getreideeiweiß). Die Ursache ist eine vererbbare Autoimmunerkrankung.
Zeichen einer Zöliakie:

- Durchfälle
- Fettstühle (großvolumige fettig-schleimig übel riechende Durchfälle)
- Appetitlosigkeit
- Erbrechen und Bauchschmerzen
- Im Labor, der Nachweis von Antikörper gegen Gliadin

Der FODMAP-Gehalt von Lebensmitteln wurde im Übrigen im Labor gemessen. Seit 2007 werden Daten herausgegeben, die über diesen Gehalt aufklären. Seit 2012 wurden die Daten dann auch von einer Universität zur Verfügung gestellt. Die Messung dieser Daten ist allerdings aufwändig und teuer. Diverse Apps helfen einem dabei, hier die Übersicht zu wahren. Es gibt im Internet aufwändige detaillierte Listen, bei denen FODMAP-Nahrungsmittel auf Portionen umgerechnet sind, denn sonst bringen einem die nackten Zahlen für den Alltag wenig. Allgemein sollte hier aber ein Ernährungsexperte hilfreich sein, wie bereits besagt. Schließlich kann er Ihnen besser sagen und mit Ihnen zusammen berechnen, wie Sie Ihre Ernährung gestalten sollen. Welche Lebensmittel allerdings reich bzw. arm an FODMAPs sind, kann Ihnen bereits hier verraten werden.

FODMAP-arm sind generell ***Milchprodukte*** (Joghurt, Milch, Frischkäse, Quark, Rahm und Sahne, allerdings jeweils laktosefrei! Zudem Butter, Käse und Weichkäse. ***Getreide*** und Kartoffeln können ebenfalls problemlos verzehrt werden. Dazu zählen damit unter anderem Reis, Mais, Kartoffeln, Hirse, Hafer, Pommes Frites, Popcorn, weizen- bzw. glutenfreies Brot, Reis bzw. Maiswaffeln und sonstige Gerichte, die aus Reis oder Mais hergestellt werden. Aus der Kategorie ***„Anderes“*** sind als FODMAP-arme Nahrungsmittel Fleisch, Fisch, Eier, Öl, Tofu oder beispielsweise auch Sojasauce zu nennen. Auf etliche ***Gemüse*** (Aubergine, Broccoli, Fenchel, Gurke, Karotte, Kürbis, Paprika, Rosenkohl, Rotkohl, Radieschen, Rucola, Tomaten, Spinat, Zucchini etc.) muss man ebenfalls nicht verzichten. Manche ***Früchte*** sind ebenso FODMAP-arm, dazu zählen Ananas, Bananen, Erdbeeren, Heidelbeeren, Himbeeren, Honigmelonen, Kiwis, Orangen, Mandarinen, Papaya, Trauben und bzw. oder Zitronensaft. Bestimmte ***Nüsse***, wie Kokos, Haselnüsse, Mandeln, Erdnüsse, Walnüsse, Oliven,

Erdnussbutter, Mandelmilch oder Chiasamen zählen ebenfalls zur Liste der FODMAP-armen Nahrungsmittel. Weiterhin zu nennen: ***Süßungsmittel*** (Traubenzucker, Ahornsirup, Konfitüre, Kakaopulver, Schokolade), ***Gewürze*** (Essig, Öl, Ketchup, Mayonnaise, Senf, Salz, Pfeffer, Kräuter, Ingwer, Zimt) und ***Getränke*** (Grüntee, Pfefferminztee, Wein, Bier, Gin, Wodka).

FODMAP-arme Lebensmittel (Tabelle)

Milchprodukte	Joghurt, Milch, Frischkäse, Quark, Rahm, Sahne ***(laktosefrei!),*** Butter, Käse, Weichkäse
Getreide	Buchweizen, Quinoa, Reis, Polenta, Kartoffelmehl, Hirse, Hafer, Pommes, glutenfreies Brot, glutenfreie Produkte (Amaranth, Flohsamen)
Gemüse	Aubergine, Brokkoli, Frühlingszwiebel ***(nur das grüne)***, Chinakohl, Gurke, Karotte, Kartoffeln, Kohlrabi, Kürbis, Mais, Paprika (keine grünen), Pastinaken, R, Rettich Rotkohl, Radieschen, Rucola, Tomaten, Spinat, Schnittlauch, Zucchini, grüne Stangenbohnen, Sojasprossen

Obst	Ananas, Bananen *(fest, unreif)*, Blaubeeren, Erdbeeren, Clementine, Drachenfrucht, Heidelbeeren, Himbeeren, Honigmelonen, Kiwis, Kokosnuss, Limetten, Orangen, Mandarinen, Papaya, Passionsfrucht , Rhabarber, Trauben, Zitrone
Nüsse	Kokos, Haselnüsse, Mandeln, Erdnüsse, Walnüsse, Chiasamen ***(Eine Handvoll Nüsse ist verträglich)***
Gewürze	Essig, Öl, Ketchup, Mayonnaise, Senf, Salz, Pfeffer, Kräuter, Ingwer, Zimt)
Süßungsmittel	Traubenzucker, Ahornsirup, Konfitüre, Kakaopulver, Schokolade (**milchfrei**), Erdnussbutter
Getränke	Mandelmilch, Hafermilch, Grüntee, Chai Tee, schwarzer Kaffee ***(moderat und am Anfang eher vermeiden)***, Karottensaft, stilles Wasser ***(Tee sollte kurz gezogen sein!)***

Reich an FODMAPs sind hingegen ***Milchprodukte*** (Milch, Buttermilch, Molke, Joghurt, Quark, Frischkäse, Rahm/Sahne und Milchzucker), die **nicht** laktosefrei sind. In puncto ***Getreide*** kann auf Weizen, Roggen, Gerste, Weizenkleie und entsprechende Produkte wie Brot, Sandwiches, Knäckebrot, Teigwaren, Pizza, Lasagne, Quiches, Croissants, Gebäck, Plätzchen, Müsli und Getreideriegel verzichtet werden. ***Hülsenfrüchte*** in Form von Linsen, Kichererbsen, Süßkartoffeln, Sojadrinks und auch rote Bohnen, sowie verschiedene Mehle stehen ebenso auf der Liste der FODMAP-reichen Nahrungsmittel wie ***Gemüse und Salate*** (nämlich Artischocken, Avocado, Blumenkohl, Erbsen, Lauch, Sauerkraut, Spargel, Knoblauch, Zwiebel, Pilze etc.). In puncto ***Früchte*** kann man es als Betroffener eines Reizdarm-Syndroms versuchen, auf Äpfel, Aprikosen, Avocados, Birnen, Datteln, Feigen, Fruchtsäfte, Kirschen, Mangos, Pfirsiche, Pflaumen und Wassermelonen zu verzichten. Cashew-Nüsse, Pistazien und Kokosmilch stehen auf der Liste der ***Nüsse***. In puncto ***Süßigkeiten*** ist von Fruchtzucker, Honig, Bonbons und diverse Fruktose-Formen, sowie diverse Sirups. Kamillentee, Fencheltee, Rum, sowie Süßweine stehen auf der Liste der ***Getränke***, die reich an FODMAPs sind. Anzumerken ist dabei, dass der FODMAP-Gehalt von Brot sehr schwer zu ermitteln ist, was an der individuell abweichenden Verarbeitung des Brotes liegt.

Die Oligossaccharide im Überblick

Oligossaccharide sind sogenannte Kohlenhydratketten, die aus Einfachzucker bestehen. Welche Oligossaccharide man vermeiden sollte, sehen Sie an Hand der Tabelle.

Kategorie	Lebensmittel
Hülsenfrüchte	Linsen, rote Bohnen, weiße Bohnen, Kichererbsen
Gemüse	Knoblauch, Kohl, Erbsen, Artischocken, Rosenkohl, Rucola, Zwiebel, Spargel, Lauch, Fenchel
Früchte	Wassermelone, Kaki, Nektarine
Getreide	Weizen, Roggen, Gerste

Die Disaccharide im Überblick

Disaccharide sind Zweifachzucker wie zum Beispiel Laktose (=Milchzucker). Welche Disaccharide man vermeiden sollte, sehen Sie an Hand der Tabelle.

Milchprodukte	Milch, Joghurt, Ricotta, Hüttenkäse

Die Monosaccharide im Überblick

Monosaccharide sind Einzelzucker wie zum Beispiel Fruktose (=Fruchtzucker). Fruktose wird im Dünndarm über sogenannte GLUT-5 Transporter aufgenommen und danach verarbeitet. Bei einem Reizdarmsyndrom geht man davon aus, das es entweder zu wenig GLUT-5 Transporter gibt oder das die Aufnahme stark begrenzt ist. So kann es passieren, dass wenn man zu viel Fruktose zu sich nimmt, die Fruktose nicht verarbeitet werden kann und es somit zu typischen Symptomen führen kann. Welche Monosaccharide man vermeiden sollte, sehen Sie an Hand der Tabelle.

Kategorie	**Lebensmittel**
Früchte	Äpfeln, Birnen, Feigen, Mangos, Trockenfrüchten, Wassermelonen
Süßungsmittel	Honig, Sirup, Erfrischungsgetränke
Gemüse	Artischocken, Spargel

Die Polyole im Überblick

Polyole sind Zuckeralkohole und werden in der heutigen Gesellschaft häufig als Zuckerersatzstoff eingesetzt wie zum Beispiel Sorbitol (Sorbit), Xylitol (Xylit), Maltitol (Maltit) und Mannitol (Mannit). Bei übermäßigen Verzehr von Zuckerersatzstoffen kann es zu einem verflüssigten Stuhl kommen, da Polyole Wasser anziehen und schlecht über die Darmwand aufgenommen werden.

Welche Polyole man vermeiden sollte, sehen Sie an Hand der Tabelle.

Kategorie	**Lebensmittel**
Früchte	Äpfel, Kirschen, Aprikosen
Sonstige	Zuckerersatz (siehe oben), Kaugummis

FODMAP-reiche Lebensmittel im Überblick (Tabelle) – Vorsicht-

Milchprodukte	Laktosehaltige Produkte: Milch, Buttermilch, Molke, Joghurt, Quark, Frischkäse, Rahm/Sahne, Milchzucker, Ricotta, Kefir, Milchreis, Buttermilch **Laktosefrei ist in Ordnung**
Getreide	Weizen, Roggen, Gerste, Weizenkleie, Müsli, Getreideriegel, Couscous, Paniermehl
Gemüse	Artischocken, Blumenkohl, Bohnen (außer grüne Stangenbohnen),Kohl, Erbsen, Lauch, Sauerkraut, Spargel, Knoblauch, Zwiebel, Pilze, Wirsing, Zuckerschoten, Rote Beete, Frühlingszwiebel (weißer Teil), Wirsing, Schwarzwurzel)
Obst *(je reifer die Frucht, desto mehr erhöht sich der Fodmapwert)*	Äpfel, Aprikosen, Avocados, Birnen, reife Bananen, Brombeeren, Datteln, Feigen, Granatapfel, Johannisbeeren, Kaki, Kirschen, Mangos, Nektarine, Pfirsiche, Pflaumen, Trockenfrüchte, Wassermelone,

	Zwetschgen, Dosenobst
Hülsenfrüchte	Linsen, Kichererbsen, Süßkartoffeln, rote Bohnen
Nüsse	Cashew-Nüsse, Pistazien,
Süßungsmittel	Fruchtzucker, Honig, Bonbons, diverse Fruktose-Formen, Sirups (Ahornsirup ist ok), Kaugummis, Zuckerersatzstoffe
Getränke	Kamillentee, Fencheltee, Fruchtsäfte, Limonade, Rum, Süßweine, Likör, Kokosmilch, Sojadrinks

Nahrungsmittel die man unbedingt vermeiden sollte (Tabelle)

- stark gewürzte, scharfe, sehr salzige Lebensmittel
- süße Lebensmittel
- alkoholische Getränke
- schwarzer und grüner Tee
- Kaffee *(moderat und am Anfang eher vermeiden)*

Warum haben die FODMAPs einen schlechten Einfluss auf den Darm?

Es gibt verschiedene Gründe, warum die besagten FODMAPs im Darm schlecht resorbiert werden. Einerseits sind die Kanäle und

Transporter des menschlichen Körpers mit der Aufnahme von Zucker überfordert. Das trifft vor allem auf Fructose zu, das beispielsweise in manchen Obstsorten (s.o.) enthalten ist. Außerdem sind die Zuckeralkohole zu groß für die Darmwand. Manche Enzyme, zum Beispiel Laktase, sind auch mit der Spaltung des Zuckers überfordert, während Enzyme zur Spaltung bestimmter Zucker gänzlich fehlen. Die FODMAPs werden im Körper des Menschen osmotisch wirksam. **Sprich:** durch sie strömt mehr Wasser in den Körper und durch eine erhöhte Gasproduktion im Körper kommt es zu einer Aufblähung. Dieser Umstand wurde in entsprechenden Tests nachgewiesen. Die Folge: Blähbauch, Blähungen, Flatulenzen, veränderte Bewegungen des Darms und Schmerzen. Da sich die Darmwand durch die FODMAPs immer mehr dehnt, steigt die Wahrscheinlichkeit einer Entzündung, was die Symptomatik nur noch steigern würde. Noch ist es allerdings nicht geklärt, warum eine Reduktion der FODMAPs beim Verstopfungs-Typ wirksam ist, denn eigentlich dürften die FODMAPs hier gar nicht wirken. Auch inwiefern sich die FODMAPs positiv oder negativ auf die Darmflora auswirken, muss erst noch erforscht werden. Es ist dennoch festzuhalten, dass FODMAPs nicht generell „schlecht“ für den Menschen sind. Bei Patienten, die unter dem Reizdarmsyndrom leiden, gibt es verschiedene Gründe, warum FODMAPs so schlecht vertragen werden. Einerseits liegt dies an einer Hypersensibilität, sprich der Darm leidet an einer Überempfindlichkeit, weshalb die FODMAPs als überdurchschnittlich schlimm erlebt werden. Durch das Reizdarmsyndrom wird außerdem die Darmflora verändert, sprich die Bakterienbesiedlung verändert sich. Damit verändert sich auch automatisch die Gärung der FODMAPs. Durch das Reizdarmsyndrom verändert sich die Muskulatur und das Nervengeflecht des Darms. Wird der Darm nun noch von den FODMAPs beeinflusst, steigt die Wahrscheinlichkeit von Darmkrämpfen. Die FODMAP-Diät eignet sich wie schon gesagt allerdings bisher nur als kurzfristige Methode, da durch den Entzug der

entsprechenden Lebensmittel auch positive Darmbakterien in ihrer Entfaltung gehemmt werden und sich die Darmflora somit unter Umständen langfristig auch negativ entwickeln könnte.

Kapitel 5.2: Weitere Maßnahmen

Es gibt neben den bereits vorgestellten Maßnahmen auch noch weitere Wege und Mittel, die dabei helfen können, das Reizdarmsyndrom in den Griff zu kriegen. Zwar hat sich die FODMAP-Methode als wirksames Mittel erwiesen und half bereits einer Vielzahl von Patienten, doch noch mangelt es an entsprechenden Studien, damit diese Form der Therapie anerkannt werden kann. Ernährung ist zudem natürlich nur ein weiterer Bestandteil einer Behandlung, denn wie bereits erwähnt handelt es sich beim Reizdarmsyndrom um eine psychosomatische Erkrankung.

Stress / Ruhepausen

Daher hilft es, Stress generell zu vermeiden. Natürlich ist dies im heutigen Alltag und in der Berufswelt schwierig. Wenn Sie ein Tagebuch führen, wird Ihnen eventuell auffallen, dass das Syndrom mit dem Stress zusammenhängt. Dann können Sie sich immerhin besser erklären, wann das Syndrom beispielsweise besonders wirkt. Auf lange Sicht ist es immer ratsam, für Ruhepausen zu sorgen und den Stress im Leben zu reduzieren, denn nicht zuletzt wird sich Stress auch auf Ihr Herz auswirken. Sollten Sie nicht in der Lage sein, den Stress ganz zu reduzieren, so schaffen Sie sich und Ihrem Magen wenigstens Ruhepausen, besonders nachdem Sie Nahrung zu sich genommen haben.

Wärme

Was dem Magen ebenfalls bei der Verdauung hilft und zudem dazu beitragen kann, Stress zu lindern, ist Wärme. Wärmflaschen auf dem Bauch können dazu beitragen und einen harmonischen Verdauungsprozess unterstützen. Machen Sie Ihre Flaschen allerdings nicht zu heiß und legen Sie diese nicht direkt auf die Haut, um sich nicht zu verbrennen.

Pflanzliche Mittel

Gegen Blähungen können, neben den besagten Medikamenten, auch pflanzliche Mittel helfen. Hier sind beispielsweise Kümmel- oder Anis-Tees zu nennen. Um allerdings die richtigen Mittel zu finden, sollten Sie sich in der Apotheke oder von einem Arzt beraten lassen.

5.3 Medikamente und Wirkung

Als Maßnahmen gegen das Reizdarmsyndrom können Medikamente helfen, wie bereits im oberen Punkt angedeutet wurde. In diesem Kapitel soll dies etwas ausführlicher behandelt werden. Schließlich denkt man bei Krankheiten zwangsläufig an Medikamente und an Möglichkeiten, diese Krankheiten in den Griff zu kriegen. Beim Reizdarmsyndrom gestaltet sich das mit den Medikamenten wie schon gesagt etwas schwieriger, denn das Syndrom lässt sich nicht direkt behandeln. Lediglich Symptome können behandelt werden. Ein Gespräch mit einem Arzt schafft Klarheit. Falls Sie sich zuvor schon etwas informieren wollen, finden Sie hier eine Übersicht der häufigsten Symptome und Medikamente, die sich dagegen gut bzw. weniger gut anbieten.

Bei **Reizdarmschmerzen** sind Pankreasenzyme, Opiate, Aloe Vera, Pregabalin bzw. Gabapentin, Antibiotika und periphere Schmerzmittel wie Ibuprofen nicht bzw. eher nicht zu empfehlen. Möglich ist es, sich mit pflanzlichen Mitteln (wie schon erwähnt z.B. Pfefferminz oder Kümmelöl bzw. Tee) zu versorgen. Hier sind auch Kapseln erhältlich, die eine halbe Stunde vor der Hauptmahlzeit eingenommen werden. Nebenwirkungen gibt es hier praktisch keine, außer unangenehmen Gerüchen beim Aufstoßen, die manchmal wahrgenommen werden. Probiotika und selektive Serotonin-Wiederaufnahme-Hemmer (Citalopram) stellen ebenfalls Möglichkeiten dar, um das Symptom in den Griff zu kriegen. Über die Wirkung von trizyklischen Antidepressiva wurde bereits geschrieben. Lösliche Ballaststoffe können besorgt werden. Empfohlen sind Spasmolytika, die Krämpfe lösen. Beispiele: Buscopan oder Mebeverin.

Gegen **Durchfall** in Verbindung mit dem Reizdarmsyndrom sind ebenfalls Spasmolytika in der Lage, das Leiden zu lindern. Pflanzliche Substanzen, Probiotika, Cholestyramin, Ballaststoffe und Loperamid sind laut Empfehlung ebenfalls mögliche Mittel gegen das Symptom. Loperamid reduziert beispielsweise die Beweglichkeit des Darms. Durch diesen Effekt bleibt die Nahrung weiter im Darm, wodurch noch mehr Flüssigkeit absorbiert werden kann. Dadurch verfestigt sich der Stuhl wieder. Allerdings sollte man auf eine ausreichende Zufuhr von Flüssigkeit achten und nach spätestens zwei Tagen Rücksprache mit dem Arzt über die weitere Vorgehensweise halten.

Da sich Menschen tendenziell immer ungesünder ernähren und dabei auch immer häufiger auf ballaststoffarme Ernährung, auch in Form von Fast Food oder Fertiggerichten, zurückgreifen, ist **Verstopfung** ein Symptom, von dem Menschen ebenso häufig betroffen sind. Empfohlen werden hier Ballaststoffe, wie indische Flohsamen, die dieses Problem wieder beheben sollen. Medikamente wie Probiotika, Spasmolytika und Antibiotika sind dabei eher nicht bzw. überhaupt nicht zu empfehlen. Es gibt sogar Medikamente, die eine vorhandene Verstopfung noch verstärken können. Hier sind beispielsweise Amitriptyline, Citalopram, Clozapine, Colestyramin, Dihydrocodein, Granisetron oder beispielsweise auch Ketoprofen zu nennen.

Blähungen, Blähbauch, Völlegefühl – bei diesen Symptomen ist es möglich, auf Entschäumer, Probiotika, pflanzliche Substanzen und Rifaximin zurückzugreifen. Analgetika, Antidepressiva oder Pankreasenzyme sind dagegen beispielsweise nicht zu empfehlen. Ein Blähbauch ist im Übrigen oft schmerzhaft. Blähungen sind bis zu einem gewissen Ausmaß normal, bis sie zu einem Hauptsymptom werden und die besagten Schmerzen beispielsweise auftreten.

Generell ist es als Gegenmittel und als wirkende Maßnahme gegen das Reizdarmsyndrom ratsam, für eine **gesunde Darmflora** zu sorgen. Diese ist durch eine hohe Anzahl von schädlichen Bakterien häufig empfindlich gestört, während die eigentlich positiv wirkenden Bakterien fehlen. In diesem Fall können beispielsweise Bifidobakterien und E-Coli-Bakterien eingenommen werden, welche die Darmschleimhaut schützen. Man erhält diese Schutzbakterien in der Apotheke.

Da das Reizdarmsyndrom auch „Depression des Darms" genannt wird, liegt daran, dass es im Darm Transmitter gibt, die auch in ähnlicher Weise im Hirn vorkommen. Daher kommt es auch, dass niedrig dosierte **Antidepressiva** zur Behandlung in der Reizdarm-Therapie eingesetzt werden können. Amitriptylin hat sich hierbei beispielsweise als hilfreiches Antidepressivum erwiesen, während so genannte Serotonin-Wiederaufnahme-Hemmer für Patienten geeignet sind, die an Verstopfung leiden, da dies als Nebenwirkung von Amitriptylin auftreten kann.

Homöopathische Medikamente konnten in Studien gegenüber Placebo-Medikamenten nicht als besonders wirksam erwiesen werden. Die Einnahme ist jedoch nicht schädlich und kann nach Wunsch des Patienten bzw. Betroffenen ebenfalls als Mittel zur Therapie ergänzt werden.

Darmreinigung: Eine Darmreinigung kann die Darmflora aufbauen und zur Regeneration der Darmschleimhaut beitragen. Ohnehin konzentriert sich die Forschung zunehmend auf die Rolle der Darmflora. Eine solche Darmreinigung sieht drei Schritte vor:

zunächst sorgt Psyllium dafür, dass die Symptome abgeschwächt werden. Bentonit, Mineralerde, bindet nicht nur Toxine, sondern auch Darmgase und führt letzten Endes zu deren Ausscheidung. So wird für eine Regulierung des Stuhls gesorgt, die Schleimhautzotten werden gereinigt und die Darmschleimhaut wird beruhigt. Auf dieser Basis werden die Darmbakterien mithilfe des Probiotikums ***(Schritt 3)*** angesiedelt. Sollte das Reizdarmsyndrom vorliegen, kann mit der Darmreinigung begonnen werden. Zunächst sollte die Dosierung allerdings niedrig sein, um die Verträglichkeit zu testen.

Kurkuma: Dieses Gewürz hat offenbar vielfältige positive Effekte für das Empfinden. Es kann in Tees, als Gewürz oder auch in Form von speziellen Präparaten wirken. Es hemmt angeblich das Wachstum von Tumoren, wirkt entzündungshemmend und antioxidativ. Da es auch die Fettverdauung verbessert, wird es inzwischen bei Reizdarm-Therapien verwendet und verschrieben.

Magnesium: Auch Magnesium kann sich als wirksamer Stoff im Kampf gegen das Reizdarmsyndrom beweisen. Bauchkrämpfe, allgemein Krämpfe werden durch Magnesium gehemmt bzw. verhindert. Da Magnesium langfristig zu dünnem Stuhl führt, kann es für manche Patienten hilfreich sein. Da es bei bestimmten Patienten aber kontraproduktiv wirken würde, je nachdem, wie die individuellen Symptome des Patienten aussehen, gibt es auch chelatiertes Magnesium, das schonender für den Magen-Darm-Trakt ist.

Essgewohnheiten: Neben der Ernährungsumstellung kann es für den Magen schonend sein, wenn Sie erst dann essen, wenn Sie auch wirklich hungrig sind. Es bringt also wenig, sich einen genauen Zeitplan aufzustellen. Auch Essen aus Langeweile ist zu vermeiden. So kommen auf den Magen bzw. Darm keine unnötigen oder zehrenden Aufgaben zu. Außerdem sollten Speisen weder zu heiß, noch zu kalt verzehrt werden. Auch das wird den Magen bzw. Darm nur zusätzlich stressen. Zudem sollte man eine Stunde vor oder nach dem Essen etwas trinken. Zum Essen selbst jedoch nicht, denn auch dadurch wird die Verdauung nur unnötig beansprucht. Am späten Abend, mitten in der Nacht oder vor dem Fernseher: auch diese Essgewohnheiten werden Ihnen und Ihrem Darm nur schaden. Vor dem Fernseher könnte es beispielsweise die unangenehme Haltung sein, welche die Verdauung erschwert. Zudem fokussieren Sie sich in diesem Fall auf dem Fernseher und können Ihre Nahrung nicht bewusst zu sich nehmen.

Kein Glutamat, kein Zucker: Durch den übermäßigen Verzehr von Zucker und Glutamat nimmt die Tendenz bzw. Lust des Menschen zu, sich ungesund zu ernähren. So wird Nikotin, Alkohol und Zucker eher konsumiert. Daher sollten Sie Ihre Speisen mit frischen Kräutern würzen. Für gesündere Süßigkeiten kann ein Naturkosthandel aufgesucht werden.

Rezepte

Rezepthinweise

Abkürzungen für die Rezepte

Pck. = Packung
St = Stück
g = Gramm
kg = Kilogramm
ml = Milliliter
cm = Zentimeter
cl = Zentiliter
l = Liter
Msp. = Messerspitze
TL = Teelöffel
EL = Esslöffel
n.B.= nach Bedarf

Allgemeine Tipps:

- Verzichten bzw. reduzieren Sie Alkohol und kohlensäurehaltige Getränke.
- Fast Food und Fertiggerichte sollten vermieden werden.
- Achten Sie darauf, dass Sie laktosefreie Milchprodukte und glutenfreie Produkte einkaufen.
- Meiden Sie Kaffee, Koffein, Softdrinks, Kohl, Hülsenfrüchte, Süßstoffe, scharfe Speisen und Kaugummis.
- Reduzieren Sie Zwiebeln, Knoblauch und Nüsse (1 Handvoll pro Tag)
- Achten Sie darauf, dass Sie frische Lebensmittel zu sich nehmen.
- Meiden Sie, das Aufwärmen von stärkehaltigen Lebensmittel (Polenta und Kartoffeln)

- Zum Würzen der Speisen eignet sich sehr gut Asant.
- Empfehlenswert wären 3-4 Portionen Obst am Tag, ca. 30 Gramm Ballaststoffe am Tag und ca. 2-3 Liter stilles Wasser oder ungesüßten Tee pro Tag
- Versuchen Sie sich an die 3 Phasen der Diät zu halten.

Bei der FODMAPs Diät sollte man auf einige Lebensmittel verzichten. Im folgenden Abschnitt ist nochmal eine Tabelle dargestellt, die Ihnen eine bessere Übersicht vermittelt.

Kategorie	**Meiden**	**Moderat**	**Verträglich**
Getränke	• Kräuter-, Chai-,Früchtetee *(lange gezogen)* • Fruchtsäfte • Limonaden • Sprudelwasser • Kaffeeersatz • Likör • Weizenbier	• Kaffee schwarz • Pfefferminztee • 1 Glas Bier ***(Kein Weizen)*** • 1 Glas Wein • Gin, Wodka	• Stilles Wasser • Grüntee • Rooibostee • Kräutertee (mild) • Kokosmilch
Laktose	• Normale Milchprodukte • Ungereifter Käse • Sojadrink • Ziegenmilch • Buttermilch		• Laktosefreie Produkte • Weichkäse • Haferdrink • Mandelmilch • Margarine (pflanzliche)
Getreide	• Roggen • Weizen • Gerste • Sojamehl • Bulgur		• Buchweizen • Reis • Quinoa • Hirse • Dinkelmehl

	• Couscous • Glutenfreie Produkte, wo Hülsenfrüchte verarbeitet sind!(Lupinen-, Erbsenmehl)		• Hafermehl • Flohsamen • Glutenfreie Produkte (NICHT Soja-,Erbsen- und Lupinenmehl)
Obst	• Wassermelone • Kaki • Mango • Feigen • Stein- und Kernobst (Äpfel, Birnen, Kirschen etc.) • Brombeeren	• Bananen (1-2 am Tag und keine reifen!) • Cranberries (nicht mehr als 130 g / Tag)	• Beeren (NICHT Brombeeren) • Trauben • Papaya • Zitrusfrüchte • Kiwi • Ananas • Honigmelone • Passionsfrucht
Gemüse	• Lauch • Knoblauch • Zwiebeln • Blumenkohl • Weißkohl • Spitzkohl • Rotkohl • Wirsing • Artischocken • Spargel • Sauerkraut • Hülsenfrüchte! • Bohnen (außer grüne Stangenbohnen	• Avocado • Sellerie *(100 -150 g)* • Grünkohl • Rosenkohl (150- 200 g) • Maniok (150-200 g)	• Salate • Brokkoli • Zucchini • Aubergine • Pastinaken • Radieschen • Möhren • Tomaten • Spinat • Kürbis • Sprossen • Oliven • Rüben • Kartoffeln • Grüne

	) • Grüne Paprika		Stangenbohnen • Paprika ((keine grünen)
Tierische Produkte	• Fisch und Fleisch aller Art (Kein rohes Rind) • Eier		• Wurstwaren • Fischkonserven • Rohes Rind
Gewürze und Sonstiges	• Süßstoffe (Xylitol, Isomalt, Sorbitol) • Cashewkerne • Pistazien • Honig • Maissirup • Knoblauch- und Zwiebelpulver • Kräutermischungen	• Kürbiskerne • Wallnüsse • Sesam • Haselnüsse	• Erdnusse • Tofu • Ahornsirup • Stevia • Rohrzucker • Rübensirup • Haushaltszucker • Traubenzucker

Vorspeisen

Kürbissuppe

15 Minuten leicht

Zutaten

1 Hokkaido Kürbis | 3 Kartoffeln | 2 Zweige Thymian | 1 Bio Brühwürfel | Wasser | Salz

Zubereitung

1. Den Kürbis waschen, halbieren und die Kerne entfernen. Die Schale muss nicht entfernt werden.
2. Den Kürbis klein schneiden und in einen Suppentopf geben.
3. Die Kartoffeln schälen, klein schneiden und ebenfalls in den Topf geben.
4. Den Brühwürfel mit heißem Wasser aufgießen und umrühren, bis er sich aufgelöst hat.
5. Das Wasser in den Topf geben, der Großteil sollte mit Wasser bedeckt sein.
6. Die Suppe bei niedriger Hitze köcheln lassen, bis der Kürbis und die Kartoffel weich sind.
7. Die Thymianblättchen von den Stängeln entfernen und mit in den Topf geben.
8. Die Suppe mit einem Pürierstab pürieren, bis eine glatte Masse entsteht.
9. Die Suppe nach Geschmack mit Salz würzen.

Brokkolisuppe

20 Minuten leicht

Zutaten

500 g Brokkoli | 500 ml Rinder- oder Hühnerbrühe | 2 EL Seetang | 1 TL Stärke

Zubereitung

1. Den Brokkoli in Stücke zerteilen, waschen und in einen Topf geben.
2. Die Brühe dazu geben und zum Kochen bringen, anschließend für **10 Minuten** köcheln lassen.
3. Die Suppe mit einem Pürierstab pürieren, bis eine glatte Masse entsteht.
4. Die Stärke in etwas Wasser verrühren und in die Suppe geben, anschließend die Suppe noch einmal aufkochen lassen.
5. Die Suppe servieren und den Seetang darüber geben.

Notizen ______________________________

____

____

Rucola mit Ei

20 Minuten mittel

Zutaten

2 Eier | 1/2 Zucchini | 1 HV Rucola | 1 Paprika | 1 EL Kokosöl | 1 EL Petersilie | Salz | Pfeffer

Zubereitung

1. Die Eier in einer Schale mit etwas Salz und Pfeffer verquirlen.
2. Die Zucchini waschen und in dünne Scheiben schneiden.
3. Die Paprika putzen, entkernen und ebenfalls in Scheiben schneiden.
4. Das Kokosöl in einer Pfanne erhitzen und die Zucchini und die Paprika für **10 Minuten** darin anbraten.
5. Das Gemüse aus der Pfanne nehmen und das Ei hineingeben und von beiden Seiten goldbraun anbraten.
6. Die Petersilie klein schneiden und zum Ei geben.
7. Den Rucola waschen und auf einen Teller geben, anschließend Ei und das Gemüse darüber geben.

Notizen ______________________________

Sardinen mit grünen Salat

15 Minuten leicht

Zutaten

100 g Feldsalat | 2 Stangen Sellerie | 2 Dosen Sardinen | 1 Zitrone | 2 EL Olivenöl | 2 TL Petersilie | 1 TL Kapern | 1/2 TL Zitronenabrieb

Zubereitung

1. Den Salat waschen und trocken tupfen.
2. Den Saft aus der Zitronen pressen und noch etwas von der Schale abreiben.
3. Die Petersilie klein schneiden.
4. Die Selleriestangen in kleine Stücke schneiden und mit Zitronensaft, Zitronenabrieb, Petersilie, Oliven und Kapern vermischen.
5. Die Sardinen auf den Salat geben und die Zitronenmischung darüber geben.

Notizen

Glasnudelsalat

15 Minuten leicht

Zutaten

300 g Meeresfrüchte | 300 g Spinat | 140 g Glasnudeln ***(glutenfrei)*** | 1 Papaya grün | 1 Limette | 2 EL Fischsoße | 2 EL Kokosöl

Zubereitung

1. Die Glasnudeln nach der Packungsangabe kochen.
2. Den Spinat waschen und klein schneiden.
3. Das Kokosöl in einer Pfanne erhitzen und die Glasnudeln mit den Meeresfrüchten und dem Spinat anbraten, bis alle Zutaten gar sind.
4. Die Limette auspressen und mit der Fischsoße vermischen, anschließend mit in die Pfanne geben und alles gut miteinander verrühren.
5. Die Papaya schälen fein raspeln und unter die Glasnudeln heben.

Notizen ______________________________

____

____

Frittata

15 Minuten leicht

Zutaten

6 Eier | 1 Paprika rot | 1 Zucchini | 3 EL Schnittlauch | Thymian getrocknet | Rosmarin getrocknet | Olivenöl | Salz

Zubereitung

1. Die Paprika und die Zucchini waschen und klein schneiden.
2. Etwas Olivenöl in einer Pfanne erhitzen und das Gemüse darin anbraten, Thymian und Rosmarin nach Geschmack hinzugeben.
3. Die Eier verquirlen und salzen.
4. Den Schnittlauch klein schneiden und zu den Eiern geben.
5. Die Eiermasse über das Gemüse gießen, nicht umrühren.
6. Einen Deckel auf die Pfanne geben und das Ei bei niedriger Hitze stocken lassen.

Notizen ____________________

Pfannkuchen mit Spinat

10 Minuten leicht

Zutaten

50 ml Milch ***(laktosefrei)*** | 2 Eier | 2 HV Spinat | 2 EL Mehl ***(glutenfrei)*** | Olivenöl | Salz | Pfeffer

Zubereitung

1. Die Eier mit Milch und Mehl verrühren, bis ein Teig entsteht.
2. Den Spinat waschen, trocken tupfen und klein schneiden, anschließend unter die Teigmasse rühren.
3. Das Öl in einer Pfanne erhitzen und die Hälfte des Teiges hineingeben und von beiden Seiten goldbraun anbraten, anschließend mit dem restlichen Teig wiederholen.

Notizen ________________________________

____

____

Gurkensalat

10 Minuten leicht

Zutaten

1 Gurke | 2 cm Ingwer | 2 EL Sonnenblumenöl | 1 EL Reisessig | 1 EL Zitronensaft | Salz | Pfeffer

Zubereitung

1. Die Gurke waschen und in feine Streifen schneiden bzw. reiben.
2. Die Schale vom Ingwer entfernen und fein reiben.
3. Aus Ingwer, Öl, Reisessig, Zitronensaft ein Dressing anrühren und mit Salz und Pfeffer abschmecken.
4. Das Dressing über die Gurke geben.

Notizen ______________________________

____

____

Salat mit Lachs

15 Minuten leicht

Zutaten

100 g Lachsaufschnitt | 1 Ei | 1/2 Gurke | 1/4 Kopfsalat | 2 EL Olivenöl | 1 EL Balsamico | 2 TL Senf | 1 TL Meerrettich | Salz | Pfeffer

Zubereitung

1. Das Ei in kochendes Wasser geben und für **8 Minuten** hart kochen lassen. Anschließen das Ei pellen und in Streifen schneiden.
2. Den Salat und die Gurke waschen und klein schneiden.
3. Den Lachs ebenfalls etwas klein schneiden und auf dem Salat verteilen.
4. Aus Olivenöl, Balsamico, Senf, Meerrettich, Salz und Pfeffer ein Dressing anrühren und alle Zutaten gut miteinander vermengen.

Notizen ____________________

____

____

Karottensuppe

35 Minuten leicht

Zutaten

700 ml Gemüsebrühe | 400 g Karotten | 30 g Butter ***(laktosefrei)*** | 20 g Ingwer | 1/2 Zitrone | 1 EL Öl | 1 TL Zucker | Salz | Pfeffer

Zubereitung

1. Die Karotten und den Ingwer schälen und in Scheiben schneiden.
2. Etwas Öl in einem Topf erhitzen und die Möhren und den Ingwer darin für **3 Minuten** anschwitzen.
3. Den Zucker dazu geben und leicht karamellisieren lassen.
4. Die Brühe hinzugeben und bei niedriger Hitze für **25 Minuten** köcheln lassen.
5. Die Suppe mit einem Pürierstab pürieren, bis eine cremige Masse entsteht.
6. Die Butter unterrühren.
7. Die Suppe mit Salz, Pfeffer und Zitronensaft abschmecken.

Notizen ______________________________

Möhrenpuffer

10 Minuten / 25 Minuten Ruhezeit mittel

Zutaten

350 g Möhren | 1 Lauchzwiebel ***(nur das Grüne)*** | 1 Bund Petersilie | 1 Ei | Prise Pfeffer und Salz | 2 EL Haferflocken | Öl

Zubereitung

1. Die Möhren waschen schälen und grob reiben.
2. Das Grüne der Lauchzwiebel in kleine Würfel schneiden.
3. Die Möhren mit der Lauchzwiebel und allen anderen Zutaten vermengen und für **25 Minuten** ruhen lassen.
4. Das Öl in einer Pfanne erhitzen und kleine Puffer ausbacken.

Notizen ______________________________

Rucola mit Steakstreifen

20 Minuten mittel

Zutaten

150 g Rindersteak | 2 HV Rucola | 6 Cocktailtomaten | 1 EL Olivenöl | 1 EL Balsamico | Parmesan | Salz | Pfeffer

Zubereitung

1. Etwas Öl in einer Pfanne erhitzen und das Steak darin anbraten.
2. Den Rucola und die Tomaten waschen, die Tomaten halbieren und alles in eine Schüssel geben.
3. Aus Olivenöl, Balsamico, Salz und Pfeffer ein Dressing anrühren und über den Salat geben.
4. Das Steak in Streifen schneiden und auf den Salat legen, anschließend noch etwas Parmesan darüber streuen.

Notizen ______________________________

Tomatensalat

10 Minuten leicht

Zutaten

4 Tomaten | 4 Basilikumblätter | 2 TL Essig | 2 TL Olivenöl | Schnittlauch | Salz | Pfeffer

Zubereitung

1. Die Tomaten waschen und klein schneiden.
2. Basilikum und Schnittlauch nach Geschmack waschen und in Streifen schneiden und zu den Tomaten geben.
3. Aus Essig, Olivenöl, Salz und Pfeffer ein Dressing anrühren und über die Tomaten geben.

Notizen

Kräuteromelett

15 Minuten leicht

Zutaten

3 Eier | 1 Kästchen Kresse | 50 g Räucherlachs | 2 EL Rapsöl | 2 EL Kefir ***(laktosefrei)*** | 2 EL Wasser | 2 EL Dill | 2 EL Schnittlauchröllchen | Salz | Pfeffer

Zubereitung

1. Die Kresse vom Beet schneiden und waschen.
2. Den Lachs in Würfel schneiden.
3. Den Dill und den Schnittlauch waschen und klein schneiden.
4. Die Eier mit Kefir, Wasser, Salz und Pfeffer verquirlen, anschließend Dill und Schnittlauch unterrühren.
5. Das Öl in einer Pfanne erhitzen und die Eier hineingeben und bei niedriger Hitze stocken lassen.
6. Die Eier mit Lachs und Kresse bestreuen und zusammenklappen.

Notizen ______

Selleriesuppe

30 Minuten leicht

Zutaten

400 ml Fleischbrühe | 300 g Staudensellerie | 200 Milch ***(laktosefrei)*** | 100 g Sahne ***(laktosefrei)*** | 25 g Kürbiskerne | 4 Scheiben Räucherschinken roh | 1 EL Rapsöl | 1 Prise Muskat | Salz | Pfeffer

Zubereitung

1. Den Sellerie gründlich waschen und würfeln.
2. Das Öl in einem Topf erhitzen und den Sellerie darin anschwitzen, bis er leicht braun ist.
3. Die Brühe mit in den Topf geben und bei niedriger Hitze für **20 Minuten** köcheln lassen, bis der Sellerie weich ist.
4. Die Kürbiskerne hacken und den Schinken würfeln.
5. Die Suppe mit einem Pürierstab pürieren, bis eine cremige Masse entsteht.
6. Die Milch und die Sahne unter die Suppe rühren und mit Muskat, Salz und Pfeffer abschmecken.
7. Die Suppe auf Tellern anrichten und mit Kürbiskernen und Schinken garnieren.

Hinweis: Staudensellerie sollte moderat zu sich genommen werden. Dieses Gericht eignet sich eher in der 2 Phase der Fodmap Diät.

Omelette mit Tomaten

15 Minuten mittel

Zutaten

3 Eier | 2 Tomaten | 2 Tomaten getrocknet | 100 g Feta ***(laktosefrei)*** | 2 EL Rapsöl | 2 EL Wasser | Salz | Pfeffer

Zubereitung

1. Den Feta zerbröckeln und die getrockneten Tomaten in Streifen schneiden.
2. Die Tomaten waschen und fein würfeln.
3. Die Eier mit Wasser, Salz und Pfeffer verquirlen.
4. Das Öl in einer Pfanne erhitzen und die Eier hineingeben und mit Tomaten und Feta bestreuen, dann bei niedriger Hitze stocken lassen.

Notizen ______________________

____

____

Kartoffelsalat

40 Minuten / 1 Stunde Ruhezeit mittel

Zutaten

400 g Kartoffeln | 80 ml Gemüsebrühe | 50 g Rucola | 2 Eier | 1/2 Bund Radieschen | 3 EL Olivenöl | 2 EL Weißweinessig | 1 TL Senf | 1 Prise Zucker | Salz | Pfeffer

Zubereitung

1. Die Kartoffeln gründlich waschen und in einen Topf geben und für **20 Minuten** kochen.
2. Die Kartoffeln pellen und in Scheiben schneiden.
3. Die Eier in einen Topf geben und für **8 Minuten** hart kochen lassen.
4. Den Rucola waschen.
5. Die Hälfte des Rucola mit Brühe, Öl, Essig, Senf, Zucker, Salz und Pfeffer pürieren, sodass ein Dressing entsteht.
6. Das Dressing über die noch warmen Kartoffeln geben und für **1 Stunde** ziehen lassen.
7. Die Radieschen waschen und in Stifte schneiden.
8. Die Eier pellen und klein schneiden.
9. Die Radieschen, Eier und den restlichen Rucola unter den Kartoffelsalat heben.

Kräuter Gurkensuppe

20 Minuten / 3 Stunden Ruhezeit leicht

Zutaten

150 g Naturjoghurt (laktosefrei) | 1 Gurke | 1/2 Zitrone | Dill | Kresse | Petersilie

Zubereitung

1. Die Gurke waschen, halbieren und entkernen, anschließend in einen Mixer geben.
2. Kräuter nach Geschmack auswählen, waschen und zur Gurke geben.
3. Die Zitrone auspressen und die Schale abreiben und mit Joghurt, Salz und Pfeffer in den Mixer geben.
4. Alles solange pürieren, bis eine cremige Masse entsteht.
5. Die fertige Suppe für **3 Stunden** kalt stellen.

Notizen ______________________

____

____

Brokkolisuppe mit Forelle

20 Minuten leicht

Zutaten

300 ml Gemüsebrühe | 200 g Brokkoli | 80 g Forelle geräuchert | 2 EL Crème Fraîche (laktosefrei) | 1 EL Sonnenblumenöl | 2 TL Zitronensaft | 1 Msp Muskat | Salz | Pfeffer

Zubereitung

1. Den Brokkoli waschen und die Röschen abschneiden und Öl in einem Topf erhitzen und den Brokkoli darin anschwitzen.
2. Den Brokkoli dazugeben und mit der Brühe und Zitronensaft ablöschen, anschließend einmal aufkochen lassen und für **15 Minuten** bei niedriger Hitze weiter köcheln lassen.
3. Die Suppe mit einem Pürierstab pürieren und die Crème Fraîche unterheben und mit Muskat, Salz und Pfeffer abschmecken.
4. Die Forelle in Streifen schneiden und zur Suppe servieren.

Notizen

Erdbeersalat

15 Minuten mittel

Zutaten

500 g Erdbeeren | 150 g Naturjoghurt (laktosefrei) | 30 g Erdnüsse ungesalzen | 1 Orange | 3 EL Ahornsirup

Zubereitung

1. Die Erdbeeren waschen, den Strunk entfernen und halbieren.
2. Die Schale von der Orange reiben und den Saft auspressen.
3. Den Orangenabrieb und den Orangensaft mit 1 EL Ahornsirup vermengen und über die Erdbeeren geben.
4. Die Früchte für **1 Stunde** in den Kühlschrank stellen.
5. Die Erdnüsse hacken und mit Joghurt und den restlichem Ahornsirup vermengen.
6. Den Joghurt mit den Erdbeeren garnieren.

Notizen

Hauptspeisen

Fisch mit Spinat

40 Minuten mittel

Zutaten

400 g Zander | 400 g Blattspinat | 300 ml Kokosmilch | 1 Frühlingszwiebel (nur das Grüne) | 1/2 Zitrone | 1 EL Currypulver mild | 1 EL Currypaste | 1 Orange | Olivenöl | Salz | Pfeffer

Zubereitung

1. Den Spinat waschen und in einem Topf dünsten, bis er zusammenfällt, dann mit Salz und Pfeffer würzen.
2. Eine Auflaufform mit Olivenöl bestreichen und den Spinat hineingeben.
3. Den Fisch etwas klein schneiden und mit Zitronensaft beträufeln, ein wenig mit Salz und Pfeffer würzen und auf den Spinat legen.
4. Das Grün der Lauchzwiebel klein schneiden und in einer Pfanne mit etwas Öl anbraten.
5. Das Currypulver und die Currypaste mit in die Pfanne geben und mit Kokosmilch aufgießen.
6. Die Soße mit in die Auflaufform geben.
7. Den Backofen auf 180 Grad vorheizen und den Fisch für **20 Minuten** in den Backofen geben.

Notizen ______________________________

Hähnchenbrust mit Spinat

30 Minuten mittel

Zutaten

400 g Blattspinat | 100 g Hartkäse | 4 Hähnchenbrustfilets | 1 Lauchzwiebel ***(nur das Grüne)*** | Sesamöl | Muskat | Salz | Pfeffer

Zubereitung

1. Das Grüne der Lauchzwiebel würfeln.
2. Den Spinat waschen und in einem Topf mit den Zwiebeln dünsten, bis er zusammenfällt, dann mit Salz, Pfeffer und Muskat würzen.
3. Etwas Öl in einer Pfanne erhitzen und das Hähnchen von beiden Seiten kurz scharf anbraten.
4. Den Spinat und das Hähnchen in eine Auflaufform legen und mit dem Hartkäse bestreuen.
5. Den Backofen auf 180 Grad vorheizen und das Hähnchen für **20 Minuten** in den Backofen geben.

Notizen ______________________________

Mangold Reis Pfanne

20 Minuten leicht

Zutaten

100 g Reis | 70 g Feta ***(laktosefrei)*** | 3 Mangoldblätter | 1 Scheibe Ingwer | 1/2 TL Zitronensaft | 1 HV Pinienkerne | Olivenöl | Salz | Pfeffer

Zubereitung

1. Den Reis nach Packungsangabe kochen.
2. Die Stiele vom Mangold schneiden und die Blätter in Streifen schneiden.
3. Der Mangold wird blanchiert, zuerst die Stiele für **5 Minuten** ins Wasser geben und dann die Blätter hinzugeben und alles für weitere **3 Minuten** blanchieren lassen.
4. Den Ingwer fein hacken und den Käse würfeln.
5. Die Pinienkerne und den Ingwer in einer Pfanne anbraten, anschließend Reis, Mangold und Feta hinzugeben.
6. Das Gericht mit Salz, Pfeffer und Zitronensaft abschmecken.

Notizen ____________________

Spaghetti Carbonara

20 Minuten leicht

Zutaten

250 g Spaghetti ***(glutenfrei)*** | 80 g Schinkenwürfel | 40 g Parmesan | 1 Ei | 3 EL Sahne ***(laktosefrei)*** | Olivenöl | Salz | Pfeffer

Zubereitung

1. Die Spaghetti nach Packungsangabe kochen.
2. Etwas Öl in einer Pfanne erhitzen und den Schinken darin anbraten, anschließend die fertigen Nudeln in die Pfanne geben und noch einen Schuss Olivenöl.
3. Das Ei mit Parmesan, Salz und Pfeffer verquirlen und unter die Nudeln heben.
4. Die Sahne hinzugeben und alles miteinander vermengen.

Notizen ______________________________

____

____

Kartoffel-Möhren-Auflauf

45 Minuten mittel

Zutaten

400 g Kartoffeln | 200 g Möhren | 250 ml Milch **(laktosefrei)** | 50 g Parmesan | 10 g Butter **(laktosefrei)** | 2 Bratwürste | 1/2 Bund Petersilie | Paprikapulver | Muskat | Salz | Pfeffer

Zubereitung

1. Die Kartoffeln und die Möhren schälen und in 3mm dicke Scheiben schneiden.
2. Die Kartoffel- und Möhrenscheiben für **10 Minuten** blanchieren.
3. Die Butter in einer Pfanne erhitzen und die Bratwürste darin anbraten.
4. Die Bratwürste in 2 cm dicke Scheiben schneiden.
5. Eine Auflaufform einfetten und die und die Kartoffel- und Möhrenscheiben, sowie die Würstchen darin verteilen.
6. Die Petersilie waschen und hacken.
7. Den Parmesan reiben.
8. Die Milch mit Petersilie und Parmesan in einem Topf erhitzen, anschließend die Stärke unterrühren.
9. Die Soße mit Paprika, Muskat, Salz und Pfeffer abschmecken.
10. Die fertige Soße in die Auflaufform gießen und gut verteilen.
11. Den Backofen auf 200 Grad vorheizen und den Auflauf für **20 Minuten** in den Backofen geben.

Auflauf aus Süßkartoffeln

45 Minuten mittel

Zutaten

150 g Feta ***(laktosefrei)*** | 5 Cocktailtomaten | 2 Süßkartoffeln | 2 EL Olivenöl | Salz | Pfeffer

Zubereitung

1. Die Süßkartoffeln schälen und würfeln.
2. Die Süßkartoffeln mit Öl, Salz und Pfeffer in einer Schüssel vermischen.
3. Die Kartoffeln in eine Auflaufform geben und bei 200 Grad für **20 Minuten** in den Backofen geben.
4. Die Tomaten waschen und klein schneiden.
5. Den Feta ebenfalls klein schneiden.
6. Die Süßkartoffeln mit Tomaten und Feta bestreuen und für weitere **10 Minuten** in den Backofen geben.

Notizen ______________________________________

Nudeln mit Putenschnitzel

20 Minuten leicht

Zutaten

250 g Spaghetti ***(glutenfrei)*** | 2 Putenschnitzel | 1 Paprika | 1 Lauchzwiebel ***(nur das Grüne)*** | 2 EL Koriander | Öl | Salz | Pfeffer

Zubereitung

1. Die Spaghetti nach Packungsangabe kochen.
2. Die Paprika waschen, entkernen und in Streifen schneiden.
3. Das Grüne der Lauchzwiebel würfeln.
4. Etwas Öl in einer Pfanne erhitzen und die Putenschnitzel darin goldbraun anbraten.
5. Die Schnitzel in Alufolie einwickeln, um sie warm zu halten.
6. Die Lauchzwiebel in einer Pfanne in Öl glasig düsten, anschließend die Paprikastreifen hinzugeben und für **5 Minuten** mitbraten.
7. Die Nudeln mit in die Pfanne geben und für **1 Minute** anbraten.
8. Alles mit Salz, Pfeffer und Koriander abschmecken, anschließend die Putenschnitzel darauflegen.

Notizen ______________________________

____

____

Buchweizennudeln mit Pesto

15 Minuten mittel

Zutaten

180 g Buchweizennudeln | 40 g Walnusskerne | 50 ml Olivenöl | 1 Strauß Bärlauch | 1 Glas Tomaten getrocknet in Öl | Salz | Pfeffer

Zubereitung

1. Die Nudeln nach Packungsangabe kochen.
2. Den Bärlauch waschen und grob klein schneiden.
3. Für das Pesto alle Zutaten, außer den Nudeln, mit einem Stabmixer pürieren, bis eine cremige Konsistenz entsteht. Ggf. noch etwas Öl hinzufügen.

Notizen ______________________________

Reis mit Kokos und Gemüse

15 Minuten leicht

Zutaten

400 ml Kokosmilch | 150 g Reis | 2 Zucchini | 1 Aubergine | Öl | Salz | Pfeffer

Zubereitung

1. Den Reis nach Packungsangabe kochen.
2. Die Zucchini und Aubergine waschen und würfeln.
3. Etwas Öl in einer Pfanne erhitzen und das Gemüse darin anbraten, bis es bissfest ist, anschließend mit Salz und Pfeffer würzen.
4. Die Kokosmilch in die Pfanne geben und für **5 Minuten** köcheln lassen.

Notizen ____________________

____

____

Quinoa mit Tomatensoße

20 Minuten leicht

Zutaten

150 Feta ***(laktosefrei)*** | 2 HV Rucola | 1 Tasse Quinoa | 3 Tomaten | Olivenöl | Salz | Pfeffer

Zubereitung

1. Die Quinoa nach Packungsangabe kochen.
2. Die Tomaten waschen, würfeln und mit etwas Öl in einer Pfanne erhitzen und mit Salz und Pfeffer abschmecken.
3. Den Feta klein schneiden und zu den Tomaten geben.
4. Den Rucola waschen.
5. Die Quinoa mit der Tomatensoße anrichten und den Rucola darauf geben.

Notizen ______________________________

____

____

Lachs mit Reis

45 Minuten leicht

Zutaten

250 g Lachs | 175 g Reis (trocken) | 3 Tomaten | 2 Paprikas | 1 Limette | ½ Bund Petersilie

Zubereitung

1. Backofen auf 170 Grad Umluft vorheizen.
2. Reis aufkochen lassen und für **10 Minuten** aufquellen lassen.
3. Tomaten, Petersilie waschen, schälen und in kleine Stücke schneiden.
4. Alles miteinander vermengen und mit dem Saft der Limette verfeinern.
5. Lachs waschen, klein schneiden und zu dem Gemüse geben.
6. Jetzt müsste der Reis fertig sein und auch zu dem Rest dazu geben.
7. Alles gut miteinander vermengen.
8. Die Paprika entkernen, halbieren und füllen.
9. Dann für **30 Minuten** im Backofen backen.

Notizen ____________________

____

____

Seelachsfilet mit Gemüse

25 Minuten mittel

Zutaten

200 g Seelachsfilet | 200 g Zucchini | 200 g Kartoffeln | 1 Bund Dill | 75 g Kräuterfrischkäse ***(laktosefrei)*** | 1 EL Rapsöl

Zubereitung

1. Kartoffeln, Zucchini waschen und würfeln.
2. 150 ml Wasser in einem Topf aufkochen und die Kartoffeln dazugeben. Für **10 Minuten** kochen lassen.
3. Zucchiniwürfel, Frischkäse hinzufügen und für weitere **5 Minuten** andünsten.
4. In der Zwischenzeit den Dill waschen, fein hacken und zu den Gemüse geben.
5. Den Fisch in einer Pfanne mit Öl erhitzen. Dann den Fisch auf jeder Seite für **1-2 Minuten** anbraten und mit dem Gemüse servieren.

Notizen

Kabeljaufilet mit Gemüse

30 Minuten mittel

Zutaten

100 g Möhren | 200 g Fenchel | 2 Tomaten | 30 g schwarze Oliven | 300 g Kabeljaufilet | 1 Zitrone (Schale) | Thymian | Petersilie | Koriander | 20 ml Olivenöl | 25 ml Essig | Salz | Pfeffer | Zucker

Zubereitung

1. Möhren waschen, schälen, längs halbieren und in kleine Stücke schneiden.
2. Fenchel putzen, längs halbieren und in Streifen schneiden.
3. Tomaten waschen und würfeln.
4. Olivenöl in einer Pfanne erhitzen und die Tomaten, den Koriander für **3 Minuten** andünsten.
5. Oliven abtropfen lassen und gemeinsam mit dem Fenchel und den Möhren in die Pfanne geben.
6. Das Ganze mit etwas Salz, Pfeffer, Zucker und Thymian würzen und mit Essig, sowie 1 EL Olivenöl ablöschen.
7. Den Kabeljau mit der Hautseite auf das Gemüse legen, die Pfanne abdecken und für ca. **12 Minuten** dünsten lassen.
8. Petersilie fein hacken, die Zitronenschale reiben, das zusammen miteinander vermengen und auf dem Kabeljau bestreuen.

Gemüseauflauf

40 Minuten leicht

Zutaten

2 Zucchini | 300 g Tomaten | 200 g Blattspinat | 5 Salbeiblätter | ½ Bund Thymian | 200 g Mozzarella | Salz | Pfeffer

Zubereitung

1. Zucchini waschen, salzen und in Scheiben schneiden.
2. Tomaten waschen und in Scheiben schneiden.
3. 3 Salbeiblätter und den Thymian fein hacken.
4. Den Spinat mit Salz und Pfeffer würzen, sowie den Mozzarella in kleine Würfel schneiden.
5. In eine Auflaufform den Spinat geben, die Zucchini und die Tomaten abwechselnd in die Form legen.
6. Backofen auf 200 Grad vorheizen.
7. Die fein gehackten Kräuter auf das Gemüse verteilen und mit den Mozzarellawürfeln bedecken.
8. Im vorgeheizten Backofen den Gemüseauflauf für ca. **25-30 Minuten** backen

Notizen ______________________________

Kartoffelauflauf

50 Minuten leicht

Zutaten

450 g Kartoffeln | 1 EL Butter ***(laktosefrei)*** | 100 g Kräuterfrischkäse ***(laktosefrei)*** | 300 g Paprika | 1 TL Majoran | 1 Msp. Muskatnuss | 3 Stängel Petersilie

Zubereitung

1. Die Kartoffeln schälen, waschen und für **20 Minuten** köcheln lassen.
2. In der Zwischenzeit die Paprikas waschen, entkernen und in Streifen schneiden.
3. Nun die Kartoffeln klein stampfen.
4. Eine Pfanne mit etwas Butter erhitzen und die Paprikastreifen andünsten.
5. Nach **5 Minuten** gibt man die Kartoffelmasse und die Gewürze dazu.
6. Alles miteinander für weitere **5 Minuten** verrühren und den Backofen auf 200 Grad vorheizen.
7. Nun eine Auflaufform ausbuttern, die Kartoffelmasse hineingeben und den Frischkäse, sowie die Petersilie darauf verteilen.
8. Dann alles für **25 Minuten** backen.

Kürbisauflauf

65 Minuten mittel

Zutaten

500 g Hokkaido Kürbis | 350 g Kartoffeln | 350 g Paprika | 200 g Zucchini | 80 g Mozzarella | 250 ml Sahne ***(laktosefrei)*** | 2 EL Öl | Salz | Pfeffer | ½ Bund Koriander

Zubereitung

1. Kürbis schneiden, entkernen, schälen und das Fruchtfleisch in Scheiben schneiden.
2. Kartoffeln waschen, schälen, in Scheiben schneiden und abwechselnd mit dem Kürbis in eine Auflaufform geben.
3. Die Sahne mit Pfeffer und Salz würzen und auf den Auflauf gießen.
4. Den Backofen auf 180 Grad stellen und die Auflaufform für ca. **45 Minuten** garen lassen.
5. In der Zwischenzeit die Paprika waschen, entkernen, in Würfel schneiden und in der Pfanne mit etwas Öl anbraten. Mit Pfeffer, Salz und Koriander die Paprikas würzen.
6. Den Mozzarella in Scheiben schneiden.
7. Nach ca. **35 Minuten** verteilt man die Paprika und den Mozzarella auf dem Auflauf und backt das Ganze noch für weitere **10 Minuten**.

Nudelauflauf

50 Minuten leicht

Zutaten

250 g Nudeln ***(glutenfrei)*** | 400 g Brokkoli | 300 g Paprikas | 80 g Emmentaler ***(laktosefrei)*** | 80 g Mozzarella ***(laktosefrei)*** | 160 ml Sahne ***(laktosefrei)*** | 400 ml Gemüsebrühe | Salz | Pfeffer | Paprikapulver | Öl

Zubereitung

1. Backofen auf 180°C vorheizen und die Auflaufform mit etwas Öl einfetten.
2. Das Gemüse waschen, Paprika entkernen und in Streifen schneiden, den Brokkoli in kleine Stücke teilen.
3. Mozzarella abtropfen lassen, fein würfeln und gemeinsam mit den Nudeln, sowie mit dem Gemüse in die Auflaufform geben.
4. Sahne, Gewürze, Gemüsebrühe miteinander vermengen, in die Auflaufform geben und alles zusammen gut verrühren.
5. Im vorgeheizten Backofen ca. **40 Minuten** backen.
6. Nach **30 Minuten** den Emmentaler darüber geben und das Ganze für weitere **10 Minuten** backen.

Notizen ______________________________

Gemüsepuffer

40 Minuten mittel

Zutaten

2 EL Mehl ***(glutenfrei)*** | 2 Eier | 200 g Kartoffeln | 80 g Zucchini | 30 ml Wasser | Öl | Salz | Pfeffer | Muskat

Zubereitung

1. Kartoffeln waschen, schälen, fein reiben und in ein Sieb abtropfen lassen.
2. Zucchini waschen und auch fein reiben.
3. Die Eier schaumig schlagen und mit den geriebenen Kartoffeln und Zucchini vermischen.
4. Das glutenfreie Mehl unterheben und mit den Gewürzen verfeinern.
5. Die Masse für **25 Minuten** aufquellen lassen.
6. Pfanne mit etwas Öl erhitzen und aus der Masse einige Puffer formen.
7. Die Puffer dann goldbraun anbraten.

Notizen ____________________

____

____

Hackbraten

45 Minuten mittel

Zutaten

280 g Hackfleisch | 2 Eier | 80 g Möhren | Petersilie | Öl | Pfeffer | Salz

Zubereitung

1. Backofen auf 200 °C vorheizen und ein Backblech mit Backpapier auslegen.
2. Möhren waschen, schälen und fein reiben.
3. Die Petersilie fein hacken.
4. Die Eier schaumig schlagen und mit dem Hackfleisch vermischen.
5. Die gerieben Möhren, fein gehackten Petersilie und die Gewürze unter den Hackfleisch heben.
6. Die Hackfleischmasse zu einem länglichen Braten formen und auf das Backblech legen.
7. Den Hackbraten mit Öl bestreichen und für ca. **30 Minuten** backen.

Notizen ____________________

Nudeln mit Lachs

35 Minuten mittel

Zutaten

250 g Nudeln ***(glutenfrei)*** | 300 g Lachs | 200 g Brokkoli | 150 g Frischkäse ***(laktosefrei)*** | 1 Zitrone | 100 ml Milch ***(laktosefrei)*** | 3 EL Öl | Zucker | Salz | Pfeffer

Zubereitung

1. Brokkoli waschen und in Röschen teilen.
2. Nudeln in kochendem Salzwasser nach Packungsanweisung garen und ca. **5 Minuten** vor Ende der Garzeit Brokkoli zugeben und mit garen.
3. Eine Pfanne erhitzen und Frischkäse, sowie Milch unter Rühren vermengen, bis eine Soße entsteht.
4. Die Zitronenschale und –saft unterheben und mit Pfeffer, sowie Salz abschmecken.
5. Lachs waschen, trocken tupfen, in kleine Stücke schneiden und mit etwas Öl in einer Pfanne für **4 Minuten** anbraten.
6. Nudeln abgießen und mit der Soße vermengen.
7. Mit Lachs anrichten und mit Zitrone garnieren.

Notizen ______________________

____

____

Brokkoli Pesto

15 Minuten leicht

Zutaten

1 Brokkoli | 60 g Sonnenblumenkerne | 1 HV Basilikumblätter | 1 Zitrone | Salz | Pfeffer | 25 ml Olivenöl

Zubereitung

1. Brokkoli in Röschen unterteilen, waschen und in einem Topf mit wenig Wasser (oder einem Gareinsatz) für etwa **7 Minuten** garen.
2. Sonnenblumenkerne in einer Pfanne ohne Fett anrösten. Dieser Schritt ist optional!
3. Knoblauch schälen und grob hacken. Basilikum waschen. Zitrone auspressen.
4. Alle Zutaten im Mixer zur gewünschten Konsistenz zum Pesto verarbeiten.

Notizen ____________________

Thunfischcreme

_5 Minuten leicht

Zutaten

1 Dose Thunfisch im eigenen Saft | 1/2 Avocado | 1 TL Kapern | Spritzer Zitronensaft | Petersilie | Salz

Zubereitung

1. Die Avocado halbieren, den Kern entfernen und das Fleisch von der Schale lösen.
2. Alle Zutaten in einer Schale gut miteinander vermengen und mit Salz und Petersilie abschmecken.

Hinweis: *Die Avocado könnte evtl. Probleme machen. Sie steht zwar nicht auf der Streichliste, während einer FODMAP Diät, jedoch sollte man die Avocado moderat einsetzen.*

Notizen ______

Avocado Dip

5 Minuten leicht

Zutaten

70 g Feta ***(laktosefrei)*** | 1 Avocado | 1 Limette | Salz | Pfeffer

Zubereitung

1. Die Avocado halbieren, den Kern entfernen und das Fleisch von der Schale lösen.
2. Die Knoblauchzehen schälen und fein hacken.
3. Die Limette halbieren und den Saft herauspressen.
4. Avocado mit einer Gabel zerdrücken und die restlichen Zutaten hinzugeben und gut miteinander vermengen, anschließend mit Salz und Pfeffer abschmecken.

Hinweis: *Die Avocado könnte evtl. Probleme machen. Sie steht zwar nicht auf der Streichliste, während einer FODMAP Diät, jedoch sollte man die Avocado moderat einsetzen.*

Notizen ______________________________

Brennesel Pesto

5 Minuten leicht

Zutaten

30 g Brennnesselblätter | 1 Zitrone | 90 g Sonnenblumenkerne | 1 TL Salz | 90 ml Olivenöl

Zubereitung

1. Die Brennnesselblätter waschen und trocken schleudern.
2. Den Saft der Zitrone auspressen.
3. Alle Zutaten in einem Mixer geben und alles miteinander vermengen.

Notizen ______________________

____

____

Kräuterbutter

_5_Minuten / _1_Stunde Ruhezeit leicht

Zutaten

90 g Butter ***(laktosefrei)*** | 1 Zitrone | 1/2 TL Salz | Prise Pfeffer | 1 EL Thymian

Zubereitung

1. Butter auf Zimmertemperatur erwärmen und die Gewürze hinzufügen.
2. Saft der Zitrone auspressen, Schale der Zitrone reiben und hinzufügen.
3. Alles miteinander verrühren und die Masse in eine Frischhaltefolie geben.
4. Für **1-2 Stunden** in den Kühlschrank stellen.

Notizen ____________________

____

____

Himbeere Rhabarber Kompott

15 Minuten leicht

Zutaten

375 g Rhabarber | 125 g Himbeeren | 80 g Zucker | 1/2 Vanilleschote

Zubereitung

1. Die Vanilleschote halbieren und das Mark herauskratzen.
2. Den Rhabarber schälen und in kleine Stücke schneiden und in einem Topf aufkochen lassen.
3. Wenn sich etwas Flüssigkeit im Topf gebildet hat, die anderen Zutaten hinzugeben und für **10 Minuten** bei niedriger Hitze köcheln lassen.

Notizen

Schokoeis

_5_ Minuten / _1_ Stunde Ruhezeit mittel

Zutaten

100 ml Mandelmilch | 3 Bananen | 1 EL Kakao | Prise Zimt

Zubereitung

1. Die Banane in kleine Stücke schneiden und in eine Dose legen und einfrieren, ca. **1 Stunde**.
2. Die gefrorenen Bananen in einen Mixer geben, anschließend Mandelmilch, Kakao und Zimt hinzugeben und alles mixen, bis eine cremige Masse entsteht.

Notizen ____________________

____

____

Overnight Oats

10 Minuten / 2 Stunden Ruhezeit leicht

Zutaten

150 ml Milch ***(laktosefrei)*** | 2 EL Dinkelflocken | 2 EL Haferflocken | 2 EL Leinsamen | 1 EL Chia-Samen | 1 EL Leinöl | 1 EL Öl | 1 TL Kakaopulver | 1/2 TL Kurkuma | Prise Pfeffer

Zubereitung

1. Die Dinkelflocken, Haferflocken, Leinsamen und Chia-Samen in der Milch für **2 Stunden** einweichen.
2. Die restlichen Zutaten hinzugeben und alles gut miteinander vermengen.

Notizen ______________________________

Pastinaken Creme

65 Minuten / 1 Stunde Ruhezeit mittel

Zutaten

300 g Pastinaken | 1 Dose Kokosmilch | 1 Lorbeerblatt | 1 EL Ahornsirup | 1 EL Kokosöl | 1/2 TL Vanille gemahlen

Zubereitung

1. Die Pastinaken schälen und in grobe Stücke schneiden.
2. Die Pastinaken mit Kokosöl einreiben und auf ein mit Backpapier ausgelegtes Backblech legen.
3. Den Backofen auf 180 Grad vorheizen und die Pastinaken für **40 Minuten** in den Backofen geben.
4. Die Kokosmilch mit Vanille und dem Lorbeerblatt in einem Topf für **20 Minuten** köcheln lassen. Das Lorbeerblatt nach dem köcheln herausnehmen.
5. Die Pastinaken in die Kokosmilch geben und pürieren, bis eine cremige Masse entsteht.
6. Die Creme mit Ahornsirup abschmecken und in kleine Schälchen füllen.
7. Die Creme für **1 Stunde** in die Gefriertruhe stellen.
8. Vor dem Genießen eine halbe Stunde antauen lassen.

Notizen ____________________

Hirsebrei

20 Minuten leicht

Zutaten

300 ml Hafermilch | 140 g Hirse | 75 g Himbeeren | 1 cm Ingwer | 1/4 TL Zimt

Zubereitung

1. Die Hirse in einem Sieb waschen.
2. Den Ingwer schälen und klein schneiden bzw. reiben.
3. Die Hirse mit Hafermilch und Zimt in einem Topf aufkochen lassen, bei niedriger Hitze **15 Minuten** köcheln lassen.
4. Die Himbeeren vorsichtig unterrühren.

Notizen

Matcha Fondant

30 Minuten / 30 Minuten Ruhezeit mittel

Zutaten

60 g Zartbitterschokolade ***(laktosefrei)*** | 40 g Margarine ***(laktosefrei)*** | 30 g Zucker | 25 g Mehl ***(glutenfrei)*** | 6 g Matcha Pulver | 1 Ei

Zubereitung

1. Zwei kleine Förmchen mit etwas Öl bzw. Margarine einfetten.
2. Die Schokolade auf einem Wasserbad schmelzen lassen.
3. Die Schokolade mit Butter und Zucker in einer Schüssel verrühren, anschließend das Ei unterrühren.
4. Das Mehl und Matcha Pulver langsam unter die Masse heben, sodass keine Klümpchen entstehen.
5. Die Masse in die Förmchen füllen und für **30 Minuten** in die Gefriertruhe stellen.
6. Den Backofen auf 220 Grad vorheizen und das Fondant für **12 Minuten** in den Backofen geben.

Notizen ____________________

____

____

Pancakes

15 Minuten mittel

Zutaten

Für den Teig:

1 Banane | 1/2 Tasse Kokosmilch | 1/2 Tasse Kochbananenmehl | 1 EL Kokosmehl | 1 EL Pfeilwurzelmehl | 1/4 TL Weinsteinbackpulver | 1/4 TL Vanille gemahlen | Salz

Für die Garnitur:

100 g Himbeeren | 2 EL Ahornsirup

Zubereitung

1. Die Banane schälen und in kleine Stücke schneiden, evtl. noch mit einer Gabel etwas zerdrücken.
2. Alle Zutaten für den Teig in eine Schüssel geben und gut miteinander verrühren bzw. mixen.
3. Etwas Öl in einer Pfanne erhitzen und den Teig portionsweise, etwa 2 EL, in eine Pfanne geben und die Pancakes von beiden Seiten goldbraun anbraten.
4. Die Pancakes mit Himbeeren und Ahornsirup garnieren.

Notizen ____________________

Kochbananencracker

55 Minuten mittel

Zutaten

2 Kochbananen | 1/2 Tasse Kokosöl flüssig | 1/2 TL Salz | Kräuter nach Belieben

Zubereitung

1. Die Kochbananen schälen und pürieren.
2. Das Kokosöl in der Mikrowelle schmelzen lassen und über die Bananen geben, nach Belieben Kräuter und Salz hinzugeben und alles gut miteinander vermengen.
3. Die Masse auf einem mit Backpapier ausgelegtem Backblech glattstreichen.
4. Den Backofen auf 160 Grad vorheizen und für **40-50 Minuten** backen.

Notizen

Muffins

40 Minuten / 5 Minuten Ruhezeit leicht

Zutaten

6 Eier | 1 Tasse Kokosmehl | 3/4 Tasse Kokosöl flüssig | 1/2 Tasse Ahornsirup | 1 TL Weinsteinbackpulver | 1 TL Vanilleextrakt | Schokotropfen | Salz

Zubereitung

1. Das Kokosöl in der Mikrowelle schmelzen lassen.
2. Die Einer aufschlagen und Kokosöl, Ahornsirup und Vanille hinzugeben und gut miteinander vermengen.
3. Das Mehl, Backpulver und Salz nach und nach unterheben, bis ein glatter Teig entsteht.
4. Den Teig für **5 Minuten** ruhen lassen.
5. Schokotropfen nach Geschmack unterheben.
6. Den Backofen auf 180 Grad vorheizen und die Muffins für **30 Minuten** in den Backofen geben.

Notizen ______________________________

Erdnussbutter Tassen-Muffin

10 Minuten leicht

Zutaten

1 Ei | 2 EL Erdnussbutter | 1,5 EL Mehl ***(glutenfrei)*** | 1 EL Zucker | 1/4 TL Weinsteinbackpulver | 1 TL Butter weich ***(laktosefrei)***

Zubereitung

1. Alle Zutaten in eine Tasse geben und gut miteinander vermengen.
2. Die Tasse für **1 Minute** in die Mikrowelle stellen.

Notizen ______________________________

Rührkuchen

55 Minuten mittel

Zutaten

2 Eier | 2 Tassen Mehl ***(glutenfrei)*** | 1 Tasse Kokosmehl | 1/2 Tasse Hafermilch | 1/2 Tasse Butter weich ***(laktosefrei)*** | 1/2 Tasse Rohrzucker | 1/2 Tasse Hanfprotein | 2 EL Wasser heiß | 2 TL Matcha Pulver | 1 TL Weinsteinbackpulver | 1/2 TL Vanille gemahlen | 1/2 TL Salz

Zubereitung

1. Eine Brotbackform mit Butter einfetten.
2. Das Matcha Pulver mit heißem Wasser glattrühren.
3. Das Mehl, Kokosmehl, Hanfprotein, Backpulver, Vanille und Salz in einer Schüssel miteinander vermengen.
4. Die Butter mit dem Zucker in einer anderen Schüssel verrühren, anschließend die Eier hinzugeben und alles mixen.
5. Nach und nach die Mehlmischung und Hafermilch einrühren, bis ein Teig entsteht, anschließend das Matcha Pulver unterheben.
6. Den Backofen auf 150 Grad vorheizen und den Kuchen für **45 Minuten** in den Backofen geben.

Notizen ______________________

____

Zitronenschnitten

55 Minuten mittel

Zutaten

Für den Boden:

180 g Mehl ***(glutenfrei)*** | 170 g Butter weich ***(laktosefrei)*** | 60 g Puderzucker

Für die Füllung:

330 g Zucker | 180 ml Zitronensaft | 4 Eier | 2 EL Mehl ***(glutenfrei)*** | 2 TL Zitronenabrieb

Zubereitung

1. Für den Boden alle Zutaten in eine Schüssel geben und zu einem Teig verrühren.
2. Den Teig dünn in eine Backform drücken, nicht dicker als 1,5–2 cm.
3. Den Backofen auf 190 Grad vorheizen und den Boden für **20 Minuten** in den Backofen geben.
4. Für die Füllung Zucker, Mehl und Eier miteinander verrühren, anschließend Zitronensaft und –abrieb hinzugeben.
5. Den Boden für **5 Minuten** auskühlen lassen, dann die Füllung auf den Boden gießen und für weitere **15 Minuten** in den Backofen geben.

Tarte aus Zitrone

45 Minuten mittel

Zutaten

Für den Boden: 125 g Butter kalt | 100 g Reismehl | 100 ml Ahornsirup | 45 g Kartoffelmehl | 2 TL Zitronenschale

Für die Zitronen-Limonen-Schicht: 150 ml Ahornsirup | 3 Eier | 3 EL Reismehl | 3 EL Limonensaft | 3 EL Zitronensaft | 1 TL Zitronenabrieb

Zubereitung

1. Eine Kuchenbackform mit Backpapier auslegen und die Ränder etwas mit Butter einfetten.
2. Das Reismehl, Kartoffelmehl, Ahornsirup und Zitronenschale in einer Schüssel gut verrühren, anschließend nach und nach die Butter hinzugeben, bis eine feste Masse entsteht.
3. Den Teig in die Kuchenbackform drücken und bei 160 Grad für **15 Minuten** in den Backofen geben.
4. Für die Füllung die Eier und den Ahornsirup aufschlagen, den Zitronensaft, Limonensaft, Zitronenabrieb und Reismehl hinzugeben und alles miteinander verrühren.
5. Die Füllung auf den vorgebackenen Boden geben und für weitere **30 Minuten** in den Backofen geben.

Knäckebrot

80 Minuten leicht

Zutaten

600 ml Samen und Körner nach Wahl | 400 ml Wasser warm | 3 EL Flohsamenschalenpulver | 1 TL Salz

Zubereitung

1. Die Samen und Körner mit Flohsamenschalenpulver und Salz vermengen.
2. Das heiße Wasser hinzugeben und alles gut miteinander verrühren.
3. Die Masse auf ein mit Backpapier ausgelegtes Backblech streichen, möglichst dünn.
4. Den Backofen auf 200 Grad vorheizen und die Masse für **15 Minuten** vorbacken.
5. Die Masse mit einem Messer in die gewünschte Form schneiden.
6. Den Backofen auf 150 Grad runterstellen und das Knäckebrot für **1 Stunde** weiter im Backofen trocknen lassen.

Hinweis: Mögliche Samen und Körner sind Kürbis, Sesam, Sonnenblumen, Chia-Samen, Leinsamen, Flohsamen.

Notizen ____________________

____

Quarkbrötchen

30 Minuten / 10 Minuten Ruhezeit leicht

Zutaten

200 g Quark ***(laktosefrei)*** | 80 g Kleie fein | 15 g Leinsamen | 2 Eier | 2 TL Flohsamenschalen | Rosmarin | Salz

Zubereitung

1. Die Kleie mit Rosmarin und Salz nach Geschmack vermengen.
2. Danach die restlichen Zutaten hinzufügen und gut miteinander vermengen, den Teig für **10 Minuten** ruhen lassen.
3. Den Teig in Muffin- oder Brötchenformen verteilen und ein X oben einritzen.
4. Den Backofen auf 200 Grad vorheizen und die Brötchen für **15 Minuten** in den Backofen geben.

Notizen ____________________

Dinkelmehl Toastbrot

45 Minuten / 1 Stunde Ruhezeit leicht

Zutaten

500 g Dinkelmehl | 300 ml Wasser lauwarm | 10 g Butter ***(laktosefrei)*** | 6 g Hefe frisch | 1 TL Salz

Zubereitung

1. Am besten am Vorabend das Wasser in eine Schüssel geben und die Hefe darin auflösen, anschließend Mehl, Butter und Salz hinzugeben und mit Knethaken zu einem Teig verarbeiten.
2. Den Teig mit einem Handtuch abdecken und über Nacht in den Kühlschrank stellen.
3. Die Arbeitsfläche mit etwas Mehl bestäuben und den Teig noch einmal durchkneten ohne die Luftblasen zu zerdrücken.
4. Eine Kastenform mit Backpapier auslegen und den Teig hineingeben und für **1 Stunde** gehen lassen, bis die Masse sich verdoppelt hat.
5. Den Teig oben etwas mit Wasser einpinseln.
6. Den Backofen auf 200 Grad vorheizen und das Brot für **40 Minuten** in den Backofen geben.

Hinweis: Bei diesem Brot handelt es sich nicht um ein Gericht, was man in der 1. Phase der FOODMAP Diät zubereiten sollte. Jedoch hat sich durch Erfahrung herausgestellt, dass Dinkel gut verträglich ist. Wichtig zu wissen ist, je länger das Brot ruht, umso besser ist es verträglich.

Flohsamenbrötchen

55 Minuten leicht

Zutaten

250 ml Wasser heiß | 150 g Mandelmehl | 25 g Flohsamenschalen | 3 Eiweiß | 1 EL Sonnenblumenkerne | 2 TL Weinsteinbackpulver | Salz

Zubereitung

1. Das Eiweiß mit einer Prise Salz steif schlagen.
2. Das Mandelmehl mit Flohsamenschalen und Backpulver in einer Schüssel vermischen.
3. Das Eiweiß unter die Mehlmischung heben und mit Knethaken vermengen, anschließend nach und nach das heiße Wasser zugeben, bis eine zähe Masse entsteht.
4. Aus dem fertigen Teig sechs Brötchen formen und auf ein mit Backpapier ausgelegtes Backblech legen.
5. Die Brötchen mit den Sonnenblumenkernen bestreuen.
6. Den Backofen auf 170 Grad vorheizen und die Brötchen für **45 Minuten** in den Backofen geben.

Notizen ______________________________

Bananenbrot

45 Minuten leicht

Zutaten

100 g Hafermehl | 100 g Dinkelmehl | 50 g Mandeln gemahlen | 4 Bananen | 3 Eier | 2 EL Kokosöl | 2 EL brauner Rohrzucker | 1 TL Vanille gemahlen | 1 TL Meersalz grob | 1 TL Weinsteinbackpulver | 1 TL Zimt

Zubereitung

1. Die Bananen schälen und etwas klein schneiden und mit den Eiern, Zucker und Kokosöl verquirlen.
2. Die restlichen Zutaten unter die Masse heben und gut miteinander verkneten.
3. Eine Kastenform mit Backpapier auslegen und den Teig hineingeben.
4. Den Backofen auf 180 Grad vorheizen und das Brot für **35 Minuten** in den Backofen geben.

Notizen ______

Bananenshake

_5_ Minuten leicht

Zutaten

225 ml Kokoswasser | 1/2 Banane | 1/2 Avocado | Zimt

Zubereitung

1. Die Banane schälen und grob klein schneiden.
2. Die Avocado halbieren, den Stein entfernen, das Fleisch von der Schale lösen und grob klein schneiden.
3. Alle Zutaten in einen Mixer geben und pürieren.

Notizen ______________________________

Ingwertee

5 Minuten leicht

Zutaten

3 cm Ingwer | 1/2 l Wasser

Zubereitung

1. Die Schale vom Ingwer entfernen und in Scheiben schneiden.
2. Die Scheiben in einen Topf geben und mit Wasser aufgießen und zum Kochen bringen.
3. Nach **5 Minuten** den Tee durch ein Sieb abgießen.

Notizen

Kapitel 6: Prognose

Der Verlauf des Reizdarmsyndroms ist manchmal so unvorhersehbar, wie die Krankheit selbst. Bei manchen Patienten tritt eine kurzfristige Gesundung auf, wenn es zur Stuhlentleerung kommt. So ist es auch oft möglich, dass die Beschwerden verschwinden und eine vollständige Heilung möglich ist. Je nach Lebensphase kann auch das Reizdarmsyndrom verlaufen. Wie schon angesprochen ist Stress ein elementarer Faktor für das Reizdarmsyndrom. Je nachdem, wie stressig eine aktuelle Lebensphase ist und inwiefern es möglich ist, den Stress im Alltag zu reduzieren, so kann sich auch das Syndrom dementsprechend ausdrücken. Ein chronischer Verlauf ist also ebenso möglich wie eine vollständige Heilung. Wie lang bestehen die Beschwerden schon? Wie sehr leiden Sie derzeit unter Stress? Unter welchen Lebensbedingungen leidet der Betroffene? Diese Fragen können die Prognose in puncto Reizdarmsyndrom beeinflussen. In jedem Fall kann das Reizdarmsyndrom die Lebensqualität beeinflussen, was an den ständigen Schmerzen, ungewohnten Stuhlgewohnheiten, aber auch an sozialen Phobien liegen kann. Schließlich wird auch das Sozialleben durch diese Krankheit beeinflusst. Ständige Krankschreibungen können die Situation im Berufsleben erschweren.

Der Beginn einer Ernährungsumstellung ist meist schwierig, da die neuen Gewohnheiten noch nicht bestehen. Der Wechsel von einer gewöhnlichen Ernährung zu einer, die arm an FODMAPs ist, ist meist schwer und bedeutet einen deutlichen Einschnitt in die bisherigen Ernährungsgewohnheiten.

Positiv am Beginn der Ernährungsumstellung ist jedoch, dass sie etwas Neues bedeutet und die Beschwerden, die durch die FODMAPs entstehen, relativ schnell abklingen können. Das motiviert selbstverständlich, denn schnelle positive Resultate zeigen, dass eine Besserung durchaus möglich ist und spornen dazu an, die Ernährungsumstellung weiterhin durchzuführen.

Das menschliche Gehirn ist jedoch darauf ausgerichtet, Dinge relativ schnell wieder zu vergessen. Eine Sache, die dabei besonders schnell in unserem Gedächtnis abgeschwächt wird, ist Schmerz, den wir erfahren. Bereits kurz nach dem ein Kind hingefallen ist, vergisst es wieder, dass ihm sein aufgeschürftes Knie weh tut und rennt genauso unerschrocken durch die Welt wie zuvor. Auch wenn Erwachsene nicht mehr ganz so schnell vergessen können, so verblasst die Erinnerung an den Schmerz letztendlich doch. Dies ist zum einen gut,

denn sonst würden wir in ständiger Angst leben, ein weiteres Mal Schmerz ertragen zu müssen. In dem Fall eines Reizdarmsyndrom ist diese Eigenschaft des menschlichen Gehirns jedoch nicht immer förderlich. Denn sobald der Schmerz oder die Beschwerden der Symptome abschwellen, fangen wir an, diese zu vergessen und bereits nach einigen Tagen oder Wochen kommt folgender Gedanke auf: War der Waren die Verdauungsbeschwerden wirklich so schrecklich?

In diesen Augenblicken wird es immer schwerer, die Ernährung FODMAP arm beizubehalten und nicht in alte Gewohnheiten und cinc normale Ernährung zurückzufallen. Das Problem bei einem Reizdarmsyndrom liegt genau darin, dass viele Nahrungsmittel weggelassen werden müssen. Besonders auf viele Früchte muss verzichtet werden und gute Alternativen sind nicht immer leicht zu finden. Der Gang in den Supermarkt ist nicht mehr so einfach, denn es muss genauestens überlegt werden, welche Lebensmittel sich für eine richtige Ernährung eignen. Dies kann demotivierend sein, denn in den meisten Fällen ist nicht die ganze Familie von solchen Beschwerden betroffen, sodass nicht nur geeignete Nahrungsmittel den Weg in den Einkaufswagen finden.

Es ist nervenaufreibend, eine Diät durchzuhalten und so viele Gerichte, die so lecker erscheinen und die man ein Leben lang essen konnte, plötzlich nicht mehr verzehren zu können. Doch noch schlimmer sind die Schmerzen und Beschwerden, die bei einer normalen Ernährung und der Einnahme von größeren Mengen an FODMAPs entstehen.

Um motiviert zu bleiben ist es sehr wichtig, sich von alten Gewohnheiten loszulösen und sich der neuen Ernährung gegenüber offen zu zeigen. Es bringt nichts, sich auszumalen, welche Gerichte man gerne essen würde und wie schade es ist, dass man dies nun nicht kann. Darüber hinaus gibt es heut zu Tage zahlreiche Rezepte, die man

mit einfachen Alternativen so abändern kann, dass sie genauso gut schmecken, wie die herkömmlichen Rezepte.

Wichtig ist, die Gedanken darauf zu lenken, dass es sich nicht um einen Verzicht handelt, sondern vielmehr darum, einen gesunden Lebensstil zu leben und dabei so gesund und fit zu sein, wie irgend möglich. Es geht somit nicht um etwas schlechtes, die Ernährungsumstellung ist nichts gegen Sie, sondern soll dazu dienen, dass es Ihnen so gut geht wie nie zuvor und Sie Ihren Alltag genießen können.

Oft denken wir an den Moment, daran, dass es auf etwas geräucherten Fisch oder eine Salami nicht ankommt. Dabei verdrängen wir die Wirkung dieser Lebensmittel auf unseren Körper. Später hingegen erscheinen die Schmerzen erneut und wir bereuen, nachgegeben zu haben, nur um den Moment zu genießen.

Die Motivation geht immer auch einher mit Disziplin. Denn nur auf Motivation können wir uns nicht verlassen. Wir verspüren sie in manchen Momenten stärker, in anderen hingegen weniger. Damit Sie in solchen Augenblicken trotzdem stark bleiben und sich auf Ihre histaminarme Ernährung konzentrieren können, beschreibe ich Ihnen im nächsten Kapitel, welche wichtige Rolle die Disziplin in diesem Prozess einnimmt.

Eine Ernährungsumstellung ist immer eine Veränderung, die deutlich in den Alltag einer Person einschneidet. Dies hat in diesem Fall selbstverständlich gute Auswirkungen, denn die Umstellung wird aus gesundheitlichen Gründen vorgenommen und dient dazu, dass es Ihnen in Ihrem Leben besser geht. Doch eine Einschränkung der Lebensmittel, die verzehrt werden dürfen, bedeutet immer auch ein Gefühl des Verzichts. Aus diesem Grund erscheint sie nicht immer als rein positiv. Denn Verzicht verbinden wir mit etwas negativem.

Aus diesem Grund kann es durchaus passieren, dass wir eine so drastische Ernährungsumstellung bereits nach einigen Wochen nicht mehr als absolut notwendig empfinden und dazu verleitet werden, zu „falschen“ Lebensmitteln zu greifen. Die Ausnahmen sind erst nur gelegentlich, werden jedoch immer zahlreicher und schnell passiert es, dass wir zu alten Gewohnheiten zurückkehren. Im Falle eines Reizdarmes, wenn es sich also nicht um eine Diät handelt, die Sie sich selbst aufgebürdet haben, um einem bestimmten Gewicht näher zu kommen, ist die Diät jedoch überaus wichtig. Denn sobald Ihnen ein Ausrutscher passiert und Sie beispielsweise auf einem Familienessen doch ein Würstchen oder einen Salat mit Schinken essen, dann spüren Sie die Folgen bereits nach kurzer Zeit. Dies macht es einfacher, eine

gewisse Disziplin aufrecht zu erhalten. Denn umso schneller die Auswirkung eines Ausrutschers oder einer Nachgiebigkeit einsetzt, desto enger verbinden wir sie mit derselben. Andersrum gilt dies ebenso. Umso weiter in der Zukunft die Konsequenz eines bestimmten Verhaltens liegt, desto schwerer fällt es uns, in jedem Augenblick absolut diszipliniert zu sein.

Wichtig ist, die Konsequenz im Alltag zu zeigen.

Kapitel 7: Fazit

Die Forschung in puncto Reizdarmsyndrom ist noch in den Kinderschuhen und so ist auf diesem Gebiet noch viel Arbeit erforderlich. Es ist nach wie vor schwer, das besagte Syndrom zu diagnostizieren, da andere Krankheiten zunächst erst mit Sicherheit ausgeschlossen werden müssen. Gerade mithilfe der Kombination von Ernährung und psychologischen Tricks ist es aber gut möglich, Herr seines eigenen Magen-Darm-Haushaltes zu werden. Nicht nur mit der beschriebenen FODMAP-Methode ist es möglich, bewusster zu essen, um seinen Magen-Darm-Trakt besser kennen zu lernen. So werden Sie herausfinden, welche Nahrungsmittel Ihnen gut tun und welche nicht. Dieses Wissen kann entscheidend bei der Behandlung weiterhelfen. Ernährungsexperten und Ärzte sind wichtig, wenn Sie sich gegen das Syndrom wehren wollen. Doch nicht zuletzt sollten Sie Ihre eigene Rolle nicht unterschätzen, denn schließlich kennt keiner Ihren Körper besser, als Sie es tun! Neben der Ernährungsumstellung ist es wichtig, dass Sie auch auf Ihre Psyche achten. Schließlich handelt es sich beim Reizdarmsyndrom um eine psychosomatische Krankheit. Aufgrund der Neurotransmitter im Darm wirken sich die Vorgänge im Gehirn auch auf die Verdauung aus. Die Reduzierung von Stress und beispielsweise das Führen eines Tagebuchs wird Ihnen dabei helfen, dass Sie Ihren Darm schonender behandeln und Sie auch lernen, warum Ihr Körper wann und wie in bestimmten Situationen reagiert. Mit den vorgestellten Therapien, Maßnahmen, Medikamenten können Sie diesen Prozess zusätzlich unterstützen. Sie haben gelesen, welche fundamentale Rolle der Darm für den menschlichen Körper spielt und was Nahrungsmittel im Körper auslösen und bewirken können – sowohl im Positiven als auch im Negativen. Wenn Sie sich sicher sein können, dass Sie tatsächlich unter einem Reizdarm leiden und diverse andere Möglichkeiten definitiv ausgeschlossen sind, so geht es für Sie

nicht nur darum, mehr auf Ihre Ernährung zu achten. Das Reizdarmsyndrom stellt eine facettenreiche Herausforderung dar. Um diese perfekt anzugehen, geht es letzten Endes eher darum, sein Leben besser und bewusster zu managen. Das trifft natürlich auf die Ernährung, aber auch auf Ihre Gewohnheiten, Ihre Gedanken, Verhaltensmuster, Vorlieben und viele weitere Komponenten Ihres Alltages zu. Prinzipiell könnte man viele Maßnahmen, die gegen das Reizdarmsyndrom gerichtet sind, auch ergreifen, wenn man „nur“ gesünder leben wollen würde. Verstehen Sie sich als Betroffener des Reizdarmsyndroms also nicht als jemanden, der unheilbar krank ist. Fassen Sie es als Herausforderung und Chance auf, das Bewusstsein über Ihren eigenen Körper zu schärfen, um Ihr Leben mehr und besser in den Griff zu kriegen.

Haftungsausschluss

Der Inhalt dieses Buches wurde mit großer Sorgfalt geprüft und erstellt. Für die Vollständigkeit, Richtigkeit und Aktualität der Inhalte kann jedoch keine Garantie oder Gewähr übernommen werden. Der Inhalt dieses Buches repräsentieren die persönliche Erfahrung und Meinung des Autors und dient nur dem Unterhaltungszweck. Der Inhalt sollte nicht mit medizinischer Hilfe verwechselt werden. Es wird keine juristische Verantwortung oder Haftung für Schäden übernommen, die durch kontraproduktive Ausübung oder durch Fehler des Lesers entstehen. Es kann auch keine Garantie für Erfolg übernommen werden. Der Autor übernimmt daher keine Verantwortung für das Nicht-Erreichen der im Buch beschriebenen Ziele.

Kontakt: Michel Schubert / Ermlinghofer Str. 25 / 44263 Dortmund
Covergestaltung: Pseudonym Coverfoto: depositphotos.com /publicdomainvectors.org/pixabay/thenounproject.com

Quellen

https://pixabay.com/de/gemüse-gemüsekorb-ernte-garten-752153/
https://pixabay.com/de/waffelherzen-waffeln-puderzucker-2697904/
https://pixabay.com/de/gemüse-karotte-lebensmittel-gesund-1085063/
https://pixabay.com/de/essen-salat-gurken-nahrung-tomaten-2834549/
https://pixabay.com/de/pesto-tomaten-essen-nahrung-gesund-1776673/

38171203R00087

Printed in Poland
by Amazon Fulfillment
Poland Sp. z o.o., Wrocław

Cet ouvrage a été réalisé sur
Système Cameron
par la SOCIÉTÉ NOUVELLE FIRMIN-DIDOT
Mesnil-sur-l'Estrée
pour le compte de France Loisirs
le 10 octobre 1988